Uwe Britten

KIBUTI

© THK-Verlag UG (haftungsbeschränkt)
Erfurter Straße 29, 99310 Arnstadt
www.thk-verlag.de
info@thk-verlag.de
Alle Rechte vorbehalten

Druck: cpi-print.de

Lektorat: Sonja Hartl, Alxing
Umschlag und Umschlagabbildung: Bettina Eckenfelder, Eisenach
Karte: Dorian Cranz, Eisenach
Satz und Layout: Ralf-Dieter May

Printed in Germany
1. Auflage (Januar 2022)

ISBN 978-3-945068-53-3

INHALT

Erster Teil	9
Zweiter Teil	79
Dritter Teil	179
Vierter Teil	283
Fünfter Teil	353
Kibuti-Wörterbuch	428

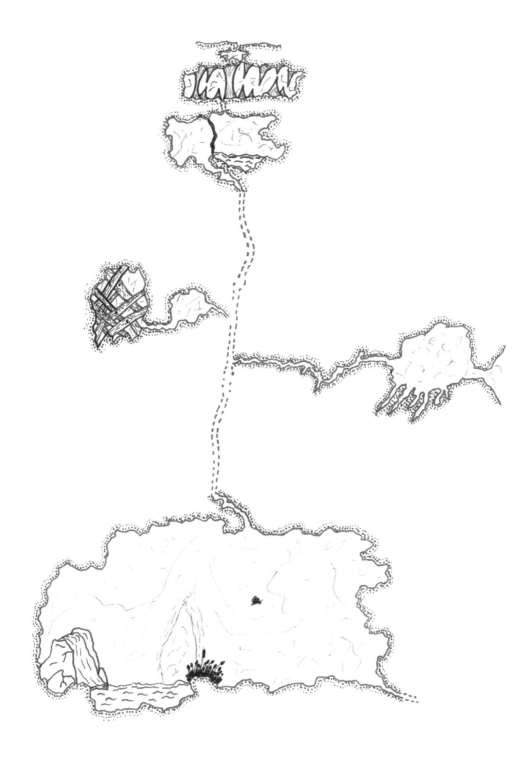

ERSTER TEIL

1

Natürlich kannte jeder in der Stadt den »Kinderschuh«. Der Ausdruck war uns so geläufig, dass ich nie darüber nachgedacht hatte, was er eigentlich bedeutete. Als ich noch kleiner gewesen war, hatten mir meine Eltern eingebläut: »Geh ja nicht weiter als bis zum Kinderschuh!«

Ich war ungefähr zwölf Jahre alt, als ich auf dem Schulweg das Wort zum ersten Mal bewusst hörte. Zwei städtische Gartenarbeiter, die gerade einen großen Blumenkübel am Rand der Fußgängerzone mit frisch riechender Erde anfüllten, unterhielten sich und der eine sagte: »Wir müssen gleich noch hoch zum Kinderschuh und ihn absperren. Da ist in der Nacht ein Baum runtergekracht.«

Mich amüsierte das, weil mir die Frage durch den Kopf schoss, wie man wohl einen Schuh absperrte. Ich stellte mir vor, wie mitten auf einer Straße ein einzelner, leerer Kinderschuh stand und die Straßenarbeiter um ihn herum eine rot-weiße Absperrung wie um ein Denkmal zogen, damit niemand in den Schuh hineinfiele.

Etwa zwei Jahre später war es, als ich kurz vor Ladenschluss in das Lebensmittelgeschäft an der Ecke rennen musste, um etwas zum Abendessen einzukaufen, weil mein Vater mal wieder vergessen hatte, das mitzubringen, was meine Mutter ihm morgens beim Frühstück gesagt hatte. Ich lief schnell los, bevor sie sich wieder stritten. Herr Lorenzen, der Besitzer des Ladens, hatte zwar schon die Tür abgeschlossen, ließ mich aber noch rein. Eilig ging ich durch die Gänge, während er sich wieder hinter die Kasse setzte und das Geld zählte. Ich schnappte mir, was ich brauchte, und ging vor zu ihm. Während ich bezahlte, ließ ich gerade die Tafel Schokolade, die ich mir als Entschädigung fürs Laufen vom Einkaufsgeld genehmigt hatte, in meiner Jacke verschwinden, als Herr Lorenzen mit dem Kopf durch die große Glasscheibe nach draußen deutete. Ich wandte mich um. Es wurde bereits dunkel.

»Siehst du da oben, am Kinderschuh, da sitzen wieder welche und haben sich ein Feuer gemacht.«

Ich sah zum gegenüberliegenden Hang und suchte nach der Stelle.

»Da, etwas oberhalb vom großen Kastanienbaum.«

Jetzt erkannte ich es. Ich nickte und drehte mich wieder ihm zu.

»Warum heißt das da oben eigentlich ›Kinderschuh‹?«, fragte ich.

Er zog die Brauen hoch, seine Stirn bildete lang gezogene Falten. »Tja ... Anfang des vergangenen Jahrhunderts«, begann er, »ungefähr 1920, da sind hier in unserem kleinen Städtchen zwanzig Jugendliche spurlos verschwunden, in einer Nacht, für immer. Alles hatte offenbar mit einem jungen Kerl zu tun, der gerade erst in diese Gegend gezogen war und der Streit angezettelt hatte.« Er machte eine kleine Pause. »Das Einzige, was man fand, war angeblich ein Schuh, von dem man genau wusste, dass er einem der vermissten Jungs gehörte. Ja, und dreimal darfst du raten, wo man den Schuh fand.«

Ich nickte: »Da oben«, und sah hinaus in die abendliche Dämmerung. »Woher wissen Sie das alles?«

»Mein Großvater hat die Geschichte hin und wieder erzählt. Und mein Großonkel sagte mir einmal, mein Großvater sei in eines der verschwundenen Mädchen verliebt gewesen. Er hätte sie sogar heiraten wollen. Sie muss sehr hübsch gewesen sein. Ja, er war wohl lange sehr unglücklich, mein Großvater. Außerdem war auch ein guter Freund von ihnen unter den Vermissten. Sie sind wirklich nie wieder aufgetaucht, nie wieder.

Ich kann mich gut daran erinnern«, schmunzelte er, »weil sie öfter davon erzählten. Das Mädchen hatte ein großes Muttermal über der Lippe gehabt, weshalb sie immer Witze machten, wenn sie eine Frau mit einem ähnlichen Muttermal sahen. Und von ihrem Freund hatten sie sich eine Redensart angewöhnt. Er hatte aufgrund eines Sprachfehlers immer ›Mench, Mench!‹ gesagt, wenn er über etwas verwundert war. Das sagten auch sie in manchen Situationen und lachten dann beide.« Herr Lorenzen schwieg und blickte hinaus. »Ja, der Kinderschuh ist ein merkwürdiger Ort ...«

»Hm«, machte ich.

»Ein Jugendfreund von mir – er ist schon gestorben – behauptete jahrelang, dort einmal zuerst Stimmen gehört und dann eigenartige Gestalten gesehen zu haben, und ging nie wieder mit hinauf. Wenn wir mal in der Nähe waren und es allmählich dunkel wurde, wollte er immer nach Hause. Eigenartig! – Junge Leute sollten nicht dort oben sein, das bringt Unglück. Immer wieder hat es in unserer Gegend Vermisste gegeben.«

»Hm ...«, machte ich erneut, denn ich wusste nicht so recht, was ich sagen sollte. Erwachsene glauben manchmal an merkwürdige Dinge. »Ich muss nach Hause«, sagte ich, »alle haben Hunger.«

»Ja, schönen Abend! Grüß deine Eltern!«

»Mach ich.«

Als ich spät am Abend im Bett lag, fiel mir die Geschichte wieder ein. Zwanzig Jugendliche sollten einfach so verschwunden sein? Was alte Leute manchmal so erzählen! Vielleicht waren sie ja von Außerirdischen ins Weltall mitgenommen worden, fuhr es mir noch durch den Kopf, aber dann schlief ich auch schon ein.

Es war im übernächsten Sommer, da wurde der Kinderschuh ein zentraler Ort für mich, für uns. Unsere ganze Clique traf sich nachmittags und am frühen Abend dort oben. Wo sollten wir auch sonst ungesehen rauchen, trinken und natürlich: knutschen?

Der Kinderschuh lag an einem kleinen Felsen am Stadtrand, hinter unserem Viertel. Er war eine Art Plateau, auf das man kam, wenn man am Ende eines bergan führenden geschotterten Feldwegs nach links auf einen schmalen, von Sträuchern gesäumten Weg trat und weiter um den Fels herumging. Der Weg hieß »Holzweg«, weil er den Waldbauern früher dazu gedient hatte, auf ihm die gefällten Bäume zur Straße zu bringen. Häuser gab es dort hinten nicht, nur einen kleinen Tümpel, der von hohen Binsen umwachsen war und in dem im Sommer laut die Frösche quakten, und noch viel weiter hinten stieß man auf die Autobahn. Hier oben kamen höchstens mal am Wochenende ein paar Spaziergänger vorbei.

Auf dem Platz selbst stand eine verwitterte Bank und sonst nichts. Vor langer Zeit hatte sich eine Holzscheune direkt am Fels befunden, aber die war irgendwann durch einen Erdrutsch zusammengekracht. Und so war über all die Jahre ein eigenartiges Gemisch aus vermodernden Holzplanken, Schlingpflanzen, bemoosten Steinen und grauem Geröll entstanden, das dem Ort in der Dämmerung eine schaurige Atmosphäre verlieh. Erst recht, wenn die Fledermäuse umherschwirrten, wir uns am Abend ein kleines Feuer machten und die Schatten wie Kobolde auf der Geröllmasse tanzten.

Oberhalb des abgerutschten Hangs wuchsen Bäume und Sträucher auf den feuchten und bemoosten Felsvorsprüngen und wanden sich mit ihren Wurzeln um das Gestein, ebenfalls grau und wie Adern des Felsens. Im Winter tropfte Wasser an den Steinen herunter und gefror zu langen Zapfen. Im Herbst wurde es schon sehr früh kalt und dunkel am Kinderschuh.

Aber im Sommer war der Platz für uns genau das Richtige. Hier blieben wir meistens ungestört.

Manchmal saß ich am Nachmittag auch allein dort oben auf der Bank, rauchte und ließ den Blick über die Weiden und Felder und über die Dächer der ersten Häuser unserer Siedlung schweifen. Unterhalb des Kinderschuhs wuchsen am Rand der Wiesen Holundersträucher, in denen sich zwitschernd die Vögel tummelten. Auch stand da der große alte Kastanienbaum mit seinem dicken, rauen Stamm. Es war eine wunderbare Stille und dorthin verzog ich mich inzwischen immer öfter, wenn es zu Hause mal wieder Stress gab.

Meine Eltern machten kaum noch etwas gemeinsam und blafften sich meistens nur noch genervt an, wenn es etwas zu besprechen gab. Im Haushalt herrschte Chaos und über allem lag eine beklemmende

Anspannung. Meine Mutter hatte eine neue Stelle und sollte demnächst Abteilungsleiterin werden. Momentan absolvierte sie noch Fortbildungen und traf sich regelmäßig mit einer Arbeitsgruppe. Mein Vater hatte sich zum ersten Vorsitzenden des Schwimmvereins wählen lassen. Er war noch nie viel zu Hause gewesen, aber nun war er noch seltener da.

Natürlich wollten sie, dass ich gute Noten in der Schule bekam und dass aus mir »etwas« würde, aber sie fragten nie danach, ob ich die Hausaufgaben gemacht hatte oder wie die Noten in den Klassenarbeiten ausgefallen waren. Sie halfen mir auch nie. »In der Schule alles klar?« – das war alles, was hin und wieder von meinem Vater kam. Na ja, was soll man auf so eine Frage schon antworten?

Warum hatten sie mich eigentlich in die Welt gesetzt, wenn sie sich sowieso nicht für mich interessierten?

Gleichzeitig ermöglichten sie mir und meiner Schwester Anika fast alles. Was wir wollten, bekamen wir auch. Sie bezahlten meinen Mitgliedsbeitrag in einem Fußballverein, obwohl ich längst nicht mehr hinging, und in einem Fitnessclub, in den ich hin und wieder zum Breakdance ging, wenn ein Klassenkamerad meinte, ich solle doch mal wieder mitkommen. Regelmäßig bezahlten sie uns auch Ferienfreizeiten. Und eine Zeit lang hatte ich auch Gitarrenunterricht genommen. Aber irgendwie ... war alles langweilig. Ich lag lieber in meinem Zimmer auf dem Bett, die Stöpsel im Ohr und mit einem Fuß zur Musik wippend, während ich Graffiti auf dem Zeichenblock malte oder einfach nur an die Decke starrte. Dann sagte meine Mutter immer nur: »Mensch, ihr habt so viele Möglichkeiten heutzutage.« Klar, das stimmte auch: Ich lud mir Musik und Filme aus dem Internet herunter und brannte CDs. Ich ging skaten oder hing Nachmittage lang in dem riesigen Einkaufszentrum herum. Eigentlich konnte ich den ganzen Tag tun und lassen, was ich wollte. Ja, aber letztlich war es auch ziemlich egal, was ich tat.

Zu Anika waren meine Eltern anders, irgendwie. Meine Mutter ging öfter mit ihr einkaufen oder »bummeln«, wie sie es dann nannten. Auch saßen sie abends immer wieder zusammen in der Küche und unterhielten sich ernsthaft. Kam ich herein, verstummten sie. Mein Vater konnte zu Anika sogar richtig charmant sein. Wie er dann tat! Als sie eines Abends noch einmal zu einer Verabredung wegging, sagte er im Flur stehend: »Oh, du siehst ja richtig sexy aus!«

»Tja«, antwortete sie nur schnippisch und zog die Wohnungstür hinter sich zu.

Auch Anika ging mir neuerdings ziemlich auf die Nerven. Früher hatten wir uns eigentlich gut verstanden. Sie hatte soeben eine Ausbildung begonnen. Jetzt spielte sie offenbar »Prinzessin«. Hatte sie ihren wachsenden Busen zuerst immer versteckt, konnte der Ausschnitt jetzt gar nicht groß genug sein. Die Jungen auf der Straße sahen ihr nach und das gefiel ihr mächtig.

Und ich? Ich musste meine Eltern so langsam auf den Elternsprechtag vorbereiten, denn meine Noten waren ziemlich im Keller. Danach würde der Stress erst richtig losgehen. Eine Leuchte war ich zwar noch nie gewesen, aber in diesem Schuljahr lernte ich so gut wie gar nicht mehr. Lieber hing ich ab und hörte Musik. Trotzdem: Irgendwie musste ich dieses Schuljahr überstehen. Nur war die Frage: Wie? Und ab den Sommerferien würde ich mich um eine Ausbildungsstelle bewerben müssen, jedenfalls wenn ich doch noch die Versetzung schaffen würde. Zwar konnte ich mir alle möglichen Berufe vorstellen, aber welchen sollte ich wählen?

So saß ich öfter am Kinderschuh und sah in die Welt. Es war ruhig, unten lief der kleine Bach zwischen den Wiesen hindurch und zuweilen sah ich eine Bachstelze beim Wasser herumstaksen oder auch eine Katze, die durchs Gras schlich.

Aber noch schöner war es dort, wenn wir uns zu mehreren trafen, quatschten und rumalberten.

Dann kam eines Tages Chris dazu. Wir kannten uns, wir hatten auch schon miteinander gesprochen, aber auf einmal war es anders. Ich fand, sie sah anders aus als sonst, irgendwie. Wir sahen uns auch anders an als zuvor. Plötzlich faszinierten mich nicht nur ihre braunen Augen und ihr warmer Blick, auch ihre Brüste wirkten auf mich ganz schön magnetisch. Und einen Pickel hatte sie auch, mitten auf der Stirn – an diesem Tag zupfte sie die ganze Zeit nervös an ihrem Pony herum.

Als wir alle am Abend gemeinsam nach Hause aufbrachen, gingen Chris und ich nebeneinander. Sie trug einen Einkaufskorb. Wir frotzelten übereinander und verabredeten uns schließlich für den nächsten Tag. Natürlich am Kinderschuh.

Schon vor der ausgemachten Zeit saß ich dort oben, und als sie dann endlich kam, steckte ich mir eine Zigarette an.

Wir sprachen über unseren Frust zu Hause. Chris war das einzige Mädchen und hatte einen älteren und einen noch sehr kleinen Bruder. Ihre Eltern waren sehr streng. Ihr Vater, schwer lungenkrank, war ein echter Grobian, kam schon angetrunken von der Arbeit nach Hause und drangsalierte alle, auch die Mutter, manchmal schlug er sogar zu. Die Mutter verkroch sich, kümmerte sich nur noch um ihren Jüngsten und überließ Chris den Haushalt. Chris meinte, sie sei das Aschenputtel der Familie. Am schlimmsten aber war es für sie, wenn sie am frühen Abend mit ihrem ältesten Bruder allein zu Hause war, aber darüber wollte sie nicht sprechen. Am meisten geliebt hatte sie ihre Großmutter, leider war die jedoch im Jahr zuvor gestorben.

Um möglichst oft das Haus verlassen zu können, nahm sie ihrer Mutter alle Besorgungen ab. So konnte sie den Nachmittag über länger draußen bleiben. Außerdem machte sie sich davon, wenn spät am Abend alle schon im Bett lagen, und verschwand aus dem Fenster ihres Zimmers. Früher hatte sie sich meistens mit ihrer Freundin getroffen, aber die verbrachte inzwischen ihre Zeit fast nur noch mit ihrem Freund. Also hatte sich Chris zuletzt meist allein herumgetrieben. Das fand ich schon cool, irgendwie.

In der Schule gehörte Chris trotzdem zu den Besten ihrer Klasse. »Na ja, dann finde ich später leichter eine Stelle und kann von zu Hause ausziehen«, meinte sie.

Chris und ich verstanden uns gut, und so war nach ein paar Tagen klar, dass wir zusammen waren. Irgendwann küssten wir uns das erste Mal, mit geschlossenen Augen natürlich. Es war ein Zungenkuss und er dauerte fast eine Ewigkeit. Ich mochte das, wie unsere Zungen miteinander spielten und umeinanderkreisten. Ganz intensiv fühlte sich das an, bis in den Bauch. Irgendwann sahen wir uns wieder in die Augen. Ich küsste sie auf den Mund und dann auf die Stirn. Am Abend zu Hause war ich selig, wie weggetreten. Erst weit nach Mitternacht konnte ich einschlafen.

Von da an sahen wir uns fast täglich.

Zwar gab es da noch die Clique, aber mehr und mehr verbrachten wir die freien Stunden zu zweit. Wir lagen im Gras und träumten, gingen schon nachmittags in eine Kneipe, in der cooler Hiphop lief, malten uns mit Kugelschreiber auf Arme, Beine und Schultern Tattoos, wie wir sie später stechen lassen wollten, und machten uns Risse in die Jeans. Zu ihr nach Hause gingen wir nie.

Meine Hausaufgaben kamen in dieser Zeit ziemlich zu kurz. Schule interessierte mich noch weniger als sonst. Und was ich mal werden wollte, das interessierte mich schon überhaupt nicht. Wir wollten *leben*. Und das, sagten wir uns immer, ist doch eigentlich ganz einfach: Man muss es nur tun.

Also lebten wir. Hatten Spaß. Machten albernes Zeug oder waren einfach nur verrückt drauf.

Als die anderen aus der Clique immer mehr Zeit mit ihren Computerspielen verbrachten, hatten Chris und ich den Kinderschuh zunehmend für uns allein. Es war eigenartig: Die anderen sprachen fast nur noch über Handys und Internet und all die neuen Geräte, die es jetzt gab. Die ganze Welt schien nur noch darüber zu reden, was sich nun im neuen Jahrtausend alles verändern würde. Und die D-Mark stand kurz vor ihrer Ablösung durch den Euro.

Uns interessierte das alles nicht. Wir interessierten uns für uns und wir waren die wichtigsten Menschen füreinander. Zusammen fühlten wir uns irgendwie aufgehoben. Das Leben war dann leichter. Und schön. Das Leben tat dann gut. Das Leben lebte.

Der Ärger mit unseren Eltern nahm unterdessen zu. Ich hatte zu Hause erzählt, dass meine Versetzung gefährdet sei, woraufhin meine

Mutter zunächst von Nachhilfe sprach. Aber dann stritt sie sich heftig mit meinem Vater darüber, wer sich mehr um mich zu kümmern habe, sie machten sich gegenseitig Vorwürfe – und vergaßen mich. Und Chris widersetzte sich inzwischen immer öfter ihren Eltern. »Wenn nur meine Oma noch leben würde«, sagte sie einmal, »sie war der liebste Mensch in meinem Leben. Ich hätte jetzt zu ihr ziehen können.«

An einem schwülen Tag im tiefen Sommer waren wir mit den Rädern raus aus der Stadt gefahren und saßen auf einer Bank an einem Spazierweg und quatschten und rauchten. Wir waren ziemlich bedrückt. Auf einmal wurde der Himmel dunkel und dann fing es auch schon an zu regnen. Wir kicherten nur und blieben einfach sitzen. Zuerst dachten wir, dass es sowieso bald wieder aufhören würde, nur ein Schauer eben, aber es wurde immer dunkler, der Regen nahm zu und plötzlich goss es in Strömen. Unsere Zigaretten gingen uns im Mund aus und wir lachten und lachten, sprangen auf und tanzten im Regen. Innerhalb weniger Minuten waren wir klatschnass. Ich zog mir das T-Shirt aus, warf es durch die Luft und hopste herum – und als ich mich wieder zu Chris umwandte, stand sie stumm da und hatte ebenfalls ihr T-Shirt ausgezogen. Wir sahen uns an und mein Herz klopfte. Es schüttete, die Regentropfen liefen uns über das Gesicht und die Haare klebten am Kopf.

»Jetzt und hier!« Das war alles, was Chris sagte. Während sie sich ihren BH auszog, stand ich nur da und wurde ganz unsicher. Doch nach einem Moment griff ich an meine Hose und schließlich waren wir beide splitternackt und liefen weiter ins Gras. Die Tropfen prasselten auf unsere Körper. Es war so wunderschön! Zum ersten Mal völlig nackt mit einem anderen Menschen zusammen zu sein und das auch noch im strömenden Regen mitten auf einer Wiese. Zum ersten Mal von einem anderen Menschen so angefasst zu werden und sich zu trauen, den anderen so anzufassen. Zum ersten Mal ...

Als wir zurückfuhren, verabschiedeten wir uns vor ihrem Haus mit einem langen Kuss. Chris liefen dabei Tränen über die Wangen – ich weiß nicht, warum – und ich hatte einen dicken Kloß im Hals. Gesprochen haben wir kaum ein Wort, dann ging sie ins Haus. Triefnass, wie sie war.

Ihre Mutter hatte uns bereits durchs Fenster beobachtet, ich hatte sie schon am Rand der Gardine gesehen. Kaum war Chris im Haus gewesen, hatte sie losgeschimpft: »Wie siehst du denn aus, du Flittchen!« Chris war schweigend an ihr vorbeigelaufen und hatte auch schon losgeheult. »Und weißt du, was?«, sagte sie am anderen Tag, als sie es mir erzählte, »ich wusste selbst nicht, ob aus Freude oder weil ich es so schlimm fand, was meine Mutter zu mir gesagt hatte. Wahrscheinlich wegen beidem. Meine eigene Mutter! Aber du hättest erst das miese Gesicht meines Bruders am Abend sehen sollen! Und weißt du, was mein Vater gesagt hat, als er spät abends nach Hause kam: Von mir habe er sowieso nichts anderes erwartet!«

»Puh!« Ich blickte sie an: »Und was ist, wenn du jetzt schwanger bist?«

»Unwahrscheinlich«, antwortete sie nur.

Für Chris nahm der Stress jetzt noch mehr zu. Ihre Eltern verboten ihr, mich weiterhin zu sehen. Tagsüber durfte sie kaum noch raus, weil sie angeblich mehr lernen sollte und weil sie noch mehr im Haushalt helfen musste. Unsere heimlichen Treffen wurden jetzt seltener.

Während Chris in der Schule immer gut blieb, wurden meine Noten noch schlechter – außer im Aufsatzschreiben, denn das machte mir Spaß. Wenn ich im Klassenraum saß, hatte ich den Eindruck, gar nicht richtig atmen zu können. Ich wollte da nicht mehr hin.

Auch die Spannungen zwischen meinen Eltern verschärften sich. Selten waren beide gleichzeitig am Abend zu Hause. Gemeinsame Abendessen fanden so gut wie gar nicht mehr statt. Einmal kam meine Mutter erst mitten in der Nacht nach Hause und schlief im Wohnzimmer auf der Couch. Ein paar Tage lang sprachen meine Eltern nur das Allernötigste miteinander und auch ich traute mich kaum, den Mund aufzumachen. Irgendwie wurde es unerträglich.

Aber zum Glück war da noch Micki, der Sohn unserer Nachbarn, eine Etage über uns. Er war drei Jahre jünger als ich und wir waren fast so etwas wie Brüder. »Geistesbrüder«, sagte Micki immer, das hatte er aus einem Buch. Ich half ihm hin und wieder bei den Hausaufgaben – während ich meine nicht machte –, und sah dabei die Filme an, die er auf seinem Rechner hatte. Ich hatte ihm aber auch schon bei etwas ganz anderem geholfen, denn ich war so etwas wie sein Beschützer. Seine Eltern verprügelten ihn manchmal, wenn er Scheiß gemacht hatte. Er schrie dann so laut, dass wir es in unserer Wohnung hören konnten. Um ihm zu helfen, hatte ich mir einen Trick ausgedacht: Ich klingelte einfach an der Wohnungstür. Sofort wurde es drinnen mucksmäuschenstill. Dann wurde die Tür vorsichtig geöffnet, meistens von seiner Mutter, und ich fragte ganz unschuldig, als sei gar nichts gewesen, ob Micki zu Hause sei. So gut wie immer sagte sie »Nein« und schloss die Tür wieder. Drinnen blieb es danach still und ich verzog mich in den Keller, wo ich auf Micki wartete. Es dauerte einige Zeit, dann erschien er mit knallroter Birne. Mit einem Seufzer setzte er sich neben mich und hauchte: »Danke!«

Wenn seine Eltern ausrasteten, verließ er sich fest auf mein Klingeln. »Du bist mein Lebensretter«, sagte er sogar einmal, »ohne dich schlagen sie mich irgendwann tot.« Ich war damals ziemlich darüber erschrocken.

Ich hatte beschlossen, noch besser auf ihn aufzupassen. Nie, nie würde ich ihn im Stich lassen, das hatte ich mir geschworen. Manchmal saßen wir im Keller aber auch einfach nur rum und quatschten über alles Mögliche. Mal wollte er wissen, wie es ist, wenn man ein Mädchen küsst. Dann fragte er, warum Menschen überhaupt streiten. Das konnte ich ihm auch nicht beantworten.

Aber auch er hatte schon einmal etwas für mich getan: Während wir im Keller gehockt hatten, war plötzlich meine Mutter hereingeschossen gekommen. Sie sah mich und brüllte mich an, weil ich am Mittag die Bratpfanne dermaßen hatte anbrennen lassen, dass sie völlig ruiniert war und der Gestank die ganze Wohnung verpestete. Ich hatte die Pfanne einfach auf dem Herd vergessen, während ich in mein Zimmer gegangen war und vor dem Computer saß. In ein winziges Schweigen meiner Mutter hinein hatte Micki plötzlich gesagt: »Aber wir sind doch noch Kinder ...« Meine Mutter war auf der Stelle verstummt. Kein einziges Wort sagte sie mehr, drehte sich um und verschwand im Treppenhaus nach oben. Immer, wenn meiner Schwester oder mir später irgendein Missgeschick passierte und sie sich ärgerte, brach sie plötzlich mit dem Satz ab: »Aber wir sind doch noch Kinder – ich weiß.«

Jedenfalls, mit Micki saß ich oft irgendwo herum.

Immer schwieriger wurden in der Zeit die Treffen mit Chris. Meine Stimmung war auf dem Nullpunkt. Nur in der Dunkelheit konnte sie sich mal für längere Zeit von zu Hause verdrücken.

Eines frühen Abends, Chris hatte einen Zahnarzttermin genutzt, um sich vom Acker zu machen, trafen wir uns in unserer Kneipe. Wir waren beide schlecht drauf, kamen überhaupt nicht in Stimmung und wussten nicht, worüber wir uns unterhalten sollten. Wir jammerten uns nur gegenseitig die Ohren voll. Meine Eltern wollten, dass ich in den Wochen bis zu den Zeugnissen jeden Tag mindestens zwei Stunden lernte, um wenigstens die Versetzung noch zu schaffen. Abends sollte ich es vorzeigen. Und Chris' Eltern hatten vor, sie über die großen Ferien zu einer Tante zu schicken – natürlich um uns zu trennen. Irgendwie waren wir wie gelähmt. Eigentlich hatten wir unsere Eltern sogar ganz ernsthaft fragen wollen, ob wir in den Ferien gemeinsam für eine Woche an die Küste fahren dürften. Was sollten wir machen? Zuerst fantasierten wir wild herum, aber mit einem Mal verstummten wir, weil uns unsere Lage bewusst wurde.

»Ach, Scheiße!«, murmelte ich resigniert. Bis zu den Ferien waren es gerade noch sechs Wochen.

»Wenn das alles nicht möglich ist, dann müssen wir eben was Unmögliches tun«, brabbelte Chris vor sich hin.

»Was denn?«, fragte ich.

»Keine Ahnung. Irgendwas halt. So, dass wir mal mehr Zeit haben.« Ich sah hilflos durch den Raum. Dann sagte sie: »Sollen wir uns heute Nacht treffen? Ich meine, die ganze Nacht über.«

»Cool!«

»Warte um elf hinter unserer Garage, nein, sagen wir um halb zwölf, dann schlafen sie mit Sicherheit.«

»Ja, okay.«

Sofort waren wir wieder gut drauf und Chris ging schon bald zum Abendessen nach Hause, damit sie auch ja pünktlich kam.

Viel zu früh wartete ich hinter den Garagen neben ihrem Haus. Außer in Chris' Zimmer brannten keine Lichter mehr in der Wohnung. Ich schlich vor zur Hauswand, trat auf den Sockelabsatz und zog mich vorsichtig am Fensterbrett hoch. Chris lag auf ihrem Bett und las. Ich sah, wie sie auf den Wecker blickte. Ich rührte mich nicht, weil ich Angst hatte, Geräusche zu machen. Schließlich spurtete ich zurück hinter die Garagen. Der Himmel war klar und voller Sterne. Der Mond stand schon weit oben. Mir schoss die Frage durch den Kopf, wie es wohl wäre, immer im Dunkeln zu leben. So wie Eulen.

Plötzlich hörte ich ein leises Klacken, dann kam das erste Bein aus Chris' Fenster geschwungen. Sie sah mich, winkte kurz, zog das Fenster wieder in den Rahmen, sprang nach unten und spurtete zu mir hinter die Garagen. »Hi!«, sagte sie und lächelte. Wir fielen uns in die Arme und gaben uns einen langen Kuss.

Vorsichtig schlichen wir uns zur Straße und gingen in die Innenstadt. In einem Imbiss kauften wir zwei Bier und spazierten ohne Ziel los. Irgendwann setzten wir uns auf einer Baustelle in ein großes Rohr und erzählten und knutschten und erzählten. Schließlich sprachen wir darüber, wie wir uns unser zukünftiges Leben vorstellten.

»Ich glaube, es ist toll, endlich erwachsen zu sein und sein eigenes Zeug machen zu können«, sagte Chris.

»Ich weiß nicht.«

»Es muss ein bisschen verrückt sein.«

»Das Leben muss viel mehr Spaß machen!«

»Man müsste einfach mehr Zeit haben.«

»Ja, als Erwachsener hat man nie Zeit.«

»So wie jetzt müsste es sein: Wir sind einfach hier und gehen ins Bett, wann wir wollen.«

»Schade, dass wir noch nicht zusammenwohnen.«

»Ja, das wäre cool.«

Wir schwiegen eine Weile und ich musste an den starken Regen vor einigen Wochen denken. »Vielleicht sollten wir einfach nur in der Nacht leben. Später, meine ich.«

Sie sah mich an. »Manchmal bist du schon etwas verrückt.«

»Wir machen es so: Wir arbeiten am Vormittag ein paar Stunden, pennen dann und stehen am späten Abend wieder auf. Menschen der Dunkelheit.« Ich machte ein geheimnisvolles Gesicht und brummte mit tiefer Stimme: »Sie leben im Schatten des Tages!«

»Huhu!«, machte Chris mit aufgerissenen Augen.

Jedenfalls, das beschlossen wir nun, wollten wir uns ab jetzt regelmäßig nachts treffen.

So träumten wir also vor uns hin. Irgendwann betrachteten wir den Mond hoch oben. Einen Moment lang hatte ich die Idee, er sei nur das Spiegelbild der Erde im Dunkel des Universums.

Als das Blau des Himmels allmählich heller wurde und die Vögel zu zwitschern begannen, schlichen wir zurück in unsere Zimmer. Nach zwei Stunden Schlaf ging ich in die Schule. Im Unterricht schlief ich immer wieder ein, aber bis auf meine Lieblingslehrerin in Deutsch interessierte das niemanden.

Am späten Nachmittag trafen wir uns und erzählten uns kichernd, wie oft wir in der Schule eingenickt waren. Beide hatten wir uns nach dem Mittagessen erst einmal zwei Stunden hingehauen. Für Chris war es trotzdem ein erfolgreicher Schultag gewesen. Sie hatte in Geschichte eine Eins geschrieben.

Bevor sie wieder nach Hause musste, sagte ich: »Treffen wir uns heute Abend noch mal? Am Kinderschuh?«

»Ich kann es versuchen.«

»Okay, ich bin jedenfalls da. Sagen wir ab acht. Mir wird schon eine Ausrede einfallen.«

Als ich nach Hause kam, waren alle da und Mama und Anika hatten sogar gemeinsam ein Essen gekocht. Ich war voll überrascht. Mein Vater räumte auf dem kleinen Schreibtisch im Wohnzimmer herum. Musik lief. Es herrschte eine eigenartige Atmosphäre. Die drei machten etwas übertrieben einen auf locker und irgendwie waren sie eine Nuance zu laut bei allem, was sie taten. Irgendetwas stimmte nicht. Ich lehnte die Tür zu meinem Zimmer nur an und machte große Ohren. Meine Mutter und Anika lachten ein paarmal laut in der Küche.

Plötzlich stand mein Vater im Zimmer. »Na«, sagte er und kam etwas weiter herein. Er sah sich um und schien beim Betrachten der Graffitibilder an den Wänden vor sich hin zu nicken. Dann trat er näher an mich heran und berührte mich am Oberarm. »Du, Jan«, begann er, lächelte und erklärte mir schließlich, dass er ab nächster Woche jeden Tag bis zu den letzten Klausuren Nachhilfe für mich organisiert habe. Jeden Tag von fünfzehn bis siebzehn Uhr würde ein Abiturient kommen. Es könne ja so bei mir nicht weitergehen, ich müsse mich stärker zusammenreißen, es sei bei mir alles reine Faulheit. Dumm sei ich ja schließlich nicht.

›Na, herzlichen Glückwunsch!‹, dachte ich nur. ›Was ist denn hier eigentlich los?‹

Kurz darauf rief uns Anika zum Essen. Als wir alle saßen, begann ein fröhliches Geplapper und wir lachten über Albernheiten. Irgendwann brach das ab und wir aßen schweigend weiter, bis mein Vater aufsah und ansetzte: »Also, ähm ... ja, wir ... wir müssen jetzt mal über etwas Ernstes reden, alle zusammen ... ich denke, wir tun das wie unter Erwachsenen, ihr beide seid schließlich alt genug.« Er schob das restliche Essen auf seinem Teller hin und her. »Tja ... es ist so, dass ... Mama und ich, wir ... na ja, ihr wisst ja selbst, dass es in den letzten Monaten oft Spannungen zwischen uns gegeben hat ...« So stotterte er herum, aber irgendwann war es raus: Zwar wollten sie sich erst mal nicht scheiden lassen, diese Sorge bräuchten wir nicht zu haben, aber Mama hatte bereits eine eigene Wohnung in Aussicht. Anika wusste längst Bescheid und hatte beschlossen, mit Mama auszuziehen. Auch ich müsse nun entscheiden, bei wem ich wohnen wolle. Aber das Beste sei wohl, ich würde bei Papa bleiben.

Ich aß weiter, ohne dass ich etwas schmeckte. Begreifen konnte ich das alles nicht. Ab sofort sollten wir keine Familie mehr sein? Meine Eltern würden in verschiedenen Wohnungen leben? Und ich sollte entscheiden, bei wem ich lieber leben wollte? Alles das, was wir mal zusammen gewesen waren, sollte auf einmal für immer zu Ende sein? Was war denn das für eine Oberscheiße?!

Nach dem Essen wollten sie noch, dass wir uns zusammen ins Wohnzimmer setzten, um »vernünftig« über die gemeinsame Zukunft zu sprechen, aber ich sagte, ich hätte Chris versprochen, ihr bei etwas zu helfen. Ich ging, ohne noch ein Wort zu sagen. Weg war ich. Sollten sie doch allein über ihre Zukunft reden!

Ich konnte weder fühlen noch denken und verzog mich zum Kinderschuh. Den Weg dorthin nahm ich gar nicht wahr. Ein paar Minuten lang liefen mir auch die Tränen über die Wangen. Dann setzte ich mich auf die Bank, steckte mir eine Zigarette an und blickte über die Wiesen. Am grau verhangenen Himmel sah ich die Fledermäuse, obwohl es gerade erst zu dämmern begann.

Plötzlich rieselten Steinchen hinter mir den Fels herunter, und während ich mich umwandte, krachte es auch schon gewaltig. Ich fuhr auf, sprang von der modrigen Bank und rannte ein Stück weg. Aus dem Augenwinkel sah ich, wie die Geröllmasse nach unten rutschte. Danach sackte noch einmal ein ganzer Schwung nach und gegen die Bank und faustgroße Steine rollten mir entgegen. Dann blieb es ruhig.

Mein Herz raste, der Schreck war mir durch alle Glieder gefahren. Ich atmete tief aus. »Puh«, machte ich laut. Vorsichtig trat ich wieder näher und stieg höher auf die abgesackte Erdmasse, um von dort Richtung Stadt zu sehen. Von hier aus konnte ich über die Kastanie hinweg bis zum Anfang des Schotterweges blicken, aber von Chris noch keine Spur. Dann sah ich in dem abgerutschten Hang ein Loch. Ich kniete mich hin und konnte einen Hohlraum erkennen. Er schien gar nicht so klein zu sein. Ich vergrößerte die Öffnung etwas, um weiter hineinsehen zu können, doch da brach ich mit einem Mal samt Untergrund ein und stürzte hinunter. Mit den Armen wild durch die

Luft rudernd, landete ich hart auf dem steinigen Boden. Ich krachte auf den rechten Arm und aufs Knie. Es tat lausig weh. »Scheiße!«, brüllte ich laut. Mich aufsetzend, hielt ich mir das Handgelenk, tastete es ab und bewegte die Finger. Meine Handflächen waren aufgeschürft. Ich stand auf und rieb mein schmerzendes Knie, während ich um mich blickte.

Tatsächlich hatte sich unter einem Felsvorsprung ein Hohlraum gebildet, in dem ich jetzt umherstapfte, obwohl ich in der Finsternis nicht viel erkennen konnte. Es war mir auch ein bisschen unheimlich. Außer von dem Loch oben drang kein Licht herein. Ich stand unschlüssig herum, da hörte ich draußen Geräusche. »Jan!?«

Ich legte die Hände an den Mund und sprach tief aus dem Hals nach oben zum Einbruch gerichtet: »Komm rein, Kleines. Fürchte düch nücht.«

»Ha!«, machte sie, und ich hörte ein paar hastige Schritte.

»Üch bün hür drünnen«, brummte ich noch tiefer.

»Bist du das, Jan?«

»Wer sonst?«

»Ey, bist du blöd, ich wäre fast tot umgefallen! Wo steckst du?«

»Hier im Felsen.«

»Wo?«

»Steig mal von der Seite auf das Geröll und geh vorsichtig auf das Loch zu, das du dann siehst.«

Ich wartete unter der Öffnung, bis ihr Gesicht erschien.

»Wow, was ist das denn?«, fragte sie.

»Eine kleine Höhle, hab sie vorhin entdeckt. Plötzlich kam das Geröll runtergekracht. Ich weiß zwar noch nicht, wie wir hier wieder rauskommen, aber komm doch runter.«

Sie sprang und wir inspizierten miteinander den Hohlraum. Da wir fast nichts erkennen konnten, beschlossen wir, am nächsten Abend Taschenlampen mitzubringen. Mühsam kletterten wir wieder hinaus, legten ein paar Äste über den Eingang, um ihn zu verstecken, und gingen erst nach Hause, als es schon dunkel war.

Da ich es gar nicht erwarten konnte und außerdem in großer Sorge war, jemand könnte die Höhle entdecken, fuhr ich bereits am Nachmittag mit der großen Taschenlampe aus unserer Garage zum Kinderschuh. Alles schien unverändert. Ich sprang ins Loch, schaltete die Lampe ein, für die ich nach der Schule extra neue Batterien gekauft hatte, und sah, dass sich die Höhle nach hinten verjüngte und noch ein Stück weiterführte. Dort wurde es feucht und kühl. Unsicher tastete ich mich vor. Der Schein der Lampe war zu schwach, immer konnte ich nur einen kleinen Fleck im Dunkeln ausleuchten. Es war mir unheimlich. Ich blieb stehen und lauschte. Nur das Aufprallen einzelner Wassertropfen auf das feuchte Gestein oder in kleine Pfützen war zu hören. Nach hinten wurde der Spalt zwischen den Felswänden immer schmaler. Mich überfiel die Angst, die beiden Felswände könnten mich von rechts und links einklemmen und zermalmen. Noch einmal leuchtete ich vor mich. Irgendwo in der Zerklüftung schien sich der Gang zu verlieren.

Ich ging wieder nach vorne und sah mich um – dann stand mein Entschluss fest.

Ich kletterte hinaus und fuhr nach Hause. Dort angekommen, trug ich mein Fahrrad in den Keller. Am Abend wollte ich zu Fuß gehen. Ich knipste das Licht an und ... da saß Micki in der Ecke, neben sich die Schultasche.

»Was machst du denn hier im Dunkeln?« Ich stellte mein Rad ab.

»Boh, bin ich froh, dass du endlich kommst!« Er hielt seine große blaue Glasmurmel in der Hand, die er seit Jahren als Talisman bei sich trug.

»Was ist denn?«

»Ich habe meine Schlüssel verloren. In einer halben Stunde kommt meine Mutter und kurz danach auch mein Vater. Oh, Jan, was meinst du, was gleich wieder los ist!«

»Den Schlüssel von der Haustür auch?«

»Na klar, alle.«

»Scheiße, wenn sie alle Schlösser auswechseln müssen, dann wird's teuer!«

Micki liefen Tränen übers Gesicht.

»Weißt du, wo du ihn verloren haben könntest?«

Er zuckte mit den Schultern.

»Hm. Hör zu, sag einfach, du hättest ihn wahrscheinlich im Klassenzimmer liegen gelassen. Dann sind sie vielleicht etwas beruhigt und rasten nicht gleich so total aus.«

»Okay.« Er erhob sich. »Ich hab echt Schiss.«

Ich nickte.

Aufgeregt rollte er seine Murmel zwischen den Handflächen. Sein Gesicht sah wirklich verzweifelt aus.

»Scheiße, echt!« Ich versuchte ihn zu beruhigen: »Aber wir kriegen das schon hin. Ich muss nur schnell noch hoch, was vorbereiten.«

»Du bist wirklich mein allereinzigster Freund ...«, sagte er und da fiel ihm die Murmel auf den Boden. Sie sprang ein paarmal auf mit dem harten Schlag von Glas auf Beton und rollte zwischen die Fahrräder.

»Also, ich komme sofort, wenn ich dich höre.«

»Versprochen?«

»Klar. Versprochen!« Ich verschwand.

In der Wohnung setzte ich mich zuerst in die Küche und aß zwei Käsebrote. Anschließend machte ich noch ein paar Brote mehr, um sie mitzunehmen. In meinem Zimmer packte ich danach den Rucksack mit allem möglichen Kleinkram, steckte das Geld ein, das ich nach der Schule von der Bank geholt hatte, und zog die Luftmatratze unter meinem Bett hervor. Ich nahm Kerzen mit, mein Taschenmesser und machte heimlich Tee, für den ich gerade eine Thermosflasche suchte, als meine Mutter in der Küchentür erschien. Ich schob die Flasche zurück.

»Bitte denk morgen früh daran, die Mülltonne an die Straße zu stellen.«

»Ja.«

»Was machst du denn da?«

»Ich? Nichts. Tee. Ich will noch was Warmes trinken.«

»Aha«, machte sie und ging zurück ins Wohnzimmer. Ich sah ihr nach. Sie lehnte die Tür an und setzte sich an ihr Notebook.

Ich beeilte mich jetzt lieber. Schnell füllte ich den Tee um und brachte die Flasche in mein Zimmer. Dann suchte ich noch ein Feuerzeug in den Küchenschubladen. Anika kam aus ihrem Zimmer in die Küche. Ich tat gelangweilt, obwohl mein Herz wie wild galoppierte. Ohne ein Wort zu sagen, verschwand sie wieder. Jetzt durfte nichts mehr schiefgehen. Hatten sie etwas bemerkt? Lauschten sie, was ich tat? Zum Glück war nicht auch noch Papa zu Hause. Viel Zeit durfte ich jedenfalls nicht mehr verlieren. Bestimmt hatten sie gemerkt, dass ich irgendwie anders drauf war als sonst. Ich war so aufgeregt! Endlich wurde es ruhig in der Wohnung, die beiden schienen beschäftigt. ›Nichts wie raus jetzt!‹, dachte ich in diesem Augenblick nur noch. Ich hatte Schiss, dass Mama plötzlich in mein Zimmer kommen könnte.

Bevor ich mich aus der Wohnung schlich, klemmte ich mir noch eine Wolldecke unter den Arm und war auch schon verschwunden. Ab durch die Straßen und weiter zur Kastanie und hinauf zum Kinderschuh.

»Wo bleibst du denn?«, legte Chris sofort los, als ich ankam. »Ich dachte schon, du kommst gar nicht mehr.« Aber dann sagte sie verdutzt: »Was hast du denn vor?« Sie sah auf meinen Rucksack.

»Wirst du schon sehen!«, grinste ich und schob nach: »Die Höhle ist viel größer, als wir dachten. Ich war heute Nachmittag schon drin.«

»Echt? Cool. Wie groß?«

Wir stiegen aufs Geröll. »Ich weiß nicht, ich war nicht ganz hinten. Wir brauchen stärkere Lampen. Aber jetzt haben wir ja schon mal zwei.«

Wir sprangen in das Loch hinunter, suchten einen trockenen Platz für unsere Sachen und gingen sofort weiter ins Innere, indem wir die Taschenlampen anknipsten. Hand in Hand gingen wir tief hinein in den Spalt. Schließlich mussten wir hintereinander gehen, weil es zu eng wurde. Kurz leuchteten wir noch einmal zurück: grauer Stein und dahinter nichts als Finsternis. Als wir die Lampen ausstellten, war es schwarz um uns herum, auch vom Eingang drang kein Lichtschein mehr zu uns.

»Mist«, sprach Chris ins Dunkel, »das ist genau wie beim Klettern, wenn man besser nicht nach unten sieht. Ich hab ein bisschen Schiss.«

»Meinst du, ich nicht. Willst du zurück?«

»Auf gar keinen Fall, ich will das alles sehen. Geh weiter.«

Wir tasteten uns voran, aber der Spalt wurde immer enger. Nach ein paar Metern schon fielen unsere Lichtkegel auf massiven Fels vor uns. »Tja«, machte ich. Ich sah Chris an: »Jetzt stehen wir hier am Ende der Welt.«

Als wir uns umdrehten, weil wir zurückwollten, deutete Chris plötzlich mit dem Lichtkegel auf einen Schatten unter einer kleinen Felswölbung. »Sieh mal!« Da war eine Öffnung. Wir knieten uns hin, aber auch mit zwei Lampen konnte man nichts erkennen.

»Setz dich auf meine Beine«, meinte ich, »ich krabble mal da rein.«

»Sei bloß vorsichtig. Nicht, dass es der Bau von irgendeinem Viech ist.«

»Was denn für ein Viech?«

Ich ließ mich mit dem Oberkörper hinunter, während Chris mich hielt. Tatsächlich: Es war ein Durchbruch in einen ganz schmalen Spalt. Ich krabbelte wieder hinaus und sah Chris an. »Ich glaube, es geht da noch weiter.«

»Wow, das will ich sehen. Aber nicht jetzt, das ist zu gefährlich.«

»Mit einem Seil könnten wir es riskieren.«

»Das besorgen wir uns morgen.«

Ganz aufgeregt, gingen wir zurück und ich blies die Luftmatratze auf, zündete die zwei Kerzen an, schüttete den heißen Tee in den Becher und dann ... dann waren wir irgendwie selig. Unsere Höhle!

»Ich werde ein paar Tage hierbleiben«, verkündete ich schließlich.

»Was?«

»Ja, vielleicht begreifen meine Eltern dann mal was. Verdammt noch mal, ich will mich nicht entscheiden zwischen Mama und Papa, ich will Eltern, verstehst du? – Eh-Ell-Te-Eh-Er-En!«

Chris strich mir über die Wange und sah mich an: »Eigentlich ist es albern, sich hier zu verkriechen, aber ich verstehe das schon. Manchmal wünsche ich mir so was auch.« Sie lächelte. »Okay, ich komme dich jeden Tag besuchen. Und gleich morgen mit Seil.«

»Du könntest auch nachts kommen ...«

Chris schmunzelte. »Wenn ich es hinkriege.«

Ich sah sie an: »Aber sag ihnen nichts, wenn sie bei euch anrufen, ja?«

»Ey, sag mal, für wen hältst du mich?«

»Ich habe heute Nachmittag noch Geld vom Konto geholt. Kannst du mir was zu essen kaufen und so?«

»Klar.«

»Und geh in den Baumarkt und besorg eine stärkere Lampe. Und ich glaube, du brauchst einen wärmeren Pullover für da unten«, haspelte ich und blickte sie an: »Wir gehen doch runter, oder?«

»Ja, es wird unser Geheimversteck. Niemand kann uns dann finden.«

Als Chris gegangen war, wurde es mir doch unheimlich in der Düsternis. Die Kerzen brannten immer weiter runter und wurden dann schwächer. Ich sah kaum noch etwas in der Finsternis und hörte nur noch das stetige Tropfen überall. Wenn sich irgendwo auch nur ein kleines Steinchen löste und herunterfiel, erschrak ich mit heftigem Herzklopfen und war hellwach, obwohl ich jetzt doch sehr müde wurde. Nur langsam bewegte sich der Stundenzeiger meiner Uhr voran.

Ich war froh, als der Himmel über dem Einstieg allmählich wieder heller wurde. Zwei-, dreimal hatte ich in der Nacht kleinere Erdbrocken herunterfallen hören. Besonders stabil schien der Hang nicht zu sein. Früher oder später würde der Hohlraum wohl wieder einstürzen. Ich kletterte nach oben, obwohl es noch sehr früh war, legte wieder die Äste über die Öffnung und ging im Wald spazieren. Die Vögel zwitscherten, durch die Baumkronen drangen die frühen Sonnenstrahlen und einmal rannten drei Rehe vor mir davon. Auf einer Lichtung legte ich mich später in das warme Gras und schlief ein paar Stunden in der Sonne. Es war inzwischen angenehm warm. Als ich wieder erwachte, spazierte ich zurück zur Höhle. Kurz bevor ich ankam, musste ich mich vor einem Bauern verstecken, der mit dem Traktor auf dem Waldweg fuhr. Ich beschloss, mich nicht mehr bei Tageslicht blicken zu lassen.

II

Wir banden das Seil um einen Steinvorsprung, dann zwängte ich mich durch den Felsspalt und ließ mich hinunter. Chris strahlte mit der großen Lampe nach unten, bis ich Boden unter den Füßen hatte. Dann warf sie mir den Rucksack und die Lampe nach. Die Pullover hatten wir bereits angezogen, die Decke in den Rucksack gestopft. Bevor Chris herabstieg, zog ich noch einmal kräftig am Seil und probierte aus, wie wir auf dem Rückweg wieder nach oben kommen würden, aber das war kein Problem mit dem Seil.

Wegen der Schräge der Felswand mussten wir leicht gebückt gehen. Die Wände waren hier noch nasser und die Steine unter unseren Füßen lose. Vorsichtig taten wir einen Schritt nach dem anderen, zwei kalte graue Wände dicht neben uns. So tasteten wir uns voran. Das Abwärtsgehen war mühsam. Nach geraumer Zeit – Chris und ich hatten zuletzt kaum noch gesprochen – verbreiterte sich der Gang und zwei weitere Spalten gingen von ihm ab. Wir blieben stehen und strahlten mit den Lampen in beide hinein. »Wo weiter?«, fragte Chris.

»Keine Ahnung. Lass uns erst mal eine Pause machen.«

Wir setzten uns und legten uns die Decke um die Schultern. Hier unten war es jetzt ziemlich kühl und gleichzeitig schwitzten wir. Chris nahm die Wasserflasche aus dem Rucksack und zwei der Äpfel.

»Komisch«, sagte sie, nachdem sie getrunken hatte und mir die Flasche hinhielt, »in Höhlen rechnet man die ganze Zeit damit, dass irgendwas passiert.«

»Ja.«

»Aber was soll schon passieren?«

»Vielleicht finden wir eine Tropfsteinhöhle.«

»Oder eine Goldader.«

»Oder einen Fahrstuhl nach oben.«

Sie prustete los und spuckte dabei das Wasser in einem weiten Strahl nach vorne. Wir lachten und hörten den Widerhall.

»Jedenfalls will ich noch weiter«, sagte Chris dann, »von diesen Gängen weiß doch niemand im Ort etwas. Wir sind die Entdecker. Die Höhle ist unser Geheimnis.«

»Ja, irgendwann bricht oben wieder alles ein und niemand bekommt das hier unten je zu Gesicht. Nur wir wissen davon.« Wir sahen uns an und gaben uns einen Kuss.

»Genau!«, sagte Chris. »Und deshalb: Los jetzt, weiter!«

Ich griff zum Rucksack.

Wir trotteten durch die nächste Kluft. Weiß schimmerten Verkalkungen an den Wänden und an einer Stelle hing in einem hohen Schacht ein steinerner Wasserfall aus Kalkgestein herab. Überall tropfte es von den unzähligen, feucht glänzenden Spitzen.

»Das alles ist Zehntausende von Jahren alt«, meinte Chris.

Dann fanden wir eine Stelle, an der die niedrige Steindecke über uns ein witziges, knollenartiges Muster hatte, es sah aus wie Blumenkohl. Rechts und links neben uns wunderschöne weiße Gebilde aus gerillten Säulen oder wie hingegossener Zuckerguss. Es wurde kühler und feuchter. Chris, die vor mir ging, legte sich die Decke um die Schultern. Es war mühsam, auf dem mal steinigen, mal felsig-glatten Untergrund zu gehen. Nur langsam kamen wir vorwärts. Wir mussten vorsichtig sein. Auch unser Licht schien allmählich schwächer zu werden. Aber wir waren völlig besessen davon, dass diese Gänge immer noch weiter führten. Als wir kurz darauf haltmachten, beschlossen wir, für heute umzukehren. Nun sahen wir zum ersten Mal auf unsere Uhren ... und erschraken. »Puh«, machte ich, »das mit dem Abendessen hat sich für dich erledigt.«

»Das gibt Ärger!«

»Scheiße!« Ratlos sah ich Chris an, sagte dann aber: »Jetzt ist es auch schon egal.« Mir wäre es sowieso am liebsten gewesen, wenn sie ein paar Tage mit in der Höhle geblieben wäre. »Lass uns erst mal unsere Brote essen und ausruhen. Zurück gegen die Steigung brauchen wir noch viel länger als hier runter.«

»Au, Mann ...«, murmelte sie noch einmal, sie sah jetzt doch unglücklich aus. Sie würde gewaltigen Stress kriegen.

Da hockten wir nun inmitten der grauen Gesteinsbrocken. Um uns Dunkelheit, die nur von unseren schwachen Lichtkegeln erhellt war. Es war still und irgendwie doch nicht.

»Hoffentlich finden wir zurück«, meinte Chris.

»Klar!«

»Mach die Lampe aus, wir müssen Energie sparen!«

So saßen wir da, jetzt in völliger Finsternis, aßen schweigend von unserem Proviant, tranken und dösten dann mit den Köpfen an die Wand gelehnt. Irgendetwas ließ uns später aufwachen, und als Chris nach der Lampe tastete, traf mich ein Tropfen auf die Nase. Sie schaltete das Licht ein und ich zwinkerte gegen die Helligkeit. Während ich mich noch streckte und reckte, schob sie sich schon durch den breiteren der beiden Spalte vor uns, die Wolldecke immer noch über den Schultern. »Wenn wir wiederkommen, sollten wir hier reingehen. Lass uns hier irgendwo ein Zeichen anbringen.« Ihre Stimme hallte.

Ich setzte den Rucksack auf, nahm die andere Lampe und folgte ihr. »Jetzt warte!«, rief ich. Aber Chris ging immer noch ein paar Schritte weiter und weiter und leuchtete die Wände ab. »Wow«, machte sie. Bald tat sich vorne ein etwas größeres Gewölbe auf.

»-ehen -eiben!«, schallte es plötzlich von irgendwo und ich erschrak bis ins Mark. Es war eine tiefe, männliche Stimme. Chris stand zur Säule erstarrt da, den Arm zu mir nach hinten gestreckt, den Mund offen. Ich konnte gar nicht glauben, etwas gehört zu haben, hier unten, wer sollte denn hier sein? Chris sah mich erschrocken an. »Jan«, flüsterte sie.

Ich trat zu ihr und sagte leise: »Was war das?«

Sie zuckte mit den Schultern.

Dann hörten wir Tritte auf steinigem Untergrund, sahen einen Lichtschein in einer seitlichen Zerklüftung und plötzlich traten drei eigenartige Gestalten daraus hervor. Ich konnte es nicht glauben, war aber völlig sicher, dass ich nicht träumte. Es waren Männer mit Bärten und zotteligen langen Haaren. Sie trugen irgendwelche Lichter vor der Brust, die nun alles erleuchteten, hatten Fellkleidung an und dicke Fellschuhe.

Das Herz schlug mir bis zum Hals, wir standen stocksteif da.

Die drei Gestalten kamen näher. Trotz der Bärte sahen ihre Gesichter jung aus. »Was führt euch hierher?«, fragte der ganz rechts; er hatte eine große Zahnlücke und seine Stimme klang sehr alt. Die drei musterten uns von oben bis unten.

»Wir ... wir haben zufällig die Höhle oben entdeckt und die Gänge und sind einfach nur so losgegangen, nur so aus Neugierde und ... eigentlich wollten wir gerade wieder umkehren ... wir müssen nach Hause.«

»Unsere Eltern suchen uns sicher schon«, setzte Chris hastig hinzu.

Ich sah, dass die drei faustgroße Steine in den Händen hielten. ›Oh, Scheiße!‹, hämmerte es in meinem Kopf.

Der Mann, der gesprochen hatte, sah die beiden anderen an.

»Ta zi itu«, sagte der erste.

»Tata zi«, brummte der zweite und zuckte mit den Schultern.

»E! An ... an eni nin!«

Aus den Augenwinkeln sah ich zu Chris. Was war das für eine Sprache? Wir fassten uns an den Händen. »Verdammt«, zischte sie zwischen den Zähnen.

Der Mann wandte sich wieder an uns. »Das geht erst mal nicht. Ihr müsst mitkommen. Dafür existiert eine ganz klare Regel.«

»Was denn für eine Regel?«, fauchte ich. »Wir wollten ja schon wieder umkehren ...«

»Nein.«

»Bitte«, hauchte Chris.

»Es geht nicht. Es wird euch nichts geschehen, aber ihr müsst mitkommen.«

Der Typ klang brutal entschieden, war aber gleichzeitig völlig ruhig, eigentlich sogar freundlich. Ich unternahm noch einen Versuch: »Hören Sie, wir hauen einfach wieder ab, okay? Wir haben nichts gehört und nichts gesehen – Ehrenwort! Wir wollten Sie nicht stören. Wir wussten doch gar nicht, dass Sie hier sind.«

»Nein, tut mir leid, ihr kommt mit.« Er ließ den Stein aus der Hand fallen, trat fünf Schritte auf uns zu und reichte zuerst Chris, dann mir die Hand. »Ich heiße Karl.«

Dieses junge Gesicht mit der alten Stimme – irgendwie unwirklich.

Auch die zwei anderen ließen die Steine fallen und kamen näher. Auch sie reichten uns die Hände. Ihr Händedruck war fest und kräftig. Sie hießen Wolfgang und Wilhelm und hatten ebenfalls Zahnlücken. Noch einmal versuchte ich es: »Lasst uns gehen. Wir versprechen es wirklich, wir sagen nieniemandem ein Wort.«

Jetzt schüttelten alle drei den Kopf. »Wie sind eure Namen?«, wollte dieser Karl wissen.

»Jan.«

»Chris.«

Bestimmt gab es noch mehr von diesen Gestalten und sie wollten uns jetzt zu den anderen bringen. Ein Nest von Dieben und Halunken. ›Wenn fliehen, dann am besten jetzt‹, schoss es mir durch den Kopf.

»Ich gehe voran«, sagte Karl nun. Er sah die beiden anderen an: »Be itu xu ke.« Er drehte sich um und ging los.

Ich fuhr mir mit der Hand durchs Haar: ›Scheiße, was haben die vor?‹

Die beiden anderen machten eine Geste, dass wir ihm folgen sollten. Der, der Wolfgang hieß, war klein und etwas stämmig, dieser Wilhelm groß und dünn. »Ihr könnt eure Lampen jetzt ausmachen«, meinte er. »Vielleicht können wir sie noch mal gebrauchen, obwohl ...«

›Obwohl?‹ Was hatten die mit uns vor? Zum Teufel, sie waren auch viel stärker als wir zwei. Wir konnten doch jetzt nicht ...

»Ich gehe den Korb holen«, sagte Wolfgang, und verschwand in der Felsnische, aus der sie gekommen waren. Kurz darauf erschien er wieder mit etwas Abstand hinter uns und trug ein geflochtenes Gestell auf dem Rücken.

Hand in Hand und mit übergehängter Decke folgten Chris und ich dem Kerl vor uns. Im Schein des Lichts konnte ich erkennen, dass Chris weinte. Ich drückte ihre Hand, aber ich hatte selbst Angst. Verdammter Mist. Bestimmt war das eine ganze Bande!

Wolfgang hatte aufgeschlossen und er und Wilhelm unterhielten sich in einigem Abstand hinter uns, aber durch den starken Widerhall ihrer Stimmen und unsere Tritte waren sie nicht zu verstehen, obwohl sie jetzt meist nicht in ihrer eigenartigen Sprache redeten. Karl marschierte einfach vor sich hin – ein dunkler Umriss vor dem Licht, das er in den Gang warf. Chris und ich trauten uns nicht zu sprechen. Dann blieb Karl stehen und trat rechts an die Felswand, wobei er sich ducken musste. Wir kamen näher zu ihm.

»Es geht jetzt hier ein paar Meter durch eine sehr enge Spalte, durch die ihr euch durchquetschen müsst.«

»Müsst? Und wenn wir das nicht machen?«

Karl blickte mich an, sagte aber kein Wort, drehte sich um und verschwand in der Spalte.

Verdammt, was sollten wir tun? Mit den dreien konnten wir es nicht aufnehmen. Aber ...

Ich rührte mich zuerst nicht. Wilhelm und Wolfgang kamen näher. Ich fühlte mich so hilflos, so ... Dann zwängte ich mich in den Spalt. Ein mühsames Gequetsche und Geschiebe, wir kamen nur langsam voran. Die Spalte machte schließlich einen Knick – mir war, als müsste ich ersticken. Plötzlich öffnete sie sich wieder, als ließe sie uns frei. Verdutzt schauten wir nach oben. In drei Metern Höhe lugte Karl aus einer Felsöffnung heraus. »Ihr müsst jetzt die Wand raufklettern; ich ziehe euch dann nach oben. Wirf den Tornister hoch!«

›Tornister‹ ... damit meinte er wohl meinen Rucksack.

Es war schwierig, sich an der rauen und feuchten Wand Halt zu verschaffen. Vorsichtig tastete ich mich hoch. Schließlich zogen Karls kräftige, behaarte Hände mich nach oben. Ich krabbelte durch das Loch und war in einem niedrigen Gang, in dem man nicht einmal stehen konnte. Ich blieb in der Hocke. Die Wände waren gemustert wie ein morgendlicher Sandstrand. Ich drehte mich, konnte aber nichts weiter sehen, weil Karl vor der Öffnung kauerte. Er fing die Wolldecke von Chris und warf sie mir zu. Ich hörte Chris fluchen, sie könne nicht steil an einer Wand hinaufklettern, aber auf einmal hatte Karl sie und zog sie nach oben. Wir wollten uns ausruhen, doch Karl kroch schon wieder voraus, und die beiden anderen kamen einer nach dem anderen hochgestiegen.

Wilhelm und Wolfgang stemmten einen großen Stein vor die Öffnung. Chris sah mich an, Panik in ihrem Blick, sie schluckte. Der Ausgang war nun versperrt. Ich bezweifelte, dass wir zu zweit den Stein je wieder zur Seite bewegt bekämen. Um uns herum war nun nichts mehr als grauer, massiver Stein. Wolfgang schnaufte schwer von der Anstrengung.

»Gib ihm die Decke«, sagte Wilhelm zu Chris und deutete zu mir. »Gleich wird es sehr eng, da behindert sie nur.«

Ich nahm die Decke und stopfte sie in den Rucksack. Dann sah ich entschlossen auf: »Wir gehen nicht weiter. Keinen Schritt. Wir wollen hier wieder raus!«

Wilhelm sah nicht mich, sondern Chris an. »Tut uns leid, aber ihr müsst mit.«

»Warum? Was soll das alles?«

»Das lässt sich hier nicht erklären.« Seine alte Stimme klang unheimlich.

Chris liefen Tränen über die Wangen, ich spürte, dass sie zitterte.

»Bitte lasst es nicht drauf ankommen ...«, fügte Wolfgang hinzu.

Wir verstummten. Ich kniff mir in den Finger, um nicht zu weinen.

Alle fünf krochen wir den Gang hinunter, der sich immer weiter verjüngte. Wie sollte es hier weitergehen? Dann deutete Karl auf eine ovale Öffnung zwischen zwei Steinschichten. »Ich krabble vor.«

Einer nach dem anderen krochen wir in die niedrige, fast waagerechte Röhre, die höchstens einen halben Meter hoch war. Ganz flach mussten wir kriechen, wenn wir uns nicht den Kopf stoßen wollten, und ich konnte unseren Rucksack nur vor mir herschieben.

»Ich kann nicht mehr, ich kann nicht weiter, ich hab Angst!«, schrie Chris plötzlich. Es klang dumpf in dieser Enge, aber es zog mir durch Mark und Bein.

»Einfach weiter«, hörte ich es hinter mir. »Es kann nichts passieren, wenn ihr einfach weiterkriecht. Man kann nicht stecken bleiben.«

Ich hörte Chris schluchzen. Auch mir kamen die Tränen.

Es war so verdammt eng und ich wagte schon nicht mehr, richtig durchzuatmen. Schwer lag ich auf meinem Brustkorb und auch die Knie taten mir weh, aber wir krochen und krochen und krochen. Gegenseitig nahmen wir uns das Licht und immer wieder stieß ich mir den Kopf. Einmal hatte ich das Gefühl, jetzt für immer hier stecken zu bleiben und nicht mehr vor und nicht zurück zu können. Hier langsam zu verhungern. Es war unerträglich. Ich roch den Schweiß unter meinen Achseln.

Ich wollte Chris in die Arme nehmen, ich wollte sie bei mir spüren, ich wollte ...

Plötzlich sah ich vor mir Karls Licht. Ich krabbelte erleichtert aus der elenden Röhre hinaus in eine geräumige Kammer mit glattem Boden. »So«, sagte er, »das liegt hinter uns. Jetzt lasst uns erst mal etwas essen.« Er ging in eine Felseinbuchtung, schob einen Stein zur Seite und griff in eine dahinterliegende Vertiefung. Endlich konnte ich Chris in die Arme nehmen. Ganz fest drückten wir uns aneinander, und als ich ihr einen Kuss auf den Hals gab, schmeckte ich das Salz auf ihrer Haut. Wir sanken auf einen Stein und hielten uns noch einen Moment an den Händen. Ich kramte im Rucksack, nahm die Decke heraus und das, was wir noch zu essen hatten. Ich gab Chris unser letztes Brot, nahm selbst den noch übrigen Apfel und trank aus der Wasserflasche.

»Hier«, sagte Wolfgang, »probiert mal das. Vielleicht könnt ihr uns dafür den Apfel lassen.«

»Ta ke apfel ata«, warf Karl ein und grinste dabei mit seiner Zahnlücke.

»Wie wäre es?« Wolfgang hielt Chris und mir etwas Weißes hin. Es hatte den Umfang eines Unterarms und erinnerte an einen Rettich, war aber weich. Ich biss hinein; es schmeckte wie eine Mischung aus Pilzen und gebratenem Fleisch. Ich gab ihnen den Apfel.

Sie hatten ihre eigenartigen Leuchten abgenommen und draußen liegen gelassen, sodass wir in einem dämmrigen Licht aßen. Sie mampften dieses Zeug und verteilten dann ein Brot, das ziemlich trocken war.

Noch einmal biss ich neugierig in das Pilzfleisch. »Was ist das?«, fragte ich.

»Skribo.«

»Und was ist Skribo?« Ich biss noch ein Stück ab.

Karl sah Wolfgang an, der dann sagte: »Ein Tier.«

Von so einem Tier hatte ich noch nie etwas gehört. Irgendwie schmeckte es aber und so aßen wir weiter. Chris und ich hatten großen Hunger. Die drei teilten sich den Apfel. »Hmmm«, machte Wolfgang.

»An ipu ke ta ipi dik ata.«

»E!« Karl stieß einen Seufzer aus.

Was hatten sie vor uns zu verbergen, dass sie wieder in ihr Kauderwelsch wechselten? Verstohlen blickte ich mich um. In einer Ecke sah ich zwei große Körbe mit Trageschlaufen, außerdem mehrere Schilfrohrstöcke. Wortlos aßen wir alle, aber dann platzte die Frage aus mir heraus: »Was habt ihr mit uns vor?«

»Nichts Bestimmtes. Wir müssen das besprechen.«

»Und warum besprechen wir es dann nicht hier?«, fragte Chris ziemlich patzig.

»Die anderen müssen dabei sein.«

»Was für andere, was soll das Ganze?«, bohrte ich weiter.

»Keine Angst!«, sagte Karl nur. Dann schwiegen sie wieder und aßen einfach weiter.

Reden hatte offenbar keinen Zweck. Sie wichen doch nur aus. Jedenfalls wussten wir jetzt sicher, dass es sich um eine ganze Bande handelte. Ehe die anderen auftauchten, hatten wir vielleicht eine Chance, die drei zu überrumpeln. Klar war auch: Je weiter der Weg hinabführte, desto weniger waren wir in der Lage, allein zurückzufinden. Wahrscheinlich mussten wir schnell handeln. Auf jeden Fall mussten wir das Weitergehen verzögern, so gut es ging, bis wir einen Plan hatten.

»Was war so los bei euch oben?«, fragte Wolfgang plötzlich in unser Schweigen hinein.

»Oben?«, zeigte ich mit dem Finger über mich.

»Ja.«

»Hm ... « Ich wusste nicht, was ich antworten sollte, und auch Chris zuckte mit den Schultern. Was wollten sie denn wissen?

»Politisch, meine ich.«

»Hm ...«, machte ich wieder.

»Na ja, schon schlimm irgendwie«, meinte Chris.

»Schlimm?«

»Ich meine nach dem 11. September.«

»Was für ein 11. September?«

»Na, vor ein paar Wochen. Als die Flugzeuge in die Twin Towers geflogen sind«, sagte Chris.

»Hmhm.«

»Und jetzt Afghanistan. Als könnte es bald einen großen Krieg zwischen Muslimen und Christen geben.«

Die drei nickten und sahen sich stumm an. Wolfgang zuckte mit den Augenbrauen.

»Twinn Tauers, so, so?«

»Und die DDR?«, fragte Wilhelm.

»Die DDR? Es gibt keine DDR mehr.« Chris sah ihn ungläubig an. »Deutschland hat sich doch wiedervereinigt.«

»Also doch!«, rief er und auch Wolfgang und Karl sahen lächelnd zu uns. Sie nickten. »Die Neunziger haben es ja gesagt.«

»Aber irgendwann in der Zukunft ist das mit den Ländern sowieso egal. Dann gibt es nur noch *ein* Europa ...«, meinte Chris.

»*Ein* Europa?«

»Ja, mit *einer* Regierung und so.«

Karl nickte und sah auf den Rest seines trockenen Brotes hinunter. »Interessant.«

Chris blickte verstohlen zu mir und zog die Stirn in Falten.

»Also«, meinte Wolfgang, »lasst uns etwas schlafen, bevor wir wieder aufbrechen.«

Chris und ich lehnten uns zurück an die Wand, zogen die Decke über uns und hielten uns aneinander fest, wir waren hundemüde. Trotzdem blinzelte ich mit zusammengekniffenen Augen zu den dreien. Sie legten sich richtig auf den Boden. Einen Moment noch dachte ich an Flucht, aber das war eine idiotische Idee: Hier konnte man sich nicht lautlos davonmachen. Ich sah ihnen in ihre entspannten, blassen Gesichter. Was sollten all diese blöden Fragen? Dann schlief ich mit dem Kopf an die Felswand gelehnt ein.

Als wir irgendwann wieder wach wurden, winkte uns Wilhelm nach draußen und zeigte uns ein kleines Bassin mit wunderbar frischem Wasser, das von einem Rinnsal aus dem Fels gespeist wurde. Das Wasser hatte einen kreidigen Nachgeschmack. Ich weiß nicht, wie lange wir geschlafen hatten, aber ich fühlte mich sehr ausgeruht, nur dass meine Glieder ziemlich steif waren. Ich spazierte herum, streckte mich dabei und sah nach ein paar Schritten eine weitere Nische im Gestein, viel größer als die, in der wir gesessen und geschlafen hatten. Ich trat ein Stück näher, dann schluckte ich: Menschenskelette.

Wolfgang hatte mich beobachtet und trat nun zu mir. »Ja, so weit sind schon mal welche gekommen – lang, lang ist's her.«

Auch Chris trat näher und verzog das Gesicht.

»Gleich stoßen wir auf die Schatzkammer«, lenkte uns Karl jetzt ab. »Es ist eine Tropfsteinhöhle. Behaltet die Decke noch um, es ist recht kühl dort drinnen. Danach wird es dann wärmer.«

Während Karl und Wolfgang zügig vorangingen, tapsten wir ihnen nur langsam nach. Wilhelm saß noch eine Weile am Wasser. Endlich konnten Chris und ich ungehört miteinander reden.

»Also doch noch ...«, sagte ich leise.

»Was?«

»Eine große Tropfsteinhöhle.«

Chris lächelte mich verkniffen an. Dann fragte sie: »Was kann das bedeuten, dass ihre Gesichter jung aussehen, obwohl ihre Stimmen ganz alt klingen?«

»Keine Ahnung.«

»Die haben kaum Falten oder so. Obwohl sie manchmal auch so altmodisch reden und diese blöden Fragen und sowieso: Die sehen alle aus wie Ötzi.«

»Total eigenartige Gestalten.«

»Aber wieso sind die so höflich ...«

»Reine Tarnung«, antwortete ich. »Ich meine, sie haben uns gefangen genommen und entführt.«

»Und sie sind so dumm ...«

Die Kälte nahm zu und wir zogen uns die Decke fester um die Schultern. Dann standen wir plötzlich am Eingang einer großen, märchenhaften Höhle.

»Seht euch das an!«, meinte Wolfgang, der jetzt mit seiner Leuchte die Höhlenwände anstrahlte.

Chris stieß mich dabei an und deutete auf eine Stelle, an der ein paar dicke Knochen lagen und Reste irgendwelcher Schädel.

Wilhelm schüttelte den Kopf. »Höhlenbären. Wahrscheinlich sind sie vor langer Zeit durch Einstürze hier eingeschlossen worden und verhungert.«

Überall standen gigantische Gebilde aus Stalagmiten und Stalaktiten. Manchmal schlank und gerillt, dann glatt und wulstig. Meterlange gewellte Flächen hingen wie in Falten geworfene, milchig-weiße Vorhänge von der Decke. Aus einer Ecke ergossen sich endlose Terrassen in den Raum hinein, spiegelglatt vom Wasser, das auf ihnen dahinrann. Die ganze Höhle strahlte in einem matten, schimmrigen Weiß.

»Hier legt das Wasser seit Millionen von Jahren einen Schatz an«, hallte Karls Stimme.

Wolfgang richtete das Licht ins Zentrum und uns verschlug es endgültig die Sprache. In der Mitte der Höhle stand ein kolossaler Tropfstein, der aus nach oben immer kleiner werdenden Ringen bestand. Die Wölbung eines jeden Rings schimmerte durch das Wasser, das langsam daran herunterlief und das Licht reflektierte. Wir holten die Lampen aus unserem Rucksack, um selbst Licht zu haben und uns alles genau ansehen zu können.

»Nichts berühren«, schallte es herüber. »Das Fett in der Haut sorgt dafür, dass für lange, lange Zeit der Kalk aus dem Wasser nicht vom Stein aufgenommen werden kann. Wäre doch zu schade.«

Auf einer Art Podest hatten die schnell fallenden Tropfen Pfützen gebildet, in denen überall weiße, ovale Steinchen lagen, die wie Perlen aussahen.

Nach hinten verjüngte sich die Höhle. Über dem Ausgang ragte ein gigantischer, rötlich schimmernder Tropfstein, der aussah wie eine geheimnisvolle Gestalt unter einer Decke, die hier alles bewachte. Jeden Moment rechnete ich damit, dass sie den Umhang zur Seite schob und zu uns sprach.

Dann traten wir aus einer winzigen Öffnung hinaus aus der Höhle und wieder waren wir von grauem Fels umgeben. Der Weg fiel steil nach unten ab und wir stießen auf eine trockene Stelle, an der wir uns setzten.

»Also«, erklärte Karl und sah uns an, »gleich müssen wir ziemlich lange steil abwärtsgehen. Seid vorsichtig dort! Ganz sachte! Wir müssen alle versetzt gehen, damit wir uns nicht gegenseitig das Licht nehmen. Insgesamt müsst ihr euch eher rechts halten. Links ist es sehr rutschig, da läuft das Wasser hinunter. Es ist gefährlich, wenn man dort ins Rutschen kommt! Wer einmal stürzt, findet keinen Halt mehr.«

Erneut ging es durch steinige Gänge, rutschige Spalten und enge Löcher. In Gedanken legte ich mir einen Plan zurecht: Ich wollte die drei dort an der steilen Stelle in die Tiefe stoßen. Je weiter wir vordrangen, desto schwieriger würde es für Chris und mich, wieder zurückzufinden. Vielleicht war das die einzige Stelle, um sie alle drei loszuwerden. Immer noch drehte ich mich an Abzweigungen um, um sie mir einzuprägen – oder war es längst illusorisch, allein den Weg zurück zu finden? Aber wir mussten es doch versuchen!

Wilhelm und Wolfgang waren weit hinter uns.

»Ich glaube, es wird wirklich wärmer. Was bedeutet das?«, fragte Chris und zog sich die Decke von den Schultern.

»Keine Ahnung.«

Wir hockten uns neben den Rucksack und taten so, als würden wir mit der Decke auch alles andere neu hineinstopfen. »Ich hab eine Idee«, flüsterte ich. »Wir sollten versuchen, sie an diesem steilen Abhang, der noch kommen soll, hinunterzustoßen. Es ist Wahnsinn, uns immer tiefer verschleppen zu lassen.«

»Sie töten!? Das meinst du nicht ernst!«

»Was sollen wir denn sonst machen?«

»Ich glaube, das Beste ist, wenn wir erst mal mitgehen. In all diesen Höhlen und Gängen überleben wir allein doch niemals.«

Wilhelm und Wolfgang erreichten uns.

»Ja«, meinte Wilhelm, »es wird wieder wärmer.« Er blieb bei uns stehen und rüttelte den Korb auf seinem Rücken zurecht.

»Ihr habt doch gesagt, es soll ein Steilhang kommen«, bemerkte ich.

»Gleich. Es dauert nicht mehr lange.«

Ein verstohlener Blick zu Chris, dann schwang ich mir den Rucksack wieder auf den Rücken und ging weiter.

Bald blieb Karl stehen und im Näherkommen erkannte ich, dass er vor einem finsteren, vor uns schräg nach unten abfallenden Schacht stand.

Mein Herz begann zu rasen, ich sah hinunter in diesen gewaltigen schwarzen Schlund.

»Ja«, meinte Karl, »jetzt wird es noch mal anstrengend.«

›Das ist unsere Chance‹, dachte ich. ›Wir müssen sie nah herantreten lassen. Und dann ...‹ Ich beobachtete Karl. Sicher würde er vorausgehen. Dann wären sie oben bei uns für einen kurzen Moment nur noch zu zweit. Sobald er weit genug unten war, mussten wir die beiden anderen etwa gleichzeitig in die Tiefe stoßen, möglichst so, dass sie ihn mit hinunterrissen. Halten konnten sie sich bestimmt nicht, wenn sie erst mal stürzten. Ich blickte zu Chris. Sie kniff das Gesicht zusammen, sie war unsicher. Hektisch sah ich von einem zum anderen. Wenn Chris nicht mitmachte, musste ich als Ersten Wolfgang hinunterstoßen, mit Wilhelm konnte ich mich vielleicht auf einen Kampf einlassen.

»Dann gehe ich mal voraus«, sagte Wilhelm plötzlich hinter mir.

Ich hatte keine Ahnung, warum hier plötzlich Wilhelm die Führung übernahm. Er ging an uns allen vorbei und stieg in schräger Beinstellung vorsichtig Schritt für Schritt nach unten.

Ich machte ein paar Schritte zur Seite, sodass ich jetzt hinter Karl stand. Ich musste handeln. Jetzt. Sofort. Ich blickte zu Chris, der ich zunickte. Kaum wahrnehmbar schüttelte sie den Kopf. ›Okay‹, dachte ich, ›dann nehme ich mir zuerst Karl vor.‹ Ich weiß nicht, wieso, aber auf einmal drehte sich Karl zu mir und sah mich an. Er blickte mir fest in die Augen und sagte kein Wort. Er hatte ganz dunkelbraune Augen und dichte Brauen, leicht öffnete sich sein Mund. Mein Herz pochte wie wild. ›Jetzt‹, schoss es mir durch den Kopf, ›jetzt, jetzt, sonst ist es doch zu spät!‹ Aber ich konnte nicht. Über Karls Schulter hinweg sah ich zu Chris, die ein angsterfülltes Gesicht machte.

»Ihr braucht keine Angst zu haben«, beruhigte uns Wolfgang und meinte zu Karl: »Zit ke atu bi.«

»Bi, pa ...«

Warum sprachen sie ausgerechnet jetzt wieder in ihrer Sprache? Warum sollten wir sie nicht verstehen? Jetzt hätte ich Karl hinunterstürzen können, jetzt, wo sie mit sich beschäftigt waren und wahrscheinlich überlegten, was sie mit uns tun konnten. Stattdessen drehte ich mich plötzlich auf der Stelle um, rannte los und rief: »Komm, Chris!« Noch nicht weit, stolperte ich auf dem steinigen Boden, fing mich aber wieder, schrie noch einmal Chris zu, hastete weiter, kam abermals ins Stolpern, torkelte mehr, als dass ich lief, und machte ein paar staksige Schritte, um nicht hinzufallen. Dann rannte ich wie verrückt weiter, ohne mich auch nur einmal umzusehen, mein Herz raste. »Chris!«, brüllte ich hysterisch.

Hinter mir rief Karl: »Jan, Jan! Das hat doch keinen Sinn!«

Noch ein paar Meter lief ich, stolperte erneut, torkelte und stürzte hin. Mit den Handflächen und Knien stieß ich auf den felsigen Grund. Mir kamen die Tränen. Was hatten sie da unten in dem Schlund mit uns vor? Was wollten sie denn von uns? Wir hatten ihnen doch nichts getan! Ich sah zurück. Alle standen dort unverändert in ihrem Licht und blickten in meine Richtung. Ich erstarrte. Es war grauenvoll. Irgendwo unter der Erde waren wir in diesen riesigen Höhlengängen. Gefangen. Hilflos. Völlig entkräftet stützte ich mein Gesicht in die Hände.

»Ihr seid Dreckskerle!«, schrie Chris, stürzte auf Wolfgang zu und stieß ihm gegen die Brust, sodass er nach hinten stolperte. Sie schlug ihm kreischend ins Gesicht. Es klatschte. Zum Glück blieb er ganz ruhig, aber Karl griff sie von hinten und hielt sie fest. Sie weinte jämmerlich und schluchzte.

Ich stand auf und rannte zu ihr. Da ließ Karl sie los und Chris und ich nahmen uns fest in die Arme. »Wir haben keine Chance«, flüsterte ich.

Sie wischte sich die Tränen aus dem Gesicht, sah mich flüchtig an und löste sich dann entschlossen von mir, um auf den Schacht zuzugehen. »Na los!«, blaffte sie Wolfgang und Karl an. »Wie weit ist es noch bis zu eurem beschissenen Lager?«

So war sie. In diesem Augenblick liebte ich sie über alles. Vielleicht hatten sie es sowieso nur auf Chris abgesehen. Sie wollten eine Frau. Mich würden sie früher oder später umbringen. Plötzlich war mir alles klar. Ja, sie brauchten Frauen, weil die Bande bestimmt hauptsächlich aus Männern bestand. Die nächste Chance, einen von ihnen hinunterzustoßen, würde ich mir nicht mehr entgehen lassen. Es ging ums Überleben. Warum hatte ich Skrupel, Menschen zu töten, die uns so bedrohten?

»Lager ...«, wiederholte Karl jetzt. »Na ja ... noch 'ne ganz schöne Weile.« Er stieg hinunter. Wolfgang folgte ihm.

Ich nahm Chris' Hand.

Wolfgang sah zu uns herauf, nahm seine Leuchte ab und warf sie mir zu. »Der Letzte muss ein Licht tragen.«

Ich sah Chris an. »Verdammte Scheiße«, murmelte sie, »wieso gibt er uns auch noch eines von ihren Lichtern ab?«

»Weil sie wissen, dass wir sowieso keine Chance haben.«

Die Leuchte war schwer wie ein Stein und fühlte sich auch an wie ein Stein, war aber warm. Ja, ein leuchtender, warmer Stein war das.

Ganz weit unten war Wolfgang in seinem Lichtschein zu erkennen. »Alles in Ordnung?!«, rief er den anderen zu.

»Bi, bi!«

In einiger Entfernung vor uns stiegen Karl und Wilhelm im Schein von Karls Leuchte hinab. An der linken Schachtwand rieselte leise und in dem Licht blinkend ein kleiner, mäandernder Bach.

Nur langsam kamen wir voran und die Knie taten uns schon bald weh vom abschüssigen Gehen. Als irgendwann auch dieser mühsame Abstieg zu Ende war, krochen wir auf allen vieren in eine niedrige Felskammer. Wilhelm saß bereits in einer Ecke, den Leuchtstein vor sich auf dem Boden, und hatte große Stücke von diesem Skribo hingelegt. Auch von dem trockenen Brot hatte er noch etwas in dem Korb – man konnte es kaum beißen und musste kleine Stücke davon abbrechen. In einer Holzschale hatte er Wasser aus dem Bach geholt, der hier in einer schmalen Furche floss.

Wir aßen und schliefen dann vor lauter Erschöpfung erneut ein.

Als ich wach wurde, hatte ich den Eindruck, ewig geschlummert zu haben. Wilhelm betrachtete gerade Chris' schlafendes Gesicht und flüsterte mir zu: »Sie ist eine schöne Frau.«

»Darum geht's euch Schweinen doch bloß!«, brüllte ich ihn an, dass es von überall widerhallte. Die anderen erwachten und sahen erschrocken um sich.

»Ach, Jan«, antwortete er, während sich die anderen verunsichert aufsetzten. Wolfgang und Karl starrten ihn an, aber er schüttelte nur den Kopf. Chris blickte ratlos von einem zum anderen: »Was ist?«

»Nichts«, antwortete Wilhelm und fuhr gleich fort: »Weiter unten kommt ein Fluss, in den müssen wir steigen und uns an einem Seil vortasten. Die Strömung ist sehr stark. Wir gehen mit der Strömung und stoßen dann an eine Wand. Dort müssen wir unter Wasser und durch ein Loch unter dem Wasserspiegel auf die andere Seite tauchen. Es liegt nur ungefähr einen halben Meter unter der Oberfläche. Unsere Sachen werfen wir durch einen schmalen Durchbruch oben in der Wand zur anderen Seite. Die Leuchtsteine sollten nicht nass und kalt werden, sonst verlieren sie eine Weile an Leuchtkraft.« Er nickte den beiden anderen zu. »Los dann!«

Wir waren noch gar nicht lange unterwegs, als sie stoppten und hinter einem aufrecht stehenden großen Stein verschwanden. »Wir sind sofort zurück.«

›Warum immer diese Geheimnisse?‹ Ich behielt alles genau im Auge.

Als sie wieder rauskamen, mussten wir zuerst lachen. Sie trugen plötzlich kurze Fellhosen und ärmellose Fellwesten – wie muskulös die drei waren!

»Ja«, meinte Wolfgang, »das ist unsere Garderobe. Es wird jetzt wärmer, deshalb ziehen wir uns hier immer um. Wer nach Oben geht, braucht wärmere Kleidung. Ihr könnt jetzt auch was ausziehen.«

Wir steckten die Pullover in den Rucksack. Dann ging es weiter.

Schon bald hörten wir ein Rauschen und Donnern, und als wir von einer Höhe auf ein Plateau hinuntersprangen, fielen schräg gegenüber gewaltige Wassermassen aus einer Felsöffnung hinunter in einen Fluss. Es war unglaublich, was die drei Leuchtsteine jetzt vor uns erhellten: diese Wassermassen, die weiß aus einem finsteren Rachen, einem gewaltigen Maul herausbrachen. Chris stellte sich eng neben mich. »Ist das nicht irre?«

Vorsichtig gingen wir auf eine seichte Stelle im Wasser zu. Die drei hatten ihre Westen und Fellschuhe bereits ausgezogen und zusammengerollt.

Karl stieg ins Wasser und stand da in diesem weißen, aufgewühlten, tosenden Strom. Wir zogen unsere Hosen aus und folgten ihm. Wir hielten den linken Arm mit den Sachen über Wasser und griffen mit der rechten Hand ans Seil, das an der Felswand befestigt war. Weil die Strömung weiter unten noch zunahm und das Wasser manchmal eine Stufe hinabfiel, mussten wir vorsichtig sein und taumelten oft, bis wir wieder einen sicheren Tritt fanden. Allmählich näherten wir uns der Felswand, gegen die das Wasser mit einem lauten Donnern krachte – weiße Gischt auf einer tosenden Oberfläche. Oberhalb in der Wand war ein länglicher, schmaler Durchbruch zu sehen. Karl stand vorne, jetzt bis zu den Achseln im Wasser. Wilhelm tastete sich vor zu ihm. Er nahm Karl das Bündel und den Leuchtstein ab, suchte mit dem Fuß unter Wasser an der Felswand Halt, schwang sich hinauf und stieß Karls Bündel durch den schmalen Spalt.

»Hier!«, brüllte Karl gegen das Tosen und deutete mit dem Finger runter ins Wasser, dann plumpste er auch schon unter.

Jetzt gaben auch wir Wilhelm all unser Zeug. Chris drehte sich zu mir und schrie: »Das kann ich nicht. Ich kann nicht tauchen!«

›Ich doch auch nicht‹, ging es mir durch den Kopf. Wir traten in dem tosenden Wasserbecken weiter vor zur Wand. Es dröhnte in den Ohren. Nah vor der Wand tastete ich mit dem Fuß und spürte, wo der Ausgang war: ungefähr in Kniehöhe. Dann holte Chris neben mir tief Luft und tauchte mit Schwung unter. Ich griff ihr nach, spürte noch eben ihren Rücken, dann war sie weg ...

Hastig holte nun auch ich tief Luft und ließ mich ebenfalls hinabfallen. Die Wasserkraft stieß mich gegen die Wand. Ein gewaltiges Tosen drang in meine Ohren. Meine Hände ertasteten den Schlund, dann drückte mich das Wasser auch schon mit einer irrsinnigen Kraft hinein. Mit dem Rücken stieß ich gegen das Gestein und wirbelte herum. Doch schon pressten mich die Wassermassen wieder nach oben und mein Kopf stieß durch die Wasseroberfläche und – es war hell!

Ich schnappte nach Luft, wischte mir mit den Händen übers Gesicht und sah um mich. Das Wasser quoll hier aus der Felsöffnung, aber nach ein paar Metern fiel der Fluss, in dem ich jetzt schwamm, leicht ab in ein riesiges, fast spiegelglattes Becken. Nur die beiden Köpfe von Karl und Chris sahen heraus, mit Ringen kleiner Wellen um sie herum.

Woher kam das gedämpfte Licht? Ich sah mich um. Hinten in einem Winkel befand sich ein mehrere Meter hoher Steinbrocken, der leuchtete. »Wow«, machte ich.

Am Ufer des kleinen Sees lagen unsere Kleiderbündel, die Leuchtsteine und der Rucksack. Durch den Durchbruch war wie von ferne das Tosen des Wassers auf der anderen Seite zu hören. Ich ging ans Ufer und legte mich erschöpft auf eine glatte Steinfläche. Jetzt erkannte ich, dass hier Steinbrocken so bearbeitet worden waren, dass sie wie Tische und Hocker herumstanden. In den Felswänden verliefen waagerechte Flächen wie Regale.

»Ein bisschen wie im Märchen«, sagte Chris und setzte sich zu mir. Wir zogen unsere Sachen wieder an.

Wilhelm ging auf eine feuchte Wand zu, die aussah wie von Pocken übersät. Mit einem Messer löste er ein paar der Pocken ab und warf uns welche zu. »Die könnt ihr beim Weitergehen essen.« Auch die anderen nahmen sich ein paar davon mit. Was war denn das nun wieder? Aber auch dieses schwammartige Zeug schmeckte.

Schon bald kamen wir an eine Stelle, an der die drei in einem doppelwandigen Tongefäß einen weiteren Essensvorrat deponiert hatten. Wilhelm förderte Skribo daraus zutage, außerdem gab es etwas aus einem kleinen Holzfass zu trinken, das leicht nach Bier schmeckte. Sogar Tonbecher lagen parat. Der Boden war hier mit Schilf ausgelegt.

Wieder sprachen sie in ihrer eigenartigen Sprache miteinander und mich befiel eine tiefe Resignation. Jetzt waren wir völlig ausgeliefert. Endgültig. Irgendwann würden wir dort ankommen, wohin sie uns verschleppten. Und dann? Wie viel Zeit mochte vergangen sein? Meine Uhr zeigte zwanzig nach drei, aber was bedeutete das?

Später kamen wir an einen felsigen Anstieg, der mühsam zu bewältigen war – weit vor uns die drei im Schein ihrer Leuchten. Chris und ich folgten ihnen, voller Befürchtungen zwar, aber wir wollten sie jetzt auch nicht gänzlich aus den Augen verlieren. Allein waren wir ebenso verloren wie bei ihnen.

»Vielleicht betreiben sie diesen ganzen Aufstand nur, um unentdeckt zu bleiben. Gleich kommen wir irgendwo oben in einer Höhle raus, in der eine völlig runtergekommene Bande um ein Feuer sitzt und ...«

»Und?«, fragte Chris.

Ich zuckte mit den Schultern. Wir legten einander die Arme um die Hüften und gingen langsam weiter. Ich war hundemüde. Als wir in einen Gang mit rundem Gewölbe kamen, waren die drei vor uns auf einmal verschwunden. Sofort wurden wir schneller.

»Chris, eins muss klar sein: Egal, was sie vorhaben, wir müssen uns wehren. Wir dürfen uns nicht aufgeben.«

Es wurde uns unheimlich, hinter jedem Schatten, den irgendwelche Felsvorsprünge warfen, lauerten sie vielleicht. Wo steckten sie denn auf einmal?

»Hör zu«, haspelte ich, »wenn wir tatsächlich wieder irgendwo oben rauskommen, dann müssen wir fliehen. Und wenn's drauf ankommt, müssen wir dafür auch jemanden töten. Oder etwa nicht? Wir nehmen Steine und schlagen ihnen die Schädel ein. Chris, ich ...« Wir kamen um eine Kurve und da trotteten Wilhelm, Wolfgang und Karl in der gleichen Weise wie zuvor vor sich hin.

Der Weg führte wieder abwärts, wir wurden immer unruhiger. »Kommt!«, rief Wilhelm zu uns zurück. Sie waren stehen geblieben und warteten. Hier zweigte ein schmaler Weg nach rechts ab. Unser größerer Gang machte vorne eine leichte Biegung. Irgendein Geräusch schien in der Luft zu liegen, aber es war nicht zu identifizieren. »Keine Angst«, fügte Wilhelm hinzu. Sie gingen weiter.

»Endlich«, hörten wir Karl vorne sagen, »ich bin vielleicht kaputt. Und das alles völlig umsonst.«

Ich musste schlucken: Weit vor uns war ein kleiner heller Punkt zu sehen.

Karl, Wolfgang und Wilhelm wurden schneller.

Hinter der Öffnung schien es Tag zu sein. »Sag ich doch«, flüsterte ich, »um sich versteckt zu halten, haben sie uns unter der Erde hergeführt. Das ist ihr Lager.« Ich sah Chris an: »Wir müssen zusammenhalten und kämpfen und zu allem bereit sein!«

III

Wir traten aus dem dunklen Gang ... und trauten unseren Augen nicht. Wo zum Teufel waren wir? Unter uns lag eine gewaltige Felsenhöhle, hell erleuchtet von einem mächtigen Felsen und mit einem großen See in der Mitte, der weit hinten an einer rauen, graugrünen Gesteinswand endete. Das Wasser lag ruhig da und wurde links von hohem, grünem Schilf gesäumt. Über allem eine dunkelgraue zerklüftete Felsdecke. Vor uns fiel schräg der Hang ab zu einem gelblichen Sandstrand, auf dem Karl, Wolfgang und Wilhelm nach unten gingen. Es war angenehm warm, von irgendwo her toste es wie von einem Wasserfall. Auch entfernte Stimmen drangen zu uns.

»Höi«, rief Karl vom Hang hinunter, »wo steckt ihr denn alle?!«

Jetzt traten einige Leute hinter dunklen Vorhängen links in der Felswand hervor, winkten von dort herab und riefen ihnen etwas zu.

Chris und ich standen noch immer wie angewurzelt in der Öffnung und starrten auf das Panorama vor uns. Sie blickte mich an: »Das ist doch nicht möglich. So was gibt's nicht.«

»Nee«, machte ich mit offenem Mund, ohne die Lippen zu bewegen.

In den Felsen wurden noch mehr Leute sichtbar, die ihre Köpfe hinter den Vorhängen hervorstreckten. Manche kamen heruntergeklettert und gingen den dreien entgegen: Frauen, Männer und sogar Kinder. Von links kam eine Gruppe um die dicht mit Schilf bewachsene Bucht herum.

»Oh, ihr seid schon wieder zurück?«, rief einer und rannte auf Karl zu.

Allmählich wurde die Gruppe unten am See größer. Alle trugen diese eigenartigen Fellwesten und kurze Hosen und die Männer hatten

Bärte. Die Stimmung war ausgelassen. Was sie sprachen, konnten wir nicht hören.

»Und jetzt?«, fragte Chris.

Ich zuckte mit den Schultern.

Mit einem Mal sahen alle zu uns herauf. Sofort setzten sie sich in Bewegung und kamen im leichten Laufschritt auf uns zu. Auch von hinter dem massiven leuchtenden Felsen tauchten jetzt Leute auf. Inzwischen mochten es ungefähr fünfzehn sein. Wir bekamen es mit der Angst. Immerhin aber lächelten sie uns beim Näherkommen an.

»Itu, taminu. E!«

»Jan ...«, stieß Chris noch heraus, aber dann kamen die Ersten bei uns an.

»Wir wehren uns ...«, flüsterte ich.

Mit einem »Kib!« reichte uns einer nach dem andern die Hand und trat wieder etwas zurück. Die Gruppe sammelte sich vor uns mit drei, vier Metern Abstand. Fast alle waren dünn und hager. Chris und ich waren größer als die meisten von ihnen. Fast alle hatten Zahnlücken und manche völlig verfilztes Haar. Sie musterten uns rauf und runter und starrten auf unsere Turnschuhe. Sie selbst trugen verschiedenste Fellschuhe oder waren barfuß. Die Kinder machten große Augen und klammerten sich an die Hüften ihrer Eltern. Chris und ich bekamen kein Wort heraus. Mein Mund war völlig trocken. Weiterhin kamen Einzelne hinzu. Wolfgang, Karl und Wilhelm waren unten am Wasser stehen geblieben und sahen herauf.

Ein blonder Mann mit einer großen Hakennase trat hinzu und machte jetzt einen Schritt aus der Menge heraus. »Willkommen, Chris!«, er schüttelte ihr die Hand; »Willkommen, Jan!«, er hielt mir die Hand hin, aber ich nahm sie nicht. »Ich bin Herrmann«, er zog seine Hand zurück und machte eine kurze Pause. »Ihr seid natürlich überrascht und beängstigt, das können wir uns denken. Aber die Erklärungen später, wenn es euch recht ist. Ihr seid müde. Kommt, wir zeigen euch eine Stelle, an der ihr baden könnt. Danach wollt ihr vielleicht ein bisschen ruhen, diese Abstiege sind sehr anstrengend – und dann machen wir ein Fest.«

›Kannibalen‹, schoss es mir sofort durch den Kopf. »Was soll die Affenscheiße?«, fauchte ich los.

Alle verstummten. Eine der Frauen kicherte.

Herrmann nickte mit geschlossenen Augen. »Später«, lächelte er geheimnisvoll. Er machte dann einen Schritt auf Chris zu, drehte sich charmant, winkelte den Arm ab und tatsächlich ... sie hängte sich ein. Die beiden gingen los. Dann löste sich die Frau, die gekichert hatte, aus der Gruppe, kam auf mich zu und winkelte ebenfalls den Arm ab. »Ich heiße Magdalena.« Ich war verdutzt. Sie sah mich über die Schulter an, streckte den Arm so weit heraus, bis sie mir leicht in die Seite stieß, sodass die anderen lachten – und auch ich hakte mich unter: Was sollte ich auch machen? Wir folgten Chris und Herrmann, die anderen blieben hinter uns. Kaum jemand sprach, nur hin und wieder ein Tuscheln. Als wir an die Schilfbucht des Sees kamen, blieben die anderen stehen und wir gelangten zu viert an einen schmalen Holz- und Schilfrohrsteg.

Herrmann sah uns an: »Geht den Steg bis zum Wasser, dort könnt ihr ungestört baden. Danach zeigen wir euch eine ruhige Stelle zum Schlafen – und keine Eile!« Er und Magdalena gingen zurück.

Chris und ich tapsten vorsichtig auf den Steg, der einen Knick machte und im dichten Schilf verschwand, plötzlich aber vor einer Wasserfläche endete, die wie eine Lichtung dalag. Ich setzte den Rucksack ab. Verdutzt sahen wir uns an. Rechts und links schaukelten zwei trichterförmige Körbe auf dem Wasser, in einem lag ein rundes Bündel. Wir zogen die Hosen, Schuhe und Strümpfe aus, setzten uns an den Stegrand, ließen die Beine im kühlen Wasser baumeln und bewegten die Zehen.

»Was ist das hier alles?«, fragte Chris und es klang fassungslos. »Das ist doch alles nicht wahr. Hast du davon je gehört?«

»Sprich nicht so laut.«

»Was machen wir jetzt?«, flüsterte sie.

»Ich weiß es nicht. Warum tun die so scheißfreundlich? Chris, ich ...«

»Hm?«

»Sie wollen ein Fest machen – was ist, wenn es Kannibalen sind?«

»Red keinen Schwachsinn!« Ihr Gesicht wurde ernst.

Ich blickte nach oben. Überall war Fels. Die Höhle war irrsinnig hoch. Was uns sonst umgab, konnten wir wegen des Schilfs nicht erkennen. Abgesehen vom entfernten Rauschen des Wasserfalls war es sehr ruhig hier. Hin und wieder waren von weiter weg Stimmen oder Laute zu hören. Manchmal ein Lachen.

Chris sah mich an. »Es ist eigenartig, ich fühle mich überhaupt nicht bedroht.«

»Nein?«

»Nein. Aber was wollen die von uns?«

»Eben! Mensch, Chris!« Ich selbst fühlte mich so elendig hilflos. Kämpfen hatte doch keinen Sinn. Aber uns einfach dem Schicksal ergeben? »Komm, lass uns etwas schwimmen«, mehr fiel mir auch nicht ein, aber ich musste mich ablenken.

Wir zogen uns ganz aus und standen zuerst etwas verlegen voreinander, dann aber umarmten wir uns lange. Es war schön, ihren Körper wieder an meinem zu spüren, so nah.

»Jan, was auch immer jetzt passiert, ich liebe dich, wirklich. Ich will, dass du das weißt.«

»Ich dich auch, sehr sogar.« Fest drückte ich sie an mich. Irgendwann murmelte ich: »Jetzt warten wir erst mal ab.«

»Nein«, sie löste sich von mir, lachte und drehte sich zum Wasser, »jetzt gehen wir schwimmen, ist doch voll romantisch hier ...« Sie platschte ins Wasser.

Ich konnte nicht anders und musste mitlachen. Auch ich ließ mich ins Wasser fallen und wir schwammen und planschten. Einmal kam Chris langsam auf mich zugeschwommen und meinte: »Und die Sprache, die sie sprechen ...«

»Und die Bärte und die Zahnlücken.«

»Ja. Und alle haben diese eigenartigen Klamotten an.«

»Ist doch wirklich alles ziemlich abgedreht.«

Sie sah mich an und nickte stumm. »Aber irgendwie sind sie ja auch nett, richtig höflich – komisch.«

»Hast du irgendwo einen zweiten Ausgang erkannt?«, fragte ich.

»Nee.«

Als wir genug hatten vom Schwimmen, stiegen wir wieder auf den Steg und streckten uns aus. Über uns die gewaltige Felskuppel. Es war warm genug, dass unsere Körper von selbst trockneten. Irgendwann zogen wir unsere Kleidung wieder an und setzten uns aufrecht.

»Weißt du was? Wir bleiben jetzt einfach hier – sollen sie uns doch holen, wenn sie was von uns wollen«, sprach ich vor mich hin, als plötzlich der Boden leicht erzitterte.

Wir sahen uns an, Chris zog die Brauen zusammen. »Die Erde bebt.«

»Na, herzlichen Glückwunsch aber auch.«

Flüsternd unterhielten wir uns noch eine Weile, rückten eng aneinander und schliefen schließlich sogar ein. Nach all den Strapazen waren wir hundemüde.

Irgendwann weckte mich Chris, indem sie mich küsste, und meinte: »Du, die kommen nicht.«

»Hm ...« Ich gähnte und streckte die Arme von mir. »Wer weiß, wie sie uns überwachen!«

»Aber wir können hier nicht ewig liegen bleiben. Und außerdem ... ich habe einen tierischen Hunger.«

»Ja, und ich erst!«

Wir zogen die Schuhe an, ich schnappte mir den Rucksack und dann gingen wir den Steg zurück. Am Ufer bemerkten wir einige Meter entfernt Magdalena im Sand an einen Stein gelehnt sitzen. »Sie beschatten uns doch«, murmelte ich leise.

»Na, seid ihr eingeschlafen?«, fragte sie. »Bis hier runter kostet es auch wirklich reichlich Mühe.«

»Ach, so was aber auch!«, fauchte ich sie an. »Jetzt sag schon, was habt ihr mit uns vor, hm? Wir wollen das jetzt endlich wissen, verdammt!«

»Eigentlich nichts, aber das ist nicht einfach zu erklären. Wir sprechen später alle zusammen darüber, ja? – Seid ihr noch immer müde, soll ich euch eine ruhige Stelle zeigen?«

»Nein, wir haben Hunger.«

»Und Durst.«

»Gerne. Kommt!«

›Gerne. Kommt‹, wie das klang! Als hätten sie uns eingeladen.

Wir gingen am See entlang, vorbei an der Stelle, an der sich der Sandstrand hinaufzog zum Eingang. Am Wasser, wo das Schilf zu Ende war, spielten drei Kinder – zwei Mädchen und ein Junge –, die Sandhöhlen bauten und uns zuerst mit großen Augen folgten; dann tapsten sie im Wasser ein Stück mit uns. »Tohe ma Oben«, bemerkte der Junge zu den beiden Mädchen.

Wir kamen an eine Stelle, an der sich der leuchtende Fels, der bis wenige Meter ans Wasser reichte, wie ein Bauch aus der sonst grauen Wand hervorwölbte. Als wir um ihn herumtraten, öffnete sich vor uns eine große, glatte Steinfläche. Auch hier wuchs kein Schilf mehr im Wasser, der See lag offen vor uns. Weiter hinten fiel ein großer Wasserfall am Fels herunter in den See. Irgendein Gestell führte von dort herüber ans Seeufer. Hier und da standen oder saßen kleine Grüppchen herum, alle tranken, aßen und lachten. Als sie uns registrierten, verstummten die Gespräche. Alle beobachteten uns genau, manche mit verstohlenen Blicken. Dieser Herrmann, der uns begrüßt hatte, löste sich aus einer Gruppe und kam auf uns zu. »Ich hoffe, ihr seid wieder ausgeruht.«

»Sie haben Hunger und Durst«, antwortete Magdalena.

»Selbstredend. Versorgt euch. Zeigst du ihnen alles?«

»Mache ich.«

Ich sah Herrmann fest in die Augen: »Hör zu, wir wollen endlich wissen, was hier los ist, verstanden?« Mein Herz pochte und ich blaffte ihn laut an: »Was habt ihr vor, verdammt?!«

Alle um uns herum erstarrten. Herrmann holte tief Luft und stieß sie mit einem Seufzer wieder aus: »Ihr braucht nicht besorgt zu sein. Und wir reden darüber, wenn Karl, Wilhelm und Wolfgang dazukommen. Sie schlafen aber noch.«

»Jetzt los«, sagte Magdalena und zog Chris mit sich, »esst etwas!«

Ich tapste ihnen hinterher. An einem Felseinschnitt blieb Magdalena stehen und deutete hinein: »Da drin ist eine tiefe Spalte, die nutzen wir als Abort.«

Wir nickten. Sicherlich meinte sie ein Klo.

Im Weitergehen zeigte sie uns verschiedene Felsnischen, in denen Holzfässer, Tongefäße und Steinwerkzeuge lagen: ihre Vorräte. Sicheln hingen an den Wänden. An einem Seil, das lang am Fels entlanggespannt war, trockneten Büschel von Gras. Es gab einen Haufen gepresster Schilfbriketts. Auch ein paar kleine dunkle Felle hingen an der Wand.

Magdalena führte uns an eine lange Steinplatte. Die Tafel war in den Fels gehauen und an ihrem Ende qualmte ein aus Steinquadern gebauter Ofen. »Bedient euch!«, sagte sie. Ich stellte den Rucksack ab und wir schritten die Steintafel entlang. »Das ist Wagu, eine Art Gurke vom Seegrund.« Magdalena erklärte nach und nach alles, was hier bereitlag. »Das ist Mag, auch aus dem See, nichts anderes als Algensalat. Das da kennt ihr ja: Muscheln. Dort auf dem Ofen liegen Skribostücke und Megus. Megus sind kleine Wasserwürmer. Sie schmecken sehr gut.« Sie nahm einen mit zwei Fingern und ließ ihn sich in den offenen Mund fallen. »Da vorne«, kaute sie, »liegt Brot, links gesalzenes, rechts süßes. Zu trinken gibt es«, sie zeigte auf einige grobe große Holzfässer, »Wasser, Wasser mit Wagu-Geschmack und Xis, das ist gegoren und enthält etwas Alkohol. So ähnlich wie Bier. Aber nicht so stark.«

Chris hatte sich bereits eine runde Wagu gegriffen und biss hinein. Sie verzog zwar das Gesicht, kaute aber weiter. Ich nahm ein Stück frisches Brot. Magdalena ging zu den Gefäßen und füllte sich Xis ab. »Was wollt ihr trinken? Auch Xis? Das habt ihr sicher schon oben beim Halt nach dem Sim getrunken.« Wir nickten, obwohl wir nicht verstanden, was Sim bedeuten sollte. Sie füllte uns Tonbecher und deutete noch einmal auf den Tisch. »Bedient euch, nur keine Scheu!« Sie stellte sich etwas abseits und nippte ab und zu an ihrem Becher, während sie uns nicht aus den Augen ließ.

»Also ganz ehrlich«, flüsterte Chris mir zu, nachdem sie soeben noch einmal in ihre bräunlich-grüne Wagu gebissen hatte, »gewöhnungsbedürftig.« Ich nahm mir auch eine. Sie schmeckte wirklich beinahe wie eine Gurke, nur viel salziger.

Erst jetzt drehten wir uns wieder zu den Herumsitzenden um. Sie saßen auf großen Schilfkissen. Nachdem sie uns zuerst stumm zugeschaut hatten, wurde jetzt wieder geredet und gelacht. Aber viele beobachteten uns weiterhin. Rechts von uns unterhielten sich zwei:

»Ke uda lipu te lipus. De wens.«

»Bi! A eni ogu. Ke ta eku ogu.«

Ich blickte mich unauffällig um. Nicht weit von uns sah ich eine Art Karte im Fels hängen. Sie war groß mit KIBUTI überschrieben und schien diese Höhle, die Gänge und die Umgebung darzustellen. Die Beschriftung sagte mir nichts, außer dass ich dieses Wort »Sim« entdeckte, das Magdalena soeben gebraucht hatte. Dort musste also der Weg nach oben verlaufen.

Magdalena lächelte uns zu. Sie hob den Becher und wir prosteten zurück.

Das kleinere der beiden Mädchen vom See stand plötzlich neben Chris und zog ihr am Shirt. Das größere blieb mit ein paar Schritten Abstand stehen und blickte unsicher zu uns herüber. Chris sah vorgebeut zu der Kleinen und lächelte etwas verkrampft.

»Zo tugus no be atu?«

Chris ging in die Hocke und wollte gerade etwas sagen, da trat das größere Mädchen hinzu und griff der Kleinen an den Arm. »Ta tugus. Komm, die verstehen unsere Sprache nicht.«

»E!« Die Kleine schüttelte die Hand ab.

Jetzt kam auch der Junge hinzu.

»Was hat sie denn gesagt?«, fragte Chris das ältere Mädchen.

»Ach ... ähm ... nichts ... sie sagte nur, du hättest eine schöne blaue ... ähm, Weste.«

Chris wandte sich zu der Kleinen: »Das ist keine Weste, das ist ein T-Shirt.«

»Komm«, sagte das große Mädchen, »die wollen jetzt erst mal ata.« Sie zog die Kleine ein paar Meter weiter, wo sie sich zu einer größeren

Gruppe setzten, uns aber ständig beobachteten. Mit ihnen hatte sich auch der Junge wieder entfernt. Er hatte gemurmelt: »Sor ke atu vor uns.«

Chris richtete sich wieder auf. »Süß, die Kleine.«

Während wir tranken und aßen, trat ein Mann mit grauen Schläfen und einer Halbglatze zu uns. »Kommt mit, probiert mal den gebratenen Skribo. Er schmeckt wirklich sehr gut, überhaupt nicht zäh. Er war noch nicht alt.« Er hielt uns die Hand hin. »Schlomo.«

Die Stücke auf dem Steinofen waren rund und leicht gebräunt und dampften.

»Das habt ihr ja bestimmt schon auf dem Weg hier runter probiert, aber frisch gebraten ist er natürlich viel besser.« Er nahm gegabelte Holzstöckchen von der Steinplatte, spießte die Stücke darauf und hielt sie uns hin. »Guten Appetit!«

Jetzt griffen wir erst mal richtig zu. Auch das Xis ließen wir uns schmecken. Etwas abseits setzten wir uns auf den Steinboden. Die anderen kümmerten sich erst mal nicht um uns. Hin und wieder kamen weitere hinzu. Eine Frau spielte auf einer Schilfflöte eine anrührende Melodie. Es klang wie eine Mischung aus Trauer und Erlösung.

»Wir sollten uns nicht mit ihnen anlegen«, meinte Chris, »vielleicht lassen sie uns dann doch wieder gehen.«

In diesem Augenblick kamen Wilhelm und Karl um den Fels herum, und nicht viel später auch Wolfgang. Sie tranken als Erstes mehrere Becher Wasser, sodass alle, die sie beobachten, lachten, dann fielen sie über den Skribo auf dem Ofen her.

»Möchte wirklich wissen, was das ist«, sagte Chris, indem sie die drei beobachtete, »dass sie alle so scharf darauf sind. Aber eigentlich schmeckt es auch gar nicht schlecht.«

»Ja«, pflichtete ich bei und biss in das Reststück auf meinem Spieß.

Herrmann kam zu uns herüber. »Also, ich schlage vor, wir beginnen.«

Wir starrten ihn stumm an, mein Herz begann zu rasen. ›Beginnen, wie das klingt. Als wollten sie uns verurteilen‹, schoss es mir durch den Kopf.

Er drehte sich zu den anderen und sagte laut, indem er in die Hände klatschte: »Also, Kibuti, wir sollten jetzt beginnen! Ich glaube, es sind alle da.«

Nach und nach verstummten die Gespräche und alle wandten sich in unsere Richtung. Herrmann setzte sich nur ein paar Schritte von uns entfernt und in seiner Nähe ließen sich auch Karl, Wolfgang und Wilhelm nieder.

Herrmann begann: »Nun«, sprach er zu uns gewandt, »die drei haben uns schon erzählt, wie ihr aufeinandergetroffen seid. Während ihr gebadet habt, haben wir alle hier beraten, was nun zu tun ist. Dass ihr jetzt hier seid, bringt uns in eine schwierige Lage ...«

»Wir wollten nicht hierher«, ging ich laut dazwischen, »die drei haben uns ja gezwungen!«

»Ja«, sagte er und machte eine kurze Pause. »Lass mich nun bitte erzählen, wer wir sind. Dann wird euch einiges klarer.« Wieder machte er eine Pause und zuckte mit den Augenbrauen. »Die Ersten von uns sind schon vor vielen Jahrzehnten hierhergekommen, andere kamen später hinzu. Inzwischen leben wir im vierten Wunrin. Wir, die Ersten, fanden dies alles hier zufällig. Zuerst war es eine Art Flucht, schließlich entschieden wir uns, hier zu bleiben. Ihr beiden seid die Ersten nach uns, die die Höhlengänge ebenso zufällig gefunden haben wie wir damals.

Wir sind insgesamt siebenundzwanzig Personen, davon lebt eine kleine Gruppe in einer anderen Höhle in der Nähe: Tamumube. Wir haben uns ein einfaches Leben eingerichtet. An vielem fehlt es, und wenn das Wasser steigt, ist es mühevoll hier unten. Aber trotzdem führen wir ein angenehmes Dasein. Wir leben frei. Nie ging es uns so gut. Für uns steht fest, dass auf der Erde niemand erfahren darf, dass es uns hier unten gibt.« Er machte eine Pause, schluckte und sah dabei Chris und mich an. »Niemand. Nie.« Erneut schwieg er, lange diesmal.

Jetzt war mir alles klar. Mir kroch die Angst in den Nacken. Sie würden uns töten, sie *mussten* uns töten. Nichts anderes als unser Tod konnte sie retten. Sonst würden sie nie sicher sein können, dass wir sie nicht doch verrieten. Vielleicht fraßen sie uns am Ende auf, wenn das Essen knapp wurde. Ich hatte es von Anfang an geahnt. Aber ich würde kämpfen, das stand fest. Von ihrer freundlichen Art würde ich mich nicht länger beschwichtigen lassen.

»Wir haben vorhin beratschlagt, was wir nun tun können.«

Starr blickte ich zu ihm hinüber, das Herz schlug mir bis zum Hals. Ich hatte Angst, so unendliche Angst.

»Unser Beschluss lautet: Ihr müsst eine Weile lang hierbleiben. Danach steht es euch frei, wieder nach Oben zu gehen. Ob ihr geht, wird ganz allein eure Entscheidung sein. Aber es gibt eine Bedingung: Ihr gebt uns das Versprechen, dass ihr nie mit jemandem über uns reden werdet. Nicht ein Wort. Niemals!«

»Wer es glaubt, wird selig«, flüsterte ich zu Chris, die mich sofort beschwichtigend am Arm berührte. Laut fragte ich: »Was heißt ›eine Weile lang‹?«

Herrmann zuckte mit den Schultern.

Ich stieß Luft durch die Nase und flüsterte: »War ja klar.«

»Die Dauer bestimmen wir«, betonte Herrmann.

Ich grunzte demonstrativ und schüttelte den Kopf. »Grandiose Idee«, zischte ich laut.

»Der Moment wird kommen ...«, fügte er hinzu.

Leise flüsterte Chris neben mir: »Sei jetzt still, warten wir mal ab. Wir dürfen sie nicht provozieren.«

»Alles Weitere«, setzte Herrmann noch einmal an, »bereden wir später.« Er nahm seinen Becher. »Wir heißen euch herzlich willkommen in Kibuti!« Er reckte den Arm mit dem Becher in die Luft und alle anderen taten es ebenso. »Kádá!«, riefen sie wie aus einer Kehle, dass es laut von den Felsen zurückhallte, von überall. Mir lief ein Schauer über den Rücken. Ein verschworener Haufen war das. Eine Meute. Auf jeden würden sie sich stürzen, der hier einzudringen vorhätte. Jetzt brüllten sie alle aus voller Kraft:

»Wir stiegen in die Unterwelt!
Haben den Tod besiegt, das Dunkel erhellt!
Wir brauchen weder Dein noch Mein!
Leben vom Wasser und vom Stein!
Vom Wasser und vom Stein, allein!«

Einen Moment lang blieb es völlig still, alle hatten die Augen geschlossen und verharrten so mit ihren hochgereckten Armen. Dann folgte wie mit einer Stimme ein zweites, noch lauteres, mörderisch klingendes:

»Kádá!!«

Und noch einmal:

»Kádá!!«

Und schließlich ertönte es ein drittes Mal:

»Kádá!!«

Chris und ich hielten uns ängstlich an unseren Bechern fest und tranken zur Beruhigung. Was war das bloß für ein Haufen?! Was sollten wir jetzt tun?
Ich hatte das Gefühl, dass sie unsicher waren uns gegenüber, aber nach und nach setzten sich immer mehr von ihnen zu uns und irgendwann prasselten eigenartige Fragen auf uns ein:
»Welches Jahr ist oben auf der Erde?«, fragte einer.
»2001.«
»2001 ...«, murmelte er, »das Jahrhundert ist vorbei ...«
Ein paar fingen an zu tuscheln und wandten ihre Köpfe suchend umher. Plötzlich sprangen einige auf und stürmten grölend los. Offenbar war auch den anderen unklar, was das sollte, denn der Rest sah ih-

nen überrascht nach. Dann fielen sie über einen am Boden sitzenden Mann her, der völlig erstaunt aufblickte. Sie griffen ihm unter die Beine und Arme, warfen ihn hoch, fingen ihn auf und warfen ihn wieder hoch. »Theo ist hundert geworden!«, brüllte einer und dann brach unter allen ein lauter Jubel aus.

Alle lachten, auch Chris und ich, obwohl wir den Witz nicht verstanden.

Sie ließen Theo wieder herunter und klopften ihm auf die Schulter. »Mench, Mench«, kommentierte der trocken, »ihr könnt einem einen Schreck einjagen.«

»Sagt mal«, meinte einer, der in unserer Nähe saß, »wie ist es mit den Mondfahrten weitergegangen? Silke hat von der Mondfahrt erzählt, aber die Neunziger wissen ja von nichts.«

»Hey, hey«, ging einer dazwischen, »das mit dem Sputnik haben wir dir ja wohl erklärt.«

Ich sah zu Chris. »Mondfahrten?«, fragte Chris. »Du meinst die Mondfahrt von ... ähm ... 1969 oder so?«

»Ja.«

»Leben da oben inzwischen Menschen?«, warf Herrmann dazwischen.

»Nein, ach was!«, lachte Chris. »Meistens setzen sie doch nur Satelliten oder Weltraumsonden im All aus.«

»Weltraumsonden?«

»Na, diese Weltraumkapseln, die dafür sorgen, dass man über die Strahlung kommunizieren kann und fernsehen und damit es das Internet gibt und so.«

»Was?«

»Was ›was‹?«

»Inter- was?«

»Internet.«

»Was ist das?«

Chris sah mich kurz an. »Was das ist?«, wiederholte sie und versuchte dann, das Internet zu erklären. Das war verdammt schwierig.

Die anderen verstanden gar nichts. Ich beobachtete sie und fragte mich, ob sie uns für dumm verkauften. Aber sie schienen tatsächlich von nichts eine Ahnung zu haben.

So ging es mit der Fragerei ohne Unterlass. Wir erklärten und erklärten: Handys, Laptops und was es bedeutete, online zu sein. Und doch hatten wir das Gefühl, dass sie das meiste gar nicht richtig begriffen.

»Gibt es Kriege?«, wollte Schlomo wissen.

»Ja«, antwortete ich, »viele. Sogar in Europa hat es vor zwei Jahren einen gegeben, den Kosovo-Krieg. Die NATO kämpfte gegen Serbien, die im Kosovo die Albaner umgebracht haben.«

»Kosovo? Wo liegt denn das noch mal?«

»Im ehemaligen Jugoslawien«, antwortete Chris.

»Und Israel?«, fragte Schlomo jetzt.

»Na ja, sie bekämpfen sich mit den Palästinensern. Furchtbar.«

Schlomo schüttelte den Kopf. »Immer noch kein Frieden ...«

»Aber woanders gibt es auch schlimme Kriege«, fügte ich hinzu, »in Ruanda und im Kongo.«

»Und in Afghanistan«, ergänzte Chris.

Bei jedem Stichwort sahen sie alle uns mit großen Augen an. Irgendwann aber wurden wir müde und hatten keine Lust mehr, alles Mögliche zu erklären, und so brachte uns Magdalena zu einer Stelle in der Felswand, an der eine dieser schwarzen Decken hing, die aus zusammengenähten Fellen mit einer Art Luke darin bestand und hinter der eine kleine, zerklüftete Nische im Felsgestein lag.

»Wenn ihr wollt, könnt ihr euch hier erst mal einquartieren.«

Gebündelte Schilfblätter waren aufgehäuft und darüber war eine geflochtene, schon rissige Matte gebreitet. Darauf lag eine schwarze Felldecke, die ziemlich nach Tier roch. Ich stellte den Rucksack ab.

»Ihr könnt euch hier euer Lipu einrichten. Aber wenn ihr wollt, könnt ihr euch auch irgendwo anders eine Stelle suchen, die euch besser gefällt. Platz ist genug in den Wänden. Und, ähm ... auch hier im Fels gibt es eine Stelle, in der man ...«

»Ja«, lachte Chris los, »genau die Stelle brauche ich jetzt!«

Magdalena kicherte, streckte ihr den Arm hin und sagte: »Komm, ich zeige sie dir.«

Sie kletterten die schräge Felswand weiter hinauf. Unterdessen setzte ich mich auf einen Stein und ließ den Blick durch die Höhle schweifen. Eindrucksvoll war der Fels, der das Licht ausstrahlte. Immer wieder waren von ferne Stimmen zu hören. In anderen Felsnischen um mich herum schienen Leute ebenfalls schlafen zu gehen oder saßen noch herum auf den Steinvorsprüngen. Eine Frau winkte mir zu, ich konnte mich gar nicht an ihr Gesicht erinnern. Ich winkte zurück.

Dann kamen Magdalena und Chris wieder herunter.

»Magdalena«, fragte ich, »wieso gibt es hier unten leuchtende Felsen?«

»Tja ... keine Ahnung. Gibt es eben. Hier unten kann man vieles nicht erklären. Der leuchtende Stein besteht aus Quarz, sagt Georg. Im Innern gibt es eine heiße Masse. So entsteht das Licht. Der Fels gibt die Energie als Licht ab. Oben am Sim war ja auch so einer, nur kleiner. Auch die Steine, die hier und da rumliegen und die wir uns im Dunkeln um den Hals hängen, funktionieren so. Wir gehen davon aus, dass es noch mehr solcher Steinriesen gibt. Aber eine Höhle wie hier haben wir noch nirgends sonst entdeckt. Manchmal starten wir Expeditionen. Von Kibuti gehen zwei große Gänge ab, aber wir haben noch nie eine weitere Höhle mit Licht gefunden.«

»Ist ja spannend!«, rutschte es Chris heraus.

Magdalena schmunzelte. »Das ist leider nicht nur *spannend*. Wenn manchmal der Wasserfall dahinten stärker wird und gleichzeitig der See ansteigt, dann wird unser Lebensraum ganz schön eng. Der Strand verschwindet dann völlig. Selten, aber doch laufen dabei fast die ganze Höhle und sogar die Gets draußen voll. Beim letzten Mal wären wir fast ertrunken. Es wäre gut, wenn wir noch einen Ort finden würden, an den wir in diesen Zeiten ausweichen könnten ...«

Ich schluckte. »Und wie oft kommt das vor?«

Sie zuckte mit den Schultern. »Hin und wieder. Bisher viermal.«

Ich sah auf den See, er lag so friedlich da. Weit hinten der Wasserfall; er schien nah und fern zugleich.

»Wie tief sind wir denn eigentlich?« Ich setzte eine Unschuldsmiene auf. »Und gibt es noch andere Ausgänge nach oben?«

»Nein. Wie tief? Tja, wissen wir nicht ... einige Tausend Meter.«

›Einige Tausend Meter ...‹ Heimlich blickte ich zu Chris, die aber nicht reagierte. Sie sagte zu Magdalena. »Wir verstehen das alles hier nicht. Also ...«

»Wir haben es damals auch nicht glauben können.« Magdalena machte eine Pause und blickte umher. »Ihr müsst verstehen, dass wir Kibuti nicht in Gefahr bringen wollen ... Aber: Jetzt schlaft euch erst mal aus.« Sie entfernte sich, indem sie uns noch einmal zuwinkte.

Wir zogen uns aus, nahmen unsere Wolldecke statt der stinkenden aus Fellen und kuschelten uns darunter aneinander.

»Hast du gehört?«, sagte ich. »Wieder diese Drohung, dass sie sich nicht in Gefahr bringen wollen.«

»Was die alles nicht wissen ...«

»Und das mit dem Hundertjährigen ...«

»Ja, eigenartig. Und wer sind die Neunziger?«

»Hm ... Keine Ahnung.«

Dann sagte Chris: »Vielleicht war morgen früh alles nur ein Traum.«

»Morgen früh?«, wiederholte ich. Dann schliefen wir ein.

Als ich aufwachte und noch dösend dalag, schoss mir plötzlich etwas in den Kopf: Micki! Ich riss die Augen auf. Scheiße, ich hatte ihn an dem Abend völlig vergessen! Hoffentlich hatten sie ihn nicht grün und blau geprügelt. Oh, nein, ich Idiot! Ich hatte ihn hängen lassen. Vermutlich hatten sie eine halbe Stunde lang auf ihn eingeprügelt und wimmernd hatte er sehnsüchtig darauf gewartet, dass ich bald zu Hilfe käme und klingeln würde. Aber ich war nicht gekommen ... nein, ich war nicht gekommen ... So ein Scheiß!

Ich wandte den Kopf zur Seite: Chris schlief noch, schnarchte sogar. Vorsichtig stand ich auf und lehnte mich draußen vor dem Fellvorhang an die Felswand. ›Micki‹, dachte ich, ›au, Mann! Tut mir leid, wirklich.‹

Und meine Eltern? Was würde denn jetzt werden? Schwer schnaufte ich aus. Würde ich sie jemals wiedersehen? Das hatte ich doch alles nicht gewollt. Und wie sollte ich dies alles jemals oben erklären? Falls wir es überhaupt schafften zu fliehen.

Über dem See lag leichter Nebel. Hier und da war jemand zu erkennen. Hinten am Hang saß eine Gruppe im Sand. Zwei Frauen kamen vom Badesteg.

Chris rekelte sich geräuschvoll hinter mir und ich trat wieder hinter den Vorhang und setzte mich zu ihr. Sie blinzelte aus ihren zusammengekniffenen Augen und ich gab ihr einen Kuss. »Morgen!«

»Morgen!«, antwortete sie und grinste. »Es war wohl doch kein Traum.«

»Nein.«

»Ich habe aber geträumt, dass wir beide auf der Flucht sind und uns vor den Verfolgern retten, indem wir in einen See springen und ganz weit nach unten tauchen. Tief unten wurden wir durch ein Loch und wieder nach oben gedrückt und da lag eine wunderschöne Seenlandschaft vor uns, wo alles ganz friedlich war und ruhig. Mit Hirschen am Ufer, springenden Fischen und so.«

Ich kämmte ihr mit den Fingern durchs Haar und küsste sie auf die Stirn.

»Und weißt du, wer der Anführer unserer Verfolger war?«

»Wer?«

»Mein Bruder.«

Ich schmunzelte. »Nee, der ist hier nicht.«

»Ein Segen.« Chris erhob sich und zog sich an. »Übrigens«, sagte sie dabei. »Ich finde Magdalena sehr nett.«

»Erst mal sind alle irgendwie *ganz nett*. Aber sie haben uns verschleppt. Wir sind Gefangene.«

»Meinst du, sie haben noch was vor mit uns?«

»Klar, oder willst du ihnen etwa all die Märchen glauben? Wir müssen vorsichtig sein und zusammenbleiben. Hast du die Karte vom Höhlensystem am Essensplatz gesehen? Wenn wir uns erst mal besser auskennen, schaffen wir es vielleicht, abzuhauen.«

Wir traten hinaus vor den Fellvorhang. So richtig trauten wir uns nicht nach unten. Aber dann gingen wir doch zum Steg, um ein bisschen zu baden. Eine Gruppe kam uns entgegen. Alle lächelten und winkten uns schon von Weitem zu. Ein Stück hinter der Gruppe kam Wilhelm.

»Na, wollt ihr zum Baden?«, fragte er.

»Ja«, antwortete Chris.

»Es ist viel Betrieb dort.«

Wir gingen weiter, dann stoppte Chris plötzlich, löste sich von meiner Hand und lief Wilhelm nach. Sie sagte etwas, was ich nicht verstand, Wilhelm antwortete und dann lachten beide. Sie kam zurück.

»Was wolltest du von ihm?«

»Ich habe gefragt, ob man nackt baden darf.«

»Und?«

»Man *muss* es sogar. Hygienevorschrift, sozusagen.«

Am Steg und im Wasser war wirklich eine Menge los. Wir wurden freundlich begrüßt und sprangen auch schon hinein. Wir schwammen zuerst ein bisschen für uns allein am Rand der Schilflichtung. Die anderen spielten in zwei Mannschaften mit einem Bündel eine Art Wasserball auf die Körbe am Rand – und schon bald machten auch wir mit.

Irgendwann hatten wir alle Hunger. Es ging zurück herum um den See bis zu dem Platz, den sie »Lipata« nannten, wo neben den Holzfässern wieder jede Menge zu essen stand. Einer der Männer beugte sich über den Ofen und wendete die Skribo-Stücke.

So hockten wir zusammen und aßen. Auch Karl und Herrmann saßen an die Felswand gelehnt und unterhielten sich leise.

Ich sah zu der Spitze des leuchtenden Felsens hinauf. Er war wirklich monumental.

»Sagt mal, ist Deutschland noch mal Weltmeister im Fußball geworden nach 1954?«

»Na klar«, antwortete ich und kratzte mich im Haar, »ich glaube, das war 1974 und dann noch mal ... hm ... vielleicht 1990.«

»Ach 1990! Und 1974 ...«, wunderte er sich, »genau zwanzig Jahre nach 1954. Mensch, war damals was los!«

Ich sah ihn an: »Wann?«

»54. Die ganze Nacht haben wir gefeiert. Neun Jahre nach Kriegsende! Wir waren alle so stolz. Wie der Rahn plötzlich das 3:2 schoss, wenige Minuten vor dem Schluss. Und das gegen Ungarn. Was für ein Tag! Ich war mit meinem Vater in einer Gaststätte. Da war es brechend voll, weil dort ein Fernseher stand. Keine normale Familie konnte sich einen eigenen Fernseher leisten. Und dann der Abpfiff. Manche Männer haben sogar geweint, richtig geweint.«

»Ähm ... wie alt bist du denn?«

»Ich bin 1941 geboren.«

»Was!?«, meinte Chris, sie warf mir einen kurzen Blick zu. »Du siehst noch so jung aus.«

Eine Frau ging dazwischen: »Vielleicht sollte ihnen das endlich mal jemand erklären.«

»Dann erklär es doch, Elvira!«, rief einer ihr zu und alle lachten.

»Meinetwegen.« Sie sah uns an. »Also, der Älteste von uns ist Theo. Er ist jetzt hundert nach der Zeitrechnung von Oben, das wisst ihr ja schon.«

»Geboren 1901?«, sprach Chris vor sich hin, wieder sah sie zu mir herüber.

Einige nickten.

»Herrmann, Wilhelm, Karl, Elisabeth und Gertrud sind ein bisschen jünger. – Wann seid ihr denn geboren?«

»Ich 1986 und er 1985.«

»Sagt mal«, ging ich heftig dazwischen, »wollt ihr uns verarschen? Für wie blöd haltet ihr uns eigentlich?!«

Ein langer dünner Mann mit einem kleinen kugelrunden Bauch kam jetzt mit schlaksigem Gang nach vorne und setzte sich vor uns hin. Er war mir schon aufgefallen. »Bin dein Freund. Du kannst mein Freund sein.« Er streckte seinen langen Arm aus und hielt mir die Hand hin. Tief schwarz war der Dreck unter seinen Fingernägeln. »Jonathan«, fügte er hinzu. Er hatte noch Schlaf in den Augen und lächelte mich an.

Ich gab ihm die Hand und sah wieder zu Elvira, die Jonathan anlächelte und sich dann erneut zu mir wandte. »Entschuldigung. Nein, wir halten euch nicht zum Narren. Zugegeben, das ist schwer zu verstehen. Also etwas ausführlicher: Die Ersten von uns sind 1919 hier runtergekommen. Das waren die, die ich gerade aufgezählt habe. Dann kamen die Siebenunddreißiger: Eliane, Heinz, Magdalena und Mateo. Vier Jahre später Schlomo, Georg, Jonathan, Maria, Isabelle und ich. Dann kamen die Fünfundfünfziger: Gabriele, Wolfgang, Gerald und Cornelia. 1971 kam Silke. Und 1990 Claudio, Alex und Ayşe.«

»Und wieso«, fragte ich patzig, »seht ihr alle noch so jung aus?«

»Tja ...« Sie kratzte sich in ihrem langen, blonden Haar und blickte zu Herrmann hinüber, dessen Miene ernst blieb. Erneut sah sie zu uns: »Weil man hier unten langsamer altert.« Sie zog die Augenbrauen hoch. »Wieso das so ist, wissen wir nicht ... Alles, was wir wissen, ist, dass es im Reich der Unmöglichkeiten keine Grenzen zu geben scheint.«

Vermutlich hatten wir es mit völlig Verrückten zu tun, denen man es zuerst nicht anmerkte – obwohl sie mit ihren komischen Klamotten ja wirklich reichlich albern aussahen – und hier unten Verstecken spielten. ›Ja‹, dachte ich, ›das ist es: Das sind alles Verrückte. Aus einer Klapsmühle abgehauen, und der Bekloppteste ist dieser Jonathan hier vor mir.‹

Das Gespräch verstummte allmählich. Nach und nach erhoben sich die Kibuti und gingen weg. Chris und ich tranken noch etwas Xis und standen schließlich allein herum.

»Weißt du was«, sagte ich, »die sind alle nicht ganz dicht.«

»Meinst du?«

»Ja, plemplem. Alle. Ich meine, glauben die sich ihre Geschichten wohl selbst? Halten die uns für so blöd?«

»Keine Ahnung.«

»Wir müssen aufpassen. Irgendwas stimmt hier nicht. Warum erzählen die uns so einen Scheiß? Ich meine, das merkt doch jeder, dass sie Blödsinn reden.« Ich zog Chris ein Stück weiter. Ich wollte in Ruhe mit ihr sprechen können. Am Wasserrand standen Herrmann und eine Frau. »Warte«, sagte ich zu Chris und ging zu den beiden hinüber.

»Zo ta?«, hörte ich noch Herrmann sagen, dann registrierten die beiden mich und drehten sich zu mir um.

»Wir machen einen Spaziergang zum Wasserfall ... allein«, bemerkte ich.

Herrmann sah mich an: »Ihr könnt überall hingehen.«

»Fast«, entgegnete ich, aber er reagierte nicht darauf.

»Wenn ihr nah an den Wasserfall heranwollt, müsst ihr dahinten«, er streckte den Arm aus, »im Fels etwas höher klettern, weil es von unten sehr steil und mühsam ist. Man kann dort oben wunderschön sitzen. Dort ist es auch nicht mehr so hell wie hier. Viel Spaß!«

Er wandte sich wieder zu der Frau: »Sut ebe uti.«

»Zi ebe ki, pa be ume!«

»Ume ... An uda pupi.«

Wir gingen los und kamen als Erstes an der Wasserleitung aus Holz vorbei, die auf Stehlen im See stand. Sie fing am Rand des Wasserfalls das Wasser auf und ließ es hier aus zwei Metern Höhe herunterprasseln. »Das soll wohl eine Dusche sein«, lachte Chris.

Zuerst spazierten wir stumm nebeneinander und hingen unseren Gedanken nach. Ich brachte das alles nicht zusammen. Eine eigene Welt unter der Erde, von der niemand sonst etwas wusste. Felsen, die hell leuchteten und Wärme abgaben. Alte Menschen, die so jung aussahen und doch alte Stimmen hatten ...

Dann platzte Chris in die Stille hinein: »Klar«, sagte sie laut. »Was würden wir denn machen, wenn wir ein tolles Versteck nur für uns beide finden würden? Wir würden auch versuchen, dass es keiner erfährt. Deshalb wollen sie uns nicht gehen lassen. Ist doch ganz logisch!«

»Ja, und genau deshalb können sie uns *nie* gehen lassen, denn wer sagt ihnen denn, dass wir das alles nicht doch erzählen würden. So naiv sind die bestimmt nicht. Wir sollen es ihnen *versprechen*, ha, dass ich nicht lache! Sie werden bei irgendeiner Gelegenheit versuchen, uns umzubringen. Sie müssen uns loswerden. Sie haben doch gar keine andere Wahl. Bis dahin tun sie ganz freundlich. Das ist clever, so haben sie keinen Stress mit uns. Wir haben nur eine Chance: Wir müssen ihre Gewohnheiten genau kennenlernen und uns eine Ausrüstung zusammensammeln und rechtzeitig verschwinden – sobald wir den nötigen Durchblick haben. Einen Teil der Karte am Lipata könnte ich schon jetzt aus dem Kopf nachzeichnen.«

»Wenn ihnen das alles klar ist, dann können sie sich auch an zwei Fingern abzählen, dass wir versuchen werden zu fliehen.«

»Klar«, flüsterte ich, »tun sie wahrscheinlich auch. Bestimmt hat immer einer die Aufgabe, uns im Auge zu behalten.« Ich blickte um mich, sah aber niemanden. »Deshalb müssen wir vorsichtig sein und alles gründlich vorbereiten. Und zwar ab sofort, denn lange werden sie uns bestimmt nicht in Ruhe lassen.«

Wir kamen schließlich an die Stelle, an der wir höher in den Felsen steigen konnten, um näher an den Wasserfall heranzuklettern. Es war ein wunderschöner Anblick. Weit oberhalb von uns stürzte der Wasserfall in einem weißen Schwall aus einer Spalte – so mächtig, so gewaltig. Und die Wassermassen donnerten herunter. Am liebsten wäre ich nach oben geklettert und hätte mich hineingestürzt – um eins zu werden mit der ganzen Kraft dieses Wassers.

Chris hielt mir ihren Unterarm hin, auf dem sie eine Gänsehaut hatte.

Staunend standen wir so eine Weile da, dann sagte ich: »Wir werden eine gute Vorbereitung für die Flucht brauchen. Wir müssen die Karte genau studieren und uns an möglichst viel erinnern, was uns beim Abstieg aufgefallen ist. Nur so können wir den Weg nach oben finden. Und wir brauchen einen Korb, Brot und Skribo, notfalls roh. Wichtig ist, dass wir uns jetzt überall genau umsehen und uns hier gut auskennen.«

Chris blickte mir stumm nickend in die Augen.

»Wenn sie uns auf der Flucht schnappen, bringen sie uns sofort um. Sie werden nichts riskieren.« Mir geisterten die Menschenskelette durch den Kopf. ›So weit sind schon mal welche gekommen ...‹, hatte Wolfgang gesagt. »Wir müssen fliehen, wenn die meisten schlafen. Wir müssen genau beobachten, wie viele wann schlafen. Sie dürfen es erst spät bemerken, denn wir brauchen einen großen Vorsprung.«

Schließlich kletterten wir weiter bis zu einer Stelle, an der es wieder hinab zum Ufer ging. Vor uns platschte der Wasserfall schwer in den See. Ein lautes Tosen umgab uns. Unter uns lag eine winzige Sandbucht, dorthin stiegen wir schließlich und lehnten uns zurück an einen großen runden Stein.

Chris deutete mit dem ausgestreckten Arm auf eine Stelle oben in der Felswand. »Hast du die Einbuchtung da oben gesehen? Meinst du, sie ist groß genug für uns? Wir könnten uns dort einquartieren, es ist so schön hier.«

ZWEITER TEIL

IV

Chris und ich waren irgendwann in unser Lipu am Wasserfall umgezogen, den Wen hatten wir von der anderen Seite mitgenommen. Als Bett hatten wir Schilfbüschel gebunden und aufeinandergeschichtet, dann die große Fellmatte darübergebreitet. Zum Zudecken benutzten auch wir inzwischen Felldecken. Kleine Felsvorsprünge nutzten wir als Ablagen: für unsere Lampen, für die Uhren und für unsere Kleidung, denn längst trugen auch wir Fellkleidung, die wir von den anderen bekommen hatten. Die Felswand hatten wir hier und da mit Schilfwedeln geschmückt, um es gemütlich zu machen. Wir verzogen uns oft ins Lipu und faulenzten oder badeten unter dem Wasserfall, hinter dem es eine kleine Grotte gab. Es war ein irres Gefühl, immer vom Donnern der Wassermassen umgeben zu sein und am weiß hinabstürzenden Wasser vorbei über den See blicken zu können.

Wie wir am geschicktesten die Flucht durchführen könnten, das war mir immer noch nicht klar. Immerhin aber konnten wir hier im Fels allein sein und den anderen ausweichen. Ich hatte begonnen, die Lageskizze von Kibuti in die Innenseite der Rucksackklappe zu ritzen.

Um mit allem vertrauter zu werden, hatten wir uns erst einmal der Essensgruppe angeschlossen, denn Essbares aufzutreiben würde für die Flucht entscheidend sein. Die Gruppe war geteilt: Die einen waren fürs Kochen zuständig, die anderen dafür, überhaupt Essbares heranzuschaffen. Das machte eigentlich Spaß. Hinter der Schilfbucht, noch weiter als der Badesteg, gab es eine flache Stelle, an der wir ins Wasser gingen und den Samen des Seegrases ernteten. Daraus entstand das Mehl für das Brot. Die Seegrasblätter waren ebenfalls verwendbar: Sie wurden gepresst, sodass eine süße Flüssigkeit durch ein Holzsieb abtropfte. Mit dieser Flüssigkeit wurde das süße Brot gebacken.

Das Brennmaterial für den Ofen bestand aus Schilfrohr. Es wurde ganz fest zusammengepresst und mit Schilf umwickelt, damit es nicht so schnell verbrannte und die Hitze länger hielt. Man konnte die Schilfbriketts auch anfeuchten, um den Verbrennungsprozess zu verlangsamen und die Temperatur nicht so hoch werden zu lassen. Aber für das Feuermachen und die Schilfbriketts waren andere zuständig.

Salz gewannen wir, indem wir Wasser in kleine Steinmulden am Seeufer schöpften und warteten, bis es verdunstet war. Dann konnten wir das zurückgebliebene Salz vom Stein kratzen. Auch die Salzbecken lagen weit hinter dem Schilf, kurz vor der Felswand, noch hinter dem Seegras. Einen kleinen Salzvorrat wollte ich für Chris und mich beiseiteschaffen, denn bei den Anstrengungen der Flucht würden wir stark schwitzen und brauchten Salz. Meistens würden wir einen Anstieg zu gehen haben.

Der eigentliche Lebensspender war natürlich der See. Zur Essensgruppe gehörte immer ein guter Taucher, der Seefrüchte vom Grund holte: Wagus zum Beispiel. Es gab auch Krebse, manchmal sogar Aale, aber sie waren schwer zu fangen und gingen nur selten in die am Grund befestigte Reuse. Außerdem existierten an der Felswand Muscheln, die wir mit alten Klingen vom Stein lösten.

Einer der besten Taucher war Gerald. Einmal stand ich bei ihm am Ufer, bevor er hinuntertauchte. Er hielt ein kleines rundes Korbgeflecht mit einer faustgroßen Klappe und mit einem Gewicht daran in der Hand. Der Korb trieb wie eine Boje auf dem Wasser. In ihn kamen die Megus, die er zwischen den Steinen fand.

Wir sahen über den See. »Schade, dass nicht mehr Fische im See sind«, sagte ich.

»Doch, manchmal.«

»Wie? Wieso nur manchmal?«

»Es gibt eine Verbindung zum Meer, sonst könnte kein Salz im Wasser sein, denn Go wird durch einen unterirdischen Fluss gespeist und besteht aus Süßwasser. Das Salzwasser kommt dahinten«, er deutete zur gegenüberliegenden Felswand, »aus einem Durchbruch im Gestein unter der Wasseroberfläche. Es gibt Zeiten, da drückt das Wasser verstärkt von dort hoch und der See steigt an. Dann bringt es auch Fische mit. Leider haben wir immer wieder den Fehler gemacht, nach und nach den See leer zu angeln. Wenn wir das nächste Mal Hochwasser haben, müssen wir unbedingt besser dafür sorgen, dass sich die Fische vermehren. Dann hätten wir immer Fisch. Das wäre klasse.«

»Mhm. Aber das Hochwasser ist doch eigentlich schlecht, dachte ich.«

»Wie man's sieht. Im letzten Wunrin war es so hoch, dass es sogar bis oben zum Eingang stand. Die Gets waren ganz voll Wasser. So hoch war es noch nie gewesen, deshalb waren wir nicht darauf vorbereitet gewesen. Das kam daher, dass auch Go gleichzeitig sehr viel Wasser führte. Keine Ahnung, warum. Da kamen vielleicht zufällig zwei Dinge zusammen. Wir haben alle hoch oben einzeln in winzigen Nischen im Fels gehaust – es waren nur noch ungefähr vier Meter bis zur Decke – und bekamen irgendwann Angst, einer nach dem anderen zu ertrinken. Wir haben geangelt und sind getaucht, um überhaupt Essbares aufzutreiben, aber das Wasser war eine undurchsichtige Brühe. Es führte viel Dreck und Algen mit. Eins der Probleme war, dass das Boot irgendwann absoff. Feuer konnten wir auch nicht machen, weil es kein Schilf mehr gab, sodass wir in der Endphase den Fisch sogar roh gegessen haben. Ehrlich gesagt, ich habe sie mit Kopf und Gräten gefressen. Und das alles in einer ziemlichen Finsternis, weil auch von Sutim nur noch die Spitze leuchtete. Wir konnten uns gegenseitig kaum noch im Fels erkennen.«

Ich verzog das Gesicht.

»Ja, wir hatten den Fehler gemacht, Kibuti nicht rechtzeitig zu verlassen. Sind die Gets aber erst einmal vollgelaufen, dann gibt's von hier kein Entkommen mehr ...« Er schnaufte und fuhr dann fort: »Als der Wasserspiegel endlich wieder gefallen war, wollten einige unbedingt nach einer anderen Höhle suchen. Aber letztlich tat sich nirgendwo etwas auf. Im Lun gibt es nichts zu essen außer Pilzen.

Irgendwann legte dann Mateo den Zugang zu den Gets Richtung Tamumube frei. Eine kleine Gruppe machte sich dorthin auf. Inzwischen versuchen sie dort weitere eingestürzte Gets zugänglich zu machen. Eine Sauarbeit. Sie leben in den bisher dort freigelegten Stollen. Wir anderen glauben nicht daran, dass das zu etwas führt. Das nimmt uns Mateo ziemlich übel. Ab und zu bilden wir deshalb Trupps, um sie ein wenig zu unterstützen. Es ist nicht so angenehm, dort zu leben. Die Beleuchtung ist künstlich. Sie haben zwei riesige Leuchtsteine hingeschleppt, die früher hier im Sand lagen. Manchmal ist es aber eine gute Abwechslung, mal so richtig zu schuften. Gerade ist eine von hier zu ihnen gegangen: Elisabeth. Und Magdalena ist auch regelmäßig dort, aber jetzt ist sie schon seit einer ganzen Weile hier. Auch Jonathan war lange bei ihnen, denn er hatte nach dem Hochwasser zuerst viel Angst vor einer neuen Überschwemmung, aber er kam irgendwann zurück, weil Mateo ein Großmaul ist und alle rumkommandiert. Eine Ausweichmöglichkeit für eine längere Dauer jedenfalls wäre Tamumube nicht, wenn sich nicht doch noch weitere Höhlen auftun. Und auch dort wächst fast nichts Essbares. Na ja«, fügte er hinzu, »mir wäre es ganz lieb, wenn das Wasser mal wieder steigen und Fische mitbringen würe, dann könnten wir die Fischhaltung endlich viel gezielter ausprobieren. Das haben wir immer wieder falsch gemacht.«

Gerald schwamm hinaus auf den See und war dann plötzlich verschwunden, aber in kurzen Abständen sah ich ihn auftauchen und tief nach Luft schnappen. Der kleine Korb trieb auf der Oberfläche.

Auch ich ging ins Wasser und tauchte ein bisschen. Es war nicht leicht, die Augen in dem salzhaltigen Wasser offen zu lassen.

Nach einer Weile näherte sich Magdalena, in der Hand hielt sie ihre Wasserflasche. »Na, so ganz allein?« Sie hockte sich neben mich und sah mich an. »Gehst du mit, etwas essen? Ich habe ziemlichen Kohldampf.«

»Du hast geschlafen, oder?«, fragte ich.

»Ja. Sieht man mir das noch an?«, lachte sie etwas verlegen und zog die dunklen, breiten Augenbrauen hoch.

»Ja. Außerdem hast du Schilfblätter im Haar.«

Sie kicherte. »Mach die mal raus.« Sie drehte mir den Rücken zu und ich kämmte mit den Fingern ihr volles, schweres, schwarzes Haar. Dann drehte sie sich um und gab mir einen Kuss auf die Wange. »Danke.«

»Gern geschehen.« Auch ich war etwas verlegen.

Am Lipata war nicht viel los. Cornelia mit ihrem langen rostroten Haar kniete neben einem Stein, der eine tiefe Aushöhlung hatte, und mahlte darin mit einem Stößel Samenkörner. Sie sah immer sehr ordentlich und sauber aus und besaß mehrere Paar sehr schöner, verzierter Fellschuhe. Wenn sie lachte, verliefen von ihren Augenwinkeln in der Form eines Fächers viele kleine Falten. Sie trug fein gearbeitete Holzspangen im Haar.

Herrmann beobachtete ein Brot im Ofen, damit es nicht verbrannte. Claudio reparierte eines der Holzfässer, in dem er neuen Xis ansetzen wollte. In einem Tongefäß hatte er bereits den vorbereiteten Sud neben sich stehen. Hier und da saßen noch andere herum.

Später kam auch Gerald hinzu. Er hatte drei Wagus ergattert und eine Handvoll größerer Muscheln gefunden – alles nicht der Rede wert. Er verteilte die Muscheln. »Kochen lohnt ja wohl nicht«, meinte er, knackte die Schale einer Muschel, zog das Fleisch heraus und aß es – kalt und roh.

Ich tat mutig und steckte mir ebenfalls das Muschelfleisch in den Mund. Es knirschte vom Sand und fühlte sich glibberig an. Noch nie hatte ich eine rohe Muschel gegessen. Ich verzog das Gesicht und blickte Gerald dabei an.

»Na, wart ab, wenn wir erst mal wieder eine Kolonie Seeigel finden«, lachte er. »Wenn man die knackt, dann kommt zwar ein eigenartiges Gemisch aus Innereien zutage, aber es schmeckt ...«

Elvira und Gertrud traten um den Fels herum, auch sie gehörten gerade zu unserer Essensgruppe, und öffneten eines der großen doppelwandigen Tongefäße, in denen das Skribofleisch aufbewahrt wurde.

»Wir legen Skribo auf den Ofen«, rief Gertrud in die Runde. »Die Skribos gehen übrigens allmählich zur Neige, wir sollten jagen gehen.«

›Endlich!‹, schoss es mir sofort durch den Kopf. Bald würde eine Gruppe in den Lun aufbrechen. Nur dort konnte man Skribos jagen. Ich wollte unbedingt die Gets dort kennenlernen. Vielleicht würde uns die Jagd sogar eine Fluchtmöglichkeit bieten. Bis die anderen in Kibuti sein würden, um Alarm zu schlagen, konnte unser Vorsprung groß genug sein, um zu entkommen. Ich erhob mich und ging zu Gertrud und Elvira. »Ich gehe mit euch jagen, Chris kommt auch mit.«

»Gut. Wir müssen mindestens zu viert sein, wegen der Schlepperei auf dem Rückweg. Zuerst sind aber noch ein paar Dinge vorzubereiten.« Elvira grinste: »Womit wir allerdings nicht allzu lange warten sollten, denn wenn das Skribofleisch ausgeht, werden hier alle etwas unleidlich.«

Ich aß noch etwas von Herrmanns frischem, warmem Brot, dann entfernte ich mich und tat so, als würde ich ein wenig um den See schlendern. In Wahrheit hielt ich Ausschau nach Chris, fand sie aber nirgends. Wir schliefen inzwischen in unterschiedlichen Rhythmen. Außerdem hatte sie sich mit Gabriele angefreundet und saß oft bei ihr oben im Lipu. Aber auch dort war sie nicht.

Ich ging den Sandhang hinauf und blieb schließlich vor dem Höhleneingang stehen. Dahinter war es stockdunkel und sogar ein bisschen unheimlich, wenn man aus der hellen Höhle hineintrat. Schon die ersten Schritte hallten. Ansonsten waren nur gelegentliche Wassertropfen zu hören. Ich drehte mich im Eingang zur Höhle um. Unten am Rand des Schilfs lag das Boot am Strand und schaukelte leicht. Im Sand verteilt glitzerten kleine Leuchtsteine. Tobias kletterte aus einem Lipu und rannte zum Steg. Von fern waren Rufe zu hören. Hier am Eingang wehte ein ganz leichter Luftzug.

Um den Felsvorsprung rechts kam jetzt Theo vom Lipata. Er ging am Wasser entlang, sah mich und winkte mir kurz zu. Er bückte sich nach irgendetwas im Sand und hob es auf. Kurz darauf stieg er in die Felswand.

Ich trottete zurück und kletterte hinauf zu unserem Lipu. Ich schlug den Wen zur Seite, klemmte ihn in eine Felsspalte und legte mich so, dass ich auf Go sehen konnte. Überall standen feine Wasserpartikel wie Rauch in der Luft. Vermutlich schoss er schon seit Hunderten von Jahren genauso hier herunter, an genau dieser Stelle. Und ebenso lang hatte ihn kein Mensch zu Gesicht bekommen. Er war einfach da, nur für sich, unberührt von allem, was rundherum geschehen mochte, und doch war er ein Lebensspender: die Seele von Kibuti. ›Was er wohl von Oben alles in sich trägt?‹, ging es mir durch den Kopf. Mir fielen die Augen zu.

Von lauten Schreien wurde ich aufgeweckt. Ich gähnte und erhob mich. Während ich einen tiefen Schluck aus der Wasserflasche nahm, sah ich, wie sich unten einige auf einen schmalen Felsvorsprung stellten und in das hinabstürzende Wasser sprangen. Sie hatten einen riesigen Spaß dabei.

Ich machte mich wieder auf die Suche nach Chris.

Am Lipata herrschte reger Betrieb. Unter der Wasserleitung füllten Wolfgang und Wilhelm zwei offene kleine Fässer und trugen sie in die Vorratsecke. Ayşe, Maria und Georg saßen dort und in ihrer Nähe war Chris, die sich gerade zu Wolfgang und Wilhelm neben die Fässer stellte. Während sie mit ihnen sprach, winkte sie herüber und lächelte. Ich holte mir gerade etwas Brot, als Elvira auf mich zukam: »Hilfst du mir, Schilf zu schneiden?«

»Ja. Wozu?«

»Damit locken wir die Skribos an.«

»Ich trinke und esse erst noch etwas.«

»Ja, ja. Claudio geht übrigens auch mit. Wir sind dann zu fünft. Das ist gut, damit wir uns beim Tragen auch mal abwechseln können.«

Ich nahm einen Becher und stellte mich ans Xis-Fass, von wo ich den Blickkontakt zu Chris suchte und ihr Zeichen gab. Zuerst dachte ich, sie registriere mich nicht, plötzlich aber griff sie doch zu ihrem Becher und kam zu mir geschlendert. »Was ist denn?«

»Es geht zur Skribojagd.«

»Weiß ich.«

»Ich hab dich schon gesucht. Es gehen außer uns nur Elvira, Gertrud und Claudio mit. Vielleicht ergibt sich eine gute Gelegenheit.«

»Wenn es das wäre, würden sie uns nicht mitgehen lassen.«

»Mindestens lernen wir dann die Umgebung besser kennen.«

»Ich glaube, das ist Quatsch.«

»Was? Aber ...« Ich verstummte, mein Blick wurde starr. Was war mit ihr los?

»Wir finden doch nie und nimmer allein zurück. Da nützt uns deine Skizze auch nichts«, sagte sie.

Ich sah ihr in die Augen. Ich verstand sie nicht.

»Nein, ich gehe nicht mit«, schob sie nach, gab mir einen Kuss auf die Wange und stellte sich wieder zu den anderen.

Verärgert und verunsichert hockte ich mich an die Felswand. Was war in sie gefahren? Was wollte sie? Ich konnte nicht einmal mehr hinübersehen zu ihnen, wie sie rumalberten und lachten. Irgendwann gesellte sich Gertrud zu ihnen und die Stimmung wurde noch ausgelassener. Warum interessierte Chris das alles nicht? Warum ließ sie mich plötzlich allein gehen?

Ich suchte Elvira, die ich in der Vorratsnische hantierend fand. Sie kramte zwischen rostigen Werkzeugen herum. »Unsere Messer und Schneiden taugen alle nichts mehr. Eine Gruppe wird sich demnächst mal ans Schleifen machen müssen. Wir nehmen diese zwei.« Sie drehte sich um zu mir: »Wollen wir?«

Wir machten uns auf zum Schilf. Im Sand spielten Marlene, Anna und Tobias ein Spiel mit Stöckchen.

Mit den alten Messerklingen ohne Griffe schnitten wir, im Wasser stehend, das Schilfrohr ab. Oder besser gesagt: Wir knickten die Stängel mit der freien Hand um und säbelten mit den Klingen so lange an ihnen herum, bis sie rissen. Es war eine mühsame Arbeit, nur ganz allmählich wuchs der Haufen am Ufer. Irgendwann hatte Elvira keine Lust mehr und so machten wir eine Pause. Sie schlief sogar ein. Als sie sich wieder aufrecht setzte und eine Weile umhergeblickt hatte, sagte sie plötzlich: »Komm mal mit, ich zeig dir was.«

Sie ging auf die Felswand zu und wir kletterten hinein und immer höher. Dabei mussten wir aufpassen, denn die Wand wurde weiter oben steil und die Trittstellen waren schmal. Schließlich, schon sehr weit oben, trat Elvira auf ein kleines Felsplateau und zog mich hoch. Ich presste den Rücken gegen die Felswand. Die Höhle lag von hier aus betrachtet beinahe unter uns. Bis hinüber zum Lipata konnten wir sehen. In der Schilflichtung schräg vor uns badeten einige. An den Salzbecken kratzte Silke Salz vom Stein und winkte uns zu. Und Magdalena kletterte drüben hinauf zu ihrem Lipu, sah uns aber nicht.

»Famoser Ausblick, oder?«

»Ja, aber auch ziemlich anstrengend hier rauf. Und etwas gefährlich.« Ich wischte mir den Schweiß von der Stirn.

»Ja, hier muss man aufpassen! An dieser Stelle haben wir schon jemanden verloren. – Eigentlich wollte ich dir aber das hier zeigen.« Sie drehte sich um: »Fass mal da rein«, sie deutete auf einen schmalen Riss im Gestein. Ich konnte die Hand hineinschieben und hatte den Eindruck, einen Luftzug zu spüren.

Ich wandte das Gesicht über die Schulter: »Was ist das?«

»Wissen wir nicht. Spürst du die Luft?«

»Ja.«

»Wir vermuten, dass es dahinter weitere Hohlräume gibt, wer weiß, vielleicht sogar richtige Höhlen. Nur leider ist das Gestein hier viel zu fest und dick.«

»Wow!«, machte ich.

»Vielleicht ist es aber auch nur der Atem einer Riesenkröte, die dort lauert«, lachte sie.

Fasziniert versuchte ich in den Spalt zu sehen, aber das war nicht möglich. Musste es hier nicht eine Verbindung nach Oben geben, wenn doch ein Luftzug zu spüren war? Vielleicht ließe sich der Riss so weit vergrößern, dass man hineinsteigen konnte, um ...

Wir stiegen wieder hinab und schnitten weiter Schilfrohr. Immer wieder musste ich hochsehen zu der Stelle im Fels. Irgendwann meinte Elvira, wir hätten genug Schilf, und so trugen wir es vor zum Sandstrand und hinauf bis nah an den Eingang, wo wir unsere Bündel auf den Boden fallen ließen. Claudio und Gertrud saßen bereits dort mit dem Proviant, den sie vorbereitet hatten.

»Habt ihr schon alles?«, fragte Elvira die beiden und stemmte die Hände in die Hüften. Die zwei nickten.

Jetzt sagte ich ihnen, dass Chris es sich anders überlegt hatte und uns nicht unterstützen würde, aber sie nickten nur stumm.

»Gut, dann können wir doch eigentlich aufbrechen, oder?« Elvira sah von einem zum anderen. »Oder wollen wir noch mal schlafen?«

Wir entschieden uns dagegen, wir wollten lieber bei der ersten Rast ein längeres Schläfchen halten. Ich war ohnehin zu aufgeregt, als dass ich hätte schlafen können.

Obwohl ich immer noch sauer war auf Chris, wollte ich mich von ihr verabschieden, fand sie aber nirgends, nicht am Lipata, nicht in unserem Lipu. So ging ich zurück zu den anderen.

»Magdalena war gerade hier. Sie will noch eine neue Matte bringen, die sie für Eliane geflochten hat. Sie kommt gleich«, sagte Claudio, als wir alle wieder zusammenstanden.

Eliane! Auch auf sie war ich sehr neugierig. Sie lebte ganz allein in dieser anderen Höhle, im Lun. Sonst hatte ich noch nicht viel über sie erfahren. Aber das, was ich über sie aufgeschnappt hatte, machte auf mich den Eindruck, dass sie reichlich verrückt sein musste.

Wir verstauten unseren Proviant in den Rückenkörben. Auch eine Extraration gebratenen Skribo für Eliane hatten wir dabei.

»Nimmst du das Fass?«, fragte mich Elvira.

Ich nickte. Das Fass steckte in einem Seilgeflecht, sodass man es wie einen Rucksack auf dem Rücken tragen konnte. Ich nahm es hoch und griff durch die Seile, da sah ich Magdalena aus dem Fels nach unten klettern. »Da kommt sie«, zeigte ich.

Die anderen schwangen sich die Körbe auf den Rücken, dann hängten wir uns die Leuchtsteine um. Jeder klemmte sich zusätzlich ein Schilfbündel unter den Arm und Gertrud nahm Magdalenas Matte.

»Bestell Eliane einen herzlichsten Gruß von mir! Ich hab sie so lange nicht gesehen.« Magdalena drückte uns allen mit beiden Händen die Schultern. Als ich an der Reihe war, lächelte sie und sah mir in die Augen: »Bis bald!« Einen Moment lang hielt sie mich noch fest und ich spürte mein Herz klopfen.

»Wir ziehen jetzt los!«, brüllte Elvira in die Höhle und alle, die in der Nähe waren oder uns oben aus ihrem Lipu sehen konnten, winkten und wünschten uns mit dem Ruf »Kádá!« viel Erfolg. Chris tauchte nicht auf. Versteckte sie sich vor mir?

So stapften wir zum Eingang und verschwanden im Dunkeln. Schon bald kamen wir an die Abbiegung, die Chris und ich auf dem Weg hier herunter gesehen hatten, und bogen links in einen schmalen Get mit stetiger leichter Steigung ab. Wortlos marschierten wir vier hintereinander. Zuerst hatten wir ein zügiges Tempo, aber die Steigung nahm kein Ende und schon bald wurden wir in diesem engen Get immer langsamer. Es war mühsam mit dem Gepäck. Längst spürte ich das Fass hart auf meinem Rücken, die Seile schnitten mir in die Schultern.

Irgendwann verbreiterte sich der Weg, sodass Claudio und ich nebeneinander gingen. »Wenn man sich hier hinsetzt und ganz still ist«, meinte er, »dann kommen irgendwann die Tugus aus ihren Verstecken.«

»Wie sehen die aus? Wie Ratten?«

»So ähnlich. Kleine, mal eher bräunliche, mal eher schwarze Tiere. Es sind die einzigen Tiere hier unten, deren Fell sich verwenden lässt. Sie sind aber sehr scheu und verkriechen sich schon bei leisesten Geräuschen.«

»Sind sie essbar?« Ich blickte in die im Schatten liegenden Ecken und Winkel.

»Ja, manchmal sind sie sogar ziemlich fett.«

»Wovon leben sie?«

»Das wüssten wir auch gerne.«

Noch nie hatte ich mich bisher länger mit Claudio unterhalten. Er war hell-blond und hatte braune Augen. Sein Bartwuchs war noch spärlich. »Du gehörst zu den Neunzigern, oder?«

»Mhm.«

»Wie seid ihr hierhergekommen?«

»Ach ...«, machte er und verstummte, begann dann aber doch zu erzählen: »Ich stamme aus einem kleinen Kaff bei Halle, bin aber von dort abgehauen, als die Mauer fiel und alles durcheinandergeriet. Mit meinen Eltern war plötzlich nichts mehr anzufangen, sie waren völlig fertig, hatten nichts als Angst vor dem Zusammenbruch ›unserer‹ DDR. Mein Vater wurde immer unerträglicher. Einmal haben wir uns sogar geprügelt. Da dachte ich mir: Nur weg hier, jetzt sehe ich mir erst mal den Westen an. Na ja, so bin ich weg. In Hannover am Bahnhof hab ich Alex kennengelernt und wir sind zusammen nach Hamburg. Alex stammt aus der Nähe von Erfurt und war aus einem Jugendwerkhof getürmt. Torgau. Aber nach ein paar Monaten dachten wir uns: Nee, das überlebt man nicht lange, so auf der Straße und Drogen und so. Dann haben wir zusammen mit Ayşe, die auch dort rumhing, beschlossen, einen Wagen zu klauen und ein bisschen an die Küste zu fahren, um uns zu erholen. Nach ein paar Tagen hat uns aber die Polizei auf dem Kieker gehabt, sodass wir uns von dort verdrücken mussten. Wir haben uns in einem Wald einen Unterschlupf gebaut. Na ja, eines Nachts sahen wir plötzlich merkwürdige Gestalten rumgeistern ...«

»Wen?«

»Na, einige von hier. Theo und Schlomo zum Beispiel.«

»Seid ihr nicht erschrocken?«

»Und wie! Zuerst haben wir uns auch versteckt und sie nur beobachtet, aber sie stießen auf unseren Verschlag. Sie erschraken natürlich genauso wie wir. Sie haben uns erzählt, sie würden eine Nachtwanderung mit Verkleidung machen. Aber in der zweiten Nacht, als wir wieder aufeinanderstießen, da ... Na ja, zuerst fragten sie uns über alles Mögliche aus, dann aber haben wir sie ausgefragt, und so erzählten sie uns schließlich irgendwas von einer Höhle. Natürlich waren wir neugierig – also sind wir mit.«

Elvira schlug eine Pause vor.

Während sie und Gertrud schon bald schliefen, sprachen Claudio und ich flüsternd weiter. Er erzählte von der DDR. »Weißt du, natürlich haben die Menschen all die Lügen des Systems und der SED nicht geglaubt, aber erst mal will doch jeder trotzdem sein Leben leben. Wer sich immer nur mit allen anlegt, wird auch nie zufrieden. Viele Menschen hatten natürlich auch Angst vor der Stasi und haben sich nichts sagen trauen, waren froh, wenn sie nicht auffielen und in Ruhe gelassen wurden. Die Stasi war überall, das wusste man. Alles wurde permanent überwacht. Tja, so war das. Aber ein Land, das auf einem Spitzelsystem beruht, verwest schon vom Kopf her. Als ich in den Westen kam, habe ich nur gedacht: Warum hat unser Land so was nicht geschafft? Was es da alles gab! Auf einmal fühlte ich mich wie ein ganz kleiner Scheißer. Aber nach ein paar Wochen dachte ich oft: Sind die Menschen wirklich glücklicher? Und auf einmal war es für mich, als hätte ich überhaupt keine Heimat mehr.«

»Hm ...«, machte ich, stumm nickend. Auch Claudio sprach nicht weiter, sondern fuhr völlig in Gedanken mit dem Finger eine Linie im Gestein nach.

Irgendwann ging es weiter. Der Weg begann leicht abzufallen und so machte das Gehen weniger Mühe. Claudio und ich hatten Korb und Fass getauscht, sodass das Gewicht auf meinem Rücken jetzt leichter war. Wir trotteten vor uns hin, wieder ging es endlose Gets. Mal mussten wir in das Gestein klettern, mal mussten wir springen, um weiterzukommen. An einer Stelle hing eine Strickleiter in der Felswand.

»Da oben müssen wir weiter«, sagte Elvira und wir stiegen die hohe Wand hinauf.

Schließlich lag eine Art Gewölbe vor uns, das von einem großen Leuchtstein erhellt wurde. Die Luft war feucht. Wir traten hinein und allmählich erkannte ich, dass fast die ganze Höhle aus Lehm bestand, nur hier und da ragten massive Felsbrocken heraus. Ich drehte mich zu Claudio: »Hier unten gibt es wirklich Lehm, und so viel?«

»Ja. Das hier ist die erste Höhle, die zum Lun gehört. Hier jagen wir. Die Haupthöhle erreicht man dahinten durch einen ganz langen

Get, sie enthält riesige abgestorbene Bäume. Von dort holen wir das Holz, das wir brauchen. Weißt du, ich bin auch erst zum dritten Mal hier.«

»Eliane!!«, riefen Gertrud und Elvira bereits laut. »Eliane? Wo steckst du? Komm!«

»Wer ist diese Eliane?«, fragte ich leise Claudio. Irgendwie wurde sie mir doch unheimlich. Ganz allein lebte sie hier in diesen Lehmhöhlen?

»Eliane hat sich irgendwann mal entschlossen, hier für eine Weile ganz allein zu bleiben und zu werkeln. Das wird sie dir sicher alles selbst erzählen.« Claudio setzte das Fass ab und sah sich um: »Siehst du da vorne«, er deutete zur Seite, »die Skulptur? Die hat sie gemacht. Sie formt Skulpturen in den Lehm. Ist die nicht stark?«

Wir gingen auf das Gebilde zu. Erst als ich unmittelbar vor der Skulptur stand, begriff ich ihre Größe. Sie war mindestens fünf Meter hoch und ebenso breit. Ich hatte den Eindruck, dass die Reliefs darin die Umrisse menschlicher Figuren darstellten, obwohl das nicht direkt zu erkennen war. Alles schien aus Händen, Beinen, Gesichtern und Köpfen zu bestehen. »Cool!«, sagte ich.

»Weiter hinten gibt es noch welche.«

»Und die macht sie ganz allein?«

»Mhm.«

»Hat sie denn keine Angst hier?«

»Wovor?«

Ich drehte mich herum. Tja, wovor? »Und die Skribos?«

»Sie sind stark, aber nicht gefährlich.«

»Ich schlage vor«, meinte Elvira, als wir von der Skulptur zurückkamen, »wir fangen schon an.« Sie blickte zu mir: »Also, zur Erklärung: Sie kommen hier irgendwo aus dem Lehm – irgendwo!«

»Wer?«

»Na, die Skribos natürlich. Es sind riesige Würmer, wirklich nicht gerade klein.« Sie deutete auf ein paar armdicke Löcher im Lehm über uns. »Irgendwo kriechen sie heraus. Man muss vorsichtig sein. Sie sind zwar blind, aber wenn sie sich bedroht fühlen, schlagen sie mit großer Wucht aus – und ziehen sich blitzschnell zurück. Weg sind sie wieder. Zum Glück sind sie ziemlich scharf aufs Schilf: Wir zünden einen Teil des Schilfs an und lassen es dann kokeln. Damit wird der Geruch intensiver, er dringt in die Löcher im Lehm und lockt die Skribos schneller an.

Wir können uns zwar unterhalten, aber wir sollten uns nicht so viel bewegen. Es kann ewig dauern, bis einer kommt. Wir sollten keinen entkommen lassen. Und wir dürfen nie alle gleichzeitig schlafen.« Sie sah Claudio, dann mich an: »In einer Gruppe, zu der auch Claudio gehörte, sind mal alle gleichzeitig eingeschlafen, und als sie wach wurden, war das ganze Schilf weg.« Sie zuckte mit den Schultern: »Die Skribos hatten es aufgefressen, während sie alle selig vor sich hin geschlummert hatten ...«

»Das war vielleicht frustrierend«, meinte Claudio, »und du hättest die Gesichter der anderen in Kibuti sehen sollen, als wir mit völlig leeren Händen zurückkamen. Und dann alles noch mal von vorne!«

Gertrud gesellte sich mit Speeren zu uns, die sie aus einer Ecke geholt hatte.

»Das Wichtigste ist, sie beim ersten Stoß richtig zu treffen, und zwar möglichst mittendurch. Der Speer muss im Körper stecken bleiben. Wenn das klappt, haben sie keine Chance mehr, denn dann können sie sich nicht mehr in ihr Loch zurückziehen, verstehst du? Dann hängen wir uns blitzschnell auf beiden Seiten an den Speer und ziehen sie nach und nach weiter aus dem Loch.«

»Hm, das hört sich ziemlich brutal an.«

Elvira sah mir in die Augen: »Ist es auch. Sie haben Schmerzen und ihre Kraft lässt nach. Deshalb können sie sich nicht in ihrem Loch halten. Sie *müssen* nachgeben.«

Gertrud setzte sich und rieb zwischen beiden Händen ein Schilfrohr in der Vertiefung einer unserer Leuchtsteine. Durch die Wärme des Steins und die Reibung entstand schließlich eine kleine Glut am Schilf. Gertrud hielt es hoch und pustete dagegen, bis es stärker glimmte.

Dann entzündete sie ein paar Schilfblätter daran und ließ alles vor sich hin brennen, sodass eine kleine Rauchfahne aufstieg.

»Auf eins musst du aufpassen«, meinte Elvira. »Wenn sie merken, dass sie angegriffen werden, oder wenn sie verwundet sind, dann schlagen sie verdammt kräftig aus. Am besten ist, du überlässt den Ersten uns und siehst mal zu. Denn wenn uns der Erste entwischt und hier ein langes Gezappel veranstaltet, dann dauert es ewig, bis sich wieder welche blicken lassen.«

»Okay.« Ich war jetzt doch ein bisschen aufgeregt, wollte auch nichts verbocken. »Kann es auch sein, dass keine kommen?«

»Was ist schon unmöglich? Aber es ist noch nie vorgekommen.«

Ich war unterdessen gespannt auf diese Eliane, aber sie tauchte nicht auf. Es passierte eigentlich gar nichts. Wir hockten einfach am Boden. Manchmal musste neues Schilfgras an der Glut entzündet werden. Später schliefen wir alle der Reihe nach. Wer schlafen wollte, legte sich in den zweiten Haufen Schilf.

Immer wieder dämmerte ich ein. Als ich einmal tief und fest schlief, träumte ich, dass sie das alles nur inszenierten nicht etwa, um Skribos zu jagen, die es nämlich gar nicht gab, sondern um mich zu töten. Dies war der Zeitpunkt, an dem sie mich umbringen wollten. Hier war ihr Schlachtplatz. Beim Skribofleisch handelte es sich in Wirklichkeit um Menschenfleisch. Sie warteten nur darauf, dass ich einschlief. Jetzt, im nächsten Augenblick schon, würden sie mir den Schädel einschlagen und mich dann in Stücke hauen und zer... Ich schoss aus dem Schlaf auf und sah, wie sie alle schon über mich gebeugt im Kreis standen. »Nein!«, brüllte ich und sprang auf. Ich fuhr herum, wild mit den Armen um mich schlagend. Ich musste mich wehren! Mit angstvollem Blick sah ich von einem zum anderen. Ich atmete wie gehetzt.

»Alles in Ordnung?«, fragte Elvira. »Du hast geträumt, ziemlich heftig. Aber Träumen ist gesund.«

»Zi ebe co ipu ma Oben«, sagte Gertrud und die anderen nickten.

Ich kratzte mich im Haar, dann atmete ich tief durch.

Claudio sah zu mir. »In der Anfangsphase träumt man hier unten ein wirres Zeug. Es ist all das Böse, das man im Kopf von Oben mitgebracht hat.«

Ich nahm mir zu trinken aus dem Fass. Verstohlen sah ich zu ihnen hinüber. Sie hatten sich wieder gesetzt. Nur langsam entspannte ich mich. Wie peinlich. Ich war herumgesprungen wie in einer Paranoia.

»Wenn es sehr lange dauert, bis der Erste kommt, müssen wir uns mit dem Essen etwas zurückhalten«, sagte Elvira.

Ich setzte mich wieder zu ihnen.

Aber dann war es so weit: Plötzlich hörten wir ein Rieseln. Kleine Steinchen und Lehmbrocken fielen von der Decke. Elvira hob den Zeigefinger und tippte sich gegen die Lippen. »Na also«, flüsterte sie.

Vorsichtig standen wir alle auf. Ich zitterte vor Anspannung und wusste nicht, was ich tun sollte. Ich sah zu den dreien hinüber. Claudio und Elvira nahmen die Speere und stellten sich näher unter die Stelle, an der der Lehm bröckelte.

Mit einem Mal drückte sich ein weißes Etwas durch die Höhlendecke nicht allzu weit über uns. Ich musste schlucken und stand starr. Ein riesiger Wurm, so stark wie der Oberarm eines durchtrainierten Mannes, schob sich weiter und weiter mit einer schwingenden Bewegung nach unten. Vorne war eine runde Öffnung zu sehen, die offenbar die Witterung aufnahm. Darunter der Mund. Mal hierhin, mal dorthin pendelnd, näherte er sich allmählich dem Schilfhaufen. Immer länger wurde er.

Elvira und Claudio hoben ganz langsam die Speere. Weil Elvira besser stand, zeigte Claudio zu ihr und sie nickte. Sie ließ den Arm mit dem Speer hinter ihren Rücken sinken und schnellte dann mit einer ungeheuren Wucht nach vorne und stieß dem Skribo mitten durch den Leib. Eine weiße Flüssigkeit schoss in einem Strahl heraus. Der Skribo gab einen irrsinnigen Laut von sich, der wie »Srrrrriboooooosrrrrriboooosrrrrribooooo« klang, und schlug heftig aus.

Claudio warf seinen Speer zu Boden und griff von der anderen Seite an den im Köper steckenden Speer, dann stürzten auch Gertrud und schließlich ich hinzu und wir alle zogen in kräftigen Rucken den Skribo aus seinem Loch. Er wehrte sich mit gewaltiger Kraft – und doch hatte er keine Chance. Das letzte Stück fiel mit einem lauten Klatschen auf den Boden. Er wandte sich noch mit zuckenden Bewegungen gegen uns und versuchte sich mit dem Kopf in den Boden zu arbeiten, aber längst saßen wir alle vier auf ihm. Dann stieß ihm Claudio den zweiten Speer in den Kopf. Noch mehr weiße Flüssigkeit trat aus.

»Das ist ja ein Riesenvieh.« Ich stand auf und ging an ihm entlang. Er musste etwas über fünf Meter lang sein. Abgesehen von den Erdspuren an seinem Körper leuchtete er perlmuttfarben. Ich berührte ihn mit der Hand. Er war kalt und feucht. Dann ging ich zum Kopf. Sein Maul sah aus wie bei einem Fisch. Augenstellen gab es, aber die Augen waren nicht ausgebildet.

»Das ist zwar nicht der Größte, den wir je gefangen haben, aber für den Anfang ist der doch ganz prächtig«, meinte Elvira.

»Tragen wir ihn dahinten in die Ecke, da stört er uns nicht«, schlug Claudio vor, und wir zwei wuchteten uns den Skribo auf die Schultern.

Da es wegen der heftigen Bewegungen des Kampfes etwas dauern würde, bis wir einen weiteren zu sehen bekämen, spazierte ich mit vorsichtigen Schritten ein bisschen in der Höhle herum. Ich entdeckte noch ein paar riesige Lehmskulpturen. Eine sah aus wie das Sinnbild aller Lebewesen. In der Mitte hatte sie eine Aushöhlung, die so groß war, dass man darin wie in einem Bauch hätte liegen können.

Ich schlich weiter. Hier hinten war es dunkler, und dann erkannte ich auch den Get, der weiterführte zur großen Lun-Höhle.

Ich sah hoch zum Gewölbe über mir ...

»Verdammt, ein Neuling!«

Ich schreckte zusammen und fuhr herum: Eliane –. Die Hände in die Seiten gestemmt, betrachtete sie mich. Sie war dünn und ganz blass, hatte lange schwarze Haare und blaue Augen. Über ihrer Oberlippe wuchs ein feines Bärtchen. Sie trug eine lange Fellhose.

»Bist du Eliane?«

»Und du?«

»Jan.«

Sie legte mir die rechte Hand auf die Schulter: »Kib!«

Ich tat es ebenfalls.

»Wer ist noch dabei?«

»Claudio, Gertrud und Elvira.«

Sie ging an mir vorbei, ohne noch ein Wort zu sagen, und eilte zu den anderen. Ich folgte ihr. Als Erster fiel sie Elvira um den Hals. Sie küssten sich auf den Mund. Dann nahm sie Gertrud in die Arme. Auch sie küssten sich. Schließlich begrüßte sie Claudio, indem sie ihm beide Schultern drückte.

»Ihr wart ja schon erfolgreich!«, deutete sie auf den toten Skribo.

»Ja. Wie gut bist du denn noch versorgt?«, wollte Elvira wissen.

»Ich habe nichts mehr. Beschränke mich schon eine ganze Weile auf Pilze und Flechten.« Eliane beugte sich über einen der Rucksäcke und brach sich ein großen Stück Brot ab. »Hmm, vorzüglich ...«, machte sie und schloss die Augen. Dann sah sie Gertrud an: »Waren welche oben?« Sie nickte in meine Richtung.

»Das erzählen wir dir später, zuerst bekommst du dein Geschenk«, antwortete Gertrud. »Magdalena hat diese Matte für dich geflochten. Ist sie nicht wunderschön?« Sie breitete sie aus. Die Matte bestand aus völlig verschiedenen Mustern, die raffiniert ineinandergearbeitet waren.

»Oh ja, sehr!« Eliane strich mit der Handfläche über die Schilfmatte. »Vielen Dank an Magdalena. Sie gefällt mir sehr.«

»Ich schlage vor, wir drei Frauen ziehen uns dann mal zurück, es gibt viel zu erzählen.« Elvira sah Claudio an, der breit grinste: »Ja, ja, schon verstanden.«

Die drei verschwanden mit Elianes Extraportion Skribo, Brot und der Matte.

»Also, dann wollen wir mal. Das schaffen wir auch ohne sie.« Claudio nahm etwas von dem Schilf und legte es vorsichtig auf die Glut.

So saßen wir da und sprachen lange kein einziges Wort. Ich sah auf den Skribo hinten an der Wand. Ein so großes Tier hatte ich noch nie in meinem Leben gesehen. Obwohl es ja eigentlich nur ein Wurm war.

Plötzlich hörte ich eigenartige Geräusche. Eine Art Schaben, ganz dumpf. Ich suchte die Decke und die Wände ab, sah aber nichts. Claudio hatte die Augen zu und schien eingeschlummert zu sein. Ich flüsterte, aber er hörte mich nicht. Da stieß auf einmal ein Skribo aus der Wand rechts von uns. »Claudio.« Er sah auf und ich deutete hinter ihn. Wir tapsten zu den Speeren. Jetzt durfte ich keinen Fehler machen.

Der Skribo schob sich weiter und weiter aus seinem Loch. Er wiegte sich hin und her, vermutlich um zu spüren, ob die Luft rein war. Wir mussten genügend Abstand halten. Ganz vorsichtig trat Claudio an ihm vorbei. Mir gab er ein Zeichen, ich solle mich an einer bestimmten Stelle zum Stoß vorbereiten. Ganz nah war ich inzwischen diesem riesigen Wurm, der sich vor mir nach rechts und links bewegte. Seine Nase öffnete und schloss sich. Ich konnte seine erdige Feuchtigkeit riechen. Ja, dann erkannte ich sogar, dass sich unter den Augenhäuten so etwas wie blinde Pupillen bewegten.

Ich stieß nach vorne, ließ den Speer aber zu früh los und traf den Skribo nur außen, sodass er heftig in meine Richtung schwang, mich aber nicht erwischte – und da stach Claudio auch schon zu. Der Skribo schlug aus, konnte aber nicht weiter zurück, weil Claudio bereits wieder an den Speer gegriffen hatte. Ich lief hinzu und stach nun auch meinen Speer durch den Körper des Skribos. Ein Schwall seiner milchigen Flüssigkeit trat aus und platschte auf meine Schulter. Sein hohes Zischen war nur kurz, dann schlug er auf den Boden. Er zuckte noch ein paar Mal.

Wir schleiften ihn nach hinten an die Wand, er war viel kleiner als der erste.

Den dritten Skribo fingen wir erst, als die drei Frauen schon wieder zurück waren und Pilzstücke auf einem kleinen verrosteten Blech über der Glut warm wurden. Gertrud und Elvira erlegten ihn; alles ging ganz schnell.

Später aßen wir warmes Skribofleisch mit Pilzen und Brot und schliefen danach. Vermutlich war es Eliane, die wach geblieben war.

Ziemlich lange ließ sich kein Skribo mehr blicken und ich unterhielt mich mit Eliane, indem wir an ihren Skulpturen entlangspazierten. Sie zeigte mir auf einer Erhöhung ein kleines Gebilde, das ich noch gar nicht bemerkt hatte. »Was ist das?«, fragte ich.

»Was könnte es denn sein?«

»Hm ... also ... es ist eine Kugel, mit Linien, oder Adern, eine Faust.«

Eliane sah mich an: »Es ist die Ganzheit, die sich zusammenhält.«

»Hm«, machte ich ratlos.

»Weißt du, die Ganzheit ist ein kosmischer Muskel, eine Anstrengung. Jedenfalls für uns Menschen. Wir können die Ganzheit ja nicht einmal denken. Gott hat sie uns als größte Aufgabe überhaupt gegeben. Aber wir sind zu dumm!«

»Da hat Gott sich wohl geirrt.«

»Möglich.«

Sie ging voraus zum Get und blieb im Dunkeln stehen. Ihre weiße Haut schimmerte vom restlichen Licht, das noch hierherdrang. Von den Nasenflügeln bis zu den Mundwinkeln deuteten sich zwei Falten in ihrem Gesicht an.

»Warum bist du hier so ganz allein?« Ich machte ein paar Schritte auf sie zu.

»Am See gibt es ja keinen Lehm.«

Ich blickte sie an.

»Ich wollte unbedingt mal in Lehm leben und arbeiten. Lehm ist so geschmeidig und glatt und feucht – und kalt. Lehm ist so massiv und kraftvoll ...« Sie ging an mir vorbei auf eine Erhöhung zu, blieb vor der dortigen Skulptur stehen und klatsche mit der flachen Hand auf eine Lehmrundung, »wie ein strammer Hintern«, grinste sie. Sie klatschte noch einmal. Dann kam sie zurück und sagte nur: »Komm!«, als sie an mir vorbeiging.

Sie verschwand im Dunkeln des Gets und ich folgte ihr. Zuerst sah ich gar nichts, aber meine Augen gewöhnten sich an die Finsternis, sodass ich Elianes Umriss vor mir erkannte.

»Hast du keinen Leuchtstein?«, fragte.

»Du brauchst mir nur zu folgen.«

»Ach, nein!«, lachte ich.

Ich holte sie ein und wir gingen, uns an den Händen haltend, durch dieses dämmrige Dunkel. Dann machte der Get eine doppelte Kurve. Dahinter lag ein kleiner Leuchtstein auf dem Boden, den Eliane aufnahm. Es war ein ziemlich weiter Marsch. Den ganzen Weg über sprach sie von Lehm und Holz. »Lehm gibt kaum eine Form oder Struktur vor, verstehst du? Holz hat Fasern. Daran lässt sich nichts ändern, egal, wie du es bearbeitest. Holz ist eigenwilliger. Es kann brechen, wenn du es nicht verstanden hast. Du kannst das Holz nicht wieder zusammensetzen wie Lehm, den du nur neu zu kneten brauchst und wieder formen kannst.

Im Lun ist die Erde trockener als vorne. Zum Glück, denn sonst wäre das Holz dort längst vermodert.«

Wir blieben stehen und schwiegen. An dieser Stelle im Gang herrschte eine völlige Stille, sie war geradezu hörbar. Eliane steckte den Leuchtstein für einen Moment unter ihre Weste. Völlige Finsternis. »Die Stille und die Dunkelheit beleben den Kopf.«

»Hast du nie Angst hier unten, so allein?«

»Doch, manchmal, dann ist der Kopf wirr, aber sonst ist er völlig klar.« Dann nahm sie den Stein wieder hervor und fragte mich: »Wie ist die Kunst oben?«

»Keine Ahnung. Da kenne ich mich nicht aus. Alles abstrakt, irgendwie.«

»Ich wette, alle, die oben Kunst machen, machen es, um Geld zu verdienen. Das ist der Tod der Kunst. Geld tötet alles: Hoffnung, Liebe, Glaube und Wert. Kunst macht man für's Leben, nicht für Geld. Man macht sie auch nicht für die Ewigkeit. Leben ist ein Moment. Kunst spricht im Moment. Kunst ist nur eine Möglichkeit unter all den Unmöglichkeiten. Komm«, wandte sie sich plötzlich wieder nach vorne, »weiter.«

Ich ging ihr nach, schon wieder war sie mir zehn Schritte voraus. »Das Schlimmste, was man der Kunst antun konnte, war, die Museen zu erfinden. Damit wurde sie abgeschoben. Es ist wie mit Spielplätzen.«

Fast war ich wieder auf einer Höhe mit ihr.

Sie sprudelte weiter: »Der Papagei im Zoo macht den Baum nicht mehr bunt.«

Ich marschierte stumm neben ihr. Immer wieder schossen ihre Sätze heraus.

Es ging noch eine Weile lang weiter, dann sah ich vor uns einen hellen Schein, der von einem großen Leuchtstein kam: eine Höhle tat sich auf, in der riesige tote Bäume kreuz und quer und drunter und drüber lagen. Sie waren zum Teil entwurzelt und zeigten mit den gewaltigen Wurzelgebilden hoch nach oben. Die starken Äste der Kronen steckten unten oder an den Seiten im Lehm. Stämme ruhten massig und schwarz auf anderen.

Schritt für Schritt ging ich hinein. Die Luft war warm und trocken. Nur an einer Stelle drang Wasser aus der Höhlenwand. Hier roch es modrig. Auf den großen Holzstämmen in diesem Teil der Höhle wuchsen Pilze, deren Hüte so groß wie Sombreros waren. Auch zwei große Fässer standen hier, eins davon fing tropfendes Wasser auf.

Eliane war bereits auf einen dicken Stamm geklettert und stieg von dort auf den nächsten weiter nach oben. »Komm«, rief sie, »ich zeige dir das Baumhaus!«

Ich kam ihr nicht nach, so schnell kletterte sie. Irgendwann sah ich sie nicht einmal mehr und rief sie, aber von irgendwoher ließ sie nur ein »Hier!« erschallen. Ich konnte es nicht einmal orten, von überall hallte es wider. »Hier? Na, toll!«, rief ich. Ich kletterte weiter in diesem Geflecht von Stämmen und Ästen. Einmal erblickte ich sie weit vor mir, schon verschwand sie wieder hinter einem Stamm. Immer höher ging es, manchmal wurde mir etwas schwindelig, wenn ich nach unten sah.

»Ga-nz o-ben«, hörte ich es plötzlich nah bei mir und ich sah hoch. Dort blickte Eliane aus einer Art Kugelnest. Äste waren so miteinander verkeilt und verschränkt, dass sie ein rundes Gehäuse mit einer Öffnung bildeten, wie manche Vögel sie bauen, nur eben viel größer. Ich kletterte zu ihr und sah hinein. In der Mitte lagen Schilf und die neue Matte von Magdalena darüber, ein großes schwarzes Fell und ein dickes Buch.

»Hast du selbst das gebaut?«

»Nein.«

»Ihr alle?«

»Das Nest existierte bereits, als wir diese Höhle fanden. Vielleicht von einem urzeitlichen Vogel lange vor uns.« Sie deutete auf ein paar riesige Federn, die mit den Ästen verwoben waren. Während ich eine der bläulich schimmernden Federn berührte, kletterte Eliane bereits wieder hinaus und sprang von Ast zu Ast zur anderen Seite. »Komm, ich zeige dir die Skulptur, an der ich gerade arbeite.«

Hier oben war das Geflecht der Äste und Stämme so dicht, dass mir die Höhe nichts ausmachte. Nur manchmal konnte ich bis ganz nach unten sehen und erahnte die Tiefe. An einer Stelle kletterte Eliane die Äste wie auf Stufen hinunter. Dann blieb sie stehen und schwieg, bis ich schwitzend neben ihr ankam. Sie deutete mit dem ausgestreckten Arm: Sie hatte ein Gebilde geschaffen, das aussah wie eine Riesenhand, die sich wie mit tausend Fingern über einen dunklen Stamm mit seiner Baumkrone breitete. Während die Äste waagerecht lagen, standen die Finger senkrecht. Holz und Lehm waren eine Einheit, ohne Kontakt zu haben.

»Seelenkreuzung«, das war alles, was sie sagte.

Dann ging sie seitlich davon, sich unter einen starken Ast bückend. »Lass uns noch was trinken, bevor wir zurückgehen.«

Ich folgte ihr in den modrig-feuchten Winkel, wo die zwei Fässer standen. Vom größeren hob sie den Deckel: »Hier, darin habe ich immer eingepökelten Skribo. Ist aber leer.« Unten drin sah ich eine dicke Schicht Salz. Das andere Fass, neben dem ein alter Blecheimer stand, enthielt Wasser. Sie gab mir einen Holzbecher. »Trink!«

Schon wandte sie sich wieder zum Get. Einen Moment lang sah ich sie verstohlen an. ›Eigenartige Braut‹, dachte ich. Dann blickte ich mich noch einmal um und suchte die Höhlendecke ab, aber auch hier ging es nirgendwo weiter. ›Sackgasse‹, dachte ich bloß.

Als wir wieder bei den anderen ankamen, schliefen Elvira und Claudio. Leise tapsten wir heran und setzten uns dazu. Hinten an der Wand lag ein weiterer Skribo.

Eliane nickte zu Gertrud und deutete dorthin, dann flüsterte sie: »Einen noch für mich.«

Gertrud grinste.

Schließlich schlief auch ich ein. Erst von einer leichten Berührung am Oberarm wurde ich geweckt. Gertrud und Eliane deuteten hinter mich, wo sich ein Skribo bereits einen Meter aus der Wand geschoben hatte. Ich griff nach dem Speer, der in meiner Nähe lag, und stand auf. Gertrud trat vorsichtig zur anderen Seite.

›Das ist jetzt meiner‹, schoss es mir durch den Kopf und mit zwei großen, aber behutsamen Schritten trat ich vor, holte aus und ... wurde mit voller Wucht vom Schlag des Skribos am Fußknöchel erwischt. Ich schleuderte herum, der Speer krachte irgendwo gegen den Fels und ich stürzte mit dem Hinterkopf voran auf den Boden. Ein elektrischer Schmerz durchzog meinen Kopf. »Verdammt!«, hörte ich Claudio. Einen Moment lang blieb ich steif liegen, ich bekam kaum Luft. Es gab einen hölzernen Laut, und ich sah, wie sich der Skribo mit dem Speer im Leib in sein Loch zurückzuziehen versuchte. Aber die anderen griffen bereits an die zwei Enden des Speeres und zogen den Wurm ruckweise aus seinem Loch heraus, bis er auf den Boden schlug.

Ich rollte auf die Seite und ging erst einmal in die Hocke, bevor ich mich mühsam wieder aufrichtete. Ich streckte die Arme hoch und atmete ein paarmal tief durch.

Claudio kam jetzt zu mir gerannt. »Alles in Ordnung?«

»Weiß nicht ...« Mühsam machte ich zwei Schritte, ein irrsinniger Schmerz durchzog bei jedem Auftreten mein rechtes Fußgelenk. »Ich glaube nicht.«

»Was ist?«

»Mein Knöchel.« Ich setzte mich und schob den Fellschuh vom Fuß. Schon zog sich eine wulstige Schwellung rund um das Gelenk. Auch die anderen kamen jetzt zu mir.

»Er kann nicht mehr auftreten«, meinte Claudio.

»Mist«, machte Elvira. »Das hat uns gerade noch gefehlt. Jeder mit zwei Skribos auf den Schultern – wie soll das gehen?«

»Auf jeden Fall«, sagte Eliane, »gehe ich mal nach hinten und hole einen Ast als Krücke. Ohne kann er nicht gehen.« Weg war sie.

Wir konnten dabei zusehen, wie sich das Fußgelenk zunehmend dunkelrot und blau verfärbte. Wir rissen ein Stück Fell aus meiner Weste und banden es um das Gelenk, um ihm Halt zu geben. Dann warteten wir auf Elianes Rückkehr.

»Tut mir leid«, sagte ich irgendwann, aber die anderen zuckten nur mit den Schultern. ›War ja klar, dass das mir passieren musste‹, dachte ich nur.

Als Eliane wiederkam, brachen wir den Ast auf der richtigen Länge ab, dann ging es los. Ich wollte nicht erst noch lange warten, obwohl mir der Fuß lausig wehtat und ich nicht wusste, wie ich den langen Rückweg schaffen sollte. Gertrud und Elvira schulterten rechts und links je einen der Skribos und verschwanden hintereinandergehend im Get. Claudio nahm das fast leere Fass und ich den letzten Rückenkorb, dann hievten auch wir die beiden übrigen Skribos auf unsere Schultern – ich mit der Astgabel unter einer Achselhöhle. Ich sah noch einmal zurück zu Eliane, aber sie zerlegte bereits ihren Skribo mit einem Taschenmesser – sie sah uns nicht einmal nach.

Es war eine Mordsschlepperei und ich war froh, dass es, von wenigen Stellen abgesehen, nur bergab ging jetzt auf dem Rückweg. Das Hantieren mit dem Gewicht auf den Schultern war verdammt mühsam. Die anderen mussten hinzukommen, um die Skribos von mir zu übernehmen, wenn Hindernisse zu meistern waren. Immer wieder stützte mich Claudio an schwierigen Stellen, bis ich auf der anderen Seite die Skribos wieder auf die Schultern nehmen konnte. Er bot an, die Skribos allein zu schleppen, oder dass zwei vorgingen, um Unterstützung zu schicken, aber das wollte ich auf gar keinen Fall. Ich wollte jetzt nicht wer weiß wie lang hier in diesem Get liegen. Ich würde es schon schaffen.

Nur langsam kamen wir voran. Es war eine extreme Plackerei. Immer wieder musste ich eine Rast einlegen und wir machten zwei lange Schlafpausen. Ich rollte mich zusammen und versuchte, mich vom Schmerz im Knöchel abzulenken, bis ich endlich einschlief. ›Du bist doch ein Idiot‹, beschimpfte ich mich selbst, aber ich würde schon durchhalten, dazu war ich fest entschlossen.

Irgendwann, ich war längst völlig am Ende mit meinen Kräften, kamen wir endlich heraus auf den breiten Get, der Eingang von Kibuti leuchtete vor uns. Unter dem Gewicht der beiden Skribos auf meinen Schultern schleppte ich mich nur noch dahin. Immer wieder hatten die anderen zu mir gesehen, ob ich es durchstehen würde.

Wir traten ins helle Licht von Kibuti. Kaum durch den Eingang gekommen, warf ich die Skribos von meinen Schultern und sank in den Sand. Ich war völlig erledigt, schloss die Augen und ließ mich auf den Rücken fallen. Auf der Stelle hätte ich einschlafen können – wenn mich die anderen gelassen hätten.

Mit Jubelschreien wurden wir empfangen, als die Kibuti bemerkten, dass wir zurück waren. Alle kamen zu uns gerannt, begutachteten die Skribos und drückten uns die Schultern. Dann setzte sich einer nach dem anderen im Halbkreis zu mir. Alle sorgten sich um meinen Fuß. »Mit dem Fuß hast du den ganzen Weg zurück geschafft?«, stieß Theo aus. Plötzlich war ich sogar ein bisschen stolz auf mich. Ja, ich hatte es geschafft.

»Und du hast die ganze Strecke die Skribos auf den Schultern gehabt? Mit dem Fuß?«, fragte Cornelia.

Ich nickte nur.

»Ja«, meinte Elvira, »er muss völlig entkräftet sein. Er muss sofort essen und trinken. Und vor allem liegen.«

Chris und Wilhelm kamen und mit ihnen Herrmann. Mit ernstem Gesicht kniete sich Chris neben mich, als sie die Krücke und meinen Fuß sah. »Was ist passiert?«, flüsterte sie.

Ich schüttelte den Kopf. »Nichts. Ein Skribo war schneller als ich.«
Sie gab mir einen Kuss. »Ist es was richtig Schlimmes?«
»Keine Ahnung.«
Auch Magdalena kam und legte die Hand auf mein Bein. Alle bemitleideten mich und Gabriele wurde geholt, denn sie war früher Krankenschwester gewesen. »Kann ihn mal jemand stützen und mit ihm runter zum Wasser gehen?«, sagte sie sofort, als sie ankam. »Der Fuß muss jetzt erst mal gekühlt werden. Danach müssen wir ihn fest umwickeln.«
»Komm«, sagte Theo, »stütz dich bei mir auf.« So humpelte ich an seiner Seite voran, den Arm um ihn gelegt. Theo roch angenehm nach frisch geschnittenem Schilf. Ich spürte seinen kräftigen Griff, der mich ganz fest hielt. »Mench, Mench, Jan, da hast du dich wirklich geplagt für uns alle. Meinen Respekt! Meinen aufrichtigen Respekt!« Er klopfte mir auf den Rücken. »Gut gemacht! Hättest aber ruhig auch dort liegen bleiben können, wir hätten dich schon geholt.«

V

Chris hatte zuletzt oft mit Wilhelm zusammengesessen, er brachte ihr Kibuti bei. Sie sprachen viel über Oben oder über den Sim – ein Ort, dessen Ruhe Chris fasziniert hatte. Manchmal rief sie auch die Kinder zusammen und spielte mit ihnen oder sie backten kleine süße Brötchen und alberten herum. Die Kinder mochten sie.

Ich hatte mich weiterhin im Tauchen geübt und war inzwischen so gut, dass ich mit Gerald oder manchmal auch mit Maria, die die beste Schwimmerin von allen war, auf den Grund hinuntertauchte. Ich half aber nicht nur, nach Essbarem zu suchen, sondern interessierte mich für den riesigen, finsteren Durchbruch zum Meer. Wer hineintauchte, kam irgendwo tief unten an der Küste im Meer heraus – das war jedenfalls die Vermutung. Das Loch war gruselig und faszinierend zugleich, ein trübes, finstergraues Gewölbe voller Algen und uneinsehbar – ohne eine Ausrüstung war es völlig unmöglich, da hinunterzugelangen. Selbst wenn wir so lange die Luft hätten anhalten können, wäre dort unten der hohe Wasserdruck unser Tod gewesen. Dort bestand mit Sicherheit keine Fluchtmöglichkeit. Aber wie auch, ohne Atemgerät?

Wieder einmal waren Gerald und ich im See gewesen. Wir hatten in der Reuse tatsächlich einen Aal gefunden. Stolz traten wir aus dem Wasser, der Aal wand sich noch in unseren Händen. Nacheinander zogen wir uns an, dann gingen wir Richtung Lipata. Immer noch humpelte ich leicht, um den verletzten Fuß beim Gehen zu entlasten. Mit beiden Händen trug ich den Aal. Gleich würden alle, die am Lipata saßen, zu jubeln beginnen, denn lange schon hatten wir keinen Aal mehr gefangen. Wir kamen um den Felsvorsprung, da sah ich, wie Chris

Wilhelm die Arme um den Hals legte und ihm einen langen Kuss gab. Einen Moment lang fror ich völlig ein. Was lief hier ab? Dann warf ich den Aal zu Gerald, der ihn überrascht auffing, und ging schnurstracks und völlig benommen auf Chris zu. Als sie sich in meine Richtung drehte, erschrak sie, aber da stand ich auch schon vor ihr. »Jan ...«, sagte sie, doch ich stieß ihr mit beiden Armen gegen die Schultern, sodass sie nach hinten stolperte und im Straucheln sagte: »Tam! Etu!« Sie stand wieder gerade. »Jan, an itu bit.«

Im selben Augenblick wurde es totenstill um uns herum. Alle sahen mich an, brachen ab, was sie gerade taten, drehten sich in meine Richtung und kamen ganz langsam auf mich zu. Sie starrten mich an. Ich wollte weiter auf Chris zugehen, stoppte aber in der Bewegung – und sah um mich. Die anderen schlossen einen enger werdenden Kreis um uns. Chris stand da und starrte ebenfalls überrascht die anderen an. ›Jetzt‹, schoss es mir durch den Kopf, ›jetzt hast du ihnen einen Grund geliefert, jetzt machen sie dich fertig. Nur darauf haben sie gewartet.‹ Mein Herz raste, meine Gedanken schossen wild durcheinander und ich merkte, wie ich zu zittern begann. Meine Knie fühlten sich an, als würden sie jeden Moment nachgeben.

Dann stoppten alle; sie standen eng um uns herum, den Blick fest auf mich gerichtet. Immer noch war es mucksmäuschenstill. Ich drehte mich einmal um mich selbst und schrie sie alle an: »Na los, was wollt ihr?! Was glotzt ihr so?!« Ich ballte die Hände zu Fäusten. Bis zuletzt würde ich mich wehren, das stand fest! Ich sah hierhin und dorthin, ohne wirklich eines der Gesichter zu sehen, und wandte den Kopf herum. »Was?!«, brüllte ich. »Kommt doch!!« Noch einmal drehte ich mich im Kreis.

Doch sie rührten sich nicht. Alles blieb ruhig und unbewegt. Keiner sagte etwas. Es war gruselig. Plötzlich kamen mir ihre ernsten Gesichter so fratzenhaft vor. Ich wollte weg, traute mich aber nicht, auf sie zu- und aus dem Kreis hinauszugehen. Was wollten sie denn?

Ich blickte zu Chris, die mich hilflos ansah. »Was soll das?!«, brüllte ich sie an. Aber auf einmal kam ein anderes Gefühl in mir hoch, dann versagte mir die Stimme. Mein Kinn begann zu zucken und Tränen stiegen mir in die Augen. Ich konnte nichts dagegen tun. Ich fühlte mich auf einmal so einsam, so verlassen. Jetzt war ich ganz allein, hier tief unten. Ich drehte mich Richtung Go und ging auf die anderen zu, jetzt wild entschlossen, die Reihen zu sprengen. Mit jedem hätte ich mich in diesem Moment geprügelt. Sollte mich nur einer anrühren! Doch schweigend traten die anderen zur Seite, öffneten den Kreis und ließen mich gehen. Hinter mir blieb es völlig still.

Ich stieg den Fels hinauf zu unserem Lipu, saß dort im Stein und starrte auf Go. Ich verfiel in einen Dämmerzustand. Ich konnte nichts denken. Ich war allein. Am Ende. Verlassen. Chris hatte sich verliebt und wollte gar nicht mehr hier weg, jetzt war mir alles klar. Sie war keine Gefangene mehr. Aber würde ich denn allein fliehen können – wollen? Ich stützte das Gesicht in die Hände. Warum ...

Irgendwann stand plötzlich Herrmann neben mir und legte eine Hand auf meine Schulter, aber ich stieß sie mit einer heftigen Bewegung weg. Er hockte sich neben mich.

»Sie ist hier ... bei dir ... aber sie ist nicht dein Besitz ...«

»Er ist dein Freund, ich weiß.«

»Es geht hier nicht um Wilhelm oder Chris. Es geht um dich.«

»Hau ab! Lass mich in Ruhe.«

»Sie ist verliebt, das ist keine Sünde. Halt sie fest, auch wenn sie dir fern ist. Eure gemeinsame Geschichte wird nicht getilgt deshalb.«

»Klugscheißer!«

»Hör zu, sie wird jetzt hier raufkommen. Nimm sie in den Arm und dann redet ihr erst mal. Das hättet ihr schon viel eher tun sollen.«

»Laberrhabarber!«

Er stand auf und sah herunter auf mich. »Noch etwas: Körperliche Gewalt untereinander bestrafen wir sehr entschieden.«

Ich hatte ihn die ganze Zeit über nicht angesehen, sondern geradeaus zu Go gestarrt. Herrmann drückte mir mit einer Hand die Schulter und ging.

Wieder stieg mir das Wasser in die Augen, aber ich wollte nicht heulen und kniff mir in die Handfläche.

Kurz darauf sah ich Chris den Fels heraufklettern. Als sie auf meiner Höhe war, blieb sie ein paar Schritte entfernt stehen, hielt sich an der Felswand fest und beobachtete mich, dann kam sie näher. »Jan«, sie setzte sich neben mich auf den Stein, berührte mich aber nicht.

Wir schwiegen – lange.

Schließlich begann sie von Neuem. »Jan.« Sie schnaufte aus. »Kem ome ke ole.« Noch einmal machte sie eine Pause. »Jan, ich hab dich wirklich sehr gern. Bitte glaub mir das. Du bist der beste Freund, den ich habe ...«

»Ach ja?«

»Ja. Aber ich habe mich irgendwie in Wilhelm verliebt. Ich weiß auch nicht ... Na und?«

»Ich dachte, wir wollten ...«

»Ja ...«

Ich drehte den Kopf zu ihr und wir sahen uns fest in die Augen. Dabei kniff ich mir ganz fest in die Hand. Chris' Augen wurden glänzend, dann feucht und schließlich liefen parallel zwei Tränen von der Augenmitte über die Wangen. Sie zog die Nase hoch und wischte sich die Tränen weg. Dann nahm sie mich in die Arme und griff mir ins Haar. »Ich liebe auch dich«, sagte sie leise, »immer noch, wirklich.«

Jetzt heulten wir beide los. Ich konnte mich nicht mehr zusammenreißen, mein ganzer Körper bebte. Es wollte einfach raus, meine Brust zuckte und ich heulte und heulte. Wir schluchzten und hielten uns dabei fest. Ich weiß nicht, wie lange wir dort so kauerten.

Irgendwann nahm Chris den Kopf zurück, die Augen rot und geschwollen, sah mich an, lachte und heulte gleichzeitig und drückte schließlich wieder mein Gesicht an ihre Wange. Immer noch heulten wir und sprachen lange kein einziges Wort. Nur verschwommen sah ich unten das Wasser in kleinen Wellen an den Fels schlagen.

»Manchmal sind die Gefühle einfach durcheinander.«

Ich antwortete nicht.

»Ich brauche dich, wirklich.«

Wieder antwortete ich kein Wort.

»Man kann auch zwei Menschen lieben.«

Ich ließ sie los und wandte mich zum See. Hinten vor dem Schilf planschten die Kinder im Wasser.

»Okay.« Sie sah mich an: »Ich weiß, du bist jetzt sauer. Ich hätte es dir auch früh genug sagen sollen. Entschuldige. Das war echt blöd von mir, ich weiß. Ich hab mich einfach nicht getraut. Ich hatte Angst. Vielleicht ist es besser, wenn wir uns jetzt erst mal etwas in Ruhe lassen.«

Ich nickte stumm.

»Ich richte mir ein eigenes Lipu auf der anderen Seite ein.«

»Schläfst du mit ihm?«

»Jan, geht es wirklich darum?« Sie senkte die Stimme: »Nein, wir haben noch nicht miteinander geschlafen. Weil ich das noch nicht wollte.« Sie stand auf, beugte sich zu mir und gab mir einen Kuss auf die Wange. »Bis später!« Noch einmal drehte sie sich um. »Jan!«, sagte sie. »Sie sind keine Verrückten und sie wollen uns auch nicht umbringen. An tam uda atu zit.« Sie ging.

Sie hatte also mit ihm darüber gesprochen ...

Ich verkroch mich in unserem Bett und verfiel in einen eigenartigen Zustand. Der Körper wurde schwer, so schwer, dass ich nicht mehr aufstehen konnte. Es war, als wäre mein Innerstes ein Stein, ein Koloss von einem Stein. Das hatte doch alles keinen Sinn. Zuerst weinte ich hin und wieder, aber dann kamen auch keine Tränen mehr. Ich lag nur noch da und konnte irgendwann nicht einmal mehr schlafen. Die Gedanken waren wirr und trüb zugleich. Manchmal drang von ganz weit her vom Lipata ein Lachen herüber, aber es war sehr weit weg. ›Jetzt bin ich allein, hier unten. Nicht mal fliehen kann ich mehr. Sie wissen alles.‹ So ging es mir durch den Kopf, aber es war kein Denken, es kam einfach und füllte die Schwere in mir. Ich konnte es nicht beeinflussen.

Wer wollte mich schon? Wer interessierte sich eigentlich für mich? Ich fühlte mich so allein.

Irgendwann aß ich das letzte Stück Brot, das ich hier oben hatte, und trank das Wasser aus der Beutelflasche. Dabei sah ich auf den alten Rucksack, der in der Wand hing, verstaubt und längst brüchig.

Einmal wurde ich wach, weil ich einen irrsinnigen Hunger hatte. Lange hatte ich nichts gegessen. Trotzdem traute ich mich nicht hinunter. Bestimmt würden mich alle blöd anstarren. Irgendwann würde mich Herrmann zur Seite nehmen und auf mich einreden, wie blöd ich mich verhalten hätte. Ich lag eine Ewigkeit oben und nahm nichts anderes wahr als Go und meine Traurigkeit. Ich trank nur noch und fühlte mich so unendlich schwach. So blieb ich einfach liegen, schlief immer wieder ein. Die Gedanken kamen und machten die Gefühle schwer. Albträume besiedelten mein Hirn.

Doch der Hunger kam zurück. Ich musste etwas essen, völlig energielos fühlte ich mich inzwischen. Mir wurde schwarz vor Augen, als ich aufstand. Nun kletterte ich doch hinunter.

Am Lipata saßen zum Glück nicht viele herum. Elvira röstete sich gerade etwas Brot. »Willst du was abhaben?«, fragte sie.

»Ja.«

»Hier hängt auch immer noch ein Stück geräucherter Aal für dich.«

Ich sah sie an: »Echt? Danke!« Das Stück baumelte über dem Ofen. Es war längst völlig trocken.

Sie blickte mir kurz in die Augen. »Gerald und Magdalena waren schon zweimal oben bei dir, aber du hast jedes Mal tief und fest geschlafen.«

Ich nickte.

»Kommt nun mal vor«, bemerkte sie trocken, und ich wusste natürlich, was sie meinte.

Ich zuckte mit den Schultern. »Ach, so sind Frauen eben.« Ich biss in den Aal.

»Hey, hey, jetzt aber langsam. Ich wette, das hätte auch andersherum passieren können.«

Ich sagte nichts, vielleicht hatte sie recht, aber nur vielleicht. Ich liebte Chris wirklich!

Elvira bediente mich ein bisschen und setzte sich neben mich. Ich erzählte ihr, wie weh mir das alles tat, obwohl ich mich dabei albern fühlte, denn schließlich gehörte sie zu denen, die mich gefangen hielten. Plötzlich griff sie mir mit einem Arm um die Schultern. »Komm, leg dich«, sie zog mich zu sich rüber, sodass ich mit dem Kopf auf ihren Oberschenkeln lag, und strich mir durchs Haar. Ich schloss die Augen, sprach leise noch ein paar Sätze vor mich hin und verstummte schließlich. Ich spürte ihre vorsichtigen Hände in meinen Haaren und hin und wieder strich sie mir leicht über die Wange. Immer weniger fühlte ich das Gewicht meines Körpers, aber ich fühlte einen Schmerz, ganz tief innen, einen Schmerz, der schon alt war und den ich bereits aus meiner Kindheit kannte. Lautlos weinte ich plötzlich, in Elviras Schoß liegend. Es tat so gut. Es fühlte sich an, als würde ich den Schmerz hinausweinen. Die Tränen liefen mir an den Schläfen herunter. Elvira sagte kein einziges Wort. So blieb ich liegen und geriet erneut in einen Dämmerzustand, aber in einen, der nicht mehr so schwer war.

Irgendwann, als mal wieder die ganze Höhle leicht bebte, öffnete ich die Augen und fühlte mich verschlafen und verquollen. Ich blickte auf zu Elvira, die mich anlächelte und mir noch einmal durchs Haar fuhr.

Ich erhob mich und holte tief Luft, während ich den Kopf umwandte: Mit etwas Abstand saßen jetzt zwei kleine Gruppen herum. Ich hatte ihr Kommen nicht bemerkt. Ich reckte mich, dann sah ich Elvira an: »Danke!«

Sie zuckte mit den Schultern und nickte lächelnd.

Ich holte uns Xis und wir tranken miteinander und quatschten und quatschten über alles Mögliche, bis wir etwas angetrunken waren. Gertrud kam hinzu und machte sich über uns lustig, weil wir so albern waren. Dann erzählte Elvira den anderen von unserer Skribojagd und wie ich durch die Luft geflogen war, als der Skribo plötzlich nach mir ausgeschlagen hatte. Alle lachten sich schief, wie sie es vorspielte und meinen Gesichtsausdruck nachahmte.

Jonathan wieherte sein Lachen heraus, dann rückte er näher zu mir und sagte: »Sie lachen auch oft über mich.«

Wieder grölten wir alle los.

Magdalena kam hinzu und setzte sich neben mich. Auch sie lachte bei jedem Spruch der anderen laut auf und sah mich schmunzelnd an.

»Ja«, sagte ich schließlich, »nachträglich hört sich alles so lustig an, aber immer noch spüre ich einen starken Schmerz, wenn ich in den Fels steige und den Fuß falsch belaste. Zum Glück war nichts gebrochen.«

»Erinnert ihr euch noch an die Geschichte«, begann Wolfgang, »als Herrmann den Speer warf, der oben im Fels stecken blieb?«

»Jaaa!!«, riefen alle gleichzeitig und schüttelten amüsiert die Köpfe.

»Es war im zweiten Wunrin, ich weiß es noch genau.«

»Ja«, meinte Magdalena, »da war über unserem Eingang vorne die Decke eingestürzt. Als wir ihn endlich wieder freigeräumt hatten, seid ihr losgezogen.«

Wolfgang sah zu mir. »Bis zum zweiten Wunrin zogen wir nur mit einem Speer los. Herrmann war ganz scharf drauf, mit einem neuen Speer, den er geschnitzt hatte, nicht nur zustechen, sondern ihn auch besser werfen zu können. Er meinte, der würde wunderbar fliegen. Irgendwann war es tatsächlich so, dass ein Skribo ziemlich weit oben aus der Erde kam, sich aber nicht traute, dem Schilf näher zu kommen. Das war Herrmanns Chance! Er schwang den Arm mit dem Speer vor und zurück und warf ihn dann kraftvoll nach oben. Er flog wirklich in einem beeindruckenden Bogen, allerdings traf er nicht und blieb stattdessen im Lehm stecken. Zuerst lachten wir, aber dann wurde uns klar, was soeben passiert war, dass wir den nämlich da oben nie wieder runterkriegen würden. Da waren wir plötzlich ziemlich sauer auf Herrmann. Wir mussten also zurück, um erst einmal neue Speere anzufertigen. Von da an sind wir immer mit zwei Speeren losgezogen.«

Sie erzählten noch andere Anekdoten und wir hatten viel zu lachen. Irgendwann stand Magdalena auf, flüsterte »Tscha« in mein Ohr und küsste mich auf die Wange, wobei sie mir mit einer Hand zärtlich über den Nacken strich. Ich hielt kurz ihre Hand fest und drückte ihr einen Kuss darauf. Ich sah ihr nach.

»Es hätte auch andersherum kommen können«, hörte ich es neben mir und ich drehte mich um: Elvira sah mich an und grinste. Ich lächelte verlegen.

Es kamen Neue hinzu, andere gingen weg und ich verzog mich wieder in mein Lipu.

Oft war ich nun allein und lag nachdenklich auf dem Schilfbett. Chris hatte sich ein paar Dinge geholt und so wirkte alles um mich herum trostlos. Meine innere Schwere beschlich mich noch manchmal, dann musste ich an meine Eltern denken, an Anika, sogar Micki fiel mir wieder ein, der arme Micki. Ich hatte ihn hängen lassen, ohne jede Erklärung. Und noch etwas beschäftigte mich: Wollte ich zurück? An Flucht war doch nun gar nicht mehr zu denken. Achtete bereits auch Chris mit allen anderen darauf, was ich unternahm? Würde sie mich verraten? Oder sollte ich die Kibuti bitten, mich nun einfach gehen zu lassen? Aber sicher vermuteten sie dann, ich würde sie jetzt erst recht verraten wollen, aus Rache.

Dennoch wollte ich weiterhin alle Möglichkeiten erkunden, um vielleicht irgendwann doch fliehen zu können. Wenn, dann musste ich heimlich verschwinden können. Sie durften es lange nicht bemerken. Der Lun war eine Sackgasse und auch der Durchbruch unten im See kam nicht infrage. Den Weg durch die Gets zurück würde ich allein vermutlich nicht finden, sondern mich verlaufen und irgendwo verhungern, sofern mich die anderen nicht sowieso einholen würden. Was blieb? Es gab noch Tamumube und natürlich den schmalen Spalt oben in der Felswand, den mir Elvira gezeigt hatte.

Ich wollte ihn mir noch einmal genauer ansehen und stieg irgendwann hinauf. Der Luftzug war ganz deutlich zu spüren. Dahinter konnte nicht einfach nur ein Hohlraum liegen. Ich wurde immer neugieriger und beschloss, mir den großen Hammer und das Stemmeisen zu besorgen, das es irgendwo im Lag gab, um zu versuchen, den Spalt größer zu schlagen. Die anderen ließen mich machen.

Immer wieder stieg ich hinauf und schlug auf das Gestein ein, bis ich völlig erschöpft war. Viel tat sich nicht, nur kleine Stücke platzten ab.

Als ich einmal vom Plateau hinunterkletterte, saßen Georg und Elvira im flachen Gestein. Ich setzte mich zu ihnen. Sie spielten Schach an einer Stelle, an der ein Schachbrettmuster in einen Steinblock gemeißelt war. Gespielt wurde mit unterschiedlichen, sehr fein bearbeiteten Steinfiguren. Vor den beiden am Wasserrand spielten Tobias, Marlene und Anna mit ihren Holzbooten, die an Leinen befestigt waren. Kleine Holzfiguren standen darin. Die Kinder unterhielten sich.

»Zo an itu ote?«, fragte Tobias.

»Ta.«

»Ime?«

»Ta«, entgegnete Tobias bockig. Er sah zu mir und wechselte die Sprache. »Wenn ich größer bin, tauche ich mit euch bis ganz nach unten. Bis ins Meer.« Wir hatten ihn zuletzt regelmäßig im Boot mit zum Tauchen genommen.

»Dazu brauchen wir erst etwas, womit man da unten atmen kann«, entgegnete Marlene.

»Na und, das baue ich vorher.«

»Wie denn?«

»Weiß ich noch nicht.« Er sah erneut mich an. »Hilfst du mir?«

»Klar«, antwortete ich, »aber ich weiß auch noch nicht, wie man das machen könnte.«

»Da fällt uns schon was ein, man muss nur lange genug nachdenken«, entgegnete er mit erwachsener Miene und stupste sein Boot mit der Fußspitze etwas weiter ins Wasser, die Leine in der rechten Hand. »Kibuti uku fen getmum!« Es klang ziemlich protzig, wie er es sagte, obwohl ich nicht wusste, was »getmum« bedeutete.

Marlene blickte zu mir herüber: »Wenn *ich* größer bin, will ich mal nach Oben.«

»An ta! Ta, ta, ta!«, widersprach Anna heftig.

»Warum nicht?«, fragte ich sie.

»Oben ist es nicht schön und es ist di di gefährlich«, schüttelte sie den Kopf. »Da sind ja di viele Menschen. Und keinen kennt man davon. Und es ist laut. Und manche wollen einen umbringen.«

»Das stimmt ja gar nicht. Außerdem kann man es sich trotzdem mal ansehen«, entgegnete Marlene. »Früher war es vielleicht gefährlich«, fügte sie altklug hinzu, »im ersten Wunrin oder im zweiten.«

»Wie alt seid ihr drei eigentlich?«, wollte ich wissen.

Sie sagten kein Wort und wirkten verunsichert, aber dann wurde mir mein Fehler auch schon bewusst. Natürlich konnten sie das gar nicht beantworten.

Elvira lachte zu mir herüber: »Tja«, machte sie und zuckte amüsiert mit den Schultern. Sie hatte zugehört. »Marlene und Tobias sind im ersten Wunrin geboren, Anna im zweiten.«

Ich setzte mich näher zu ihr und Georg. »Also«, wechselte ich das Thema, »ich weiß, dass Schlomo der Vater von Anna ist, aber wer ist eigentlich die Mutter?«

Elvira lachte laut auf, ohne zu antworten. Dann blickte sie mich an: »Ich.«

»Oh«, machte ich, es war mir irgendwie peinlich. »Entschuldige.«

Sie bekam einen ernsten Gesichtsausdruck und schwieg mit einem Mal. Auch Georg sagte kein Wort mehr. Elvira schien nachdenklich; sie sah hinüber zu Anna, dann runter auf die Schachfiguren. Sie machte einen Zug. Was hatte sie auf einmal? War sie mit Schlomo zerstritten?

Ich traute mich nicht, weiterzufragen. Mir war unbehaglich, obwohl ich nicht wusste, was ich falsch gemacht haben könnte. Dann fragte ich doch ganz offen: »Habe ich was Falsches gefragt?«

»Nein, nein.« Sie sah auf und lächelte mich an und schüttelte den Kopf. »Nein, ich musste nur an etwas denken, woran ich schon sehr, sehr lange nicht mehr gedacht habe.« Sie nickte stumm. »Weißt du, Schlomo und ich sind uns sehr verbunden, auch wenn man das nicht immer so gewahrt. Wir haben zusammen die Flucht aus dem KZ organisiert. Wir waren gegenseitig absolut aufeinander angewiesen. Und wir mussten uns bis zum Äußersten vertrauen, als Fremde. Unser Leben lag jeweils in den Händen des anderen. So etwas verbindet. Und das Zeichen dieser Verbundenheit ist Anna.«

»Ihr wart in einem KZ? Bei den Nazis?!«

»Ja. Georg auch.«

Ich sah kurz zu ihm, er verzog keine Miene.

»Ja«, sagte sie noch einmal, »Schlomo und ich haben eine Ewigkeit lang ein gemeinsames Lipu gehabt. Wir wollten im Schlaf nicht allein sein: wenn die Albträume kamen und wenn die Gesichter wieder auftauchten, die Gesichter von jenen, die wir zurückgelassen hatten oder die auf der Flucht erschossen worden waren. Und die Gesichter derjenigen, die nicht fliehen konnten, die wir nicht hatten einbeziehen können, weil eine zu große Gruppe eine Gefahr für alle gewesen wäre. Oder die zu spät über den Zaun sind und ...« Sie schwieg und sah mich dann wieder an mit ihren hellblauen, klaren Augen, aber plötzlich schmunzelte sie sogar. »Und weißt du, wer der Einzige war, der die Fluchtvorbereitungen bemerkt hat?«

Ich zuckte mit den Schultern.

»Jonathan.«

Ich musste lachen.

Jetzt kam sie ins Erzählen. »Es war schon früher Abend und die Sonne war hinter dem großen Wald versunken. Ich hatte gehört, wie zwei Insassen sehr hektisch ins Versorgungsgebäude geholt wurden. Irgendwas musste passiert sein. Beide waren Elektriker von Beruf, das wusste ich. Sie mussten öfter bei Reparaturen helfen. Ich suchte Schlomo und erzählte es ihm. Vielleicht entstand jetzt eine jener Situationen, auf die wir so lange für eine Flucht gewartet hatten. Es pressierte auch allmählich, denn mit Beginn des Krieges wurden die Ermordungen im Lager immer mehr und sie wurden auch immer systematischer durchgeführt.

Wir besprachen kurz unseren Plan, alles musste rasend schnell gehen. Die Dämmerung nahm inzwischen zu, immer noch waren die großen Strahler an den Aussichtstürmen nicht eingeschaltet. Auch die Lagerbeleuchtung war noch nicht an. Jetzt wussten wir: Wir hatten einen Stromausfall. Schlomo und ich schlichen zum Zaun, der hinter unserer Baracke verlief. Wir sahen uns an, mein Herz schlug bis unter die Schädeldecke. Ich konnte kaum atmen. Dann fassten wir gleichzeitig an den Zaun ... und tatsächlich: Er stand nicht mehr unter Strom! Wir gaben denen Bescheid, die wir ausgesucht hatten, um mit uns zu fliehen. Sie wussten alle noch nichts davon. Für Verabschiedungen blieb keine Zeit. Alles dauerte nur wenige Minuten. Schlomo hatte ein paar kleine Hölzer geholt, die wir hinter der Baracke verscharrt hatten und mit denen als Tritthilfen wir über den Maschendrahtzaun mit dem Stacheldraht steigen wollten – da steht auf einmal Jonathan vor mir und sagt: ›Will auch schnell mit.‹ Steht plötzlich dieser Geisteskranke vor mir und will mit. Ich hatte ihn nicht einmal bemerkt. Steht einfach hinter der Baracke vor mir. Und ich hatte doch keine Zeit zum Nachdenken und erst recht nicht, um noch lange mit ihm zu diskutieren. Ich musste handeln, die anderen stiegen bereits in den Zaun.«

»Und dann?«

»Dann habe ich etwas Wahnsinniges getan, das uns das Leben hätte kosten können. Schlomo und ich hatten ausgemacht, dass wir sofort abbrechen würden, wenn wir einen riskanten Beobachter sahen. Ein Geisteskranker, der offenbar alles bemerkt hatte, war natürlich ein kolossales Risiko. Aber abbrechen? So eine Chance würde sich nie wieder bieten! Also habe ich ihn auf den Zaun zugeschoben und gezischt: ›Dann mach.‹ Und er ist drüber wie ein Wiesel.« Sie wandte kurz das Gesicht zu Georg, schüttelte lächelnd den Kopf und sah wieder zu mir. »Wie ein Wiesel. Ich sehe ihn noch heute in seiner Ungelenkigkeit blitzschnell über diesen Zaun und durch die Stacheldrahtrollen steigen, völlig zerkratzt und blutig an den Händen und im Gesicht. Er blutete mehr als jeder von uns.«

Georg nickte stumm.

»Was du aber sicher noch nicht weißt«, fügte sie jetzt hinzu und deutete zu den Kindern, »ist, dass Tobi zwei Väter hat.« Sie lachte.

»Ah ja, zwei Väter ...«

»Ja, Maria kann nicht sagen, wer ... Es kann Karl gewesen sein und auch Wolfgang. Wenn man sich Tobi aber genau ansieht, dann erkennt man eigentlich inzwischen mehr Ähnlichkeiten mit Wolfgang.«

»Außerdem«, fügte Georg hinzu, »erliegt sie sowieso *regelmäßig* seinem Charme.«

Wir lachten und ich sah hinüber zu Tobi. Ich mochte ihn. Und er mochte mich, das hatte ich längst bemerkt.

Georg machte einen Zug mit einer der Steinfiguren und grinste Elvira an.

»Na, hast du jetzt lange genug überlegen können?« Sie sah aufs Spiel. Georg lachte.

»Sind die Figuren von dir?«, fragte ich Georg.

»Ja.«

Georg war früher Steinmetz gewesen und hatte auch das »Steineln« erfunden, das ich öfter mit ihm und Magdalena spielte. Es war ein Spiel mit neunzehn völlig verschiedenen kleinen Steinen. Achtzehn der Steine wurden unter den Spielenden aufgeteilt. Reihum wurden die Steine nach und nach zu einer Pyramide aufgebaut. Derjenige, bei dem die Pyramide abbröckelte, der musste alle weggerollten Steine nehmen. Wer seinen letzten Stein aufgesetzt hatte, musste den neunzehnten Stein nehmen und ihn als Spitze auf die Pyramide setzen. Wenn es klappte, hatte er gewonnen. Der Witz war natürlich, dass man demjenigen, der nur noch einen Stein hatte, eine schwache Stelle bauen konnte, sodass die Gefahr groß war, dass beim Auflegen des letzten Steins wieder welche runterfielen. Das Spiel machte viel Spaß und es gab viel zu lachen. Oft beendeten wir es ohne Sieger.

Einmal hatte ich Georg gefragt, wieso er ausgerechnet neunzehn Steine genommen habe. »Mir gefällt die Zahl 19 einfach«, hatte er geantwortet. »Für mich ist sie der Inbegriff des noch Unvollständigen. Sie ist eigenwillig wie jede Primzahl, aber sie ist wie keine Primzahl vor ihr knapp vor einer Vollständigkeit, wie die Zahl 20 sie darstellt. Sie markiert den ewigen Schwebezustand zwischen Unfertigkeit und Vollendung. Letztlich ist sie ein Symbol für die reine Möglichkeit. Man kann mit den neunzehn Steinen aber auch faszinierende Figuren legen.« Er hatte die Steine in die Hände genommen und hingelegt:

»Siehst du, dass alle Außenseiten aus drei Steinen bestehen?«

»Ja«, hatte ich gemurmelt und schnell die Steine nachgezählt.

»Wenn du die Figur von der anderen Seite betrachtest, also von dieser Achse aus, ergibt sich die Anordnung: 3 – 4 – 5 – 4 – 3. Oder«, schob er gleich noch nach, »wenn du 19 mit 19 malnimmst, dann kommt 361 heraus. Erkennst du was? Sowohl die 19 als auch die 361 haben als Quersumme 10. Und was ist wiederum die 10? Sie steht genau in der Mitte der Zahlenreihe bis 19. Neun Zahlen vor ihr, neun Zahlen nach ihr. Und damit hat die 19 eine tief verborgene Geschlossenheit. In ihr ruht die erste Dezimaleinheit. Faszinierend, oder?«

»Hm«, ich nickte. Solche mathematischen Spielereien hatte Georg haufenweise auf Lager.

»Mal ganz abgesehen davon, dass die 19 aus der 1 und der 9 zusammengesetzt ist, also aus der ersten und der letzten Grundzahl des Dezimalsystems. Und dass das Gebilde aus zehn Rauten besteht. Wir haben also wieder die 10.«

Ich hatte auf die Steine hinuntergeblickt, wie ich auch jetzt auf die Schachfiguren sah.

Elvira machte ihren nächsten Zug. »Gewinnen kannst du trotzdem nicht«, grinste sie.

Ich ging und stieg ein Stück die Felsschräge hinauf und kletterte die weite Kurve, die die Wand von hier aus bis zu Sutim machte. Ich kam an der Stelle vorbei, über der sehr viele Lipus im Fels eingerichtet waren, weil es hier viele große Zerklüftungen gab, und hörte von hier und da lautes Schnarchen. Dort oben hatte sich auch Chris jetzt eingerichtet. Ich verkniff es mir aber, zu ihr zu gehen. Ich wollte nicht riskieren, sie mit Wilhelm anzutreffen. Vielleicht war Wilhelm ja sogar nett, aber vorläufig wollte ich nichts mit ihm zu tun haben.

Beim Weiterklettern stieg ich langsam tiefer und stieß unten auf eine schmale, längliche Nische im Gestein, die ich zuvor noch nie registriert hatte. Ich hatte ihren Schatten immer für eine einfache Felseinfurchung gehalten. Vor dem Zugang lag ein großer Stein in der Mitte, in den mit feinen Linien

LIPITITU

gemeißelt stand. Oben auf ihm lagen zwei kleine Leuchtsteine. Einige Schritte dahinter sah ich eine dunkle Spalte im Boden.

Ich trat an dem Stein vorbei und auf die Bodenspalte zu. Sie war zu finster, als dass etwas in ihr zu erkennen gewesen wäre. Was für ein Ort war das: Lipititu? Wohin mochte hier ein Abstieg in die Tiefe führen? Nie hatte bisher jemand von dieser Stelle gesprochen. Verschwiegen die anderen sie?

Ich spazierte weiter, bis ich vorne zum Eingang kam, wo ich mich eine Weile setzte und die Weite der Höhle genoss, die mich immer noch faszinierte. Es war ein Gefühl, als hätte ich diese Weite einatmen können – und automatisch holte ich tief Luft. Weit vor mir lag die graue Felswand, bis auf eine bestimmte Höhe grünlich gefärbt vom Seewasser und mit dunklen Flächen von den Muschelkolonien. Der See lag dunkel glänzend da und die kleinen Wellen reflektierten das Licht. Links das grünlich-gelbe Schilffeld. Rechts von mir Sutim mit seinem hellen Licht und irgendwo dahinter Go, dessen Rauschen ich hier ganz leise hören konnte. »Kibuti«, murmelte ich vor mich hin.

Ich saß einfach da und dachte an nichts, aber ich spürte mich, hier, hier in dieser Umgebung, die die Fülle eines ganzen Universums zu haben schien. Ja, hier konnte man das Universum einatmen. Ich hätte weinen können beim Anblick dieses nächtlichen Kosmos. Nichts von all dem in dieser kleinen Welt begriff ich: die Leute hier, die leuchtenden Steine, den See, die Skribos ... nichts. War das alles nicht bloß das Leben in einer Möglichkeit? Keiner konnte das hier erklären. War es nur eine Fantasie? Ein Traumgebilde? Aber war es nicht wunderschön? Noch einmal holte ich tief Luft.

Unten am Wasser gingen Maria und Alex, die gebündeltes Schilf trugen. Sie kümmerten sich momentan um das Brennmaterial für den Ofen.

Maria gehörte zu den Neunzehnern, deren Geschichte ich bisher genauso wenig kannte wie die der Siebenunddreißiger. Nach der KZ-Geschichte von Elvira wurde ich jetzt doch neugierig auf die Erlebnisse der anderen. Auch Magdalena gehörte zu den Siebenunddreißigern.

Ich suchte sie, und als ich sie fand, kam sie gerade vom Baden und wollte hoch in ihr Lipu. »Komm doch mit«, sagte sie. Wir stiegen hinauf und ich begann, sie auszufragen. Zuerst wollte ich wissen, während sie ihr feuchtes Haar schüttelte und kämmte, was »Lipititu« bedeutete.

»Das ist unser Friedhof.« Mehr sagte sie nicht und kämmte weiter durch ihr langes, schimmerndes Haar. Schließlich fuhr sie mit ernstem Gesichtsausdruck fort, während sie den Kopf drehte: »Zwei von uns sind schon gestorben. Paul und Eva. Paul schon im ersten Wunrin: Am Lipititu ist diese Erdspalte hinter dem großen Stein ...«

»Ja, ich habe sie zufällig gesehen.«

»Paul ... Paul ist hineingestürzt ... Die Spalte muss sehr tief sein und ist unten vermutlich sehr zerklüftet. Wir haben Leuchtsteine hinuntergeworfen, aber ihr Licht verlor sich irgendwann und nicht mal ihr Aufschlagen war zu hören. Genauso ist Paul verschwunden. Er ist hinuntergefallen und war einfach ... weg. Man hat nur den Eindruck, dass dort irgendwo Wasser fließt.« Sie machte eine Pause. »Und Eva ist beim Klettern aus dem Fels gestürzt. Im dritten Wunrin. Wir haben sie dann ebenfalls in der Spalte beerdigt und für jeden der beiden einen kleinen Leuchtstein hingelegt. Das war Schlomos Idee.« Sie sah mich an: »Evas Sturz geschah dahinten, wo der Fels steiler ist und hoch auf dieses Plateau führt, wo du neuerdings immer herumhämmerst.«

Ich nickte stumm.

»Aber sie sind beide noch bei uns. Im Wasser. Manchmal spüre ich sie, wenn ich schwimmen gehe. Sie beruhigen uns. Wenn wir Meinungsverschiedenheiten haben, ist es gut, erst mal schwimmen zu gehen. Mit Eva unterhalte ich mich manchmal, wenn ich am Wasserrand sitze. Ich habe sie sehr gemocht und ich habe viel von ihr gelernt.«

Ich nickte. »Du bist ziemlich oft allein, stimmt's?«

»Ja, ich nenne das nur anders. Ich sage dann: Ich bin mit mir. Aber ich sitze auch oft mit Gertrud und Cornelia oder mit Ayşe hier zusammen. Wir unterhalten uns, oder ›quatschen‹, wie ihr sagt. Und ich schlafe viel. Außerdem breche ich öfter auf zu den anderen in Tamumube. Eigentlich pendle ich zwischen beiden Orten.«

»Wenn du das nächste Mal hingehst, komme ich mit, ja?«

»Ja, gern. Mateo freut sich über jeden Freiwilligen.«

Jetzt wurde ich doch gespannt auf dieses Tamumube, auch wenn das alles nicht so klang, als gäbe es dort eine Fluchtmöglichkeit für mich.

Magdalena legte sich aufs Bett.

»Wie seid ihr zwei denn damals hier dazugekommen?«

»Ach ...« Sie sah auf ihre Füße. »Na ja ... also ... mein Bruder und ich sind Sinti ...« Sie blickte mir kurz in die Augen, als würde sie auf eine Reaktion von mir warten, wandte dann aber ihren Blick wieder nach vorn. »Unsere Familie war allein unterwegs. Seit zwei Tagen standen wir mit unserem Pferdewagen kurz vor einem Dorf am Waldrand. Am ersten Tag war mein Vater im Dorf gewesen und hatte den Leuten das Schleifen von Messern, Scheren und Sensen angeboten, aber die Leute waren sehr abweisend gewesen. Nur für wenige hatte er arbeiten können und manche wollten ihn nicht einmal dafür bezahlen. Sie gaben ihm eine Scheibe Brot. Wir wollten baldigst wieder weiterreisen. Am zweiten Tag war meine Mutter noch mal ins Dorf gegangen, um ihre Stickereien anzubieten. Auch das war nicht besser. Man beschimpfte sie sogar und vertrieb sie schließlich.

Mateo und ich sahen sie auf der Straße zurückkommen und hörten sie dann mit meinem Vater reden. Obwohl es schon stark dämmerte an diesem zweiten Abend, waren wir noch im Wald und spielten ein Märchen nach. Mateo und ich waren die jüngsten von uns vier Geschwistern. Plötzlich hörten wir Geschrei vom Wagen. Wir liefen an den Waldrand und sahen Männer mit Fackeln und Prügeln in den Händen. Es war ein wildes Durcheinander. Mein Vater brüllte, meine Mutter kreischte, dann brannte plötzlich die Plane unseres Wagens. Jetzt wurde auch unser Pferd wild und zerrte an der Leine, mit der es an einem der Vorderräder angebunden war. Es hatte Angst vor dem Feuer. Meine Schwester versuchte es zu halten und zu beruhigen. Mein Bruder war mitten in dem Handgemenge. Auf einmal ... begannen die Männer mit ihren kräftigen Prügeln auf alle vier einzuschlagen ... Es ... es war ... schrecklich.« Sie schloss für eine Weile die Augen. Unter den Wimpern wurde es feucht.

Sie schluckte und öffnete die Augen wieder: »So richtig konnten wir aus der Entfernung und bei der Dunkelheit gar nichts erkennen. Das Feuer machte alles noch unübersichtlicher. Wir hörten Schreie und Jammern – und mit einem Mal war es still. Totenstill. In wenigen Sekunden waren die Männer verschwunden. Unser Pferd hatten sie offenbar losgebunden, denn es lief am Straßenrand herum. Das Feuer in unserem Wagen wurde immer größer. Es brannte und brannte.

Mateo und ich standen wie eingefroren hinter dem Gestrüpp. Wir konnten nicht sprechen, auch nicht schreien, nicht weinen, nichts. Dann begann ich am ganzen Körper zu zittern. Ich konnte es gar nicht beeinflussen. Man konnte richtig sehen, wie ich zitterte. Bis die Knie nachgaben und ich einfach hinfiel.

Mateo weinte los und kniete sich neben mich und schüttelte an mir. Er dachte zuerst, ich sei einfach auf der Stelle tot umgefallen und er wäre jetzt ganz allein auf der Welt. Er zog mich wieder auf die Beine. Ich habe damals die Angst in seinen Augen gesehen. Es war, als würde mich ein anderes Wesen durch seine Augen anblicken, eins, das in ihm lebte und nun zum Vorschein kam. So hockten wir uns hin, hielten uns umschlungen und sahen hinüber. Der Wagen brannte immer noch, auch wenn die Flammen nicht mehr sehr hoch waren. Wir trauten uns nicht aus unserem Versteck, weil wir Angst hatten, die Männer könnten noch auf der Lauer liegen.

Erst als der Wagen nur noch qualmte und stank, trauten wir uns vor. Es war mitten in der Nacht. Wir konnten nicht viel erkennen, aber die vier blutüberströmten Leichen unserer Eltern und Geschwister, die erkannten wir.

Wir versteckten uns wieder im Wald und haben, ohne ein einziges Wort zu sprechen, stundenlang nur geweint. Als es allmählich heller wurde und die Vögel wieder zwitscherten, gingen wir erneut zum Wagen oder dem, was davon übrig geblieben war. Es war grauenhaft. Der Kopf von meinem Vater war ... ach, das sollte man nicht beschreiben ...«

Sie brach ab und schwieg. Ihr Kinn begann zu zucken und sie legte die Hände aufs Gesicht. Auch ich sprach kein Wort.

Dann atmete sie tief durch und sah mich wieder an: »Wir lebten dann lange in den Wäldern und besorgten uns durch Klauen und Betteln Tag für Tag etwas zu essen. Eines Tages stieß Eliane zu uns. Sie stand in einer Lichtung, hatte ein Buch in der Hand und sprach Verse daraus laut vor sich hin. Sie hatte überhaupt keine Freunde und in ihrer Familie fanden sie alle ziemlich eigenartig. – Ist sie ja auch«, fügte sie grinsend hinzu. »Na ja, jedenfalls blieb sie bei uns. Tja, und eines Nachts stießen wir drei auf die anderen.«

»Und dann seid ihr mit hier runtergegangen.«

»Ja. Nein. Zuerst haben wir mal alles geklaut, was wir tragen konnten«, lachte sie.

Ich musste mitlachen. Dann fragte ich: »Was waren das für Männer? Die mit den Fackeln?«

»Nazis.«

Ich nickte.

»Ja, zu der Zeit waren die Arier blutrünstig, das kannst du mir glauben!«

Die »Arier«, wie sie das Wort aussprach, so selbstverständlich. Es klang eigenartig.

Magdalena war ziemlich bedrückt von ihrer Erzählung, sodass ich bei ihr blieb und nun etwas von mir berichtete. Ich erzählte es ein bisschen witzig. Sowieso musste mein Frust von Oben bei so einer Lebensgeschichte lächerlich erscheinen. Wir lachten dann auch viel und am Ende knutschten wir ein bisschen. Wir sprachen ganz offen über Eifersucht, und sie erzählte, dass sie im zweiten Wunrin eifersüchtig auf Cornelia gewesen war, als sich Mateo in sie verliebt hatte.

Danach traute ich mich öfter, auch andere nach ihren Geschichten zu fragen. Es war irre, wie selbstverständlich sie aus diesen fernen, alten Zeiten berichteten. Von Zeiten ohne Internet. Von Zeiten ohne Fernseher. Von Zeiten ohne Strom. Von Zeiten ohne Essen.

Magdalena und ich waren nun oft zusammen. Ich mochte sie. Trotzdem kletterte ich weiterhin hoch auf das Plateau und versuchte, den Spalt im Gestein zu vergrößern, auch wenn es mühsam war. Aber ich wollte unbedingt herausfinden, wohin es dort ging. Der Stein war sehr hart. Jeder Schlag klang so laut, dass er überall in der Höhle zu hören war. Alle, die zum Baden gingen, sahen zu mir herauf. Irgendwann stand Elvira unten und schaute hoch zu mir. Dann gesellte sich Tobias zu ihr, stemmte seine Hände in die Hüften, stellte ein Bein vor und sah ebenfalls nach oben. Ich winkte ihnen.

Elvira kam heraufgeklettert. »Na«, meinte sie, als sie auf dem Plateau ankam, »nicht so leicht, wie?«

»Nee, ganz schön schwer sogar.« Der Schweiß lief mir übers Gesicht.

Sie nahm mir den Hammer und das Eisen ab: »Lass mich mal.«

Eine Weile lang wechselten wir uns ab und hatten irgendwann eine Öffnung geschlagen, die immerhin so groß war, dass wir den ganzen Arm hindurchstecken konnten: Außer Stein war dahinter allerdings nichts zu fühlen. Auch wenn wir mit einem Auge hineinblinzelten, war nichts als eine Steinwand direkt gegenüber zu erkennen. Es war nicht auszumachen, ob es sich vielleicht doch nur um einen unbedeutenden Riss in der Felswand handelte. Wäre da nicht dieser Windzug gewesen. Er war nun stärker zu spüren.

VI

Ich ging Chris immer noch aus dem Weg und war stattdessen häufig mit Herrmann zusammen. Er war ein eigenwilliger Mensch: Auf der einen Seite war er neben Elvira bei vielen Fragen so etwas wie der Kopf der Kibuti, fast immer hatte er eine Idee, wenn es etwas zu lösen galt, wenn Kreativität gefordert war. Er kannte sich gut aus. Auf der anderen Seite trieb er sich auch öfter allein herum. Als Einziger hatte er ein Lipu oberhalb von Sutim, obwohl er sich selten dort aufhielt. Meistens schlief er irgendwo unten: in einem der ungenutzten Lipus, am Lipata oder einfach irgendwo im Sand. Sein eigenes Lipu war eher ein Rückzugsort, ein »Horst weit oben im Stein«, wie er es nannte. Er nahm nur Wasser und Brot mit hinauf und ließ sich erst nach einer ganzen Weile wieder unten blicken.

Schon länger war ich neugierig darauf, sein Lipu zu sehen. Und ich fragte mich, ob er es vermied, andere mit dorthin zu nehmen. Hatte er da oben ein Geheimnis zu verbergen? Ich versuchte ihn auszufragen, aber er antwortete merkwürdig wortkarg. Ich ließ nicht locker, bis er irgendwann von meiner Fragerei genervt war und antwortete: »Gut, ich zeig's dir«, er grinste, »weil du es bist.«

Es war ein mühsamer Aufstieg da oben hinauf. Öfter verschwanden wir ganz in einer Felsspalte, sodass wir nicht mehr nach unten sehen konnten, dann wieder standen wir plötzlich frei im Fels oder auf einem Vorsprung.

Wir kamen auf der Höhe Sutims an. Von hier aus war genau zu erkennen, dass er wie ein vorstehender Bauch in den ihn umgebenden grauen Felsen ruhte. »Spürst du die Wärme, die Sutim abgibt? Unten spüren wir sie gar nicht so stark. Sie zieht nach oben.« Er deutete unter die Höhlendecke. »Siehst du da vorne, da gibt es eine tiefe, breite Einfurchung im Gestein. Da fängt sich die Wärme, zieht sich weiter hoch und fällt hinten über dem Seegrasfeld wieder nach unten. Darum ist es dort auch wärmer als im Rest der Höhle.« Er wandte sich nach vorn. »Wir steigen noch ein Stück weiter rauf.«

Wir bewegten uns zunehmend in den Felsen hinein, der plötzlich durch einen tiefen Spalt wie zersprungen schien. Meter für Meter stiegen wir in die Spalte hinab, um von einem Vorsprung auf die andere Seite springen und von dort wieder nach oben klettern zu können.

Dann dauerte es nicht mehr lange, bis wir ganz oben ankamen, und als ich mich umdrehte, hatte ich einen überwältigenden Ausblick in die kolossale Weite der gesamten Höhle, die noch viel gewaltiger war, als sie von unten erschien – um uns herum nichts als massives Felsgestein. »Wow, das ist ja Wahnsinn«, murmelte ich. Wir waren auf der Höhe, auf der Go weit hinten, uns gegenüberliegend, aus der Felswand trat. Ganz genau war die Öffnung zu erkennen, wie zwei wulstige Lippen, zwischen denen das Wasser hervordrang, um dann schäumend in die Tiefe zu stürzen. Auch einen kleinen Teil des Sees konnte ich noch sehen und die wie winzig wirkende Wasserleitung.

»Na, beschreib mir dein Gefühl!«

»Es ist irre. Es ist, als würde einem plötzlich etwas Gigantisches zu Füßen liegen, aber als würde man selbst gleichzeitig ganz winzig sein.«

»Das hast du gut ausgedrückt: die Machtillusion des Winzlings. Sehr gut! Das unterscheidet uns von einem Gott: Wir bleiben ein Winzling. – Komm!«

Ich wandte mich um und sah jetzt den braunen Wen seines Lipus im Fels hängen. Er wirkte verloren inmitten dieser grauen Masse. Hinter dem Wen war alles sehr karg, Herrmann hatte nicht viele Gegenstände hier heraufgeschafft. In der Felswand standen ein paar sehr alte Fotografien, daneben lag eine alte Uhr ohne Armband und mit zerschlagenem Glas. Wir legten uns auf die Bettstelle, und während ich auf den Bauch rollte, murmelte ich: »Ganz schön anstrengend, bis hier herauf.«

»Ja. Aber das lässt mir die Ruhe«, schmunzelte er.

Hier oben also lagen seine Erinnerungen versteckt. »Deine Eltern?«, deutete ich auf zwei der Fotos.

»Ja, und meine Geschwister. Das da ist ein Onkel mit seiner Frau. Und das war meine Lieblingsschwester.«

»Du hast sie alle nie wiedergesehen?«

»Nein. – Ich habe ab einem bestimmten Punkt auch nicht mehr gewollt.«

»Warum nicht?«

Er zuckte mit den Augenbrauen. »Es hätte doch gar keinen Sinn mehr gehabt.« Er nahm eins der beiden Familienbilder in die Hand und schluckte. Ich sah, dass er feuchte Augen bekam. Er ließ das Kinn auf die Brust sinken, schnaufte tief aus und stellte das Foto zurück. »Ich hatte eine Entscheidung getroffen.«

Ich sah ihn an: »*Ich* würde sie aber gern wiedersehen.«

Er starrte auf die Felldecke und schwieg. Immer, wenn ich das Thema der Entführung anschnitt, reagierte er eigenartig, fast verlegen.

Ich drehte mich auf die Seite: »Und warum gehst du manchmal hier hoch?«

»Ich weiß nicht, manchmal brauche ich das einfach. Dann fühle ich mich ein bisschen einsam und dann will ich allein sein. So weit oben kann man gut zur Andacht kommen.«

Er hielt mir die Beutelflasche hin. Ich nahm einen tiefen Schluck und reichte sie ihm zurück. Stumm sah ich mich um. Auch Herrmann schwieg. Dann fragte ich, während ich mich auf den Rücken legte: »Wie habt ihr denn eigentlich die Höhlengänge entdeckt, damals?«

»Ach, eine miese Geschichte.« Er schwieg – er sprach selten über sich, das war mir längst aufgefallen. »Also«, er sah mich an, »schon mal was vom Spartakus-Aufstand gehört?«

»Na ja, irgendwie gehört, aber ... ähm ...«

»Ich erkläre es dir: Das war ein Aufstand im Januar 1919 in Berlin. Ich trieb mich nach der Arbeit in der Nähe vom Ku'damm rum. Wir wohnten nicht weit davon entfernt. Plötzlich wurde es hektisch vor dem Eingang eines Hotels, man schleppte jemanden in ein Auto. Ich konnte sie zwar nicht erkennen, erfuhr aber später, dass es Rosa Luxemburg war. Das Auto fuhr davon, und es war noch nicht weit weg, da fiel plötzlich ein Schuss. Sehen konnte ich nichts. Am anderen Tag hieß es, sie sei von einem Unbekannten, der sich dem Auto genähert habe, erschossen worden. Der Mann habe entkommen können. Aber ihre Leiche fand man später im Landwehrkanal ... Natürlich war das alles eine politische Intrige gewesen. Man hatte sie einfach loswerden wollen.

Ich war erst siebzehn, aber die sozialistischen Ideen der Spartakisten nahmen mich sehr ein. Namentlich für Arbeiter musste mehr getan werden. Das spürte ich ja tagtäglich am eigenen Leib. Ich hatte das auch immer offen gesagt, auch in der Fabrik.

Die Situation in Berlin wurde angespannter. Nach ein paar Tagen nahm mich ein Arbeitskollege zur Seite und meinte, ich solle mich besser nicht mehr im Betrieb sehen lassen. Vielen sei meine Gesinnung klar und es gebe Unmut. Tja, da hatte ich keine Arbeit mehr ...

Es hat einige Ermordungen gegeben in den Wochen damals, auch Zeitungsjournalisten wurden umgebracht. Es ging drunter und drüber. Es waren schwierige Zeiten nach dem Krieg. Nach dem *ersten* Weltkrieg, wie ihr sagt.

Kurz darauf beschloss ich, aufzubrechen zu einem Onkel, der in Nordhausen einen Hof hatte. Ich weiß das Datum noch genau: Es war der 19. Januar 1919. Es war saukalt in der Stadt und es nieselte.«

Ich nickte, Nordhausen war ein größeres Dorf in der Nähe unserer Stadt.

»Ich arbeitete auf dem Hof und lernte abends in einer Gaststätte ein paar nette Kerle kennen. Nach einigen Wochen fand in dieser Gaststätte eine politische Veranstaltung statt. Ich ging hin. Einige andere, die ich schon kannte, waren auch gekommen. Die Nationalkonservativen schwangen flammende Reden. Sprachen von neuer Ordnung und von Disziplin und von den vaterlandslosen Kommunisten. Plötzlich konnte ich mich einfach nicht mehr zurückhalten und rief etwas dazwischen.

Nun, ich hatte nicht geahnt, was ich damit auslösen würde. Ich zog allen Hass auf mich. Alle, die dicht gedrängt in der verrauchten Gaststätte standen, schienen nun über mich herfallen zu wollen. Sie beschimpften mich als ›Roten‹ und ›Bolschewiken‹ und sogar als ›Pazifisten‹. Plötzlich aber kamen zahlreiche Männer – einige derjenigen, die ich schon kannte – und stellten sich zu mir. Es bildeten sich zwei Gruppen; die Atmosphäre wurde immer aggressiver. Irgendjemand warf ein Glas nach uns. Schließlich flüchteten wir nach draußen und verschwanden. Lange noch saßen wir auf einer Viehweide zusammen und disputierten. Unter ihnen waren auch Karl und Theo. Karl war der Meinung, wir sollten uns weiterhin treffen, und schlug vor, uns in der Scheune von Theos Eltern regelmäßig zu sehen. So beschlossen wir es und machten ein erstes Treffen aus. Wir wollten uns über die politische Lage und über die Reparationsfolgen austauschen.

Als wir alle am Abend jenes ersten Treffens wieder miteinander heimwärts gingen, wurden wir, es war schon spät und dunkel, in einem Hohlweg überfallen. Viele von uns wurden mit Messern verletzt, aber wir hielten uns gut und wehrten uns erfolgreich. Leider hat einer von uns einen der Angreifer so schwer mit einem Stein verletzt, dass der irgendwo zusammenbrach und verblutete. In der Dunkelheit und dem ganzen Tumult sah das aber niemand. Keiner bemerkte das, bis man den Kerl zwei Tage später fand. Tot.

Jetzt ging natürlich die Hatz auf uns erst richtig los. ›Das war Mord‹, hieß es. Um uns und unsere Familien zu schützen, versteckten wir uns vorläufig im Wald. Insgesamt waren wir acht. Gertrud und Elisabeth waren auch dabei. Sie waren richtige Suffragetten, Blaustrümpfe. Sie hatten für das Frauenwahlrecht gestritten. Wir versteckten uns erst in einer kleinen Aushöhlung am Fuß des Berges, wo im Sommer Vieh untergebracht wurde. Diese Höhle nutzten wir zum Schlafen. Zuerst dachten wir, die Stimmung gegen uns würde sich schon wieder beruhigen, und überlegten, wie unsere Verteidigung vor Gericht gelingen könnte. Immer wieder aber durchkämmten kleine Trupps die Wälder, um uns aufzuspüren. Es war reines Glück, dass sie uns nicht fanden.

Irgendwann stießen Karl und Elisabeth auf einen kleinen Spalt hinten in der Höhle. Wir legten ihn frei und versteckten uns tiefer im Inneren. So blieb es eine ganze Weile. Nachts versorgten wir uns bei unseren Familien, was schwierig war, denn die Häuser wurden beobachtet.

Na ja, nach und nach fanden wir noch mehr Gänge tief hinten in der Höhle. Immer weiter tasteten wir uns vor. Und irgendwann ... irgendwann waren wir hier unten. Das heißt, nein, die Anfangsgruppe hat zuerst im Sim gelebt. Erst später fanden wir dies alles hier.

Wir waren natürlich fasziniert und beschlossen, erst einmal das Leben in dieser Idylle zu genießen. Es war wie ein Kindertraum, diese Höhle hier. Manche von uns verstanden es auch als Zeichen des Herrn, der uns den Weg gewiesen hatte. Einmal noch brachen wir alle gemeinsam auf nach Oben und besorgten uns bei unseren Familien, was wir so zu brauchen glaubten. Von hier unten erzählten wir nichts. Dann verschwanden wir wieder. Als später erneut welche nach Oben wollten, stellten sie fest, dass der Höhleneingang eingestürzt war.«

Ich schüttelte den Kopf. »Irre!«

»Irre? Wieso Irre?«

»Nein, ich meine, das ist ja verrückt ... nein ... ähm ... unglaublich. Und dann?«

»Also, na ja, wir hatten längst gemerkt, dass hier unten im Grunde alles existierte, was man zum Überleben brauchte. Der See war voller Fisch. Es war natürlich auch ein Abenteuer. Dann, 1925, hat sich wieder eine Gruppe nach draußen gegraben. Aber sie waren nur ganz kurz oben. Erst 1937 hielten wir uns noch einmal länger oben auf.«

»Und das mit der Zeit, wann habt ihr das gemerkt?«

»Als einige das erste Mal oben waren, dachten wir noch: Na ja, dann haben wir nur nicht bemerkt, wie schnell die Zeit vergangen ist. Aber 1937 ... Jetzt konnten wir ja an uns selbst erkennen, dass etwas bei uns anders lief. Unsere Körper waren kaum älter geworden. Aber auch sonst: Von einigen waren bereits die Eltern gestorben. Mein Onkel ebenso. Es war ein Schock. Vieles hatte sich verändert. Und in einer Nacht, wir hielten uns hinter einem Schuppen versteckt, da erkannten wir plötzlich einen jener Nationalkonservativen, wie er in einer Uniform mit anderen durch die Straßen marschierte. Es handelte sich um einen Trupp von diesen SA-Leuten, wie uns die Siebenunddreißiger später erklärten.

Weißt du, ich verstehe ja nicht viel davon, was danach in Deutschland und Europa passiert ist. Diese Nazis, der Hitler, der sogenannte Kalte Krieg und so, aber wenn ich höre, was die anderen erzählt haben, dann denk ich: Wäre es in den Monaten damals in Berlin anders verlaufen, dann hätte es vielleicht keinen zweiten Weltkrieg gegeben, diesen ganzen nationalsozialistischen Terror, den blutrünstigen Antisemitismus, diese unglaublichen Vernichtungslager, die ihr ›KZs‹ nennt.« Er machte eine Pause. »Ja, uns ist hier unten vieles erspart geblieben.«

»Hm«, schüttelte ich den Kopf, irgendwie kam mir das alles immer noch wie eine fantastische Geschichte vor.

Er legte sich auf den Rücken, schob die Hände unter den Kopf und sah zum Felsvorsprung über uns. Nachdenklich murmelte er: »Ja, die Zeit ... Was ist Zeit? Gibt es sie überhaupt? Wie lange dauert etwas ›wirklich‹? Wie lange dauert eine Stunde? Vielleicht ist die Zeit auch gar kein Strahl, sondern ein Zirkel. Existent ist ausschließlich die Gegenwart, Vergangenheit und Zukunft gibt es nur in unserem Kopf. Alles ist immer, aber ununterbrochen in Entwicklung.«

»Ja, ja«, machte ich, »wo *ist* die Zeit?« Wir witzelten eine Weile herum, aber dann fielen uns die Augen zu. Wach wurde ich erst wieder, als Herrmann mich weckte. Er hatte Hunger.

Wir machten uns auf nach unten, wo wir uns sofort auf alles Essbare stürzten, was am Lipata gerade verfügbar war. Wir mampften noch vor uns hin, als Magdalena hinzukam. Sie war dabei, die nächste Unterstützung für Tamumube zu organisieren.

»Was?«, lachte Herrmann. »Du hast sogar Jan dazu überredet, mitzugehen. Den Faulpelz?« Er sah zu mir.

Magdalena grinste. »Was heißt ›überredet‹? Ich brauchte ihn nicht einmal zu überzeugen.«

»Da hast du ihm sicher verschwiegen, wie hart man dort arbeiten muss. Aber: Wenn Jan mitgeht, dann bin ich auch dabei.«

»Oh, das wird Mateo freuen!« Magdalena war glücklich.

Zwischen Herrmann und Mateo schien es ernsthafte Spannungen zu geben. Überhaupt schien Mateo ein ziemlicher Rowdy zu sein. Außer uns dreien wollten Wilhelm, Maria und sogar Chris mitgehen. ›Danach kenne ich das gesamte Netz der Höhlen und Gets hier unten‹, ging es mir durch den Kopf. ›Endlich.‹

Wir besprachen noch, was wir alles mitnehmen wollten, und dann sollte es auch schon losgehen.

Zuerst aber verkroch ich mich mit Magdalena noch einmal in ihrem Lipu, während die anderen die Verpflegungskörbe zusammenstellten. Wir schmusten lange miteinander und schliefen dann ein, bis uns plötzlich Maria aufschreckte: »Hey, ihr zwei, jetzt ist aber Schluss mit Liebe, ich denke, wir wollen aufbrechen.« Sie hatte den Wen weit zur Seite gezogen und stand in der Helligkeit. Ich blinzelte gegen das Licht und streckte mich, gähnte laut und sah Magdalena an, die gerade das Gesicht aus der Decke schob. »Los, auf!«, sagte Maria noch einmal und verschwand wieder.

Alle waren schon bereit, als wir nach unten kamen. In einer Reihe gingen wir den Sandanstieg bis zum Eingang hinauf. Magdalena und ich am Schluss. Als ich auf den Höhleneingang zutrat, sah ich darüber zum ersten Mal einen alten, völlig verwitterten Schuh im Stein hängen, der die Zunge herausstreckte. Er sah ziemlich altmodisch aus und die sechs leeren Ösen für das Schuhband waren rostig und wirkten wie Augenpaare; das Leder war trocken und rissig. Bevor ich ins Dunkel des Gets trat, betrachtete ich ihn kurz aus der Nähe. Ich hatte ihn tatsächlich bisher nie wahrgenommen.

Zuerst ging es eine Weile den breiten Get entlang. Unsere Leuchtsteine vor der Brust warfen ihr Licht voraus. Noch bevor die Abzweigung links Richtung Lun kam, deutete Herrmann auf eine tief im Schatten liegende schmale Spalte. »Chris und Jan«, sagte er, »beim Einstieg müsst ihr vorsichtig sein. Der Steinboden ist sehr uneben und ihr müsst den Kopf einziehen, diese Kanten hier sind sehr scharf.« Er tippte mit der Hand gegen das Gestein. »Ich marschiere mal voran.«

Der Get, den wir jetzt gehen mussten, blieb sehr eng, sodass wir alle mit etwas Abstand hintereinandergingen. Magdalena und ich hatten uns etwas zurückfallen lassen. »Weißt du, dass wir früher einen Wachtposten noch vor der Abzweigung zum Lun hatten?«, sagte sie. »Im ersten Wunrin, als nur die Neunzehner hier waren, hat immer einer von ihnen Wache geschoben, immer. Irgendwann sahen sie dazu keine Veranlassung mehr. Später wollten wir irgendetwas bauen, das uns ein Signal gibt, wenn jemand von Oben herunterkommt, keine Ahnung, was, irgendwas eben. Aber das haben wir nie getan.«

»Es ist doch auch noch nie jemand gekommen, oder?«

»Noch nie. Zum Glück! Was würde dann mit uns passieren? Sie würden uns umbringen.«

»Quatsch! Wir wären Stars im Fernsehen. Wir würden in Talkshows eingeladen und viel Geld verdienen. Die ganze Welt würde wissen wollen, wie das Leben hier unten so war. Wir würden Bücher schreiben. Die Höhle würde ein Touristenziel und wir würden die Führungen machen ...«

»Ach, wie schön! Was sind ›Tokschoos‹?«

»Das sind Gesprächsrunden im Fernsehen. Da erzählen Leute von sich oder diskutieren über etwas. Die meisten Sendungen sind ziemlich blöd, nur Gelaber, aber es gibt auch ein paar gute.«

»›Gelaber‹ ...«, wiederholte sie und lachte mich über die Schulter an. »›Fernsehen‹ ... Das mit dem Fernsehen kann ich mir nicht so richtig vorstellen. Gesehen hab ich schon mal so einen Apparat, aber ... Wir hatten früher nicht einmal einen Volksempfänger.«

Natürlich, sie kannte das alles nicht.

Ich sah auf ihren Rücken. Ihr Haar war nach vorne über die Schultern gefallen, sodass ich einen dreieckigen Ausschnitt ihrer Haut und ihren Nacken sehen konnte. Ich beugte mich vor und küsste die Stelle. Magdalena berührte mich, indem sie mit einer Hand nach hinten griff.

Wir sechs gingen vor uns hin, fast immer leicht bergab. Manchmal unterhielten sich gleich mehrere miteinander, manchmal schwiegen alle.

Der Get war meistens so schmal, dass wir nur in der Mitte aufrecht stehen konnten. Die Wände waren feucht. Hin und wieder war der Boden unter uns sehr glitschig, sodass wir vorsichtig sein mussten und nur langsam vorankamen und beim Vortasten an die Seitenwände griffen. Einmal mussten wir einen rund fünf Meter breiten und zehn Meter tiefen Schacht hinunter- und auf der anderen Seite wieder hinaufklettern; der Get war hier abgesackt in einen tiefer liegenden Hohlraum.

Irgendwann legten wir die erste Schlafpause ein. In diesem Rhythmus ging es vorläufig weiter: Wir marschierten, ruhten aus, marschierten und ruhten wieder aus. Besonders nach den Pausen war die feuchte Kälte unangenehm. Es dauerte eine Weile, bis wir wieder warm waren.

»Dort kommt die große Ausbuchtung«, rief plötzlich Wilhelm so laut, dass ich zusammenzuckte. Wir näherten uns einer grottenartigen Verbreiterung. »Dann haben wir schon ein ganz schönes Stück hinter uns.«

»Ja. Und es dauert nicht mehr lange, dann tauchen die ersten Matas auf«, meinte Maria.

Wir setzten uns in die Grotte, aßen und tranken, schliefen aber nicht, wir wollten weiter. Kurz nachdem wir wieder aufgebrochen waren, sah ich den ersten handgroßen Schatten durch unser Licht fliegen.

»Ah«, sagte Magdalena, »da war doch schon ein Mata.« Alle blieben stehen und leuchteten die Wände ab.

»Da, da ist er. Und da noch einer. Bewegt euch nicht.« Maria zeigte auf zwei Stellen an der Wand. Die Matas sahen aus wie große Fledermäuse: Rechts und links von dem kleinen, länglichen Körper lagen die weit aufgefächerten Flügel flach an der Wand. So klebten sie am Stein.

Ich blickte nach oben. Wir befanden uns auf dem Grund einer sehr hohen Felsspalte, die sich völlig zerklüftet weit über uns erstreckte. Konnte es dort oben eine Öffnung geben? Kamen die Matas vielleicht von oben, von »draußen«? Waren es Fledermäuse, die wir nur anders nannten? Dort hinaufzuklettern jedenfalls war völlig unmöglich. So gut es ging, versuchte ich mit meinem Leuchtstein nach oben zu strahlen. Überall über uns schossen die schwarzen Schatten hin und her, ohne einen einzigen Laut von sich zu geben. Es war ein wuseliges Geflatter.

»Bei Gefahr stoßen sie sich ab«, erklärte Herrmann, »schlagen ein paarmal lautlos mit den Flügeln und hängen sich wieder irgendwo hin.« Er deutete vorsichtig auf einen Mata an der Wand. »Da, siehst du, der Mund ist wie ein Saugnapf. Wahrscheinlich leben sie von den Mineralien im feuchten Gestein. Es ist nicht viel an ihnen dran, wir jagen sie nur ganz selten, dann eher, um mal wieder etwas anderes zu schmecken. So als Ergänzung. Wir braten sie ganz knusprig. Silke sagt dazu ›kross‹.«

»Was ist denn das?« Ich deutete auf die Flügel, sie hatten außen am Rand vier Krallen.

»Ja«, sagte Wilhelm, »sie besitzen noch einen Rest der ursprünglichen Vorderkrallen an den Flügeln. Dadurch haben sie mehr Halt im Stein.«

»Ist ja irre!«, murmelte Chris.

»Passt mal auf«, meinte Herrmann. Er beugte sich ganz leicht vor zu dem Mata, und kaum hatte er seine Hand über ihm hin und her bewegt, da schoss er auch schon mit einer unglaublichen Geschwindigkeit davon und klebte vermutlich irgendwo anders im Dunkeln schon wieder an der Steinwand. »Sie können überhaupt nicht sehen, nehmen aber Bewegungen sehr sensibel wahr. Dann stoßen sie sich einfach ab, um den Platz zu verändern. Ein Schutzmechanismus. Dass es irgendwann Licht geben würde, konnten sie ja nicht ahnen ...«

»Ah!«, kreischte Chris mit einem Mal laut neben mir. »Mich greift einer an!«

Hinten in ihrem Nacken flatterte ein tiefschwarzer Mata wie wild in ihrem Haar. Chris lief los und warf den Kopf nach rechts und links und schlug nach hinten. »Verdammtes Mistvieh!«

Wilhelm rannte ihr nach. »Er tut dir nichts. Er hat sich nur in deinen Haaren verfangen. Jetzt bleib mal ruhig stehen.«

»Scherzkeks!«, blaffte sie. »Der kratzt mich. Mach den da raus!«

Völlig panisch zappelte der Mata in Chris' Nacken. Wilhelm fasste um den zerbrechlichen Körper und befreite ihn aus den Haaren. Sie blutete unter einem Ohr am Hals. Dann hielt Wilhelm den Mata in der Hand. »Pfanne oder Leben?«, grinste er.

»Lass ihn fliegen, du *Scherzkeks*«, lachte Herrmann und konnte eine Weile nicht wieder aufhören zu lachen.

»Seht mal«, sagte Wilhelm zu Chris und mir. Er holte weit aus und warf den Mata mit voller Wucht auf die Felswand zu. Der aber spannte sofort die Flügel weit auf, bremste so die Geschwindigkeit ab und krallte sich blitzschnell und lautlos fest.

Während wir weiterzogen, flogen uns die Matas um die Ohren. Irgendwann erschien vor uns ein kleiner heller Punkt. Sicher war es Tamumube. Jetzt wurde ich doch angespannt, denn ich hatte ein bisschen Schiss vor diesem Mateo. Vermutlich war er ein ziemlicher Grobian.

Das Licht wurde größer und dann lag die Öffnung zu einer gar nicht so riesigen Höhle vor uns. Das konnte doch nicht Tamumube sein. Uns einen Weg durch einen gewaltigen Felseinsturz aus massiven Brocken suchend, kamen wir weiter in die Höhle hinein. Alles wirkte wie ausgestorben, als hätte eine Bombe eingeschlagen, überall Geröll. Der Geruch von kalter Asche lag in der Luft, vor uns war eine alte Feuerstelle zu sehen. Ratlos sah ich zu den anderen, aber die reagierten nicht. Uns gegenüber lief ein kleiner Wasserstrahl aus dem Fels, sonst war alles unbelebt. Rechts an der Wand lag ein kniehoher Leuchtstein. Darüber erkannte ich ein kreisrundes Loch im Fels, etwa vier Meter über dem Boden, das aussah wie ein überdimensionierter Spechtbau in einem toten Holzstamm. Die anderen gingen darauf zu. Jetzt sah ich, dass Tritte in die Felswand geschlagen waren, die hoch zu dem Loch führten.

»So, jetzt wird es noch mal richtig anstrengend«, meinte Herrmann.

»Da rein etwa?«

»Ja. Da drinnen müssen wir krabbeln, ziemlich lange sogar.« Er stieg in die Tritte.

In dem Röhrengang war es völlig finster, nur hin und wieder waren kleine, schwach strahlende Leuchtsteine in die Wölbung gehängt. Ansonsten gaben nur die Steine vor unserer Brust etwas Licht. Der Gang war trocken, aber das Gestein rau und kantig unter unseren Händen und Knien. Und all diese Mühen auch noch mit den Körben und dem Fass, die wir beim Krabbeln vor uns herschieben mussten.

Wir kamen an eine Abzweigung, an der ein kleiner Holzpfeil nach rechts zeigte. Herrmann stoppte und tippte gegen den Pfeil. »Immer entgegengesetzt kriechen. Es sind Irreführungen für eventuelle Eindringlinge.« Er krabbelte weiter. Öfter kamen jetzt solche Abzweigungen. Es war wie in einem Irrgarten, in dem man sich ohne den Hinweis nie zurechtgefunden hätte. Vorher wäre man verrückt geworden.

Schon bald stöhnten und jammerten wir von der Anstrengung. »Stellt euch nicht an«, rief Herrmann zu Chris und mir zurück. »Immerhin soll es der Feind schwer haben, hier einzudringen.« Ich glaubte einen Ton Ironie herausgehört zu haben.

Stumm robbten wir weiter. Nur unser Ächzen und unser Scharren auf dem Untergrund waren noch zu hören.

»Wir haben es gleich«, hörte ich Wilhelm schließlich hinter mir sagen, um Chris zu beruhigen. An Herrmann vorbeisehend, konnte ich ein größeres Licht vor uns erkennen. Wir krabbelten weiter, und kurz bevor wir die Öffnung erreichten, krachten plötzlich vor uns und irgendwo hinter uns schwere Eisenstäbe aus der Decke und stießen mit Wucht in Vertiefungen am Boden, in denen sie stecken blieben. Es dröhnte und vibrierte unter unseren Händen. Ich erschrak so, dass ich mir den Kopf stieß. Jetzt steckten wir auf allen vieren fest wie in einem Käfig. Verdammt! Was war denn nun los? Was sollte denn das?

Herrmann murmelte irgendetwas und versuchte die Stangen vor ihm wieder nach oben zu drücken, aber sie ließen sich nicht bewegen. Er fluchte und rief: »He, wir sind's, was soll der Unfug, macht wieder auf!!«

Vor uns hörten wir Tritte, dann erschienen die Beine mehrerer Gestalten auf der anderen Seite der Stäbe. Ich robbte näher an Herrmann heran. »Ach«, machte ein kräftiger Kerl mit langen schwarzen Haaren und einem ebenso langen zotteligen Bart, indem er sich herunterbückte. Im Lachen zeigte er seine weißen Zähne und mehrere Zahnlücken. »Man weiß nie, wer da angeschlichen kommt. Sicher ist sicher. Wir haben hoffentlich niemanden verletzt.«

»Vielleicht solltet ihr das vorher fragen«, blaffte Herrmann.

»Jetzt mach schon auf«, rief Magdalena.

»Schwesterherz!«

Mateo verschwand mit den anderen und dann wurden nacheinander die Stäbe wieder hochgezogen. Wir krochen heraus aus unserer Röhre und reckten und streckten uns. Es war angenehm warm.

Alle starrten Chris und mich an, obwohl uns niemand direkt ansprach, während sich die anderen die Schultern drückten. Dann wurden wir vorgestellt. Zuerst begrüßte uns Konrad. Dann kam Heinz, der auf uns zuhinkte. Und zwei Frauen: Elisabeth und Isabelle. Isabelle hatte eine lange Narbe quer über der linken Wange, obwohl sie eigentlich eine sehr schöne Frau war. Immer wieder musste ich sie ansehen. Elisabeth hatte lange schwarze Wimpern und ein Muttermal über der Lippe.

Mateo hatte einen Arm um Magdalenas Hüfte gelegt und sah zu uns herüber. Er war einen ganzen Kopf größer als sie und hatte eine dunklere Haut, eine große Hakennase, tiefbraune Augen und buschige Brauen darüber. Jetzt löste er sich von Magdalena, trat auf mich zu und drückte mir mit beiden Händen kräftig die Schultern, jeden einzelnen Finger spürte ich. »Willkommen«, sagte er wie ein kleiner König in seinem Reich.

»Kib!«, antwortete ich.

Er wandte sich zu Herrmann: »Zo ke ome?«

»Ke uku gets.«

Mateo starrte Herrmann an: »De be ibu xu tamumube?«

»Bi. Ke ebe kibuti«, behauptete er.

Jetzt mischte sich Chris ein und antwortete: »Bi, an ebe kibuti.« Mit welcher Selbstverständlichkeit sie das sagte!

Völlig überrascht darüber, dass sie ihn verstanden hatte, sah Mateo sie mit einem ernsten Gesichtsausdruck an, dann begann er breit zu lächeln und zeigte dabei wieder seine Zähne. »Kádá!« Er fasste ihr an die Schultern und drückte fest zu.

Wir gingen den Get weiter, der an einem tiefen Abgrund vorbeiführte. »Da hinunter schütten wir das ganze Geröll, das wir abtragen«, erklärte uns Mateo im Vorbeigehen.

Je tiefer wir kamen, desto wärmer wurde es. »Das sind hier wohl die Unterwelttropen«, scherzte Chris.

»Ja, wir sind vermutlich ziemlich nah an einer heißen Quelle«, antwortete Elisabeth, »ganz am Ende des Gets ist es noch viel wärmer.«

Rechts und links kamen jetzt ein paar Aushöhlungen, in denen die fünf hausten. Alles war ziemlich öde. Ihre Schilfmatten mit den Felldecken lagen auf dem nackten Lehm. Jeder hatte nur einen kleinen Leuchtstein. Wir kamen zu einer größeren Höhlung, vier bis fünf Meter hoch und mit verschiedenen Abzweigungen. Hier spendete ein größerer Stein das Licht und in einer der Ecken war eine Feuerstelle angelegt, die von Steinbrocken eingefasst war und neben der ein Haufen von irgendwas lag, das wie Baumrinde aussah. Darüber hingen mit dem Kopf nach unten einige Matas an Schnüren. An einer Stelle tropfte Wasser in ein Fass. Und etwas abseits lag ein großer Haufen von Wurzeln, sicher die Kans, von denen sie hier lebten.

»Also, das hier ist unsere gute Stube.« Zuerst breitete Mateo die Arme aus und drehte sich, dann wandte er sich zu der Stelle, an der einer der Gets weiterführte. »Da drin liegt unsere letzte Grabungsstelle. Aber ...«, er blickte zu Herrmann, »wir haben seit einer ganzen Weile nichts mehr getan, wir waren faul wie die Hunde. Und sogar, ich sage es ehrlich: schwermütig, denn wir sind an einem riesigen Felsbrocken gescheitert. Vielleicht versperrt er den Zugang zu irgendetwas.« Er lachte. »Deshalb bin ich froh, dass ihr gekommen seid, denn dann können wir endlich mal wieder einen richtigen Arbeitseinsatz bilden. Ich bin sicher, es geht dort weiter!« Sein letzter Satz hallte laut nach.

»Mateo!«, rief Heinz dazwischen. »Sie haben haufenweise Skribo mitgebracht.«

»Na, das wollte ich euch auch geraten haben!« Er lachte erneut, laut und mit offenem Mund.

Sie nahmen uns unsere Körbe und das Fass ab und trugen alles zum Feuer, wo auch einige zerfledderte Schilfkissen lagen. Hier und da standen zusätzliche kleine Fässer herum. »Ich mache schon Feuer«, sagte Heinz.

Herrmann und Mateo waren in dem weiterführenden Get verschwunden und ich folgte ihnen. Sie besprachen etwas, aber ich konnte sie zuerst nicht verstehen. Vor uns sah ich einen großen Leuchtstein auf einem rollbaren Holzgestell. Die beiden gingen tief in den Stollen hinein und zogen das Gestell ein Stück mit sich, dann blieben sie stehen. Herrmann leuchtete mit seinem Stein das Ende des Gets ab. Ich erreichte die beiden.

»Was dahinterliegt, wissen wir nicht«, sagte Mateo zu mir gewandt. Wir standen vor einem gigantischen Felsbrocken, vor dem sie kapituliert hatten. Es war sehr warm hier. »Wir haben beim Arbeiten das Gefühl, dass sich der Koloss bewegen ließe, aber wir haben nicht die Kraft gehabt, ihn fortzubewegen oder zu zertrümmern. – Berührt ihn mal.«

Wir taten es, er war ziemlich warm. Herrmann nickte. »Na ja, mit so vielen Leuten können wir es jetzt neu versuchen.«

Wir gingen zurück. Die anderen saßen bereits im Kreis zusammen. Das Feuer brannte und einige hielten schon Spieße mit Skribostücken darüber. Der Qualm zog nur schwerfällig in einen der Gets ab. Konrad und Heinz rollten ein Holzfass mit Kankuko heran. Da sie nicht genügend Becher hatten, mussten wir zu mehreren aus einem trinken. Es ging spaßig zu. Zuerst unterhielten wir uns in dieser großen Runde und Chris und ich mussten mal wieder von Oben erzählen. Anschließend bildeten sich zwei Gruppen. Und in einem weiteren Winkel sprachen Magdalena und Mateo miteinander, wobei ich den Eindruck hatte, als würde mich Mateo dabei ununterbrochen beobachten.

Später saß ich eine Weile allein mit Herrmann zwischen unseren Körben. »Wir haben«, begann er zu erzählen, »diese Gets und Höhlen erst sehr spät entdeckt. Auf die Felsspalte ganz zu Anfang waren wir zwar schon früh gestoßen, aber kurz hinter dem Zugang war meterdick alles eingestürzt. Mateo hat sich als Erster durchgegraben, ganz allein. Dann war er plötzlich verschwunden. Das war im dritten Wunrin. Nicht mal Magdalena wusste, wo er steckte. Er ist einfach ein Querkopf. Wir haben gedacht, er hätte sich auf den Weg nach Oben gemacht und würde sich absetzen. Ewig haben wir darüber gegrübelt, was wir tun könnten. Wir waren sehr ärgerlich auf ihn. Und auch misstrauisch. Magdalena aber war sich stets sicher, dass er sie nie allein zurückgelassen hätte, wenn er wirklich dauerhaft oben bleiben wollte. Na ja, und plötzlich kam er wieder durch den Eingang spaziert und prahlte kolossal herum.

Im dritten Wunrin war die Atmosphäre zwischen uns allen angespannt. Mit Mateo waren große Schwierigkeiten entstanden. Er stellte alles infrage und beschimpfte Schlomo und Elvira und besonders mich als ›herrisch‹. Ob ich ein ›Herrenmensch‹ sein wolle, fragte er mich. Na ja, ich habe mich dann erst mal zurückgehalten. Vielleicht musste ich da etwas lernen. Aber er spielt sich oft zu sehr auf. Dann hat er irgendwelche Pläne und ist erbost, wenn sie den anderen nicht so gefallen wie ihm selbst. Auch die Idee mit dem Stollen da drüben halte ich persönlich für eine Schnapsidee. In Millionen von Jahren hat sich die Erde umgebildet, immer gibt es irgendwo Bewegungen, deshalb bebt es ja auch manchmal. Es gibt verschieden dichte Erdschichten. Dass sich bei alldem Gänge und Aushöhlungen gebildet haben, ist nicht verwunderlich. Dafür aber, dass uns diese Gets hier an einen sicheren Ort zum Leben führen, dafür gibt es keine Anzeichen. Auch die Wärme dort hinten ...«, er schüttelte den Kopf, »ich weiß nicht ...«

»Aber die anderen hier, ich meine, außer Mateo, sie glauben doch auch daran!«

»Na ja, nach dem gewaltigen Hochwasser vor dem jetzigen Wunrin ging es erst mal darum, einen Ausweichplatz zu finden, zu dem wir früh genug aufbrechen können, wenn das Wasser wieder mal so hoch steigt. Mateo will aber mehr: Er möchte, dass wir ganz vorne beim Einsturz zumachen können, um uns im Zweifelsfall zu verteidigen und vor Angreifern in diesen Steingängen hier verschwinden zu können. Er rechnet fest mit einer Invasion von Oben, die uns dazu zwingen wird, stets weiterzuwandern. Seine Vorstellung ist, dass zunächst hier immer eine Gruppe lebt, die Wache schiebt, während alle anderen irgendwo hinten in völliger Sicherheit leben. Paradiesisch eben. Immer so lange, bis Gefahr von Oben droht.«

»Hm ...«, machte ich. Wir wandten die Gesichter zur Seite, denn Mateo näherte sich uns.

»Na, Herrmann, was für Geschichten erzählst du ihm?« Er blieb aufgerichtet vor uns stehen und stemmte die Hände in die Seiten.

»Ach, weißt du, ich erzähle ihm von jemandem, der nicht immer ganz leicht zu nehmen ist.«

»Doch nicht etwa von dir?«

Herrmann lachte laut auf. »Nein, von mir erzähle ich ihm erst beim nächsten Mal.«

»Wen könntest du sonst noch meinen?«

»Tja ...«

Mateo blickte mich an, während er nun vor uns in die Hocke ging. »Eines Tages werden sie mir dankbar sein. Sie wollen es nur noch nicht einsehen. Wir brauchen viele Räume.«

Plötzlich wurde er lauter: »Außerdem dürfen wir uns auch nie in Sicherheit wiegen. Irgendwann entdecken sie uns, irgendwann – und dann?!«

»Hm ...«, machte ich wieder. Ich schwieg lieber. Ich konnte nicht im Geringsten abschätzen, ob bei irgendeinem falschen Wort ein Streit ausbrechen würde.

»Was ihr tut, ist in Ordnung, es ist ein Versuch«, beschwichtigte Herrmann. »Und schließlich sind auch wir jetzt gekommen, um zu helfen. Welche Möglichkeiten sich hier auftun, werden wir sehen. Sollten unsere Interessen aber irgendwann auseinandergehen, müssen wir Kompromisse finden. Ich hoffe, dass auch du das dann begreifst.« Herrmann trank. »Auch du kannst nicht ohne uns leben.«

Mateo erwiderte nichts, sondern sah mich an. »Wie schmecken dir die Kan-Fladen?«

»Sie schmecken gut.«

»Ja, das tun sie. Das Problem ist, dass hier leider gar nichts anderes wächst. Alles, was wir essen, müssen wir aus diesen Wurzeln gewinnen. Hinzu kommen nur die Matas.« Er zeigte auf die, die über dem Feuer baumelten. »Eigentlich müssten wir etwas unternehmen, um in

Kibuti den Zugang zum Meer besser auszunutzen, für Fisch zum Beispiel, aber ich ...«

Herrmann fiel ihm ins Wort: »... aber er kann sich natürlich nicht um alles kümmern«, nickte er in meine Richtung.

Zu meiner Überraschung fühlte sich Mateo nicht provoziert, sondern lachte laut auf und schlug Herrmann kräftig gegen die Schulter. »Irgendwie muss man dich doch einfach gernhaben.« Er stand auf und wandte sich abermals an mich, während er auf Herrmann deutete: »Er ist wirklich ein großartiger Kerl. Ohne ihn hätten die Kibuti nie überlebt.« Er ging weg.

Herrmann schmunzelte. »Ich nehme an, Magdalena hat dir die Geschichte der beiden erzählt.«

»Ja.«

Er schnaufte durch die Nase. »Eigentlich hat er immer noch Angst. Angst ist seine Energie. Aber diese Energie kann manchmal sehr negativ sein.«

»Er hat vorhin gesagt, sie seien schwermütig gewesen. Warum ist er nicht zurück nach Kibuti gekommen, um Verstärkung zu holen?«

»Das würde er schon als Eingeständnis einer Schwäche empfinden. Wer schwach wird, ist anderen schnell ausgeliefert.«

Ich nickte und sah Mateo hinterher, der in einer Nische verschwand.

Nach und nach gingen alle schlafen. Auch Herrmann suchte sich ein Plätzchen. Magdalena war wohl zu Mateo gekrabbelt. Chris und Wilhelm hatten sich irgendwohin verzogen, aber es machte mir nicht mehr so viel aus. So saß ich schließlich nur noch mit Heinz am Feuer, im Kreis der Steine glomm noch eine kleine Glut. »Noch nicht müde?«, fragte ich.

»Ich schlafe meistens hier am Feuer.«

Ich sah ihn an: »Du gehörst zu den Fünfundfünfzigern, oder?«

»Ja.«

»Und dein Bein? Ein Unfall?«

»Nein. Das rechte ist kürzer als das linke, seit der Geburt schon.

Aber ich tröste mich damit, dass dafür ja das linke länger ist als das rechte.« Er lachte tief aus der Kehle. Ich musste mitlachen.

»War es für dich nicht tierisch anstrengend, von Oben hier runterzuklettern, den ganzen mühsamen Weg?«

»Und wie! Es war brutal. Aber als ich dann mal unten war, ging's eigentlich ...« Wieder lachte er. »Na ja, ein Zurück gibt es für mich jedenfalls nicht, das steht fest.«

»Warst du nie wieder ... oben?«

»Nein.«

»Und du willst auch ...«

Schon schüttelte er den Kopf: »Nein. Außerdem: Oben war es auch mühsam. Als Krüppel.«

»Hm.«

»Ich war völlig isoliert in unserem Kaff. Zu tun haben wollte mit mir niemand etwas. Krüppel waren ja entweder von den Nazis umgebracht worden oder lebten in irgendwelchen Heimen in der Ferne, ›wo sie hingehörten‹. Auch ich sollte in der nächsten Zeit in so ein Heim gebracht werden. Man wollte mich nicht mal auf der normalen Schule. Als würde beim Menschen das Gehirn im rechten Bein stecken.«

»Und dann bist du abgehauen?«

»Na ja, sagen wir so: Ich habe die Gelegenheit genutzt.«

»Welche?«

»Als Gabriele, Wolfgang, Gerald und Cornelia durch unser Kaff kamen ... Es heißt Waldheim, du kennst es vielleicht.«

»Ja, natürlich«, nickte ich. Waldheim lag ungefähr zwanzig Kilometer von unserer Stadt entfernt.

»Ich saß auf dem Bordstein und hatte sie schon die Hauptstraße entlangkommen sehen. Dann sprachen sie mich an, sehr freundlich, und fragten nach dem Weg. Irgendwie mochte ich sie sofort. Als sie ein paar Hundert Meter weg waren, liefhumpelte ich ihnen nach. Mich interessierte, wohin sie wollten. Sie zögen so durchs Land, meinten sie. Das faszinierte mich. Einfach so durchs Land ziehen! Aber mit meinem

Bein? Hinter unserem Ort wollten sie erst mal eine Pause einlegen und ich ging mit ihnen und zeigte ihnen eine gute Stelle. Von einem Baum holten sie sich die letzten Äpfel, die noch hingen. Wir unterhielten uns lange. Als sie beschlossen, ihr Zelt dort aufzuschlagen, stand mein Entschluss fest.

Ich liefhumpelte nach Hause und packte ein paar Sachen zusammen, um ihnen am nächsten Morgen zu folgen. Ich fuhr ihnen heimlich mit dem Fahrrad nach. Mir war klar, dass sie mich nicht mitnehmen würden, weil ich ein paar Jahre jünger war als sie und wegen des Beins. Wenn wir erst einmal weit genug weg waren, würden sie mich aber bestimmt nicht zurückschicken, dachte ich mir. Außerdem hatte ich das Fahrrad. So folgte ich ihnen mit großem Abstand unauffällig. Zum Glück nahm sie beim Anhaltermachen niemand mit. Immerhin waren sie zu viert, also, na ja, eigentlich waren sie ja schon zu fünft ... Den ganzen Tag fuhr ich ihnen nach. Am Abend, als ich mich ihnen zeigen wollte, sah ich, wie sie eine eigenartige Gestalt am Waldrand vor dem nächsten Ort beobachteten. Es wurde schon dunkel. Sie schlichen der Gestalt nach und ich schlich ihnen nach. Als Wolfgang dabei über eine Baumwurzel stürzte und hinkrachte und ich dabei vor Schreck ausrutschte und ebenfalls hinfiel, bemerkten wir alle uns gegenseitig.« Er grinste und schüttelte dabei den Kopf.

»Und wer war die Gestalt?«

»Schlomo.«

»Die vier hatten Ärger gehabt mit ihren Familien, oder? Gerald hat mal so was erzählt.«

»Ja, sie waren bei Krawallen in der Nähe von München dabei gewesen. Sie hatten zu viel Horst Buchholz und die Halbstarken gespielt. Aber Gerald und Gabriele hatten ja noch ein anderes Problem: Gabriele war schwanger. Das war in ihrem Kaff ein Skandal und die Eltern schämten sich in Grund und Boden. Die beiden wollten heiraten, waren aber noch nicht volljährig. Und Geralds Eltern gaben ihnen nicht die Zustimmung. Sie mochten Gabriele nicht. Ach ...«, machte er und schwieg eine Weile.

»Weißt du«, begann er von Neuem, »allmählich wurde auch allen klar, dass die alten Nazi-Säcke wieder auf den entscheidenden Posten zu sitzen kamen. In Deutschland herrschte wirklich ein mieses Klima. Zuerst kam 1953 der hohe Wahlsieg der CDU/CSU mit Adenauer, 1954 wurde die BRD in die NATO aufgenommen und dann auch noch dieser blöde Weltmeistertitel im Fußball. Zwischen der NATO und dem Ostblock spitzte sich die Atmosphäre zu. Es hätte mich nicht gewundert, wenn es schon wieder zu einem Krieg gekommen wäre. ›Die Roten‹ – das war weiterhin ein Schimpfwort. Man habe das falsche Schwein geschlachtet, hieß es über den Zweiten Weltkrieg. Es gab keine Luft zum Atmen. Dieses Biedere. Dieser sogenannte Neuaufbau. Dieses: Wir zeigen der Welt, wie tüchtig wir sind und dass wir uns anstrengen, um wieder lieb zu sein. Und nur ja nicht über die Vergangenheit reden! Ich war ja noch zu jung, um das richtig zu verstehen, aber als Krüppel stand ich auch auf der Verliererseite, *das* wusste ich schon früh. Und mein Vater ließ mich das auch Tag für Tag spüren. Sein ältester Sohn: ein Krüppel.«

»Mhm. Trotzdem ... ich meine: deine Eltern ... wolltest du sie nie ...«

»Ach, für die war ich nur eine Schande. Auch für meine Mutter. Sie hatte einen Krüppel zur Welt gebracht. Dafür schämten sich Frauen. Ich war einer, der immer Unterstützung von der Volksgemeinschaft brauchen würde. Meine Eltern schämten sich, wenn sie mit mir irgendwo hingehen mussten. Was glaubst du, wie sich das anfühlt, hm?«

»Ja ...«

Heinz gähnte mit vorgehaltener Hand und wollte nun doch schlafen. »Ach ...«, machte er nur noch.

»Schlaf gut!«, sagte ich und stand auf, um etwas herumzuspazieren. Alle schliefen, einige schnarchten laut. Ich war allein ... das war doch eine gute Gelegenheit, um mich draußen im Get vor dem Einsturz genauer umzusehen. So unbeobachtet wie jetzt würden sie mich freiwillig sicher nicht gehen lassen.

Ich holte meinen Leuchtstein und sah mich noch einmal um, aber nirgendwo rührte sich etwas. Ich schlich in den Get, der zur Röhre führte. Vor der Öffnung ging ich in die Hocke und lauschte noch einmal hinter mich: nichts. Dann krabbelte ich hinein. Ich wollte die Chance nutzen, obwohl es jetzt, so ganz allein in dieser Enge, doch reichlich unheimlich war. Ich schob mich voran, mein Herz pochte. Da sauste knapp an meiner rechten Wange vorbei einer der Eisenstäbe herunter. »Ha«, stieß ich vor Schreck hervor und zuckte am ganzen Körper. Einen Moment lang stockte mir der Atem, dann schnaufte ich aus. So eine Scheiße! Die anderen Stangen kamen nicht herunter. Gut, irgendjemand hatte mich also gesehen. Ich musste zurück. Da ich mich nicht drehen konnte, musste ich mühsam rückwärts krabbeln.

Als ich wieder bei der Öffnung ankam und mit den Beinen nach hinten ins Freie tastete, packte mich plötzlich jemand an den Füßen und zog mich kräftig heraus: Mateo natürlich. »Es ist gefährlich – so ganz allein ...«

»Ich ... ähm ...«, stotterte ich, »... ich konnte nicht schlafen, da wollte ich mich vorne etwas umsehen, beim Einsturz.«

Mateo verschränkte die Arme vor der Brust. »Was gibt es da so Interessantes?«

»Nichts. Nichts Bestimmtes.«

Er schüttelte den Kopf. »Keine gute Idee.«

»Nee?«

»Du kennst die Regeln mit den Pfeilen?«

»Ja, immer entgegengesetzt.«

Er nickte, dann sagte er: »Auf dem Hinweg, ja. Aber zurück immer den Pfeilen folgen.« Er sah mir fest in die Augen.

»Oh, Scheiße! Das wusste ich nicht. Danke.«

»Schlaf gut.« Er drehte sich um und verschwand.

»Puh«, machte ich leise. Ich wartete eine Weile, bevor ich ihm durch den Get zurück folgte. Als ich beim Feuer ankam, war er schon verschwunden. Ich verkroch mich in einer Nische in der Nähe des Feuers und schlief sofort ein.

Ich wurde erst wieder wach, als all die anderen nach und nach zur Feuerstelle kamen. Heinz hatte bereits ein paar Fladen gebacken.

Nachdem wir gegessen hatten, machten wir uns alle zusammen an die Arbeit. Es war ein tolles Gefühl, wie wir alle da standen mit den großen Hämmern und den schweren Stemmeisen. Zuerst schlugen wir die Ränder dieses Steinkolosses frei, und tatsächlich bekamen wir den Eindruck, dass er sich bewegen lassen müsste. So arbeiteten wir immer zu viert mit den Hämmern, während die andere Gruppe auf kleinen Holzgestellen den Schutt zum Abgrund zog – unterbrochen nur vom Trinken, Essen und Ausruhen. Wir wechselten uns ab, denn das Hämmern war in dieser Wärme eine schweißtreibende, zermürbende Plackerei.

So hatten wir eine ganze Weile gearbeitet, als wir alle vier Stemmeisen tief unter den Brocken ansetzten und anschließend gleichzeitig mit den Hämmern draufschlugen, um die größtmögliche Hebelwirkung zu erzielen. Und: Ja, der Felsblock bewegte sich – auch wenn er leider sofort wieder in seine Ausgangsposition zurücksackte.

Wir freuten uns trotzdem riesig, beschlossen aber, erst einmal eine Arbeitspause einzulegen, zu erschöpft waren alle. Danach wollten wir ihn uns vornehmen.

Als wir nach einem langen Schlaf erneut an die Arbeit gingen, ausgeruht und voller Tatendrang, waren wir sicher: Jetzt würden wir ihn rausbewegen aus seiner stabilen Lage. Die Stemmeisen steckten noch und wir nahmen die Hämmer in die Fäuste. Elisabeth zählte in einem gleichmäßigen Rhythmus und bei jeder Zahl schlugen Mateo, Herrmann, Wilhelm und ich gleichzeitig auf die Stemmeisen ein. Und wirklich, der Koloss bewegte sich nach hinten. Ganz leicht zuerst nur. Wir schoben zusätzlich Steine unter. Ja, er bewegte sich und wir droschen erneut los. Und dann geschah es: Als wir wieder mit ganzer Kraft gleichzeitig zuschlugen, stürzte dieser gewaltige Brocken nach unten und uns schlug eine irrsinnige Hitzewelle entgegen mit einer so ungeheuren Wucht, dass wir uns alle zuerst auf den Boden warfen und die Gesichter verbargen. Doch sofort begriffen wir, dass wir wegmussten von dort – und liefen davon. Es fühlte sich an, als wären wir von etwas Glühendem umgeben. Nur weg aus dieser Hitze, die auf der Haut brannte.

Am Essensplatz rannten wir panisch zum Wasserfass, um uns die Arme und das Gesicht abzukühlen. Wir sahen uns an, die Angst in den Knochen und völlig außer Atem. Unsere Haut war gerötet, die Haare auf den Armen verbrannt und gekräuselt. Unsere Bärte und Augenbrauen waren angesengt.

Mateo stützte sich vorgebeugt auf die Knie. »Was war denn das?«, hechelte er.

Aber keiner konnte es beantworten. Isabelle, die am weitesten entfernt gewesen war, sagte: »Es hat ausgesehen wie ein riesengroßes Feuer, wie eine Feuerzunge aus einem Feuermaul, die nach euch leckt.«

Wir hockten uns hin und tranken und untersuchten unsere Gesichter. Aus dem Get drang ununterbrochen diese starke Hitze zu uns.

Wir beschlossen, komplett in Fellmontur ins Wasserfass zu tauchen und so, triefend nass, uns dem Durchbruch erneut zu nähern. So tasteten wir uns vor. Im Näherkommen wurde uns klar, dass vor uns ein gigantisches Feuer brennen musste, denn Helligkeit und Hitze waren kaum auszuhalten. Es biss in den Augen und mich beschlich die Angst, meine Augäpfel könnten einfach austrocknen und verschrumpeln. Als wir in den Abhang sehen konnten, lag weit unter uns ein breiter, rot und orange glühender Lavastrom, der sich träge dahinschob und der den hinabgestürzten Felsbrocken ganz langsam mit sich schob. Wir starrten hinunter, ohne einen Ton herauszubringen.

»Zum Teufel!«, brüllte Mateo mit einem Mal wie wahnsinnig geworden, griff nach dem erstbesten Hammer und schleuderte ihn mit einer irrsinnigen Wucht runter in den glühenden Feuerstrom. »Verflucht!!« Ich sah, wie der Hammer, sich um den schweren Eisenkopf drehend, auf die Flammen zuflog und der Stiel noch in der Luft Feuer fing. Gerade wollte Mateo auch eines der Stemmeisen nehmen, aber dann warfen sich Konrad und Herrmann auf ihn. »Hör auf, drehst du jetzt durch!« Sie zerrten ihn weg von dem Schlund.

»Verflucht, verflucht!«, tobte er weiter völlig außer sich und lief hin und her, nachdem sie ihn losgelassen hatten. Er nahm einen faustgroßen Stein auf und schleuderte ihn aus der Entfernung in den Abgrund.

Ich ging Mateo aus dem Weg und trat zurück. Der Schweiß lief mir am Gesicht herunter. Die Hitze war kaum auszuhalten.

»Alles umsonst«, murmelte Elisabeth neben mir, »alles umsonst.« Sie drehte sich um und verschwand nach vorne.

»Tja, das war's dann wohl«, sagte Wilhelm, und während er sich abwandte, fuhr Mateo herum, schoss auf ihn zu und stieß ihm mit beiden Händen gegen die Brust, dass er nach hinten stürzte.

Mateo brüllte ihn an: »Halt dein verdammtes Maul! Hab ich hier geschuftet oder du? Und wir haben hier auch für dich gebuckelt, Freund!« Neben ihm kniend, drückte er Wilhelm mit beiden Händen auf den Boden. »Halt bloß dein verdammtes Maul, sag ich dir!«

Herrmann ging dazwischen, aber auch ihn stieß Mateo mit einer ungeheuren Wucht zur Seite. »Verschwindet! Und haltet jetzt das Maul, sonst landet ihr alle da unten bei dem Stein!«

»Mateo, es reicht!«, schrie ihn jetzt Magdalena mit langem Hals an – und tatsächlich verstummte er auf der Stelle. Er erhob sich und verschwand. Magdalena folgte ihm.

Herrmann schnaufte tief aus. »Verdammt!«, er sah zu mir und Wilhelm.

Chris stellte sich zu uns. »Oje«, flüsterte sie. »So ein Frust.«

»Mein Gott, na und?«, rief Isabelle. »Jetzt wissen wir's, dann ist eben Schluss. Den Versuch war es wert.« Auch sie drehte sich um und ging. Konrad, Heinz und Maria folgten ihr, keiner von ihnen sagte ein Wort.

Als wir vier allein und weiter vom Feuerschlund weggetreten waren, meinte Herrmann, indem er einen Hammer aufnahm und schulterte: »Ich glaube, für heut' ist Feierabend.« Er bückte sich nach dem Stemmeisen, das er Mateo abgenommen hatte. »Nehmt alle Werkzeuge mit, so ganz verschwenderisch können wir damit nicht umgehen.« Jetzt grinste er Wilhelm an: »Na, Scherzkeks, da ist dir gerade das Scherzen aber vergangen, wie?«

Wilhelm nickte nur stumm.

Vorne saßen wir zuerst einfach nur herum. Stumm und sprachlos. Hier und da murmelten welche leise miteinander. Andere dösten. Chris und Heinz schälten Kans und warfen die braunen Schalen zu dem Haufen am Feuer. Konrad blickte wie weggetreten auf immer dieselbe Stelle. Magdalenas und Mateos Stimmen hörten wir lange aus Mateos Nische, dann schienen beide eingeschlafen zu sein. Mateo schien uns jetzt unberechenbar.

Auch ich verzog mich schließlich in eine der Nischen und schlief noch einmal lange. Ich war völlig erledigt von der Schufterei. Sogar Blasen hatte ich an den Händen, die aufgeplatzt waren. Als ich wach wurde, traf ich am Feuer als Einzigen Herrmann an, der sich einen Kan-Fladen gebacken hatte. »Auch einen?«, fragte er aufsehend.

»Wo du gerade dabei bist. Schlafen etwa alle?«

»Ein paar haben sich schon was zu trinken geholt, sind aber wieder verschwunden. Katerstimmung.« Aus einem großen Tongefäß schöpfte er mit einem kleinen Becher flüssigen Teig in ein pfannenartiges Blech über dem Feuer, dass es zischte und brutzelte.

»Und jetzt?«, fragte ich.

Er sah auf zu mir und zuckte mit den Schultern. »Eine verlassene Goldgräberstadt.«

»Und Mateo?«

»Wird Bürgermeister ...« Wir mussten lachen, brachen aber beide ab. »Nein, ich will mich nicht lustig machen«, fügte Herrmann schnell hinzu: »Ich weiß nicht, was er jetzt tut. Hoffentlich denkt er sich nicht wieder etwas allzu Verwegenes aus. Er ist ein unruhiger Geist. Auch im Lun hat er schon mit einer Gruppe gehaust. Ich weiß nicht, was jetzt kommt. Eine Weile hält er es in Kibuti aus, aber irgendwann ...«

Ich bekam Angst, dass er in Kibuti für Unruhe sorgen könnte. Wahrscheinlich würde ich ihn zunächst als Eindringling empfinden. Ich konnte ihn mir unter uns nicht vorstellen. Und ich hatte das Gefühl, dass er ganz besonders mich nicht mochte. Ich hatte überhaupt keine Lust, ihn zukünftig als Feind zu haben.

Während wir beim gemeinsamen Essen verkündeten, dass wir nun wieder den Rückweg antreten wollten, sagten die anderen, sie würden erst einmal noch bleiben, um noch Matas zu jagen, und später nachkommen – außer Isabelle, die schon mit uns gehen wollte, worüber Mateo sauer zu sein schien. Doch auch für ihn stand fest, dass er unter diesen Bedingungen nicht in Tamumube leben wollte, zu aussichtslos und gefährlich war es. Trotzdem konnte er jetzt nicht einfach gehen. »Wir werden noch ein großes Fass mit Kanteig vorbereiten und mitbringen«, sagte er, als wäre das ein Grund, zu bleiben.

Wir saßen lange noch dort zusammen und hatten dann doch viel Spaß und lachten wieder, trotz all der Enttäuschung. Es war ein kleines Fest zum Abschied. Elisabeth – Heinz – Isabelle – Konrad – Mateo – ich blickte in ihre Gesichter, irgendwie taten sie mir auch leid. Sie hatten so viel geschuftet! Und immer wieder musste ich verstohlen in Isabelles schönes Gesicht mit der langen Narbe quer über der Wange sehen.

VII

Dösend und mit geschlossenen Augen lag ich am Wasser und spielte mit den Fingern im Sand. Ich war müde, denn ich hatte gemeinsam mit Silke Unmengen von Mehl gemahlen. Ich tastete nach meinem Becher Xis, der neben mir im Sand stand, beugte mich vor, trank ihn aus und ließ den Kopf wieder nach hinten sinken. ›Jetzt ein kleines Schläfchen‹, dachte ich.

Oberhalb von mir hörte ich Elvira und Gertrud reden. »An itu Oben. An it itu?«, sagte Gertrud.

»Ta. Tam an«, antwortete Elvira.

»Sonne an ole usu.«

»Ta be ono!«

Gertrud lachte.

Ich richtete mich auf und sah zu ihnen. Wollten etwa welche nach Oben aufbrechen? Gerade wollte ich den beiden zurufen, da kamen Wilhelm und Magdalena vom Lipata quer über das Sandfeld. Die beiden sah man selten zusammen. Als sie auf meiner Höhe waren, kam Magdalena auf mich zu, während Wilhelm geradeaus weiterging.

Magdalena setzte sich neben mich und blickte mich an. Sie strich mir ganz leicht über die Wange. Ich mochte ihre vorsichtige Art, mich zu berühren. Sie lächelte, sah aber doch irgendwie ernst aus. Was war denn los? Hatte ich irgendetwas nicht mitbekommen? Sie zog die Knie an den Oberkörper und griff mit den Armen um ihre Schienbeine. »Nun ist es so weit.«

»Was?«

»Ihr könnt wählen.«

»Was wählen?«
»Ob ihr bleibt oder geht.«
»Wohin gehen?«
»Nach Oben.«

Mein Herz begann zu klopfen. »Nach Oben?« Ich schwang mich herum und kniete vor ihr.

Sie nickte. »Wir haben soeben beschlossen, später eine Besprechung abzuhalten. Eine Gruppe soll demnächst nach Oben gehen, weil wir baldigst ein paar Dinge benötigen, dann könntet ihr mitgehen.« Sie stand auf, beugte sich zu mir herunter und küsste mich auf die Stirn. »Wir treffen uns am Lipata. Wir fangen an, wenn du und Chris kommt.« Sie ging zurück, dann sah sie sich noch einmal um zu mir. Sie lächelte, aber es wirkte verkrampft.

›Nach Oben?‹, hämmerte es in meinem Kopf. ›Nach Oben ...‹ Wollten sie uns wirklich einfach so gehen lassen? Wieso? Wieso jetzt? Wieso so plötzlich? Lange hatte ich gedacht, ich würde in einem solchen Augenblick vor Freude an die Höhlendecke springen. Aber jetzt ... Wie sollte das alles gehen? Was würde dort oben sein? Wie würden unsere Eltern reagieren? Wie sollten wir unser Wegbleiben erklären? Und in der Schule, wie ...? Was war denn das wieder für eine Scheiße! Wieso hatten sie denn nicht vorher etwas gesagt?

Ich sah, dass Wilhelm und Chris hinten aus dem Fels geklettert kamen. Sie sprachen kein Wort und gingen jetzt still nebeneinander. Chris nahm Richtung auf mich, während Wilhelm zurück zum Lipata ging.

Sie kniete sich neben mir in den Sand, blickte über den See und dann hoch zur Höhlendecke, schließlich sah sie mich an. »Und?«

»Und?«, gab ich die Frage zurück. Ich bekam es mit der Angst. Meine Gedanken rasten. »Chris ...«, kam es aus mir heraus, und ich drückte sie an mich.

Sie lachte. »Ja, ich bin doch hier.«

Vom Lipata drangen Stimmen zu uns.

Gedankenverloren griff Chris mit einer Hand in den Sand und ließ ihn durch die offene Faust in die Handfläche der anderen Hand rinnen, dabei schweifte ihr Blick über den See. »Ki-bu-ti«, murmelte sie.

»Chris ... ich ... ich weiß nicht ... ich ...«

Sie nickte stumm. »Wir haben die Wahl.«

Plötzlich drückte sie meine Hand ganz fest, stand auf und zog mich hoch in den Stand. »Komm, wir gehen schwimmen!«

›Schwimmen? Jetzt? Ausgerechnet jetzt?‹ Aber ich ließ mich trotzdem von ihr mitziehen.

Wir spazierten am Schilf entlang, wo uns die Kinder und Theo entgegenkamen. Tobias rannte vor den anderen davon. »Bi!«, rief er dabei. »An ata ata ata!« und schoss an uns vorbei.

»Mench, Mench«, sagte Theo, »der ist wirklich ein Wildfang.«

Als Chris und ich auf den Steg traten, sah sie mich an: »Weißt du noch?«

Ich nickte. Mir kam es vor, als wäre es eine Ewigkeit her, dass wir hier zum ersten Mal gestanden hatten, und doch schien es gestern gewesen zu sein.

Wir gingen vor zum Wasser. Gerade stiegen Ayşe und Claudio in ihre Kleidung und verließen den Steg.

»Wie viel Angst hatten wir zuerst ...«, flüsterte Chris und drückte mich fest an sich. Doch dann ließen wir uns ins Wasser fallen. Wir spritzten uns nass, alberten herum und schwammen um die Wette. Wir tauchten, um uns von unten an den Beinen zu ziehen, und lachten, wenn wir mit dem Kopf wieder durch die Wasseroberfläche stießen, dabei Fontänen prustend.

Als wir uns ausgetobt hatten und völlig außer Atem waren, legten wir uns mit den Rücken auf den Steg. Gewaltig lag die Höhlendecke über allem. Von einer ganz leichten Luftbewegung raschelten die Schilfblätter um uns herum. Manchmal fielen Tropfen von der Decke ins Wasser. Ab und zu waren Rufe von irgendwo zu hören. Auch Tobias' Stimme war darunter.

Unfähig, meine Gedanken zu sortieren, lag ich da und schwieg vor mich hin, aber mein Herz begann nun wieder zu galoppieren. Was sollte diese blöde Entscheidung? ›Ihr könnt wählen.‹ Was sollte das heißen? Ich erhob mich. »Nein, ich kann jetzt nicht ruhig hier liegen! Scheiße, verdammte.«

»Okay, lass uns zu mir hochgehen.«

Dort oben in ihrem Lipu saßen wir zuerst stumm auf dem Bett, jeder auf einer Seite. Während Chris noch einmal aufstand und den Wen zur Seite schob, um dort stehen zu bleiben und hinaus in die Höhle zu blicken, schlüpfte ich unter die Decke. »Wieso sagt uns keiner vorher etwas? Was soll das eigentlich, alles so plötzlich?«, blaffte ich.

»Wie ›vorher‹? Vor was?«

»Na ja. Plötzlich stellen sie sich hin und sagen, wir sollen eine Entscheidung treffen. Was soll denn das? So was geht doch nicht ›mal eben‹!«

»Du kannst doch drüber nachdenken. Jetzt. Denk darüber nach, was du willst. Hast du nicht immer darüber nachgedacht?«

»Ach!«, winkte ich ab. »Und glaubst du ihnen das etwa, dass sie uns so einfach gehen lassen?«

»Ich glaube es nicht, ich weiß es.«

»Ah ja.«

»Niemand hetzt uns. Die Besprechung beginnt, wenn wir *gemeinsam* zum Lipata gehen und unsere Entscheidungen mitteilen wollen.« Chris kam zurück, der Wen fiel hinter ihr zu.

Ich war völlig durcheinander. Gehen oder bleiben? Was sollte dieser Mist auf einmal?

Chris streckte sich aus und schlief schon bald ein, während ich mich hin und her wälzte, bis auch ich endlich in den Schlaf fiel.

Ich träumte von einem Berg aus Glas, in dem ich mit anderen lebte. Das Besondere an dem Glas war, dass wir zwar hinaussehen konnten, aber von draußen konnte man nicht hereinsehen. Wir hatten unsere Welt und beobachteten draußen die Welt der anderen. Alles veränderte sich um uns herum. Aber unser Berg blieb immer unser Berg. Sogar hinausgehen in diese andere Welt konnten wir, ohne erkannt zu werden. Verließen wir den Berg, wurden wir unsichtbar.

Als ich aufwachte, saß Chris bereits wach im Bett und kaute an einem Schilfhalm. Sie sah mich an und lächelte und nickte leicht vor sich hin. »Ja«, murmelte sie, woran auch immer sie gedacht haben mochte.

Ich verkroch mich wieder unter der Decke. Vielleicht wollten sie doch nur Chris hierbehalten und mich loswerden. Ich schob den Kopf vor: »Wieso setzen sie uns plötzlich die Pistole auf die Brust, dass wir jetzt gefälligst entscheiden sollen?«

Chris stand auf und zog sich an. »Was regst du dich eigentlich auf? Es war doch klar, dass das irgendwann kommt.«

»Ja, irgendwann. Aber wann ist irgendwann? Wenn sie es festlegen?«

»Jan, was soll denn das?«

»Ach!« Ich griff zur Beutelflasche und öffnete sie. »Was soll das Gequatsche von der Entscheidung?« Ich verstopfte die Flasche wieder, ohne getrunken zu haben.

»Jan, bitte ...« Sie sah mich an.

»Ach, verdammt noch mal!« Ich warf die Decke zurück und stand ebenfalls auf.

»Wollten wir nicht immer die Nacht?«

»Die Nacht ... Ja, aber wir wollten immer auch uns.«

»Wir haben uns. – Und, Jan«, sie sah rüber zu mir, »ich liebe dich.«

»Du liebst Wilhelm.«

»Auch. Aber du stehst immer hinter mir und bist bei mir – das tut so gut. Es gibt viele Arten zu lieben.«

»Ach, Scheiße!«

»Ich weiß, du hast bis jetzt geglaubt, du müsstest von hier fliehen. Musst du aber nicht. Du kannst gehen. Jetzt. Du hast die Wahl. Es ist deine Entscheidung.«

»Entscheidung! Entscheidung! Ein Scheiß ist das!«

Sie kniete sich und band ihre Schuhe. »Ich gehe jetzt etwas essen.«

»Ich hab keinen Hunger.«

»Dann komm später nach. Nichts ist eilig.«

»Aber was ist denn eigentlich mit *dir*? Hast du deine Entscheidung längst getroffen?«

Sie erhob sich und trat an den Wen. »Ich werde wohl bleiben. Aber ich möchte zuerst hören, was sie zu sagen haben.«

»Und was ist mit mir? Ist dir das völlig egal?«

»Nein, ist es mir ganz und gar nicht, aber es ist deine Entscheidung. Jan, keiner kann sie dir abnehmen. *Du* musst sie treffen.« Sie sah mich an. »Spürst du immer noch nicht, dass dich die Kibuti lieben? Was ist denn mit Magdalena? Was ist mit Tobias? Mit Herrmann? Fühlst du das nicht?«

Ich sank aufs Bett und schob die warme Decke weg von mir, als sei sie an allem schuld.

»Bis später«, sagte Chris nur noch und verschwand. Sie ließ mich einfach hier sitzen.

Ich lehnte mich gegen den Fels. ›Jetzt entscheide dich mal eben, Jan. Bei wem willst du lieber leben? Höhöhö, witzig!‹ Ich sprang auf und trat vor den Wen. Unten stapfte Chris durch den Sand. Niemand sonst war zu sehen. »Scheiße!«, schrie ich, so laut ich konnte. Chris kämmte mit den Fingern durch ihr Haar und warf es nach hinten auf den Rücken. Sie drehte sich nicht um – wollte sie mich nicht hören? Dann bog sie um den Fels zum Lipata.

Kibuti – die Höhle lag völlig ruhig da. Ich sah niemanden.

So kletterte auch ich vom Lipu hinunter und stapfte durch den Sand. Ich sah hierhin und dorthin, saß eine Weile lang am Wasser und ließ Steine hüpfen und spazierte dann weiter. Sollte ich mich erst einmal in mein Lipu drüben verziehen? Ich schlenderte los. Am Lipata ließ ich mir nichts anmerken. Ich holte mir zu trinken und setzte mich in eine Ecke. Fast alle saßen oder standen herum. Überall wurde gesprochen, doch herrschte eine gedämpfte Stimmung. Viele sprachen leiser als sonst. Herrmann saß sehr ernst bei Elvira und Schlomo. Chris stand vor ein paar der anderen, die auf ihren Kissen hockten, bis sie neben Wolfgang, der sie zu sich herunterzog, auf den Boden sank.

Ich setzte mich zu Herrmann und den anderen. »Na?«, machte Herrmann.

Ich nickte den dreien nur kurz zu, sagte aber kein Wort. Ich trank. Welche Vermutung mochten sie wohl haben? War es Herrmann egal, ob ich blieb oder ging? Ich suchte Magdalena in den herumsitzenden Gruppen, und als ich sie entdeckte, winkte sie mir zu und lächelte. Sie hatte mich beobachtet. Mochte sie mich wirklich? So richtig? Liebte sie mich? ›Ob sie mit mir nach Oben gehen würde?‹, fragte ich mich, doch dann stand Elvira plötzlich auf und rief in die Runde: »Fehlt noch jemand?!«

»Ja, Alex«, kam es von irgendwo.

Ich holte mir noch etwas süßes Brot, nur um etwas tun zu können. Ich spazierte langsam Richtung Wasserleitung. Wenn ich jetzt wieder wegging, würde es noch nicht zur Besprechung kommen. Sollte ich schnell verschwinden? Einfach doch in mein Lipu gehen? Als ich mich mit dem Brot in der Hand umdrehte, kam Alex um den Fels herum. »Leck mich am Arsch«, sagte er nur, »ihr wartet bloß noch auf mich, wie peinlich ...« Er grunzte beim Lachen.

Gehen? Jetzt? Einfach weggehen? Ich stoppte und blickte mich um.

Wieder erhob sich Elvira, sie war sehr ernst und sah zu mir herüber. Zunächst schwieg sie, beobachtete mich, dann sagte sie laut: »Also, wir scheinen vollzählig zu sein ...« Jetzt wandten fast alle das Gesicht zu mir. Stand ich nun hier für die Besprechung oder nicht? Das fragten sich vermutlich alle, und ich wusste es selbst nicht. Und doch: Ganz langsam schritt ich zurück, aber so, als ginge mich das alles gar nichts an. Am Rand der Gruppe sank ich auf ein verwaistes Schilfkissen. Immer noch wusste ich nicht, ob ich nicht schnell lieber wieder verschwinden sollte. Aber schon setzte Elvira neu an und sprach laut, damit ich sie hörte: »Chris und Jan, ihr wisst, worum es geht. Wir dachten schon länger«, sie sah zu mir herüber und dann zu Chris, »dass der Zeitpunkt gekommen ist, an dem ihr, wenn ihr wollt, nach Oben gehen könnt. Außerdem brauchen wir dringend ein paar Gegenstände, die wir oben organisieren müssen. Eine Gruppe wird demnächst aufbrechen. Ihr könntet ... mitgehen.« Sie machte eine kleine Pause und fuhr dann fort: »Bevor wir festlegen, wer nach Oben geht, fangen wir mit euren Entscheidungen an. Es gibt dafür klare Spielregeln, die ich euch zuerst sage. Also, erstens: Es steht euch völlig frei, jetzt mit der Gruppe nach Oben zu gehen und für immer dort zu bleiben. Für immer. Alles, was wir dann tun, ist, euch in einem Ritual am Lipititu ein Versprechen abzunehmen. Das Versprechen, dass ihr nie mit irgendjemandem über uns hier unten sprecht, bei eurem Leben. Niemals! Nie! Die zweite Regel: Solltet ihr euch für Kibuti entscheiden, dann könnt ihr diesmal noch nicht mit nach Oben gehen.«

Ich sah zu Chris hinüber, die aufstand und zu mir kam.

»Braucht ihr noch Bedenkzeit?«, wollte Elvira wissen. »Oder seid ihr entschieden?«

Chris setzte sich neben mich und alle Augenpaare richteten sich auf uns. Sie betrachtete mein Gesicht, als würde sie etwas suchen. »Ich liebe dich, warum glaubst du mir das nicht?« Sie drückte mir einen langen Kuss auf die Lippen. Alle um uns herum lachten. »Und das wird immer so sein, egal, wie du dich entscheidest.«

Ich schwieg, mein Herz hämmerte irrsinnig.

»Bedenkzeit?«, fragte Elvira noch einmal, lauter als zuvor.

Chris wandte sich zu Elvira: »Ich brauche keine mehr.«

»Jan?«

Meine Gedanken schossen völlig wirr durcheinander. Am liebsten wäre ich jetzt doch davongelaufen. Nur weg hier.

»Jan?«

»Mach weiter!«, stieß ich blaffend heraus.

»Dann werde ich euch jetzt einzeln die Frage stellen, was ihr wollt, hier bei uns bleiben oder nach Oben gehen.« Sie holte tief Luft. »Chris – möchtest du nach Oben zurückkehren oder in Kibuti bleiben?«

Zu meiner Verwunderung stand Chris feierlich auf, wobei sie mich an der Schulter berührte. Sie sah in die Runde, lächelte und antwortete laut und deutlich: »Ich bleibe hier!«

Daraufhin brach ein Geschrei und Jubel aus, dass ich zusammenzuckte. Einige pfiffen auf den Fingern, andere riefen ihr irgendetwas zu. Elvira kam zu ihr und nahm sie fest in die Arme. Wilhelm trat hinzu und gab ihr einen langen Kuss auf die Wange. Anna kam herbeigerannt, umklammerte sie und legte die Wange gegen ihre Brust, dabei schloss sie die Augen. Chris strahlte, und ich konnte erkennen, dass ihr Kinn zuckte.

Dann setzte sie sich wieder neben mich. Sie war ganz rot im Gesicht. Ja, die anderen mochten sie. Jetzt kam noch Silke, beugte sich hinunter, küsste sie auf die Stirn und strich ihr übers Haar.

Elvira nahm ihren Becher vom Boden auf und sah um sich. Dann reckten alle gleichzeitig ihre Becher in die Luft und riefen zu Chris gewandt wie aus einer Kehle:

»Ká-dá!!«

Der Ruf jagte mir eine Gänsehaut über den Rücken. Chris nahm ebenfalls ihren Becher in die Hand und reckte den Arm nach oben. Alle nahmen einen Schluck.

Elvira sah zu mir: »Jan«, es wurde still, »und nun die Frage an dich.« Mir wurde schlecht, mir war, als müsste ich mich auf der Stelle übergeben. »Möchtest du nach Oben zurückkehren oder wirst du ein Kibuti?«

Ich schluckte. Wie Chris, nur viel langsamer, stand auch ich auf und sah um mich. All diese vertrauten Gesichter waren gespannt zu mir gewandt. Tobias, Herrmann, Theo und natürlich Magdalena, die ein Gesicht machte wie ... ich weiß es nicht. Mein Herz schlug wie wild, ich konnte kaum atmen. Meine Knie fühlten sich an, als würden sie jeden Moment nachgeben.

»Ich ...«, alle lauschten, einige griffen bereits zu ihren Bechern, »... weiß es nicht.« Es blieb völlig still. Ich blickte auf den Boden. Ich konnte nicht ... ich ... was sollte ich ...? »Ich will Oben wiedersehen«, sagte ich jetzt laut.

»Hm«, machte Elvira. »Das ist keine Antwort auf unsere Frage.«

»Ich will erst noch mal nach Oben und mich dann entscheiden.«

»Das geht nicht«, antwortete Elvira.

»Aber wieso nicht?« Ich warf die Arme in die Luft. »Ich will zuerst noch mal nach Oben. Basta!«

Es blieb ziemlich still, nur hier und da wurde geflüstert und getuschelt. Ich setzte mich wieder.

»Jan ...«, flüsterte Chris. Sie berührte mich am Arm, aber ich zog ihn weg.

Elvira setzte noch einmal an: »Jan, es wird keine Abweichung von diesen Regeln geben.« Sie stand ratlos da, sah zu Herrmann und zu ein paar anderen und zuckte mit den Schultern. »Jan, wir können dich zu keiner Entscheidung zwingen, aber früher oder später wirst du eine treffen müssen.«

Ich schwieg.

»Also«, begann sie schließlich neu und drehte sich zu Chris. »Chris, du sollst wissen, dass du von jetzt an und für immer einen festen Platz unter uns hast. Du bist eine Kibuti und du wirst es immer bleiben!«

Chris kullerten Tränen über die Wangen. Die anderen waren froh über ihre Entscheidung. Wieder reckten alle die Becher in die Höhe.

»Ká-dá!!«

Chris weinte und drückte die Handballen gegen die Augen. Dann lächelte sie.

»So, das Zweite wäre der Aufstieg. Aus der letzten Gruppe geht Wolfgang mit. Wer will noch mit dabei sein?«

Als Erste meldete sich Gertrud. Danach Ayşe, die genauso wie Alex und Claudio seit 1990 nie mehr oben gewesen war.

»Wer noch?«

»Ich«, meinte Silke schließlich.

»In Ordnung, das wären vier. Wichtig ist jetzt, dass wir gründlich darüber nachdenken, was wir alles brauchen. Wir legen am besten wieder eine Tontafel aus, damit jeder reinritzen kann, was ihm einfällt. Natürlich fehlen in erster Linie Metallgegenstände: Klingen, Sicheln, Ketten, Nägel, Sägen. Von all dem funktioniert ja fast nichts mehr.«

»Und Seifen und Haarshampoo!«, rief Gabriele.

»Vielleicht auch Bücher.«

»Und«, meinte Elvira, aber dieser Hinweis ging bereits im aufgeregten Geplapper unter: »Chris und Jan müssen uns eine Beschreibung von Oben geben, damit wir nicht in Gefahr geraten, denn von der letzten Gruppe war ja keiner draußen.«

So löste sich die Besprechung allmählich auf, alle quatschten nur noch durcheinander. Ich stand auf und machte ein paar Schritte weg von den anderen. Viele kamen zu Chris und drückten ihr die Schultern oder nahmen sie in die Arme. Ich trat an den Rand des Sees. In einer Gruppe sprachen weiter alle darüber, was von Oben benötigt wurde und wer welche Wünsche hatte.

Am See entlang ging ich an der Wasserleitung vorbei. Am Lipata stimmten sie nun auch das Lied an: »Wir stiegen in die Unterwelt, haben den Tod besiegt ...«, grölten alle. Ich verzog mich in mein Lipu.

Oft blieb ich nun wieder allein und saß im Fels vor meinem Lipu, auch mein Essen holte ich mir häufig hier herauf. Chris wollte mit mir reden, aber ich wich ihr aus. Kam sie zu meinem Lipu, stellte ich mich schlafend. Magdalena wusste wohl auch nicht so recht, wie sie mit mir umgehen sollte. Alle waren verunsichert.

Am liebsten ging ich tauchen. Beim Tauchen beobachtete ich die kleinen, wunderschönen, farbig leuchtenden Fischchen zwischen den Felsbrocken am Seegrund. Ich mochte diese lebendigen, flinken und bunten Tiere, die auch zur Schönheit des Sees und der ganzen Höhle gehörten. Am liebsten hätte ich ihnen allen einen Namen gegeben.

Einmal schwamm ich auf dem Rücken mit leichten Bewegungen zurück ans Ufer, als Magdalena neben meinen Kleidern hockte und zu mir sah. Ich ging aus dem Wasser und machte einen Schritt an ihr vorbei zu meiner Hose und Weste, dabei berührte sie mich am Arm. Aber ich drehte ihr den Rücken zu und zog mich an. Mit beiden Händen strich ich meine nassen Haare nach hinten und drückte das Wasser aus meinem Bart. Sie hockte unbewegt im Sand. »Und wenn sie gegangen wäre?«, fragte sie.

»Hat damit nichts zu tun.«

»Doch.«

»Nein.« Ich blickte über den See. »Ich gehe jetzt schlafen«, sagte ich, ich wollte nicht reden.

»Kann ich mitgehen?«

»Ich möchte lieber allein sein.«

Sie nickte. Langsam erhob sie sich, dann nahm sie mich in die Arme und drückte mich kurz, aber fest an sich. »Wenn du dich einsam fühlst, komm zu mir rüber, ja?«

»Ja.«

So gern wäre ich jetzt bei ihr gewesen, aber ich konnte nicht. Ich konnte es einfach nicht.

Im Lipu lag ich lange wach. Wie karg es hier drinnen war. Nie wieder nach Chris' Auszug hatte ich es gemütlich gemacht. Der Wen hatte sich von einem der Haken gelöst und hing an der Seite herunter, die letzten getrockneten Schilfbüschel waren längst zerfallen, die alte Decke und die brüchig gewordenen Turnschuhe hätte ich längst verbrennen können. Ebenso den Rucksack.

Nachdem ich geschlafen hatte, nahm ich mir Wasser und ein kaltes Stück gebratenen Skribo und setzte mich kauend in den Fels. Quer durch den See kamen Silke und Anna zu Go herübergeschwommen. Als sie unter dem Wasserstrahl ankamen, winkten sie mir zu. »Huhu!«, rief Anna. Für sie war Silke so etwas wie eine große Schwester. Und auch Silke mochte Anna sehr. Ich winkte zurück.

Die beiden stiegen hinter dem Wasserfall aus dem See und standen in der winzigen Grotte. Ich konnte sie nur durch den weiß-grauen Schleier erahnen. Sie setzten sich an den Uferrand.

Irgendwann kamen sie um Go herumgeschwommen. Anna winkte noch einmal und schwamm zurück, während Silke blieb und sich das Wasser auf den Kopf prasseln ließ. Sie trug immer kurz geschnittenes Haar. »Jetzt komm schon«, rief sie, »willst du da oben zu Stein werden?«

Ich musste lachen. »Nein, keine Lust!« Ich stand auf und kletterte tiefer, um mich ans Ufer zu setzen. Kurz darauf kraulte sie zu mir. Ich zog meine Weste aus und warf sie ihr zu, als sie aus dem Wasser stieg.

»Danke.«

Ich hielt ihr die Wasserflasche hin und sie nahm einen Schluck. Silke hatte kleine schlanke Hände, aber sehr muskulöse Arme.

Ich sah sie an. »Bist du neugierig auf Oben?«

»Ja, neugierig. Ich glaube, ich muss es mal wieder sehen. Nach allem, was die Neunziger und ihr erzählt haben, hat sich ja doch vieles geändert. Wir haben damals immer gesagt: Lasst die DDR in Ruhe, die wollen ihren eigenen deutschen Staat machen. Aber offenbar wollten die Menschen nichts lieber als zur BRD gehören.«

»Ja, glaub schon.«

»Da habe ich wohl etwas verpasst«, grinste sie. »Ich finde das sehr spannend, wenn was los ist – so wie es wohl 1989 bei euch oben war. Ende der Sechziger war ja auch so einiges los. Nur dass ich in einem geschlossenen Erziehungsheim steckte.«

»Echt?«

»Ja. Abhauen war sehr gefährlich. Damals gab es in den Heimen für so etwas noch Strafen wie in Knästen. Isoliertes Einsperren in völliger Dunkelheit und so. Brot und Wasser.«

»Und wie bist du rausgekommen?«

»Ein paar Pädagogikstudenten waren für ein Praktikum bei uns. So richtige Revoluzzer. Die haben mich im Kofferraum ihres Autos rausgeschmuggelt.«

»Wow!«

»Ja, mein Herz schlug bis unter den Kofferraumdeckel.«

Ich musste lachen.

Sie nickte stumm. »Leider gab schon nach zwanzig Kilometern ihre blöde Kiste den Geist auf. ›Tschüss, ich muss mich dann verabschieden, ist sicherer für mich‹, hab ich gesagt, und weg war ich. Hab mich dann rumgetrieben eine ganze Weile. Weißt du, im ganzen Land war so eine Stimmung von Aufbruch. 1969 war Woodstock und Brandt wurde Kanzler. Dann die ganze Studentenrevolte. Das gab Schwung und ich hatte Hoffnungen, dass jetzt etwas passierte. Etwas Großartiges. Ich hatte so viel Lust aufs Leben. Hatte so viel Bock darauf, was loszumachen. 1970 wurde ja auch das Wahlalter auf 18 gesenkt und ich freute mich darauf, endlich mitwählen zu können. Es gab diesen Kniefall von Brandt in Warschau und in Chile gab es einen sozialistischen Präsidenten. Allende. Aber leider herrschte auch viel Krieg: in Biafra, in Vietnam, eigentlich auch in Deutschland, gegen die Studenten. Na ja ...

Im Kino lief der Schulmädchenreport, da war ich auch drin. Am Abend, bevor ich auf die Kibuti stieß.«

»Ja, von dem Film hab ich schon mal gehört. So was wie ein Softporno, oder?«

»Sagt man das oben? Ja, ein Softporno also. War irgendwie ein ziemlicher Skandal, aber alle gingen natürlich rein. Traurig war ich, weil sich die Beatles getrennt hatten. Das war gerade, als die Studenten in unser Heim kamen.

Kurz vorher hatten John Lennon und Yoko Ono in Amsterdam ein ›Bed In‹ für den Frieden in Vietnam gemacht. Klasse Idee! Darüber haben wir diskutiert mit denen.«

»Ein was?«

»Sie setzten sich in Schlafanzügen in ein Hotelbett und gaben dort aus dem Bett heraus Pressekonferenzen gegen den Krieg in Vietnam und überhaupt für den Pazifismus.«

»Geil.«

»›Geil?‹« Sie lachte. »Mein Gott, ihr sagt Wörter manchmal!« Sie sah mich an und nickte. »Klar, das kannst du alles gar nicht wissen. Aber haben deine Eltern nie davon erzählt?«

»Nö. Obwohl die auch in der Friedensbewegung waren.«

»Was für eine Friedensbewegung?«

»Na ja, in den Siebzigern und Achtzigern.«

»Ist nach meiner Zeit gewesen«, grinste sie. »Friedensbewegungen hat es wohl das gesamte zwanzigste Jahrhundert über gegeben, nur Frieden gab's nie.«

»Und deine Eltern?«, wollte ich wissen. »Warum warst du im Heim?«

»Eltern? Meinen Vater kannte ich nicht, der ist nach meiner Geburt abgehauen, und meine Mutter hab ich nur einmal im Jahr gesehen. Mal zum Geburtstag, mal zu Weihnachten. Das war's.«

»Puh, heftig ...«

»Ach, vergiss es!«, stieß sie aus. »Weißt du, mit dem Pazifismus ... das ist so eine Sache. Wenn man Diktatoren wie Hitler nicht haben will, muss man sie umlegen. Was anderes gibt's da nicht. Spätestens 1936 hätte man ihn ermorden müssen. Stattdessen wählten 99 Prozent die NSDAP. Alles Idioten!«

»Na ja, es war sicher nicht ganz einfach, dagegen zu sein.«

»Ach, in so einer Lage muss man durchziehen.« Sie sah mich an: »Jedenfalls, ich werde mir das alles oben mal ansehen, wie viel Frieden sie zurzeit haben ...« Sie zog die Weste wieder aus und warf sie mir zu. Schon sprang sie ins Wasser und war wieder weg. »Frieden!«, rief sie und reckte die Faust in die Luft.

Ich musste schmunzeln und winkte ihr nach.

Weiterhin hielt ich mich abseits von den anderen auf, irgendwo am Rand der Höhle. Gerne saß ich oben am Eingang im Sand. Von hier aus hatte man einen guten Überblick und die meisten, die unten am Wasser gingen, registrierten mich nicht einmal.

Wieder saß ich dort mit dem Rücken an die Wand gelehnt, als unten Chris am Wasser entlangging. Sie trug gewickelte Schilfbriketts zum Lipata, doch dann sah sie mich, legte die Briketts ab und kam hoch zu mir.

Sie setzte sich neben mich: »Schönes Wetter heute. Oh ja, danke gleichfalls«, sagte sie.

Ich sah sie an und zog die Brauen zusammen: »Was ist denn mit dir los?«

»Das frage ich *dich*.«

»Wieso? Nichts.«

Sie sah mir fest in die Augen. »Jan, wie soll das weitergehen?«

»Weiß nicht, was du meinst?«

»Jetzt tu nicht so. Das ist doch albern: weiß nicht, weiß nicht, weiß nicht. Was soll denn das werden, wenn es fertig ist?«

»Lass mich doch einfach in Ruhe«, schnauzte ich sie an.

»Jan ... Wenn du ernsthaft überlegst, zurückzukehren nach Oben, dann tu es. Meine Entscheidung ist getroffen. Auf mich zu warten ist unsinnig. Aber wenn du das nicht wirklich willst, dann sag Ja zu Kibuti. Dann bleib bei uns.« Sie stieß mit der Fußspitze Sand von sich weg. »Entscheide dich endlich, verdammt noch mal!«

»Bin ich hier oder etwa nicht?«, maulte ich. Ich lehnte den Hinterkopf gegen den Fels und sah zur anderen Seite.

»Ich will dir etwas sagen, weil Wilhelm und ich vorhin darüber gesprochen haben: Wir zwei gehen für eine Weile in den Sim.«

Ich nickte stumm vor mich hin. »War ja klar.«

»Red keinen Quatsch! Und noch was: Du weißt, dass diejenigen, die nach Oben gehen, endlich mit uns sprechen wollen. Ich nehme an, du machst mit.«

»Nö, keine Lust. Sie können mich ja mitnehmen nach Oben, dann zeige ich ihnen alles.«

»Oh, Jan!« Chris wirbelte herum und trat dabei in den Sand, dass ein feiner Schleier in der Luft lag. »Schlaf weiter«, sie stapfte nach unten und schnappte sich ihre Briketts. Ich wischte mir den Sand aus den Augen.

Als sie verschwunden war, rannte ich zum Wasser und schwamm in Hose und Weste quer durch den See zu meinem Lipu. Ich wollte jetzt nicht am Lipata vorbeigehen. ›Ihr könnt mich doch alle mal!‹

Beim nächsten Essen erfuhr ich, dass Herrmann und Karl mitgehen wollten zum Sim, denn Chris und Wilhelm hatten vor, ein schweres doppelwandiges Tongefäß mit eingelegtem Skribofleisch mitzunehmen. So wollten Herrmann und Karl den beiden auf dem Hinweg helfen, dann aber nach einer Weile wieder zurückkehren.

In Kibuti herrschte große Aufbruchstimmung. Ich verdrückte mich weiterhin lieber, wollte weder mit der einen noch mit der anderen Gruppe etwas zu tun haben. Auch Herrmann wich ich aus.

Einmal allerdings kam er zu meinem Lipu. Ich lag auf dem Bett und hatte ihn am halb geöffneten Wen vorbei schon heranklettern sehen. Ich tat so, als schliefe ich. Er sah herein und setze sich einfach vor das Lipu. Er saß dort und wartete und wartete. Er wartete ganz einfach. Irgendwann war es mir doch zu blöd und ich erhob mich. Vor dem Wen reckte ich mich und ahmte ein Gähnen nach. »Was machst du denn hier?«, fragte ich, während ich beiläufig über den See blickte.

»Ziemlich dumme Frage. Ich will mit dir reden.«

»Ah.« Ich blieb stehen.

»Jan, bitte ... Du kannst das Leben nicht verwarten.«

»Ich warte nicht.«

»Chris hat eine Entscheidung getroffen.«

»Ich bin nicht taub.«

»Jetzt setz dich bitte mal hierher zu mir.«

Ich ging in die Hocke und lehnte mich gegen den Fels.

»Wenn du nach Oben willst, dann geh. Wir lassen dich gehen, es gibt dabei keinen ›Trick‹, wie ihr sagt. Wir vertrauen dir. Jeder von uns. Auch wenn es uns schwerfiele, dich gehen zu lassen. Und mir ganz besonders. Aber wenn du gehen willst, dann ist es in Ordnung. Dann geh. Dann geh, Jan.«

Ich spürte, wie schwer ihm diese Sätze gefallen waren. Er erhob sich. »Wir brechen gleich auf«, fügte er hinzu.

Zuerst saß ich einfach nur da und starrte vor mich hin, dann folgte ich ihm, blieb aber irgendwo im Fels doch wieder stehen. Nein, ich wollte die vier nicht verabschieden. Mir stieg das Wasser in die Augen. Sollten sie doch abhauen.

Ich verkroch mich wieder in mein Lipu.

Aber es dauerte nicht lange, da wurde plötzlich mit einem heftigen Ruck mein Wen zur Seite gerissen: Chris. »Du kommst nicht mal, um mich zu verabschieden?«

»Wollt ihr jetzt los?«

»Red doch keinen Unsinn! Herrmann hat dir gesagt, dass wir jetzt aufbrechen.«

»Mensch!«, fuhr ich hoch. »Könnt ihr endlich alle aufhören, auf mich einzureden. Verdammt noch mal! Ja, ich weiß, ihr geht jetzt. Tschüss! Und viel Spaß auch!«

»Begreifst du denn wirklich gar nichts?« Chris ließ den Wen wieder fallen. Weg war sie.

Warum ließen sie mich denn nicht einfach in Ruhe?

Auch die Gruppe, die nach Oben ging, schien allmählich alle Vorbereitungen getroffen zu haben. Vorschläge, was sie mitbringen sollten, gab es so viele, dass die Gruppe das alles nie würde tragen können. Ich selbst hielt mich zurück, ich wollte nichts von Oben.

Ich war froh, dass mir die meisten anderen nicht mit irgendwelchen Fragen auf die Nerven gingen. Meistens blieb ich für mich. Ich hatte mir einen neuen heimlichen Platz gesucht: Hinter dem Seegras bei den Salzbecken saß ich herum, dorthin kam nur selten jemand.

Einmal erschien dort plötzlich Isabelle, sie wollte Salz kratzen. Ein bisschen unheimlich war sie mir immer noch. Sie sprach wenig. Und dann diese lange Narbe.

Sie trug einen leeren Tontopf in der Hand und bemerkte mich in meiner Ecke nicht, obwohl sie nur wenige Schritte von mir entfernt war. Zuerst rührte ich mich nicht. Sie stellte den Topf ab und wollte sich gerade bücken, da sagte ich: »So, jetzt aber mal ran.«

Ihr ganzer Körper zuckte zusammen und ein Schrei entfuhr ihr. Mit einem Gesicht, als würde sie gefoltert, starrte sie mich an. Sie begann zu zittern. »Jan. Mein Gott ...«

Ich lachte und stand auf. »Tut mir leid. Ich wollte mich nur bemerkbar machen.«

Sie nickte. Ihr Zittern hörte gar nicht wieder auf. Ihr gesamter Körper bebte, ich hatte so etwas noch nie gesehen. Dabei hatte sie einen Gesichtsausdruck, als würde sie sich vor mir ekeln.

»Entschuldige, bitte.« Ich wollte sie in den Arm nehmen.

»Bitte fass mich jetzt nicht an.«

Ich ließ die Arme sinken. »Isabelle, ich ... Was hab ich denn gemacht?«

»Gar nichts. Lass mich bitte einen Moment in Ruhe.« Sie ging ein paar Schritte weg von mir, begann tief ein und aus zu atmen, dann kehrte sie um und kam zurück. Sie weinte und wischte jetzt über ihre Wangen.

Ich wusste nicht, was ich sagen sollte.

Sie schüttelte den Kopf und setzte sich mit etwas Abstand zu mir. Langsam wurde ihr Atem wieder ruhiger. Nur das Zittern überfiel sie immer noch in Schauern. Dann sah sie zu mir: »Du konntest nichts dafür.«

Ich wartete, dass sie weitersprach.

»Einer der Männer im Lager hat diesen Satz immer gesagt.«

»Was für einen Satz?«

»›So, jetzt aber mal ran.‹«

»Was für ein Mann?«

Sie starrte vor sich auf das Gestein. Dann murmelte sie: »Was haben dir die anderen über mich erzählt?«

»Nichts. Ich weiß nur, dass du zu den Einundvierzigern gehörst und mit aus dem Lager getürmt bist.«

»Ja, sie sprechen alle nicht gern darüber.«

»Worüber?«

Sie machte eine Pause; ich sah auf ihre Narbe. »Bestimmt haben sie dir von Jonathan erzählt.«

»Dass er plötzlich bei ihnen stand, ja.«

»Es war nicht nur Jonathan, der die Flucht bemerkte, ohne dazuzugehören. Ich auch. Und auch mich wollten sie eigentlich nicht dabeihaben.«

»Warum nicht?«

»Warum nicht? Ja, ich ... ich war das, was alle eine ›Lagerhure‹ nannten.«

»Eine was?«

»Ich war als eine von den Frauen ausgewählt worden, die die SA in ein ›Frauenhaus‹ steckten. Ich weiß nicht, wie sie uns ausgesucht hatten, uns abgemagerten Klappergestellen. Wahrscheinlich nach den Fotos. Wie wir mal ausgesehen *hatten*. Wir mussten uns vor einem halben Dutzend Männer ausziehen und wurden begutachtet. Der Lagerkoch war auch dabei, und bei mir sagte er, mit einer richtigen Ernährung würde er mich schon wieder aufgepäppelt bekommen. So war auch ich ausgewählt.

Ein einzeln stehendes Gebäude wurde leer geräumt und hergerichtet. Wir wohnten ... gut. Wir bekamen genug zu essen, durften bestimmte Kleidung tragen, uns frisieren. Sogar Parfums gab es hin und wieder. Zu arbeiten brauchten wir nicht viel. Kartoffeln schälen, Näharbeiten, ansonsten putzen und die Räume sauber halten. So etwas. Ab dem späten Nachmittag kamen dann jene Lagerinsassen zu uns, denen die Wächter einen entsprechenden Belohnungsgutschein zugestanden hatten: Besuch bei uns. Sie bekamen zwanzig Minuten Zeit. Die Wächter stoppten mit. Sie standen jeweils in einem Nebenzimmer, in dessen Tür sie einen Sehschlitz gemacht hatten und uns beobachten konnten. Ja, sie sahen zu. Manchmal konnte man das Gelächter von nebenan hören.

So ging es dann meist den ganzen Abend. Männer, die den Wächtern bestimmte Arbeiten abgenommen hatten, und alle Kalfakter bekamen das Privileg, hin und wieder zu uns zu dürfen. Es war unerträglich. Und doch waren wir diejenigen, die gut genährt waren, die Woche für Woche überlebten und die eben nicht während der Arbeit im Lagerdienst bei siebenhundert Kalorien täglich zusammenbrachen und erschlagen wurden oder in der Lazarettbaracke an irgendwelchen mysteriösen Krankheiten starben, weil sie Versuche an ihnen unternahmen. Wir überlebten, weil sie uns zu Huren machten. Eine solche Erniedrigung kann keiner nachempfinden, der es nicht erlebt hat. Wenn du die Beine breit machen musstest für die abgemagerten und stinkenden Kerle, die offenbar dieses ›Vergnügen‹ genossen, das ihnen andere Männer gönnten, um sie für sich einzunehmen und damit sie weiterhin ›spurten‹.

Ja, ich habe überlebt.

Als ich an dem Abend in die Küchenbaracke hinübergehen sollte, da sah ich plötzlich draußen die kleine Gruppe am Zaun stehen ... Und als mir klar wurde, dass der Strom ausgefallen sein musste, weil die Strahler an den Wachttürmen immer noch nicht brannten, da war mir auch klar, *warum* sie dort hinter der Schlafbaracke standen.«

»Und dann bist du mit.«

»Ja. Ich war noch weniger gewollt als Jonathan.« Sie weinte.

»Wo waren deine Eltern?«

»Ermordet, haben mir jedenfalls andere Insassen berichtet. Unsere ganze Familie war ins KZ gekommen.«

Ich blickte auf den Boden, ich konnte sie jetzt nicht ansehen. Sie schämte sich, immer noch. Was sollte ich sagen? Welchen Satz gab es, der jetzt nicht völlig doof klang? Nach einer Pause sagte ich: »Aber du kannst doch nichts dafür.«

»Den Schnitt hier«, sie tippte auf die Narbe auf ihrer linken Wange, »das war ich selbst. Aber es hat nichts geholfen. Mein Gesicht hat sie gar nicht interessiert ... Die Narbe haben sie gar nicht gesehen, wenn ...«

»Wie hast du das alles ausgehalten?«

Erst jetzt sah sie mich wieder an mit ihren roten Lidrändern und den feuchten Wimpern: »Angst. Angst. Pure Angst. Das KZ. Du hast ja keine Ahnung.«

Wir schwiegen lange. Dann, ohne ein Wort zu sagen, erhob sie sich und kniete sich an die Salzbecken. Mit einem alten Löffel begann sie zu schaben.

Ich blickte ins Schilf. Von der anderen Seite waren Ruderschläge zu hören, irgendjemand war auf dem See.

Als Isabelle fertig war, schöpfte sie mit den Händen neues Wasser in die Becken. Dann nahm sie den Satztopf auf. Wie zum Gruß hob sie kurz die freie Hand.

Ich blickte ihr nach, bis sie hinter dem Schilf Richtung Lipata abbog, und folgte ihr dann. Als ich selbst am Lipata ankam, lächelte sie mir zwar zu, kam aber mit keinem Wort auf unser Gespräch zurück.

Es herrschte ausgelassene Stimmung. Alle aßen Tugufleisch. Irgendwer war jagen gewesen, ich hatte es nicht einmal mitbekommen.

Ein halbes Dutzend Tugus hatten sie gefangen. Dazu tranken die meisten Xis und machten Albernheiten, erzählten Witze. Zuerst zogen die Männer die Frauen auf, lachten mal dreckig und mal liebevoll, bis die Frauen den Spieß umdrehten und sich über sie lustig machten.

Schließlich lagen alle faul herum, einige knutschten miteinander, andere dösten einfach nur vor sich hin. Ich saß vor dem Lag und sah hinauf zum Plan von Kibuti. Gabriele und Cornelia traten an mir vorbei in die Nische und suchten halbwegs brauchbare Sicheln und Schneiden. Sie lästerten über die Faulpelze, die überall herumlungerten.

Plötzlich schoss Georg um den Fels herum, knapp dahinter folgte ihm Jonathan. »So, Leute«, sagte er, »haltet euch fest«, er sah aufgeregt in die Runde und alle schossen aus dem Liegen hoch oder drehten sich um ihm zu. Er wandte sich zu Jonathan und berührte ihn an der Schulter. »Sag's!«

»Das Wasser riecht.«

Jetzt setzten sich auch die Letzten aufrecht und sahen die beiden ernst an. Einige standen auf. Ich wusste nicht, was das bedeutete.

»Er hat recht«, nickte Georg in die Runde. »Ich war jetzt ein paar Mal mit dem Boot hinten an der Felswand und hab Markierungen gemacht. Ich war auch gerade noch mal dort. Es stimmt.«

DRITTER TEIL

VIII

Der See veränderte sich deutlich. Er wurde immer trüber. Häufiger trieben Algenteppiche und verfaulte Wagus auf der Oberfläche, aber wir merkten auch, dass die größeren Fische zahlreicher wurden. Da am Grund nichts mehr zu erkennen war, holten wir die Reuse nach oben, um sie nicht zu verlieren. Wir versuchten stattdessen mit Tugufleisch zu angeln, aber die Fische mochten es nicht. Es war zu zäh. Trotzdem gelang uns hin und wieder ein Fang, sodass wir Fisch zum Angeln verwenden konnten, und so kam etwas Abwechslung in unsere Ernährung.

Den Aufstieg nach Oben bliesen wir ab. Erst einmal musste jetzt in Kibuti alles gesichert werden. Alle, die ihre Lipus weit unten im Fels hatten, begannen sie höher zu verlegen. Ich selbst musste früher oder später mein Lipu von der anderen Seite herüberholen, denn bei starkem Hochwasser würde ich sonst von den anderen abgeschnitten.

Eine Gruppe dachte daran, während des Hochwassers nach Tamumube zu gehen. Einige wollten zu Eliane ins Lun. Diesmal musste das alles rechtzeitig geschehen, das war uns klar. Die Stimmung unter uns wurde immer betrübter. Viel Arbeit musste erledigt werden. Da nichts von unserem Hab und Gut im Wasser versinken sollte, musste alles nach und nach zum Eingang oder sogar in die Gets hochgetragen und dort verteilt werden.

Sobald ich nicht gebraucht wurde, nahm ich mir weiterhin die Öffnung des Felslochs vor. Ich hatte nicht lange gewartet und mir den Hammer und den Meißel geholt und begonnen, das Loch im Felsen zu bearbeiten. Auch wenn der Stein kaum Risse oder Schwachstellen zeigte, ich hämmerte und schlug wie besessen; ich wollte zumindest wissen, wenn es dahinter nicht weiterging. Ich nahm Brot und Wasser mit hoch und schlug und schlug, verschnaufte, und schlug und schlug erneut auf das Gestein ein. Zwar hielten das die meisten für Kraftverschwendung, aber neugierig waren sie doch alle. Gerald kam hin und wieder heraufgeklettert, um mir zu helfen. Er hatte viel mehr Kraft als ich, und so war ich immer froh, wenn er sich mir anschloss. Irgendwann *musste* der Stein doch nachgeben!

Gerald war es auch, der schließlich die Idee hatte, nicht mehr von unten nach oben zu arbeiten, indem wir Stücke vom Stein abschlugen, sondern eine gedachte Linie zu »perforieren«, um endlich einen ganzen Brocken aus dem Fels stemmen zu können. Wir machten uns also daran und schlugen eine gebogene Linie in den Stein – nur langsam ging es voran, nur ganz langsam. Die Linie war nicht viel mehr als ein Kratzer.

»Und du meinst wirklich, den Brocken kriegen wir da je rausgeschlagen?«, fragte ich.

»Warum nicht? Wenn er einmal bricht, fällt er durch sein eigenes Gewicht von selbst nach unten.«

»Ja, ja«, antwortete ich, »wenn ...«

Gerald nahm mir Hammer und Eisen aus den Händen. »Du schwächelst und fängst das Diskutieren an, lass mich wieder«, lachte er.

Es stimmte, mit der rechten Hand konnte ich kaum noch den Hammer halten.

Während Gerald weiterschlug, blickte ich nach unten. Das Wasser bedeckte inzwischen den größten Teil des Strandes. Unseren Essensplatz hatten wir längst knapp vor den Eingang verlegt, denn der Lipata lag schon kniehoch unter Wasser. Selbst den Ofen hatten wir abgetragen und die schweren Steine immer zu zweit weggeschleppt, hinauf in den Get. Die Wasserleitung war ebenfalls abgebaut. In Kürze mussten wir die Graskörner zum letzten Mal ernten, bevor das Gras unter Wasser liegen und vermutlich verfaulen würde. Und eine kleine Gruppe war dabei, das Schilf in Fasern zu zerstampfen, um genug Seil wickeln zu können, denn beim letzten Hochwasser hatte es nicht gereicht, um alle Verbindungen zwischen den Lipus in der Felswand zu sichern.

Würde das Wasser erst mal Sutim erreichen, dann würde es auch noch dunkel werden in Kibuti. Es war für mich so unvorstellbar, dass dies alles hier versinken sollte. Aber das Wasser stieg unaufhaltsam.

»Komm, lass mich wieder schlagen«, sagte ich und nahm nun meinerseits Gerald den Hammer und den Meißel ab. Er setzte sich. Der Schweiß lief ihm über Bauch und Rücken.

Es war schon enorm, wie viel Kraft so ein Stein hatte. Man konnte ein Dutzend Mal auf eine Stelle schlagen und hatte doch nicht mehr als eine Schramme zustande gebracht. Schon nach kürzester Zeit lief auch mir der Schweiß wieder am Gesicht herunter.

Plötzlich stand Gerald leicht nach vorne gebeugt neben mir, hielt meinen Arm fest und ging mit dem Gesicht nah an unsere Linie im Stein. »Da«, sagte er, »da deutet sich ein kleiner Riss an. Da!«, tippte er mit dem Zeigefinger. Gerald sah mich an und lächelte. »Jetzt lass uns mal 'ne Pause einlegen. Und wenn wir wieder ausgeruht sind, dann machen wir uns erneut an die Arbeit.«

Wir kletterten nach unten, wo wir auf Gabriele stießen. »Hört ihr auf?«, fragte sie sofort.

»Ja.«

»Endlich. Ehrlich gesagt, geht ihr mir ein bisschen auf die Nerven mit diesem Gehämmer. Man kriegt kein Auge zu in der Zeit.«

»Tut mir leid«, sagte ich, »aber vielleicht lohnt es sich ja.«

»Ja, ja, aber nur vielleicht«, machte sie und ging weiter. Sie schien ziemlich sauer zu sein. Wir waren alle nicht gerade in bester Stimmung.

Gerald ging schlafen.

Ich stapfte am verlassenen Lipata vorbei, wo ein kleiner toter Fisch am Rand verweste. Algen fingen sich an meinen Knien. Eine verfaulende Wagu trieb neben mir. Die Holzpfähle der Wasserleitung sahen gespenstisch aus der Wasseroberfläche.

Ich kletterte in mein Lipu, denn ich wollte auch erst mal schlafen. Ich zog den Wen ganz zu, kroch unter die schwere Decke und rollte mich zusammen: ›Ein versunkenes Kibuti, was für eine Aussicht!‹, ging es mir durch den Kopf. Ich starrte auf meine Fellschuhe vor dem Bett, auf die Hose und die Weste, die dort lagen. ›Und wenn das Wasser diesmal nie wieder sinkt?‹

Wie mochte das alles für Marlene, Anna und Tobias sein? Sie kannten doch gar nichts anderes als das Leben hier unten. Sie wären wohl sterbensunglücklich gewesen, würde Kibuti für immer versinken. Mit diesem Gedanken schlief ich ein.

Mit einem irrsinnigen Herzklopfen schoss ich aus dem Schlaf hoch. Wo waren die anderen? Hatte mich das Wasser schon abgeschlossen von ihnen? Ich sprang auf und riss den Wen zur Seite ... Nein, das Wasser war noch nicht weiter gestiegen und Sutim leuchtete, wenn auch schwächer. Nein, die anderen waren nicht alle ohne mich verschwunden ... Ich beruhigte mich und atmete ein paarmal tief durch. Hinten sah ich Tobias etwas ins Wasser werfen. ›Hoffentlich ist Chris nichts passiert‹, ging es mir durch den Sinn. Auch meine Gedanken schienen immer trüber zu werden.

Mich Go nähernd, hielt ich mein Gesicht in den leichten Wasserschleier und wusch mich, um mich wieder wach und frisch zu fühlen. In den Handflächen fing ich etwas Wasser auf und schlürfte es. Sauberes Wasser – das konnte zu unserem größten Problem werden.

Ich sah Schlomo drüben im Wasser stehen und mir zuwinken. »Komm mal rüber!«, rief er, die Hände an den Mund gelegt. »Wir müssen etwas besprechen!«

»Ja, komme!«, schrie ich zurück.

Im Lipu zog ich meine Weste über und kletterte hinunter zu ihm. Er hatte gewartet.

»Wir wollen uns zum Essen treffen und das Weitere planen«, sprach er gleich auf mich ein. »Wenn es hier dunkel wird, können wir nicht mehr viel tun. Dann ist es zu spät. Und das Wasser wird weitersteigen, da brauchen wir uns gar nicht erst Illusionen zu machen. Wenn ich meinem Gehör noch trauen darf, dann fällt auch Go inzwischen stärker.«

Ich nickte stumm und sah mich um. Ja, irgendwie schien jetzt auch mir, dass das Tosen lauter war als zuvor.

Wir gingen zum Essensplatz am Eingang, wo schon die meisten auf Schilfkissen vor den Fässern saßen. Ich holte mir ein Stück süßes Brot und einen Becher Wasser. Aus der Felswand kamen nun nach und nach die noch Fehlenden zu uns heruntergeklettert. Anna setzte sich zwischen Schlomos ausgestreckten Beine und lehnte sich mit dem Rücken an seinen Bauch; sein Bart lag auf ihrem Kopf. Endlich vollzählig, ergriff Schlomo das Wort: »Also, Herrschaften, ich habe den Eindruck, dass wir allmählich alles noch besser koordinieren müssen. Ich meine zu hören, dass auch Go inzwischen heftiger herabstürzt.«

»Was!?«

»Oh, nein ...«

Schlomo fuhr fort: »Es pressiert also, nicht wahr? Wir müssen jetzt überlegen, ob wir alles so eingerichtet haben, dass wir im Fels überleben können. Und wir müssen einen Wasserstand festlegen, ab dem wir uns mit dem Essbaren in die Gets zurückziehen. Wir brauchen etwas, um unsere Habseligkeiten aus der Höhle herauszuschaffen. Aber zuerst: Wer will überhaupt hierbleiben?«

Es meldeten sich mehr, als ich gedacht hatte. Den meisten fiel es doch schwer, Kibuti einfach zu verlassen. Die Gruppe, die nach Tamumube wollte – Anna, Marlene und Tobias sollten ebenfalls dorthin –, hatte sich bereits abgesprochen, aber sie alle wollten möglichst lange hier ausharren. Magdalena war noch unentschlossen, wem sie sich anschließen wollte. Eigentlich hatte sie mit ins Lun gehen wollen, aber da die Gruppe um Mateo immer noch nicht hier angekommen war, zweifelte sie, ob sie nicht lieber nach Tamumube mitgehen sollte.

»Es kommt ja hinzu«, setzte Schlomo erneut an, »dass wir gar nicht mehr viel zu essen haben. Wir sollten auf jeden Fall noch einmal Skribos jagen gehen. Wir können nicht abschätzen, wie es sich insgesamt mit den Fischen im See entwickeln und wie lange das Hochwasser anhalten wird. Wir sollten über einen kleinen Skribovorrat verfügen.«

Wir stellten eine Gruppe zusammen aus jenen, die ohnehin zu Eliane wollten, und einigen, die zunächst nur zur Jagd mit dorthin gehen würden, um dann mit den Skribos zu uns zurückzukehren. Würde das

Hochwasser lange anhalten, musste die große Gruppe in Tamumube ohnehin regelmäßig mit Skribo versorgt werden.

»Wie sieht's denn mit dem Mehl aus?«, fragte Claudio.

»Ach«, antwortete Cornelia, indem sie ihr blondes Haar hinter die Ohren schob, »die Ernte neulich war gar nicht so schlecht. Das reicht noch eine Weile.«

Schlomo nickte. »Wichtig ist«, sagte er, »dass wir das Boot dicht halten. Ich werde mich weiter darum kümmern. Nicht dass wir wieder so riskante Dinge anstellen müssen, um für sauberes Wasser zu Go rüberzukommen.«

»Jetzt red nicht die Katastrophe herbei«, ging Alex barsch dazwischen. »Erst mal können wir Wasser aus den Gets holen.«

»Das reicht nicht für alle«, entgegnete Elvira.

Alex schüttelte den Kopf. »Klar reicht das.«

»Nein, es reicht nicht. Wir haben das beim Hochwasser, mit dem der letzte Wunrin begann, ausprobiert.«

»Ich finde sowieso«, meldete sich Cornelia wieder zu Wort, »wir müssen viel eher reagieren als beim letzten Mal, vielleicht schon, wenn die Briketts ausgehen.«

Plötzlich sprang Jonathan mit einem riesigen Satz auf, ging zappelnd hin und her, fasste Elvira von hinten an die Schultern und schrie: »Ich will nicht im Hochwasser leben!« Er war sehr aufgeregt. Elvira reichte ihm die Hand, zog ihn herunter neben sich und legte ihm den Arm um die Schultern. »Musst du doch auch nicht. Geh du mit nach Tamumube.« Sie blickte zu Schlomo.

»Ja, da seht ihr's«, blaffte Alex, »und schon geht die Panik los.«

Schlomo zuckte mit den Schultern und schüttelte den Kopf: »Deshalb müssen wir trotzdem darüber reden!«

Maria meldete sich: »Ein paar von uns könnten schon anfangen, die Seile in die Felswand zu spannen. Die, die wir bisher fertig haben, dürften dafür reichen. Wir wickeln aber noch mehr, damit wir auf jeden Fall welche zur Reserve haben. Je mehr Seile wir schon in der Felswand haben, desto sicherer fühlen sich alle.«

»Ja, das sollten wir tun«, sagte Schlomo.
»Was ist mit all dem Krempel, der noch im Lag liegt?«, wollte ich wissen.
»Mench, stimmt«, antwortete Theo, »das sollten wir alles noch nach Brauchbarem durchsuchen und das Zeug dann in den Get schaffen.« Er sah mich an: »Wollen wir uns zusammen darum kümmern?«
»Meinetwegen.«
Ich hatte zwar nicht sonderlich viel Lust, den alten Krempel im Lag zu durchwühlen, aber mit Theo machte das Arbeiten meistens Spaß. Mit ihm hatte man immer etwas zu lachen, er hatte einen hintergründigen Humor.
Als wir durch das Wasser wateten, schmunzelte er: »Man bekommt doch kalte Füße in Kibuti, wenn das Wasser steigt.« Erst mit etwas Verzögerung begriff ich die Zweideutigkeit. »Also, dann wollen wir mal«, sagte er, als wir vor all dem Zeug standen. »Dahinten krabbeln wir nicht rein, das verlohnt nicht der Mühe, es ist sowieso alles nicht mehr zu gebrauchen. Nimm du schon mal alles ab, was noch an den Wänden hängt, ich suche das Zeug da vorne durch.«
So trug ich zunächst alte Sägen, Sicheln, Zangen und Hämmer hinauf zum Eingang, dann alte, aber noch brauchbare Tongefäße, jedes einzeln. Bei meinen Gängen sah ich hinauf zu Gerald, der unablässig auf den Fels einschlug.
»Ich hab sogar noch eine alte Schachtel Nägel gefunden.« Theo strahlte, als ich wieder zurückkam. »Etwas angerostet, aber das macht nichts. Und den Handbohrer, den hab ich vor einer Weile mal gesucht.«
Ich ging in die Hocke und betrachtete den Bohrer. Theo nahm ein anderes Gerät vom Boden auf. »Was ist denn das?«, fragte ich.
»Ein Handrührgerät. Funktioniert aber nicht mehr. Das Zahnrad ist gebrochen.«
»Noch nie gesehen.«
»Ja, so etwas kennt ihr nicht mehr. Ist alles aus der Zeit, als viele Häuser noch keinen Strom hatten.«

»Keinen Strom«, lachte ich, »da hätte man unter dem Tisch Pedalen treten müssen für die Internetverbindung.«

Den letzten Kleinkram wickelten wir in unsere Westen und stapften zurück durchs Wasser. Auch einen gezahnten Meißel fand ich noch.

Überall in der Felswand standen die anderen und banden die Seile ins Gestein, teilweise hatten sie sich selbst erst einmal mit einem Seil gesichert, um gefahrlos arbeiten zu können. Schlomo machte sich am Boot zu schaffen, er stopfte einen kleinen Riss im Holz mit getrocknetem Seegras aus und goss Skribofett hinein, um die Planken dicht zu bekommen. Maria und Karl zerfaserten weiter Schilf, indem sie mit Steinen draufschlugen.

»Also, das hätten wir«, sagte Theo, nachdem wir unsere Westen ausgeschüttet hatten und sie nun ausklopften.

Ich nahm den Meißel und ging am Wasserrand entlang. Vielleicht konnte man mit einem solchen Meißel mehr ausrichten.

Als ich oben ankam, hörte Gerald auf und tippte mit dem Zeigefinger an den Stein. »Sieh mal hier.«

Ich trat heran. Der Riss im Stein war länger geworden. Ich hielt Gerald den Meißel hin. »Geht es mit dem vielleicht besser?«

»Stimmt«, machte er. »Wir hatten so einen Meißel. Daran habe ich überhaupt nicht mehr gedacht. Ihr habt ihn im Lag gefunden?«

»Ja, bei dem ganzen alten Kram.«

»Klasse, dann arbeiten wir mit ihm weiter. Gib mal her.« Gerald begann erneut zu schlagen und starrte nach jedem Schlag aufs Gestein. Nach einer Weile hörte er aber doch auf. »So, jetzt bist du dran! Ich klettere runter, muss mal was essen und trinken und ausruhen.«

Ich drosch und drosch auf den Stein ein, aber ich bewirkte gar nichts. Ich vermehrte nur die Kratzer im Stein und verlor schon bald den Mut und stieg ebenfalls hinunter. Der See unten kam mir noch trüber vor. Roch das Wasser nicht längst brackig?

Vor dem Eingang lagen Gerald und Gabriele im letzten Sandstreifen und schliefen. Ich setzte mich und trank etwas und sah zur Felswand hinauf, wo die Seilgeflechte zwischen den einzelnen Lipus zunahmen.

Irgendwann kam Marlene plappernd zu uns und Gerald wurde wach. Er richtete sich auf und sah mich an: »Nichts?«

»Nein, nichts zu machen.«

»Vielleicht hat es wirklich keinen Sinn ...«

»Mag sein«, antwortete ich und nippte am Becher. Ich war frustriert. In Kürze sollten wir alle wer weiß wie lange da oben in der Felswand hausen? Vielleicht würde ich doch besser nach Tamumube gehen. Lieber warm und dämmrig hell, als hier in der feuchten Trübnis zu vegetieren.

Ich stieg hoch zu Magdalenas Lipu. Sie hatte mir zuletzt die kalte Schulter gezeigt, weil ich so abweisend gewesen war. Vor dem Wen flüsterte ich leise: »Magdalena, bist du wach?«

»Komm rein«, antwortete sie laut.

Ich setzte mich auf ihr Bett und begann über unsere Lage zu jammern.

»Weißt du«, sagte sie, während sie zu ihrer Wasserflasche griff und trank, »eigentlich ist dieses Hochwasser doch gar nicht so schlimm. Na und, dann muss man eben eine Weile anders leben und nicht mehr so paradiesisch. Ja, natürlich ist eine lange Dauer zermürbend. Das ist für jeden von uns verdrießlich. Letztes Mal hat es eine Ewigkeit gedauert, bis das Wasser wieder begann, von dem hohen Stand herunterzusinken. Wir hatten ja längst bemerkt, dass es nicht mehr stieg, aber es fiel zu langsam. Hätten wir Kibuti verlassen gehabt, wäre das Warten vielleicht nicht so unerträglich gewesen.«

Ich legte mich. »Ihr hattet zu lange gewartet mit der Entscheidung.«

»Ja. Die Gets waren bereits völlig überflutet. Wir hätten in einer schmalen Luftschicht unter dem Gewölbe auf dem Rücken schwimmen müssen, das haben wir uns nicht zugetraut, schon gar nicht mit den Kindern und mit Jonathan. Als uns das Boot abgesoffen war, hätten wir schneller reagieren müssen.«

Ich nickte.

»Klar, jetzt sind wir klüger. So weit kommt es diesmal nicht. Auch wenn ich jedes Mal Angst habe, dass das Wasser sich vielleicht gar nicht mehr zurückzieht und Kibuti für immer versunken bleibt. Das wäre das Ende.« Sie wandte mir das Gesicht zu und sagte leise: »Weißt du, manchmal gehe ich ans Wasser und bete zu Go ...«

Ich musste unweigerlich grinsen. »Echt?«

»Ja, ich verehre ihn. Er ist stark und schön und großzügig. Vielleicht lebt Gott in ihm. Er ist immer bei uns. Das ist Sutim zwar auch, und auch er ist stark und schön, aber er ist ein bisschen überheblich. Und er ist nicht mehr da, wenn das Wasser kommt.«

Ich blickte sie an: »Solltest du nach Tamumube gehen, würde ich wohl mitgehen.«

»Oh!«, machte sie gespielt erstaunt.

»Ja, ich weiß, ich war ein bisschen doof zuletzt.« Ich gab ihr einen Kuss und streckte mich auf dem Bett aus. »Hast du Lust, mit mir das Zeug aus meinem Lipu herüberzuholen?«

»Ja. Und wir sollten das baldigst tun.«

»Spricht nichts dagegen.«

Sie grinste.

Als wir mein Lipu ausräumten, war es still in Kibuti. Das meiste war nun erledigt. Alle befanden sich in einem lethargischen Wartezustand und beobachteten den Wasserstand – und der stieg weiterhin.

Magdalena und ich fuhren all die Sachen mit dem Boot zur anderen Seite und ich richtete mir ein Lipu oberhalb von ihrem ein. Dazwischen spannten wir ein Seil. Wir wollten jetzt nah beieinander bleiben.

Das Licht von Sutim wurde schwächer, sodass wir nun nur noch finsteres Dämmerlicht hatten. Im Get hatten wir einen Haufen mit kleineren Leuchtsteinen zusammengetragen, um dort Licht zu haben. Die Seile im Fels waren gespannt. Das Boot schien dicht. Die Fische im See nahmen zu, immerhin wurde das Angeln leichter. Wir lebten jetzt hauptsächlich vom Fisch, noch brieten oder räucherten wir ihn. Brot und Skribo wurden rationiert. Es würde nicht mehr lange dauern, dann konnten wir nur noch im Fels leben. Aber alles war nun dafür vorbereitet. Wie mochte es sein, im Fels über einem Wasser zu leben, das zunehmend anstieg? Und über uns nichts als eine massive Höhlendecke!

Ich entschloss mich noch einmal, zum Loch oben im Fels zu klettern – vielleicht aus reiner Verzweiflung. Ich hämmerte wütend auf den Riss ein und wusste, dass mich die anderen vermutlich für verrückt erklärten. Kein einziges Mal drehte ich mich um – ich wollte nicht sehen, wie sie mich von irgendwo im Fels heimlich beobachteten. Ich schlug und schlug und schlug und schlug, wie benommen und mit immer weniger Kraft. Mit jedem Schlag bat ich den Fels, es mir doch leichter zu machen. Ich brauchte doch seine Unterstützung.

›Eigentlich müssten doch auch bald Herrmann und die anderen wieder hier sein‹, ging es mir beim Schlagen durch den Kopf, als plötzlich ein riesiger Brocken aus dem Fels brach und zur anderen Seite weg in die Spalte krachte. Zuerst trat ich vor Schreck zurück und presste den Rücken gegen die Felswand, dann ließ ich Hammer und Meißel fallen und beugte mich vor, um in den Spalt hinabsehen zu können. Der Brocken war weg, er war links um eine Biegung gefallen. Dann ... dann war aus der Tiefe ein dumpfes, aber mächtiges Aufschlagen, ein Donnern zu hören. ›Wow, das war er.‹

Ich drehte mich in die Höhle und brüllte wie wild geworden: »Gerald! Gerald!!« Dann noch einmal, die Hände an den Mund gelegt: »Ge-ra-ld!«

Offenbar war ihm sofort klar, was passiert sein musste, denn er kam eilig herübergeklettert. Es dauerte ewig, bis er bei mir war.

»Sag nur, du hast es geschafft?« Er war völlig aus der Puste.

»Ja. Hier, sieh dir das an. Man kann auf jeden Fall reinklettern. Sollen wir?«

»Warte, warte, sachte! Wir wissen nicht, wie es hinter dem Knick da unten aussieht. Wir müssen uns mit Seilen sichern und brauchen sowieso Leuchtsteine.«

»Stimmt. Also los, holen wir uns welche!«

Einige der anderen standen bereits vor den Wens ihrer Lipus und sahen zu uns herüber.

Als wir in der Nähe von Elviras Lipu vorbei-kletterten, fragte sie: »Und?«

»Es geht zumindest dahinter weiter. Mehr kann man noch nicht sehen«, antwortete Gerald.

»Und was habt ihr jetzt vor?«

»Jetzt ... wir ...«, haspelte ich, »wir holen uns jetzt Seile zum Absichern und Leuchtsteine und dann werden wir mal reingehen.«

»Euch ist klar, dass wir hier jetzt keine Verletzten gebrauchen können, ja?«

»Ja, ja«, antwortete ich.

Von dem Haufen kleinerer Leuchtsteine im Get holte ich uns zwei, während sich Gerald genügend Seile über die Schultern hängte und schon wieder hinaufstieg. Elvira und Magdalena waren neugierig und kletterten ebenfalls hinter uns herauf.

Wir banden die Seile zusammen und befestigten sie an zwei Stellen im Fels, dann wickelten und knoteten wir sie uns um die Brust. Wir krabbelten in das Loch und weiter, bis wir zu dieser Biegung gelangten, hinter der der Brocken verschwunden war. Der enge Raum um uns herum war jetzt hell vom Licht der Leuchtsteine, aber trotzdem war die Enge erdrückend. »Und, kannst du schon was sehen?«, fragte Gerald, der zwei Meter hinter und über mir in der Spalte hockte. Oben streckten Elvira und Magdalena die Köpfe durch den Durchbruch.

»Ich kann noch nichts erkennen. Ich krabble mal weiter. Ich glaube, es ist ein tiefer Schacht.«

»Seid bloß vorsichtig«, rief Magdalena.

Ich kroch weiter und sah jetzt, dass hinter der Biegung tatsächlich ein tiefer Spalt lag. Er mochte rund einen Meter breit sein. Ich hielt den Leuchtstein nach unten, aber das Licht verlor sich. Oberhalb von mir rückte Gerald nach. Ich zuckte mit den Schultern. »Auf jeden Fall geht es sehr weit runter.« Ich sah ihn an: »Und die Seile halten auch, ja?«

Er grinste: »Wir haben mit solchen Seilen sogar die großen Leuchtsteine nach Tamumube transportiert – da werden sie dich Dreikäsehoch schon halten ...«

»Okay. Wollen wir runter?«

»Lass es uns versuchen!«

»Hey, ihr zwei, alles in Ordnung?«, kam es von oben.

»Ja, wir klettern noch ein bisschen tiefer, vielleicht können wir dann mehr erkennen.«

Wir traten mit den Füßen gegen die Wände des Felsschachts und ließen uns mühsam Stück für Stück nach unten. Unsere Fellschuhe gaben uns allerdings keinen guten Halt dabei.

Unter uns blieb es dunkel; es waren nichts weiter als die Steinwände um uns herum zu erkennen. Schließlich meinte Gerald: »Das hat keinen Sinn. Wir müssen wieder hoch und oben eine andere Technik vorbereiten. Die anderen müssen uns runterlassen und wieder hochziehen. So geht es hier nicht. Was meinst du, wie anstrengend es wird, wenn wir auf diese Weise jeden Meter wieder nach oben klettern müssen?«

Obwohl ich ungeduldig war, musste ich einsehen, dass er recht hatte. Also kletterten wir mühsam wieder hinauf. Schon dieses kurze Stück erschöpfte uns völlig.

Magdalena und Elvira waren natürlich neugierig. »Und?«, fragten sie gleichzeitig.

»Bis auf Stein und Dunkelheit haben wir leider nichts sehen können«, antwortete Gerald. »Wir müssen das mit dem Seil hier oben anders machen. Wir wickeln es am besten um die Felsspitze da vorne, dann müssen hier drei, vier Leute stehen, die uns runterlassen und auch wieder hochziehen.«

»Ja«, ergänzte ich, »außerdem brauchen wir viel längere Seile. Mit diesen kommen wir nicht weit genug runter. Ich schlage vor, wir knoten diese beiden zusammen, und dann lasst ihr mich mal nach unten.«

Gerald sah mich an und zuckte mit den Schultern. »Wenn du unbedingt willst.«

Wir wickelten das Seil um einen aufrecht stehenden Felszacken, von dem Magdalena es anschließend Schlaufe um Schlaufe abwickeln sollte, während mich Gerald und Elvira langsam hinunterlassen würden. Ein paar der anderen waren im Fels näher zu uns herangeklettert und beobachteten uns.

»Macht keinen Unfug!«, rief Schlomo. »Alles gut sichern.«

»Er nun wieder ...«, murmelte ich und grinste. Elvira half mir, das Seil wie ein Geschirr um meine Brust zu binden. Schließlich waren wir so weit – die drei standen parat. Magdalena gab mir einen Kuss. »Gib acht!«

Dann kroch ich in den Durchbruch und weiter nach unten bis zur Biegung, wo ich den zweiten Leuchtstein in den Fels steckte, um von unten eine Orientierung zu haben. Unter mir lag der finstere, leere Schlund. Ich bekam Herzklopfen, und als ich oben Geralds Gesicht sah, hatte ich einen Kloß im Hals. »Also ...«, sagte ich etwas tonlos und nickte, dann ließen sie Seil nach.

In leichten Ruckbewegungen sackte ich tiefer, immer tiefer. Um mich herum veränderte sich nichts: nur Stein. Unter mir konnte ich immer noch keinen Grund erkennen. ›Das ist der Gang zur Hölle‹, fuhr es mir durch den Kopf. Da hing ich nun mitten im Nichts, allein, und wusste nicht mal, was ich suchte. ›Wer weiß, wie tief ich falle, wenn jetzt das Seil reißt ...‹ Verkrampft griff ich an das Seil über meinem Kopf. Oben riefen sie irgendetwas, aber es war durch den vielfachen Widerhall nicht mehr zu verstehen. »Ich verstehe nicht!«, rief ich zurück und wusste, dass auch sie mich nicht mehr verstanden.

Die Rucke, mit denen sie mich hinunterließen, wurden größer und abrupter, wahrscheinlich ließ die Kraft der beiden nach und ihre Hände konnten nicht mehr so gut greifen.

Plötzlich sackte ich mit einem heftigen Ruck ein ganzes Stück tiefer und stieß mit beiden Füßen in so voller Wucht auf festen Boden, dass mir schmerzhafte Stiche durch die Fußgelenke schossen. Doch: Ich stand! Ja, ich stand. Ich drehte mich und hielt den Leuchtstein vor mich: Ja, da war ... ich befand mich in einer Art Raum. Ein Get, stark eingefurcht und rau, führte davon weg.

»Ich ste-he!«, brüllte ich nach oben, damit sie, falls sie mich überhaupt hörten, wussten, dass ich nicht etwa abgestürzt war, nachdem sie jetzt kein Gewicht mehr am Seil spürten. Ich band mich los und sah den schweren Brocken, den wir oben herausgehauen hatten, neben mir am Boden liegen. Noch einmal blickte ich hoch. Weit über mir sah ich den anderen Leuchtstein ziemlich klein im Fels.

Ich machte mich auf, um den Gang vor mir zu inspizieren. Zwar war alles sehr zerklüftet, trotzdem war das Gehen keine Schwierigkeit. Die Luft war angenehm warm. Ich musste aufpassen, durfte jetzt nirgendwo unbedacht abbiegen. Mit tastenden Schritten machte ich mich auf, nur mit meinem kleinen Licht ausgestattet.

Ich war gar nicht lange gegangen, als ich plötzlich winzig klein am Fuß eines gigantischen Gewölbes ankam. Ich erstarrte und schluckte. Hier bestand alles aus schwarzem, glänzendem Gestein, das von überall mein winziges Licht reflektierte. Die Wände schienen wie ein goldenes Schwarz zu blinken. Es war überwältigend. Alle Schatten verloren sich in diesem glänzenden Schwarz um mich herum, das alle Konturen verschlang. Gewaltige, zerklüftete, massive schwarze Felswände, geheimnisvoll mit all den im Schatten liegenden Vertiefungen, Nischen und Einfurchungen, die unentwegt durch mein Licht verschoben wurden und glitzerten und eine unheimliche Kulisse abgaben. Es war wie ... Wo verdammt war ich hier?

Gleichzeitig herrschte völlige Stille, es war so absolut still um mich herum, dass ich es mit der Angst bekam. So still konnte es doch nur sein, wenn sich Wesen versteckten und mich beobachteten. Weder fähig weiterzugehen noch umzukehren, sank ich auf einen Stein. Ich war allein im tiefen Innern der Erde. Im Reich der Erde. Der Raum um mich herum verlor an Schärfe. Ich tauchte ein in diese Schwärze. Mir war, als würde der Raum pulsieren, als würde er sich in Kontraktionen bewegen. War das das Herz der Erde? War dies das Zentrum von Raum und Zeit? ›Ja, von hier aus nehmen die Sekunden ihren Lauf durchs Universum. Von hier aus bläht sich der Raum. Hier, hier nimmt alle Bewegung ihren Anfang.‹ Zum Teufel, was war mit mir los? Ich sah über die Schulter nach hinten, wo es stockfinster war. Der Gang, wo war der Gang?

Mein Herz pochte. Ich kniff die Augen zusammen, denn es fiel mir schwer, in dieser Schwärze zu sehen mit meinem kleinen Licht. Es war, als würde ich in die Schwärze aufgenommen, aufgesogen. Oder spielte mein Kopf verrückt? Drehte ich jetzt durch? Kibuti? Gab es ... gab es etwa gar kein Kibuti? Waren wir Lebewesen nur das Blut, das in den Bahnen der Erde krabbelte? Lag ich nur irgendwo und schlief?

Ich tastete mich vor zur Felswand. Mit zwei Tritten stieg ich in die Wand und betrachtete sie, berührte sie, streichelte sie, küsste sie, leckte über die feuchten glatten Stellen, liebkoste sie. Die Erde ... Ja, das war die Erde. Ich sah die Erde, wie sie da war. Sie war hier. Ich begann zu weinen. Wie großartig, wie unvorstellbar war das alles. Ich war in der Erde und die Erde hielt mich fest, hüllte mich ein. Ich konnte weder fallen noch verloren gehen. Ich gehörte dazu. Hierher. Hier. Jetzt. Ich. Ich war die Erde. Irgendwann nach dem Tod würde mich das Wasser hierherführen und noch viel später würde ich zu einem Stein werden, zu einem schwarzen Stein: ein massiver, schwerer, kräftiger, unbesiegbarer schöner Stein. Ein Stein im Innern der Erde. Ein Stein, der nie, nie verloren gehen würde. Immer würde ich zu ihr gehören, zur Erde, zu ihrer Kraft, zu ihrer Güte. Ich weinte vor Glück, vor Seligkeit. Ja, die Erde, ich gehörte zu ihr. Was immer mir passieren mochte, sie war da und hielt mich fest. Warum hatte ich sie noch nie bemerkt? Warum hatte ich mich noch nie auf sie verlassen?

Ich ging ein paar Schritte zurück und sank auf den Boden und legte mich auf den Rücken. Jetzt war die Erde über mir. Lächelte sie nicht? Streichelte sie mich nicht? Nahm sie mich nicht fest in ihre Arme? Roch ich nicht ihre Frische? Spürte ich nicht ihr Herz schlagen in einem gleichmäßigen, ewigen Rhythmus? Hörte ich nicht diesen Hauch aus ihrem Mund, diesen leisen Satz, der Liebe bedeutete?

Ich heulte los und drehte mich auf den Bauch und griff mit beiden Händen in den steinigen Untergrund und heulte. Die Erde – ich hatte sie mit einem Mal verstanden. Sie war immer da gewesen ... Immer! Ich hatte sie nur nie wahrgenommen. »Ja!!!«, brüllte ich wie ein irrsinnig Gewordener, dass es wider und wider hallte. Meine Stirn sank auf den Boden. Ich erstarrte und spürte, wie das Steinsein in mich zog. Ich spürte, wie ich zu Stein wurde. Meine Haut veränderte sich, meine

Poren. Meine Muskeln wurden fester, mein ganzer Körper wurde dichter.

So blieb ich lange liegen, und mein Körper wurde kälter, aber dann hob ich den Kopf wieder, als würde mich etwas am Schopf fassen. Mit steifen Gelenken erhob ich mich. Ich ging in die Richtung, aus der ich gekommen sein musste. Taumelte zurück und fühlte mich schwer. Rechts erkannte ich eine Wölbung im Fels, die sich leicht hob und senkte. Ich legte meine Wange daran und griff mit den Händen um die Wölbung. Die Kühle des Steins krabbelte in mich, die Arme hinauf, bis in mein Gehirn – und mit dieser Kühle eine neue Sprache. Ich sprach mit der Erde. Jetzt begriff ich, dass die Erde und alle Planeten Wesen waren, Wesen, die uns gebaren, ein Leben lang festhielten und uns mit dem Tod wieder aufnahmen in sich, Wesen, deren Sprache zu verstehen die Menschheit sich noch nie bemüht hatte, Wesen, die alles wussten und alles waren, die uns immer zulächelten, denn zu nichts anderem hatten sie einen Grund. Wir waren ihre Kinder und würden es immer bleiben. Womit auch immer wir sie verletzten, wir verletzten nur uns selbst. Deshalb kannten wir den Schmerz und das Leid. Sie hingegen kannten kein Leiden. Sie waren da, immer. Und sie hielten uns fest. Auch in unserem Leiden.

Die Sprache floss wieder zurück, aus mir heraus, in die Erde. Jetzt schlug nur noch der Herzschlag der Erde gegen meine Brust.

Ich schob den Leuchtstein unter meine Fellweste. Ich wollte im Dunkeln sein, ich wollte die Erde spüren, sie atmen. Ich erblickte die Dunkelheit, ich spürte sie, roch sie, schmeckte sie auf der Zunge. Tief atmete ich durch und sog das Dunkel ein, ganz tief in meine Lungen. Wieder traten mir Tränen in die Augen. »Danke«, murmelte ich. Ich schloss die Augen, mir wurde schwindelig und immer wieder hauchte ich: »Danke! Danke! Danke!«, und ich weinte dabei, leise nur und zufrieden. Die Tränen liefen mir über die Wangen und ich lächelte und war so froh.

»-an! -an!!«

Ich öffnete die Augen.

»-an!!!«

Ich stapfte weiter und ließ den Leuchtstein nach vorne strahlen. Der Gang machte eine lang gezogene Kurve nach links. Ich näherte mich wieder dem Schacht. Oben hing das winzige Licht. Ich band mir das Seil um und zog kräftig daran.

»Jan?!!«

Ich zog noch einmal, dann bewegte ich mich aufwärts. Sie zogen schnell; vermutlich hatten sie noch ein paar der anderen hinzugeholt. Ich wischte mir über das Gesicht und atmete ein paarmal tief durch. Dann kam ich am Leuchtstein an, den ich hängen ließ, und zwängte mich um die Krümmung nach oben. Schlomo und Magdalena sahen durch das herausgeschlagene Loch zu mir.

»Mensch, wo steckst du denn?!«

Magdalena sah mir in die Augen. »Alles in Ordnung?«

Ich kroch aus dem Loch und sah unter mir das dunkler werdende Kibuti mit dem trüben See.

»Alles in Ordnung, Jan?«

Ich sah von einem zum anderen: Gerald – Magdalena – Elvira – Gertrud – Schlomo – Isabelle. Sie alle standen vor mir und starrten mich an. Ich drehte mich zur Felswand hinter mir, strich langsam mit beiden Handflächen über sie und legte kurz die Stirn an den Stein. Ich spürte es wieder. Das Pochen. Da war es.

Die anderen gaben keinen Mucks von sich.

Ohne ein einziges Wort gesagt zu haben, kletterte ich hinunter.

»Jan!« Das war abermals Magdalena. »Jetzt ... Jan!« Aber ich drehte mich nicht um.

»Würdest du bitte sagen, was du gesehen hast?«, sagte Elvira genervt, aber ich antwortete auch ihr nicht, ich konnte nicht.

»Verdammt.« Das war Gerald.

Ich kletterte hinüber in mein neues Lipu. Eine Weile hatte ich gelegen und an die dunkle Decke gestarrt, da erschien Magdalena. Sie zog sich aus und kroch vorsichtig neben mich; sie sagte kein Wort, legte den Kopf an meine Schulter und einen Arm über meine Brust.

Vom Atmen spürte ich ihre Brust an meiner linken Seite. Ich legte einen Arm um sie und wir hielten uns fest, ohne zu sprechen. Wir atmeten – und schliefen ein.

Als ich aufwachte, lag Magdalena bereits wach neben mir. Sie betrachtete mich und lächelte: »Alles in Ordnung?«

Ich nickte: »Ja.«

»Ist dir irgendetwas geschehen?«

»Nein.«

»Du hast gar nichts gesagt und den Fels so eigenartig berührt und hattest gerötete Augen.«

»Ich wäre beinahe ein Stein geworden.«

»Ein Stein?«

»Ja. Die Erde hat zu mir gesprochen.« Ich drehte den Kopf weg von ihr und sah nach oben. Natürlich wusste ich, wie die Worte auf sie wirken mussten.

»Was hat sie gesagt, die Erde?«

»Sie hat gesagt, dass Steine keine Angst zu haben brauchen.«

»Ja, sie sind stark.«

»Und sie sind einfach da.«

»Ja. So wie das Wasser.«

»Und die Luft.«

»Ja.«

»Ich liebe die Erde«, sagte ich.

»Ich auch«, antwortete sie.

»Wie sich die Erde wohl mit dem Mond und der Sonne unterhält ...«

»Sie flüstern.« Magdalena neigte sich an mein Ohr und wisperte: »›Ich hab jetzt Hunger‹, sagt die Erde dann zum Beispiel zum Mond.«

Ich musste lachen und nahm sie in die Arme. »›Ich auch‹, antwortet dann der Mond.« Und wir kletterten zum Essensplatz am Eingang.

Einige der anderen behandelten mich eine Weile lang ziemlich behutsam, aber auch neugierig. Mir war klar, dass Magdalena ihnen von unserem Gespräch berichtet hatte. Sie fanden mich ein bisschen durcheinander von dem Gang nach unten und waren beunruhigt. Eine völlig schwarze Höhle – so ganz wussten sie wohl nicht, ob auch das ein Gespinst von mir war. Trotzdem beschlossen wir, eine Expedition ins weitere Innere zu starten. Ich fragte mich, wer sich ihr wohl anschließen würde, wenn sie doch alle annahmen, dass mir dort unten etwas Eigenartiges begegnet war, das ich nicht verriet. Als Erste meldeten sich Gerald und Isabelle.

Um den Abstieg leichter zu machen, knoteten wir ein grobes Netz, das von drei Seilen getragen wurde und in das man sich mit durchhängenden Beinen hineinsetzen konnte wie in einen Korb. Wir überlegten außerdem, welche Dinge mitzunehmen sinnvoll sein würden. Zum Glück kam die Gruppe von der Skribojagd rechtzeitig zurück, sodass wir uns mit genügend Proviant ausrüsten konnten.

Immer noch stieg der See weiter an. Sutim verlor immer mehr an Licht. Es wurde dunkler, kälter, feuchter.

Nach wie vor hoffte ich, dass Herrmann vor unserem Abstieg zurückkommen würde. Er fehlte mir; gerne hätte ich vor der Expedition noch mit ihm gesprochen. Vielleicht wäre er sogar mitgegangen. Aber ich wollte nicht mehr warten. Die Gruppe, die nach Tamumube aufbrechen wollte, bereitete sich ebenfalls auf ihren Marsch vor.

Zuletzt hatten wir den Eindruck, dass Go noch mehr Wasser führte. Wenn Kibuti ernsthaft und lange bedroht sein würde, dann war jetzt die Gelegenheit, nach neuem Lebensraum zu suchen. Warum noch warten? Aber zuerst wollte Elvira noch einmal mit mir sprechen. Wir saßen in dem finsteren Licht und sahen von meinem Lipu aus auf das schwärzlich schimmernde Wasser, das bereits hier oben gegen die Felswand schwappte.

»Na ja«, sagte sie, »ich werde auf jeden Fall bleiben. Ich habe das Gefühl, dass immer einer von uns hier sein sollte. Als müsste ich auf etwas aufpassen. Wenn das Hochwasser lange anhält und sehr hoch steigt, werden die anderen auch nach Tamumube oder ins Lun gehen. Weißt du, ich finde, mindestens einer sollte verfolgen, was hier passiert. Ich werde versuchen, das Wasser zu bannen«, grinste sie. »Vielleicht findet ihr mich am Ende völlig ausgemergelt mitten auf dem See im Boot treibend.« Dann wandte sie das Gesicht zu mir: »Bin gespannt, wie es euch da unten ergeht ...«

»Hm ...«, machte ich und wusste natürlich, worauf sie anspielte. »Es wird eine andere Erfahrung da unten.«

Sie nickte stumm und sah mich fest an. Dann sagte sie: »Denk bitte immer an die sechs Regeln: Rückweg absichern, nichts Bedrohliches riskieren, Verpflegungslage realistisch einschätzen, nie unternimmt einer allein etwas, alle Mitglieder sind gleich wichtig und: Wenn einer ernsthafte Ängste hat, kehrt die gesamte Gruppe um.«

Ich nickte. »Ja.«

»Und euch muss klar sein, dass da oben in das Loch Wasser fließen wird, falls der See so hoch steigen sollte.«

»Ja, das hab ich auch schon überlegt.«

»Dann habt ihr keinen Zugang mehr zu uns. Wenn dann euer Essen nicht reicht ...«

»Ich weiß.«

»Es ist nicht ungefährlich, was wir da tun.« Sie blickte übers Wasser: »Ich glaube, eins hat uns immer geschützt: Wir haben nie etwas mit Hektik oder Hast betrieben. Nie haben wir etwas mit aller Gewalt versucht. Für uns stand immer fest, dass das, was wir wirklich tun wollten, wir auch tun würden. Ohne jede Eile. Als wir einmal auf dem Weg zu einer Skribojagd den Get eingestürzt vorfanden, haben wir uns hingesetzt und uns gesagt: Gut, dann müssen wir also erst mal den Get freilegen. Wenn wir das getan haben, kehren wir um und lassen eine andere Gruppe zum Jagen gehen. Eins nach dem anderen. Es hat sehr lange gedauert, bis wir den Einbruch gesichert und das Eingestürzte abgetragen und im Get verteilt hatten. Wir mussten ja mit all dem Schutt auch irgendwo hin. Und das alles, ohne viel zu essen dabeizuhaben. Aber schließlich hatten wir es geschafft. Wir waren völlig ermattet und sind zurückgekehrt, nein, wir sind durchaus zurück*gekrochen*.« Sie lächelte, sah zu mir und hob kurz die Augenbrauen. »Wenn ihr da unten auf Schwierigkeiten stoßt, dann kehrt um und lasst es uns neu vorbereiten. Dann gehen wir hinunter, wenn das Hochwasser wieder vorbei ist.« Sie stand auf: »Ich muss jetzt schlafen.« Sie verschwand drüben hinter ihrem Wen. Ich mochte sie so verdammt gern.

Zuerst brach die Tamumube-Gruppe auf. Wir sammelten uns im Dämmerlicht des Gets, unsere Stimmen hallten von den engen, felsigen Wänden zurück. Es klang chaotisch. Wir waren alle sehr aufgeregt. Wann würden wir uns wiedersehen? Was war das für ein Abschied voneinander?

Leider hatte es noch ein paar Änderungen gegeben. Jonathan hatte sich überraschend entschlossen, nicht mit nach Tamumube zu gehen, was uns etwas Sorgen machte. Außerdem hatten wir entschieden, dass es gut sei, wenn Gabriele als ehemalige Krankenschwester mit uns auf die Expedition ginge. Deshalb musste Gerald mit Marlene nach Tamumube aufbrechen. Und dann meldete sich Alex noch und meinte, er wolle bei der Expedition dabei sein. Das gefiel mir nicht so, denn seine ungestüme Art ging mir manchmal auf die Nerven. So bestand unsere Gruppe nun aus Gabriele, Isabelle, Alex und mir. Wie gerne hätte ich Gerald dabeigehabt! Wenn schon Herrmann nicht da war.

Während wir die Tamumube-Gruppe verabschiedeten, beobachtete ich, wie Gabriele noch einmal zu Marlene ging. »Ich möchte, dass du wirklich nichts Gefährliches anstellst, ja?« Sie beugte sich nach unten zu ihr. »Ich will, dass ihr beide gesund und munter seid, wenn wir zurückkommen.«

Marlene legte ein lammfrommes Gesicht auf: »Be pa hi.«

Sie fassten sich fest an die Schultern und gaben sich einen Kuss. Marlene kullerten Tränen über das Gesicht. Dann marschierten sie los. Wir sahen ihnen nach, bis sie in dem nach rechts führenden Spalt verschwanden. Alle winkten vor dem Eintreten noch einmal zurück. Jetzt kullerten auch Gabriele Tränen über die Wangen.

In Kibuti wurde es nun noch stiller. Die Wassermasse dominierte jetzt die ganze Höhle. Sie war eine stille und gewaltige Macht.

Magdalena und ich kletterten hinauf zu meinem Lipu. »Schade«, sagte ich, »Gerald hätte ich gerne unten dabeigehabt. Er ist ein sehr praktischer Mensch und außerdem kräftig.«

»Ach, Alex ist auch stark.«

»Ja«, antwortete ich, »aber immer etwas konfus.« Wir setzten uns vor den Wen und blickte ins dumpfe Licht. »Aber ich weiß«, fügte ich hinzu, »du magst Alex.«

Sie grinste. »Ja, das Wilde an ihm gefällt mir. Ich finde ihn aber auch witzig. Besonders wenn ihm etwas misslingt – was ja gar nicht so selten vorkommt.« Wir lachten. »Außerdem ist Gabriele auch sehr praktisch. Und sie ist: vernünftig«, betonte Magdalena. Sie schwieg einen Moment und sagte dann mit dem Blick über das Wasser: »Irgendwie hat diese Atmosphäre hier doch auch etwas Heimeliges, findest du nicht?«

»Ja, für einen Einsiedler vielleicht.«

Sie schmunzelte. »Na ja, es wird alles nicht so schlimm werden. Auch Kurt und Eva werden uns beistehen.«

»Wie lange wirst du hierbleiben?«

»Ich weiß nicht. Vorläufig bleibe ich. Möchte auch Elvira erst mal nicht allein lassen. Aber wenn das Hochwasser sehr lange andauert, werde ich in den Lun gehen. Freue mich auf Eliane. Ich habe sie ja so lange nicht gesehen. Außerdem ist es von dort zum Fischen hierher nicht so weit wie von Tamumube aus – und ein bisschen Abwechslung zu Skribo mit Pilzen brauche ich hin und wieder. Wenn nur die Gets nicht volllaufen.«

Ich nickte stumm. Auch unser Abschied stand bevor.

Isabelle, Gabriele, Alex und ich beschlossen schließlich, dass es losgehen konnte. Wir trugen alles, was wir mitnehmen wollten, in Gabrieles Lipu und beratschlagten und packen eins nach dem anderen in die Rückenkörbe. Auch ein Wasserfass wollten wir zusätzlich zu unseren Beutelflaschen mitnehmen. Irgendwann blickten wir uns alle an und nickten stumm vor uns hin. Gabriele murmelte: »Tja, das müsste es doch gewesen sein.«

»Also, dann los, oder?«, meinte Alex in unser unsicheres Schweigen hinein und erhob sich. »Ich meine, worauf wollen wir noch warten?«

Wir setzten die Körbe auf und Alex nahm das Fass. So traten wir vor den Wen und riefen zu beiden Seiten an der Felswand hinauf, dass wir nun gehen würden. Überall erschienen die Gesichter und alle riefen uns aufmunternde Worte zu. Elvira, Magdalena, Claudio und Theo kamen mit, um das Netz hinunterzulassen. Auch Jonathan kam und stand zappelig herum.

Theo nahm mich in die Arme. »Pass auf alle auf«, sagte er leise und presste mich an sich.

»Ja«, hauchte ich nur. Jetzt war ich doch gerührt. Ich mochte seine Art.

Ich kletterte als Erster in das Seilgeflecht, gab Magdalena einen Kuss und winkte noch einmal den anderen Gesichtern in der Felswand zu. »Also, dann ab«, murmelte ich, und wurde auch schon hinuntergelassen. Im Schoß hielt ich einen großen Leuchtstein, den wir unten ablegen wollten, zur Orientierung beim Rückweg. Dann kamen die drei anderen nach und schließlich noch das kleine Fass mit Wasser. Wir marschierten ein paar Schritte in den Gang hinein, aber dann entschloss ich mich, alle noch einmal anzuhalten. »Wartet mal«, sagte ich und sah in die Runde, »ich will zuerst noch etwas sagen, weil ... Also, wir kommen gleich in diese Höhle aus schwarzem Gestein ...«

»Wirklich völlig schwarz?«, fragte Isabelle.

»Ja. Für mich, als ich allein war, war das eine eigenartige Erfahrung. Ich weiß nicht, wie es euch gleich gehen wird. Es ist ein Anblick ... Erst hat man Angst, aber dann ... weint man vor Glück«, rutschte es mir heraus, ich hatte es eigentlich nicht sagen wollen. Ich grinste schnell, denn die anderen sahen mich etwas verblüfft an. »Es gibt jetzt aber erst mal kein Zurück, denke ich.«

Gabriele deutete hinter mich. »Die ziehen den Korb wieder hoch.«

Wir drehten uns um und sahen, wie das Netzgeflecht nach oben verschwand.

»Wahrscheinlich wollen sie es nicht hier unten in der Feuchtigkeit rumhängen lassen«, meinte Isabelle.

»Na ja«, sprach ich vor mich hin, »ich hoffe nur, sie hören unser Rufen, wenn wir zurückkommen.« Ich drehte mich wieder zu den anderen und deutete nach vorn. »Also, weiter als bis zu der Höhle bin ich damals auch nicht gegangen.«

Wir gingen los, hörten aber plötzlich ein Rufen hinter uns im Schacht, das wir nicht verstanden. Wir stoppten. Ich setzte meinen Rückenkorb ab und ging zurück. Als ich am Schacht ankam und hochblickte, sah ich das Netz mit irgendjemandem darin zuerst in Rucken, dann das letzte Stück im freien Fall herunterstürzen. Ich sprang zur Seite und duckte mich unter einen Felsüberhang, als das Netzgeflecht ungefähr einen Meter über dem Boden bremste, einmal rechts, einmal links gegen die Wand krachte und dann auspendelte: Jonathan. Sein Gesicht war verzerrt und totenblass. Er krabbelte aus dem Seilgeflecht, sprang auf den Boden, drehte sich zur Wand und: kotzte.

Ich trat auf ihn zu und legte ihm die flache Hand auf den Rücken. »Sag mal, bist du wahnsinnig?« Das Netz schwang noch leicht hin und her gegen meinen Oberarm.

Dann drehte sich Jonathan zu mir und griff mit der rechten Hand an das Netz, um sich festzuhalten. »Puh!«, machte er und spuckte noch einmal aus. »Ganz schön schnell.« Dann grinste er mich breit an. »Ich gehe auch mit.«

Ziemlich entgeistert sah ich ihn an, dann wandte ich das Gesicht nach oben: »Seid ihr noch da oben!?«, rief ich, so laut ich konnte. Ich wollte ihn auf jeden Fall wieder hochschicken.

Es kam keine Antwort. Jonathan schüttelt den Kopf. »Sie sind alle weg.«

Ich schloss die Augen und nickte ratlos. Das hatte er clever hinbekommen.

Als wir zwei zu den anderen kamen und sie erkannten, wer hinter mir hertrottete, grunzte Gabriele in die Handfläche und lachte.

»Oh, nein«, machte Alex leise.

Jonathan stand neben mir und lächelte alle an. »Gehe auch mit.«

Niemand antwortete darauf und so standen wir einen Moment lang ratlos und unsicher herum. Dann löste sich Isabelle von den anderen und ging geradewegs auf Jonathan zu. Als sie durch meinen Lichtkegel kam, sah ich, dass ihre Augen schimmerten. Sie nahm Jonathans

Gesicht zwischen die Hände, stellte sich auf die Zehenspitzen, küsste ihn auf den Mund, drehte sich wieder nach vorne und sagte: »Also dann!«

IX

Mein Herzklopfen nahm sofort wieder zu, als wir in das gewaltige schwarze Gewölbe kamen, ich fürchtete mich davor, dass erneut etwas mit mir geschehen könnte. Überall dieses schwarze Glitzern. Obwohl unsere Tritte hallten, war es, als würde jedes Geräusch von dem samtenen Schwarz aufgesaugt. Verstohlen beobachtete ich die anderen. Jeder tapste, das Gesicht nach oben gerichtet, allein vor sich hin, sodass wir uns strahlenförmig in der Höhle verloren. Jonathan hatte die Hände auf den Kopf gelegt und sah mit offenem Mund um sich. Die Augen waren weit geöffnet, die Brauen nach oben gezogen. Alex sprach immer nur leise vor sich hin: »Ja, leck mich am Arsch ...« An Isabelles straffem Hals sah ich, wie sich der Adamsapfel beim Schlucken rauf und runter bewegte. Gabriele, die etwas links von mir ging, kam plötzlich auf mich zu und nahm mich in die Arme: »Jan ... was ist das? Gibt's das?« Sie nahm den Kopf von meiner Schulter. »Weißt du, wie ich mich fühle?« Tränen liefen ihr über die Wangen, sie sah glücklich wie noch nie aus. »Als würde ich wie eine Perle im Innern einer riesigen, schwarzen Muschel existieren und beschützt sein.«

»Ich weiß.«

Wir setzten die Körbe und das Fass ab. Unsere Leuchtsteine erfüllten die Höhlung mit mehr Licht, als ich es zuletzt gehabt hatte. Die Zerklüftungen waren deutlicher zu sehen, alles schien wie in einem Märchen: verwunschen, geheimnisvoll ... Es war hell und dunkel zugleich, es hallte und war doch still.

»Ja, leck mich am Arsch!« Alex drehte sich mehrfach auf der Stelle um sich selbst, den Kopf im Nacken.

Jonathan lief stolpernd auf eine rund drei Meter hohe tiefschwarze, reflektierende Säule zu und umarmte sie. Er drehte sich, fasste mit den Armen nach hinten um den massiven Stein und sah nach oben. Gabriele und ich gingen auf ihn zu und er nickte: »Hier hat Gott seine Wohnung.«

»Oder der Teufel«, lachte Alex herüber. »Vielleicht ist das die Eingangshalle zur Hölle.«

»Nei-n«, heftig schüttelte Jonathan den Kopf. »Gott«, wiederholte er. »Der Teufel ist oben.«

Zuerst tasteten wir uns in einige Nischen hinein, aber die führten nicht weiter. Dann stellten wir uns nebeneinander und leuchteten gemeinsam die Wände ab. Weit oben in einer Ecke warf das Licht einen großen, formlosen Schatten wie bei einer Vertiefung, obwohl das in der schwarzen Wand nur schwer zu erkennen war. Vielleicht hatte sich irgendwann einmal das Wasser dort durchgefressen. Wir sahen uns stumm an. »Tja«, nickte ich, »da rauf also.«

»Ich schlage vor«, meinte Isabelle, »wir suchen erst mal hier unten alles nach Gets ab. Wir dürfen nicht zu viel riskieren. Wenn wir keinen finden, sollte zunächst nur einer nach da oben klettern und nachsehen.«

Uns unsicher vortastend, suchten wir weitere Felsnischen ab. Aber alles, was wir fanden, war eine Rinne, die quer durch die Höhle verlief, bis sie an einer Stelle in der Felswand verschwand. Sie war sehr glatt ausgewaschen und beschrieb eine geschlängelte Linie. Vermutlich floss hier regelmäßig Wasser.

Alex kniete sich, sah in das Loch im Fels, in dem die Rinne verschwand, und blickte wieder auf zu uns: »Ich glaub, da passen wir nicht durch.«

Jonathan wieherte vor Lachen.

Alex stand auf. »Ich klettere hoch, ja? Aber ohne Fass.« Er nickte hinauf zur finsteren Stelle. »Könnte aber 'ne Weile dauern, bis ich da oben ankomme.«

»Wenn du's überhaupt schaffst«, sagte ich.

»Ich versuche es jedenfalls mal. Dafür sind wir ja schließlich hier.«
Wir legten die Leuchtsteine ab, damit Alex konstantes Licht hatte. Als er ein paar Meter über uns stand, sah er hinunter und sagte: »Aber sagt mir Bescheid, wenn plötzlich ein Ungeheuer oben rausschielt und mich verspeisen will.«

»Ehrensache«, rief Isabelle.

Ganz wohl war ihm wohl doch nicht auf seinem Weg zu dem dunklen Schatten dort oben.

Wir setzten uns auf einige größere Steinbrocken und sahen Alex zu. Es war mühsam, manchmal musste er zurückklettern und sich einen neuen Weg suchen, weil er keinen sicheren Halt fand. Einmal rief er herunter: »Kann mir mal jemand etwas zu trinken reichen?«

»Der ist wirklich unmöglich«, kommentierte Gabriele neben mir. »Wenn der da runterfällt, ruft er wahrscheinlich noch ›Vorsicht‹.«

»Nee«, widersprach ich: »›Leck mich am Arsch.‹«

Die anderen lachten.

»Was gibt's da unten zu lachen«, schrie Alex.

»Nichts, wir bewundern dich!«, rief Gabriele.

»Das hab ich nicht anders erwartet.«

Nur Alex' Tritte sowie hin und wieder herunterfallende Steine waren zu hören. In dieser Stille waren wieder die ganze Macht und die Kraft der Höhle zu spüren. Da wir die Leuchtsteine vor uns abgelegt hatten, lag der Großteil der Höhle hinter uns im Halbdunkel.

Ich saß im Schneidersitz und schloss die Augen. Ich konnte etwas spüren, was ... es war wie ... als fühlte ich einen Moment ... einen Moment der Ewigkeit, einen Moment der wiederkehrenden Dauer. Genau hier. Hier, wo ich war. Hier tropfte der Moment durch mich hindurch in den Stein unter mir.

Ich öffnete die Augen wieder, erhob mich und atmete aus. Mit beiden Handflächen strich ich über den Stein, auf dem ich gesessen hatte.

»Was ist?«, fragte Gabriele.

»Nichts. Hier ist gerade ein Tropfen der Ewigkeit durch mich durchgegangen.« Ich legte die Wange auf den Stein. Er pulsierte. Die

Kühle des Steins drang in meine Poren; die Wärme meiner Haut drang in die Poren des Steins.

»Juhu!«, hallte es plötzlich von überall und ich zuckte zusammen und stand auf und sah hoch. Alex saß oben auf einem kleinen Felsvorsprung, die Beine baumelten herunter, nicht mehr weit von dem Schatten im Fels entfernt. Er reckte die Fäuste in die Luft.

»Und?!«, fragte Isabelle.

»Ich kann noch nichts erkennen. Es geht auf jeden Fall weiter! Aber wartet, bis ich ganz oben bin. Jetzt muss ich erst mal eine Pause einlegen. Das geht ganz schön in die Knochen! Ich kann kaum noch greifen mit den Händen.«

Wir holten die Leuchtsteine, die Rucksäcke und die zwei Seile.

Als wir am Fuß der Felswand standen und wieder zu Alex hinaufsahen, rief er: »Also dann«, und kletterte weiter. Das letzte Stück schien ihm Mühe zu machen. Doch plötzlich stemmte er sich mit dem rechten Fuß nach oben, kroch vor und verschwand in dem Schatten.

Einen Augenblick wurde es völlig still. Wir hielten den Atem an. Die Ruhe drückte mir auf die Schultern. Ich musste an schwarze Löcher im Weltall denken.

»Wer sagt's denn?«, erschallte es plötzlich und Alex kam zurück ins Licht. Er stemmte die Hände in die Hüften. »Also«, rief er, »wie weit es hier noch geht, weiß ich natürlich nicht, aber es ist ein Get.«

»Meinst du, es könnte sich lohnen?!«

»Ich wäre jedenfalls neugierig darauf!«

»Okay, dann kommen wir.« Ich drehte mich zu den anderen: »Oder?« Alle nickten. »Was sonst?«, sagte Isabelle.

Am meisten Sorgen machte ich mir um Jonathan, aber immer, wenn ich im Klettern zu ihm hinübersah, strahlte er. Er schien wirklich sehr froh, vom überschwemmten Kibuti weg zu sein. Die Höhe hier in der Felswand machte ihm nicht das Geringste aus.

Als wir beinahe oben angekommen waren, war Alex plötzlich verschwunden. Kein Laut war zu hören. Wir anderen standen irgendwo im oberen Drittel der Felswand und sahen hinauf.

»Alex? – Alex?!« Wir hielten alle inne, jeweils auf kleinen Vorsprüngen stehend und mit den Fingern in die Steinwand verkrallt. »Alex?!!« Mein Schrei hallte in der gewaltigen Höhle unendlich wider. Ein Schauer krabbelte mir in den Nacken.

»Alex, verdammt!!«

»Los!«, sagte Gabriele und wir kletterten das letzte Stück hinauf.

»Wartet!«, hörten wir es nun wie beiläufig über uns und wir zuckten zusammen. »Ich ziehe euch hoch.«

»Mensch, spinnst du? Gib wenigstens Antwort! Wir rufen andauernd nach dir.«

»War auch nicht zu überhören. Jetzt kommt erst mal hoch, ich zeige euch was.«

»Hör bloß auf mit irgendwelchen Extratouren!«

Oben verschnauften wir erst einmal nach einem kurzen Blick in den Get und tranken aus unseren Beutelflaschen. Aber Alex trieb uns an. »Seid ihr denn nicht neugierig?«

Der Get führte leicht abwärts. Irgendwann erreichten wir eine weitere Höhle. Es verschlug uns erneut die Sprache. Wir befanden uns knapp unterhalb der Höhlendecke. Unter uns tat sich der riesige Abgrund auf. Raue Steine standen auf der gesamten Fläche wie riesige Grabsteine aus grauer Vorzeit. ›Ein Dinosaurierfriedhof‹, ging es mir durch den Kopf. In der Mitte der Höhle befanden sich mehrere monumentale Säulen, die dem Gewölbe den Halt zu geben schienen. Aufgrund der Gesteinsschichten im Fels verliefen die Einfurchungen und Zerklüftungen horizontal. Teilweise befanden sich längs verlaufende Aushöhlungen wie Galerien in der Wand. Rechts von uns führte eine solche Aushöhlung weiter.

Als wir langsam an der mächtigen Mittelsäule vorbei waren, wurde es mit einem Mal heller in der gesamten Höhle, immer heller, als würde ein riesiges Licht höhergedimmt. Wir sahen um uns. Verdammt, was war das? Ich schluckte und fühlte mich, als seien plötzlich riesige Scheinwerfer auf uns gerichtet, auf uns, die wir winzig in dieser gewaltigen Felswand standen.

»Mist, was ist das?«, murmelte Isabelle ganz leise.

Einen Moment lang gab niemand eine Antwort. Jetzt schien das Licht konstant zu bleiben. Millionen glimmernder Punkte blinkten in der gegenüberliegenden Wand. Nichts rührte sich.

»Was ist hier los!?«, brüllte Alex mit vor Angst zitternder Stimme. Mit den Blicken suchten wir die Höhle ab.

Wir trauten uns nicht einmal, uns zu bewegen, und drückten die Rücken an die Wand. Aber es geschah gar nichts. Kein einziger Laut.

Dann kam mir eine Idee: »Versteckt mal die Leuchtsteine unter euren Westen.« Wir warteten einen Augenblick, dann verlor das Licht allmählich an Helligkeit. Schon dämmerte es nur noch um uns herum. »Wisst ihr was, das ist ein Stein, der Licht speichert und reflektiert«, sagte ich.

»Puh!«, machte Gabriele erleichtert. »Bin ich erschrocken ...«

Als wir die Steine wieder hervornahmen, wurde es erneut heller. Die Wand erstrahlte abermals.

Zwei Gänge ausprobierend, die nirgendwo hinführten, erkannten wir schließlich weit unten eine Öffnung. »Seht mal«, meinte Isabelle und deutete auf eine Vertiefung zwischen mehreren riesigen Felsbrocken.

»Das ist riskant, da hinunterzuklettern«, kommentierte ich.

»Aber nicht unmöglich«, entgegnete Alex. »Wir können eins unserer Seile runterhängen lassen.«

»Wir müssen Knoten reinmachen, damit wir Halt haben. Auch für den Rückweg, sonst kommen wir vielleicht nicht mehr hoch.«

Als das Seil vorbereitet war, war es erneut Alex, der unbedingt der Erste sein wollte. Uns war zwar ziemlich mulmig zumute mit dem tiefen Abgrund unter uns, aber wir kamen heile unten an. Jonathan lief Schweiß an den Schläfen hinunter, er grinste aber übers ganze Gesicht. Vielleicht war er stolz auf sich. Wir marschierten zwischen den Felsbrocken und kamen in einen Get, der schon nach kurzer Strecke niedriger wurde, immer stärker gebückt mussten wir gehen. Vor uns war nichts zu erkennen, denn der Gang schlängelte sich mit vielen Kurven durch das Gestein. An der linken Wand verlief eine Kristallader. Sie zeigte ein Farbspektrum von Rot und Orange über Grün bis Violett.

Der Get fiel nun stark nach unten ab und endete unvermittelt in einer schmalen, aber hohen Aushöhlung, in der wir wieder aufrecht stehen konnten. Die Kristallader hatte sich zuvor in der Höhlendecke verloren. Hier ging es nicht weiter.

»Hm«, machte Isabelle, »das dürfte es gewesen sein.«

»Das gibt's doch nicht!« Gabriele sah mich an: »Dafür die ganze Plackerei?«

»Okay«, antwortete ich, »ich hab Hunger und bin müde: Pause.« Ich spürte vom Klettern jeden Muskel in meinen Armen und Beinen. Ich sank auf den Boden und kramte resigniert meinen Proviant hervor. »Hier ist es trocken. Wir können jetzt erst mal essen und dann schlafen, bevor wir umkehren.«

»Scheiße«, sagte Alex und aß von seinem gesalzenen Skribo. »Gab es denn vorher irgendeine Stelle, die nach einer Abzweigung aussah?«

Wir schüttelten alle den Kopf, starrten erschöpft und niedergeschlagen auf den Boden und kauten vor uns hin.

»Jedenfalls«, fügte Alex hinzu, »wenn hier mal Wasser geflossen ist, musste das doch irgendwohin abfließen. Hm ...«

Nach und nach hielten wir alle nun erst mal ein Schläfchen. Zweimal wurde ich wach, weil Jonathan und Gabriele so laut schnarchten. Von irgendeinem Geräusch schreckte ich schließlich ganz aus dem Schlaf. Auch Gabriele wurde wach, dann Isabelle und Jonathan. »Wo ist Alex?«, sagte ich, meinen Leuchtstein hierhin und dorthin haltend.

»Alex!«, rief Isabelle. »Alex?!«

»Warum muss der immer auf eigene Faust irgendwo rumturnen, verdammt noch mal!« Gabriele war sauer. Sie stand auf und stemmte die Hände in die Seiten, dann leuchtete sie zurück in den Get.

»Weil er nun mal neugierig ist!«, kam es von oben. Da saß er ohne Leuchtstein auf einem kleinen Vorsprung etwa drei Meter über uns. »Hier oben geht's weiter. Das ist nur von da unten nicht zu sehen.«

»Tüchtig, wirklich tüchtig, der Kleine!«, machte Gabriele, verzog das Gesicht genervt und trank erst mal.

»Nein, im Ernst.« Alex deutete hinter sich. »Hier gibt es eine kleine Röhre. Man kann reinkrabbeln. Und wisst ihr was? Irgendwo da ganz hinten gibt's sogar Licht.«

»Nein!«

»Doch! Sogar heller als in Kibuti – glaube ich jedenfalls.«

Jetzt doch voller Neugier, packten wir schnell unsere Sachen, warfen Alex die Körbe hoch und kletterten auch schon hinauf.

»Darf ich jetzt vorgehen?«, grinste Alex.

»Ja, ja, mach schon.« Isabelle stieß ihm gegen die Schulter. »Frag nicht so doof.«

Schon bald spürten wir, dass es wärmer wurde und auch feuchter.

»Leute, wir sind gleich da«, tönte Alex stolz, als sei das alles seine Erfindung.

So robbten wir einer nach dem anderen aus der Rinne und ... und ... standen mitten in einer märchenhaften Wasserlandschaft. Vor uns lagen, rings umgeben von hell erstrahlenden Leuchtfelsen wie ein Kristallpalast, dampfende Wasserbecken in großen ausgehöhlten Gumpen. Pflanzen mit breiten Blättern wie Wedel wuchsen in diesen Becken. Sie hatten riesige Blüten. Von einem niedrigen Felsen aus weißem Marmor ergoss sich dampfendes Wasser in das größte Becken und verteilte sich von dort weiter in die kleineren. Es war so warm und feucht, dass wir sofort zu schwitzen begannen.

»Leck mich am Arsch ...« Alex sah zu uns: »Noch achthundert Meter und wir sind in Tahiti.«

Jonathan kratzte sich in den Haaren und strahlte übers ganze Gesicht. »Nicht die Hölle, das Paradies.«

Ich trat an eines der Becken und hielt vorsichtig die Hand ins Wasser.

»Und?«, fragte Gabriele.

»Ziemlich warm«, grinste ich, »aber sicher gut zu ertragen.«

»Leute, wir können heiß baden, stellt euch das vor!« Alex ging an das nächste Becken und fühlte die Temperatur. »Wahnsinn. Ich nehme jetzt ein heißes Bad ...« Schon warf er seine Kleider von sich.

Wir verteilten uns in drei der Becken, streckten uns aus, tranken unser restliches kühles Wasser und mampften Brot. Isabelle, die angezogen auf dem Rand saß, und ich untersuchten die Pflanzen, die in unserem Wasserbecken wuchsen und uns überwucherten. Ihre Stängel waren von weißem Kalk umgeben.

»Wir liegen im warmen Wasser unter Palmen ...« Ich war selig. Das war unsere zukünftige Ausweichstelle. Nicht Tamumube und auch nicht der Lun. Hier. Hier konnten wir eine Kolonie aufbauen. Hier hatten wir sogar heißes Wasser. »Hierher wandern wir zukünftig zum Urlaubmachen!«, rief ich laut und alle lachten.

Isabelle spielte mit den Zehen im Wasser. Jonathan tauchte in seinem Becken immer wieder unter und prustete Fontänen aus. Alex begann an den verschiedenen Blättern zu zupfen und sie sich in den Mund zu stecken. Er kaute, manche spuckte er sofort wieder aus. »Hm, hier, die langen, die kann man essen, glaube ich. Die da schmecken ätzend bitter.«

Gabriele riss ein langes Blatt ab und sah zu Alex: »Denk dran, dass Pflanzen giftig sein können.«

Als wir genug hatten vom heißen Wasser, stiegen wir wieder in unsere Fellkleider, wir Männer ließen allerdings die Westen liegen. Zu warm und feucht war es. Wir wollten feststellen, wie groß die Höhle war und was es sonst noch zu finden gab. Schwaden von Wasserdampf machten uns auf einen schmalen, lang gezogenen, halbdunklen Stollen aufmerksam, in dem überall kochend heißes Wasser brodelte und blubberte wie in einer Waschküche und plötzlich in Fontänen hochschoss, während wir näher traten.

»Die Küche des Teufels«, hauchte Alex.

»Seid bloß vorsichtig! Das ist kochend heiß.«

Ich trat etwas weiter hinein und stand auf einer kleinen Erhöhung zwischen zwei Quellen. Überall blubberte es. Der Stollen verjüngte sich nach hinten und schien sich irgendwo zu verlieren. Ich tastete mich noch etwas vor. Sofort schossen hier und da Quellen ihre heiße Wasserfontäne hoch in die Luft. Ich drehte mich um zu den anderen, die am Eingang stehen geblieben waren: »Vielleicht geht es hier ja noch weiter.«

»Ich weiß ja nicht ...«, antwortete Isabelle, »rutsch bloß nicht aus!«

Ich blieb ruhig stehen und sah um mich. Die Quellen wurden ganz leise, es zischte nur noch und dampfte.

Als ich zwei weitere Schritte nach vorn machte, brüllte Alex: »Pass auf!«, und Gabriele quietschte laut. Seitlich von mir war eine gewaltige Fontäne in die Luft gestiegen. Ich machte einen großen Satz zurück, dann regnete das heiße Wasser hinter mir herunter und platschte auf den Boden. Von überall fauchten die Quellen. Ich schnaufte durch. »Puh, das war knapp.«

»Jetzt komm raus aus der Waschküche«, meinte Gabriele zu mir.

Wir verzogen uns nach draußen und blieben vor dem Zugang stehen. Drinnen wurde es wieder ruhiger, keine einzige Fontäne stieg mehr auf.

Fasziniert schritten wir durch die erstrahlende Höhle. Eine der weißen, rauen Wände glitzerte, schillerte und schimmerte wie ein gigantischer Kristall. Darauf klebten quallenartige Tiere, die völlig durchsichtig waren und in deren Adern man das pulsierende Blut sehen konnte ... An einer anderen Stelle wuchs dichtes, leuchtend-grünes Moos auf den Steinen und zog sich die weiße Felswand hinauf. In einem der Becken blühten rote und blaue Blumen mit großen Blütenkelchen wie Trichter. Aus einer Wand lief sogar ein kleines Rinnsal kalten Wassers, von dem wir alle tranken, dann trugen wir unsere Rückenkörbe auf das Moos und setzten uns.

»Tja«, sagte Alex zu mir gewandt, »hier könnte man zwar leben, aber wovon wollte man satt werden?«

»Na ja«, meinte Gabriele, »vielleicht wächst unser Getreidegras ja auch in warmem Wasser. Das müssten wir ausprobieren. Und außerdem: Der Moosboden könnte auch eine Grundlage sein.«

Ich nickte. »Die Höhle ist aber nicht besonders groß. Meint ihr, alle Kibuti hielten es hier lange miteinander aus?«

»Na, ich weiß nicht ...«, murmelte Alex bedenklich.

Jonathan stand auf und spazierte herum. Isabelle holte sich etwas Wasser in der Beutelflasche. Als sie zurückkam, meinte Alex: »Wir bleiben also hier, oder? Solange die Vorräte reichen?«

Aber Gabriele mahnte: »Wir müssen rechtzeitig wieder aufbrechen, nicht, dass wir nicht mehr zurückkommen und Kibuti überflutet ist. Außerdem«, fügte sie hinzu, »habe ich ein schlechtes Gewissen: Die sitzen da jetzt in der Finsternis und Kälte und ahnen von alldem nichts, während wir ...«

»Ach«, entgegnete ich, »sie würden es uns gönnen.«

»Vielleicht könnten wir sie ja noch rechtzeitig herholen.«

»Wir werden sehen. In Kibuti ist es zwar momentan nicht gerade behaglich, aber sie wissen, was zu tun ist.«

Das Faulenzen hier gefiel uns, es war, wie am Strand in der Sonne zu liegen. So beschlossen wir trotz Gabrieles Bedenken, die Rückkehr noch etwas rauszuzögern und uns lieber mit dem Essen zurückzuhalten.

Als einmal alle anderen schliefen, ging ich noch einmal in den Stollen mit den heißen Quellen. Vor dem Eingang lauschte ich. Es war nichts zu hören als leises Gebrodel. Ich trat hinein und sofort wurde die Aktivität der Quellen stärker. Die ersten Fontänen schossen hoch. Ich trat zurück – schlagartig wurde es wieder stiller da drinnen. Machte ich erneut ein paar Schritte nach vorne, wurden die Fontänen abermals aktiv.

Ich wartete einen Moment und tastete mich mit ein paar Schritten langsam vor. Neue Ausbrüche explodierten in die Höhe. Es zischte und rauchte. Ich stand still und prompt wurde es ruhiger. So ging ich Schritt für Schritt vor, wartete die nächsten Fontänen ab und trat dann zügig an den gefährlichen Stellen vorbei. Zum Schluss sprang ich hastig und mit einem gewaltigen Satz auf einen Stein und kam im trockenen, hinteren Teil des Ganges an. Böse schossen die Fontänen hinter mir in die Höhe und das Wasser platschte herab. Es hörte gar nicht wieder auf.

Ich ging vorwärts; der Get beschrieb eine weite Kurve. Hier wurde es dunkler, leider hatte ich meinen Leuchtstein nicht mitgenommen.

Aber solange ich noch etwas erkannte, wollte ich weitergehen. Schließlich fiel der Gang stark ab. Auch wenn es immer noch nicht völlig dunkel war, so war mir doch unheimlich zumute. Umkehren wollte ich dennoch nicht. Es war wie ein Sog, wie der Erdmagnetismus, der mich immer tiefer in die Dämmerung zog. Mir schien, als würde von weiter vor mir eine ganz schwache Helligkeit zu mir dringen. Vermutlich stand wieder ein Leuchtfels irgendwo herum. Ich sah zurück. Hinter mir war es finster.

Der Gang wurde jetzt enger, die an seinem Ende liegende Helligkeit stärker. Plötzlich stand ich vor einer niedrigen Grotte und dicht am Wasser. Der Get endete hier. Das dämmrige Licht kam von einem kleinen Felsen, dessen Leuchtstärke zu schwanken schien, denn das Licht war nicht gleichmäßig. Als würde es sich im Stein bewegen, so pulsierte es. ›Vielleicht lebt hier unten sogar das Licht ...‹, ging es mir durch den Kopf. ›Vielleicht wandert es von Fels zu Fels.‹

Ich machte ein paar Schritte nahe ans Wasser und bemühte mich, weiter ins Innere der Grotte zu sehen. Ich erkannte zwar nichts, war aber sicher, dass es weiter innen eine Lichtquelle geben musste, deren Licht vielleicht durch mehrere Biegungen gebrochen wurde. Die Grotte schien wie die Verlängerung des Gets, durch den ich gekommen war.

Ich sah nach oben: Über mir massiver, anthrazitfarbener Stein, von dem warmes Wasser heruntertropfte. Ich fasste an die Felswand neben mir – selbst sie strahlte eine leichte Wärme ab. Vielleicht kochte über mir brodelnde Lava, die alles erwärmte und irgendwann irgendwo in einer gigantischen Eruption austreten würde, Oben, oben auf der Erde. ›Ich stehe vielleicht unter einem Vulkan ...‹ – die Haare auf meinen Armen stellten sich auf.

Ich zog meine Fellschuhe aus und trat vor ins Wasser. Es wurde nur ganz allmählich tiefer. Bis zur ersten Biegung tastete ich mich, aber um weiterzugehen fehlte mir dann doch der Mut. Plötzlich gruselte es mich, ich fühlte mich allein, irgendwie verloren, Kraken konnten im Wasser lauern, Schlangen, Tintenfische, Piranhas – hastig stapfte ich zurück und aus dem Wasser heraus, zog die Schuhe an, lief zurück in den Get, in dem ich wegen der Dunkelheit zuerst nicht einmal Umrisse erkennen konnte, sondern die Arme schützend gegen die Wände ausstreckte, und rannte zurück.

In der Waschküche standen bereits die anderen und riefen nach mir.

»Ja!«, brüllte ich im Näherkommen.

»Hast du sie nicht mehr alle, wo steckst du denn?!« Gabriele tobte.

»Regt euch ab, ich komme ja schon! Hab was zu erzählen.« Die Quellen fauchten und spuckten. Ich wartete ihre Ausbrüche ab, sprang an den gefährlichen Stellen vorbei und kam schließlich vorne an. Ich zog die anderen mit ins Helle. »Hört zu, dahinten geht es immer noch weiter!«

»Nicht schon wieder ...«, blaffte Gabriele.

»Erzähl!«, meinte Isabelle.

»Das da vorne ist einfach ein langer, schmaler Get, an dessen Ende man plötzlich vor einer Grotte steht ...«

»Vor einer Grotte?«, fragte Alex.

»Und?«, sagte Isabelle.

»Keine Ahnung. Ich bin aber sicher, dass irgendwo in der Grotte oder hinter ihr wieder Licht ist, denn sie ist nicht wirklich dunkel.«

»Leute«, ging Gabriele dazwischen, »wir müssen an unseren Proviant denken! Und für eine so lange Tour ...«

Wir nickten.

»... bevor wir hier die Expedition weitertreiben, müssen wir zurück und uns besser ausrüsten. Oder hast du Essbares gesehen?«

»Nein«, musste ich zugeben. Sie hatte ja recht, mehr oder weniger. »Hört zu«, schlug ich schließlich vor. »Ich finde, ihr solltet euch die Grotte zumindest noch mit ansehen, ich hatte einfach Schiss allein. Wir inspizieren sie einfach mal genauer. Danach kehren wir um. Okay? Wir müssen zumindest noch mehr über die Grotte herausfinden. Vielleicht ist da ja auch gar nichts außer Wasser und Gestein. Dann wissen wir immerhin auch das.«

Gabriele verzog das Gesicht. Die anderen nickten trotzdem zustimmend. »Okay«, machte sie, »zum Inspizieren, danach kehren wir um.«

Wir packten uns einen der Rucksäcke mit dem Nötigsten zusammen und brachen auf. Die Quellen tobten.

An der Grotte angekommen, standen alle still, völlig verblüfft. Alex und Isabelle machten gleich lange Hälse, um tiefer in die Grotte sehen zu können.

»Ich bin dagegen, dass wir da reingehen!« Gabriele sah uns entschieden an. »Wir wissen nicht, was in dem Wasser auf uns wartet; wir wissen nicht, ob es eine Strömung gibt, ob es nicht ganz plötzlich irgendwo tief abfällt; und wir sind überhaupt nicht für eine Grottentour ausgerüstet. Wir bräuchten doch mindestens noch Seile. Und außerdem ...«, sie wandte den Kopf zur Seite.

Aus den Augenwinkeln sahen wir alle zu Jonathan. Er machte ein ernstes und unbewegtes Gesicht, sah geradeaus und nickte dabei leicht vor sich hin. An ihn hatte ich nicht gedacht.

»Gut«, sagte ich, »dann machen wir es so: Ich taste mich noch ein Stück vor und ihr bleibt hier. Ich will nur noch um eine oder zwei Biegungen sehen können.« Ich wandte mich an Jonathan: »Okay? Das Wasser ist nicht tief.«

Jonathan nickte.

»Ich folge dir zur Sicherheit«, meinte Alex, »und bleibe an der ersten Biegung stehen, damit wir alle Blickkontakt halten können.«

Ich spürte, dass auch Alex unbedingt in die Grotte wollte.

Gabriele und Jonathan setzten sich an den Rand. Isabelle blieb bis zu den Knien im Wasser stehen und sah uns nach. Alex und ich tasteten uns in dem trüben Wasser langsam vor. Jetzt zu zweit war mir doch wohler. Schließlich kam Isabelle bis zur ersten Biegung nach, sodass Alex bis zur zweiten Kurve mitgehen konnte. Ich nickte ihm zu und stapfte auf steinigem Grund weiter. An der nächsten Biegung reichte mir das Wasser bereits bis zu den Achseln. Kurz hinter der Krümmung sah ich am Rand kräftige Pflanzen mit großflächigen Blättern wie Palmen im Fels wachsen, während im Wasser alle möglichen Gewächse meine Beine umschlangen. Die Blätter waren über einen Meter lang und hatten einen starken Mittelstiel. Ich brach eines ab und musste dafür mit beiden Händen kräftig reißen. Die Wurzeln der Pflanze griffen mit kräftigen, grau-braunen Armen in den Fels und tief ins Wasser hinunter.

Ich ließ das abgerissene Blatt los und zerrte an einem Wurzelstrang, bis auch der abriss. Als ich an das Blatt, das still auf dem Wasser lag, fasste, merkte ich, dass es kaum unter Wasser zu drücken war. Ich legte mich darauf und paddelte mit den Händen zurück, den Wurzelstrang zwischen dem Blatt und meiner Brust eingeklemmt.

Ich kam um die Biegung und dann lachte Alex auch schon los. »Was hast du denn da?«

»Ein Surfbrett. Da vorne wachsen riesige Pflanzen am Wasserrand«, antwortete ich, indem ich näher paddelte. Ich stellte mich und stieß ihm das Blatt zu. »Und hier«, ich hielt den Strang hoch, »das sind die Wurzeln.«

»Wow!«

»Sieh mal, wie fest die sind.« Ich zerrte an dem Strang. Dann zwinkerte ich ihm zu: »Wir könnten uns lässig aus zehn dieser Blätter und den Wurzeln als Seile ein kleines Floß bauen. Oder?«

»Könnten wir.« Seine Augen wurden lebendig, aber er wiegte den Kopf. »Ja, aber Gabriele hat recht: Erstens müssen wir jetzt langsam an unsere Essensration denken und zweitens an Jonathan.«

Als wir zu Isabelle kamen, schüttelte sie über das Blatt nur ungläubig den Kopf. »Das ist ja riesig.« Sie nahm es Alex ab, legte sich darauf und paddelte vor uns zu den anderen.

Gabriele war von der Floßidee natürlich nicht begeistert. Sie wollte umkehren.

»Okay«, sagte ich, »dass wir uns nicht trennen, ist eine klare Regel, aber dass wir uns nicht noch ein Floß bauen, um etwas weiter in die Grotte zu paddeln, verstehe ich nicht. Jetzt sind wir doch mal hier. Es muss doch gar nicht lange dauern. Ich finde, du übertreibst jetzt.«

»Tue ich nicht«, entgegnete Gabriele bockig, »denn ich bin sicher, dass wir die Strapazen des Rückwegs unterschätzen. Also gut: Wir paddeln rein, aber sobald einer sagt, dass er zurück will, gibt es keine Debatte mehr. *Gar* keine!« Sie drehte das Gesicht zu Jonathan: »Möchtest du hier warten?«

Er zuckte zuerst die Schultern. Dann sagte er: »Nein.«

Gabriele sah ihm direkt in die Augen: »Wollen wir es gemeinsam versuchen?«

»Ja«, antwortete er und nickte dazu.

»Gut«, sagte ich, »dann lasst uns aber auch sofort loslegen. Ich gehe jetzt rein und hole Blätter.«

Wir bauten das Floß aus zwei Dutzend Blättern, stießen am Rand Löcher in sie und verbanden sie mit den Wurzelsträngen wie mit einem Faden. Dann kam der Test. Wir hielten das Floß fest und ließen Jonathan in die Mitte krabbeln – natürlich drang zwischen den Blättern Wasser hervor, aber das irritierte ihn nicht. Danach setzten sich Gabriele und Isabelle neben ihn. »Ist es gut so?«, fragte ihn Gabriele.

»Wir versuchen es«, antwortete Jonathan.

Es konnte losgehen. Zuerst zogen Alex und ich das Floß noch durchs Wasser, aber dann stiegen auch wir auf. Alex und Isabelle paddelten an den Seiten, auf dem Bauch liegend, mit einer Hand im Wasser. Gabriele hielt den Korb.

Immer wieder machte die Grotte Kurven. Die Helligkeit nahm zu. Manchmal gab es rechts und links schmalere Wassergänge, in die wir aber nicht steuerten. Wir wollten uns an dem Hauptkanal orientieren. Alles andere wäre wirklich viel zu gefährlich gewesen.

Allmählich nahmen die Pflanzen am Wasserrand und am Gewölbe über uns zu. Sie wurden noch größer, dichter und weitere Arten wuchsen nun auch über uns an der Decke. Immer unheimlicher wirkte das alles: Ihre Wurzeln hingen überall von oben herunter und bewegten sich leicht hin und her, als seien sie Greifarme. Schließlich waren auch Pflanzen zu sehen, die sogar Äste und Stämme hatten. Über uns wurde das Geflecht aus Blättern, Wurzeln und Ästen immer dichter. Es entstand ein Himmel aus Pflanzen über uns. Im sattesten Grün.

»Das ist ja unheimlich«, meinte Isabelle, »plötzlich ist man *unter* den Pflanzen und die Wurzeln greifen nach einem.«

Das Moos an den Wänden breitete sich hier noch dichter aus. Blühende Schlingpflanzen umrankten das Gestein und die herabhängenden Wurzeln.

Schließlich öffnete sich der Wasserarm und wurde breiter. Jetzt sahen wir auch die Lichtquelle. Es war eine ganze Felswand, die hell erstrahlte und die nur bis zu einer geringen Höhe von Pflanzen bewachsen war. Der Leuchtfels lag uns genau gegenüber, wir fuhren darauf zu. An der Wand links war das Grün besonders dicht, nach rechts nahm es ab und gab den Blick frei zur Höhlendecke. Weiter vor uns, rechts von dem Leuchtfelsen, führte der Fluss weiter und verschwand im Dunkeln.

Wir waren mucksmäuschenstill. Nur unsere plätschernden Ruderbewegungen im Wasser waren zu hören. Ja, das war eine andere Welt. Feuchtigkeit und Wärme, riesige Pflanzen, die eine Ewigkeit alt sein mochten. Älter als die Menschheit vielleicht. Vielleicht waren sie Urpflanzen. Die Wurzeln hingen tief herunter auf unsere Köpfe und wir schoben sie mit den Armen zur Seite, während wir weitertrieben auf die offene Wasserfläche zu.

»Hier ist alles so gedämpft durch die Pflanzen«, meinte Gabriele. »Es ist so leise. Hört mal auf zu paddeln und lasst uns lauschen!«

Alex und Isabelle nahmen die Arme aus dem Wasser, nur noch vom letzten Schub trieben wir dahin. Wir verstummten und waren mit der überwältigenden Schönheit um uns herum beschäftigt. Eine Urwaldgrotte im Innern der Erde.

Links von uns nichts als rankenumwucherte Äste und Stämme, große Blätter, hier und da sogar geheimnisvolle Blüten, eine sah aus wie ein Gesicht und ... nein ... das ... das war etwas anderes, das war keine Blüte ... es war – wurde ich jetzt verrückt? Es war ... es *war* ein Gesicht. Ich sah es ganz deutlich. Ja. Die Augen, ein volles Gesicht, wie von Fell umrahmt. Es war völlig starr, auch die Augen, aber es waren lebende Augen, ich konnte es deutlich erkennen. Was für ein Wesen war das? Es blieb an seinem Platz und verschwand nicht, während ich ihm in die Augen blicken konnte. Es war schräg über mir. Der Abstand wurde geringer. Ja, ich war sicher: Das war ein Gesicht. Ich hielt den Atem an.

Das Floß trieb noch immer näher an das Gesicht heran. Dann, ja, es war völlig deutlich zu erkennen: ein Lidzucken. Danach wieder beobachtende Starre. Ohne den Kopf zu drehen, suchte ich mit den Augen das Grün über uns ab. Und dann ... dann bestand kein Zweifel mehr: Ich sah ein zweites und ein drittes Gesicht. Mir wurde kalt. Sollten wir nicht ganz schnell ebenso heimlich wieder verschwinden, wie wir hierhergekommen waren? Hier gab es Lebewesen. Lebewesen, die sich versteckt hielten und uns belauerten. Umkehren, einfach umkehren! Ich schluckte und atmete aus, dann sagte ich, ohne die Lippen zu bewegen und so leise ich konnte: »Bewegt euch jetzt nicht, da oben sind Gesichter, die uns beobachten. Eigenartige Gestalten. Vielleicht so etwas wie Affen. Seht jetzt nicht nach oben. Vielleicht sollten wir so tun, als würden wir sie nicht sehen. Ole an exo?«

»An ke usu hi. An ... an ... an zit atu!«, zischte Gabriele.

»Ich glaube nicht, dass wir Kibuti sprechen müssen«, meinte Isabelle. »Sie werden bestimmt nicht zufällig auch Deutsch reden.«

Wir rührten uns nicht. Dann flüsterte Isabelle: »Ist wohl zu spät zum Umkehren, seht mal rechts an den Wasserrand, zu der großen Pflanze, die aussieht wie ein Farn. Da sind auch Gesichter, und zwar im Wasser.«

»Scheiße«, zischte ich. Vorsichtig wandten wir die Blicke nach rechts. Und wirklich! Da sahen Köpfe aus dem Wasser, die sich unter den überhängenden Blättern der Pflanzen versteckt hielten. Aber sie schienen kein Fell zu haben. Sie wirkten irgendwie grau und glänzend, waren glatzköpfig.

»Ja, leck mich am Arsch, was machen wir jetzt?« Auch Alex hatte Angst, das spürte ich.

»Wären wir Idioten nur umgekehrt«, fluchte Gabriele leise. Es klang wütend und resigniert zugleich.

Jonathan saß völlig steif zwischen uns und sah auf die Köpfe im Wasser.

»Ja«, sagte Alex plötzlich, »ich sehe die Gesichter zwischen den Blättern über uns auch.«

»Na ja«, meinte Isabelle trocken, »es steht ja noch nicht fest, dass sie uns fressen wollen. Vielleicht zählt der Mensch nicht zu ihren Beutetieren.«

»Vielleicht haben sie noch mehr Angst vor uns als wir vor ihnen ...«, warf ich ein.

»Geht nicht«, entgegnete Gabriele.

»Jedenfalls«, sagte Isabelle schließlich, »bin ich dafür, dass wir jetzt wieder paddeln. Und entweder versuchen wir jetzt wirklich umzukehren oder steuern mal da vorne auf die Steinfläche zu. Fester Boden unter den Füßen wäre mir jetzt lieber.«

Schwupp, schwupp, schwupp, schwupp – plötzlich tauchten die Köpfe im Wasser ab. Und mit einem Mal wurde es auch über uns lebendig. Überall lösten sich Gestalten aus dem Grün und kletterten über uns mit. Viel erkennen konnten wir allerdings nicht, denn das Grün war zu dicht. Alles war nur ein einziges Rascheln schräg über uns. Mir zog eine Gänsehaut über den Nacken.

»Also«, meinte Isabelle in ungedämpfter Lautstärke, »wir können wohl davon ausgehen, dass sie uns gleich begrüßen kommen.«

Wir zuckten alle zusammen, als plötzlich rund um unser Floß wieder die Köpfe im Wasser auftauchten. Sie hatten überhaupt keine Haare auf dem Kopf und eine eher graue Hautfarbe, trotzdem hatten sie etwas von Menschen: ihre Augen, ihr Blick.

Alex und Isabelle paddelten schneller.

Aus dem Augenwinkel sah ich zu Jonathan. Er wirkte ruhiger, als ich erwartet hatte. Ruhiger als wir alle.

Sieben, acht Köpfe waren nun im Wasser um uns herum zu sehen, mit einigen Metern Abstand zum Floß. Immer wieder tauchten sie unter und dann irgendwo erneut auf. Wie viele dieser Gestalten über uns in dem Geäst sein mochten, war überhaupt nicht abzuschätzen. Jedenfalls verfolgten auch sie uns und es raschelte überall, während wir mit dem Floß auf die glatte Steinfläche am rechten Ufer zutrieben.

Wir setzten uns mit dem Rücken an die sich über uns vorwölbende Felswand und beobachteten erst einmal die Szenerie. Die Wesen in den

Pflanzen standen zu zweit oder zu dritt auf stärkeren Ästen und sahen zu uns herunter, ihre Blicke ständig hoch zur Höhlendecke wendend. Sie hatten ein dichtes, dunkelblondes bis braunes Fell und nackte Fußsohlen und Handflächen. Ihre Gesichter waren mal mehr, mal weniger behaart. Und vor uns im Wasser sahen uns nach wie vor diese grauen Köpfe an, auch sie mit unruhigem Blick nach oben.

»Komisch, dass die keinen Ton von sich geben ...«, bemerkte ich.

»Ja, eigenartig«, meinte Gabriele.

Ich rief: »Versteht ihr unsere Sprache?!«

Zwar zuckten sie zusammen und wurden mit einem Mal aufmerksamer und gaben auch seltsame, aufgeregte Laute von sich, antworteten aber nicht.

»Wäre auch wirklich ein doller Zufall gewesen«, kommentierte Alex.

»Was ...« Isabelle sah hilflos vom Wasser hoch in die Pflanzen und wieder auf die Köpfe im Wasser. »Was machen wir denn jetzt?«

»Vielleicht sind sie Freunde«, sagte Jonathan plötzlich, er hatte ewig nicht gesprochen.

Wir blickten ihn alle an. Gabriele schob das Kinn vor und zog die Brauen hoch.

»Meinst du?«, fragte Isabelle.

Jonathan nickte. »Kann sein.«

Es geschah eine Weile lang nichts mehr, aber sie ließen uns nicht allein, obwohl immer mal wieder einer von ihnen im Wasser verschwand. Die über uns waren einigermaßen auseinanderzuhalten, die im Wasser gar nicht, sie sahen alle gleich aus. Oben kam plötzlich ein Wesen mit unbehaarten Brüsten hinzu. »Seht mal nach oben«, sagte ich.

Isabelle kicherte. »Eigentlich sind sie uns gar nicht so unähnlich.«

»Nö«, meinte Gabriele, »sie haben nur nie Stricken gelernt.«

Alex griff an unseren Korb: »Ich muss mich stärken.« Er holte die Vorräte raus und verteilte. Dann nahm er einen tiefen Schluck aus der Beutelflasche. »Wenn wir irgendwo Wasser sehen, sollten wir die Flaschen nachfüllen. Das da jedenfalls können wir bestimmt nicht nehmen, die pinkeln da garantiert auch rein ...«

Ich prustete los und die Köpfe im Wasser starrten erschrocken zu mir. Über uns im Grün erschien einer mit einer länglichen, orangefarbenen Frucht. »Hm ...«, machte ich, »sie scheinen sich der Pause anzuschließen.«

»Hört zu«, sagte Gabriele plötzlich, »ich glaube, wir sollten doch an den Rückweg denken, oder? Wir haben schließlich keine blasse Ahnung davon, was die vielleicht im Hintergrund vorbereiten.«

Eine rötliche Frucht krachte vor uns auf den Stein und zersprang. Wir sahen hoch ins Geäst. »Bewerfen die uns?« Ich griff nach einem Stein.

Alex nahm die auseinandergebrochene Frucht und betrachtete sie gründlich, zuerst leckte er daran, dann biss er hinein. »Hm, lecker: süß und richtig fruchtig«, er verteilte die einzelnen Brocken. »Dagegen sind ja Bananen nichts«, grinste er und mampfte.

Isabelle griff in unseren Korb. »Lasst uns doch mal ein Friedensangebot machen.« Sie nahm ein Stück Skribofleisch, trat vor ans Wasser, schwang den Arm und warf es hinauf ins Geäst. Einer von ihnen da oben schnappte es, roch daran und probierte es tatsächlich! Aber er spukte das Stück wieder aus und gab den Rest weiter an einen Zweiten und der an einen Dritten. Sie verzogen alle nur das Gesicht und ließen das Stück schließlich fallen; es platschte ins Wasser. Die Köpfe im Wasser stürzten sich zuerst darauf, interessierten sich aber ebenfalls nicht dafür.

»Na«, meinte Isabelle, »vielleicht sind sie keine Fleischfresser.«

»Wäre ja beruhigend, irgendwie«, murmelte ich.

Eine zweite Frucht krachte vor uns auf. Wir ließen sie uns schmecken.

»Wisst ihr«, sagte Alex, »wir haben ja keine Ahnung, ob sie uns überhaupt einfach so wieder gehen lassen würden, aber müssen wir es jetzt noch eilig haben? Sehen wir uns doch erst mal etwas um. Wovor haben wir Angst? Das mit der Essenkooperative klappt doch schon ganz gut ... Jedenfalls: Verhungern werden wir hier nicht.«

Weit vor uns sah ich einen großen gelben Schmetterling flattern. »Seht mal dahinten«, deutete ich mit dem Arm.

Gabriele wollte gerade etwas antworten, da stand plötzlich Jonathan auf und ging vorsichtig ans Wasser.

»Bleib hier!«, rief ich, aber er reagierte gar nicht.

Er setzte sich in den Wassersaum und legte sich lang auf die Seite, den freien Arm streckte er zum Wasser aus.

Die grauen Köpfe wurden unruhig und sahen hektisch um sich. Dann kamen zwei von ihnen langsam auf Jonathan zugeschwommen. Ich bekam irrsinniges Herzklopfen und wollte schon aufstehen, um ihn zurückzuholen, aber Isabelle hielt mich am Arm zurück.

Die grauen Wesen hatten jetzt Boden unter den Füßen, stellten sich nach vorn gebeugt im Wasser auf und schlichen gebückt auf Jonathan zu, weiterhin aufgeregt um sich blickend. Sie waren sehr muskulös an den Armen, Schultern und Oberschenkeln, aber völlig schlank. Ihre Hände und Füße waren sehr groß und breit. Und ihre Haut war tatsächlich grau. Sie glänzten ölig und waren kaum behaart, hatten aber kleine Sträuße langer Barthaare an den Mundwinkeln. Fast sahen sie aus wie nackte Menschen.

Jetzt kauerten sie nah vor Jonathan. Einer von ihnen streckte seinen kräftigen Arm ebenfalls aus und berührte schließlich Jonathans Hand. Es war zu erkennen, dass sie Schwimmhäute zwischen den Fingern hatten. Vorsichtig spielten die Hände miteinander, dann strichen sich die beiden gegenseitig über den Arm. Mir war nicht wohl dabei. Was, wenn sie ihn jetzt blitzschnell ins Wasser zerrten? Wir hätten doch keine Chance, ihn zu retten.

X

Jonathan hatte sich flach auf den Rücken gelegt, fünf der Wesen aus dem Wasser saßen jetzt um ihn herum und berührten ihn, wobei sie immer wieder den Blick suchend hinter sich und über sich wandten. Nach einer Weile erhob er sich ohne hastige Bewegungen und kam zurück zu uns. Die fünf verschwanden sofort im Wasser. Er nahm die Beutelflasche und trank. »Die tun uns nichts«, bemerkte er knapp, als er die Flasche absetzte. »Ich glaube, sie haben Angst.«

»Na ja, wenn sie etwas Angst vor uns haben, dann kann uns das erst mal nur recht sein«, meinte Gabriele.

»Meinst du«, fragte Alex und sah Jonathan an, »dass wir dort drüben auf die Fläche paddeln können?« Er deutete auf die Uferfläche unter der leuchtenden Wand.

»Vielleicht.«

»Wollen wir?« Alex sah in die Runde. »Brechen wir doch mal auf in ... in ihr Reich. Wir könnten es ›Wolko‹ nennen.«

»Wieso denn Wolko?«, fragte Isabelle.

»Na, weil das Grün hier wie Wolken über uns hängt.«

»Grandiose Erklärung.«

Also begaben wir uns erneut auf unser Blätterfloß. Die Fischwesen steckten vereinzelt die Köpfe aus dem Wasser, über uns wurde es unruhig.

»Au, Mann, hoffentlich machen wir jetzt keinen Blödsinn«, murmelte Gabriele.

Wir trieben auf die Lichtwand zu. Im Wasser gab es grün und rot leuchtende Quallen. Große Fische schossen vor unserem Floss davon.

Über uns surrten Fliegen und Käfer. Hier und da flatterten farbige Schmetterlinge. Über uns im Grün schienen uns alle zu verfolgen. Es raschelte und knarzte überall. Die Glatzköpfe verzogen sich ins Ufergrün. »Ich finde, sie haben was von Katzen, wenn sie sich auf festem Boden bewegen. Wollen wir sie ›Wasserkatzen‹ nennen?«, fragte ich.

»Wasserkatzen ...«, murmelte Isabelle.

Das Wasser wurde flacher, sodass wir vom Floß stiegen und ans Ufer wateten. Wir traten unter das Grün. Der Schatten war von Lichtpunkten gesprenkelt. Ein leichter Luftzug war zu spüren.

»Seht mal da vorne«, Alex wies auf ein Blättergewirr nicht weit von uns, in dem längliche grüne Früchte hingen. »Soll ich uns mal welche holen?«

»Klar«, grinste ich. Ich war neugierig, ob er sich wirklich traute, denn um an die Früchte heranzukommen, musste er ins Grün hinaufklettern.

»Also gut.« Alex stieg tatsächlich mit ein paar Tritten in die Felswand und griff dann an eine herunterhängende Wurzel, an der er zur Sicherheit zuerst kräftig zog, sich dann daran vom Fels abstieß und rüberschwang zu einem starken Ast. Er klammerte sich fest und kletterte vorsichtig in den Ästen etwas höher.

Zwei der Baumwesen kamen heran und blieben nicht weit von ihm stehen. Sie beobachteten ihn. Alex drehte sich zu ihnen und lächelte, aber ihre Mimik veränderte sich nicht. Er griff an eine der Früchte, brach sie ab und warf sie herunter zu uns, ohne die zwei dabei aus den Augen zu lassen. Ich hielt die Luft an. Isabelle fing die Frucht auf. Alex sah sich um, dann nahm er eine zweite und dritte Frucht und ließ sie ebenfalls fallen.

Vorsichtig kletterte er tiefer und stellte sich auf einen stämmigen Ast, ganz in der Nähe der beiden. Von dort konnte er notfalls nach unten springen. Langsam setzte er auf dem Ast einen Fuß vor den anderen, um näher an die zwei heranzukommen. Schließlich bewegten auch sie sich auf ihn zu und berührten seine Hand und seinen Arm. Sie waren größer als er und breiter in den Schultern und streichelten kurz über seine nackte Brust. Alex lachte tonlos und sah zu uns. Isabelle schüttelte den Kopf; Jonathan strahlte.

»Der ist doch wirklich ein verrückter Kerl«, meinte Gabriele.

Alex löste sich von den beiden und kam zurück. »Ich sag euch, mein Herz hat bis unters Kinn geschlagen, ich dachte schon, man hört meine Zähne klappern. Und wisst ihr was: Die wittern die ganze Zeit und haben total flinke Augen. Man hat den Eindruck, dass sie alles um sie herum sehen, alles kontrollieren, die ganze Umgebung. Selbst nach oben sehen sie andauernd. Und ...«, er machte eine kurze Pause und sah uns einen nach dem anderen an: » ... die haben Oberarme, damit könnten sie uns alle Knochen auf einmal brechen.«

Wir traten mit den Früchten in den Händen wieder auf die freie Fläche am Wasser.

Plötzlich sprangen hinter uns vier der Baumwesen aus den Blättern. Sie blieben einige Meter entfernt unter dem Grün stehen. Ein Weibchen war darunter.

»Sie sind neugierig«, sagte Isabelle.

»Vielleicht wollen sie auch nur ihre Früchte wiederhaben«, kommentierte ich.

Gabriele nahm eine der Früchte und achtelte sie mit unserem Messer. Sie stand auf, ging tiefer unter das Grün zu den vieren und hielt jedem ein Stück hin. Sie nahmen sie an, sanken auf den Boden und bissen in die Stücke hinein. »Ist verrückt, ihnen einfach so etwas in die Hände zu geben. Aber sie scheinen doch sehr friedlich.«

Auch wir probierten jetzt die grünen Früchte. Sie schmeckten wie Melonen, waren aber nicht so wässerig und viel fester.

Die vier gegenüber gaben Geräusche von sich, mal mit geschlossenem Mund tief im Hals brummend wie ein »Hmmmm«, mal etwas höher und im kurzen Rhythmus mit offenem Mund wie ein »I-i-i-i«. Dabei sahen sie sich nicht an, prüften aber permanent die Umgebung.

Isabelle schnitt die zweite Frucht auf. »Kommt«, sagte sie, »wir setzen uns zu ihnen.«

Einen Moment lang zögerten wir, trauten uns dann aber doch, zu ihnen unters Grün zu gehen. Kräftig hockten sie da, ihr Fell roch etwas, aber es war kein unangenehmer Geruch. Nachdem Isabelle ihnen weitere Stücke gegeben hatte, schmatzten sie laut neben uns.

So saßen wir alle da. Die vier beobachteten uns ganz genau mit ihren wachen Augen und blickten immer wieder hinüber zur unbewachsenen freien Fläche. Gleichzeitig schienen sie die Bewegungen der anderen Baumwesen über uns in den Pflanzen jederzeit zu registrieren. Vermutlich wurden wir von überall aus dem Grün beobachtet.

»Das ist schon eigenartig«, meinte Gabriele, »da sitzt man vor wilden Wesen, isst zusammen, hat keine gemeinsame Sprache, aber irgendwie ... irgendwie ist das ... schön.«

»›Schön‹? Das ist doch ›famos‹, wie Elvira sagen würde«, meinte Isabelle und rückte näher an eines der Männchen neben sich und begann vorsichtig seinen Arm und seine Schulter zu streicheln. Offenbar gefiel ihm das und er griff in ihr Haar; seine Pranke lag auf ihrem Kopf. Dann begann er an ihr zu riechen. Durch seine große Nase zog er die Luft ein. Er roch an ihrem Haar, dann an ihren Achseln und schließlich ließ er sich in ihren Schoß sinken und roch zwischen ihren Beinen.

Isabelle lachte verlegen: »Au Mann! So ein unverschämter Kerl.« Sie griff ihm an die Schultern und versuchte ihn hochzuziehen. »Jetzt komm schon hoch, du ... du ... ach, ich nenne ihn einfach Knuth«, meinte sie. »Komm hoch, Knuth.«

Während Knuth weitermampfte, krabbelte Alex näher an das Weibchen heran und begann nun sie anzuschnuppern und am Arm zu berühren.

»Sei vorsichtig«, sagte ich, »du kannst nicht wissen, ob die Männchen eifersüchtig reagieren. Übertreib es nicht schon gleich wieder. Die machen Brei aus uns.«

Aber die Männchen rührten sich nicht, auch wenn sie weiterhin alles aufmerksam beobachteten.

»Das Fell fühlt sich gut an«, meinte Alex. Er schien ganz hingerissen.

Schließlich standen zwei von ihnen auf und waren nach ein paar gezielten Tritten in den Fels auch schon oben im Grün. Sie griffen an die nächsthöheren Äste.

»Bestimmt ist es eine Gorilla-Art«, meinte Gabriele.

»Oder eine andere Art von Menschen«, warf Isabelle ein.

Auch Knuth und das Weibchen erhoben sich jetzt und kletterten mit geschickten Bewegungen nach oben.

Wir sahen ihnen nach.

»Sie haben genug von uns, wir sind ihnen zu langweilig. Außerdem sind die Früchte aufgegessen. Sie haben fertig«, witzelte ich, aber die anderen lachten nicht mit.

»Wir sollten sie Baumbären nennen«, schlug Gabriele vor.

Jonathan erhob sich plötzlich ebenfalls. »Kommt«, sagte er und stieg vorsichtig tastend vom Fels ins Grün und folgte ihnen, wenn auch bei Weitem nicht so schnell und grazil wie die vier vor ihm. Sie waren inzwischen höher geklettert, registrierten aber sofort, dass Jonathan ihnen nachstieg. Es sah witzig aus, wie er mit seinen langen, dünnen Beinen in den Fellschuhen und mit der kurzen Fellhose völlig unbeholfen in den Ästen hing.

»Ja, los«, sagte ich, »was sitzen wir noch hier? Wir wollten uns doch ihr Reich ansehen!«

So kletterten wir hinauf, bis sich allmählich die Blätter unter uns schlossen und nur noch hier und da den Blick aufs Wasser freigaben. Die vielen großen Blätter sorgten dafür, dass es hier dunkler und kühler war. Als wir weiter oben ankamen, war zu erkennen, dass die Äste und die armdicken Wurzelstränge wie ein Gewebe mit dem Fels und der Höhlendecke verwoben waren. Am Ast über mir wuchs so etwas wie ein großer runder Baumpilz, der aussah, als habe jemand einen graugrünen Kürbis dort angebracht.

Überall tauchten nun Baumbären auf und betrachteten uns. Ein Weibchen und ein Männchen, die beide sehr kräftig wirkten, kamen auf uns zu und kletterten um uns herum. Das Weibchen gab plötzlich zwei schrille Schreie von sich und riss dabei das Maul breit auf. Das Männchen brummte nur kurz.

Ein anderes Weibchen mit einem Jungen auf dem Arm näherte sich von oben. Das Junge sah uns mit großen Augen an und klammerte sich um den Hals der Mutter, reckte aber gleichzeitig den freien Arm in unsere Richtung, in der anderen Hand hielt er eine rote Schote, die er schon angebissen hatte.

Auf einem stark wippenden Ast stehend, war mir jetzt doch mulmig inmitten dieser fremden Wesen, die wie Bären aussahen und wendig wie Affen kletterten und uns in dieser Umgebung völlig überlegen waren. Das erste Weibchen entfernte sich wieder, während das Männchen, auf zwei Ästen stehend, mit den Fingern ineinandergriff und dann die Arme hoch über den Kopf streckte. Der Kerl sah kolossal aus in dieser Pose. Er brummte laut.

Gabriele sah mich und Alex an: »Er ist bestimmt der Boss hier. Mit ihm sollten wir uns guthalten.«

Wir kletterten ein bisschen in den Pflanzen herum und sahen, dass die Baumbären Nester bauten. Äste und Wurzelstränge und jede Menge großer, fester Blätter waren so in Astgabeln gelegt und verflochten, dass sie sogar zu zweit oder zu dritt darin liegen konnten. Zwar sorgte unsere Ankunft für Aufregung und alle blickten in unsere Richtung und behielten uns im Auge, trotzdem blieben sie ganz ruhig. Einige saßen irgendwo in den Ästen und hin und wieder schaukelte einer in einer Liane sitzend.

Knuth schien in unserer Nähe zu bleiben. »Vielleicht ist er unser Aufpasser«, vermutete ich.

Wir näherten uns durch das Grün der leuchtenden Felswand auf dieser Höhe, die hier oben in vollem Licht strahlte. Sie war wärmer als Sutim. Im Fels gab es mehrere Plateaus und ganz oben schien Wasser zu dampften. Von hier aus konnten wir runter auf die Wasserfläche sehen. Wir kletterten ganz zum Rand. An der gegenüberliegenden Wand, an der der Fluss entlangfloss, sah ich weit oben einen fast runden Schatten im Fels, irgendeine Vertiefung. Dort oben ein Get? Aber niemals würden wir dort hochkommen, die Wand war zu steil.

Knuth drängte sich vor uns und machte irgendwelche Bewegungen, als wolle er uns wieder zurück ins Innere schieben, dabei gab er aufgeregte Laute wie »Hmhmhmhm« von sich. Vermutlich waren die Äste hier nicht so stabil und fest wie weiter innen.

Wir kletterten zurück in den hängenden Wald mit den Nestern, unsicher von Ast zu Ast greifend. »Ich glaube«, sagte Isabelle, »ich könnte die irgendwann alle auseinanderhalten. Seht mal: Der dahinten hat eine Narbe auf der Stirn, bei dem dort ist das Fell viel dunkler, dann sind sie auch unterschiedlich groß. Und da, seht mal, wie sich die beiden Weibchen unterscheiden. Die eine hat viel kürzeres Fell.«

Ja, sie hatte recht. Bei genauerem Hinsehen konnte man sie auseinanderhalten.

»Und seht mal die dahinten an. Die ist trächtig«, rief Gabriele.

Wir beschlossen, erst mal wieder nach unten zu steigen, um am Ufer ein Nickerchen zu halten. Als wir an dem Ast vorbeikamen, an dem ich den runden, kürbisartigen Baumpilz gesehen hatte, war er verschwunden – vermutlich waren auch sie essbar. Knuth folgte uns und wich uns nicht von der Seite. Wir betteten uns auf dem dichten Moos unter dem herabhängenden Grün, vor uns die Uferfläche und links der Kanal, in dem der Fluss weiterfloss.

Obwohl die Baumbären völlig friedlich zu sein schienen, waren wir uns einig, dass immer einer von uns wach bleiben sollte. Der Erste wollte Alex sein – doch als ich mich später im Schlaf auf die andere Seite drehte und dabei kurz die Augen öffnete, sah ich, dass auch er längst eingeschlafen war. Stattdessen saß Knuth aufmerksam bei uns.

Manchmal wachten wir auf, weil uns ein Quieken oder ein lautes Planschen aufschreckte, aber auch das überschliefen wir schließlich. Es war angenehm warm und das Moos war weich – was wollten wir mehr? Hier unter dem Grün war es auch nicht so hell wie draußen am Wasser gleich vor der strahlenden Wand.

Als ich aufwachte, setzte ich mich mit dem Rücken an einen Steinbrocken. Alex und Isabelle waren nicht mehr da. Jonathan schnarchte und auch Gabriele schlief noch. Oben in den Blättern saß Knuth, der eine aufgebrochene Frucht im Arm hielt und aß. Ich konnte sein Schmatzen hören. Während er mampfte, ließ er den Blick über das

Wasser oder nach oben schweifen. In einer Bucht auf der anderen Seite sah ich drei der Wasserkatzen im seichten Wasser kauern. Auch sie aßen etwas, was sie zwischen den Fingern hielten. Irgendwo weiter hinten schwammen noch zwei von ihnen, ihre Glatzen schimmerten. Hin und wieder gaben sie ein Quieken von sich und tauchten ab. Ich hatte überhaupt keine Vorstellung davon, wie viele es insgesamt sein mochten. Auch am Ufer im Pflanzensaum erkannte ich noch eine, geduckt schleichend und das Gesicht nach unten gerichtet, als suche sie nach Essbarem. Mir fiel auf, dass auch sie immer wieder über die Schulter nach oben sah.

Irgendwo über uns im Grün raschelten die Blätter. Eines der Jungen schrie laut. Knuth mampfte und schmatzte unbeeindruckt. Wie ich ihm so zusah, bekam auch ich Hunger. Die Früchte hatten wirklich gut geschmeckt. »Pst«, machte ich leise nach oben, aber Knuth registrierte mich nicht. Da ich wegen Jonathan und Gabriele nicht zu laut sein wollte, schwenkte ich mit den Armen, bis Knuth zu mir sah. Ich legte die Finger zusammen und führte sie ein paarmal zum Mund, aber Knuth drehte den Kopf wieder zur anderen Seite, als gehe ihn das nichts an, und mampfte weiter. Keine Chance! Knuth wollte in Ruhe essen, und zwar offensichtlich allein.

Ich erhob mich, trat weiter vor, bog in den Get, in dem der Fluss weiterfloss, und verschwand in den Pflanzen am Ufer, die auch hier üppig aus den Ritzen und Rissen im Gestein wucherten. Große Blätter schaukelten in der leichten Strömung. Manchmal lagen Zerklüftungen im dunklen Schatten links von mir. Barfuß stapfte ich tiefer in den Wassergang. Es war mühsam zu gehen, weil das Ufer dicht bewachsen war und mir das Wasser schon hier am Rand bis zu den Oberschenkeln reichte. Die Steine waren glitschig und dichte Wasserpflanzen umschlingerten meine Waden. Auf der anderen Seite sah ich zwei Glatzen im Wasser, die mich beobachteten, aber plötzlich abtauchten. In der Mitte musste das Wasser ziemlich tief sein.

Je weiter ich ging, desto dämmriger und kühler wurde es. Weit vor mir sah ich, dass ein immer dichteres Pflanzenwerk aus allen Wänden quoll. Ein Ufer gab es dort nicht mehr. Dann wurde das Grün so dicht, dass ein Weitergehen unmöglich war. Vor diesem Wasserdschungel blieb ich stehen und suchte mit den Augen aufmerksam die dämmrige Umgebung ab. Die Pflanzen wuchsen mit ihren Blättern bis dicht hinunter zum Wasser. Alles schien undurchdringlich. Der Fluss verschwand im Wald. Finsternis im Inneren. Doch dann sah ich eine Bewegung: Etwas Schlangenähnliches wand sich um einen Ast. Es sah so aus, als habe das Tier drei Fühler, die alle vorsichtig hierin und dorthin tasteten, aber der untere Fühler musste wohl eine Art Rüssel sein, denn damit zupfte es an den Blättern. ›Eine Elefantenschneckenschlange‹, dachte ich.

Als ich mich umdrehte, verschwand hinter mir einer der grauen Köpfe unter Wasser. Vermutlich tauchten sie immer neben mir, ohne dass ich es bemerkte. Weit hinter mir leuchtete die Öffnung zur Höhle. Während ich noch einmal ins dichte Grün blickte und mich neugierig umsah, fuhr ich zusammen: Rechts hinter einem hohen Gewächs kauerte eine etwa hüfthohe Gestalt, die aussah wie ein riesiger Frosch und mich beobachtete. »Wow, was bist du denn für ein Kerlchen?«, sprach ich laut. Seine riesigen Augen waren auf mich gerichtet. Die Lider klappten in einer langsamen Bewegung über die großen Pupillen. Ich wurde ganz aufgeregt und versuchte, etwas näher heranzutreten. Den musste ich mir doch genauer ansehen.

Ich machte ein paar unsichere Schritte auf diese grünliche Gestalt zu, um sie besser sehen zu können, da sprang sie mit einem großen Satz vor an den Wasserrand. Sofort ging sie wieder in die Hocke und wandte das Gesicht zu mir. »Jetzt bleib doch mal«, sagte ich laut. Aber dann sprang sie mit einem zweiten Satz hinein ins Wasser. Die Beine waren so lang wie die eines Menschen. Der Frosch schwamm unter das finstere Grün in den Wasserwald und war verschwunden. Ich blickte hinterher. »Das gibt's doch alles nicht.«

Ich trat näher an das dichte Geschling heran und versuchte tiefer in den Wald zu blicken, aber zu erkennen war nichts. Keine Spur mehr von dem Frosch. So stellte ich mir das hohe, verwachsene Dickicht eines Dschungels vor. Eigenartige Laute drangen heraus zu mir. Hohe Schreie genauso wie ein tiefes Grollen. Und immer wieder ein Platschen im Wasser. Etwas weiter vor mir sah ich, wie ein handgroßes Insekt etwas fraß, das beinahe wie eine Maus aussah. Das Insekt hatte zwei riesige Scheren, mit denen es die Maus aufgeschlitzt hatte. Zwei kräftige Vorderbeine hielten sie umklammert, während sich das Insekt mit den kleineren Hinterfüßen am Zweig festhielt. Mich schüttelte es und ich trat zurück.

Als ich umkehren wollte, verfing ich mich unter Wasser in einer Wurzel und stürzte vornüber: Es machte ein lautes Platsch, mit Händen und Füßen suchte ich Halt unter der Oberfläche, rutschte immer wieder ab und musste ein paar Züge schwimmen, um wieder an eine Stelle zu gelangen, an der ich stehen konnte. »Ach, verdammt«, fluchte ich laut vor mich hin und begann, das Wasser, so gut es ging, aus der Hose zu wringen. Vor mir hockten zwei Glatzen am flacheren Ufer. »Ihr könntet mich ja auch warnen, wenn ihr mich schon überallhin verfolgt«, schimpfte ich. Sie schwammen ein Stück und traten dann vorgebeugt aus dem Wasserstrom, um in einem der seitlichen Risse im Gestein zu verschwinden. Als ich selbst dort ankam, waren sie darin nicht mehr zu sehen, aber ich hörte noch Schritte in einem flachen Wasser.

So kam ich zurück auf unser kleines Uferplateau und wollte eigentlich vom Frosch erzählen, aber was sah ich dort: Knuth hockte neben Gabriele und teilte mit ihr eine Frucht. »Hey, was soll denn das?«, tat ich empört. »Mir wollte er vorhin nichts abgeben.«

»Ich bin von seinem Schmatzen wach geworden; er saß hier neben mir und aß.«

Ich schüttelte den Kopf, grinste und sah ihn an, während ich meine Fellschuhe wieder anzog: »Du bist mir ein schöner Freund! Du gibst nur Weibchen etwas ab, hm?«

Gabriele schnitt ein Stück ab und reichte es mir.

»Hmmm«, brummte Knuth leise beim Kauen.

»Ja, ›hmmm‹«, machte ich ihn nach und zog eine Grimasse. Da auch eine dieser roten Schoten herumlag, nahm ich auch sie auf und probierte. Sie war mehlig und gleichzeitig fest und schmeckte sehr nussig. »Auch lecker.« Ich wandte mich um: »Wo sind die anderen?«

»Keine Ahnung. War allein, als ich aufwachte. Das heißt: Knuth war natürlich bei mir ...« Sie tat geschmeichelt, lächelte und streichelte über seine Schulter. Ungerührt sah er abwechselnd geradeaus übers Wasser und hoch in die Luft.

»Ja, ja, ich glaube, er ist ein Casanova.«

»Er ist ein Kavalier, verwechsle das nicht: Während ihr mich hier allein liegen lasst und mich Luftwölfe hätten zerfleischen können, hat er mich behütet ...«

»Luftwölfe? Als unser Kavalier vorhin da oben auf dem Ast saß und allein vor sich hin mampfte, hätte man ihm vermutlich seine Kinder stehlen können und er hätte sich nicht gerührt.«

Aus dem grünen Blätterhimmel kam Alex heruntergesprungen. »Mein Gott, habt ihr einen Schlaf!« Er sank neben uns aufs Moos. »Na, altes Haus«, er berührte Knuth an der Schulter und streichelte ein paarmal den Oberarm rauf und runter.

Plötzlich hörten wir einen eigenartigen Ruf aus dem Grün über uns. Knuth sprang sofort hastig auf, ließ die Frucht fallen, riss das Maul weit auf, sodass wir seine großen Zähne sehen konnten, und gab ebenfalls diesen Laut von sich. Durchdringend schrie er.

»Was ist jetzt los?«, fragte Alex. »Hab ich was Falsches gesagt?«, grinste er.

Knuth stieg eilig in die Äste und verschwand, immer wieder seinen Schrei in unsere Richtung ausstoßend.

Gabriele sah uns an: »Hier stimmt was nicht. Lasst uns mal reingehen und nachsehen.«

Auch wir kletterten hinein ins Grün. »Wo sind die denn alle?«, sagte Alex. Wir sahen nicht einen einzigen der Baumbären außer Knuth, der vor uns im dichten Grün verschwand. Nicht mal die Jungen waren zu hören. Auch Isabelle und Jonathan schienen verschwunden.

»Los, lasst uns an Knuth dranbleiben«, meinte Gabriele hektisch.

Wir stiegen ihm nach. Offenbar wollte er näher an die Felswand. Doch in diesem Augenblick brach ein Ast und Knuth krachte direkt vor uns hinunter. Zwar versuchte er noch, einen Ast zu greifen, aber dann stürzte er auch schon durch die nächsten Äste. Unter uns fiel er durch das Grün, immer wieder brachen Äste und Zweige. Dann hörten wir sein dumpfes Aufschlagen.

»Los, schnell!« Gabriele griff bereits an einen tieferhängenden Ast.

Axel und ich folgten ihr. Mir fiel auf, dass es um uns rum völlig still war. Kein einziger Laut war zu hören, auch vom Wasser nicht, kein Planschen, kein Quieken.

Wir fanden Knuth unten an die Felswand gedrückt. Er hielt sich den linken Arm. Sein Gesichtsausdruck war voller Panik; er hatte Angst. Er wippte mit dem Oberkörper, gab aber keinen Laut von sich.

»Lauscht mal!«, sagte ich. Um uns herum rührte sich nichts. Es war absolut still. Kein einziger der anderen Baumbären war uns nach unten gefolgt. Wir sanken auf den Boden. Ganz leicht wippte Knuth weiter mit dem Oberkörper und hielt sich den Arm. Jetzt konnte ich sehen, dass ihm Tränen aus den Augen in sein Gesichtsfell liefen. Hatte er solche Schmerzen?

Dann war plötzlich ein brutal lautes Platschen vom Wasser her zu hören. Ein Platschen und Schlagen, als wäre ein Walfisch zum Luftholen aus dem Wasser gestoßen und wieder hinabgesunken. Zu sehen war von hier aus nichts. Knuth stoppte sein Wippen und Wimmern und machte stattdessen riesige Augen. Dann hörten wir ein lautes Quieken, das sich zu entfernen schien und mit einem Mal abbrach.

»Hm«, machte Alex. Wir blickten uns um.

»Was war denn das jetzt?«, murmelte ich.

Über uns wurde es wieder lebendiger. Jetzt schienen alle Baumbären gleichzeitig aufzubrechen und es dauerte nicht lange, als alle unten bei uns ankamen. Auch Isabelle und Jonathan waren dabei.

»Was ist passiert?«, fragte Isabelle.

»Knuth ist runtergefallen«, antwortete Alex.

Gabriele meinte: »Ich glaube, er hat sich den Arm gebrochen.«

»Oh, Scheiße, mein Knuth!« Isabelle kniete sich vor ihn, aber das taten längst auch ein paar der Baumbären. Der Boss streichelte ihm über den Arm.

»Los«, sagte Gabriele, »lasst uns ein paar gerade Äste suchen. Wir schienen ihm den Arm. Je glatter der Knochen wieder zusammenwächst, desto besser. Sonst wird er vielleicht immer Schmerzen haben und sich nicht mehr richtig festhalten können.« Dann sah sie Isabelle an: »Was war denn eigentlich gerade los?«

»Keine Ahnung«, schüttelte sie den Kopf. »Sie gaben zuerst diese eigenartigen Rufe von sich, dann verzogen sich plötzlich alle bis zur Felswand, waren mucksmäuschenstill und rührten sich erst wieder, als das Platschen vom Wasser und dieses Quieken vorbei waren.«

Gabriele nickte stumm. »Irgendwas war da, aber kümmern wir uns erst mal um Knuth.«

Wir machten uns alle auf die Suche nach gerade gewachsenen Ästen, aber es war nicht einfach, denn die hängenden Bäume wuchsen kreuz und quer und in Windungen. Trotzdem hatten wir nach einer Weile wenigstens fünf kurze Äste abbrechen können, die einigermaßen brauchbar waren. Dann rissen wir reichlich von den dünneren Lianen ab und suchten Knuth.

Er lag inzwischen in einem der Nester. Wie in einer Karawane hatten sie ihn hinaufgebracht und gestützt. Einige der Baumbären hockten in den Ästen drum herum.

»Wir können jetzt nicht einfach seinen Arm nehmen und schienen«, meinte Isabelle. »Spätestens wenn wir ihm dabei wehtun, wird er sich wehren oder es einfach nicht wollen. Ich schlage vor, wir zeigen ihnen allen zuerst an einem von uns, was wir machen wollen. Ich wette, sie begreifen es.«

»Gute Idee«, sagte ich, »nehmt meinen Arm.«

Wir setzten uns vor dem Nest in Positur. Sie sahen uns zu. Gabriele hielt die fünf Stöcke verteilt um meinen Arm, zog und streckte ihn dabei, und Isabelle wickelte. Sie konnte das sehr gut. Zwar ein bisschen abwesend, aber doch: Auch Knuth beobachtete uns. Als der Arm geschient war, hielt ich ihn hoch und kletterte zu Knuth, um ihn ihm hinzuhalten.

Isabelle stieg in das Nest und signalisierte Knuth, dass er ihr den Arm hinhalten sollte. »Komm, Knuth, bitte. Du verstehst doch, was wir wollen. Sei nicht stur. Und Angst brauchst du auch nicht zu haben. Wir sind ganz vorsichtig.« Sie streichelte ihn.

Er brummte schmerzvoll.

»Knuth, bitte!« Sie fasste vorsichtig an seinen Arm.

Knuth setzte sich aufrecht und ließ es geschehen, dass Isabelle den Arm auf ihre Oberschenkel legte. Sie strahlte. »Kommt!«, sagte sie zu Gabriele und mir. »Schnell, bevor er's sich wieder anders überlegt.«

Ich wickelte alles ab und gab die Einzelteile Gabriele.

»Du musst seinen Arm so gut strecken, wie es geht, damit die beiden Knochenteile möglichst gerade zueinanderstehen. Von dir lässt er sich das vielleicht gefallen.«

»Und wenn nicht?«, murmelte Isabelle. Sie nahm den Arm und zog ihn ganz leicht an sich heran. »Wenn der mir eine schmiert ...«, aber sie sprach nicht zu Ende.

»Fahr mal mit der Hand die Außenseiten ab, ob du etwas Vorstehendes spürst.«

Vorsichtig fuhr Isabelles Hand den Arm entlang. »Ich fühle nichts. Das Fell ist auch zu dick.«

»Okay, dann los. Zieh am Handgelenk.«

So legten sie Knuth die Stöcke um den Arm und umwickelten alles. Nur einmal zuckte er und stöhnte. Geradezu stolz sahen Gabriele und Isabelle danach auf den Arm. Knuth legte sich wieder. Er schien sehr unglücklich. Eine Weile lang dämmerte er in seinem Nest vor sich hin.

Was im Wasser geschehen war, fanden wir nicht heraus. Es blieb nun auch ruhig, das Ereignis wiederholte sich nicht. Unsere Beobachtung richtete sich stattdessen auf Knuth, der sich aber nach und nach erholte.

Es war Jonathan, der auf die Idee kam, an einigen Stellen, die besonders schwierig zu klettern waren, Strickleitern anzubringen, um zukünftig solche Stürze zu verhindern. Nicht zuletzt für uns selbst würde das eine große Hilfe sein. Das taten wir dann auch. Wir setzten uns zusammen und begannen zunächst die Lianen in handhabbare Stränge zu zerlegen, um sie dann wieder zu verkordeln. Isabelle kannte einen Knoten, mit dem man für die Tritte Querseile an die Längsseile binden konnte, ohne dass sie verrutschten.

So saßen wir immer wieder zusammen in einem der Nester, zerfaserten die Lianen und drehten sie zu einem neuen Seil mit mehr Haltbarkeit. Die Baumbären saßen in der Nähe und sahen uns zu, sie schienen unsere Handlungen genau zu registrieren.

Schließlich probierten wir eine erste kurze Strickleiter aus. Wir wickelten das eine Ende mehrmals oben um einen festen Ast; unten nahmen wir Verbindungsstücke, um die beiden Enden ebenfalls an Ästen festzuschnüren. So saß die Leiter ziemlich stramm.

»Okay«, sagte Alex, nachdem wir alle auf unser Werk sahen, »und wer probiert sie aus?«

»Isabelle natürlich«, antwortete ich, »die Leichteste zuerst.«

Isabelle grinste: »Wieso müssen eigentlich immer die zartesten Geschöpfe das Härteste leisten?« Sie fasste an die Seile und stieg zwei Tritte hinauf, dann sah sie zu uns und verzog das Gesicht, auf dem mir erst jetzt wieder ihre Narbe auffiel. »Also, ich hoffe ja wirklich, dass sie hält.«

»Wir auch«, meinte Gabriele und wir lachten los.

Doch dann kam der Boss heran, schob sich an Isabelle vorbei, griff an die Leiter und stieg auch schon hinein. Er war um einiges schwerer als Isabelle ... Unsicher kniff ich das Gesicht zusammen. Wenn er jetzt bloß nicht abstürzte.

Als er ungefähr in der Mitte war, fing er plötzlich an, an der Leiter zu ziehen und zu zerren. Dann kletterte er bis nach oben, sah kurz zu uns runter und kletterte zurück. Als er wieder unten ankam, gab er einen lauten Ruf von sich.

Ich erschrak und zuckte zusammen.

»Das war wohl die Genehmigung«, sagte Alex.

Nachdem wir noch zwei Stellen gesichert hatten und dann auch eine Strickleiter nach unten ans Wasser angebracht hatten, gönnten wir uns wieder mehr Pausen und schliefen auf dem Moosstrand.

Die Baumbären hatten unterdessen verstanden, was zu tun war, um Seile zu drehen. Bei der letzten Leiter hatten sie sogar den Knoten begriffen. Es war dann der Boss, der zwar nie half, aber jedes Mal den Test machte, wenn wir die Leitern aufgehängt und festgebunden hatten.

»Also, ich finde«, meinte Alex schließlich, als wir alle zum ersten Mal die Leiter hinunter zum Wasser benutzt hatten, um uns ins Moos zu legen, »an unserem Einsatz für die Volksgemeinschaft können sie keinen Zweifel haben ...«

»Die Volksgemeinschaft ...«, wiederholte Gabriele.

»Die SED wäre stolz auf uns.«

»Gewesen«, fügte ich hinzu.

Wir setzten uns ans Ufer und aßen Früchte. Weiter vor uns kamen drei Baumbären aus dem Grün gesprungen. Einer nach dem anderen nahmen sie lange Stöcke auf, die herumlagen und die an der Spitze so abgebrochen waren, dass sie einem Dreizack glichen. Diese in den Händen haltend, traten sie ins Wasser.

»Sie fischen«, murmelte Alex.

Völlig verblüfft sahen wir ihnen zu. Sie standen regungslos im Wassersaum, verfolgten die Fische im Wasser mit dem Blick und stießen wie vom Blitz getroffen plötzlich zu. Doch das klappte nicht gerade jedes Mal. Erst nach vielen Versuchen zog einer von ihnen schließlich den ersten aufgespießten Fisch heraus, der heftig zappelte. »Das gibt's doch nicht. Die treffen sogar.« Ich konnte es nicht glauben. Sie warfen den Fisch hoch ins Grün, wo ein weiterer Baumbär ihn auffing.

Die drei im Wasser wirkten unruhig, immer wieder sahen sie über das Wasser und nach oben. Es dauerte eine Weile, bis sie den zweiten Fisch am Spieß hielten.

Auf mehr als drei doch eher kleine Fische brachten sie es nicht. Die Baumbären ließen die Astgabel am Ufer liegen und stahlen sich wieder ins Grün. Vielleicht hatten sie Angst, dass für sie nichts als die Gräten übrig bleiben würden.

»Na«, sagte ich, »ein bisschen effektiver müssten man das Fischen hier schon betreiben. Wer hier Urlaub macht, sollte eine feine Angelleine mitnehmen.« Wir blickten übers Wasser. Immer noch konnten wir uns keinen Reim darauf machen, was zuletzt am Wasser passiert war.

»Was mag das gewesen sein?«, fragte Isabelle neben uns stehend. »Das war doch wirklich eigenartig: zuerst diese totale Stille, dann plötzlich das heftige Schlagen im Wasser. Irgendwas muss doch im Wasser sein.«

Gabriele nickte: »Das müssen wir unbedingt herausfinden, bevor wir wieder zurückpaddeln. Vielleicht haben wir bisher nichts als Glück gehabt, dass es uns nicht angegriffen hat.«

»Aber vor einem Fisch bräuchten sie sich doch nicht hinten an der Felswand zu verkriechen«, sagte Alex.

»Vielleicht ein Vieh mit einem langen Hals«, warf ich ein. »Oder eine Wasserschlange. Viel, viel größer als die, die ich hinten im Wald über dem Fluss gesehen habe und die nur Blätter fraß.«

»Wenn es so etwas ist, dann sollten wir aber nicht mehr am Wasser schlafen«, sagte Gabriele. »Vielleicht war Knuth deshalb die ganze Zeit bei uns.«

»Hier am Wasser sind sie jedenfalls immer sehr vorsichtig. Und unruhig.«

»Trotzdem trauen sie sich zu angeln«, sagte Alex und boxte mir gegen den Oberarm. »Lass es uns doch auch mal versuchen.«

»Okay, ich glaube aber nicht, dass wir irgendetwas zutage fördern außer einem alten Gummistiefel.«

Gabriele, Isabelle und Jonathan entschlossen sich, auch wieder hoch ins Grün zu klettern, um zu sehen, wie sie den Fisch aßen, und um vielleicht etwas davon abzubekommen. Auf Alex' und mein Können wollten sie nicht setzen.

»Das Misstrauen kränkt uns sehr«, sagte ich, »wir werden unsere Fische allein essen.«

»Also los«, machte Alex, »probieren wir es mal aus.« Wir waren jetzt allein am Wasserrand.

Wir schnappten uns die Dreizacke und versuchten unser Glück, aber unser Fischstechen endete jedes Mal ziemlich erbärmlich. Das Einzige, was wir ergatterten, war ein Kieselstein, der sich in die Gabelung geklemmt hatte. Ansonsten wirbelten wir nur den Dreck auf. Immer waren die Fische viel zu flink für uns, obwohl wir voller Konzentration ins Wasser starrten und ihren Bewegungen folgten.

»Vergiss es«, meinte Alex schließlich frustriert, »dazu sind wir zu blöd.« Er warf seinen Stock ans Ufer. »Vielleicht gibt uns Knuth etwas Fisch ab. Komm!«

»Klar«, grinste ich, »den Kopf vielleicht. Er ist nur Frauen gegenüber spendabel.«

Während ich noch einen letzten Versuch mit meinem Dreizack unternahm und ihn auf die Wasseroberfläche gerichtet hielt, ertönten auf einmal wieder diese eigenartigen Rufe der Baumbären. Ich blickte über die Schulter zu Alex. Hektisches Geraschel war über uns zu hören, überall schwang das Grün in heftigen Bewegungen.

»Da ist es wieder«, sagte ich. Wir blickten über den Fluss, aber es war nichts zu sehen. Ich trat trotzdem aus dem Wasser ans Ufer. Ich bekam Herzklopfen. ›Verdammt, was mag denn da sein?‹

»Lass uns lieber reinklettern«, meinte Alex. Ihm war mulmig, das war zu sehen. »Komm jetzt endlich.«

Dann war es auf einen Schlag völlig still über uns. Ich sah um mich. Die Wasseroberfläche war glatt wie Glas. »Ja«, antwortete ich, »gehen wir zurück, verkriechen wir uns lieber.«

XI

Ich drehte mich weg vom Wasser, warf meinen Dreizack zur Seite und wollte gerade aufs trockene Ufer steigen, da erwischte mich ein gewaltiger Schlag gegen beide Schultern. Ich streckte die Arme aus und griff an einen Ast, spürte aber schon, wie sich an meinen Oberarmen etwas in meine Haut bohrte. Stechende Schmerzen überall. Als würden meine Oberarme von Stangen durchstoßen. »Alex, halt mich!«, schrie ich. Ich sah Alex' angstvolles Gesicht wenige Schritte von mir entfernt. Er schien wie versteinert, blieb völlig reglos. Er starrte irgendetwas über mir an. Ich sah auf meine Schulter: Riesige Krallen umklammerten mich und bohrten sich in meine Arme, an der Spitze jeder Kralle lief bereits das Blut. Ich spürte, wie ich gehoben wurde, hielt mich aber verkrampft an dem Ast fest. »Alex! Schnell!!« Irgendein gewaltiges Wesen zerrte an mir.

Hektisch machte Alex zwei Schritte auf mich zu, aber statt meinen Arm zu ergreifen, bückte er sich nach einem der Dreizacke – und in diesem Moment riss der Ast vor mir ab und ich wurde in die Luft gezogen. Verdammt, warum tat er denn nichts?! »Alex!!!«, schrie ich noch einmal, aber längst vergeblich, es war zu spät. Immer höher hinauf ging es. Ich schwebte hoch über dem See. Ich musste in den Fängen eines riesigen Vogels hängen, der nun auf die Felswand zuflog. Ich spürte den Luftwirbel von den Flügelschlägen. Mir wurde schlecht von der Höhe, der Schweiß lief mir übers Gesicht und brannte in meinen Augen. Es ging geradewegs auf den schwarzen runden Schatten zu, den ich aus dem hängenden Wald bereits in der Felswand gesehen hatte.

»Jan!« Unten schienen jetzt auch die anderen nach mir zu rufen. Sehen konnte ich sie nicht.

Wir schossen auf die Felswand zu, immer größer wurde das schwarze Loch.

Der Vogel streckte die Beine vor und warf mich in seinen Bau. Ich stürzte auf den harten, felsigen Untergrund und stieß mir die Knie auf. Alles tat mir weh, das Blut lief mir an den Armen hinunter, aber ich raffte mich sofort auf und rannte los über den zerklüftet-kantigen Felsuntergrund. Ich rannte einfach weg von dem Vogel, den ich nun, während ich kurz nach hinten sah, zum ersten Mal erblickte. Er war dreimal so groß wie ich, hatte einen kurzen, breiten rötlichen Schnabel und riesige Augen. Geduckt kam er nun mit großen tapsigen Schritten hinter mir her. Vor mir sah ich sein Nest aus groben Ästen und braun gewordenen Blättern, in dem drei Junge die Hälse reckten. Sie mussten vor gar nicht langer Zeit erst geschlüpft sein, denn sie waren von weißlich-rotem Schleim überzogen. Ihre Augen waren noch geschlossen, aber hungrig rissen sie den blutroten Schnabel auf.

Ich rannte mit unsicheren Schritten und stolpernd durch den Felsgang, in dem überall Federn und Reste verwelkter Blätter lagen. Die Jungvögel hörten meine Schritte und stießen mit ihren Schnäbeln in meine Richtung, als ich auf der Höhe ihres Nestes war. Ich drückte mich gegen die Felswand und schob mich an dem Nest vorbei. Der große Vogel war nun nah hinter mir. Ich machte noch ein paar hastige Schritte, während ich die Schnäbel der Jungvögel hinter mir klappern hörte, und warf mich in einen horizontalen Gesteinsriss in der Wand. So tief es ging, presste ich mich hinein. Mein Herz hämmerte. Der Vogel kam auf mich zu und hackte mit dem Schnabel in den Riss, aber er erreichte mich nicht. Er krachte dabei immer wieder gegen das Gestein. Ein paar Mal versuchte er es, dann blieb er vor dem Riss hocken, sodass es dunkel um mich rum wurde. Ich starrte auf die Brustfedern, die leicht gesprenkelt waren und an denen etwas von meinem Blut klebte.

Ich atmete tief durch, aber mein Herz schlug dermaßen stark bis hinauf in den Hals, dass ich kaum richtig zu Luft kam. Immerhin schien ich für den Moment in Sicherheit zu sein. Ich presste den Rücken ans Gestein. Meine Schultern und Oberarme waren voller Blut. Die Wunden an den Knien brannten.

Das durfte doch alles nicht wahr sein! Jetzt lag ich hier in einem Gesteinsriss und ... Hatte ich denn hier oben überhaupt auch nur die winzigste Chance, diesem Monstrum von einem Vogel zu entkommen? Es schnürte mir den Hals zu. Tränen liefen mir über die Wangen. War das mein Tod? Nein! Bitte ... ich ... ich will nicht ... »Hau ab!«, brüllte ich, aber mein Schreien ging doch nur in ein Wimmern über.

Nach einer Weile beruhigte ich mich etwas und versuchte, aus dem Riss hinauszusehen und den Vogelbau genauer zu erkennen. Der Vogel hockte nun mit einigem Abstand vor mir. Zuerst einmal musste ich die Lage überblicken. Der Bau schien zwei Ausgänge zu haben, die im rechten Winkel zueinander lagen, so viel konnte ich erkennen. Etwa in der Schnittstelle lag das Nest. Hinter dem Nest sah ich den hellen Ausgang, durch den wir gekommen waren. Das Licht hinter dem anderen Ausgang schien trüber zu sein, alles wirkte eher grau, aber ich konnte nicht sehen, was dahinter lag.

›Scheiße, verdammte, warum hat mich Alex nicht festgehalten oder auf den Vogel eingedroschen? Da zaudert er erst lange rum, der Idiot!‹ Ich hatte hier drinnen doch überhaupt keine Chance zu entkommen. Der Vogel brauchte nur zu warten. Irgendwann würde ich so schwach sein, dass ... Aber ich würde nicht hinausgehen, nein, nie. Lieber würde ich in diesem Felsriss verhungern, als mich an seine Jungen verfüttern zu lassen. Ich schrie: »Hau endlich ab!«

Der Vogel legte den Kopf schräg, sah in meine Richtung und klappte mit den Augenlidern. Niemals würden es die anderen schaffen, hier heraufzuklettern, um ihn zu vertreiben. Die Baumbären, ja, die könnten das vielleicht, aber sie hatten viel zu viel Angst. Sie wussten, welches Schicksal vor einem lag, wenn man einmal in die Fänge dieses Riesenvogels geraten war.

»Lass mich in Ruhe!«, brüllte ich den Vogel noch einmal an. Diesmal erhob er sich und kam näher heran. Er hackte mit dem Schnabel ein paarmal in meinen Felsspalt, aber er erwischte mich nicht. Ich zog den Bauch ein und konnte auf den breiten Schnabel sehen, wie er sich öffnete, um mich zu packen. Brutal nah kam er mir. Dann drehte er sich wieder herum und sah sich in seinem Bau um. Er tapste umher. Die Jungen waren unruhig.

Ich machte einen langen Hals, um weiter hinaussehen zu können. Völlig unkoordiniert stießen die Jungen im Nest mit ihren Schnäbeln um sich. Sie hatten Hunger und warteten sehnsüchtig darauf, endlich gefüttert zu werden. Hier und da lagen Fischgräten herum. Überhaupt stank es modrig und nach Verwesung. Auch Reste kräftiger Eierschalen waren um das Nest verteilt.

Der Vogel kam zurück und versuchte abermals, in den Riss zu stoßen und mich hinauszuziehen, aber es gelang ihm auch jetzt nicht. Er bekam mich nicht zu packen. Mit aller Kraft presste ich mich an den Fels. Riesig erschien mir jetzt der rote Schnabel mit seinen scharfen Kanten. Aber resigniert zog sich der Vogel ein weiteres Mal zurück. Solange ich so lag, konnte er mich mit seinem Schnabel nicht erwischen. Aber was half mir das schon?

Die Jungen gaben immer aggressivere hohe Laute von sich. Eins der drei schien nicht besonders kräftig zu sein, nach jedem Stoß in die Luft sackte es zusammen. Der Vogel tapste auf das Nest zu und sofort gingen die Schnäbel hoch und blieben weit geöffnet nach oben gereckt, aber es gab kein Futter. Noch einmal sah der Vogel zurück zu mir. Dann ging er am Nest vorbei, weiter bis vor zum Ausgang nach Wolko, den er beinahe ganz ausfüllte, wodurch es sofort dämmrig wurde im ganzen Bau. Wahrscheinlich hielt er Ausschau nach dem nächsten Opfer.

Ich atmete erst einmal tief durch, unbedingt musste ich herausfinden, was hinter der anderen Öffnung lag. So leise es ging, kroch ich etwas vor, um mehr sehen zu können. Die Jungen schienen sich für den Augenblick beruhigt zu haben. Noch ein Stück krabbelte ich vor bis an den Rand der anderen Öffnung. Unter mir lag ein gewaltiges Felsental, eine Steinlandschaft mit einem sich schlängelnden, dampfenden Fluss und in der Mitte mit einer grünen Oase hoher Pflanzen, in der der Wasserlauf verschwand. Mitten in der Oase lag ein leuchtender Hügel. Die Pflanzen sahen aus wie riesige Kakteen mit weiten Kronen großer gelber Blätter. Es kamen Geräusche aus der Oase, aber sie waren für mich überhaupt nicht zu deuten. Solche Geräusche hatte ich noch nie in meinem Leben gehört. Es klang wie ein riesiger Fliegenschwarm, der aber eine Art Grollen erzeugte. An den baumartigen Kakteen krabbelten einzelne schwarze Wesen hoch und wieder herunter. Wie sie aussahen, war von hier nicht zu erkennen.

Ansonsten war alles karg und grau im Tal. Ich sah große Käfer und gewaltige Tausendfüßler zwischen den Steinblöcken krabbeln. Oben in den Felswänden erblickte ich eine ganze Reihe runder Schatten, hinter denen sich vermutlich weitere Vogelnester verbargen. Ein Entkommen gab es auf dieser Seite nicht. Ich sah die Felswand hinunter und erkannte menschenähnliche Skelette und jede Menge Gräten von großen Fischen unten am Fuß der Wand liegen. In diesem Augenblick schwang sich tatsächlich ein riesiger Vogel aus einem der runden Schatten und segelte lautlos mit weit aufgespannten Flügeln hoch über diesem grauen Tal dahin, unterbrochen nur von einzelnen Flügelschlägen. Da sich das Tal schlängelte, konnte ich nicht bis zu seinem Ende sehen. Irgendwo verschwand der Vogel.

Selbst wenn es mir gelingen würde, hier herunterzufliehen, würde ich endgültig von den anderen getrennt sein, würde zwischen den Felsblöcken umherirren und mich zu verstecken suchen, damit mich die Vögel nicht erwischten. Vielleicht würden auch die Tausendfüßler auf mich Jagd machen. Immer würde ich in Lebensgefahr sein und doch nach Essbaren suchen müssen.

Hinter mir begannen die Jungen zu piepsen und ihre Köpfe schnellten wieder hoch. Ich robbte zurück und sah, dass der Vogel wieder in den Bau kam. Blitzschnell verkroch ich mich, aber er interessierte sich nicht für mich. Er hielt einen großen Fisch in einer Kralle, den er nun vor das Nest auf den Boden warf. Der Fisch zuckte und zappelte noch, riss hilflos das Maul auf und fächerte mit den Kiemen. Drei Mal hackte der Vogel kräftig hinein, bis der Fisch nur noch vereinzelt zuckte, und dann begann er, ihn zu zerreißen und an seine Jungen zu verfüttern.

Ich konnte nicht anders, als starr in die entsetzten, toten Augen des Fisches zu sehen, die bereits trüb wurden.

Als der Fisch restlos verfüttert war, nahm der Vogel die Gräte und den abgefallenen Kopf, tapste vor zum anderen Ausgang und warf die Reste die Klippe hinunter. Dort würden sicher die Käfer darüber herfallen.

Das schwächliche Junge ließ den Kopf über den Nestrand hängen, viel hatte es nicht abbekommen vom Futter. Die anderen beiden waren stärker und gefräßiger. Der Vogel kam wieder nah zu mir und hackte in meinen Felsriss. Ich konnte viele winzige, spitze Zacken an der Schnabelinnenseite erkennen. Damit würde er mir das Fleisch von den Knochen reißen, bei lebendigem Leib. ›Alex, du Idiot‹, fluchte ich. ›Hampelst herum, statt mir zu helfen. Dieses Vieh wird mich zerfleischen.‹

Als der Vogel wieder abließ von mir, spürte ich meine Kraftlosigkeit. Ich fühlte mich so unendlich müde. Ich wollte schlafen, ich wollte doch nur noch schlafen. Zum Glück hatte das Bluten an den Schultern aufgehört. An meinen Armen klebte das getrocknete Blut. Ich verfiel in einen Dämmerzustand. Schlafen, nur noch schlafen. Aber ich durfte jetzt nicht einschlafen, das durfte ich auf gar keinen Fall, denn wenn ich dabei nach vorne fallen würde, wäre das mein Tod.

So verging eine Ewigkeit. Ich fühlte mich immer schwächer werden. Ich hatte Durst und mein Mund klebte. Ich spürte, wie mich die Kraft immer mehr verließ. Irgendwann würde ich einschlafen. Meine Angst, im Schlaf die Kontrolle zu verlieren, zerfraß mich. Doch dann kam mir die Idee, mit dem freien Arm hinter den Kopf zu fassen und den Ellenbogen gegen den Fels zu stützen. So würde ich verkantet liegen und konnte im Schlaf nicht nach vorne sacken.

Tatsächlich schlief ich in dieser Haltung ein. Ich weiß nicht, wie lange ich geschlafen hatte, aber als ich wieder erwachte, war mein Arm taub und unbeweglich und kribbelte schmerzhaft. Es dauerte, bis ihn das einlaufende Blut wiederbelebte. Zwar spürte ich immer noch keinen Hunger, dafür aber einen ungeheuren Durst. Wasser schien es hier oben keins zu geben, auch die Felswände waren völlig trocken.

Ich schob den Kopf vor. Der Vogel hatte sich liebevoll im Nest über seine Jungen gesetzt und wärmte sie. Auch er schloss friedlich die Augen, die er nur ab und zu kurz öffnete, indem sich die beiden Lider wie Klappen nach unten und oben bewegten. Die Jungen schliefen, offenbar erst einmal zufrieden, wohlig unter seinem warmen Gefieder.

Mit den Augen suchte ich die Umgebung ab. Vielleicht fand ich ein paar große Steine, mit denen ich mich zur Wehr setzen konnte. Aber die einzigen zwei, die ich erblickte, lagen weit von mir entfernt. Dabei sah ich, dass von hinter dem Nest am Fuß der Felswand eine riesige Spinne krabbelte. Ihr Körper war so groß wie eine Menschenhand und wie von pechschwarzem Fell überzogen. Jetzt kam sie auch noch in meine Richtung. Schon konnte ich erkennen, dass ihre langen Beine dicht behaart waren. Vorsichtig tastend, suchte sie ihren Weg. Immer näher kam sie mir. Vor Ekel überzog eine Gänsehaut meinen ganzen Körper. Erneut machte die Spinne ein paar schnelle Schritte. Doch in diesem Augenblick sprang der Vogel auf, tapste über den Nestrand und hatte die Spinne auch schon erwischt. Er richtete sich auf und hielt sie im Schnabel. Ich konnte noch sehen, wie die Spinnenbeine hilflos rechts und links aus dem Schnabel zappelten. Dann schluckte er sie hinunter.

Er drehte sich herum zum Nest und nahm jetzt trockene Blätterreste, die herumlagen, und wischte damit zärtlich den Jungen den letzten Schleim von der nackten Haut. Ganz leise Glückslaute gaben sie dabei von sich. Gewärmt und gepflegt, fühlten sie sich wohl, auch wenn sie ihre Umgebung immer noch nicht sehen konnten.

›Wenn ich überhaupt eine Chance habe, dann nur solange sie blind sind. Wenn auch sie sehen können, bin ich restlos erledigt.‹ Wieder begannen sie, ruckartig die Hälse nach oben zu recken und die Schnäbel aufzureißen. Sie hatten schon wieder Hunger. Vermutlich hatten sie immer Hunger.

Der Vogel kam auf mich zu und versuchte abermals, mich hinauszuzerren. Jedes Mal durchfuhr mich die Angst, diesmal würde er mich zu packen bekommen oder mich als Erstes schwer am Bauch verletzen. Er stieß inzwischen viel aggressiver zu. Mit ganzer Kraft krachte der Schnabel gegen das Gestein. Ich spürte die Vibration. Aber er sah ein, dass er mich so nicht bekam, und tapste wieder davon und blieb lange vorne im Ausgang hocken. Wahrscheinlich war er von unten nicht einmal zu sehen, sodass er nur zu warten brauchte, bis irgendein Wesen unaufmerksam am Wasser auftauchte – so unaufmerksam, wie ich es gewesen war.

Das schwache Junge ließ inzwischen den Kopf ganz über den Nestrand sinken. In großen Abständen riss es den Schnabel auf, als würde es kurz vor dem Ersticken versuchen, mehr Luft zu bekommen. Dann sackte es wieder in sich zusammen.

Auch ich spürte, wie die Energie aus meinem Körper wich. Die Augen fielen mir zu. Wieder versank ich in einen eigenartigen, völlig kraftlosen Dämmerzustand. Doch irgendwann schreckte ich auf, weil es plötzlich heller wurde, denn vorne hatte sich der Vogel hinausgestürzt. Hatte er ein neues Opfer? Und wen?

Als er zurückkam, war es kein Fisch, den er in den Fängen hielt, aber zum Glück auch niemand von uns. Nein, es war eine der Wasserkatzen, die mit voller Wucht in den Bau geworfen wurde. Oh, nein! Sofort schrie ich laut: »Hier, komm hierher, lauf!« Aber diesmal passte der Vogel besser auf, eine Kralle fest auf die Beine gestützt, hackte er auch schon von oben auf die Wasserkatze ein und schleppte sie bis zum Nest. Sie blutete schon überall. Sie sah mich und richtete den Blick kurz zu mir. Aber was hätte ich denn tun sollen? Oder hätte ich ... Doch dann begann auch schon das Gemetzel. ›Oh, nein, bitte nicht‹, flehte ich. Immer neue Stücke Fleisch riss der Vogel aus dem noch lebenden Körper. Ich konnte die hohen, spitzen Schreie nicht ertragen, hielt mir die Ohren zu, so gut es ging, und sah nicht mehr hin, presste die Augen zusammen und bekam doch die Bilder nicht aus dem Kopf, wie das Fleisch aus dem Körper gerissen wurde. Die Schreie waren unerträglich. Ich begann zu weinen. Auf gar keinen Fall wollte ich bei lebendigem Leib verfüttert werden. »Nein!!!«

Als ich irgendwann wieder nach vorne blinzelte, riss der Vogel die letzten Fetzen vom Skelett und schlang sie selbst hinunter. Die beiden kräftigen Jungen schliefen, während das schwache reglos dahing. Es schien nicht gefressen zu haben.

Der Vogel nahm jetzt das Skelett und zerrte es zum zweiten Ausgang. Die Augen im Kopf der Wasserkatze waren weit aufgerissen, aber längst blicklos geworden. Nah vor mir schleiften die Hände mit den Schwimmhäuten zwischen den Fingern über den Boden. Lange, schlanke Hände, das Fleisch war bis zu den Handgelenken vom Arm gerissen. Der Vogel warf das Skelett hinunter.

Zurück am Nest, zupfte er zaghaft an dem schwachen Jungen. Er fasste es am Kopf und versuchte es aufzurichten. Aber es bewegte sich gar nicht mehr und war ohne jede Spannung. Selbst das Atemholen blieb aus. Er fasste das Junge am dünnen Hals und hob es aus dem Nest. Völlig leblos fiel es zusammen. Der Vogel nahm es in den Schnabel, während sich die beiden anderen nicht rührten und völlig abgefüttert schliefen. Er trug das Junge mit langsamen Schritten ebenfalls an mir vorbei. Der Kopf am nackten Hals baumelte herunter.

›Jetzt!‹, schoss es mir durch den Kopf. ›Jetzt, jetzt, das ist vielleicht meine einzige Chance.‹ Während der Vogel sein Junges zum anderen Ausgang zog, krabbelte ich leise aus meinem Gesteinsriss und lief los, lief einfach los, stolpernd zuerst und mit nachgebenden Knien, aber dann immer schneller. Ich rannte und sah mich nur einziges Mal noch um, als der Vogel um den Knick des Baus zurückkam, die riesigen Augen auf mich gerichtet. Ich stürzte auf den Ausgang zu, der, so kam es mir nun vor, überhaupt nicht näher zu rücken schien. Hinter mir hörte ich die kratzigen Schritte des Vogels auf dem felsigen Untergrund. Immer schneller wurden sie, hektischer, kratziger. Auf keinen Fall wollte er mich, seine Beute, entkommen lassen. Endlich erreichte ich den Ausgang, aber ... was wollte ich denn eigentlich tun? Um Hilfe schreien? Ich sah den See unter mir, das tiefe Grün gegenüber, dann im Zurücksehen den gewaltigen Vogel näher kommen – was blieb mir denn übrig? Ich stürzte mich hinunter, »Hilfe!!«, brüllte ich. Der freie

Fall war ein Gefühl, als wolle mein Magen durch den Hals nach draußen. Ich pinkelte mir in die Hose.

Kurz bevor ich auf die Wasseroberfläche schlug, spürte ich noch, wie mich die Krallen des Vogels am Rücken erwischten, aber ich tauchte von dem Sturz so tief und mit einer solchen Wucht unter, dass mich der Vogel nicht richtig zu packen bekam und losließ. In meinen Ohren dröhnte und pulsiere es. Mit einem heftigen Schlag stieß ich mit den Füßen auf Grund. Luft, Luft, ich brauchte Luft, ich musste atmen. Mein Kopf, meine Lunge ... Mir schien die Lunge zu platzen.

Wie in Zeitlupe, so kam es mir vor, und kurz davor, Wasser zu schlucken, trieb ich wieder nach oben. Mein Brustkorb schien zu explodieren. Als ich mit dem Gesicht aus dem Wasser stieß, überkam mich für einen Moment die Angst, der Vogel könne sich erneut auf mich stürzen, aber er war nicht zu sehen. Ich schnappte mit weit aufgerissenem Mund und aufgerissenen Augen nach Luft. Voller Panik sah ich hoch zum Bau in der Felswand, dabei im Wasser planschend, als könne ich nicht schwimmen.

»Jan!« Die anderen hockten am Ufer unter dem Grün. »Komm hierher, er ist nach oben geflogen. Schnell, bevor er sich wieder runterstürzt. Komm!« Sie hielten die Dreizacke in den Händen.

Ich kraulte los wie ein Verrückter. Nicht noch einmal, bitte nicht noch einmal!

Als ich ans Ufer kam, war ich völlig erledigt. Ich stolperte vor und krabbelte tief unter das Grün, weit genug, um in Sicherheit zu sein. Die anderen hatten die Spieße weggeworfen und hockten jetzt um mich herum. »Mein Gott, bin ich froh«, sagte Gabriele.

»Und ich erst«, stieß ich pumpend zwischen zwei Atemzügen hervor. Ich lehnte den Kopf gegen einen starken Ast. Ich war so völlig ohne Kraft. Dann begann ich am ganzen Körper zu zittern. Ein Zittern, das nicht aufhören wollte. Die Wunden an meinen Schultern bluteten wieder. Mir war kalt, mich fröstelte.

»Alles in Ordnung?«, fragte Gabriele. Ich nickte nur. »Dass du so stark zitterst, ist normal, mach dir keine Sorgen. Das ist der Schock.«

»Könnt ihr mir Wasser holen?«

»Ja, klar«, sagte Alex sofort und verschwand, war aber in Windeseile mit einer unserer Wasserflaschen zurück. Er hielt sie mir hin. Mit völlig verängstigtem Gesicht blickte er mich an. »Jan, ich ...«

Ich trank und schüttelte nur den Kopf.

»Es tut mir leid ...«

Ich nickte. Ich fühlte mich zu kraftlos, um zu sprechen.

»... ich war genauso erschrocken wie du«, fuhr er fort. »Mein Gott, so ein Mordsvogel! Zuerst wollte ich dir meine Hand geben, aber dann dachte ich, dass es besser ist, wenn ich ihn mit einem Stock attackiere, aber ... da hob er auch schon ab mit dir.«

Jetzt kamen auch Knuth mit seinem geschienten Arm und der Boss und ein paar andere zu uns.

»Er hat eine der Wasserkatzen erwischt«, sagte ich tonlos.

»Ja, wir haben es gesehen.«

»Der Vogel hat Junge. Ihr könnt es euch nicht vorstellen! Er hat die Wasserkatze bei lebendigem Leib verfüttert. Die Reste hat er von den Knochen gerissen und selbst hinuntergeschlungen.«

»Und du ...«, fragte Isabelle, »... ich meine, wie ...«

»Ich hatte einfach nur Glück. Ich bin in einen Riss im Fels gekrochen, als er mich oben zu den Jungen werfen wollte. Ich hab mich so tief da reingepresst, dass er mich nicht erwischen konnte.«

Ich musste ihnen alles haarklein erzählen. Danach schleppten sie mich hoch ins Geäst. Wir fanden ein leeres Nest und ich legte mich hinein. Die anderen wuschen das getrocknete Blut von meinem Körper. Einer der Baumbären kam sogar mit kleinen Blättern in der Hand und legte sie auf meine Wunden. Gabriele beobachtete ihn ganz genau. Jonathan und Isabelle brachten Früchte heran. »Du musst essen und trinken, denn du hast viel Blut verloren.« Ich begann zu essen, schlief dabei aber ein. Ich weiß nicht, wie lange ich schlief. Wurde ich mal wach, drehte ich mich nur herum und fiel gleich wieder zurück in diesen dunklen, bodenlosen Schlaf. Ich fühlte mich wie im Fieber und als hätte das alles jede Kraft aus meinem Körper gesogen. Immer wieder schreckte ich aus

Albträumen auf. Auch als ich mich einigermaßen erholt hatte, fühlte ich mich noch schlapp und kraftlos. In regelmäßigen Abständen überzogen mich weiterhin Kälteschauer. An meinen Wunden klebten die kleinen Blätter. Vielleicht halfen sie bei der Heilung. Die Arme konnte ich nach wie vor kaum bewegen. Alles tat mir weh, wenn ich versuchte aufzustehen. Jede Muskelanspannung in den Oberarmen verursachte mir starke Schmerzen. Ich konnte kaum richtig greifen.

So blieb ich erst einmal im Nest. Ich war froh darüber, hier einfach nur liegen, schlafen, essen und trinken zu können. Um nichts musste ich mich kümmern. Und es war schön, wenn die anderen bei mir saßen. Regelmäßig betastete Gabriele meine Wunden am Rücken und an den Schultern. »Ich möchte«, sagte sie neben mir kauernd, »dass wir umkehren, wenn deine Wunden verheilt sind. Wer weiß, was hier noch alles lauert.«

»Na ja«, sagte ich, »der da oben lauert auf jeden Fall«, und drehte ihr dabei die andere Schulter zu. »Und der wird noch eine Menge Futter brauchen für seine Jungen.«

»Machst du Alex einen Vorwurf?«

»Ach ... er hätte einfach nicht zaudern dürfen. Er hätte sich sofort entscheiden müssen. Am besten wäre gewesen, sofort mit dem Dreizack loszuprügeln und auf den Vogel einzustechen. Aber, na ja, er war bei dem Anblick natürlich auch völlig konfus. Ich sag dir, wenn du gesehen hättest, wie der da oben die Wasserkatze zerrissen hat. Es war so grauenvoll.«

Gabriele nickte mit verzerrtem Gesicht.

Dann hörten wir wieder die Warnrufe der Baumbären. Sofort wurde es hektisch um uns herum. »Da ist er wieder«, sagte Gabriele, obwohl wir von hier aus nichts sehen konnten. »Da ist er wieder.«

Absolute Stille trat ein. Wir lauschten. Die nächste Attacke des Vogels. Erst nachdem ein lautes Wasserplatschen zu hören war, regten sich wieder alle.

Wir hielten uns nun hauptsächlich im dichten Grün auf. Zum Ufer zog es mich nicht mehr, auf eine zweite Begegnung mit dem Vogel war ich nicht versessen. Und doch, irgendwann mussten wir ja zurück.

Noch eine ganze Weile hatte ich Probleme beim Greifen, sodass ich keine größeren Kletteraktionen unternehmen konnte. So blieb ich weiterhin meistens im Nest. Einmal leistete mir Isabelle Gesellschaft. Wir witzelten herum und mampften dabei Früchte, als sie plötzlich gedankenverloren sagte: »Jan ...«

»Hm?«

»Ich ... möchte dir etwas erzählen.« Sie blickte nach vorn ins Grün und tat irgendwie geheimnisvoll. Oder war sie verlegen? »Ich hab ...« Sie wandte das Gesicht zu mir: »Ich habe mit Knuth ge...schmust.«

Einen Moment lang verstand ich den Satz nicht und sah sie nur an. Ich wartete darauf, dass sie weitersprach, aber dann dämmerte es mir. »Du meinst ... du und Knuth, ihr habt ...?«

»Ja.«

»Wow!«

Jetzt grinste sie und bekam rote Wangen. Sie blickte mir in die Augen: »Es war ... schön.«

Ich schüttelte den Kopf: »Ausgerechnet du ...«

»Ja. Ausgerechnet ich. Das hätte nicht mal ich selbst erwartet. Aber weißt du was? Ich habe ihn nicht wie einen Menschen gesehen. Ja, merkwürdig. Vielleicht sogar peinlich. Zuerst war mir, als würde ich mit einem Teddybär schmusen und ihm das Fell kraulen. Allerdings ...«

Stumm schüttelte ich den Kopf und grinste.

»Er war überhaupt nicht grob. Er war eigentlich sogar richtig lieb. Zärtlich. Verstehst du? Sag doch mal ehrlich«, meinte sie, »er ist doch eigentlich richtig nett. Ich meine: Muss man denn unbedingt eine gemeinsame Sprache haben?«

»Hm ...«

»Ich finde diese Wesen faszinierend. Diese Ruhe, diese Gelassenheit, wenn sie sich nicht gerade bedroht fühlen von dem da oben. Diese Selbstverständlichkeit im Umgang mit uns. Alles *ist* einfach. So wie auch wir jetzt einfach hier sind. Auch wir könnten einfach hierbleiben. Dazu muss man nicht miteinander sprechen können, man muss sich nur verstehen.« Sie blickte mich an: »Von alldem wissen die Menschen nichts. Gar nichts. Ahnungslos tappen sie da oben herum. Falls je andere Menschen Kibuti erobern, müssen wir alles dafür tun, dass der weitere Zugang ins Innere unmöglich wird. Und wenn es kämpfen und sterben bedeutet.« Einen Augenblick schwieg sie und sah um sich. »Mensch, Jan, ist dir ...«, ihr traten Tränen in die Augen, »ist dir klar, Jan, was wir hier erleben?«

Ich nickte. Genau das war mir neulich durch den Kopf geschossen. Genau das. Wir erlebten etwas völlig Unmögliches.

»Dagegen ist doch euer erster Mensch auf dem Mond ... Wie hieß er?«

»Armstrong.«

»Das ist doch gegen das hier unten lächerlich!« Sie wischte sich über die Augen. »Ich bin so glücklich. Das kannst du dir gar nicht vorstellen. Das hier unten erleben zu dürfen ... Ich hab es in Kibuti schon gar nicht mehr richtig gespürt. Plötzlich empfinde ich dieses Glück wieder. Dieses Glück zu leben und einfach nur zu staunen.« Sie lachte unter Tränen und schluckte. »Und dieses Ding, dieses ... von dem du und Chris anfangs mal erzählt habt, dieses Netz ... ich hab das nie richtig verstanden ... dieses ...«

»Das Internet.«

»Ja, das Internet. Das ist auch ein eigenes Universum, vermutlich, aber hier, Jan, hier schlafe ich mit einem Wesen, von dem ich nicht mal weiß, ob es ein Mensch ist oder ein Tier oder ... Aber es ist ein Wesen. Kein Apparat!«

Ich richtete mich auf und streichelte ihr über die Wange und gab ihr einen Kuss. »Du bist toll!«

»Euer ›toll‹ oder unser ›toll‹?«

»›Euer‹, ›unser‹ ... Hm, wahrscheinlich beides.«

Sie lächelte. »Warum sind die Menschen nur so dumm?«

»Ich weiß es nicht. Wir sind halt nicht klüger.«

»Sieh doch mal: Es könnte so viel Zufriedenheit und Frieden auf der Welt geben. Es ist doch genug da – für alle.«

»Auch für den da oben?«

»Ja, so ist das Leben nun mal ...«

»Das war kein Trost, als er mich da oben hatte.«

»Natürlich nicht. Dann muss man kämpfen. Aber die Menschen unter sich: Warum denn nicht teilen?«

»Ich glaube, es ist der Kapitalismus. Er macht alle so egoistisch. Jeder will nur seinen eigenen Profit. Keiner arbeitet, weil ihm seine Arbeit Spaß macht, sondern weil er immer mehr Geld will, um sich etwas kaufen zu können. Dabei haben wir doch sowieso schon alles. Und woanders verhungern die Menschen.«

»Das alles funktioniert nur, *weil* die Menschen dort in den Kolonien verrecken.«

»Mhm«, machte ich.

»Bei uns war es der Faschismus.«

»Diesen ganzen Wahnsinn mit dem Nationalsozialismus damals habe ich eigentlich noch nie so wirklich begriffen. Ich kann es mir nicht vorstellen, es ist alles so weit weg. Ich habe einmal eine Aufnahme gesehen, als Hitler oder Goebbels oder wer es war in einer gigantischen Halle geschrien hat: ›Wollt ihr den totalen Krieg!?‹ Da ist mir ein Schauer über den Rücken gelaufen und ich bekam ganz starkes Herzklopfen.«

»Und all die Menschen haben ›Ja!!‹ gebrüllt ... Sie haben Millionen von Menschen in den Tod geschrien.«

»Sechzig Millionen«, warf ich dazwischen.

»Und das alles nur für eine Idee. Für eine totalitäre Idee. Für eine Vorstellung. Selbst die eigene Bevölkerung haben sie zu Hunderttausenden ermordet.«

»Aber ist der Kapitalismus nicht auch eine totalitäre Idee?«

»Ich weiß nicht. Vielleicht schon. Ja.«

Knuth kam zu uns. Sie hatten ihn inzwischen von der Schiene befreit und die gebrochene Stelle nur noch umwickelt, um ihr etwas zusätzlichen Halt zu geben. Er trug zwei große Früchte im Arm. Nachdem er sich neben Isabelle gesetzt hatte, griff er zum Messer, das bei mir im Nest lag, und begann, an der ersten Frucht herumzusäbeln, und verteilte die Stücke. Zufällig war seins immer das größte. Isabelle sah ihm schmunzelnd zu. Als er kauend tief ihm Hals vor sich hin brummte, griff sie um seinen Hals und zog ihn runter zu sich in den Schoß. Sie lachte: »Komm her, du alter Brummbär.« So blieb er mit dem Kopf auf ihrem Oberschenkel liegen und schmatzte weiter. Sie strich ihm durchs Fell. »Man muss ihn doch einfach gernhaben«, lächelte sie.

Ich beschloss schließlich, wieder mehr zu klettern. Ich brauchte Training, auch für die Rückkehr nach Kibuti. Da mir die anderen berichtet hatten, dass sie sogar einen Friedhof entdeckt hatten, und zwar ganz oben unter der Höhlendecke in Felsspalten, machte ich mich auf nach oben. Auf dem Weg dorthin sah ich Jonathan in einem Nest schlafen. In einer kräftigen Astgabel stehend, entdeckte ich wieder eine dieser Kugeln, die aussah wie ein graugrüner Kürbis, der schwer an einer Astspitze hing. Es konnte doch nicht dieselbe sein. Während der kräftige Ast sonst völlig ohne Blätter war, sprossen unter der Kugel ein paar zartgrüne Blättchen hervor. Ich kletterte weiter, um mir das Gebilde genauer anzusehen, und klopfte mit dem Fingerknöchel darauf. Die Außenschale war ganz hart, aber als ich mit dem Gesicht näher heranging, hatte ich das Gefühl, als würde die Kugel von innen pulsieren. Ja, es wirkte wie der Rhythmus eines Herzschlags. Eigenartig.

Im dichten Geflecht starker, graubrauner Äste kam ich schließlich oben an. Zuerst erkannte ich nichts, aber dann entdeckte ich eine Baumbärin, die fast unbewegt auf einem Ast saß. Über ihr sah ich jetzt Gesteinsrisse, aus denen trockene Blätter hingen. Ich stieg noch etwas höher und an dem Weibchen vorbei, das mir dabei fest in die Augen sah.

Tatsächlich, da oben waren, in große Blätter gewickelt und mit Lianen umschlungen, Skelette zu sehen. Ganz vorne waren die Blätter noch dicht, aber je weiter ich nach hinten stieg, desto mehr Skelette lagen dort offen sichtbar. Die dunklen Augenhöhlen starrten mich an. ›Sie bestatten ihre Toten‹, ging es mir durch den Kopf.

Obwohl mir unheimlich war inmitten all der Knochen und Schädel, durchzog mich ein fast wohliges Gefühl. Ich sah hinüber zur Bärin, die dort einfach ganz still saß. Ich kletterte zu ihr und blieb neben ihr sitzen. Hier oben war von unten kaum ein Laut zu hören.

Ich blickte das Weibchen an. Es war ein ganz warmer Augenblick, in dem Worte nur gestört hätten. Dann berührte ich es kurz am Arm und begann, wieder hinunterzuklettern. Ich war zutiefst ergriffen. Was hatten wir alles in Kibuti zu erzählen! Den Kürbis fand ich beim Abstieg nicht, obwohl ich sicher war, die Stelle wiederzuerkennen, denn die zarten Blättchen wuchsen an der Stelle. Vermutlich war er runtergefallen.

Gabriele und ich bestanden nun darauf, dass wir uns auf den Rückweg vorbereiteten. Nachdem ich mich allmählich kräftiger fühlte, gab es keinen Grund mehr, noch länger hierzubleiben, auch wenn das Leben in der Wärme und mit den Früchten angenehm war. Doch die Gefahr hatten wir nun auch erlebt. Und wer konnte schon ahnen, was das Leben hier noch mit sich bringen mochte? Trotzdem fiel es uns nicht leicht, die Baumbären und Wasserkatzen ihrem Schicksal zu überlassen. Wir beschlossen, ihnen unser Messer dazulassen. Sollten wir je wiederkommen, woran keiner von uns zweifelte, würden wir weitere Dinge mitbringen, die ihre Verteidigung leichter machen würden.

Für den Rückweg wollten wir uns mit Früchten und Schoten versorgen und kurz zuvor noch versuchen, den Baumbären ein paar Fische abzuluchsen, wenn sie welche fingen – doch auch sie hielten sich vom Ufer weitgehend fern. Zuletzt war der Vogel allerdings nicht mehr aufgetaucht, vielleicht hatte er vorläufig seine Jagd ins andere Tal verlegt. Sicher sein jedoch konnten wir uns nicht. Wir mussten darüber nachdenken, wie wir uns verteidigen konnten, während wir quer durch den See hinüber in die Grotte paddeln mussten. Ich blickte über den See bis zum Grotteneingang. Plötzlich kam mir die Entfernung viel größer vor. Zu allem Überfluss mussten wir auch noch gegen die Strömung anpaddeln. Aber es blieb uns ja nichts anderes übrig. Wir mussten es bis dorthin schaffen. Dann würden wir in Sicherheit sein.

XII

Ich hätte es mir denken können, dass tief in Isabelle etwas geschehen war, aber ich hatte weder mit den anderen über ihre Erlebnisse mit Knuth gesprochen noch weiter darüber nachgedacht. So saßen wir zusammen, um die letzten Vorbereitungen für die Rückkehr zu besprechen – und selbst jetzt merkte ich zuerst nicht, dass Isabelle eigenartig stumm war und meistens auf den Boden blickte. Ich war gerade damit beschäftigt, die Lianen auf ihre Festigkeit zu prüfen und zerrte an ihnen herum, immer wieder von unserem Unterschlupf weit hinten an der Felswand und unter dichtem Gestrüpp zum Wasser hinaussehend.

»Hört mal zu, bitte«, sagte Isabelle plötzlich mit ernster Miene und sah uns an. »Also ... ich ... ich ... gehe nicht mit zurück.«

Als wären wir alle auf der Stelle zu Eisstatuen gefroren, brachen wir unsere Bewegungen ab. Keiner sagte etwas. Nicht mal Alex fiel ein dummer Spruch ein. Uns allen war sofort klar, dass sie das verdammt ernst meinte, obwohl wir vielleicht gar nicht sofort begriffen, was sie da soeben gesagt hatte. Ich starrte geradeaus. Drei Wasserkatzen, die ich zwischen Alex und Jonathan hindurchblickend hinten im Wasser sehen konnte, schwammen vor sich hin, immer wieder untertauchend.

Gabriele fand als Erste die Sprache wieder: »Das geht nicht. Das weißt du. Wir haben Regeln. Alle kehren zurück.«

»Ich weiß.« Isabelle richtete den Oberkörper auf und sah mit zusammengekniffenen Augen über den See. »Aber es gibt Situationen, in denen braucht man Regeln auch nicht künstlich aufrechtzuerhalten. Ich möchte hier bei Knuth und den anderen bleiben. Ihr wisst ja, wo ich bin. Und wir können uns jederzeit wiedersehen. Ich bin sicher, dass schon bald eine nächste Gruppe aus Kibuti hier eintreffen wird.« Jetzt lächelte sie sogar.

Jonathan sah wild umher, rührte sich aber nicht.

Alex kratzte sich im Bart.

»Und der Vogel?«, warf Gabriele ein.

»Ja, er ist eine Gefahr. Aber wenn wir alle vorsichtig bleiben und uns gegenseitig besser schützen, dann findet er kein Futter mehr und verschwindet vielleicht von hier.«

»Wenn er das überhaupt kann«, warf Gabriele ein, aber Isabelle reagierte nicht darauf. Auch von ihrer Erfahrung mit Knuth erwähnte sie nichts.

Plötzlich schrie Jonathan: »Nei-n! Du kommst mit!« Er sah Isabelle in einer Mischung aus Ärger und Bitternis an. So ernst und entschieden hatte ich ihn noch nie erlebt.

»Nein, Jonathan«, antwortete Isabelle, rutschte zu ihm rüber und nahm ihn in die Arme. Ich sah, dass ihr Tränen über die Wangen liefen.

Jetzt wurde er unruhig und zappelte mit Armen und Beinen.

»Puh«, machte ich und sah Isabelle an. »Ich finde das auch scheiße, aber ...« Ich konnte sie plötzlich verstehen, obwohl mir die Vorstellung verdammt schwerfiel, sie hier zurückzulassen, in dieser Gefahr, und sie erst wer weiß wann wiederzusehen. So vieles, was hier vielleicht noch passieren konnte! Was mochte im Wasserdschungel noch lauern? Wer konnte von dort noch hier eindringen?

»Ich finde es nicht nur ›scheiße‹, ich finde es empörend, dass du das überhaupt nur vorschlägst«, schimpfte Gabriele.

Isabelle wandte den Kopf, sie war jetzt völlig ruhig: »Gabriele, ich habe nichts ›vorgeschlagen‹. Ich habe das entschieden. Ich bleibe hier.«

Je verkrampfter das Gespräch wurde, desto mehr spürte ich, wie ernst es Isabelle mit ihrer Entscheidung war. Wir hätten sie wohl fesseln müssen, um sie mitzunehmen. Im Grunde waren wir vier traurig, aber auch gekränkt, dass sie nicht mehr mit uns zurück nach Kibuti wollte, dass sie Knuth und die anderen Baumbären uns vorzog. »Ich glaube, wir sind ein bisschen beleidigt, dass du nicht wieder mit uns zurück nach Kibuti willst«, sagte ich in unser aller Schweigen hinein.

Zuerst blieben die anderen stumm. Dann meinte Gabriele: »Ja, kann sein. Es geht nicht nur um die Regel.«

»Dann sind manche Regeln wohl dazu erfunden worden, dass man sie brechen kann.« Natürlich meinte Alex jetzt doch, einen Spruch raushauen zu müssen, aber lachen konnten wir nicht.

Unser Gespräch veränderte sich plötzlich. Ja, wir konnten jetzt zugeben, dass uns ihre Entscheidung wehtat und wir sie auch nicht allein lassen wollten und dass wir sie vermissen würden. Obwohl Isabelle jetzt zu weinen begann, wurde das Gespräch langsam entspannter. Zwar wurden wir alle etwas sentimental und schwermütig, aber es war doch klar, dass wir ohne sie zurückkehren mussten. Plötzlich konnten wir sogar wieder lachen und frotzelten darüber, dass ihr, wenn sie nicht aufpasste, am Ende womöglich noch Fell wachsen würde.

Als wir das neue Floß zusammengebaut hatten und sogar zwei Paddel bestehend aus je einem gegabelten Ast mit auf die Gabelung gebundenen Blättern, saßen wir noch eine Weile in Gedanken versunken unter dem Grün zusammen, bis dann einer nach dem anderen schlafen ging. Ich blieb als Letzter zurück, als ich draußen etwas mit einem lauten Platschen ins Wasser fallen hörte. Das konnte aber nicht der Vogel gewesen sein. Vorsichtig tastete ich mich unter dem Grün hervor. Was mochte denn das nun wieder sein? Wasserkatzen sah ich keine. Eigentlich war alles ruhig und über mir war nur das übliche leise Rascheln im Geäst und das Brummen der Baumbären zu hören. Den Blick nach oben zum Vogelbau gerichtet, trat ich leicht ins Wasser und blickte über den See. Ja, da drüben trieb etwas im Wasser. Ich konnte nicht erkennen, was es war, aber es war gar nicht so klein, obwohl es nicht unterging. Ich stieg im Grün etwas höher, um besser sehen zu können, aber erkennen konnte ich dieses Etwas im Wasser nicht. Es war rund und schien ganz langsam auf den Wasserget zuzutreiben, aus dem wir hereingekommen waren nach Wolko. Ich hatte keine Ahnung, was es war.

Weil auch ich mich jetzt irgendwo noch mal schlafen legen wollte, stieg ich tiefer ins Geäst. Während ich mich in eins der leeren Nester legte, wurde mir bewusst, dass das Wasser aus dem Get ja eigentlich in die andere Richtung floss. Wie konnte diese Kugel im Wasser also auf den Get zutreiben? Doch darüber schlief ich ein.

Nach und nach kümmerten wir uns nun um den Rest unserer Ausrüstung und natürlich half uns Isabelle dabei. Alex und ich probierten Floß und Paddel einmal am Rand des Wassers aus. Isabelle kontrollierte währenddessen den Eingang zum Vogelbau. Die Paddel hielten und funktionierten, das war wichtig, denn wir wollten den See in einem Spurt so schnell wie möglich hinter uns lassen und vorne im Get verschwinden, um dem Vogel gar nicht erst eine Gelegenheit zu lassen für einen Angriff. Zur Verteidigung hatten wir zudem Astgabeln an den Enden so angespitzt, dass wir uns auf dem Floß zur Wehr setzen konnten, sollte uns der Vogel tatsächlich von oben angreifen. Mit diesen Astgabeln würden wir erbarmungslos zustechen, das hatten wir uns geschworen.

Verdammt neugierig war ich darauf, wie die Baumbären und vor allem Knuth reagieren würden, wenn wir wieder verschwanden, sie aber bemerkten, dass Isabelle dabliebe.

So kam der Moment, an dem alles vorbereitet war. Jonathan wollte unbedingt noch ein Nickerchen halten, aber ich war viel zu aufgeregt, als dass ich jetzt hätte einschlafen können. So kletterte ich durch das Geäst und stieg nach unten, wo wir unser Floß am Ufer liegen hatten, und sah oberhalb Isabelle auf einem Ast sitzen und aufs Wasser schauen.

»Schon wieder wach?«, fragte sie.

»Ich kann jetzt nicht mehr schlafen. Bin aufgeregt.«

Sie nickte stumm. »Ich auch.« Sie sprang herunter zu mir.

»Du wirst mir wirklich fehlen. Ich habe zwar vieles an dir noch nicht verstanden, aber du wirst mir fehlen.«

Sie streichelte mir über die Wange. »Du wirst mir auch fehlen. Ihr werdet mir alle fehlen. Aber ich muss das tun. Es ist, wie von vorne anzufangen. Verstehst du? Ein Anfang ohne Sprache. Ein einfaches Leben. Es ist nicht so, wie ihr meint, dass ich mich von Kibuti abwende. Nein, überhaupt nicht. Ohne Kibuti könnte ich das alles gar nicht riskieren. Ohne Kibuti ... ach, es gibt kein ›ohne Kibuti‹.« Sie sah mich ernst an: »Oder gibt es für dich ein ›ohne Kibuti‹?«

»Hm ...«

»Nein, Jan, glaub's mir. Für keinen von uns gibt es noch ein ›ohne Kibuti‹. Wo immer wir sein mögen.«

Ich beugte mich zu ihr und gab ihr einen Kuss. »Ich hab dich sehr gern. Ich freue mich schon jetzt auf unser Wiedersehen.«

»Ja, ich auch.«

Hinter uns kam ein kleiner dicker Baumbär, der an einer Frucht aß, und Isabelle deutete zu ihm. »Ich habe bereits etwas von ihrer Kommunikation gelernt. Pass auf, ich zeige es dir. Vielleicht klappt's.« Sie machte tief im Hals zwei kurze dumpfe Glucklaute und blickte ganz intensiv zu ihm hinüber. Wie selbstverständlich kletterte er über drei Äste zu uns herunter, brach ein Stück von der Frucht ab, gab es Isabelle, brummte leise und kletterte wieder davon.

»Wow! Was war denn das?«

»Wenn jemand, der vorbeikommt, etwas zu essen hat und ein anderer hat Hunger, dann macht er diesen Doppellaut, damit der andere ihm etwas abgibt. Aber er muss ihn dabei ansehen.«

»Irre.«

»Wenn der andere aber viel Hunger hat und die Frucht für sich haben will, dann überhört er die Laute einfach und sieht nicht herüber. Er wäre wie selbstverständlich weitergeklettert.«

Ich drehte mich um und sah den Dicken etwas höher im Grün verschwinden.

Von der anderen Seite kletterten Gabriele und Alex zu uns. »Aha«, tönte Alex, »na, dann hätten wir wenigstens dich schon mal gefunden.«

»Warum?«

»Wir haben Jonathan noch nirgendwo entdeckt.«

»Er pennt jetzt neuerdings oft ganz weit oben. Ich hab ihn zufällig neulich gesehen, als ich hochgeklettert bin zum Friedhof.«

Die beiden stiegen wieder höher. Tatsächlich fanden sie ihn dort oben und mussten ihn erst wecken. Er habe gegähnt wie ein Baumbär, lachte Gabriele, mit weit aufgerissenem Mund, aber ohne einen Ton von sich zu geben.

Unten am Wasser sammelten wir uns und legten uns alles zurecht, damit es schnell gehen konnte. Mehr und mehr Baumbären kamen hinzu. Natürlich war auch Knuth unter ihnen.

»Tja ...«, sagte ich, »das ist dann wohl der Moment ...«

Gabriele und Alex verabschiedeten sich von Isabelle. Auch ich drückte sie fest an mich und küsste sie noch einmal auf die Stirn. Jonathan schien sich nicht von ihr verabschieden zu wollen. Er war wohl immer noch nicht einverstanden, dass sie blieb. Der Abschied von ihr fiel ihm offenbar sehr schwer. Es war immer noch der Lagerzaun, der sie verband.

»Also, tschüss, ihr alle, macht's gut!«, riefen wir und winkten den Baumbären zu. Und auf einmal nahm Knuth seinen Arm hoch und winkte unbeholfen zu uns herüber. Es war der Arm, den er sich gebrochen hatte.

Ich konnte es nicht fassen. Mir stieg das Wasser in die Augen, während ich Isabelle ansah, mir stieg doch tatsächlich das Wasser in die Augen, weil ich mich von Knuth verabschieden musste. »Er winkt«, konnte ich nur noch sagen. Dann nahm mich Isabelle in die Arme und drückte mich fest an sich.

»Na«, sagte sie, »jetzt fühlst du es auch ...«

Ich atmete einmal tief durch und schüttelte den Kopf. Er hatte gewunken. Er hatte uns verstanden. Ich sah Isabelle an: »Weiß er, dass du hierbleibst?«

»Ob er es ›weiß‹, weiß ich nicht. Aber er hat es längst gespürt, denke ich. Und er hat Augen im Kopf.«

Noch einmal drückten wir uns fest, dann griffen wir vier ans Floß und zogen es unter dem Grün hervor ans Wasser, nicht ohne die Felswand zum Vogelbau hinaufzusehen. Wir stapften ins Wasser. Isabelle folgte uns. Wir setzten uns auf das Floß und schoben unseren Proviant und die Stöcke mit den Astgabeln in die Mitte. »Ich ziehe es«, meinte Jonathan noch im Wasser stehend und griff ans Floß. In der Mitte stand unser Rückenkorb, voll mit Früchten und Schoten.

»Sei vorsichtig«, sagte ich zu Isabelle und berührte mit dem ausgestreckten Arm noch einmal ihre Hand. Ich sah hinauf zum Vogelbau. »Geh nicht zu weit mit ins Wasser.«

Auch sie blickte im Weitertreten hinauf. »Nein, nein.«

»Und solltet ihr von hier weggehen, dann hinterlass uns eine Nachricht! Einen Pfeil oder irgend so etwas«, rief Gabriele.

»Na klar, was denkst du denn?« Jetzt kullerten Isabelle Tränen übers Gesicht, während sie winkte.

Jonathan vor uns zog das Floß weiter hinaus aufs Wasser, während wir drei anderen noch einmal zurücksahen, dabei aber auch den Vogelbau im Blick behielten. Dann gab er dem Floß kräftig Schwung und ließ es los. Wir trieben an ihm vorbei, während Alex und ich die Paddel nahmen, auch jetzt hinaufsehend zur dunklen Öffnung im Fels. »Komm jetzt«, sagte ich zu Jonathan, »mach!« Wir begannen zu paddeln und stießen kräftig ins Wasser, um Schwung zu bekommen. Ich blickte zurück: »Jetzt komm endlich!« Ängstlich schaute ich hoch zum Vogelbau. »Jetzt ... Jonathan, komm!«

»Bleibe auch hier.« Das war alles, was er antwortete.

Wie aus einer Bewegung drehten Gabriele und Alex jetzt das Gesicht zurück zu ihm. Jonathan trat langsam im Wasser rückwärts Richtung Ufer.

»Spinnst du? Jetzt komm!«, rief ich.

Aber Jonathan lächelte nur und winkte noch einmal. Ich sah, wie Isabelle am Ufer stehend den Kopf schüttelte und lächelte, auch sie noch bis zu den Knöcheln im Wasser.

»Halt an«, sagte ich zu Alex, »wir müssen ihn mitnehmen.« Ich war verwundert, dass Gabriele kein Wort dazu sagte, und blickte zu ihr. In diesem Augenblick drangen die Warnrufe der Baumbären durch das dichte Grün. Erschrocken sahen wir hinauf zum Bau in der Felswand. Ja, da oben erschien er: gewaltig in all seiner Macht, hoch über uns.

»Lauf!«, brüllte Isabelle, und Jonathan mit seinen langen Beinen wandte sich um und rannte mit seinen staksigen Schritten platschend aufs Ufer zu.

Jetzt schwang sich der Vogel herab, machte zwei Flügelschläge, streckte die beiden Krallen nach vorne und ging über Isabelle und Jonathan in den Sturzflug. Isabelle duckte sich bereits unters Geäst. Und auch Jonathan war längst auf dem Trockenen und warf sich unter das Grün. Der Vogel schlug kräftig mit den Flügeln aus und drehte ab, er flog in der Höhe einen Bogen über dem See.

»Passt bloß auf«, sagte Alex, »der setzt noch mal an und diesmal auf uns.«

»Er greift keine Gruppen an«, sagte ich, doch kaum hatte ich es ausgesprochen, als er sich tatsächlich auf uns herabstürzte.

»Verdammt, die Stöcke hoch!« Wir rissen die Stöcke in die Luft und hielten die angespitzten Astgabeln über uns und sahen diesen gewaltigen Vogel wie ein schwarzes Knäuel auf uns zustürzen. Mir wurde schlecht vor Angst. Was für eine Flügelspanne er hatte, als er jetzt in der Luft abbremste und die Krallen vorstreckte, um einen von uns zu packen. Er hatte sich Gabriele als Opfer ausgesucht. Schwankend und nach Halt suchend standen wir drei auf unserem völlig instabilen Floß, aber wir alle stießen gleichzeitig mit den angespitzten Stöcken mehrfach auf ihn ein. Wieder stieg er in die Luft, doch gab er immer noch nicht auf und setzte erneut an. Abermals stießen wir ihm alle gemeinsam entgegen und Alex droscht weit ausholend auf seine Krallen, dass es hölzern krachte, fiel dabei aber vom eigenen Schwung seitlich vom Floß. Ohne seinen Spieß loszulassen, drehte er sich im Wasser blitzschnell herum und rief aus: »Scheiße, ich mach den fertig!«, als der Vogel zuzupacken versuchte – doch da stieß ich ihm meinen Spieß auch schon mit voller Wucht in den Bauch. Er schlug heftig mit den Flügeln, um wieder Auftrieb zu bekommen, so stark, dass es im Wasser Wellen schlug, dann verschwand er oben in seinem Bau.

»Das war meine Rache, Freundchen«, zischte ich nur zwischen zwei wummernden Atemzügen. Alex krabbelte wieder aufs Floß.

Gabriele zitterte am ganzen Körper. »Habt ihr diese Krallen gesehen?« Sie ließ ihren Stock sinken und schnaufte tief durch.

»Oh ja«, konnte ich es mir nicht verkneifen, »die kenne ich wohl.«

»Bravo!«, hörten wir Isabelle rufen, die dabei in die Hände klatschte. Jonathan winkte und stieß die Faust in die Luft.

Wir paddelten nun wie wild, um endlich unter die nach unten hängenden Wurzeln zu kommen, bevor es sich der Vogel noch einmal anders überlegte. Als wir in den Wassergang hineintrieben, sagte ich: »Und was machen wir jetzt mit Jonathan?«

»Was sollen wir mit ihm machen?«, fragte Gabriele schnippisch zurück. »Was Isabelle tun kann, steht ihm genauso zu.«

So paddelten wir um die erste Kurve und schon lag der See hinter uns, wie verschwunden. Um uns herum nun das dichte Grün aus Moos, prachtvollen Pflanzen mit ihren riesigen Blättern, Ranken und diese wild durch die Luft wachsenden Wurzeln. Es war wie ein Abtauchen. Hier schwirrten nun kaum noch Insekten.

Im Wasser bemerkte ich wie in einer Linie gezogen zarte Seerosen, die gerade zu knospen begannen und die ich auf der Hinfahrt gar nicht bemerkt hatte.

Jede Kurve ließ Wolko weiter hinter uns verschwinden – nicht einmal mehr auch nur zu erahnen. Es wurde still und nur unser Paddeln im Wasser war noch zu hören, es hallte leicht. Wir drei sprachen lange nicht – so trieben wir im felsigen Flussgang. Durch die vielen Kurven verlor sich allmählich das Licht aus Wolko, es wurde wieder dämmriger.

»Da geht es überall weiter ...«, murmelte ich einmal in die Stille hinein, als wir gleich an mehreren kleinen Seitenarmen vorbeikamen.

Die Pflanzen wurden nun spärlicher, auch kleiner. Der Gang verengte sich, und wir wussten, dass wir bald an die Stelle kommen würden, von der wir gestartet waren. Schließlich sprang Alex ins Wasser, er konnte bereits stehen. Gabriele und ich ließen uns von ihm ziehen, dann stiegen auch wir ab. Gabriele trug den Rückenkorb mit unserem Proviant und hielt ihn mit beiden Händen übers Wasser.

Der Gang machte noch zwei Kurven, dann sahen wir vor uns das flache und glatte Felsufer und dahinter den Durchgang zur Waschküche. Das Wasser reichte uns nur noch bis zu den Waden. Es war kühler hier und das Licht wechselhaft-dämmrig. Der Rückweg würde mühsam werden. Wir hatten zwei Personen zurückgelassen.

Am Ufer wrangen wir unsere Fellschuhe aus. Gabriele setzte den Rückenkorb auf. »Also dann ...«, machte sie und ging auch schon los. Alex folgte ihr.

Ich selbst stand noch im Wasser, meine Schuhe in einer Hand. Das Floß schaukelte leicht auf der Oberfläche. Sogar das Floß zurückzulassen fiel mir jetzt schwer. Ich zog es aufs Trockene. Dann blickte ich in den dämmrigen Flusstunnel und schnaufte aus. Als ich mich umdrehte und auf einem Bein stehend meine Schuhe anzog, fiel mein Blick auf eines dieser kugelförmigen, graugrünen Gebilde. War es das Ding, das ich ins Wasser hatten fallen sehen? War es vielleicht immer dasselbe gewesen? Ich ging hinüber. Ein bisschen sah es aus wie ein großer Ball, der nicht ganz aufgepumpt war. Ich ging in die Hocke. Wieder hatte ich den Eindruck eines leichten Pulsierens. Ja, es war wie ein Puls, der in diesem Es schlug.

Hinter mir trat Gabriele aus dem Get. »Wo bleibst du? Muss ich jetzt auch noch auf dich aufpassen?« Sie klang ziemlich pampig.

»Ich komme, ich komme, ich komme«, beschwichtigte ich.

Sie wandte sich wieder zum Durchgang.

Ich fasste an dieses Ding und hob es hoch. Es fühlte sich tatsächlich schwer wie ein Kürbis an und war weder warm noch ganz kalt. Auf der Steinfläche erkannte ich einen leichten, kreisrunden Moosflaum genau da, wo es gelegen hatte. Ich setzte es zurück in den Kreis.

»Verdammt, was machst du denn da noch!?«, kam es aus dem Get, diesmal war es Alex.

»Zum Teufel, ich komme ja schon!« Jetzt rannte ich los, den beiden hinterher.

Als wir in die Waschküche kamen, beobachteten wir die herausschießenden heißen Fontänen und sprangen zwischen all den Quellen zur anderen Seite, wo wir plötzlich wieder in dem hellen, erstrahlenden Höhlengewölbe standen. Unberührt lagen unsere Rückenkörbe und Westen auf dem dichten Moos. Es dampfte und die riesigen Blüten wirkten wie bunte Tupfen in dem diamantenen Weiß der Wände.

Noch einmal badeten wir alle genüsslich in dem heißen Wasser unter den Pflanzen, dabei von den Früchten essend. »Davon werde ich ihnen vorschwärmen«, rief ich. Anschließend verteilten wir unseren Proviant auf alle Körbe. Wir wollten nicht mehr länger bleiben, sondern jetzt möglichst schnell zurück nach Kibuti. Wir waren jetzt doch aufgeregt. Was mochte dort alles passiert sein? Wir redeten uns ein, dass das Wasser längst wieder gesunken sein würde.

Wir kletterten hinauf zu dem schmalen Durchbruch und dem engen Spalt, durch den zu robben so mühsam war. In der kleinen Aushöhlung auf der anderen Seite hielten wir uns gar nicht erst auf. Nun ging es mit den umgehängten Leuchtsteinen durch die felsigen und dunklen Gänge zurück. Schon bald aber hatten wir nicht nur Hunger, sondern die Füße wurden uns schwer. Sogar die Lust am Weitergehen verließ uns. Wir sanken auf den Boden, packten aus, was wir zu essen hatten, und machten eine ausgiebige Pause. Wir schliefen lange.

Als wir nacheinander erwachten, begann Gabriele sofort zu erzählen: »Ich habe Angst. Ich habe gerade geträumt, dass Kibuti ganz voll Wasser gelaufen ist und dass das immer so bleiben wird. Die Gets liegen unter Wasser, und was aus den anderen geworden ist, wissen wir nicht, werden es nie mehr erfahren. Wir sind für immer abgeschnitten von den anderen – wenn sie überhaupt noch leben ...«

»Blödsinn!«, blaffte Alex nur.

»Ihr habt doch gesagt, so hoch sei das Wasser noch nie gewesen«, sagte ich.

»Bisher«, antwortete Gabriele.

»Nein«, meinte Alex, »das kann ich mir wirklich nicht vorstellen. Jedenfalls bliebe uns dann nichts anderes übrig, als schnell nach Wolko zurückzukehren.«

Ich nickte: »Ziemlich schnell sogar.«

»Oh nein, mein Gott, ein Essensproblem kam in meinem Traum noch nicht einmal vor«, warf Gabriele panisch ein.

Alex lachte: »Ga-bri-e-le, es war ein Trauhaum! Du schläfst nicht mehr!«

»Ja, eben«, entgegnete sie, »bisher war es nur ein Albtraum.« Dann grinste sie: »Ja, du hast recht. Es ist komisch, aber manchmal habe ich so eine eigenartige Angst. Ohne Kibuti, das wäre für mich der Tod.« Gabriele sah zu Alex, dann zu mir: »Bitte seid vorsichtig, es darf jetzt niemandem von uns etwas passieren! Wir brauchen uns. Los jetzt!« Sie hatte es nun eilig.

Weiterhin zog sich der Get aufwärts und das Gehen war kräftezehrend. Wir sprachen kaum noch und trotteten bloß vor uns hin, bis zum Glück plötzlich in der Wand der Kristallstreifen glitzerte. Da wussten wir, dass das Ende dieses Gets nicht mehr weit sein konnte. Und als wir an die Öffnung kamen, beeindruckte mich die hohe Höhle erneut, in der sofort wieder die Felswand rechts unser Licht zu reflektieren begann.

»Da«, zeigte Alex auf das Seil, das wir geknüpft hatten, um hinunterzugelangen.

Alex wollte unbedingt als Erster hochsteigen. Wir hielten ihm das Seil und beschwerten es mit unserem Körpergewicht, damit er es leichter hatte. Er machte das sehr geschickt, mithilfe der Knoten allmählich nach oben zu klettern. Als Nächste ging Gabriele, danach ich. Der Schweiß lief mir an den Schläfen hinunter, als ich oben ankam.

Schließlich gingen wir in den Get, der uns zur schwarzen Höhle führte. Noch einmal drehten wir uns um, dann verschwanden wir mit eingezogenen Köpfen. Diese Röhre erschien mir nun viel länger als auf dem Hinweg. Doch endlich traten wir hinaus und das samtene Schwarz umgab uns.

Wir sahen von oben hinab. »So, da wären wir, mir reicht's jetzt auch«, meinte Gabriele.

Unten auf dem Boden waren überall kleine Tümpel mit Wasser zu sehen. In der schmalen Rinne, die sich wie eine Ader durch die Mitte der Höhle zog, floss das Wasser sogar noch und wisperte leise, was nur bedeuten konnte, dass das Hochwasser in Kibuti tatsächlich hierher abgeflossen war. Wenn es so war, musste der Wasserstand in Kubiti inzwischen wieder gesunken sein.

»Das wäre dann die gute Nachricht«, murmelte Gabriele.

»Tja«, sagte Alex, als wir alle aus der Felswand gesprungen waren und zwischen den großen Pfützen weitergingen: »Es hätte ja eigentlich ein ganz schöner Urlaub werden können, wenn dieses fliegende Monstrum nicht aufgetaucht wäre.« Nebenbei deutete er auf unser Wasserfass, das zerschlagen vor der Felswand lag.

»Urlaub? Sie werden uns ziemlich schelten, dass wir die beiden dort zurückgelassen haben«, sagte Gabriele.

»Zuerst werden sie uns das alles sowieso nicht glauben. Sie werden denken, wir seien hier unten völlig verrückt geworden«, entgegnete ich.

Gabriele sah uns mit verkniffenem Gesicht an: »Wenn bloß nichts passiert ist.«

Ich freute mich auf ein frisch gebratenes Stück Skribo mit noch warmem Brot.

Wir nahmen unsere Beutelflaschen, setzten uns und tranken erst einmal. Wir waren jetzt doch ziemlich erledigt. Ich stützte die Hände nach hinten und betrachtete die zerklüfteten Felswände, die Mittelsäule und die wuchtigen, schwarzen Brocken. Immer noch glaubte ich an allen möglichen Stellen Figuren, Gebilde, Symbole zu erkennen, obwohl, natürlich, dort nichts war als Stein und als all die Schatten, die von unserem eigenen Licht erzeugt wurden. »Habt ihr euch schon mal vorgestellt«, fantasierte ich, »dass Raum vielleicht nach innen aufgebaut ist und nicht nach außen als Ausdehnung?«

»Hä?«, machte Alex.

»Verstehe ich nicht«, meinte Gabriele.

»Na ja«, murmelte ich, »ich meine ja bloß. Als Idee.« Ich verstand selbst nicht, was ich da gesagt hatte, fantasierte aber weiter: »Es gibt vielleicht gar keine Ausdehnung, sondern nur eine ... eine Eindehnung.«

»Los, weiter«, machte Alex und erhob sich, »sonst wird der wirklich noch verrückt ...«

Als wir in den Schacht kamen, sahen wir sofort die vermoderten Reste des Korbs vor uns am Boden liegen. Und ganz oben schien auch kein Leuchtstein mehr zu strahlen.

»Scheiße«, zischte Alex, »was machen wir jetzt?«

Einige Meter über uns baumelte das abgerissene Seil.

»Hallo!!«, rief Gabriele nach oben. »Ha-llo-, i-hr da- o-be-n!!«

Da der Boden feucht und nass war, konnten wir uns nicht setzen und warteten die ganze Zeit im Stehen. Wir hatten noch eine Frucht und zwei Schoten übrig, aber wir beschlossen, sie für die anderen aufzuheben. »Als Beweis«, lachte Gabriele.

»Also«, witzelte Alex, »eigentlich hätten wir ja doch erwarten können, dass sie jemanden dauerhaft als Wache aufstellen, der uns empfängt und begrüßt, und dass sie hier unten schon mal ein Fass Xis deponieren. Wenn schon keine Kapelle spielt.«

»Ja, jetzt lässt man uns hier auch noch warten«, fügte Gabriele hinzu und zog eine empörte Grimasse. »Uns! Wie ungezogen!«

»Na ja«, sagte ich, »mich wundert es schon, dass sie sich nicht um einen neuen Korb gekümmert haben, wenn das Hochwasser hinter ihnen liegt. Aber warten wir mal ab, was sich noch tut.«

Doch oben blieb es still. Es geschah nichts, einfach nichts. Immer wieder riefen wir laut, aber es blieb regungslos über uns. Das Warten ging uns jetzt doch ein bisschen an die Nerven. Wir mochten uns auch nicht vorstellen, dass es da oben vielleicht kein Leben mehr gab.

»Oh«, stöhnte Gabriele, »ich bin jetzt langsam wirklich hundemüde und habe Hunger. Ich will in mein Lipu und dann in Ruhe schlafen.« Sie blickte uns an: »Wisst ihr, wonach ich mich kolossal sehne: dass alle wieder am warmen Ofen am alten Lipata sitzen, Silke Flöte spielt und wir alle uns ein Fass Xis schmecken lassen.«

Ich nickte stumm.

Wir starrten nach oben, auch wenn dort nichts zu sehen war außer Dunkelheit. Es blieb völlig still. Noch einmal brüllten wir alle gemeinsam, so laut wir konnten. Das musste dort oben doch zu hören sein. Uns beschlicht nun tiefe Verzweiflung. Es wurde uns klar, dass wir wirklich entweder nicht zu hören waren oder die anderen Kibuti verlassen hatten. Oder waren sie einfach nicht in der Lage, das Plateau oben im Fels zu erreichen?

Wir sahen uns den am Boden liegenden Korb an und zogen ihn ein Stück aus dem Geröll. Die Seilreste waren nicht mehr zu gebrauchen, sie gaben bei der geringsten Spannung nach und rissen.

»Jetzt sitzen wir aber gehörig in der Falle«, meinte Gabriele.

»Mal ganz ehrlich«, sagte Alex, lehnte sich erschöpft gegen die Wand und fuhr sich mit beiden Händen übers Gesicht, »ich bin völlig erledigt, ich packe den Weg zurück nicht.«

Noch einmal rief Gabriele aus vollem Hals, jedoch eher aus Hilflosigkeit. Ich blickte hinauf zum baumelnden Seilende. »Wenn ihr mir helft, könnte ich es schaffen, von der Stelle dort oben ans Seilende zu kommen.«

»Und dann?«

»Vielleicht würde ich es schaffen, am Seil nach oben zu klettern?« Ich blickte die beiden an.

»Und wenn es mittendrin reißt?«, fragte Gabriele.

Alex schüttelte den Kopf. »Wahrscheinlich ist es nur hier unten weggefault, weil es im Dreck lag. Vermutlich ist es das Beste«, antwortete Alex, »wenn du das Seil einmal um deinen Unterarm windest, bevor du zufasst, das gibt dir zusätzlichen Halt, solltest du mal abrutschen.«

»Und du musst vorsichtig prüfen, wohin du greifst, falls es faulige Stellen gibt.«

Ich nickte stumm. »Okay, soll ich es versuchen?«

»Das ist allein deine Entscheidung, Jan«, sagte Gabriele. »Niemand weiß, ob der Rest des Seils intakt ist.«

»Na ja, sonst müssen wir zurück.«

Alex verzog das Gesicht. »Puh!«

»Ich versuche mal die ersten Meter. Wenn ich von da abstürze, ist es nicht so schlimm«, sagte ich. »Kommt, stützt mich, damit ich da vorne auf den Tritt komme.«

Ich stieg in die Felswand und hatte nicht mehr viel Abstand, bis ich ans Seil greifen konnte. Ein kleiner Sprung nur würde nötig sein. Wenn das Seil dabei riss, taugte es ohnehin nicht mehr. Die zwei stützten mir die Füße. »Es scheint nicht angemodert zu sein«, sagte ich nach unten. »Es sieht relativ fest aus.«

»Relativ?«

»Na ja, das finde ich nur heraus, indem ich es herausfinde«, redete ich mir selbst gut zu. »Ich hänge mich jetzt auf jeden Fall mal dran.« Ich stieß mich von der Wand ab und griff im Sprung mit beiden Händen ans Seil. Vom Schwung klatschte ich erst einmal an die gegenüberliegende Felswand und schürfte mir den Handrücken auf. »Scheiße.« Aber: Das Seil hielt. »Na also«, sagte ich nach unten. »Ich versuche es mal.«

So kletterte ich ein paar Meter höher, brauchte aber schon bald eine Pause. Ohne Knoten im Seil war es brutal anstrengend und erforderte ungeheuer viel Kraft in den Armen und Beinen. Noch ein Stück und noch ein Stück kletterte ich hinauf. Als ich nach einer Pause erneut ansetzte und mit den Füßen am Seil hochrutschte, riss es unter mir ab, ich spürte es sofort. Blanke Panik erfasste mich und ich griff noch fester ans Seilende über mir, an dem ich nun baumelte. Jetzt gab es für mich keinen Rückweg mehr! Wenn ich jetzt schlappmachte, konnte ich mich nicht mehr herunterlassen und vom Ende des Seils abspringen. ›Okay‹, redete ich mir zu, ›darüber denkst du jetzt nicht nach. Du musst jetzt hoch. Und das wolltest du ja auch. Nichts anderes.‹ Ich atmete durch und griff weiter nach oben. In Zwanzigzentimeterschritten ging es höher. Längst schwitzte ich nicht mehr nur noch vor Anstrengung. Der Schacht wurde enger und irgendwie beruhigte mich das etwas. Schließlich konnte ich beide Füße gegen die Wände stützen und hatte dadurch mehr Halt. Ich machte eine längere Pause, atmete durch.

»Alles in Ordnung?!«, kam es von unten.

»Ja!«

Jetzt fiel mir das Klettern leichter und schließlich kam ich an den Knick, ab dem ich nach oben krabbeln konnte. Im Eck musste ich aufpassen, denn hier hatten sich Sand und Matsch abgelagert und Algen klebten überall am Fels. Es war rutschig. Hinter der Öffnung erkannte ich schon, dass es in Kibuti immer noch sehr dunkel sein musste.

Als ich an den Durchbruch kam, reckte ich vorsichtig meinen Kopf hinaus. Das Wasser schwappte tatsächlich gerade mal einen Meter unter mir an die Felswand. Es war dunkel; nur die Spitze von Sutim gab Licht ab, darunter war alles verdreckt und veralgt.

Ich stieg hinaus und stand auf dem Plateau. Es war kühl und feucht. Ich sah übers Wasser und erkannte eine der Felldecken auf der Oberfläche treiben. Ganz hinten, nahe an Go, schaukelte das Boot auf den Wellen. Mir war sogar, als hätte ich unmittelbar vor mir die Rückenflosse eines Fisches gesehen. Immerhin!

Der Eingang war nicht zu erkennen, er lag noch komplett unter Wasser. Der Get war also auch vollgelaufen. Die anderen hatten sich sicher rechtzeitig aufgemacht. Hier war jedenfalls niemand mehr. »Oder ist hier noch jemand?«, rief ich. Gespenstisch drang mein Ruf über die tiefgraue Wasseroberfläche.

Ich trat an die kleine Felsspitze, um die das Seil gewickelt war, und prüfte, ob es faulte, aber es war fest. Auch aus der ehemaligen, grünlichen Wasserlinie an der Felswand ließ sich ableiten, dass das Hochwasser nicht lange hier oben gestanden haben konnte. Ich stieg wieder in den Durchbruch, mich am Seil festhaltend, und rief hinunter: »Keiner hier, aber das Wasser scheint zu sin-ken!« Wahrscheinlich verstanden sie mich da unten ohnehin nicht. Ich musste mich direkt an die Arbeit machen und begann, das Seil hochzuziehen, denn ich musste es verlängern, damit die beiden unten in ihrem Schacht herankamen. Ich blickte hinter mich: Etwas Seil konnte ich noch von der Steinspitze abwickeln, aber das würde auf keinen Fall reichen. Einzelne Seilreste, mit denen wir die Verbindungen zwischen den Lipus gesichert hatten, hingen noch in der Felswand.

»Hier!«, hallte es mit einem Mal über das Wasser und ein Schreck fuhr mir durch alle Knochen. Ich sah auf – verdammt, hinten im Boot winkten zwei Gestalten. Das waren doch ... das waren doch Elivra und Schlomo.

»Hey! Wow!«, rief ich und winkte wie wild geworden mit beiden Armen. Riesig freute ich mich. Sie nahmen die Paddel und begannen zu rudern.

Ich trat an den Durchbruch und rief kurz. »Hier sind Elvira und Schlomo!!«

Es sah gespenstisch aus, wie die zwei in dieser dämmrigen, grauen Felskulisse in dem alten Boot über die fast schwarze Wasseroberfläche ruderten. Auch sie selbst erschienen mir grau und wie aus einer anderen Welt.

»Was macht ihr denn hier?«, fragte ich, als die beiden langsam auf mich zutrieben; ich war so verdammt froh, sie zu sehen. Sie warfen mir ein Seil zu und ich zog sie vorsichtig heran, damit das Boot nicht gegen den Fels krachte. Die beide waren völlig abgemagert. Elvira hatte ganz eingefallene Wangen. »Ihr lebt!«, sagte sie.

»Habt ihr was zu essen?«, fragte Schlomo.

»Nicht viel. Habt ihr sauberes Wasser für mich?«

Schlomo warf mir eine Beutelflasche zu, dann stiegen sie aus und kamen mit zwei Zügen zu mir geschwommen. Wir fielen uns in die Arme.

»Zum Glück, ihr lebt«, hauchte Elvira. Hatten sie tatsächlich vermutet, dass wir längst tot waren? Nein, wir lebten.

Ich trank erst einmal. Dann erklärte ich ihnen unsere Lage. Wir banden vom Boot beide Seile ab, zogen das lange Seil von unten hoch und verlängerten es. Anschließend wickelten wir noch die restlichen Schlingen vom Stein ab und ließen das Seil nach unten. Tatsächlich spürten wir schließlich ein Gewicht dran. Sicher hatte Alex Gabriele den Vortritt gelassen. Wir zogen das Seil langsam hoch und dann war es Gabriele, die uns vom Knick aus anblickte. Sie strahlte.

Als wir auch Alex oben hatten, sagte ich: »Geschafft«, und sofort trafen mich die Blicke von Schlomo und Elvira. »Was soll das heißen?«

»Ach so, ja«, machte ich und wollte es beiläufig klingen lassen, »macht euch keine Sorgen, Isabelle und Jonathan geht es gut.« Vom Riesenvogel wollte ich erst mal lieber nicht berichten.

So saßen wir schließlich alle eng beieinander auf dem Plateau und aßen, was wir noch zu essen hatten: Schlomo und Elivra noch etwas Fisch, wir die Schoten und die letzte Frucht, die wir natürlich den beiden überließen. Wir erzählten dabei, was wir alles erlebt hatten. Jedenfalls fast alles.

Die beiden hatten trotz des steigenden Wassers zu bleiben beschlossen und irgendwann auch bemerkt, dass das Wasser nicht weiter anstieg. So war Kibuti nie ganz vollgelaufen. Aber die beiden waren völlig entkräftet. Ich blickte um mich: Ein trautes Heim war dies hier nicht gerade.

»Das Wasser sinkt bereits merkbar«, sagte Schlomo, »man kann das Gewölbe über dem Eingang schon wiedererkennen. Ist der Eingang erst mal frei, liegen auch die Gets bald wieder im Trockenen. Dann werden die anderen zurückkommen.«

Während wir ununterbrochen angelten, um satt zu werden, ruderten wir auch immer zu zweit zu Sutim herüber und versuchten schon, ihn vom Dreck, von Algenresten und vom Moos zu befreien. So wurde es wenigstens etwas heller. Und immer wenn das Wasser wieder ein Stück gesunken war, machten wir uns sofort daran, auch den nun neuerlich zurückgebliebenen Dreckstreifen abzuwaschen. Das Licht nahm zu, es wurde wieder wärmer. Der oberste Rand vom Eingang war bereits sichtbar. Wir hatten unser Kibuti zurück.

VIERTER TEIL

XIII

In Kibuti zu hausen war nun erst mal ein grauenhaftes Gefühl. Wir schliefen in den ersten trockenen Felsnischen oder im Boot. Es gab ausschließlich rohen Fisch, manchmal fanden wir eine Wagu. Zwar konnte man die obere Kante des Eingangs schon wieder erkennen, aber der Get dort draußen war trotzdem noch überflutet. Regelmäßig schwamm ich dorthin und weiter in den fast dunklen Luftraum über dem Wasser. Es fühlte sich an wie beim Ersticken. Ich hatte vorgeschlagen, dass wir alle uns wieder zurück aufmachten nach Wolko, weil ich das alles kaum aushielt, aber das hatten die anderen nicht gewollt.

Nur ganz allmählich sank das Wasser und hinterließ dabei doch nur jeden Meter verschlammt und verschlickt. Sutim gewann kaum an Leuchtkraft, die ganze Höhle blieb grau und karg. In der Tiefe des Raumes erkannte man kaum etwas. Manchmal fiel irgendetwas ins Wasser, es klang gruselig. Regelmäßig setzte ich mich ins Boot und ruderte bis zur gegenüberliegenden Wand und wieder zurück, nur um etwas Bewegung und Anstrengung zu haben. Alles war so trostlos und trist, dass man hätte verrückt werden können.

Als das Wasser endlich den halben Eingang freigab, ruderten wir in den Get, mussten aber erkennen, dass die Gets zum Lun und zu Tamumube erst eine schmale Luftschicht hatten. Aussichtslos.

»Nach meinem Gefühl«, sagte Elvira irgendwann einmal, »ist das Wasser noch nie so langsam wieder gesunken.«

»Vielleicht hat sich das Klima verändert«, murmelte ich.

»Das Klima verändert?«, wiederholte Schlomo ungläubig, als wir einmal hoch oben in der Felswand hockten.

Der Eingang lag noch nicht ganz wieder frei, als plötzlich Maria als Erste auftauchte. Sie kam durchs Wasser gestapft, wrang ihr Haar dabei aus und rief: »Huhu!«

Ich zuckte am ganzen Körper, als ich ihr Rufen hörte. Aber natürlich freuten wir uns alle riesig. In den seitlichen Gets konnte man noch nicht wieder gehen, aber Maria hatte sich schwimmend einfach mal aufgemacht zu uns. Sie hatte sich einen Leuchtstein ins Haar geknotet und war den Get von Tamumube hierhergeschwommen. Etwas zu essen hatte sie aber leider nicht mitbringen können.

Und doch war es nun so weit, dass die anderen nach und nach dazukamen. Zuerst erreichte uns die Gruppe aus dem Lun, die auch Chris und Wilhelm im Schlepptau hatten, dann auch die aus Tamumube. Obwohl wir alle so froh waren, dass sich das Wasser wenigstens schon so weit wieder verzogen hatte, waren wir nicht gerade in der Lage, schon ein Fest zu veranstalten.

Wir machten uns daran, alle Gegenstände abzuwaschen, die im Get versunken gewesen waren, und retteten, was zu retten war. Viel allerdings war das nicht. Manches von all dem Zeug wirkte eher, als hätten es Archäologen irgendwo ausgegraben. So eintönig und öde hatte ich mir den Wiederaufbau nach einem Hochwasser nicht ausgemalt.

Skribos hatten die anderen zwar bereits mitgebracht, als sie wieder zu uns gestoßen waren, aber da das Schilf erst zaghaft aus der Wasseroberfläche spitzte, konnten wir weder richtig kochen noch braten. Der Ofen war lediglich mit getrockneten Algen und anderem zu füttern, was das Hochwasser zurückgelassen hatte. »Halbgar auf Strohfeuer«, nannte Karl unser Essen. Immerhin gab es Matas und hin und wieder erjagten wir auch mal einen Tugu, der dann, noch reichlich zäh, unser Essen ergänzte.

Immer noch blieb das Licht trüb, sodass wir jetzt kleine Gruppen bildeten, die Sutim weiter vom Dreck und von den Algen befreiten, damit es wenigstens irgendwann mal wieder so hell und warm werden konnte wie zuvor. Das war kräftezehrend und gefährlich, denn wir hingen an Seilen herunter am Gestein und schrubbten und kratzten. Die ganze Höhle wirkte ohne das hohe Schilf schon karg und trostlos genug. Ich sehnte mich so nach Licht.

Doch auch sonst war nun vieles verändert. Da alle gleichzeitig in Kibuti lebten, war die Gruppe sehr groß und das Treiben unruhig. Mir ging das auf die Nerven. Diese Unruhe und dass jeder Laut immer noch stark über der Wasseroberfläche widerhallte, konnte ich nur schwer ertragen. Zwar bemerkte man Eliane so gut wie gar nicht, dafür aber war Mateo überall zu finden. Er redete auf uns ein, dass wir zügig einen Teil des Sees abteilen sollten, sobald das Wasser weiter gesunken sein würde, um im restlichen See intensiv fischen und die gefangenen Fische in den abgegrenzten Teil werfen zu können, wo sie sich vermehren sollten. Er tüftelte herum, musste allerdings schließlich zugeben, dass wir auch weiterhin nicht fähig sein würden, so eine Begrenzung zu bauen – was hätten wir dazu verwenden sollen? Die einfachste Lösung wäre ein Netz gewesen, das wir hätten spannen können, aber wir waren gar nicht in der Lage, ein so großes und feinmaschiges Netz zu knüpfen.

So würde wohl auch im neuen Wunrin keine Chance bestehen, zu einer Fischzucht zu kommen, zumal wir jetzt weitgehend auf Fisch angewiesen waren und beinahe ununterbrochen angelten, damit überhaupt alle satt wurden. Für die nächste Expedition nach Oben nahmen wir uns vor, dort nach einem geeigneten Material für ein Netz Ausschau zu halten. Unzufrieden mit dieser Aussicht, kündigte Mateo auch schon an, zur nächsten Gruppe gehören zu wollen, die nach Wolko aufbrechen würde.

Natürlich hatten Gabriele, Alex und ich alles haargenau berichten müssen und natürlich hatten alle wissen wollen, wie wir die Möglichkeiten für ein Leben in Wolko einschätzten, aber Herrmann und andere hatte ganz entschieden dafür plädiert, noch keine Entscheidungen über das weitere Vorgehen zu treffen; sie wollten, dass wir alles in Ruhe bedachten. »Gemach, gemach«, hieß es von Herrmann immer nur. Und die meisten anderen stimmten ihm zu, denn erst einmal musste es jetzt darum gehen, Kibuti erneut bewohnbar zu machen.

So entstand langsam ein neuer, wenn auch mühsamer Alltag. Ich hatte allerdings irgendwann nicht mehr viel Lust auf diese ganze Plackerei. Am liebsten hing ich mit Magdalena herum, manchmal saß ich jetzt auch wieder mit Chris zusammen, denn wir hatten viel zu erzählen. Gänzlich konnte ich mich ums Arbeiten aber nicht drücken, denn Herrmann ließ oft nicht locker, bis ich mich beteiligte. Und wenn ich mal allein faul im ersten wieder frei daliegenden Sandstreifen lag und döste, fand sich bald Tobias neben mir ein. Tauchen konnten wir in dem trüben Wasser zwar noch nicht wieder, aber ihn beschäftigte sehr, wie man den großen Vogel in Wolko vertreiben könnte. Er hatte die unmöglichsten Ideen.

»Lasst ihr mich mitgehen, wenn es losgeht nach Wolko?«, fragte er mich.

»Das halte ich für keine gute Idee. Es ist viel zu gefährlich.«

»Aber wann ist man denn groß genug, um mitgehen zu dürfen?«

»Hm«, machte ich und schmunzelte, »wenn man so groß ist wie Jonathan, schätze ich.«

Tobias lachte laut auf: »So groß werde ich bestimmt nie.«

Später kam er auf die Idee, ein Bild des Vogels in eine sehr glatte Stelle im Fels unterhalb des Aufstiegs zum Plateau zu ritzen, mehrmals holte er mich dazu, damit ich ihm beschrieb, wie die Krallen aussahen und wie der Schnabel geformt war, denn einen Vogel hatte er ja noch nie in seinem Leben gesehen. Auch eine menschliche Figur kratzte er ins Gestein, um allen zu zeigen, wie groß der Vogel im Vergleich zu uns war. Schließlich fragte er mich, als ich schräg hinter ihm stand, wie lang genau denn die Schwanzfedern gewesen sein.

»Hm, ehrlich gesagt, die habe ich nie so richtig gesehen. Ich habe wohl die ganze Zeit nur auf diesen breiten Schnabel gestarrt.«

»Weil du Angst hattest?«

»Ja, wahrscheinlich weil ich Angst hatte. Dieser riesige Schnabel ... also ... der hat mir Angst gemacht, ja, das kann ich dir sagen.«

»Hätte er dir auch den Arm abreißen können?«

»Weiß nicht. Bestimmt.«

»Boh«, machte er, »so ein Vogel! Wenn man ihm immer zu essen gibt und binito macht, könnte man dann auf ihm fliegen?«

»Locker«, pflichtete ich ihm bei, während ich Mateo über den Sandstrand auf uns zukommen sah.

»Locker«, lachte Tobias. Er mochte das Wort.

Mateo blieb bei uns stehen. »Ich berufe nun endlich die Besprechung ein, um über die Expedition nach Wolko zu entscheiden«, meinte er. »Ich habe allen Bescheid gesagt.«

»Sind Herrmann und Elvira und Schlomo auch dafür?«, fragte ich und versuchte es möglichst beiläufig klingen zu lassen.

»Das ist mir egal.« Weg war er.

Einen Moment lang schwiegen Tobias und ich, bis Mateo weit genug von uns entfernt war, dann machte Tobias: »Puh«, und verdrehte die Augen.

Ich nickte. »Der ist ja mächtig in Fahrt.«

»Bi! War damals auch so, als er nach Tamumube aufbrechen wollte und sich zuerst niemand für die Gruppe meldete. Es gab öfter Streit, ich kann mich daran erinnern. Manchmal haben sie sich ganz laut angebrüllt und ich hatte bi, bi zit.«

»Und wenn wir ihn nicht mitnehmen würden? Was, meinst du, macht er dann?«

Tobias zuckte mit den Schultern.

Ich drehte mich wieder zu seiner Zeichnung: »Der Vogel ist dir jedenfalls gut gelungen, genauso habe ich ihn gesehen«, sagte ich und berührte ihn am Arm.

»Ki?«

»Bi!«

»Komm.« Gemächlichen Schrittes spazierten wir über den Sandstrand hinauf zum Essensplatz, während Tobias meinte, er hoffe, bald wieder tauchen gehen zu können. Nach und nach trafen wir alle ein. Mateo wartete längst, unruhig im Sand hin und her marschierend. Herrmann, Elvira und Gertrud standen zusammen und sprachen leise miteinander. Ich sah, dass Magdalena sich von einer Gruppe löste und zu

Mateo hinüberging. Tobias und ich hatten uns zu Chris gesetzt, die sich aus Mata-Fellen mit einer rostigen Nadel ihre Weste ausbesserte.

Allmählich setzten sich alle, ihre Becher neben sich in den Sand drückend. Nur Mateo blieb stehen. Er war nicht weit von mir entfernt, sodass ich ihn verstohlen beobachten konnte, während Magdalena mit ihm sprach. Er war faltiger im Gesicht, als ich ihn von unserer ersten Begegnung in Erinnerung gehabt hatte, aber er war ein attraktiver Mann mit seinen tiefschwarzen Haaren und den dunklen Augen und seinen Augenfalten, wenn er lachte. Jetzt allerdings war sein Gesichtsausdruck sehr ernst. Magdalena kam zurück von ihm und setzte sich zu uns.

»Und?«, fragte ich. Aber sie verzog nur den Mund und sank neben mir in den Sand.

»Kibuti!«, begann Mateo laut zu sprechen und blieb dabei stehen. »Ich habe euch zusammengerufen, weil ich der Meinung bin, dass wir Entscheidungen zu treffen haben. Es ist viel passiert am Ende des letzten Wunrin und während des Hochwassers. Wir mussten Tamumube aufgeben und Kibuti ist beinahe versunken. Einige von uns haben viel riskiert und hätten ihr Leben verlieren können. Nun sind wir wieder alle hier zusammen, ja, erst einmal glücklich darüber, dass alles so glimpflich verlaufen ist. Aber: Das Hochwasser und der Lavastrom in Tamumube zeigen uns, dass das Leben hier Grenzen hat und stetig unter Bedrohung steht. Deshalb, Kibuti, dürfen wir uns nicht ausruhen! Wir müssen weiter ins Innere vordringen.« Er machte eine kurze Pause. »Und, Kibuti«, fügte er hinzu, »da oben«, jetzt zeigte er mit lang ausgestrecktem Arm zum Durchbruch auf dem Felsplateau, »da führt unser Weg weiter ...«

»Jetzt aber mal langsam ...«, schoss Herrmann dazwischen, brach allerdings sofort wieder ab und schwieg.

»Ja, ich bin der Meinung, dass wir uns weiter auf den Weg machen sollten. Nicht nur, weil sich neue Lebensräume aufgetan haben, sondern weil der Schacht dort oben ideal ist auch für die Verteidigung. Wir wissen längst, wie schnell es passieren kann, dass die Gets hierher gefunden werden. Es ist jederzeit möglich. Wir haben es ja erlebt.« Er verstummte für einen Moment, denn er bückte sich nach einem Stein, auf den er getreten war und den er jetzt weit wegwarf. »Gut, ich sage euch meinen Vorschlag: Ich will eine Gruppe bilden, die mit mir aufbricht nach Wolko. Denn: Wir müssen viel genauer herausfinden, welche Lebensmöglichkeiten sich für uns dort auftun. Und darüber will ich endlich eine Entscheidung.« Jetzt setzte er sich und nahm einen Schluck aus seinem Becher.

Neben uns murmelte jemand etwas vor sich hin, andere sprachen leise mit ihren Nachbarn. Dann ergriff Schlomo das Wort: »Ich glaube, es gibt gar keine grundsätzlichen Vorbehalte dagegen, mit einer zweiten Gruppe nach Wolko zu gehen, denn wir ...«

»Doch, gibt es!«, sprang Herrmann auf und blickte um sich. »Erstens kann ich nicht erkennen, warum Wolko für uns ein idealer Lebensort sein soll, dazu müssten wir mindestens die Riesenvögel ausmerzen.«

»Es ist *einer*!«, ging Mateo dazwischen. »Wir werden uns ja wohl nicht von einem einzigen Vogel abhalten lassen!«

»Halt den Mund, ich spreche«, zischte Herrmann. »Zweitens aber: So, wie wir wollen, dass Kibuti geschützt bleibt, werden auch die Wesen dort ihren Lebensraum schützen wollen. Wenn wir glauben, wir könnten uns dort einfach alles unterwerfen wie eine Kolonie, dann ... Was glaubt ihr denn? Sie werden sich verteidigen. Wie kommst du«, jetzt wandte er sich offen an Mateo, »auf die Idee, dass wir da einfach mit einer so großen Gruppe einmarschieren und es zu unserem Lebensort erklären können?«

Auch Mateo sprang wieder auf: »Ich erkläre es ganz und gar nicht zu unserem Lebensort. Aber kein Wesen kann uns verbieten, durch seinen Lebensraum zu kommen und ihn uns anzusehen. Ja, wir Kibuti haben Prinzipien. Die sind richtig und die teile ich. Aber sie verbieten uns nicht, in andere Regionen aufzubrechen.«

»Wie du meinst, aber dann können wir für uns auch nicht Kibuti zum Herrschaftsgebiet erklären, sollten von Oben Menschen zufällig hierherfinden.«

»Das ist etwas anderes!«

»Was ist daran anders?«

»Weil die Gatsche von Oben ...«

»Und sag nicht immer Gatsche, verdammt noch eins!«

»Könnt ihr jetzt mal runterkommen!«, rief ich dazwischen. Auch ich erhob mich, aber ich blickte weder zu Mateo noch zu Herrmann, sondern wandte mich an die anderen: »Weder die Baumbären noch die Wasserkatzen werden uns daran hindern, wenn sich nach und nach jeder von uns mal Wolko ansieht. Sie sind absolut friedlich. Und sie können teilen. Wie sie sich aber verhalten, wenn wir gleich mit ganzen Trupps dort einfallen ...«

Sofort brüllte Mateo erneut dazwischen: »Wer redet von ›Trupps‹ und wer redet von ›einfallen‹?«

»Jetzt lass ihn ausreden«, rief Gabriele.

Ich setzte neu an: »Wolko ist kein Lebensraum für uns alle, dazu sind wir zu viele. Das Tal der Vögel kommt auch nicht infrage, denn es ist viel zu gefährlich für uns. Dort könnte es von diesen Vögeln wimmeln, außerdem scheint dort nicht viel zu wachsen. Jedenfalls sah es von oben so aus. Wobei ich natürlich keine Ahnung habe, was es mit der kleinen Oase mittendrin auf sich hat. Irgendwas muss dort ja sein. Ansonsten bleibt nur der weitere Flussgang. Dort wachsen die Pflanzen sehr dicht; es könnten Pflanzen sein, die kein Licht brauchen oder nur sehr, sehr wenig. Was dahinter kommt und wohin der Fluss führt, wissen wir nicht. Für mich sah es aus wie ein dunkler Urwald. Und Urwälder sind nicht ungefährlich. Dass es dort Wesen gibt, ist sicher. Ich habe sie gesehen und gehört. Es gibt dort Insekten, die sind so groß, dass sie Tiere in der Größe von Mäusen angreifen und fressen können. Aus welchen Gründen sich die Baumbären von dort fernhalten, und zwar trotz der Bedrohung durch den Vogel, das wissen wir ebenfalls nicht. Es muss aber Gründe geben ...«

»Aber genau das müssen wir doch herausfinden«, betonte Mateo.

»Müssen, müssen, müssen ...« Herrmann ging ein paar Schritte hin und her. »Ich verstehe nicht, warum du diese Aufregung verbreitest. Gerade jetzt, wo wir wieder Fische im See haben, geht es uns hier sehr gut. Natürlich werden wir uns Wolko ansehen, aber wie das alles geschehen soll, darüber müssen wir gründlich nachdenken.«

»Gründlich nachdenken – wie lange willst du denn noch gründlich nachdenken, du Gründlichnachdenker!?«

»Jedenfalls laufe ich nicht so kopflos herum wie du!«

»Oder geht es doch eher darum, dass *du* derjenige sein willst, der sich wieder vor die erste Reihe schiebt, und dass du bestimmst, wann es losgeht?«

»Könnt ihr euch jetzt bitte mal mäßigen?« Schlomo war verärgert, er zog ein grimmiges Gesicht, stand aber nicht auf. Eher leise fügte er hinzu: »Hier braucht sich überhaupt niemand zum Führer aufzuspielen.«

Auch Elvira meldete sich zu Wort: »Ich weiß wirklich nicht, warum diese Aufgeregtheit entsteht ...«

»Weil ich aufbrechen will mit einer Gruppe«, blaffte Mateo schon wieder laut heraus. »Ganz einfach! Was ist denn eigentlich daran so schwer zu verstehen?«

»Du scheinst aber zu vergessen«, antwortete Ayşe, »dass das nur mit Zustimmung aller geschehen wird. Ob sich Einzelne in Gefahr begeben dürfen, entscheidet die Gruppe.«

»Genau!«, brüllte Herrmann dazwischen. Er machte einen langen Hals und schoss schnurstracks auf Mateo zu: »Du brichst auf, wenn die Kibuti es beschließen, und nicht, weil du es willst.« – Und dann geschah es: Mateo stürzte sich auf ihn und schlug ihm auch schon mit der Faust voll ins Gesicht. Herrmann prügelte seinerseits sofort auf ihn ein und die beiden verkeilten sich und versuchten, den anderen umzuwerfen und auf den Boden zu drücken. Herrmann verlor einen Schuh, an Mateos Weste machte es »Ratsch«. Wir sprangen alle auf und bildeten einen Kreis um die beiden, aber das schienen sie gar nicht mitzubekommen. Jetzt klatschte Herrmann mit der flachen Hand voll in Mateos Gesicht, während Mateos Finger sich in die Wange von Herrmann verkrallten, sodass sich dessen Gesicht verzerrte.

»Wolfgang«, sagte Gertrud und nickte ihm zu. Wolfgang erwiderte das Nickten, und schon griffen sie sich die Streithähne. Wolfgang zog

Mateo zur Seite, Gertrud zerrte an Herrmann und schimpfte: »Hör jetzt auf, verdammt noch mal!«

Mateo stieß Wolfgang von sich und schoss aus unserem Kreis hinaus. »Ich werde gehen, davon hält mich niemand ab.« Er stapfte Richtung Lipititu davon.

»Das wirst du nicht!«, brüllte ihm Herrmann nach.

Magdalena wollte Mateo folgen, aber ich hielt sie fest. »Lass ihn doch erst mal. Der muss abkühlen.«

In der Nähe des Ofens stehend, redeten jetzt mehrere auf Herrmann ein. Als ich näher kam, hörte ich nur, wie er ihnen antwortete: »Ich weiß doch auch nicht, warum der mich immer so schnell in Rage bringt.« Sein Wangenknochen war tief rot und bereits geschwollen. Gabriele kam mit einem Gefäß voll Wasser und einem Lederfetzen. Sie legte das kühle Leder auf Herrmanns Wange. Mich sah er unterdessen etwas ratlos an und zuckte gleichzeitig mit den Schultern und den Augenbrauen.

Ich wartete, bis sich die Aufregung etwas gelegt hatte und die anderen Herrmann wieder in Ruhe ließen. Nach und nach lösten sich alle Gruppen auf. Ich fasste Herrmann am Arm und zog ihn mit mir Richtung des ausgebesserten Stegs. »Was war denn los?«, wollte ich wissen. »Ist es denn nicht eine klare Regel, dass die Gruppe die Entscheidung trifft und nicht er allein – jedenfalls solange er dazugehören will?«

»Doch, ja, natürlich. Trotzdem ... Seine fordernde Haltung allen anderen gegenüber lässt mich jedes Mal in die Luft gehen.« Langsam spazierend, blickten wir über den See, eine Weile schwiegen wir. Als wir am Steg ankamen, sah Herrmann um sich, dann sagte er leise: »Ich verrate dir etwas, es weiß noch niemand: Gertrud ist schwanger und ...«

»Nein«, fiel ich ihm ins Wort, »von dir etwa?«

»Ja.«

Ich lachte. »Na, da gratuliere ich aber, oder was man dann so sagt!«

»Danke. Verbreite es aber noch nicht weiter, denn wir wollen es eigentlich allen gleichzeitig sagen.«

»Gut. Und, warum sagst du es mir jetzt?«

»Weil das der Grund ist, weshalb ich möchte, dass wir hier erst mal geordnete Zustände organisieren. Ich möchte, dass wir wieder Ruhe reinkriegen. Trotz Wolko wird Kibuti unser Lebenszentrum bleiben, allein der Kinder wegen. Wir müssen uns *hier* um alles kümmern und nicht darüber nachdenken, wohin es jetzt schon wieder gehen könnte. Ich weiß aber, dass Mateo keine Ruhe geben wird. Er wird weiter ›nerven‹, wie ihr es ausdrückt. Und das bringt mich in Rage. Jedes Mal von Neuem.«

»Warten wir doch erst mal ab.«

»Ach, ich kenne ihn doch! Er ist ein Quälgeist. Wir alle werden uns ihm mit Entschiedenheit entgegenstellen müssen.«

»Dann tun wir das eben. Jedenfalls muss Wolko geschützt werden, und vielleicht sogar vor uns selbst. Das wird auch Mateo begreifen, sonst ...«

»Sonst?«

»Keine Ahnung. Sonst kriegt er Ärger.«

»Aber an einen Fels ketten wollen wir ihn sicher auch nicht.«

Wir sanken auf zwei Steine nahe den Salzbecken und blickten in die Weite der Höhle, die so unglaublich grau und trist auf mich wirkte. Auch die Wasserleitung weit hinten stand erst zur Hälfte wieder. »Ach«, begann Herrmann, »ich bin gereizt von diesem andauernden Provisorium hier. Und es ärgert mich, dass die meisten von uns zu wenig mit anpacken. Du auch. Stattdessen geht es plötzlich in allen möglichen Gesprächen nur noch um Wolko. Aber *hier* ist unser sicherer Lebensort. Natürlich gibt es diese Hochwasserphasen, aber damit können wir umgehen. Und dieses Mal haben wir es auch wirklich gut gemacht. Worum es endlich gehen muss, ist, dass wir einen Aufstieg nach Oben organisieren. Es fehlt hier inzwischen an viel zu vielem, das wir selbst nicht herstellen können. Und deshalb erscheint manchem alles so mühsam. Wir sollten uns einfach nur besser konzentrieren auf das, was nun hier ansteht. Nicht weglaufen, hier müssen wir anpacken!«

Ich überhörte seinen Vorwurf und nickte nur. Natürlich musste nun endlich eine Gruppe nach Oben aufbrechen, da würde ich ganz bestimmt nicht derjenige sein, der widersprach, aber jetzt sagte ich kein Wort. Uns allen war aber auch klar, dass wir dazu noch mehr Salz brauchten, um das Fleisch unter dicken Salzschichten einlegen und an den Zwischenstationen deponieren zu können. Außerdem musste erst das Seegras wieder stärker wachsen, damit wir auch Brot backen konnten. Die Essensvorräte an den Zwischenstopps jedenfalls waren erst einmal zu sichern. Zu überstürzen war jetzt ohnehin nichts, obwohl auch ich es kaum noch erwarten konnte.

Herrmann stand schließlich auf. »Also, ich werde mal zu Gertrud gehen.«

Ich blieb sitzen und starrte noch eine Weile aufs flache Wasser am Ufersaum, wo Schnecken mit der Unterseite nach oben trieben und gleichzeitig ihre kleinen Fühler ausstreckten.

Nach dem Streit blieb es in Kibuti angespannt. Viele der anderen schienen Mateo nicht zu trauen, obwohl ich mich fragte, ob das eigentlich berechtigt war. Er war umtriebig, ja, aber für einen Wüstling hielt ich ihn nicht. Trotzdem mussten wir den Konflikt erst einmal beruhigen.

Die erste Maßnahme, die wir trafen, lautete, dass Mateo einen Arrest erhielt, er durfte Kibuti nicht verlassen. Elvira machte ihm beim Urteilsspruch sehr klar, dass ihn die Gruppe ausschließen würde, sollte er sich nicht fügen. Anschließend, das wusste ich, hatte Magdalena lange mit ihm gesprochen und ihm in aller Entschiedenheit gesagt, dass sie in dieser Frage nicht auf seiner Seite stand. Sie erwartete von ihm, sich streng an die Vorgaben zu halten. Wollte er wirklich riskieren, hier unten in den Gets als Einzelner umherzuirren, ausgestoßen von allen anderen?

Ihm und Herrmann hatten wir außerdem verboten, sich dem anderen auf weniger als zehn Schritte zu nähern. Wir wollten sie erst einmal auseinanderhalten.

So war die Entscheidung über die nächste Expedition nach Wolko aufgeschoben. Dennoch stand fest, dass eine Gruppe gehen sollte, zumal wir auch Isabelle und Jonathan mit ein paar Gegenständen ausrüsten wollten, zum Beispiel mit langen, stabilen Speeren, damit sie und die Baumbären sich am Ufer besser verteidigen konnten. Vielleicht würden auch die Wasserkatzen lernen, Speere zu halten, um sich gegen die Sturzflüge des Vogels zu schützen.

Als sich das Wasser noch weiter zurückgezogen hatte, konnten wir damit beginnen, den Lipata vom angespülten Dreck zu säubern und wiedereinzurichten. Zuerst bauten wir den Ofen auf, auch wenn wir ihn nur selten anheizen konnten, weil uns nach wie vor brennbares Material fehlte. Wir stellten ihn an eine andere Stelle als zuvor, weil dort der Rauch besser abziehen würde. Auch all die kleinen Werkzeuge, Tongefäße, Fässer und unseren Holzvorrat trugen wir wieder zurück in den Lag, sodass oben am Eingang und im Get davor nichts zurückblieb außer einem kleinen Rest von Schrott aus alten Töpfen und ehemaligen, nun doch völlig verrosteten Metallgegenständen.

Herrmann verzog sich unterdessen hoch in seinen Horst. Er nahm nichts zu essen mit, sondern lediglich drei Beutelflaschen mit Wasser und stapfte durch den Sand auf die Stelle im Gestein zu, an der er den Aufstieg immer begann. Ohne ein einziges Wort zu sagen, griff er im Vorbeigehen mit einer Hand an meine Schulter und drückte sie fest. Während ich ihm nachsah, verschwand er in der Felswand. Gerne wäre ich mit ihm gegangen, aber mir war klar, dass er jetzt allein sein wollte.

Mateo hingegen wich ich aus. Ich wusste selbst nicht genau, warum. Bestimmt war er sauer auf mich, weil ich sein Vorgehen ein »Einfallen« in Wolko genannt hatte.

Als ich einmal allerdings vom Badesteg heruntertrat, stand er plötzlich vor mir. Wir hatten uns eine Weile nicht gesehen und gesprochen, deshalb sagte ich zuerst nur kurz: »Kib!«, und wollte, auf den Boden sehend, auch schon an ihm vorbeigehen, doch er hielt mich am Arm fest; ich spürte seinen festen Griff. Er sah mich an, diesmal allerdings nicht mit diesem Blick, der einen sofort auf Habachtstellung gehen ließ. »Jan«, begann er, »du darfst das wirklich nicht so ansehen, als würde ich wie ein Krieger überall rumwüten. Die anderen tun immer so, als wäre ich so jemand. Aber das bin ich nicht. Es geht mir nur darum, die Welt hier unten gut kennenzulernen, damit wir überleben können. Ich finde, wir müssen uns hier überall noch viel besser auskennen. Überall. Ich will doch auch nur, dass die Kibuti Schutz finden.«

»Ja.«

»Glaubst du mir?«

»Ja, natürlich glaube ich dir. Alle glauben dir das.«

»Nein, nicht alle. Aber bei manchen ist es mir auch nicht so wichtig.«

»Mhm«, machte ich.

»Aber bei dir ist es mir wichtig, Jan.«

Ich nickte nur stumm, war aber ziemlich überrascht, dass er das so sagte. Trotzdem wusste ich nicht, was ich davon halten sollte. Wollte er mich nur auf seine Seite ziehen?

»Du würdest mir eine Freude machen, wenn du zur Gruppe gehören würdest, die dann irgendwann mitgeht nach Wolko.«

»Ach?«

»Ja. Ich weiß, du glaubst, ich würde dich nicht mögen, aber das stimmt ganz und gar nicht. Ich mag deine ruhige Art. Und wen meine Schwester liebt, den liebe auch ich – meistens«, schob er nach und musste lachen. Dabei zeigte er seine weißen Zähne mit den Lücken. »Jedenfalls würde es mich freuen, wenn du dabei wärest. Wir könnten dich gut gebrauchen, da bin ich sicher.«

»Ich hab mich noch nicht entschieden.«

»Überleg's dir. Es eilt ja nicht – leider.« Mateo klopfte mir gegen die Schulter und machte ein paar Schritte auf den Badesteg zu.

»Mateo!« Er blieb stehen. »Du hast auch Angst, oder?«

»Angst gehört zum Menschensein.«

»Ja, aber manchmal muss man trotzdem über sie nachdenken.«

»Das stimmt, ja. Gut, ich werde darüber nachdenken.« Er ging weiter. Der Steg knarrte unter seinen Tritten.

Irgendwann tauchte auch Herrmann wieder auf. Ich sah ihn am Ofen stehen, auf dem wir es mit letzten Algenresten und erstem Schilfrohr immerhin zu einer lauwarmen Suppe aus Fischköpfen gebracht hatten. Als Erstes trank er mehrere Becher Wasser, dann griff er nach dem Essbaren, das hier und da lag, auch wenn es nicht viel war, und schließlich stemmte er die Hände in die Seiten, blickte sich um und lächelte jedem zu. Auch er nahm etwas von der Suppe und setzte sich allein an die Felswand. Später sah ich ihn an der inzwischen wieder vollständig aufgebauten Wasserleitung stehen, wo er sich wusch. Ich schlenderte zu ihm.

»Ah!«, stieß er laut heraus, als ich bei ihm ankam und er sich das Wasser ins Gesicht spritzte und über die Brust laufen ließ. »Zum Glück steht nun auch die Leitung wieder. Kaltes Wasser lässt einen sich doch gleich wie neu geboren fühlen.« Dann trat er aus dem See heraus und fuhr sich über Oberkörper und Arme, um das Wasser vom Körper zu streifen. An ihm erkannte ich jetzt, dass wir alle an Gewicht verloren hatten. »Na«, sagte er, noch bevor ich selbst ansetzen konnte, »was war los in Kibuti, während ich weg war?«

»Nichts weiter vorgefallen.«

»Ja, ihr wirkt auch alle wieder etwas entspannter. Es war gut, dass ich mal da oben war. Meine Ungehaltenheit ... ich weiß ... sie ist manchmal schädlich.« Er zog sich die Weste über. »Ich werde mich vor der Gruppe bei Mateo entschuldigen.«

Das alles sagte er ganz frei heraus. »Na ja ...«, antwortete ich, »würde sicher nicht schaden.«

»Nein, nein, das ist nur redlich. Weißt du, der Beginn eines neuen Wunrin nach dem Hochwasser ist nie leicht. Erst die Not während des Hochwassers, die Essensknappheit, die an den Nerven zerrt, dann der mühsame Wiederaufbau. Vieles ist dann so ermüdend. Aber, du wirst sehen, wenn es erst mal wieder Brot gibt und wir in der Lage sind, zu braten, zu räuchern und zu kochen ...«, grinste er und zuckte mit den Augenbrauen.

So plaudernd, spazierten wir langsam zurück zum Lipata. Weiter vor uns stapfte Theo mit seiner Beutelfalsche unter dem Arm quer durch den Sand davon. Sein Gehen wirkte angestrengt, das Gesicht war nach unten geneigt. »Ihm scheint es nicht besonders gut zu gehen«, sagte ich, »er ist sehr oft in seinem Lipu, ist mir aufgefallen.«

Herrmann nickte. »Nein, er fühlt sich sogar sehr schwach und ist froh, wenn er liegen kann. Ich werde gleich mal zu ihm gehen. Ich mache mir Sorgen. Mal hören, was er sagt.« Jetzt wandte er sich herum an alle, die gerade am Lipata waren: »Kibuti, könnt ihr bitte hierbleiben, denn es soll gleich eine Besprechung geben. Ich hole die anderen.«

Ich schmunzelte und fragte leise: »Wollt ihr es jetzt sagen?«

»Ja.« Er grinste: »Oder wissen es etwa schon alle?«

»Nein, nein«, beschwichtigte ich sofort, »ich habe kein einziges Wort gesagt. Nicht einmal zu Magdalena und Chris.«

»Gut.«

»Sag mal, wollt ihr nicht auch endlich eine Gruppe für Oben zusammenstellen?«, fragte ich.

»Ja, können wir machen, da hast du recht.«

Ich war gespannt, wer sich für Oben melden würde, denn es schien so, als hätten nicht besonders viele von den anderen Lust auf den mühsamen Aufstieg dorthin. Niemand hatte sich bisher vorgedrängelt, um die Gruppe zu organisieren. Vielleicht würden sich die meisten ja doch lieber für Wolko melden. So viele würden für den Aufstieg nach Oben nicht übrig bleiben.

Ich sank auf einen Lederfetzen, der herumlag. Neue Schilfkissen hatten wir immer noch keine. Konrad schöpfte mit einem Becher Suppe aus dem großen Topf. Marlene schien irgendetwas zu suchen und stöberte im Lag herum. Chris holte sich ein Stück eingelegtes Skribofleisch aus einem der Tontöpfe und strich gerade das Salz herunter.

Es dauerte, bis Herrmann mit Gertrud zurückkam. Theo brachten sie nicht mit. Er kam auch dann nicht, als sich der Lipata zunehmend füllte. Ich ging zu Herrmann: »Was ist mit Theo?«

»Er will lieber schlafen, er fühlt sich schwach.«

Als wir ansonsten vollzählig waren, nahm sich Gertrud das Wort: »Wir möchten euch sagen«, begann sie, Herrmann stand neben ihr und lächelte, »dass Kibuti«, sie knöpfte die unteren zwei Knöpfe ihrer Weste auf und zeigte einen noch kleinen, runden Bauch, wobei einige bereits zu jubeln begannen, »bald Nachwuchs bekommen wird.«

Wir alle riefen irgendetwas völlig durcheinander und klatschten und Herrmann ging auf die Knie, legte den Mund an ihren Bauch und küsste ihn. Ihm liefen Tränen übers Gesicht. Besonders laut hatte Maria gejauchzt, die nun auf Gertrud zuging und ebenfalls breit lächelte. Auch sie drehte sich mit Schwung zu den anderen herum und knöpfte die Weste auf.

»Nein, das gibt es doch nicht«, rief Cornelia auch schon.

»Doch.« Maria streckte nun ebenfalls ihren Bauch hervor, der sogar schon etwas größer war als Gertruds. Wieder brachen wir alle in Jubelschreie aus.

»Wirklich, Mama?«, rief Tobias und sprang auf und rannte auf sie zu. Als er bei ihr ankam, beugte sich Maria herunter und gab ihm einen Kuss. »Ja, es gibt ein Geschwisterkind.«

Tobias streichelte mit einer Hand zärtlich über die Bauchwölbung. »Oh«, machte er.

»Ja, und wer ...?«, wollte Alex wissen.

Maria zeigte auf Wolfgang, der sich nun ebenfalls erhob und zu den beiden hinüberging. Auch er strahlte über das ganze Gesicht. Natürlich wusste er längst Bescheid.

Unsere Freude war groß. Kibuti würde wachsen. Wir stießen an und ließen laute »Kádá!«-Rufe erschallen, die aus der ganzen Höhle zurückhallten.

Ich sah, dass Mateo durch alle hindurchging, direkt auf Herrmann zu. Als er bei ihm ankam, streckte er beide Arme zur Umarmung aus und drückte Herrmann fest an sich. Dabei sagte er irgendetwas, aber was es war, war nicht zu verstehen. Herrmann lächelte und nickte. Wir hatten die zehn Schritte noch nicht aufgehoben.

Es war dann endlich Elvira, die die Organisation des Aufstiegs nach Oben übernahm. Ich selbst hielt mich zurück.

»Ich weiß«, sagte sie, dass wir alle neugieriger auf Wolko sind, als nach Oben aufzubrechen, aber ich muss jetzt nicht erst lange begründen, warum wir dennoch eine Gruppe für Oben bilden müssen. Gib es vielleicht Freiwillige?«, fragte sie, erntete aber nur tiefes Schweigen, niemand meldete sich. »Mhm«, machte sie, »hab ich mir gedacht.« Sie sah um sich: »Gut, dann fangen wir anders an: Wolfgang aus der letzten Gruppe fällt nun aus, weil er natürlich bei Maria bleibt. Also, Karl und Wilhelm, wer von euch beiden geht mit?« Sie sahen sich an und verzogen beide den Mund. Karl schnaufte aus.

»Also gut«, machte Wilhelm schließlich, »ich.«

»Bu, han. Fehlen also noch drei.«

Wieder blieb es stumm, niemand gab auch nur einen Mucks von sich. Manche sahen auf den Boden und zogen mit dem Zeigefinger Linien im Gestein nach, andere griffen zu ihrem Becher und hielten ihn beim Trinken auffallend lang vor ihr Gesicht. Besonders für diejenigen, die sowieso immer gerne größeren Anstrengungen aus dem Weg gingen und sich zuletzt auch an keiner der anderen Touren beteiligt hatten, stieg nun der Druck, sich zu melden. Es war schließlich Georg, der sagte: »Ja, ich gehe mit.«

»Zwei.«

Abermals trat sofort wieder ein zähes Schweigen ein. Jeder hoffte, dass endlich irgendein anderer die erdrückende Atmosphäre nicht aushalten würde. Und so war es irgendwann Ayşe, die meinte: »Also, gut, wenn es für alle *so* schlimm ist, dann gehe ich mit.«

»Han«, sagte Elvira wieder, »fehlt noch einer.«

»Ach«, warf ich wie beiläufig ein, »drei reichen doch völlig.«

»Nein, auf gar keinen Fall«, entgegnete Wilhelm sofort, »es wird so viel zu tragen und mitzuschleppen sein, da sollten wir unbedingt zu viert sein.«

»Ist es denn wirklich so viel?«, fragte ich.

Schon zählten alle auf, was unbedingt gebraucht wurde. Chris und ich wurden gefragt, wie wahrscheinlich es war, dieses und jenes aufzutreiben, einen Handbohrer zum Beispiel. »Nee«, lachte ich laut auf, »die Menschheit hat schon Strom erfunden.«

Trotzdem kam vieles zusammen, was hier unten fehlte, und auch so manches, was sich jemand wünschte. »Nein«, meinte Elvira schließlich, »so oder so: Drei sind zu wenig.«

»Ich habe noch eine andere Sorge«, sagte Wilhelm plötzlich in unsere Überlegungen hinein. »Natürlich bin ich aus der letzten Gruppe dabei, aber was hilft das eigentlich? Da wir gar nicht an die Oberfläche gestiegen sind, wissen wir doch fast nichts mehr von Oben. Wie viel von dem, was zuletzt einer von uns gesehen hat, trifft noch zu? Und ich selbst war beim vorletzten Raubzug nicht einmal dabei. Es geht mir wirklich nicht darum, die Strapazen nicht auf mich nehmen zu wollen, ich gehe natürlich mit, aber mir wäre wohler, wenn Chris auch dabei wäre.«

Jetzt lachten alle laut heraus. »Selbstredend«, meinte Schlomo, »natürlich hättest du sie gerne dabei.«

Wilhelm schmunzelte. »Nein, jetzt mal im Ernst: Wir haben doch kaum noch eine angemessene Vorstellung davon, wie es dort oben aussehen wird. Ich bin wirklich dafür, dass Chris mitgeht.«

Elvira sah um sich. »Na ja ... ich weiß nicht. Reicht die Begründung, um eine Ausnahme von der Regel zu machen?«

»Wenn eine, dann jedenfalls die«, erklärte Herrmann.

»Wer war denn beim vorletzten Mal dabei?«, fragte Cornelia. »Ich erinnere mich gar nicht mehr.«

Es meldeten sich Herrmann, Wolfgang und Gertrud. Als Vierter war Theo dabei gewesen. Es fielen also alle weg. So wurde eine Ausnahme für Chris beschlossen. Natürlich, mich zu fragen, das kam für alle nicht infrage. Aber darauf war ich gefasst gewesen.

XIV

Mitten auf dem See schaukelte ich im Boot sanft auf und ab, auf jeder Seite eine Leine mit einem Köder ausgeworfen, die ich regelmäßig durchs Wasser zog, um die Fische anzulocken, ansonsten aber faul ausgestreckt daliegend und mich von einer Putzaktion erholend, mit der wir Sutim noch ein weiteres Stück heller gemacht hatten – so ließ ich mich von den leichten Wellen wiegen. Ich hatte die Hände unter dem Kopf und sah dabei zur Höhlendecke, darüber nachdenkend, wie es wohl in Wolko weitergegangen war, längst allerdings fest entschlossen, mich nicht überreden zu lassen, mit der nächsten Gruppe dorthin zurückzukehren. Während ich so döste, zog auf einmal ein leichtes Beben durch Kibuti. Das Boot schaukelte mich etwas bewegter auf und nieder und ich schmunzelte genüsslich und schloss die Augen, doch plötzlich setzte ein zweites, stärkeres Rütteln und Schütteln ein. Ich schoss hoch und sah um mich. Alles schien ruhig. Doch schon fuhr eine so heftige Erschütterung durch die gesamte Höhle, dass mich die Sinne verließen. Es wirkte, als würde sich die Höhle um sich selbst drehen. Steine platschten aus den Felswänden ins Wasser. Von hinter mir hörte ich, wie die Wasserleitung auseinanderbrach.

»Scheiße, was ist das!!«, brüllte ich in völliger Panik Richtung Ufer. Aus den Lipus hörte ich ebenfalls erschreckte Schreie. Ich sah, wie sich alle, die am Lipata gesessen hatten, erhoben und ebenfalls um sich blickten. Anna lief über das Sandfeld. »Papa«, kreischte sie laut. Das Wort hatte ich sie noch nie sagen hören. Und in diesem Augenblick setzte ein urgewaltiges Grollen ein, das vom Get zu uns hereindrang. Hastig griff ich zu den Rudern, um bloß schnell zurück ans Ufer zu gelangen, immer wieder hinauf zur Höhlendecke sehend, von wo jetzt ebenfalls Steinbrocken herabstürzten und um mich herum schwer ins Wasser platschten. »Verdammte Scheiße!«, brüllte ich.

Wer in seinem Lipu gewesen war, kam jetzt herausgeklettert nach unten und lief durch den Sand. Ich stieß mit dem Boot auf den Strand, auch hier gingen einzelne Steine nieder und stoben den Sand auf. Marlene weinte laut an der Hand von Chris. Hektisch und aufgeregt rannten wir alle zum Lipata, weil dort keine Einstürze zu befürchten waren, manche dabei hastig andere überholend. Unter dem Felsüberhang vor dem Lag versammelten wir uns. Alle standen da mit ernsten Gesichtern. Wir horchten und schwiegen und sahen ängstlich über den See. Kleine Erschütterungen waren noch zu spüren. Dann meinte Schlomo in unser hilfloses Schweigen hinein: »Das war heftig.«

Noch einmal zitterte die ganze Höhle, aber schon deutlich schwächer. Dann blieb es ruhig.

»Puh«, machte Chris. »Und jetzt? Was war das?« Sie kniete neben Marlene und hielt sie im Arm.

»Gute Frage«, kam es von irgendwo.

Nun bemerkten wir, dass eine gewaltige Staubwolke hereindrückte und sich über das Sandfeld auszubreiten begann. Schon liefen wir alle um den Fels herum, um hinauf zum Eingang sehen zu können, aber der war vor lauter Staub schon gar nicht mehr zu erkennen. Der Dunst wurde immer dichter, eine graubraune Masse, die sich wirbelnd weiter vorwalzte.

»Zurück, lasst uns zurückgehen«, sagte Elvira.

Vom Lipata aus beobachteten wir, wie die Staubwolke über den gesamten See zog, nur in unserem Winkel blieben wir erst einmal einigermaßen verschont. Die Wolke stieß an die Felswand und trieb dann weiter Richtung Go, von wo sie zurückgeworfen wurde vom herabstürzenden Wasser. Während ich das beobachtete, erkannte ich auch, dass die Wasserleitung sogar an gleich zwei Stellen auseinandergebrochen war. Der Staub stob darüber weg.

»Verdammter Mist«, zischte Mateo.

»Tja«, machte Herrmann, »das sieht schon wieder nach Arbeit aus.« Die Wolke waberte weiter durch die Höhle, die Ausläufer erreichten nun auch uns. Schnell verstauten wir alles Essbare in Tongefäßen. Wir konnten dabei zusehen, wie sich auf alles, auch auf uns selbst, der Staub legte. Wir atmeten nur noch durch die Nase, hin und wieder grauen Schleim ausspuckend. Soweit es ging, zogen wir uns in den Lag zurück. Irgendwann waren wir alle überzogen mit dieser Masse. Regelmäßig wischten wir uns über die Lippen. Grau war nun auch unser Haar, unsere Bärte. So kauerten wir alle lange im Lag, ständig mit Wasser gurgelnd und ausspuckend, bevor wir tranken. Längst waren auch unsere Hosen und Westen durch und durch grau. Selbst auf die Augenlider hatte sich der Staub gelegt. Nur unsere weißen Pupillen leuchteten noch aus der Verkrustung unserer Gesichter hervor. Jeder, der aufstand oder ein paar Schritte ging, zog eine Pulverwolke hinter sich her. Hoffentlich würden die Wens dafür sorgen, dass nicht auch noch jedes Lipu voll von Staub war.

Es dauerte lange, bis sich die Wolke weitgehend abgelegt hatte. Die ganze Höhle sah nun noch grauer aus. Auch das Licht hatte wieder abgenommen. Abermals würden wir Sutim schrubben müssen. Es nahm kein Ende. Selbst auf dem See schwamm eine graue Schicht.

Als die Luft endlich wieder sauberer war, stand als Erster Mateo auf und ging um den Fels herum. Wir folgten ihm, um hinauf zum Eingang sehen zu können, der zwar inzwischen wieder zu erkennen war, aus dem heraus aber weiterhin eine in sich wirbelnde Staubmasse hereinwaberte, wenn auch schwächer werdend.

Als eine Kolonne grauer Gestalten marschierten wir hinauf, hielten aber doch Abstand, denn es war zu sehen, dass im Get eine dichte Staublawine toste, die jedes Atmen unmöglich machte.

»Tja«, zischte Mateo, »aber ihr glaubt ja, ich hätte eine Paranoia ...«

Wir kehrten um, auf einmal zischte Herrmann mir ein »Verdammt!« ins Ohr und zog mich mit sich: »Komm!«

»Was ist denn?«, lief ich ihm nach.

»Theo.« Ja, wir hatten ihn in der Aufregung ganz vergessen. Als wir ankamen und den staubgrauen Wen zur Seite schoben und dahintertraten, schien er zu schlafen, doch während wir auf sein Bett sanken, öffnete er die Augen: »Das Beben war gewaltig, hm?«, sagte er. »Und sehr staubig offenbar auch, wie ich an euch sehe.«

Wir nickten. »Wie geht es dir? Ich glaube, du warst der Einzige, der nicht hinausgelaufen ist«, sagte Herrmann.

»Ach, hier war ich doch sicherer als draußen unter der Höhlendecke«, kommentierte er trocken. Theos Lipu lag unter einem mächtigen Felsüberhang.

»Alles ist dick vom Staub bedeckt«, sagte Herrmann.

»Brauchst du irgendetwas?«, fragte ich Theo.

»Ein Becher Xis wäre ganz freundlich«, schmunzelte er.

»Nichts zu essen?«

»Nein, Hunger habe ich nicht. Wenn ich etwas esse, wird nur der Druck im Bauch sofort stärker.«

Ich lief los. Als ich zurückkam, schien es, als wären die beiden in ein ernstes Gespräch vertieft. »... sie meinte, Darm oder Bauchspeicheldrüse«, sprach Theo noch leise.

Herrmann nickte nur dazu, ohne noch etwas zu antworten. Ich reichte Theo den Becher, er trank. »Lasst mich wieder schlafen«, meinte er, nachdem er mir den halbleeren Becher zurückgegeben hatte, damit ich ihn abstellte. »Euer Geschrei lässt einen ja kein Auge zutun.« Er grinste mich an: »Warst auch recht ordentlich erschrocken, hm? Hab dich vom See gehört. Warst du im Boot? Fischen?«

»Ja. Einen Moment lang dachte ich wirklich, die Decke über mir würde jeden Augenblick einstürzen.«

»Ein so starkes Beben haben wir, glaube ich, noch nie erlebt. Hoffen wir, dass es nichts Ernstes ist. Seid vorsichtig, wenn ihr rausgeht.«

Herrmann drückte Theo die Schulter, während er sich erhob. »Wir lassen dich wieder schlafen.« Er nickte mir zu und deutete zum Wen.

»Ruf, wenn du was brauchst«, sagte ich und stand ebenfalls auf.

»Ja, ich schicke euch wieder ein Beben und dann kannst du den Becher Xis gleich mitbringen«, lächelte er.

Nachdem wir uns vom Lipu entfernt hatten, meinte Herrmann halblaut: »Das macht auf mich keinen guten Eindruck. Aber was sollen wir tun?«

»Er wird schon wieder auf die Beine kommen.«

»Hm. Sieht das für dich wirklich danach aus? Er hat schon mit Gabriele gesprochen, die meinte, er brauche eine möglichst schonende Ernährung. Aber er kann nicht essen. Es macht ihm Schmerzen.«

»Scheiße! Aber seinen Humor hat er nicht verloren.«

»Den wird er auch sicher nie verlieren«, nickte Herrmann nachdenklich.

Wir stapften zurück zum Lipata, wo alle schweigend und ratlos herumsaßen, manche mit Angst in den Blicken. Es würde uns wohl nichts anderes übrig bleiben, als einen Trupp zu bilden, der nachsehen ging, ob Gets eingestürzt waren.

»Es genügt bestimmt zunächst«, schlug Claudio vor, »wenn zwei, drei von uns losgehen und nachsehen, was überhaupt passiert ist. Ein Räumkommando können wir immer noch bilden, wenn wir das Ausmaß kennen.«

»Zur Panik jedenfalls«, fügte Eliane an, »gibt es keinen Grund. Irgendwo wird etwas eingestürzt sein, das erleben wir ja nicht zum ersten Mal.«

»Es könnte aber auch gezielt gesprengt worden sein«, warf Mateo ein, »denn das war ein gewaltiges Beben.«

Niemand reagierte darauf. Und doch war uns allen klar, dass auch das der Grund sein konnte.

»Wie auch immer«, entgegnete Elvira, »so oder so müssen wir nachsehen gehen.«

»Ich würde natürlich gehen, aber ...«, sagte Mateo und stützte dabei die Arme nach hinten auf den Boden.

Einen Moment lang wusste niemand etwas zu antworten. Es war dann Herrmann, der das Wort ergriff: »Ja, ich finde auch, ihr solltet die Auflagen für uns beide jetzt wieder zurücknehmen. Aber noch etwas muss bedacht werden: Sind wir nicht längst auch alle bereit dazu, eine

Wolko-Expedition vorzubereiten? Es würde auch unsere Essenslage entspannen, wenn wir hier weniger Leute wären.«

Viele nickten, aber Elvira antwortete auch schon: »Wir reden jetzt nicht über Wolko, wir reden über einen Einsturz in den Gets.« Sie wandte sich um: »Sind alle dafür, dass die beiden von den Auflagen befreit werden?« Wir nickten und Elvira sah dabei jeden Einzelnen von uns an. »In Ordnung«, machte sie schließlich, dabei zu Mateo blickend, »zuerst geht es ausschließlich um den Einsturz und erst danach darum, herauszufinden, welche Folgen das für uns hat, was da eingetreten ist.«

»Wer geht noch mit?«, fragte Mateo auch schon in die Runde. Magdalena und Ayşe meldeten sich. Ich hob nicht den Arm, denn unter Mateos Fuchtel wollte ich bei der Inspizierung der Gets nicht stehen. »Gut«, machte er, »von mir aus können wir losgehen, sobald sich der Staub da drinnen gelegt hat. Zuerst einmal überprüfen wir nur die nächste Nähe. Wenn dort nichts zu finden ist, müssen wir einen längeren Marsch vielleicht erst mit Essbarem vorbereiten. Aber das werden wir sehen.«

Von nun an prüfte er immer wieder im Get, wie staubig die Luft noch war. Erst allmählich legte sich die Staubmasse dort drinnen ab. Sobald es sinnvoll erschien, bereiteten sich die drei auf ihren Weg zum Einsturz vor. Doch auch wenn die Luft inzwischen einigermaßen rein war, so stob die dicke Staubablagerung in den Gängen bei jedem Tritt auf. Trotzdem sollte es nun losgehen. Mulmig war uns schließlich allen bei dem Gedanken, dass es vielleicht irgendwo einen größeren Einsturz gegeben hatte und Kibuti entweder von Oben abgeschlossen war oder womöglich durch einen Einsturz der Zugang zu den Gets hierher offen liegen könnte.

Herrmann und ich und noch ein paar der anderen begleiteten die drei hinauf zum Eingang. Dabei legte Mateo einen Arm um Herrmanns Schultern, und als wir in den dunklen Get traten, drückten sich die beiden zur Verabschiedung fest die Schultern – sie waren schon ein wunderliches Paar. Ich nahm Magdalena in die Arme. »Seid bloß vorsichtig. Und kehrt frühzeitig zurück, denn erst einmal geht es ja nur darum, zu wissen, wie es aussieht da drinnen.«

»Für Heldenrollen bin ich sowieso nicht geboren«, war alles, was sie mir antwortete.

»Bin neugierig, was ihr erzählen werdet.«

»Neugierig ...«, wiederholte sie. So zogen sie los. Herrmann war wohl auch froh darüber, Mateo erst einmal beschäftigt zu haben.

Da keine weiteren Beben mehr aufgetreten und die drei auf dem Weg waren, vergaßen wir unsere Sorgen erst einmal wieder, obwohl es uns irgendwann schien, als würden die drei doch sehr lange wegbleiben. Als ich vorschlug, zwei von uns hinterherzuschicken, beruhigte Georg alle anderen allerdings damit, dass zwischen den ersten Erdstößen und dem Eindringen der Staubwolke zu uns herein ein großer Abstand gelegen habe, sodass der Einsturz so ganz nah bei Kibuti gar nicht liegen könne. Damit gaben sich alle zufrieden. Eigentlich hatte ich vorschlagen wollen, dass ich selbst zusammen mit noch jemandem nachsehen gehen könne, was los sein mochte. Das Leben in Kibuti wirkte auf mich weiterhin irgendwie lethargisch. Wir waren doch nicht wirklich von Oben abgeschlossen!?

Herrmann war kaum noch ansprechbar und beinahe ausschließlich damit beschäftigt, sich um Gertrud zu kümmern, sie zu hätscheln und zu versorgen. Bei jedem ihrer Aufstiege hinauf in ihr Lipu begleitete er sie und erfüllte ihr auch noch jene Wünsche, die sie selbst noch gar nicht ahnte. Er kümmerte sich darum, dass sie möglichst ausgewogen vom Essen abbekam. Auch von Elvira und Eliane wurde sie umsorgt, und zwar je mehr, desto größer die Bauchwölbung wurde.

Gertrud selbst genoss das alles sichtlich. Am liebsten ließ sie sich in ihrem Bett liegend bedienen. Dann gluckten die drei anderen auf dem Bett um sie herum. Wir lästerten, dass das Kind wohl vier Eltern haben würde und dass es überversorgt aufwachsen könne. Am Ende würden wir noch einen strengen Plan festlegen müssen, wer wann und wie lange das Kind herumtragen durfte.

Bei Maria verlief zuerst alles völlig anders. Ihr war lange gar nicht anzumerken, dass sie schwanger war. Sie war regelmäßig schwimmen gegangen und hatte sich an vielen Arbeiten beteiligt. Sie wollte auch nicht unentwegt gefragt werden, wie es ihr ginge. Sie sei ja schließlich nicht krank, lautete ihre Antwort.

»Das stimmt«, hatte Gertrud einmal gesagt, »aber ein so schwaches Geschöpf wie ich ...«, und alle hatten laut losgeprustet.

Marlene, Anna und Tobias freuten sich sehr über den Zuwachs in Kibuti. Tobias wünschte sich ein »Brüderchen«, das stand für ihn fest. Anna hatte sich darangemacht, zwei kleine Wiegen zu flechten.

Bei all der freudigen Erwartung wurden unsere Sorgen um Theo nicht weniger.

Ich selbst hing meistens allein herum und fragte mich doch irgendwann, ob den dreien in den Gets nicht vielleicht etwas zugestoßen war. Waren sie früh auf Menschen gestoßen und gefangen genommen worden? Waren sie womöglich längst tot? Von nachstürzenden Felsbrocken erschlagen? Erstickt? Oder hatte es Mateo bloß wieder übertreiben müssen und war viel weiter gegangen als vereinbart? Aber nein, irgendwann standen Magdalena, Ayşe und Mateo wieder am Lipata – das Haar ganz staubig und mit beinahe schwarzen Füßen, als sie ihre Fellschuhe auszogen. Kurz vor dem Sim waren sie auf einen Einsturz gestoßen. »Da, wo es eingestürzt ist«, meinte Mateo, »wabert immer noch dicker Staub. Man kann da noch nicht arbeiten. Und in allen Gets weiter oben liegt eine noch dickere Staubschicht als hier unten. Mit jeder Bewegung wirbelt man den Staub auf.«

»Und der Einsturz selbst?«

»Der war überhaupt nicht einzuschätzen, denn so nah konnten wir noch nicht herangehen«, antwortete Magdalena, »aber es wird auf jeden Fall sehr viel Arbeit sein. Schon Hunderte von Metern vorher liegen dicke Felsbrocken im Weg. Manche stecken sogar fest und wir mussten über sie klettern. Zwei kleine Verstopfungen mussten wir erst aufbrechen und durchstoßen, um voranzukommen.«

»Nicht auszuschließen«, ergänzte Ayşe, »dass sich unser Weg nach Oben verändern wird.«

»Dann sollten wir uns auf einiges gefasst machen«, meinte Konrad.

»Bevor unsere Gruppe nach Oben aufbricht«, pflichtete Wilhelm ihm bei, »muss der Weg geräumt sein, denn wir können nicht erst den Get freiräumen und dann auch noch nach Oben aufsteigen. Das ginge über unsere Kräfte. Außerdem müssen wir wissen, worauf wir uns einlassen. Vielleicht sind ganz neue Gefahren entstanden.«

»Das stimmt«, meinte Silke. »Man kann gar nicht abschätzen, wie es am Sim selbst aussieht, ob er eingestürzt ist und wie der Fluss jetzt verläuft.«

»Puh«, machte Maria.

»Ich hab euch ja sagt«, triumphierte Mateo, »ihr fühlt euch alle viel zu sicher.«

Da ich es ganz genau wissen wollte, was die drei gesehen hatten, quetschte ich Magdalena bei der nächsten Gelegenheit aus. Sie vermutete, dass es beim Sim keinen Teich mehr gab, sondern alles eingestürzt war. »Sollte sich das Wasser irgendwo anders aufstauen, müsste man beim Freiräumen des Weges sehr vorsichtig sein und ganz genau hinsehen, wo man etwas einreißen kann, um einen Weg anzulegen, nicht, dass man das aufgestaute Wasser zum Losstürzen bringt«, meinte sie. »Warum fragst du?«

»Ich? Nur so. Ich kann ja beim Freiräumen mitmachen. So weit werdet ihr mich ja wohl gehen lassen.«

Sie nickte stumm.

Da nun endgültig alles Zaudern vorbei sein musste, trafen wir eine Reihe von Entscheidungen: Zunächst beschlossen wir, dass eine Wolko-Gruppe festgelegt werden musste. Sie sollte nun aufbrechen, zumal Gerald meinte, er habe den Eindruck, dass der Fischbestand im See schon wieder stark reduziert sei, bei seinem letzten Angelversuch hatte er einen einzigen Fisch an den Haken bekommen. Zwar konnten wir das gar nicht glauben, aber ein paar Esser weniger in Kibuti zu haben konnte nicht schaden. Außerdem stellten wir eine Gruppe zusammen, die sich zur Skribojagd aufmachen sollte, denn Maria, Gertrud und Theo mussten gut versorgt werden. Karl meldete sich und stellte eine Gruppe dafür zusammen, die als erste aufbrach.

Mehr noch als um Gertrud und Maria mussten wir uns um Theo kümmern. Regelmäßig holten wir ihn zum Lipata dazu, damit er unter uns sein konnte. Er verlor an Gewicht und das Gehen fiel ihm immer schwerer, sodass wir uns schließlich entschieden, ihn von seinem Lipu in einer Felldecke zum Lipata zu tragen. »Dass ich je noch mal in einer Sänfte getragen würde«, frotzelte er mit dünner Stimme, »hätte ich ja auch nicht zu träumen gewagt.« Wir waren gerade dabei, mit den ersten Schilfbriketts, die wir hatten binden können, ein gutes Dutzend größerer Fische zu braten und hatten Theo auch jetzt dazugeholt, als plötzlich Cornelia, die am Ofen stand und die Fische wendete, aufschrie und sich die Hand aufs Herz legte. Erschrocken fuhren wir alle herum und sahen zu ihr – und erblickten: eine Katze.

»Ooooh«, machte Chris sofort, stand auch schon auf und ging vorsichtig auf die Katze zu. Sie ging in die Hocke und streckte dabei den Arm aus. »Komm mal her, Kleine ...«

»Zo ebe zi?«, fragte Anna.

»Eine Katze. Sie sieht schwer mitgenommen aus.«

»Kann man die essen?«

»Nein.«

»Och, vielleicht doch ...«, lachte Alex.

Die kleine, hagere, völlig verfilzte Katze sah ziemlich fertig aus. Abgemagert bis auf die Knochen, ging ihr an mehreren Stellen auch das Fell aus, das grau von Staub und Dreck war. Ihre Augen waren verklebt und trieften. »Miau!«, machte sie und riss dabei ihr Mäulchen breit auf. Ihr Schwanz zuckte von einer Seite zur anderen. »Mein Gott, das arme Kätzchen.« Sie ließ sich von Chris auf den Arm nehmen und nun näherten sich auch alle anderen, um sie genauer zu betrachten.

»Na los, die wird tierischen Hunger haben«, meinte Gabriele. »Seht sie euch doch an. Geben wir ihr erst mal etwas zu fressen.«

»Noch ein Fischfresser mehr«, lachte Theo.

Ich blickte zu Mateo hinüber, der stumm und nachdenklich zu Herrmann und Elvira nickte. Natürlich war uns allen klar, was das Auftauchen der Katze zu bedeuten hatte. Besonders schwierig konnte es nicht mehr sein, die Gets hier herunter zu finden. War sie vor oder nach dem Einsturz heruntergekommen? War ihr der Rückweg versperrt gewesen? Oder lag längst alles offen?

Die Kinder tauften die Katze »Sumti«, ohne sagen zu können, was das bedeuten könnte.

Zuerst warfen wir ihr ein paar Fischreste hin, über die sie schmatzend herfiel, ohne ein einziges Mal aufzusehen, unterbrochen nur einmal davon, dass sie aus einer Pfütze nahe des Wassersaums trank. Die Kinder waren hin und weg von der neuen Mitbewohnerin und verfolgten das kleine Wesen auf Schritt und Tritt. Ich fragte mich, ob sie sie wohl irgendwann an eine Leine binden würden, aber auf so einen Einfall würden die drei sicher niemals kommen.

»Nun gut«, machte Schlomo, während nun auch wir alle genüsslich unseren Fischhappen zu essen begannen, »damit ist klar, was nun zu geschehen hat, aber lasst uns zuerst einmal die Gruppe für Wolko festlegen, damit die endlich aufbrechen kann.«

Es stellte sich tatsächlich heraus, dass viele der anderen mitgehen wollten, aber da die Gruppe nicht zu groß sein sollte, bestanden wir darauf, dass wieder höchstens vier von uns gingen. Als ich sagte, dass ich nicht mitgehen würde, war Mateo enttäuscht, aber ich blieb bei meiner Entscheidung. Dafür würde Axel aus unserer vorherigen Gruppe mitgehen. Schließlich wurden Silke und Eliane ausgewählt, um dabei zu sein. Ich wunderte mich durchaus darüber, dass ihnen die Bedrohung durch den Vogel so wenig auszumachen schien. Es sollten zum Schutz aber auch genügend verschieden große Speere vorbereitet werden, außerdem handgroße Spieße, die jeder bei sich tragen sollte, um sich im Zweifelsfall wehren zu können, sollte er doch vom Vogel gepackt werden.

Ich half nun mit, aus den alten Seilresten ein neues Korbgeflecht zu knüpfen, mit dem wir die Wolko-Gruppe in den Schacht hinunterlassen konnten. Alex und ich holten gemeinsam Seile dort aus der Felswand, wo wir sie vor dem Hochwasser angebracht hatten. Ein paar Meter davon hatte ich bereits hinter einem Stein verschwinden lassen und holte sie mir später, denn vielleicht würde ich selbst etwas eigenes Seil gut gebrauchen können.

»Ich finde es wirklich sehr schade, dass du nicht mitkommst«, sagte Mateo, der nicht weit von Alex und mir entfernt stand und ein zusätzliches Seil in Schlingen legte.

»Na ja, beim nächsten Mal ... der Vogel, weißt du ... ich bin nicht so scharf drauf.«

»Verstehe schon.«

Alex und ich verstärkten mit einem weiteren Seilstück das Korbgeflecht, machten den Reißtest und sahen dann zufrieden die Felswand hinauf. »Na«, sagte er, »dann bringen wir es doch mal rauf und befestigen es.«

So kraxelten wir zum Plateau hoch, das Geflecht an der Felswand mit hinaufziehend. Wir knüpften es an das lange und schon bereitliegende Seil, mit dem wir den Korb hinunterlassen würden. »Dann kann es ja losgehen«, kommentierte Alex. Er schien ganz versessen darauf, zurück nach Wolko zu kommen.

Wieder unten, spazierte ich zu Eliane, die ich von oben bereits gesehen hatte und die etwas abseits an einen Felsbrocken gelehnt saß. Mit einem großen rostigen Nagel kratzte sie Linien in einen flachen, runden Stein. »Na«, sagte ich, »wird das dein Talisman?«

Sie sah nicht auf zu mir, sondern antwortete nur: »So was brauche ich nicht. Ich bete keinen Gott an, auch nicht den des Schicksals.«

»Oh!«, machte ich. »Was ist es dann?«

»Weiß ich nicht.«

»Und was willst du damit machen?«

»Wenn ich fertig bin, werfe ich ihn ins Wasser.«

»Ah ja«, machte ich und wechselte das Thema: »Ich weiß, warum du mitgehst. Du bist neugierig auf die Baumbären. Oder?«

»Ja. Und auf die Blumen, die in dem heißen Wasser in der Kristallhöhle wachsen.«

»Es existiert dort noch etwas, was dir gefallen wird. Das haben wir noch gar nicht erzählt. Es gibt durchsichtige Tiere, so ähnlich wie Quallen, die kleben an den warmen Leuchtfelsen. Das Licht strahlt durch sie hindurch und du kannst das Pulsieren des Blutes in ihren Adern sehen.«

Sie sah auf: »Ach! Das ist ja aufregend.«

»Aber sie sind nicht so leicht zu erkennen. Sie sehen aus wie nichts. Du musst sehr nah rangehen an die Wände. Sie sind äußerlich nämlich perfekt mit ihnen verbunden. Man erkennt sie nur, wenn man ganz nah davorsteht. Dann siehst du die Adern und die feinen Organe, in denen es pulsiert.«

Sie ritzte konzentriert weiter.

»Ich hoffe«, schob ich nach einer kleinen Pause nach, »ihr bekommt keinen Ärger mit Mateo. Ich bin froh, dass du dabei sein wirst.«

»Ach, du musst dir vor Mateo nicht in die Hosen machen.«

»Ich?«

Sie sah nicht auf. »Ja, du.«

»Wieso? Mache ich doch gar nicht.«

»Sehr wohl.« Jetzt blickte sie mir in die Augen: »Du weichst Konfrontationen mit ihm aus. Du hast Angst vor ihm. Vor solchen Menschen darfst du keine Angst haben. Du musst sie klar und deutlich, aber ohne Aggression mit deiner Position konfrontieren, dann ...«

»Was dann?«

»Gerade das sind Menschen, die Grenzen brauchen, sonst poltern sie allzu leicht los. Es sind Menschen, die durchaus mit Grenzen leben können, wenn sie sie nur entschieden genug gesetzt bekommen. Das ist bei Kindern so, und bei Erwachsenen ist es nicht viel anders.«

Ich nickte stumm vor mich hin. »Wer hat schon gerne Streit?«, murmelte ich.

»Ich rede nicht von Streiten. Ich rede von klarem Nein-Sagen. Das ist doch völlig in Ordnung. Das darf jeder. Und mit klaren Positionen kann man besser umgehen als mit gegenseitigem Ausweichen. Das hilft niemandem. Ich komme mit Mateo gut klar, obwohl wir uns wahrlich nicht gerade lieben.«

Ich antwortete nicht, denn von Weitem sah ich Silke auf uns zukommen. Sie hielt eines der Ledersäckchen in der Hand, in denen wir das trockene Salz sammelten. »Na, ihr zwei«, sagte sie, als sie bei uns ankam und stehen blieb. »Eliane, wir haben überlegt, dass wir uns alle noch mal hinlegen zum Schlafen und dann losziehen.«

»Ich brauche nicht mehr zu schlafen.«

Ich nutzte die Unterbrechung und machte mich davon. Verärgert über Elianes Worte, ging ich am Lipata vorbei, ohne die anderen zu beachten, und kletterte hinauf in mein Lipu. Was für eine belehrende blöde Predigt von ihr! Wieso kam sie wie zuletzt Herrmann dazu, mir irgendwelche Vorhaltungen zu machen? Was wollten sie denn überhaupt von mir!?

Ich sank auf mein Bett und sah mich um. Was für ein miserables Lipu ich hatte. Die Fensterluke im Wen war zu klein, viel zu wenig Licht drang herein. Überall klebten noch Algenreste vom Hochwasser. Der Boden war immer noch hier und da vom schmierigen Matsch verklebt. Schon stand ich wieder auf und trat an die kleine Felsnische, in die ich immer wieder irgendwelches Zeug gestopft hatte, und griff hinein. Alles moderte vor sich hin. Sogar ein Schuhband meiner damaligen Turnschuhe, das ich aufgehoben hatte, fiel mir in die Hände. Als ich leicht daran zog, riss es.

Mit den Enden des Bandes in den Händen sank ich erneut auf mein Bett und ließ mich zur Seite fallen. Mir schossen Gedanken an Oben durch den Kopf. Wie würde es dort sein, jetzt? Wie mochte es meinen Eltern gehen? Was mochte aus meiner Schwester geworden sein? Ich bekam Herzklopfen und zog die Decke über mich, damit es warm und dunkel um mich herum wurde. Selbst an Micki musste ich wieder denken. Ach ... ich ... Aber: Wollte ich denn überhaupt meinen Eltern wiederbegegnen? So unendlich vieles würde es zwischen uns zu erklären geben, eigentlich, aber ... Erklären? Wie sollte ich das alles denn erklären? Nein, ich wollte ihnen nicht begegnen. Oder vielleicht heimlich? Jedenfalls müsste ich für eine wirkliche Erklärung Kibuti verraten! Aber das würde ich nie tun, niemals, ganz egal, ob ... Und sowieso, mir würde das alles doch ohnehin niemand glauben. In die Klapse würden sie mich stecken.

Vielleicht hatten sich die Baumbären und Wasserkatzen irgendwann einmal genauso ins Erdinnere zurückgezogen, wie wir es getan hatten. Vielleicht war es eine Flucht vor den Dinosauriern gewesen. Dann waren die Dinosaurier ausgestorben, aber das konnten die Baumbären und Wasserkatzen ja nicht wissen. Nein, sie *wussten* von alldem ja schon längst gar nichts mehr. Aber letztlich waren sie hier unter der Erde doch auch viel besser aufgehoben. Trotz der Vögel.

Ich war eingeschlafen und wurde von Magdalena geweckt. »Jan, die anderen brechen jetzt auf. Kommst du zur Verabschiedung?« Sie küsste mich auf die Stirn, richtete sich aber sofort wieder auf.

»Ja-ha«, leierte ich, »kommeee ja schooon.« Mühsam und verschlafen erhob ich mich, trank einen Schluck aus meiner Beutelflasche und folgte ihr in einigem Abstand.

Vor der Felswand zum Plateau standen alle Kibuti versammelt. Gabriele und ich kamen als Letzte hinzu. Die Gruppe um Mateo schien soeben aus Theos Lipu zu kommen; sie hatten sich von ihm verabschiedet, denn er fühlte sich sehr schwach. Würden sie sich je wiedersehen?

Noch einmal drückten wir allen fest die Schultern, bevor sie hinaufstiegen. Jeder, der in den Fels kletterte, strich zuvor noch einmal mit der flachen Hand über das Bild vom Vogel, das Tobias in den Stein geritzt hatte.

»Also dann«, sagte ich zu Alex, »grüß Isabelle und Jonathan ganz herzlich von mir. Und pass ein bisschen auf.«

»Worauf?«

»Na ja, ich wünsche mir sehr, dass Wolko auch Wolko bleibt«, grinste ich, »und überhaupt.«

Er nickte. »Ich weiß.«

Dann trat ich näher an Mateo heran und wir fassten uns an die Schultern. »Benimm dich dort«, rutschte es mir heraus und einige der um uns Stehenden kicherten.

»Was soll das heißen!?«, tat er gespielt empört.

Ich atmete tief durch: »Ich habe Angst, dass du übers Ziel hinausschießt. Wenn das passiert, dann bekommst du aber Ärger mit mir, Freundchen! Verstanden?«

Jetzt musste wir alle laut herauslachen, auch Mateo, doch mit einem Mal verstummte er, nickte ganz leicht und sah mich dabei fest mit seinen großen dunklen Augen an. Leise, sodass nur ich es hören konnte, sagte er: »Ihr könntet mir ja einfach mal vertrauen. Du auch.« Er verstärkte den Griff auf meine Schultergelenke und sagte nun laut: »Jan, du bist in Ordnung! Ich gebe es ehrlich zu, am Anfang war ich mir da nicht so sicher. Aber inzwischen ... Mach's gut!« Er ließ mich los und stieg in die Felswand, auch er zuvor mit einer Hand über das Vogelbild streichend.

Oben auf dem Plateau standen Herrmann, Georg und Claudio schon parat und warteten darauf, das Korbgeflecht hinunterlassen zu können. Jeder Einzelne winkte noch einmal zu uns herunter, bevor er ins Loch stieg. Dann waren sie verschwunden.

In einem großen Pulk gingen wir zurück. Mitten unter uns schlich Sumti zwischen unseren Füßen herum. »Miau«, machte sie leise, als wollte sie uns daran erinnern, dass in den Gets noch jede Menge Schufterei auf uns wartete.

»Ja«, sprach ich laut, »weil es Sumti gerade erwähnt: Ich schlage vor, dass es nun auch ans Aufräumen in den Gets geht. Wir brauchen nur noch etwas mehr zum Essen, denn es wird eine anstrengende Arbeit werden.« Ich wollte nun unbedingt loslegen und den Weg freiräumen. Außerdem hatte ich damit schon einmal deutlich gemacht, dass ich auf jeden Fall zum Aufräumtrupp dazugehören wollte. Sollten sie gar nicht erst auf die Idee kommen, dagegen Einsprüche zu erheben. Mein Entschluss stand längst fest.

XV

Theos Zustand verschlechterte sich plötzlich rapide. Wir alle konnten nun nicht mehr daran vorbeisehen, dass er sich in seiner letzten Lebensphase befand. Schließlich konnte er sich aus eigener Kraft gar nicht mehr rühren. Er hatte starke Schmerzen, das wussten wir, auch wenn er sich immer noch nicht viel anmerken ließ. Längst aber brachten wir ihm das Essen hinauf an sein Bett, wuschen ihn dort und setzten ihn manchmal noch an den Lipurand, damit er dem Treiben in Kibuti wenigstens von ferne zusehen konnte. Immer saß jemand zur Sicherheit in seiner Nähe. So ging es, bis er das Bett gar nicht mehr verlassen konnte und wir ihn im Liegen fütterten, wobei er nur noch ein paar Löffel voll aß. »Lasst mich einfach in Ruhe sterben«, war einer der letzten Sätze, die wir noch von ihm hörten. Und einmal hatte er zu mir gesagt: »Am Ende muss man sich auch für den Tod entscheiden.« Die meiste Zeit schlief er oder befand sich in einem bewusstlosen Dämmerzustand. Manchmal brummelte er etwas oder schnaufte tief aus. Selbst das Atmen kostete ihn nun viel Mühe.

Dann irgendwann kam Herrmann um den Fels zum Lipata herum, wo viele von uns saßen, und blieb vor uns stehen. Er sah sehr angespannt aus. »Leute, wer sich noch von ihm verabschieden möchte, sollte allmählich zu ihm gehen.«

»Was ist denn?« Fast alle erhoben sich und traten näher an Herrmann heran.

»Er ist jetzt schon eine geraume Weile nicht mehr zu sich gekommen und Gabriele meint, er käme wohl auch nicht mehr richtig zu

Bewusstsein. Manchmal verkrampft sich sein Gesicht leicht, manchmal röchelt er. Aber ...« Ihm zuckte das Kinn.

»Verdammte Scheiße!«, zischte einer hinter mir.

Herrmann drehte sich herum und ging vor uns davon, aber ich schloss schnell zu ihm auf. »Er wird dir sehr fehlen, stimmt's?«, fragte ich und berührte ihn am Arm.

»Verdammt, ja!« Jetzt liefen ihm die Tränen, er rang um Atem. »Ich hab von seiner Bedächtigkeit vieles gelernt. Auch von seinem Humor. Und er hat immer an das Abenteuer Kibuti geglaubt. Bei ihm hab ich immer Zuspruch gefunden, wenn es mir nicht gut ging, gerade am Anfang. Und ... Ach, und, und, und, und. Theo war ein großartiger Mensch! Nein, *ist*.«

»Wirklich nahegekommen bin ich ihm nie, aber eigentlich habe ich ihn sehr gemocht.«

»Wo Theo weggeht, da hinterlässt er große Fußstapfen, so still und leise er auch sein mag!«

Als wir vor seinem Lipu ankamen, standen hier und da bereits kleine Gruppen herum. Mein Herz wummerte, ich bekam feuchte Hände. Gabriele saß vorgebeugt auf einem Stein und kaute an einem Stück Brot. In der linken Hand hielt sie einen Becher, von dem sie nippte.

»Und?« Herrmann wischte sich übers Gesicht.

»Nichts Neues. Elisabeth ist bei ihm.«

Wir ließen uns nieder, lange tat sich hinter dem Wen nichts, aber dann kam Elisabeth wieder heraus. Sie hatte völlig verheulte Augen und sagte kein Wort. Sich durch die Haare fahrend, schlich sie davon.

So gingen wir einer nach dem anderen hinein zu ihm, manche auch zu zweit oder zu dritt. Einigen liefen noch die Tränen, wenn sie wieder herauskamen, andere hatten einfach nur einen starren Gesichtsausdruck und waren ganz blass.

Schließlich trat ich vor den Wen. Ich war unsicher ... Unsicher? Nein, ich hatte Angst, richtige Angst davor, hineinzugehen zu ihm. Zu einem Sterbenden. Ich hatte so etwas noch nie erlebt. Was sollte ich denn sagen oder tun? Wie begegnete man denn einem Sterbenden? Ich zog vorsichtig den Wen zur Seite; es schnürte mir den Brustkorb zu. Am liebsten wäre ich sofort wieder weggerannt. Ich musste mich sogar zusammenreißen, um Theo überhaupt ansehen zu können. Was sollte ich denn machen, wenn er plötzlich die Augen aufschlug?

Aber er schlug die Augen nicht auf, sondern lag regungslos da, bleich und zuletzt faltig geworden und mit einer Haut, die wie helles Wachs aussah. Ganz leicht nur hob und senkte sich sein Brustkorb. Er war da, aber irgendwie auch nicht mehr. War etwas von ihm längst woanders? Mir schoss durch den Kopf, dass irgendwann einmal ich so daliegen würde, sich alle von mir verabschieden würden und ich schließlich nicht mehr sein würde. Jedenfalls nicht mehr als so ein Mensch, wie ich es jetzt gerade war. In mir verkrampfte sich alles und ich konnte kaum noch atmen. Mein Herzschlag nahm zu. Eine beklemmende Angst schlich sich in mich.

Ich sank auf den Bettrand und berührte Theos Schulter. Und plötzlich konnte ich ihm nicht nur ins Gesicht sehen, nein, ich sprach ganz einfach los: »Ein Schuh streckt immer seine Zunge raus, weißt du doch«, sagte ich laut vor mich hin und wusste selbst nicht, was ich da für ein unsinniges Zeug quasselte. Wie war ich denn darauf kommen? »Es hat mir übrigens sehr gutgetan, als du mich damals nach meiner Verletzung im Lun gestützt ans Wasser gebracht hast. Es hat sich wirklich sehr stark angefühlt, dein kräftiger Griff, mit dem du mich gehalten hast. Danke dafür!«

Immer noch blickte ich ihm ins Gesicht: Es blieb unbewegt. Nichts in seinen Gesichtszügen regte sich. Vielleicht aber hatte er mich trotzdem gehört. Wer konnte das schon sagen? Sein Gesichtsausdruck war ganz und gar nicht gelassen, das nicht, aber auch nicht voller Angst, eher angestrengt, ja, es drückte eher eine Mühe aus. Das Sterben war wohl die letzte Arbeit, die wir Menschen auf uns nehmen mussten und zu vollbringen hatten. Eine Aufgabe für alle lebenden Wesen. Dennoch hatte Theos Gesicht etwas Ruhiges. Ich berührte seine Hand. Sie war kühl und die Fingergelenke traten hart hervor. »Danke«, sagte ich noch einmal und beinahe tonlos, aber mehr brachte ich nicht mehr heraus.

Ich musste schlucken und drückte leicht seine Hand, dann stand ich auf und fasste ihm ein letztes Mal an die Schultern, Tränen stiegen mir in die Augen. ›Ja, deine Gelassenheit wird uns sicher manchmal fehlen.‹ Laut sagte ich: »Mach's gut, Theo«, und drückte noch einmal kurz zu. Ich verließ das Lipu.

Alle anderen standen noch herum. Ich atmete tief durch. Es wurde wenig gesprochen, jeder war mit seinen eigenen Gefühlen beschäftigt. Ich ging zum Steg und setzte mich, blickte über die Lichtung mit dem immerhin schon halbhohen Schilf. Aber nicht lange saß ich dort allein, als Chris herankam und zuerst von hinten meine Schultern berührte. Sie sank neben mich.

»Ich glaube«, sagte sie nach einem stillen Moment, »wir haben ihm jetzt noch einmal viel Kraft für den letzten Weg gegeben. Er ist nicht allein, da fällt das Loslassen leichter, glaube ich.«

Ich nickte. Uns liefen Tränen über die Wangen. Ich sah sie an: »Wenn ich vor dir sterbe, dann möchte ich, dass du dir eine lange Strähne abschneidest und sie mir ums Handgelenk wickelst und festknotest. Machst du das?«

»Klar.«

»Soll ich auch etwas machen, wenn du vor mir stirbst?«

»Ich möchte, dass du mich küsst, auf den Mund, und mir ganz fest die Schultern drückst dabei. Ganz fest. So fest, dass ich deine Finger spüre, jeden einzelnen, verstehst du? Für den Weg. Damit ich Kraft habe. Und damit ich dich noch lange auf meiner Haut spüre.«

Ich nickte. »Mach ich.« Wir gaben uns einen langen Kuss und hielten uns mit ineinandergegriffenen Fingern ganz fest.

Schon bald teilte uns Gabriele mit, dass sie seinen Puls nicht mehr fühlen könne und dass die Spannung aus Theos Körper gewichen sei. Elvira und Herrmann übernahmen die erste Totenwache. Elisabeth und Schlomo lösten sie irgendwann ab. Danach übernahmen andere. Auch Chris und ich schlossen uns an. Nur ein einziges Mal überwanden wir unser Schweigen, als Chris sagte: »Wie viel man spürt, wenn man neben einem Toten sitzt.«

Schließlich, als sein Körper schon ganz kalt war, wollten wir ihn zum Lipititu tragen. Wir wickelten ihn in seine große schwarze Felldecke und schnürten sie in einem schönen Muster mit Schilfseil fest. Als alle beisammen waren, schritten wir langsam voran, ganz langsam. Anna spielte Flöte. Sechs von uns trugen Theo in unserer Mitte, indem sie ans Schilfseil griffen.

Am Stein vor dem Lipititu trat zuerst Georg vor und legte einen kleinen Leuchtstein zu den zwei anderen hinzu, die dort bereits lagen. Dahinter war es dunkel, es drang nicht viel Licht hierher. Die Ersten von uns fingen zu weinen an, dann ließen wir die sechs, die Theos Leichnam trugen, vorangehen. Sie legten ihn vor dem dunklen, schwarzen Loch ab. Nach und nach traten wir alle heran und berührten ein letztes Mal die Felldecke, die jetzt dalag wie ein Kokon. Als wir alle durch waren, nahmen die sechs ihn wieder auf, traten näher ans Loch und – ließen ihn hinunterfallen.

Ich schloss die Augen, aber ich konnte die Tränen nicht zurückhalten. Dabei lauschte ich, doch es war eigenartig: Kein einziger Laut war aus dem Loch zu hören, kein Aufprall und auch sonst kein einziges Geräusch, nichts. Es war einfach nur totenstill. Theo war entschwunden. Und niemand sagte ein Wort. Tobias lehnte sich an Maria und hielt dabei Wolfgangs Hand. Elisabeth wischte sich ihre Tränen von den Wangen und Herrmann nahm sie in die Arme, auf der anderen Seite hielt er Gertruds Hand, neben der wiederum Elvira stand.

Chris und ich schoben uns näher aneinander und nahmen uns an den Händen. Neben mir stand Magdalena, die Mateo um die Hüften fasste und ihren Kopf an seinen Oberarm lehnte.

Wir alle blieben eine Weile bewegungslos und stumm dort stehen. Einige wisperten kaum hörbar irgendetwas.

Nur nach und nach traten wir wieder vor den Lipititu, noch immer wortlos, noch immer schwer im Herzen. Wir sanken in den Sand, sahen an die Höhlendecke oder zum See hinüber und sannen alldem nach. Ich war so angespannt, dass ich sogar leicht zitterte, und es war mir ganz kalt.

Hier und da begannen die Ersten, leise Gespräche zu führen. Ich sah Wilhelm und Karl schmunzeln und mit den Köpfen nicken. Gabriele schien Marlene etwas zu erklären. Allmählich nahm unsere Beklemmung ab. Vermutlich spürten wir erst jetzt, wie Theos langsames Sterben auch uns angestrengt hatte.

Plötzlich sagte Elisabeth laut:»Ich muss euch eine Geschichte über Theo erzählen.« Sie lächelte, indem sie den Mundwinkel mit dem Muttermal darüber leicht hochzog.»Als die ersten Leute in unserem Ort Automobile besaßen, da gab es einen, der immer sehr protzte. Er war der Einzige, der mit dem Automobil zur Sonntagsmesse fuhr. Man roch den Motorgestank überall in den Straßen, wenn er dort gefahren war. An einem Sonntag standen wir Kinder um das Automobil herum, während der Besitzer prahlte, als habe er es selbst gebaut. Irgendwann sagte er dann, mit welcher Geschwindigkeit er hergefahren sei. Und wisst ihr, was Theo darauf sagte?« Sie machte eine kurze Pause, sah um sich und ergänzte schließlich:»Mench, Mench.«

Wir lachten alle laut heraus.

»Ja«, fuhr Elisabeth schmunzelnd fort,»dieselbe Reaktion gab es damals auch bei allen, die um uns herumstanden. Alle lachten einfach los. Ich habe Theo nie gefragt, ob er sich über den Besitzer lustig machen wollte oder ob er wirklich einfach überrascht war. Aber dieses trockene ›Mench, Mench‹ führte schlichtweg dazu, dass alle lachen mussten. Und die Familie kam nie wieder mit dem Automobil zur Sonntagsmesse.«

Allmählich verflog unsere Anspannung und einige erzählten weitere Geschichten. Noch oft und immer wieder saßen wir in der Folge zusammen und sprachen über Theo. Viele konnten ernste oder lustige Anekdoten über ihn berichten, und so lachten wir mal herzhaft, mal wurden wir nachdenklich. Auch unterhielten wir uns immer wieder über den eigenen Tod. Natürlich hatten wir Angst vor ihm, jeder von uns, schließlich ist es nicht leicht zu ertragen, dass wir nicht wissen, was ab jenem Punkt mit uns geschehen wird, was aus uns werden könnte. Doch je länger wir darüber sprachen, desto sicherer waren wir uns, dass man nach dem Tod nicht verloren geht, der Erde nicht und dem Kosmos schon gar nicht. So oder so, man gehört dazu, immer. Der Tod bedeutet nur, dass sich etwas verändert, aber ob das nun zum Schlechten oder zum Guten führt, das weiß ja niemand. Und überhaupt: Was ist denn das Schlechte und was das Gute?

Es waren schließlich Marias Wehen, die uns endgültig aus den schwermütigen Gedanken herausholten. Kibuti bekam nun Nachwuchs.

Maria war in ein Lipu ganz nach unten umgezogen, weil sie sonst kaum noch aus dem Fels gekommen wäre mit dem dicken Bauch. Elisabeth wollte Gabriele bei der Entbindung helfen. Sie hatten das bereits bei den drei anderen Kindern zusammen getan. Maria hatte Angst vor den Schmerzen, denn ihre erste Geburt war mühsam gewesen, sodass Gabriele und sie immer wieder darüber sprachen, was bei Komplikationen zu tun sei.

Gertrud und Herrmann hatten Maria darum gebeten, bei der Geburt dabei sein zu dürfen, um zu sehen, wie das alles ablief, und um schon etwas zu lernen. Herrmann freute sich sehr auf das Baby; er redete kaum noch von etwas anderem. Für Gertrud war es ein bisschen anders. Zwar freute auch sie sich, aber sie glaubte, die Geburt selbst sei etwas, was anstrengend sei und was man eben hinter sich zu bringen hatte, nichts sonst. Von einem Hochgefühl ging sie nicht aus. Sie würde froh sein, wenn das erst mal wieder hinter ihr liege.

Jedenfalls war längst alles vorbereitet, als bei Maria die Wehen stärker wurden. Wir versammelten uns am Schilf gegenüber ihrem Lipu. Ganz schnell hatten wir dort einen provisorischen Essensplatz eingerichtet. Auch ein kleines Feuer hatten wir vorbereitet, das einen großen Tontopf mit Wasser zumindest leicht erwärmen würde, sobald es losging. Ganz aufgeregt, war Wolfgang mal bei uns, mal bei Maria drüben im Lipu.

Als die Geburt einsetzte, hörten wir sie klagen und manchmal auch angestrengt schreien. Entspannt klang das alles nicht gerade. Herrmann trat vor den Wen und hielt den Daumen hoch, dabei den Kopf leicht wiegend. Dann blieb es still. Bis alles von Neuem begann. Die Geburt zog sich. Wir hörten Maria stöhnen, Gabrieles Stimme hingegen blieb leise und ruhig, sie schien Maria zuzusprechen. Auch Wolfgangs Murmeln war zu hören. Dann setzte das Pressen erneut ein. Maria schrie dabei laut.

Einige von uns hielten sich die Hände vors Gesicht oder vor die Ohren. »Oh, nein«, sagte Chris, »das würde ich nie aushalten.«

Magdalena nahm sie in den Arm. »Doch, doch! Bestimmt ist es viel schlimmer, wenn man nur danebensteht und nichts tun kann.«

Gertrud und Herrmann traten vor den Wen und kamen zu uns. Gertrud schnaufte nur tief aus. »Puh«, machte Herrmann, »der Kopf scheint sehr groß zu sein. Das ist eine ganz schöne Plackerei, ich kann dabei nicht mehr zusehen.« Er spazierte am Seeufer entlang. Sumti spazierte ein Stück mit ihm.

»Wollen wir hoffen, dass es gut geht«, meinte Karl.

»Die Ärmste«, machte Ayşe.

»Oh, verdammt, ich kann nicht mehr«, kam es aus dem Lipu.

Nie hatte ich mir bewusst gemacht, dass Geburten so lange dauern und so mühsam sein konnten.

Elisabeth kam aus dem Lipu und holte einen Becher Wasser. »Eine ziemliche Strapaze«, sagte sie nur und verschwand wieder.

Drinnen blieb es still. Einige von uns begannen, im Sand hin und her zu gehen. Herrmann war stehen geblieben und starrte hinüber zum Lipu. Plötzlich begann Tobias zu weinen. »Was ist denn eigentlich los?«, sagte er, und es brach völlig aus ihm heraus. Es schüttelte ihn richtig, so sehr weinte er los.

»Komm«, sagte Gertrud sofort, erhob sich und streckte den Arm zu ihm aus, »wir gehen jetzt mal was anderes machen, als bloß hier rumzusitzen und zu warten. Dann erkläre ich es dir. Es ist nichts Schlimmes, manchmal dauert eine Geburt einfach nur länger. Und das ist für die Frauen nun mal anstrengend.« Sie winkte auch Marlene und Anna zu sich, und so verschwanden die vier zum Lipata.

»Gut«, kam es von drinnen, »komm, versuch es noch mal!«

Wieder setzte das Stöhnen ein. Und dann auf einmal ... ja, auf einmal hörten wir ein anderes Schreien! »Juhu!!«, brach es sofort heraus

aus uns allen – froh, so verdammt froh waren wir. Wir johlten und schrien, pfiffen und klatschten. Wir erhoben uns alle und sahen erwartungsvoll zum Wen. Es war Elisabeth, die ihn zurückschlug und uns das Baby zeigte. Es war in eine Felldecke eingewickelt. »Schreit doch nicht so laut, unsere Kleine erschrickt ja«, rief sie herüber. Damit wussten wir, dass es ein Mädchen war.

Gertrud und die Kinder kamen herbeigerannt. »Ist es da?«, rief Tobias. »Endlich!«

Schlomo hielt den Ellenbogen ins Wasser und sah zu Elisabeth hinüber: »Na, dann los!«, sagte er laut, »bring sie her.«

»Komme!«, antwortete sie und trat ganz aus dem Fels heraus, »dann baden wir sie doch gleich mal.«

Elisabeth wickelte die Kleine aus und tauchte sie ganz vorsichtig in das warme Wasser. Sie schrie und war noch etwas blutig und schmierig und verschorft. Und sie war so winzig klein! Wir alle saßen drum herum; jeder wollte mal die kleinen Fingerchen oder Zehen berühren oder den Babyspeck an den Armen.

»Jetzt ist es doch kein Brüderchen geworden«, sagte Elvira zu Tobias, der neben ihr kniete und das Baby aufmerksam betrachtete.

»Ach, ist nicht so schlimm«, antwortete er mit seinen immer noch verheulten Augen und der verrotzten Nase und wir alle mussten lachen. Verlegen lachte er mit.

»Wie soll sie denn überhaupt heißen?«, fragte Wilhelm ihn.

»Ricarda.«

»Willkommen, Ricarda!«, riefen einige in das Schreien des Winzlings hinein. »Kádá!«

Nach dem Baden trockneten wir Ricarda ab, dann bekam sie ihren Fellsack angezogen, damit es ihr auch schön warm war.

Maria erholte sich von den Strapazen eine Weile lang oben in ihrem Bett und wurde umsorgt, sie sollte sich körperlich nicht überanstrengen, aber bald schon erschien sie wieder am Lipata. Sie oder Wolfgang trug Ricarda in einem Fell vor der Brust. Immer wieder saßen wir um die Kleine herum und starrten sie an, während sie ihren Blick noch nicht so recht an die Welt heften konnte und ihr manchmal auch der Kopf schwer in den Nacken fiel. Nicht nur Tobias, auch Marlene und Anna waren ganz begeistert vom Nachwuchs. Vorsichtig haltend, trugen sie das kleine Wesen oft spazieren. Maria hatte dafür Anna die Oberaufsicht übertragen und Tobias war dann der »Vater«, worüber Marlene sauer war, weil sie dann nur die »Schwester« von Ricarda sein konnte und nicht viel bestimmen durfte.

»Du Obenski!«, hörte ich sie einmal Tobias hinter mir anblaffen, weil er sie mal wieder rumkommandieren wollte. »Jetzt bin ich aber mal die Mutter«, entschied sie.

»Kannst auch der Vater sein«, antwortete Tobias, »ich gehe schwimmen.« Er wandte sich zu mir: »Kommst du mit?«

»Nein. Aber du kannst versuchen, ob du inzwischen zu dem dicken Steinbrocken auf dem Grund runterkommst. Trainier das. Vielleicht komme ich später noch dazu.«

Ich kam gerade aus meinem Lipu, wo ich mir aus neuen Fellen einen Handschutz genäht hatte für die Freiräumung der Gets beim Einsturz. Die anderen hatten mir gezeigt, wie sie sie nähten. Es war ein Handsäckchen ohne Finger. Schließlich wollten wir Blasen an Fingern und Handflächen vermeiden. Ich hatte in meinem Lipu und nicht etwa am Lipata genäht, weil ich nicht wollte, dass die anderen sahen, wie ich mir außerdem aus den Fellen, die sie mir gegeben hatten, auch Schuhe mit doppelter Sohle machte. Ich wollte festere und besser schützende Schuhe haben als die anderen, denn die würde ich sicher gut gebrauchen können, wenn ich doch gezwungen war, allein unterwegs zu sein. Auf gar keinen Fall wollte ich in die Lage kommen, womöglich auch noch barfuß gehen und klettern zu müssen. Ich konnte ja nicht voraussetzen, dass sie mich schließlich »mitnehmen« würden. Ich musste vorbereitet und gewappnet sein.

Ich sah Tobias nach, der jetzt am Ufer seine Fellweste auszog, während ich weiter Richtung Magdalenas Lipu ging und dann in den Fels stieg. Als ich den Wen zurückschlug, hockte Magdalena im Schneidersitz auf ihrem Bett und besserte ihre Schuhe an einer Naht aus.

Ich zog mich aus und kroch unter die Decke, die ich weit über mich zog. Ganz warm wollte ich es haben.

»Was ist?«, fragte sie.

»Nichts.« Ich zog die Beine an, legte einen Arm um ihren Bauch und schob mein Gesicht an ihre Hüfte, um ihre Haut spüren und riechen zu können.

Sie nähte und schwieg. Erst als sie fertig war mit ihren Schuhen und zufrieden »So« gesagt hatte, kroch sie ganz zu mir unter die Decke. Immer noch blieb sie stumm. Ich hatte die Augen geschlossen, spürte aber, dass sie mich ansah, ganz nah war ihr Atem. Dann begann sie über meinen Bart zu streichen, immer noch ohne ein Wort zu sagen, bis sie schließlich meinte: »Wollen wir auch mal ein Kind?«

»Wir?« Ich schlug die Augen auf.

»Ja, wir, warum nicht?«

»Na ja, ich meine ... ein Kind ...also ... das muss man sich überlegen.«

»Ja, genau, und das tue ich soeben.«

»Ich weiß nicht ... dann ...«

»Ein paar Kinder mehr würden wir hier schon durchgefüttert bekommen, auch wenn manchmal nicht viel zu essen da ist. So wie jetzt.«

»Ja, das schon, aber ...?«

»Es würde bestimmt ein sehr dunkles Kind: ziemlich dunkle Haut, schwarzes Haar, vielleicht tiefbraune Augen.«

»Mhm.«

»Ich könnte es mir prima vorstellen. Du kannst gut mit Kindern umgehen. Sie mögen dich, besonders natürlich Tobias.«

»Glaub schon.«

»Ja. Du weißt, was sie mögen und wie du mit ihnen reden musst. Ein bisschen bist du ja selbst noch ein Kind.«

»Spinnst du?«

»Nein«, sagte sie, »aber nähen tue ich manchmal.«

»Komm her, meine kleine Schneiderin«, sagte ich und drückte ihr einen Kuss auf die Lippen und wollte sie tiefer unter die Felldecke ziehen.

Aber schon befreite sie sich: »Lenk nicht ab!«, meinte sie.

»Ich lenke nicht ab.« Ich ließ mich zurück auf den Rücken fallen und starrte an die Felsendecke.

»Dann antworte!«

»Was soll ich denn antworten?«

»Na, du sollst antworten auf das, was ich gefragt habe.«

»Ein Kind ... Ja, vielleicht ...«

»Vielleicht.«

»Warum ist Mateo eigentlich noch kein Vater?«, fragte ich, weil mir das gerade in den Sinn kam.

»Er möchte erst mehr Sicherheit für uns alle. Er will ein absolut sicheres Kibuti.«

»Hm«, machte ich.

»Also, jetzt sag, was heißt dein ›vielleicht‹?«

»Was heißt ›vielleicht‹, was heißt ›vielleicht‹, was heißt ›vielleicht‹? ›Vielleicht‹ heißt vielleicht! Ich meine ... ja, warum nicht? Aber ... irgendwann mal ... nicht so schnell. Also ... ich meine ... ach, Scheiße, ich weiß es nicht!«

»Ach, er weiß es mal wieder nicht. Er muss erst wieder lange überlegen.« Sie erhob sich und zog Hose und Weste wieder an. »Dann überleg du mal.«

»Was ist denn? Warum bist du denn jetzt so blöd?«, raunzte ich sie an.

»Ich bin nicht blöd.«

»Ach!«, machte ich mit einer Armbewegung.

Magdalena trank aus ihrer Beutelflasche und biss dann in eine Wagu. Sie sagte nichts mehr.

Ich stand auf und zog mich ebenfalls an. »Dann kann ich ja gehen.«

Sie schnaufte nur aus. Ich verschwand aus ihrem Lipu. ›Ein Kind!‹ Was kam sie denn jetzt damit? In Kibuti standen ja wohl erst einmal andere Aufgaben an. Immer noch hatten wir zu wenig zu essen, wir mussten aufbrechen, um die Gets freizulegen, Theo war gestorben ... Und überhaupt! Aber sie ... sie kam mit einem Kind daher!

Ich stieg in mein Lipu und wollte schlafen, doch kaum lag ich in meinem Bett, als auch schon Tobias aufkreuzte. Er hatte mich von unten beobachtet und gesehen, dass ich Magdalenas Lipu wieder verlassen hatte.

»Was willst *du* denn?«, murrte ich.

»Ich komme jetzt runter bis zu dem Stein. Hab es gerade dreimal hintereinander geschafft. Komm, ich zeig es dir.«

»Ich glaube es dir.«

»Trotzdem, jetzt komm!«

»Ich hab jetzt aber keine Lust.«

»Du hängst faul rum. Das ist nicht gut.«

»Ich hänge nicht faul herum! Ich will schlafen.«

»Wenn du«, grinste er, »dich weiterhin verhältst wie ein Mata an seiner Felswand, dann hole ich Wasser, während du schläfst, und mache dich munter wie ein Fisch. Los, du Nagubit«, kommandierte er.

Jetzt musste ich doch lachen. Ja, er war älter geworden, unser Tobias. Es waren längst keine Kinderwitze mehr, die er machte. »Das trau dich mal«, drohte ich.

»Ihr seid alle so langweilig. Wieso interessiert ihr euch nicht mehr für den See? Jetzt ist das Wasser endlich wieder klar! Wir wollten doch immer den Grund weiter erforschen.«

Hilflos schlug ich die Decke zurück. »Also gut, meinetwegen, du Quälgeist.«

So machten wir uns auf Entdeckungstouren hinunter zum Grund. Immer wieder stießen wir auf neue Aushöhlungen und Vertiefungen. Auch an den Durchbruch, von dem wir annahmen, dass er eine Verbindung zum Meer darstellte, wagten wir uns neu heran. Je öfter wir ihn ausleuchteten, desto sicherer wurden wir uns, dass es sich um einen unterirdischen Flussgang handelte und nicht um eine direkte Verbindung zum Meer. Wie lang er sein mochte, das war nicht zu erahnen.

Seit dem letzten Hochwasser waren viele neue Fische zu entdecken. Manche schimmerten ganz bunt, andere hatten eigenartige Formen, wieder andere kuriose Rückenflossen. Mal schwammen sie in kleinen Schwärmen, andere waren Einzelgänger, ganz neue Kriech- und

Schwimmwesen fanden sich dort unten. Riesige schwimmende Schnecken mit Häusern auf dem Rücken trieben manchmal in den unteren Wasserschichten. Oder lange Fäden, die sich mit Hunderten feiner Härchen wie mit Beinchen an ihren Seiten durchs Wasser fortbewegten.

Tobias wurde im Schwimmen, Tauchen und Luftanhalten immer besser. Zwar tauchte er auch oft allein, aber lieber war es ihm natürlich, wenn Georg, Maria oder ich mitmachten.

Das nächste Mal kam er noch aufgeregter zu meinem Lipu geklettert. Ich hörte ihn bereits, denn er rief schon »Jan! Jan!«. Ich schnitzte gerade an Hölzern herum, die ich mir im Lag gesucht hatte, um sie als Stützen beim Klettern verwenden zu können. Ich spitzte sie auf einer Seite etwas an, damit ich sie in Gesteinsrisse drücken konnte, um auf ihrer breiten Seite besseren Halt für die Füße zu haben. Ich ließ die Hölzer schnell verschwinden.

»Jan, bist du hier?«

»Ja.«

Er schob den Wen zur Seite und platzte herein. »Stell dir vor«, er war ganz außer Atem, »was ich gesehen habe!«

»Ein U-Boot«, grinste ich, »man hat uns zu einer Rundfahrt eingeladen.«

»Einen Riesenfisch.«

»Und du meinst, er wird schmecken?«

»Ach, Jan, jetzt hör mir doch mal zu! Einen großen, ganz flachen Fisch, er bewegt den ganzen Körper wie einen Flügel oder so, er fliegt eher im Wasser, als dass er schwimmt. Er ist di di flach!«

»Vielleicht ist es ein Rochen.«

»Nennt man die so?«

»Ja. Wie du ihn beschreibst, kann es sein, dass es ein Rochen ist.«

»Los, komm mit, ich zeige ihn dir.«

Ich war neugierig, was er da gesehen haben mochte, denn bisher hatten wir noch nie einen Rochen im See bemerkt. Also beeilten wir uns, ins Wasser zu kommen. Aber natürlich hatte der Rochen nicht auf uns gewartet. Weg, er war einfach weg. »Ich schwöre dir«, sagte Tobias, »ich habe ihn gesehen. Ich habe ihn sogar eine Weile beobachtet. Er ist nicht gleich geflüchtet.«

»Ich glaub dir schon, aber nun ist er trotzdem weg. Vielleicht ist er durch den Durchbruch verschwunden.«

Tobias blieb versessen darauf, ihn wiederzusehen, aber auch bei den nächsten Tauchgängen begegneten wir ihm nicht mehr.

Doch dann, als wir einmal gemeinsam draußen vom Boot aus angelten, ziemlich erfolglos, und dabei auch hinuntertauchten zum Grund, um nachzusehen, ob sich wenigstens etwas in der Reuse verfangen hatte, da tauchte er mit einem Mal vor unseren Augen auf. Zwar in sicherer Entfernung von uns und viel tiefer, doch in einer beeindruckenden Gelassenheit schwebte er durchs Wasser. Dort unten in den tiefen Zerklüftungen, viel tiefer, als wir würden tauchen können, schien er zu leben. Er hatte eine ungeheure Spannweite und konnte je nach Umgebung seine Farbe ändern. So ein Tier hatte ich noch nie gesehen. Er war beinahe rund und hatte den Kopf in der Mitte eines sonst flachen Körpers. Völlig selbstverständlich schwamm er dort unten herum, den Kopf voran und den Körper rund herum wie ein Tuch hinter sich herflatternd. So sah er aus wie ein auf der Seite schwimmender Trichter mit der weiten Öffnung nach hinten. Er schien uns kaum zu beachten – natürlich wusste er längst von uns, während wir nicht einmal eine Ahnung von ihm gehabt hatten. Kraftvoll wirkte er, aber dennoch bewegte er sich ganz leicht im Wasser und schwamm manchmal auch flach und schwebte wellenartig über die Steine am Grund, verschwand in Durchbrüche und kam irgendwo wieder herausgeschossen. Erst als wir uns bei einem neuerlichen Abtauchen offen näherten, so weit wir kamen, flüchtete er vor uns und war nicht mehr zu sehen. Hier unten kannte er sich besser aus als wir. Außerdem ging uns viel zu schnell die Puste aus.

Als wir wieder zum Luftholen an die Wasseroberfläche stießen, sahen wir uns beeindruckt an.

»Hast du ... den gesehen?«, keuchte ich. »Ja, das ist ... ein Rochen ... denke ich.«

»E!«, machte Tobias. »Ist der ... gefährlich?« Auch er riss beim Atmen den Mund weit auf.

Ich blickte hinüber zu ihm, tief atmeten wir ein und aus und pumpten schwer. »Ich glaube nicht ... Aber wenn der mal ... auf die Idee käme ... uns allzu lange ... in die Arme ... zu nehmen ... um uns zu begrüßen ... dann würde das ... vermutlich schon ... reichen, um ...«

»Lass uns trotzdem ... noch mal runter«, schlug Tobias vor. »Vielleicht sehen wir ihn ... noch einmal ... Bestimmt ist der ganz ... friedlich.«

»Ja«, sagte ich, noch einmal tief einatmend, »ich würde ihn auch gerne noch mal genauer ansehen. Puh!«, schnaufte ich aus.

»Er hat sich so souverän wie ein König in seinem Reich verhalten«, meinte Tobias, und ich fragte mich, woher er wohl von Königen wusste.

So holten wir wieder tief Luft und tauchten ab, dreimal, viermal, fünfmal. Aber sosehr wir uns auch bemühten, wir fanden ihn nicht wieder. Auch waren die Leuchtsteine längst zu schwach, um die tieferen Zerklüftungen noch halbwegs ausleuchten zu können.

Als wir wieder am Ufer waren und verschnauften, sagte Tobias: »Wir brauchen einen größeren Leuchtstein, wenn wir wieder runtergehen. Oder mehrere zum Austauschen.«

Ich nickte. Dann gingen wir zum Lipata, wo wir verkündeten, was wir soeben entdeckt hatten. Das Erstaunen war groß.

»Wovon leben die eigentlich?«, fragte Tobias nach unserem Bericht in die Runde.

»Von Menschen sicher nicht, da brauchen wir keine Angst zu haben, von Fischen vermutlich«, antwortete Wilhelm beiläufig, den wir alle aber mit einem Mal erschrocken anstarrten. Natürlich, das musste die Erklärung dafür sein, dass nur noch so selten Fische an unseren Angeln anbissen.

»Na, prima«, machte ich nur und ging schlafen. Jetzt würde uns schon bald wieder der Fisch ausgehen.

Ohne lange diskutieren zu müssen, nahmen sich alle guten Schwimmer und Taucher nun vor, den Rochen zu vertreiben. Er war in den See gekommen, also musste er ja wohl auch wieder verschwinden können. Ich allerdings wollte zum Einsturz aufbrechen und alles Nötige organisieren. Einen eigenen Rückenkorb mit dem Seil, den Schuhen und den Hölzern hatte ich längst vorbereitet.

XVI

Die Jagdgruppe war zurückgekommen, und zwar mit reicher Beute – damit war nun auch genug Essbares für unseren Einsatz zum Freiräumen der Gets vorhanden. Allerdings blieb das ansonsten Essbare knapp und das Angeln stellte sich schon wieder als mühsam heraus, denn größere Fische bissen nur selten noch an. Auch Brot gab es weiterhin nur in kleinen Portionen für jeden von uns, aber zum Glück würden wir in Kürze eine größere Fläche Seegras abernten können. Wenn dann gebacken und der Skribo eingesalzen war, konnte wir zum Freiräumen aufbrechen.

Unser Räumungstrupp stand bereit. Zuletzt hatte ich immer wieder auf Heinz eingeredet, dass der Arbeitseinsatz für ihn doch trotz seines Hinkens eine gute Möglichkeit wäre, mal eine körperliche Arbeit mitzumachen, wenn er schon auf längere Märsche oder andere Belastungen verzichten musste.

»Wenn ich dir einen Gefallen tue«, hatte er schließlich grinsend gesagt. Außerdem wollte Claudio mitgehen. Ich hatte es geschafft, die Gruppe auf drei Mitglieder zu beschränken. »Das reicht«, hatte ich vor den anderen behauptet.

Erst einmal allerdings hatte ich Tobias gegenüber ein Versprechen abgeben müssen: Er rebelliert kräftig dagegen, dass wir nun bald losziehen wollten, denn zuerst sollte ich noch so lange bleiben, bis wir den Rochen vertrieben haben würden. Es hatte sich als gar nicht so einfach erwiesen, ihn in die Flucht zu schlagen. »Als guten Taucher brauchen wir dich dabei doch unbedingt«, hatte Tobias vor uns allen stehend und heftig gestikulierend protestiert, sodass wir nachgaben.

»Gut«, sagte ich, »dann machen wir das noch zusammen.« Er war mächtig stolz darauf gewesen, mich überzeugt zu haben.

Auf gar keinen Fall wollte ich, dass er sich von mir hängen gelassen fühlte. Seinem Enthusiasmus konnte man sich ohnehin kaum noch entziehen. Er war so mutig und hatte so viel Schwung, dass ich mir sicher war, er würde irgendwann einmal Entdeckungen tief unten im Wasser machen. Unstillbar war sein Wunsch, den Rochen beobachten zu können. Auch wenn er bei unseren Tauchaktionen vorgab, den Rochen vertreiben zu wollen, hatte ich den Eindruck, dass sein tiefes Bedürfnis eigentlich war, ihn vor uns zu schützen.

Tatsächlich war es uns zweimal gelungen, den Rochen aufzustöbern, aber sobald wir ihn hatten attackieren wollen, verschwand er schnell in der Tiefe und blieb verborgen. Sogar Fische jagend beobachteten wir ihn. Es gab keinen Zweifel mehr, dass er für die Verringerung der Fische im See mitverantwortlich war. Seine Lieblingsregion, das hatten wir bereits herausgefunden, war der Grund unmittelbar vor der Felswand. Dort war der See am tiefsten, der Grund am zerklüftetsten und damit auch am dunkelsten – was es uns fast unmöglich machte, ihn dort zu finden.

Jedenfalls war es jetzt mein Ziel, die Vertreibung des Rochens voranzutreiben, denn ich wollte endlich zur Räumung der Gets aufbrechen. Regelmäßig tauchten wir also ab, mit Leuchtsteinen zum Wechseln im Boot, in dem wir rausruderten bis kurz vor die Felswand. Meistens war auch Gerald dabei, aber oft tauchten nur Tobias und ich nach dem Rochen, obwohl Maria davon nicht begeistert war.

Bei einem unserer Tauchgänge spürten wir eine Wasserschlange auf. Zuerst hatte sie wie ein langes, schmales Band gewirkt und man hätte sie für eine dahintreibende Alge halten können, aber als wir uns ihr näherten, schoss sie in einer irrsinnig schnellen Spiralbewegung wie eine Schraube durchs Wasser. In Turbogeschwindigkeit verschwand sie irgendwo am Grund.

Wir tauchten auf und wechselten heftig atmend die Steine, jeder sich mit einer Hand am Bootsrand festhaltend. »Solche Schlangen hat es ... bisher auch noch nicht im See ... gegeben«, sagte ich. Tobias schüttelte den Kopf. Mit den neuen Leuchtsteinen an unseren Spießen suchten wir erneut den Grund ab, als wir den Rochen aus den Augenwinkeln plötzlich um einen Felsvorsprung herumschwimmen sahen. Wir versuchten ihm zu folgen, waren aber zu langsam und mussten auch schon wieder Luft holen. Beim erneuten Abtauchen kreuzte er zwar noch einmal vor uns auf, stieß allerdings eine milchige Flüssigkeit aus, sodass das Wasser trüb wurde und wir ihn nicht mehr sehen konnten. Weg war er wieder.

Hastig schwammen wir hoch an die Wasseroberfläche, wo wir mit weit aufgerissenen Mündern kräftig durchatmen mussten. Unsere Schultern hoben und senkten sich.

»Das macht ... er öfter ... wenn er angegriffen wird«, meinte Tobias.

»Aha«, schnappte ich heftig nach Luft. »Der ist ... viel größer ... als ich ihn ... in Erinnerung hatte.«

»Ja ... er ist gewachsen.«

»Oder wir hatten ihn ... nur kleiner in Erinnerung.«

Tobias wischte sich übers Gesicht.

»Wenn der wirklich noch weiterwächst ... dann aber Prost Mahlzeit!«

»Glaubst du, er würde uns angreifen?«, fragte er.

»Weiß nicht. Über solche Wesen wird immer viel erzählt.«

»Vielleicht kann man ihn zähmen.«

»Hm, vielleicht sollten wir ab jetzt besser Messer mit zum Tauchen nehmen.«

»Ja, aber nicht töten.«

»Na ja, verschlingen wird er uns sicher nicht, aber ein bisschen Angst habe ich davor, dass er sich uns krallen könnte und wir nicht wieder rechtzeitig zum Atmen an die Oberfläche kommen.«

»Ha!!«, schrie Tobias plötzlich panisch auf, sodass es von überall zurückhallte. Er strampelte wie wild geworden mit den Beinen, schlug mit den Armen im Wasser um sich und zog sich hastig am Bootsrand hoch. Er sah hinter sich ins Wasser.

»Was war denn?!«

Tobias schloss nur kurz die Augen und atmete tief aus. »Nichts«, sagte er. »Bin erschrocken. Irgendetwas ist an meinem Fuß vorbeigeschwommen. Wahrscheinlich war es nur irgendein Grünzeug. Zit an atu.«

»Komm, wir schwimmen ans Ufer«, sagte ich. Es hatte keinen Sinn, jetzt noch einmal zu tauchen, Tobias war zu verunsichert und hatte offenbar doch mehr Angst, als ich gedacht hatte. Auf keinen Fall wollte ich Ärger mit Maria bekommen.

Wir nahmen das Boot ins Schlepptau und schwammen ans Ufer. Dort zogen wir unsere Westen an und blieben noch eine Weile im Sand sitzen.

»Wenn wir ihn nicht angreifen, ist er immer friedlich«, bemerkte Tobias.

»Das schon, aber wenn er im See bleibt, werden wir nie eine Chance haben, uns auch von Fisch zu ernähren.«

Tobias zuckte nur mit den Schultern.

Auch unsere nächste Begegnung mit dem Rochen beruhigte uns in dieser Frage nicht. Wir wurden Zeugen, dass er sich im Fischfang sehr geschickt verhielt. Wir hatten ihn gar nicht bemerkt, weil er flach auf einem Steinbrocken lag, als ein größerer Fisch im offenen Wasser dahergeschwommen kam und von ihm mit einer einzigen blitzschnellen Bewegung geschnappt, zerbissen und auch schon in drei, vier Happen hinuntergeschlungen wurde. Eine kleine Blutwolke lag im Wasser, der Rochen war verschwunden.

»E!«, machte Tobias, als wir an der Oberfläche auftauchten, »hast du das gesehen?«

Ich nickte. »Wir müssen jetzt ... Ernst machen ... es hat keinen ... Sinn, zu warten.«

Tobias brummte irgendetwas.

Wir holten Gerald hinzu und legten fest, dass wir uns zusätzlich mit Holzspießen ausstatteten, um nun systematisch auf die Jagd zu gehen und uns gleichzeitig auch verteidigen zu können, sollte er uns angreifen. Entweder wir würden ihn doch noch vertreiben oder wir mussten ihn töten. Dann informierten wir auch alle anderen. Schlomo war dagegen, ihn jetzt noch zu töten. »Herrschaften, der See ist ohnehin fast leer gefressen, was soll das noch? Den restlichen Fisch teilen wir mit ihm, es kommt ohnehin nicht mehr darauf an. Und irgendwann wird er sterben oder sich von hier davonmachen.«

»Finde ich auch«, ergänzte Tobias.

So blieb es dabei, dass wir ihn nur zu vertreiben versuchten. Den Kindern wurde sofort verboten, außerhalb der Badestelle inmitten des Schilfs ins Wasser zu gehen, woraufhin Tobias erneut rebellierte und zu fluchen begann und uns beschimpfte, aber Maria und Wolfgang blieben hart. Er bekam die Aufgabe, während unserer Tauchgänge oben im Boot zu bleiben und uns die Stöcke mit den neuen Leuchtsteinen vorzubereiten.

Wir bildeten nun Vierergruppen und machten uns regelmäßig auf. »Und?«, fragte Tobias uns jedes Mal, wenn wir wieder auftauchten und heftig nach Luft schnappten. Aber jedes Mal schüttelten wir nur den Kopf. Wir bekamen ihn nicht einmal mehr zu sehen. Zunehmend fragten wir uns, wo dieses Ungeheuer stecken mochte. Übersahen wir im zerklüfteten Grund eine größere Höhle, in der es sich verbarg, wenn es nicht gerade Hunger hatte?

Es war schließlich Maria, die auf eine neue Idee kam: »Vielleicht sollten wir uns mit den längsten Speeren ausrüsten, die wir haben, und systematisch von Go aus bis zum Durchbruch den Grund absuchen und in jede Spalte und Aushöhlung hineinstechen. Vielleicht kommen wir so an sein Versteck. Wenn er sich in die Enge getrieben fühlt, flüchtet er vielleicht von selbst. Wir treiben ihn auf den Durchbruch zu.«

So formierten wir uns, schwammen im Halbkreis und tauchten immer wieder ab, um unten irgendwo in die Zerklüftungen zu stechen. Nichts. Da er so flach war und zudem die Farbe wechseln konnte, wurden wir immer unsicherer, ob er uns nicht vielleicht von irgendwo plötzlich angreifen würde. Jedes Abtauchen wurde nun gespenstischer, unheimlicher. Irgendwo musste er doch stecken! Jeder Unterwasserschatten wurde jetzt zur Bedrohung.

Als wir das ganze Stück von Go bis zum Durchbruch erfolglos hinter uns hatten, beschlossen wir, es in Kürze noch einmal zu wiederholen. Früher oder später musste er sich ja auch um Nahrung kümmern. Irgendwann würden wir ihn aufstöbern.

Wir hatten uns soeben in Position gebracht und die Ersten von uns tauchten bereits unter, da sahen wir ihn mit einem Mal majestätisch durchs Wasser schweben. Es wirkte eher wie ein Fliegen als ein Schwimmen. Diesmal lag er ganz flach im Wasser und schwamm mit wunderschönen wellenartigen Körperbewegungen. Ich war mir völlig sicher, dass er wirklich noch einmal gewachsen war. Er ahnte schließlich die Bedrohung und drehte ab, doch genau in dem Augenblick tauchte Georg neben ihm herunter und versperrte ihm den Weg. Der Rochen machte eine gewaltige Bewegung mit dem ganzen Körper und schlug mit seinem Körpermantel so stark auf Georg ein, dass es diesen im Wasser zurückwarf und er sofort mit hektischen Bewegungen versuchte, nach oben zu kommen. Der Rochen spritzte seine Flüssigkeit in großer Menge raus, trübte damit die ganze Umgebung ein und war auch schon verschwunden. Was war mit Georg? Wo war er?

Ich tauchte auf und blickte um mich. In kurzen Abständen stießen jetzt auch die Köpfe der anderen durch die Wasseroberfläche. Georg trieb auf dem Rücken schwimmend Richtung Strand und wir alle folgten ihm sofort hinüber. Er stieg aus dem Wasser und legte sich flach in den Sand. Auf der Brust hatte er eine fünfzehn Zentimeter lange Platzwunde und blutete stark. Jemand rannte zu Gabriele, die in ihrem Lipu schlief. Wir suchten ein Fell und banden es ihm mit Schilfseil fest um die Brust, um das Bluten zu stillen.

Georg war ganz blass, noch immer schnaufte er vor Aufgeregtheit: »Habt ihr das Riesenvieh gesehen«, sagte er immer wieder, »habt ihr das Riesenvieh gesehen?« Er pumpte schwer und ein Zittern zog durch seinen ganzen Körper, als würde er frieren. »Der hatte eine solche Wucht, sag ich euch, der kann einem auch den Schädel zerschmettern. Es war ein Schlag, das könnt ihr euch gar nicht vorstellen. Es platschte brutal schwer gegen meine Brust. Zuerst hab ich gedacht, mir ist der ganze Oberkörper aufgesprungen!«

Alle standen wir um ihn herum, die meisten mit ziemlich verkniffenem Gesicht. »Verdammter Scheiß«, zischte hinter mir einer.

Erst allmählich beruhigte sich Georg wieder. Er hatte die Augen geschlossen. Gabriele hatte sich die Wunde aufmerksam angesehen. Das Blut drang nun nicht mehr unter dem Fell hervor. Ohne einen Ton von sich zu geben, stand Gabriele auf und zog Chris mit sich. Sie verschwanden zum Lipata. Als Gabriele zurückkam, hockte sie sich erneut neben ihn. »Georg, ist alles in Ordnung?«

Er öffnete die Augen. »Ja. Bin ein bisschen müde.«

»Verständlich, du hast einen hohen Blutverlust, da fühlt man sich schwach, das ist normal. Chris kocht gerade ein paar Nadeln und Schilffasern ab. Wir müssen die Wunde vernähen. Sie ist zu groß, da ist die Entzündungsgefahr riesig.«

Georg nickte und schloss die Augen wieder.

»Wir machen das gleich hier. Wenn du aufstehst, lösen wir nur eine neue Blutung aus. Bleib einfach liegen, wir sagen dir Bescheid, wenn wir alles fertig haben.«

Erneut nickte er ganz leicht mit geschlossenen Augen.

»Cornelia, hilfst du mir auch?«, fragte sie. »Und ihr anderen lasst uns jetzt am besten mal hier allein.«

Also schlichen wir davon und sammelten uns am Lipata, wo Chris am Ofen stand. Sie hatte, so gut es ging, angeheizt. In einem uralten Blechtopf kochten feine Schilffasern und zwei Nadeln.

Herrmann nahm sich einen Becher Xis und griff nach einem Rest süßen Brots. Dann sah er Schlomo an. Er schwieg, trank, blickte ihn erneut an und sagte dann zu ihm: »Man kann nicht mit jedem Wesen den Lebensraum teilen.«

Schlomo nickte: »Das weiß ich besser als du.«

»Einer muss sich durchsetzen.«

»Bleibt die Frage, wie.«

»Auch Vertreiben funktioniert nicht immer.«

»Das liegt vielleicht daran«, ging ich dazwischen, »dass er gewachsen ist. Der Durchbruch ist zu klein für ihn geworden.«

»Das heißt?«, machte Schlomo und blickte von mir zu Herrmann.

Der zuckte mit den Schultern: »Dein Pazifismus oder was das sein soll in Ehren, aber ...«

In diesem Augenblick fragte ich mich, wo eigentlich Tobias steckte. Wo war er denn hin? Durch die ganze Aufregung hatten wir gar nicht mehr an ihn gedacht. Ich ging weg vom Lipata und sah, dass das Boot aufs Ufer gezogen war. Ich ging ihn suchen und fand ihn schließlich im Fels sitzend. Es war zu sehen, dass er geweint hatte.

»Was ist mit dir?«, fragte ich erschrocken.

»Jetzt werden wir ihn töten. Ich will nicht, dass wir ihn töten. Er ist nicht böse. Er hat sich verteidigt.«

Ich schnaufte aus. »Aber sollen wir solche schweren Verletzungen riskieren?« Ich setzte mich neben ihn.

»Ich weiß, es ist ... Aber wir sind doch auch fast den ganzen vierten Wunrin ohne Fisch ausgekommen. Dann lassen wir ihn einfach dort im Wasser.«

»Ich gebe zu, auch mir ist nicht ganz wohl dabei, ihn zu töten: Er ist so groß und so kräftig und so schön. Aber wir würden nie wieder unbeschwert im See schwimmen können.«

Tobias liefen erneut Tränen über die Wange. Er nickte und ich legte ihm einen Arm um die Schultern. »Weißt du, wenn ich ihn im Wasser schwimmen sehe, so erhaben, so leicht, so souverän, dann denke ich auch: Ja, das ist sein Reich. Aber was würdest du denn mit einem allzu gefräßigen König in einem Reich machen? Und immerhin ist ja er in Kibuti eingedrungen.«

»Aber das kann er ja nicht wissen ...«

»Nein, aber wir können es ihm auch nicht erklären. Vielleicht fällt uns ja noch eine andere Sprache als die Jagd ein, hm? – Weißt du, oben gibt es Maulwürfe; das sind Tiere, die sehen so ähnlich aus wie Tugus, nur viel kleiner. Sie graben sich Gänge unter den schönsten Wiesen und schieben dann die Erde in kleinen Haufen oben heraus, sodass die Wiesen überall kleine braune Pocken bekommen. Wenn man Maulwürfe vertreiben will, dann muss man eine kräftige Eisenstange in den Boden rammen und mit einem großen Hammer gegen die Stange schlagen. Immer und immer wieder. Diese Vibration im Boden kann der Maulwurf nicht ertragen und so sucht er sich irgendwo einen anderen Flecken Erde, wo man ihn vielleicht in Ruhe lässt.«

Tobias sah mich an und nickte. »Vielleicht finden wir ja so einen Trick. Eine Sprache, die er versteht.«

Ich stand auf und klopfte ihm auf die Schulter. »Komm mit, alle sind am Lipata.«

»Ich komme nach.«

Ich wandte mich wieder Richtung Lipata und sah dabei Chris, die mit dem Topf in den Händen auf Gabriele und Cornelia zuging. Sie hielt ihn wegen des heißen Wassers mit zwei Fellresten. Georg hob kurz den Kopf, ließ ihn aber wieder sinken und schloss erneut die Augen. Jetzt würde er einiges auszuhalten haben. Er steckte sich eins der Felle zwischen die Zähne.

Am Lipata herrschte eine rege Diskussion. Jetzt, nach Georgs schwerer Verletzung, änderte auch Schlomo seine Meinung. Es dauerte allerdings nicht lange, da sah ich Tobias, Anna und Marlene um den Fels herumkommen, Sumti zwischen ihren Füßen gehend. Sie blieben eng nebeneinander stehen und Tobias stemmte die Hände in die Hüften. Die drei sahen um sich. Nach und nach wurden alle auf sie aufmerksam, verstummten und blickten zu ihnen. Tobias hatte einen sehr ernsten Gesichtsausdruck, als er sagte: »Wir haben nicht das Recht, ihn zu töten. Wenn wir ihn nicht angreifen, greift er auch uns nicht an.«

Niemand antwortete etwas. Maria stillte gerade Ricarda und suchte Wolfgang mit dem Blick. Der löste sich aus einer Gruppe und ging auf Tobias zu.

»Wir drei sind dagegen.« Zuerst Tobias, dann auch die beiden Mädchen, sie alle drei reckten wie zu einer Abstimmung ihre Arme in die Luft.

Wolfgang trat an ihn heran und streckte den Arm aus. »Tobi ...«

Aber Tobias drehte die Schulter weg und sah abermals in die Runde: »Wer ist noch dagegen?!«, rief er. Alle schwiegen wir weiterhin und wussten nicht, wohin sie blicken sollten.

»Wer?!« Jetzt rannte Tobias auf Schlomo zu. »Schlomo, du warst doch auch dagegen!«

Schlomo drückte ihn an sich und sah von einem zum anderen: »Ja, er tut es nicht in böser Absicht. Er tut es, weil er überleben will ...«

»Bi, bi!«, brüllte Tobias.

»... aber jetzt sind wir wohl doch ernsthaft gefährdet. Wie wird er sich verhalten, wenn er nicht mehr genügend Fisch findet? Bevor er verhungert, wird er vielleicht auch uns angreifen.«

Jetzt begann Tobias erbärmlich zu schluchzen, sodass Marlene zu ihm lief und ihn in die Arme nahm. Auch Anna folgte ihr.

Schlomo setzte sich vor den dreien auf den Boden. »Wollen wir riskieren, dass irgendjemandem von uns etwas passiert? Dass vielleicht sogar jemand stirbt? Wir können nur hoffen, dass sich bei Georg kein Wundbrand bildet. Ich glaube, wir müssen hier eine Grenze ziehen. Ja, er kann wohl nicht zu uns Kibuti gehören, unser Rochen. Ich denke, wir dürfen uns verteidigen.«

Einige holten sich zu trinken und blieben stehen, andere saßen und stützten die Arme nach hinten und sahen über den See. Alle hörten wir Schlomo zu.

»Können wir nicht in einer Ecke ein Gehege bauen und ihn dort reintreiben?«, schlug Tobias vor.

Gertrud sah zu ihm hinüber, sie hatte die Arme um ihren kugelrunden Bauch gelegt: »Findest du das ein lebenswertes Leben für einen so großen Fisch?«

»Hm ... ich meine nur, weil ... dann ... Na ja, ist auch doof, das stimmt schon. Aber besser als töten!«

»Und womit füttern wir ihn?« Jetzt wurde Tobias gänzlich ratlos.

So überzeugten Schlomo, Wolfgang und ich schließlich die Kinder, dass der Rochen eine zu große Gefahr für uns alle war. Schweren Herzens sahen sie ein, dass wir ihn früher oder später würden töten müssen, wenn er nicht von selbst vor unseren Angriffen fliehen würde. Wir sagten ihnen, dass das nun seine Entscheidung sei: gehen und leben oder bleiben und sterben.

Doch unsere Jagden blieben erfolglos. Der Rochen war zu schnell und gewandt und musste ein ziemlich gutes Versteck haben. Seine Größe beeindruckte uns und so hatte kaum noch jemand den Mut, im See schwimmen zu gehen. Das wiederum ließ uns resignieren. Wir hatten das Gefühl, im eigenen Haus Angst haben zu müssen.

Als wir einmal in einer großen Gruppe am Lipata saßen, machte es auf einmal ein gewaltiges Platschen und Schlagen in der Seemitte und wir alle sprangen auf und sahen über die Wasseroberfläche. Dort hinten schlug der Rochen mit seinem großen flachen Körper mehrmals in Wellenbewegungen heraus aus dem Wasser, als wolle er sich in die Lüfte erheben. Er bäumte sich auf – und wir erkannten, dass er im Maul einen großen Fisch hielt, der noch zappelte. Es war ein grandioser Anblick und mir lief eine Gänsehaut über den Rücken.

»Ich mach ihn fertig, dieser verdammte …!«, schrie Claudio plötzlich neben mir und sprang wie von tausend Taranteln gestochen auf. Er rannte bis zu den Knien in den See und trat wütend mit dem rechten Fuß ins Wasser. »Verschwinde!« Wir mussten lachen, wie er da herumsprang. »Mistvieh!«, brüllte er noch einmal. Er stand mit dem Rücken zu uns und blickte über den See, doch alles blieb jetzt still. »Frisst uns auch noch die letzten Fische weg!«

»Du hast ihn vertrieben!«, lachte Herrmann, der dem Ganzen amüsiert zusah. »Ich konnte richtig sehen, wie er Angst bekam.«

Claudio drehte sich herum und kam wieder auf uns zu. »Ach, ist doch wahr! Da glaubt man gerade, nach diesem elendigen Hochwasser wieder alles im Griff zu haben, da taucht so ein Fisch auf. Oder wie auch immer man diese Viecher nennt.« Er setzte sich wieder und schüttelte nur noch stumm den Kopf.

Dass der Rochen inzwischen so weit oben jagen musste, brachte uns auf eine neue Idee. Es müsste doch möglich sein, ihn an der Wasseroberfläche zu ködern und ihn zu erlegen. Dazu würden wir zwar erst einmal einen der größeren Fische an die Angel kriegen müssen, aber wir mussten es unbedingt versuchen. Zuerst nahmen wir ein winziges Stück Skribofleisch und fingen damit einen kleinen Fisch. Diesen verwendeten wir als Köder für einen noch größeren Fisch und so weiter. Es war Karl, der tatsächlich schließlich einen großen Fisch an der Leine hatte und aus dem Wasser zog. Es konnte also losgehen. Jetzt durfte nichts mehr schiefgehen! Oft würde uns ein solcher Fang sicher nicht mehr gelingen.

Wir bauten eine Angelkonstruktion, die stabil und doch beweglich im Boot befestigt wurde. Der Köder durfte nicht allzu nah am Boot ins Wasser hängen, aber doch nah genug, damit wir mit den Speeren zustechen konnten. Jeweils zu zweit wollten wir uns im Boot aufhalten, um sofort zur Stelle zu sein. Wichtig war, den Rochen weit in der Körpermitte zu treffen, denn außen in seinem Schwimmmantel würde ihn eine Verwundung sicher nicht töten.

Ich bildete ein Team mit Maria. Sie traute sich seit dem Zwischenfall mit Georg nicht mehr zu schwimmen und das Schwimmen fehlte ihr. Außerdem hatte sie Angst um Tobias, der heimlich vom Schilf aus tauchen ging, das hatten wir längst bemerkt. Wir wollten den Rochen endlich wieder los sein. Ein bisschen blutrünstig waren wir jetzt wohl alle. Gebannt saßen wir anfangs im Boot, immer den Blick über die Wasseroberfläche gerichtet.

Aber es passierte nichts. Würde es noch lange dauern, dann konnte der Köderfisch im Wasser zerfallen und unbrauchbar werden. Kleine Fischchen würde ihn dann zerfressen.

»Es ist immer nervend«, sagte ich zu Maria, »auf etwas zu warten, auf das man keinen Einfluss hat.«

»Ja.« Sie stützte sich auf den Bootsrand und blickte übers Wasser. »Aber ich tue es auch für Tobias. Ich meine, ich als Mutter kann ja nicht dabei zusehen, wie er sich in Gefahr bringt. Das Leben eines Kindes zu schützen ist ja das Mindeste, was man tun kann.«

Ich sah weit hinten Konrad hinauf in sein Lipu steigen, seine Beutelflasche in einer Hand. Dann blickte ich wieder zu Maria: »Bei welcher Gelegenheit hast du zum letzten Mal deine Eltern gesehen?«, fragte ich.

Ein kurzes Lächeln legte sich um ihre Mundwinkel, erlosch aber sofort wieder. Sie sah aufs Wasser hinunter. »Als wir mit dem Zug im Lager ankamen. Die Männer, die Frauen und die Kinder mussten sich in verschiedenen Reihen aufstellen, bis sie mit der Registrierung an der Reihe waren. Als wir aus den Waggons getrieben wurden, verloren wir schon sofort meinen Vater. Die Männer wurden in eine andere Richtung geführt. Die Reihe der Frauen und der ganz kleinen Kinder aber verlief neben der von uns älteren Kindern. So traten meine Mutter mit meinem Brüderchen an der Hand und ich lange nebeneinander Schritt für Schritt voran, zwischen uns Wachleute mit Gewehren und Schäferhunden. Als die beiden Reihen deutlicher getrennt wurden, kam meine Mutter noch einmal kurz aus der Reihe heraus, küsste mich auf die Stirn und sagte: ›Ich habe dich immer lieb.‹ Dann wurde sie auch schon von einem Wachmann brutal zurückgestoßen. Mit dem Gewehrkolben. Ihr muss völlig klar gewesen sein, was dort mit uns passieren sollte. Ich habe gleich losgeheult und nach ihr gerufen, bekam aber ebenfalls sofort einen Stoß mit dem Gewehrlauf, zum Glück nur an die Schulter und nicht mitten ins Gesicht. Ich habe schockartig aufgehört zu weinen und habe seither nie wieder geweint. Nie wieder. Tja, das ist das letzte Bild, das mir in meinem Kopf von meiner Mutter geblieben ist. Da sie Asthma hatte, ist sie wahrscheinlich gleich in den ersten Tagen vergast worden. Und ihr Haar werden sie zum Abdichten von Munition verwendet haben. Sie hatte sehr schönes langes Haar, es glänzte ganz seidig, wenn sie es frisch gewaschen hatte. Ich durfte es ihr dann immer kämmen.«

Obwohl ich von allen Einundvierzigern die Lebensgeschichten kannte, bekam ich immer noch Beklemmungen, wenn sie Details erzählten. Der Nationalsozialismus erfüllte mich stets aufs Neue mit Grauen.

»Mein kleiner Bruder ist in der Krankenbaracke gestorben – an einer Lungenentzündung, haben sie gesagt. Wahrscheinlich aber haben sie medizinische Experimente an ihm unternommen.«

Ich nickte stumm.

»Weißt du«, sagte sie, »das ist das, was mich bis an mein Lebensende innerlich beschäftigen wird, mich manchmal immer noch verfolgt: Letztlich habe ich überlebt, weil sie ermordet worden sind.«

»Wieso das denn?«

»Hätte auch nur einer aus meiner Familie noch gelebt, wäre ich nicht geflüchtet. Solange einer aus unserer Familie noch im Lager gewesen wäre, hätte ich nicht fliehen können. Ich hätte es nicht getan. Lieber wäre auch ich gestorben. Weißt du, unsere Familie ... ein Leben ohne Familie hätte ich mir gar nicht vorstellen können. In den ersten Tagen nach dem Ausbruch aus dem Lager hatte ich ein unterschwelliges Bedürfnis danach, auf der Flucht erschossen zu werden. Manchmal kam mir das wie die einzige Lösung vor. Wir wussten doch ohnehin gar nicht, wohin wir sollten. Wir in unserer Sträflingskleidung. Ließen wir uns unter Menschen sehen, war die Gefahr riesig groß, verraten zu werden. Oder gleich erschossen. Was hatten wir schon für eine Chance? So dachte ich jedenfalls. Ich konnte ja nicht ahnen, dass wir auf der Flucht schließlich auf eine Welt stoßen würden, die es gar nicht gab. Die es«, schmunzelte sie, »nicht geben *konnte*.« Sie stand auf und streckte sich, das Boot schaukelte leicht hin und her. »Wir sind an der Wirklichkeit vorbeigeschlüpft.«

Ich sah sie an. Ja, die Wirklichkeit ...

»Die Möglichkeit ist die Tiefe der Wirklichkeit. Die Wirklichkeit klebt uns zwar immer an den Schuhsohlen, aber wer nach der Möglichkeit handelt, überwindet die Wirklichkeit.«

»Vielen Menschen würde das Angst machen.«

»Ja. Deshalb sehen sie die Türen zu ihren Möglichkeiten nicht und leiden stattdessen. Wer sich durch die Tür traut, ist plötzlich ganz verblüfft, wo er gelandet ist. In Kibuti vielleicht. Dann sieht er zurück und sieht das Leiden und fragt sich: Wofür das alles? Diese Frage habe ich mir oft gestellt, wenn ich zurücksah: Wofür? Tja, das Paradies ist eine Möglichkeit.«

»Und die Hölle ist die Wirklichkeit?«, lachte ich. Einen Moment lang schwiegen wir, dann fragte ich sie: »Wenn du sie plötzlich wiedersehen würdest, was würdest du als Erstes sagen?«

»Das weiß ich genau«, sagte sie ernst: »Mama, deine Liebe hat mich immer getragen, mein ganzes Leben lang.«

Ich nickte stumm, nachdenklich über den See blickend. Dann erhob auch ich mich, stützte die Hände in die Seiten und beugte Rücken und

Schultern nach hinten durch. Das Wasser lag ganz still da. »Sicher wartet er mit dem Essen, bis der Köder richtig durch ist ...«, sprach ich vor mich hin, den Blick auf den toten Fisch an der Leine gerichtet. Der Köder bewegte sich ganz leicht im Wasser auf und ab. Ich sah hinüber zum Wasserfall und zu der Stelle, an der der Wen meines Lipus zu erkennen war. Oft hatte ich zuletzt dort allein herumgesessen. Maria sank wieder auf das Sitzbrett. Dabei schaukelte das Boot erneut leicht, sodass ich das Gleichgewicht halten musste und an den Bootsrand fasste. Aber ... was war das? Tief unten im Wasser glaubte ich irgendetwas zu erkennen, einen hellen Fleck. Es war ... Ich beugte mich vor und starrte in die Tiefe.

»Was ist?«, fragte Maria.

Ich antwortete zuerst nicht. Mein Herzschlag nahm zu. ›Spinne ich oder treibt er wirklich da unten?‹, fragte ich mich. »Ist er das da unten?«, sagte ich laut. Ich versuchte ganz genau hinzusehen, und dann war ich mir auch schon sicher. Ja, da war er, genau da kam er jetzt von unten hochgeschnellt. Der weite Körper umflatterte sein Gesicht wie ein rundes Gewand, das hinter ihm im Wasser wie im Gegenwind wehte. Sein Kopf im Zentrum schoss auf den Köder zu, mit weit aufgerissenem Maul und spitzen Zähnen. Rechts und links vom Maul konnte ich jetzt sogar die Augen erkennen. Keine Sekunde zögerte ich mehr: Ich griff zum Speer, sah wieder hinunter, wo das Gesicht größer wurde, ich musste schnell sein und sicher zielen, jetzt, nicht zu spät, dann war alles verloren, jetzt, jetzt, jetzt stieß ich zu, während er das Maul um den Fisch legte, ihn auch schon mitriss und sich im Nu das Wasser um ihn herum verfärbte. Maria sprang auf und warf den zweiten Speer ebenfalls, erwischte ihn aber nicht mehr.

Einige Kibuti hatten uns vom Lipata aus beobachtet. »Was war!?«, rief Schlomo.

»Er war da. Ich müsste ihn eigentlich voll erwischt haben. Aber er ist weg!«, brüllte ich völlig aufgeregt. Das Boot schaukelte heftig hin und her.

Maria und ich beobachteten die Umgebung. Es wurde völlig still, das Wasser war beinahe wieder unbewegt – wie die Stille, bevor im Film das

Monster wieder zuschlägt. Wir paddelten rüber zum zweiten Speer, der auf der Oberfläche trieb, vielleicht würden wir ihn noch einmal brauchen. Am Ufer standen jetzt immer mehr und sahen zu uns herüber.

»Habt ihr ihn denn gesehen!?«

»Klar! Und wie! Ich konnte ihm in die Augen sehen!«, rief ich zurück.

Es geschah nichts. Es war unheimlich. Die ganze Höhle schien auf etwas zu warten.

»Der lässt sich nicht noch mal blicken, wenn er verletzt ist«, meinte Maria.

»Hm ... wahrscheinlich. Trotzdem, lass uns noch etwas warten. Von hier aus können wir besser als vom Ufer das Wasser überblicken.«

So warteten wir, aber es blieb völlig ruhig. Schließlich nahmen wir die Paddel und ruderten zurück. Doch da rief uns Wilhelm zu und deutete mit dem Arm Richtung Wasserfall: »Was ist denn das dahinten?«

Maria und ich drehten uns um. Tatsächlich trieb da etwas im Wasser. Wir änderten die Richtung und paddelten auf die Felswand zu.

»Das ist dein Speer«, sagte Maria auf einmal.

Sie hatte recht, da trieb der Speer, schräg aus dem Wasser zeigend. Als wir näher kamen, erkannten wir, dass es aber nicht nur der Speer war. Ich hatte getroffen! Da trieb der riesige Rochen, von meinem Speer durchbohrt.

»Wir haben ihn!!«, rief Maria zum Ufer gewandt, und dort jubelten alle laut heraus und rissen die Fäuste hoch, sodass jetzt auch die Letzten aus ihren Lipus drüben in der Felswand stiegen. Von überall hallte es zurück.

Ich griff an das aus dem Wasser ragende Ende des Speers und zog den Rochen mit, während wir ruderten. Er trieb schwer wie ein vollgesogener Teppich auf der Wasseroberfläche. Am Ufer angekommen, halfen uns die anderen, den riesigen Körper auf den Sand zu ziehen. Wir breiteten ihn aus. Seine Augen starrten trüb ins Nichts. Herrmann öffnete das Maul; eine doppelte Reihe Zähne wurde sichtbar.

»Wow«, machte Chris, »was für spitze Zähne! Für einen menschlichen Arm hätte das gereicht.«

Tobias fuhr die kreisrunde Verdickung ab, die offenbar den Kopf vom Körpermantel trennte. Der Durchmesser des gesamten Körpers war rund zwei Meter. Die Haut schimmerte jetzt silbrig-blau.

Gabriele befühlte den Außenkörper. »Ich schneide gleich mal einen Streifen raus und koche ihn. Vielleicht schmeckt er ja. Außerdem: Wenigstens essen sollten wir ihn, wenn wir ihn schon getötet haben.«

»Sei vorsichtig«, meine Schlomo, »irgendwo muss er einen Vorrat dieser Flüssigkeit haben, die er bei Gefahr ausgestoßen hat. Wenn die ausläuft, könnte sie das Fleisch verderben.«

So saßen wir alle schließlich am Lipata zusammen und kosteten, was Gertrud, Gabriele und Karl aus dem Fisch gemacht hatten. Wir aßen Brot dazu und Wagus und genossen das Xis aus einem neuen Fass. Cornelia spielte unser Lied. »Kádá!«, prosteten wir uns zu. Auch wenn Tobias immer noch traurig darüber war, dass wir den Rochen letztlich doch hatten töten müssen, so waren jetzt alle sehr entspannt und froh darüber, wieder ohne Gefahr schwimmen gehen zu können. Und ein paar Fische gab es sicher noch, auch wenn es nicht mehr viele sein mochten. Vermutlich gingen wir auch in diesem fünften Wunrin auf eine lange fischlose Phase zu.

Das Skelett des Rochens hängten wir schließlich, nachdem Sumti es fein säuberlich abgeschleckt hatte, über dem Ofen an den Fels. Es war so groß wie das Rad eines Traktors und in der Mitte starrten uns die hohlen Augen und das offene Maul mit den spitzen Zahnreihen an. Immer würden wir von jetzt ab an ihn denken. Ich allerdings dachte nun erst mal an etwas anderes, nämlich dass es endlich losgehen sollte zum Einsturz.

FÜNFTER TEIL

XVII

Während Konrad oben auf dem Geröll kauerte und mit einem uralten verbeulten Kehrblech den Schutt herunterstieß, verteilten Claudio und ich die Masse zu einer lang gezogenen Schräge. Oberhalb von Konrad zwischen dem Geröllhang und dem Felsgewölbe darüber hatten wir bereits ein kleines Loch bewirkt. Eine völlig diffuse Andeutung von Licht drang herein zu uns, aber durch die kleine Öffnung war dahinter noch nichts zu erkennen. Aufmerksam hatten wir hineingehorcht, aber außer sehr leisen Geräuschen von fließendem Wasser war absolut nichts zu hören.

Während ich den Schutt weiterverteilte, rutschte ein großer Schwall Geröll herunter und mir entgegen, wodurch mein Leuchtstein verschüttet wurde, den ich irgendwo vor mir abgelegt hatte. Von links hörte ich ein hölzernes Brechen. »Mist, verdammter!«, stieß Claudio auch schon heraus.

»Was ist?«, fragte ich hinüber, weil ich nur noch Konturen sehen konnte.

»Der Stiel ist angebrochen.«

»Hm«, machte ich nur. Ich grub erst einmal nach meinem Leuchtstein.

Claudio brach nun den Stiel der Schippe gänzlich ab. Es krachte. Wir hatten nur eine Schaufel mit einem langen Stiel gefunden, bevor wir aufgebrochen waren. Jetzt mussten wir also beide auf dem Geröll kniend die Schuttmasse mit den stiellosen Schaufeln abtragen.

»Ach«, machte Claudio frustriert und rief hinauf zu Konrad: »Komm runter, wir machen erst mal eine Essenspause, ich kann nicht mehr.«

»Gute Idee«, kam es von oben und Konrad rutschte auf dem Geröll nach unten.

Wir setzten uns zusammen und legten unsere Leuchtsteine nebeneinander, dabei nach oben blickend, wo sich das Loch in einem dunklen Graublau andeutete. »Ist das Licht stärker geworden?«, fragte Claudio.

»Nein«, meinte Konrad. »Auf der anderen Seite tut sich gar nichts.«

Staubgrau kauerten wir an der Felswand. Wir aßen und tranken und streckten uns schließlich aus. Konrads Atem ging schon bald in ein leichtes Schnarchen über. Claudio und ich schwiegen. Auch wir hatten die Augen geschlossen. Sobald wir das Loch oben vergrößert haben würden, wollte ich zur anderen Seite steigen, um zu sehen, welche Hindernisse dort noch auf uns warteten.

Konrad schmatzte leicht im Wachwerden und richtete sich auf. Tief durchatmend meinte er: »Jetzt bin ich doch tatsächlich eingeschlafen.« Er trank Wasser.

»War nicht zu überhören«, kommentierte Claudio.

»Wir sollten jetzt aber weitermachen«, merkte ich an.

Nach einer schweigsamen Pause antwortete Claudio: »Also, dann los.«

So kraxelte Konrad wieder hinauf und begann zu schippen, während wir zwei unten das Geröll verteilten. Irgendwann sackte ganz oben noch ein Stück nach und Konrad, seinen Leuchtstein aufnehmend, schob sich hinauf zum größer gewordenen Durchbruch.

»Und?«, rief Claudio ihm zu.

»Überall Wasser. Das muss Sutim sein, denn hier liegt ein riesiger leuchtender Brocken, aber teilweise unter Wasser. Von irgendwo ist ein Tosen zu hören. Aber sehr gedämpft.«

»Komm«, sagte ich zu Claudio, »lass uns mal raufklettern.«

Wir stiegen die Geröllmasse nach oben. Tatsächlich, jetzt mit mehr Licht, sahen wir deutlich, dass der untergegangene Sutim vor uns lag. Keine Frage, der leuchtende Brocken im Wasser würde irgendwann sein Licht völlig verlieren. »Gut«, sagte ich, »ich schwimme mal am

Rand entlang, um zu sehen, wo es weitergehen könnte. Falls es Sutim ist, müsste ja irgendwo gegenüber dieses kleine Loch sein, durch das wir die Kleiderbündel geworfen haben.«

Wir steckten meinen Leuchtstein in einen Seilknoten und banden das Seil dann so um meinen Kopf, dass ich den Stein auf der Stirn hatte. So konnte ich ihn nicht verlieren und gleichzeitig mit beiden Armen schwimmen. Ich stieg ganz durch den Durchbruch auf die andere Seite und trat ins völlig still daliegende Wasser. Zuerst einmal wusch ich mir das Gesicht, dann machte ich die ersten Schwimmzüge, unter mir dieser gewaltige Brocken, der noch schwaches, türkises Licht abgab in dem völlig klaren Wasser.

Mit leichten Kopfdrehungen leuchtete ich die Felswände um mich herum ab und erkannte auch schon bald einen ovalen Schatten. Beim Näherkommen war ich mir sicher, dass das das Loch sein musste, das ich suchte. Grund bekam ich auch hier nicht unter die Füße, so musste ich hinaufgreifen und mich hochziehen. Mühsam wuchtete ich mich nach oben und konnte durch das Loch sehen. Ja, auf der anderen Seite lag jene Stelle, an der das Wasser wie aus einem Rohr herausschoss aus dem Gestein. »Ja«, wandte ich den Kopf zurück und rief über die schimmernde Wasserfläche hinüber zu den anderen, »das ist Sutim.« Der Wasserstand dort unten war viel höher als damals, sodass der Schwall aus dem Fels nicht in einen Fluss stürzte, sondern unterhalb der Wasserfläche brodelte und blubberte. Das ihm gegenüberliegende Plateau war leicht vom Wasser überspült, aber noch betretbar. Von dort aus führte der zwei Meter höher liegende Get ab, der offenbar trockenlag.

Ich rutschte noch etwas weiter in das Loch hinein, um auf der anderen Seite gerade hinunterblicken zu können. Das Wasser floss entlang dieser Wand in einem schmalen Fluss mit großer Geschwindigkeit ab. Es hatte sich nach dem Einsturz einen anderen Weg gesucht. Ich konnte nicht erkennen, wohin es strömte. Nach vorne blickend, fragte ich mich, ob es wirklich gelingen konnte, gegen den Wasserdruck bis hinüber aufs Plateau zu schwimmen.

Ich ließ mich wieder nach hinten ins Wasser sinken und schwamm zurück zu den beiden. Sie waren ebenfalls ans Wasser gekrabbelt und hatten sich gewaschen. »Und?«, machten sie, sich das Wasser von den Händen schüttelnd.

»Ich weiß nicht ... Ich glaube, es wird viel Kraft nötig sein, um auf der anderen Seite gegen die Wassermassen anzuschwimmen. Das Plateau mit dem darüberliegenden Get ist zwar vom Wasser überspült, aber noch sichtbar. Mir scheint, dass es dahinter trocken ist.«

Sie banden mir das Seil mit dem Stein vom Kopf. Dann bückten wir alle drei uns wieder in den Durchbruch, aber genau in dem Augenblick gab der Kamm des Geröllhangs nach, das Wasser drücke ihn zur anderen Seite und spülte uns in einer harten Welle aus Gestein hinunter. Von kleinen Steinen bombardiert und überschwemmt vom Wasser stürzten wir abwärts, bis wir uns da, wo unsere Rückenkörbe an der Getwand standen, auf dem harten Grund aufschlugen und uns wieder aufrappelten. »Verdammt!«, fluchte Claudio.

Wir suchten die Leuchtsteine zusammen und sahen, dass Claudio an der Schläfe blutete. »Nur eine Schürfwunde«, beruhigte ich ihn, während ich mir meinen Leuchtstein umhing. Nun waren wir wieder so dreckig wie zuvor. Ich wandte den Kopf. Der Durchbruch oben war nun größer, schien aber zu halten. Wasser sickerte nach.

»Leute«, meinte Konrad, »ich haue mich jetzt doch aufs Ohr. Ich brauche ein längeres Schläfchen.«

»Ja«, pflichtete ich bei. »Wir ruhen uns erst mal aus.«

»Eigentlich ist unsere Aufgabe jetzt auch erfüllt«, bemerkte Claudio.

»Trotzdem«, entgegnete ich, »wir sollten uns noch ansehen, ob auch auf der anderen Seite im Get hinter dem Plateau alles in Ordnung ist. Sollte da auch noch etwas eingestürzt sein, ist mit dem Freiräumen hier noch nichts gewonnen.«

»Na ja«, meinte Claudio, »dann schlafen wir erst mal.«

Ich musste auf jeden Fall die Rückkehr verzögern, zumal es nach meiner Einschätzung nicht mehr lange dauern konnte, bis die Gruppe, die nach Oben aufbrach, nachkommen würde.

Meine innere Unruhe nahm zu, sodass ich nicht lange geschlafen hatte und mich wach daliegend fragte, welche Hilfskonstruktion es für die andere Seite geben konnte, sollten die Wassermassen zu stark für uns sein. Und überhaupt: Einen ersten Schwimmversuch konnte ich nur riskieren, wenn mich Claudio an einem langen Seil hielt für den Fall, dass mich der Fluss mitreißen würde. Ich musste also preisgeben, dass ich noch ein weiteres Seil in meinem Rückenkorb hatte.

Als die beiden wieder wach waren und erst einmal etwas essen wollten, krabbelte ich schon hinauf auf die Geröllmasse, um den Durchbruch etwas besser zu befestigen. Mit der Schaufelfläche schlug ich das Geröll dichter und glatter. Irgendwann rief Konrad herauf: »Sie kommen!«

»Die anderen?«

»Ja!«

Da kamen sie also. Ich klopfte noch hier und da auf den Damm, dann stieg ich hinunter. Die Stimmen der anderen waren bereits diffus zu hören, Licht aber noch nicht zu sehen. So warteten wir, bis sich endlich die vier Leuchtpunkte näherten. »Na«, rief Wilhelm von Weitem, »was spricht die Vorkolonne?« Sie setzten die Rückenkörbe ab und standen nun lächelnd vor uns. Chris beugte sich zu mir, um mir einen Kuss zu geben. »Ihr seid erledigt, hm?«, fragte sie. Sie hatten auch eine kleine Essensportion für uns mitgebracht.

»Ach, es geht, aber dieser zweite Einsturz hier war schon eine Plackerei.«

Claudio deutete nach oben: »Sutim liegt unter Wasser, völlig überflutet.«

»Ooooh«, machte Chris.

Ich berichtete, was ich von jenseits der Wand gesehen hatte und dass es schwierig werden könnte, gegen die Strömung zu schwimmen.

»Wir müssen uns auf jeden Fall mit einem Seil sichern«, sagte Georg.

Ayşe zog ihren Rückenkorb näher zu sich und holte ein Stück Seil heraus. Es mochte vier, fünf Meter lang sein.

»Nicht lang genug«, sagte ich. »Aber wartet mal.« Ich war froh darüber, dass auch sie ein Seil mitgenommen hatten, denn so konnte es zusammen mit meinem Seil vielleicht sogar bis zum Plateau reichen. Ich ging zu meinem Korb, aus dem ich das Seil nahm. »Wenn wir alle drei Seile zusammenknoten, die wir haben, könnte es reichen.«

»Ach«, machte Konrad, »du hast noch ein Stück Seil mit?«

»Ja«, sagte ich möglichst beiläufig, »ich habe es noch gefunden, bevor wir losmarschiert sind, und schnell eingesteckt.«

»Wisst ihr was«, meinte Georg, »ihr habt doch eine Schaufel mit einem Stiel, oder?«

»Abgebrochen«, murrte Claudio.

»Macht nichts. Wir binden das eine Ende des Seils daran fest und halten den Stiel längs gegen das Loch. Egal, was passiert, so kann uns das Seil nicht entgleiten und derjenige, der im Wasser schwimmt, kann nicht weiter abgetrieben werden, als das Seil reicht.«

Das war wirklich eine saugute Idee. Damit würde auch ich, das wurde mir sofort klar, in der Lage sein, mich ohne fremde Hilfe zu sichern, wenn ich allein riskieren würde, ins Wasser zu springen.

Claudio stand auf und suchte den abgebrochenen Schaufelstiel im Geröll. Georg knotete bereits die Enden der beiden Seile zusammen. »Wir müssen nur darauf achten, dass der Knoten immer in der Stielmitte ist, sonst könnte er irgendwann schräg mit durchs Loch gezogen werden.«

Nun waren wir neugierig und wollten gleich loslegen. So stiegen wir alle die Schräge bis zum Durchbruch hinauf. Ayşe, Konrad, Wilhelm und Claudio waren erst einmal unten geblieben, damit wir den befestigten Damm nicht zu sehr belasteten. Auch die Körbe ließen wir unten. Wir blickten über die schwach türkis schimmernde Wasserfläche auf das Loch in der Wand, zu dem ich wies. »Ich schlage vor«, meinte Georg, »wir schwimmen zu dritt rüber. Aber: Wer macht den Anfang?«

»Ich«, antwortete Chris auch schon, »das ist ja wohl klar. Wenn ich auf der anderen Seite am Seil mitgerissen werde, habt ihr Männer wenigstens die Kraft, mich wieder raufzuziehen.«

»Einverstanden«, machte Georg. Bevor wir drei losschwammen, banden wir Chris das Seil um die Schultern, sodass sie wie an einer Leine vor uns schwamm.

Am Loch angekommen, sahen wir zuerst nacheinander zur anderen Seite. »Puh«, machte Chris, »da tobt es aber mächtig.«

»Du musst auf jeden Fall nah der linken Wand schwimmen, in der Mitte hat man keine Chance.«

»Na, dann«, machte sie, »versuchen wir es.«

Wir halfen ihr, mit den Beinen voran durch das Loch zu krabbeln. Auf der anderen Seite suchte sie nach Halt, dabei sah ich auf ihre Hände, die so kraftvoll ans Gestein griffen, um nicht abzurutschen. »Mühsam«, murmelte sie zuerst, doch dann sagte sie: »Ja, ich habe Halt unter den Füßen.«

Ich schob mich weiter durchs Loch und gab ihr einen Kuss. »Du schaffst es.«

Sie lächelte: »Das wäre mir zu wünschen …«

Sie blickte uns noch einmal an. »Bereit?«

»Alles bereit«, antwortete Georg, der auch mit einer Hand ins Loch gegriffen hatte, um sich festzuhalten und um nicht ununterbrochen schwimmen zu müssen. Ich schob den gesamten Seilrest durchs Loch, damit Chris frei fallen konnte.

»Also los«, sagte sie noch und stürzte auch schon rücklings hinunter.

Sofort schob ich mich neben Georg weiter durch das Loch und sah sie unterhalb von uns ins Wasser klatschen. Sie tauchte wieder auf, bereits um einige Meter abgetrieben, riss den Mund weit auf und begann zu schwimmen. Ihr gelang es, näher an die Wand zu kommen, aber es war zu sehen, wie viel Mühe sie hatte, um überhaupt über Wasser zu bleiben. »Ich weiß nicht, ob das zu schaffen ist. Sie quält sich ziemlich«, sagte ich.

»Aber sie kommt voran.«

»Ob sie das durchhält?«

Und doch konnte ich nun erkennen, dass sich Chris langsam vorschob. Sie war raus aus dem wirbelnden Hauptstrom und näherte sich dem Plateau, bis sie schließlich dort ankam und hinaufkrabbelte. Sitzend und vom Wasser umspült, reckte sie einen Arm in die Luft und machte eine Faust.

»Sie ist einfach klasse«, sagte Georg.

Chris band sich bereits das Seil los, sodass wir es wieder zu uns ziehen konnten. »Gut«, meinte Georg, »dann jetzt Ayşe.«

So bereiteten wir auf dem Gerölldamm wieder alles vor und starteten erneut. Ayşe tat sich schwerer als Chris, aber als sie endlich näher ans Plateau herangeschwommen war, half Chris ihr und zog sie hinauf. Als Nächster folgte ihnen Georg. Dann halfen Claudio und ich Wilhelm. Als er ebenfalls auf dem Plateau angekommen war, hielt er das Seilende fest, denn nun wollten wir einen Korb nach dem anderen ans Seil hängen und nacheinander hinüberrutschen lassen. Schließlich standen alle vier drüben bis zu den Waden im Wasser auf dem Plateau, ihre Körbe auf den Rücken, winkten noch einmal und verschwanden in gebückter Haltung im Get dahinter, nass, wie sie alle waren.

Wir warteten noch eine Weile, aber als sie nicht mehr zurückkamen, war uns klar, dass der Get frei sein musste. Claudio und ich schwammen zurück, das Seil mit dem Stiel ließen wir einfach hängen. »Ist besser«, betonte ich, »sie müssen ja schließlich auf dem Rückweg wieder heraufklettern.«

Konrad saß im Durchbruch. Er nickte stumm, als wir aus dem Wasser stiegen, und sah uns beide an. Dann sagte er: »Wir müssen den Damm hier neu befestigen, er hat jetzt doch etwas gelitten.«

»Ja«, pflichtete ich ihm bei.

»Dann geht es nach einer Pause aber zurück«, meinte Claudio. »Mir reicht es jetzt.«

»Trotzdem«, mahnte ich, »müssen wir noch etwas abwarten, denn es könnte ja sein, dass sie doch noch einmal zurückkommen und unsere Hilfe brauchen.« Ich blickte die beiden nicht an, sondern wandte mich nach unten. »Ich hole mal die Schippen.«

Ich beeilte mich bei alldem nicht, denn die Gruppe sollte genügend Abstand von mir haben, um mich nicht allzu früh zu bemerken. Als ich wieder oben bei Konrad und Claudio ankam, klopften wir mit den Blechschippen den Damm fester, immer wieder auch Wasser schöpfend, um das Geröll kompakter zu machen. »Na ja«, meinte Konrad irgendwann, »das dürfte erst mal halten.«

Wir stiegen hinab zu unserem Rastplatz mit den Körben. »Ich schlage vor«, sagte Claudio, »wir schlafen noch mal, essen danach etwas, und, sollten die anderen bis dahin keinen Laut von sich gegeben haben, gehen dann zurück.«

»Ich brauche sowieso noch mal eine Pause, denn ich habe Schmerzen in der Hüfte«, antwortete Konrad. Ja, er ganz besonders hatte sich geplagt bei diesem Arbeitseinsatz.

Während sich die beiden schon bald auf ihren Matten ausstreckten, blieb ich zwischen unseren Tongefäßen und meinem Korb an die Felswand gelehnt sitzen, zwar auch die Augen geschlossen, aber auf keinen Fall wollte ich einschlafen. Konrad drehte sich mehrfach unruhig herum, schnarchte dann aber leicht vor sich hin. Claudios Atem wurde ebenfalls flacher, einmal zuckte er in den Beinen, ohne davon aufzuwachen. Auch er schlief also fest.

Vorsichtig öffnete ich meinen Korb. Es knarzte dabei leise, aber die beiden schliefen weiter. Mit einer Hand öffnete ich nacheinander unsere Tontöpfe und packte vorsichtig Essbares in meinen kleinen Topf: Brot, Wagus, eingesalzenen, aber auch getrockneten Skribo. Getrockneten Fisch hatten wir schon keinen mehr. Dann legte ich den großen Tontöpfen die Deckel wieder auf, vorsichtig und leise. Wenn sie feststellen würden, dass nicht mehr viel zu essen da war, dann war das nur ein Grund mehr, dass Claudio mir nicht folgen würde. Konrad konnte ohnehin nichts riskieren. Sie würden also auf jeden Fall zurück müssen nach Kibuti.

Ich stellte mich aufrecht und blickte auf die beiden hinab: Sie schliefen fest. Dann setzte ich den Korb auf, aber so, dass ich ihn vor der Brust trug. Meinen Leuchtstein nahm ich in die Hand und machte die ersten Schritte. Ich stoppte und lauschte nach hinten. Es blieb still. Ganz vorsichtig auftretend, ging ich Schritt für Schritt, bis ich ungefähr auf der Hälfte der Geröllhalde war, dann wurde ich etwas schneller.

»Jan, bist du das?«

Ich zuckte zusammen. »Ja«, antwortete ich hastig, nur leicht den Kopf nach hinten drehend. »Ich habe mir gedacht, einer sollte vorsichtshalber hier oben sitzen, um sie besser hören zu können, falls sie nach uns rufen.«

»Ja, gut.«

»Ich wollte euch nicht wecken«, schob ich nach, »ihr habt beide so fest geschlafen.«

Claudio antwortete nichts mehr. Ich ging ganz hinauf auf den Damm. Das türkise Licht unter der Wasseroberfläche schimmerte dämmrig. Ich setzte mich; unbedingt wollte ich abwarten, bis ich sicher sein konnte, dass auch Claudio wieder eingeschlafen war.

Doch irgendwann konnte ich meine innere Unruhe nicht mehr bändigen. Noch einmal lauschte ich nach unten. Nichts. Ganz langsam und behutsam stieg ich ins Wasser und machte die ersten Schwimmzüge, auch sie so leise es ging. Ich trieb mehr, als dass ich schwamm. Dieses leichte Wassergeplätscher konnte unten nicht zu hören sein. Ab der Mitte des Teichs schwamm ich zügiger auf das Loch zu. An die Felswand greifend, hielt ich mich fest und zog einen Arm nach dem anderen aus den Trägerschlaufen meines Korbes, den ich ins Loch klemmte, während ich das Seil herüber auf meine Seite zog und mir um die Brust band.

Sosehr ich es auch versuchte, mit dem Korb in einer Hand und mit den Beinen nach vorne tastend ins Loch zu krabbeln, es gelang mir nicht. Mehrfach probierte ich es, aber ich hatte keine Chance. So würde ich nicht hindurchkommen. Also musste ich mich, den Korb vor mir, mit dem Kopf voran hindurchschieben. Auf der anderen Seite hing ich also kopfüber aus der Felswand. Unter mir tosten die Wassermassen. Ich versuchte, irgendwie Halt zu bekommen, um den Korb auf den Rücken nehmen zu können und nicht jetzt schon kopfüber nach unten zu stürzen, doch kaum hatte ich einen Arm durch den Träger gesteckt, da verlor ich die Balance und fiel auf die Wassermassen zu. Mich um mich selbst drehend, platschte ich schwer hinein und tauchte unter, intuitiv bemüht, den Korb nicht zu verlieren. Das Wasser drückte mich kräftig gegen die Felswand und riss mich mit sich. Plötzlich jedoch spannte sich das Seil und ich wurde zurückgerissen. Ich spürte das Seil in meine Brust schneiden. Solange der Stiel oben hielt, war ich zumindest sicher. Ich schnappe nach Luft und ruderte mit den Armen, am Hinterkopf einen pochenden Schmerz spürend. Ich stemmte mich gegen die Wassermacht. Die Schwimmzüge mit dem Korb auf einer Schulter machten all meine Kraft nötig und schon bald schmerzten mir vor Anstrengung die Oberarme. Meine Kraft ließ nach. Eine Erinnerung an das Schlagen mit Hammer und Meißel für den Durchbruch nach Wolko schoss mir durch den Kopf. Auch da hatten mir die Arme oft wehgetan. Auch da war ich oft mutlos geworden.

Und tatsächlich, es war zwar brutal anstrengend, aber ich kam voran. Ich strebte das Eck an, das die Felswände bildeten, denn dort war das Wasser ruhiger, und ich konnte erst einmal etwas durchschnaufen. Außerdem fand ich hier Halt unter den Füßen. Ich nahm den Korb auf den Rücken. So mühte ich mich weiter bis zum Plateau, Schritt für Schritt und mich krampfhaft an der Felswand festhaltend.

Als ich endlich das Plateau erreichte, fühlte ich mich so erschöpft, dass ich kurz dachte, einfach in dem flachen Wasser liegen zu bleiben, das mich hier umspülte. Ich konnte nicht mehr, war völlig kraftlos. Wie sollte ich all diese Strapazen allein aushalten? Aber nein, ich durfte jetzt auf gar keinen Fall riskieren, dass Claudio am Lochausschnitt erscheinen würde, um auf mich einzureden, ich solle zurückkommen. Nein, jetzt gab es nur noch eins: weiter!

Ich band mich vom Seil los und krabbelte auf allen vieren in den trockenen Get, zunächst nur so weit, dass ich nicht mehr zu sehen war. Ich fasste an meinen Hinterkopf, aber ich blutete nur schwach. So setzte ich den Korb ab und leerte ihn, um die Essensreste zu trocknen. Danach wrang ich Hose und Weste aus. Außerdem meine Schuhe mit den doppelten Sohlen, die ich von nun an tragen wollte. Auf dem Boden sitzend, erholte ich mich etwas. Das Tosen des Wassers übertönte alles. Hier in dem finsteren Gang saß ich nun mit meinem kleinen Leuchtstein um den Hals, allein. Ich merkte, dass ich kaum noch Erinnerungen hatte an den weiteren Weg. Was kam als Nächstes? Ich wusste es nicht. Ich musste nun auf jeden Fall versuchen, den anderen vor mir so nahe zu kommen, dass mich ihre Geräusche leiteten.

Also brach ich auf. Die Schuhe waren zwar nass, aber mit den doppelten Sohlen ging es doch deutlich angenehmer. Nicht mehr jeder Stein und jede Unebenheit drückten in die Fußsohlen. Ich stapfte los, indem ich mir den Korb wieder auf den Rücken schwang.

Das Erste, was ich wiedererkannte, war die Stelle mit dem kleinen Bach und der Felsnische, in der wir gegessen und geschlafen hatten. In der Felskammer standen die Holzschalen und ein großes Tongefäß. Ich hob den Deckel. Ja, es war von den anderen mit Skribo und darüber mit einer dicken Schicht Salz gefüllt worden. Da ich keine Pause einlegen wollte, trank ich nur etwas Wasser und marschierte auch schon weiter. Ich kam an die lang gezogene Schräge mit dem Rinnsal. Es war anstrengend, die Steigung mit dem losen Gestein unter den Füßen zu gehen. Das Licht verlor sich. Wie klein ich mich fühlte!

Irgendwann endlich oben angekommen, sah ich mich um. Hier hatte ich die anderen in den Tod stürzen wollen. Dann war ich davongelaufen und weiter vorne irgendwo hingefallen. Chris hatte Wilhelm mit der ganzen Hand ins Gesicht geschlagen.

Der weitere Aufstieg war zermürbend. Überall am Körper lief mir der Schweiß herunter. Immer wieder blieb ich stehen, verschnaufend und lauschend, um von den anderen vor mir irgendetwas zu hören, aber es blieb völlig still. Verlaufen haben konnte ich mich nicht, denn bisher hatte es keinerlei Abzweigungen gegeben, doch irgendwann musste die Tropfsteinhöhle kommen. Hier irgendwo musste sie sich befinden.

Doch sie kam nicht. Ich ging immer neue Gänge entlang, kleine Aushöhlungen, neue Steigungen kamen, aber keine Spur von einer Tropfsteinhöhle. Wieder lauschte ich – nichts, kein einziger Laut drang von irgendwo zu mir.

An einer trockenen Stelle sank ich kraftlos zu Boden. Ich trank und aß und dämmerte etwas ein, und als ich wieder aufwachte, fühle ich mich ermatteter als zuvor. Beim Aufstehen spürte ich meine weichen

Knie. So ging es immer weiter, bis ich endgültig völlig erschöpft auf den Boden sank und einschlief.

Als ich erwachte, taten mir zwar die Hüfte und der Arm weh, auf dem ich gelegen hatte, doch nachdem ich ausgiebig von meinem getrockneten Skribo und dem aufgeweichten Brot gegessen hatte, fühlte ich mich wieder besser. Eine weitere Steigung in Angriff nehmend, näherte ich mich einer hohen grauen Felswand, in der es nur einen kleinen Durchbruch gab. Und tatsächlich, als ich hineintrat, erkannte ich die gewaltige Tropfsteinhöhle auch schon. Da war sie also. Jetzt allerdings wirkte sie erdrückend mächtig. Mein kleiner Lichtstrahl erhellte immer nur einen winzigen Ausschnitt. Trotzdem konnte ich nicht anders, als hier und da an große Säulen und andere Tropfsteingebilde heranzutreten und sie zu bestaunen. Um den großen Stalagmiten in der Mitte der Halle tretend, erinnerte ich mich an die Bärenknochen in einer der Ecken. Ich leuchtete alles ab und fand sie. Nicht mehr weit von hier entfernt musste auch die Felsnische sein, in der die Menschenskelette lagen. Mir graute.

Ich trat aus der Höhle heraus. Hier war es deutlich kälter. Ich stand wieder in einem zerklüfteten Grau, erkannte aber sofort, dass ich mich in einer großen Kammer befand. In einer solchen Kammer hatten wir eine lange Pause gemacht und Chris und ich hatten zum ersten Mal vom Skribo probiert. Nicht sofort, aber schließlich fand ich in einer der Gesteinsnischen das nächste Tongefäß, in dem die anderen wieder eingesalzenen Skribo deponiert hatten.

Dann stieß ich auch auf die Skelette. Bleich, mit heruntergeklappten Unterkiefern und tiefen Augenhöhlen erschienen sie in meinem Lichtkegel. Obwohl mir unheimlich war, betrachtete ich sie jetzt genauer. Zwei von ihnen hatten eine Stellung wie im Schlaf. Ein drittes Skelett, dessen Mensch sich vielleicht an die Wand gelehnt hatte, bevor er starb, war in sich zusammengesackt, der Kopf war davongerollt. Er lag in der Ecke.

Ich trat wieder hinaus: Wo ging es eigentlich weiter? Ich hatte keinerlei Erinnerung daran, von wo wir gekommen waren. Es war schlichtweg kein Get zu sehen. Und wieso hatte ich die anderen immer noch nicht eingeholt? Sie konnten doch unmöglich so viel schneller sein als ich. Voller Angst tastete ich mich mit meinem kleinen Licht an den Felswänden entlang. Irgendwo musste es schließlich weitergehen. Aber einen Gang gab es nicht, das stand fest. Stück für Stück leuchtete ich alles ab, so gut es eben ging.

Ich stieß auf eine runde, enge Öffnung. »Ach, nein«, stöhnte ich auch schon, »natürlich.« Die enge Röhre, durch die wir uns hatten schieben müssen: Da war sie. Bevor ich hineinkrabbelte, lauschte ich nach innen, aber immer noch kein Geräusch von den anderen. Also mühte ich mich durch diese kantige Steinröhre, immer darauf bedacht, mir nicht den Kopf anzustoßen. Wie froh ich war, dass sie irgendwann weiter wurde. Dann öffnete sie sich in einen Raum mit glatter Steinfläche. Gegenüber erblickte ich den großen runden Steinbrocken vor dem offen daliegenden Durchgang. Auf jeden Fall also waren die anderen hier bereits durchgekommen. Ohne mich zu rühren, lauschte ich. Vor mir blieb es absolut still.

»Feierabend«, murmelte ich halblaut, setzte mich und sah mal wieder in meinem Korb nach, was ich noch zu essen hatte. Zwar war ich froh darüber, diese Stelle hier wiederzuerkennen, denn das zeigte mir immerhin, dass ich mich nicht verlaufen hatte, aber ich war doch unsicher, warum ich immer noch nicht auf die anderen gestoßen war und bisher immer noch keinen einzigen Laut von ihnen gehört hatte. So wollte ich auch keine lange Rast einlegen, sondern schon bald wieder aufbrechen.

Nach einer nicht allzu langen Pause trat ich also an das Loch heran. Mit meinem Licht konnte ich auf der anderen Seite nicht viel erkennen. Auch hier hatte ich keine Erinnerung mehr daran, wie es weiterging. Ich warf den Korb hinunter. Mit den Beinen voran, tastete ich, bis ich loslassen musste und sprang. Auf dem unebenen Boden fiel ich nach hinten, gleich neben meinen Korb. Mit einer Hand aufgestützt, wollte ich mich wieder aufrichten, als ich mit einem Mal im hellen Licht saß. Mein ganzer Körper zuckte vor Erschrecken. Vier Lichtquellen umgaben mich.

»Jan?« Es war Chris, die das ungläubig aussprach. »Na klar, das hätten wir uns ja denken können.«

Der Ton und die Art, wie sie es sagte ... ich fühlte mich wie ein verbocktes, albernes Kind. Die anderen drei blickten mich stumm an. Ich stand auf. Was sollte ich sagen?

Georg kratzte sich im Haar. Dann murmelte er: »Eindeutig gegen die Regel.«

Ich war mir völlig sicher, dass keiner von ihnen auch nur auf die Idee kommen würde, mich allein zurückzuschicken. Also sagte ich: »Na ja, aber wo ich jetzt schon mal hier bin ...« Ich lachte. Aber keiner lachte mir.

»Du hast es tatsächlich fertiggebracht, die zwei am Einsturz alleinzulassen?«, fragte Wilhelm. »Jetzt muss Claudio allein mit einem Hinkenden umkehren.«

»Alle Gets bis zu der Stelle sind freigeräumt«, gab ich zur Antwort, »es gibt keine Hindernisse mehr, sie können problemlos zurückgehen.«

»Also, fair finde ich das nicht«, zischte Ayşe.

»Jetzt hört auf!«, patzte ich. »Die beiden werden keine Probleme haben. Es ist alles in Ordnung.«

»Hast du dich mit ihnen abgesprochen?«, wollte nun Georg wissen.

»Nö«, machte ich.

»Das heißt, sie sind jetzt völlig im Ungewissen, was mit dir ist?«

»Na ja ... ja.«

Er schüttelte den Kopf. »Und das findest du in Ordnung?«

Daran hatte ich nicht gedacht. Es stimmte, sie hatten nun überhaupt keine konkrete Vorstellung davon, was mit mir geschehen sein mochte. Sie würden zweifeln, ob ich vielleicht irgendwo steckte und ihre Hilfe brauchte oder ob sie einfach zurückgehen sollten, weil ich abgehauen war. »Es war nicht mehr viel zu essen da, sie *müssen* zurückgehen.« Mehr fiel mir auch nicht ein.

»Das werden sie dann hoffentlich auch rechtzeitig tun«, kommentierte Wilhelm.

»Das ist echt scheiße von dir«, schimpfte nun auch Chris noch einmal.

»Reicht's jetzt?«, blaffte ich zurück und schoss heraus: »Jetzt regt euch mal wieder ab!«

»Was willst du oben?«, fragte mich Georg.

»Es mir ansehen.«

»Eher wie ein Reisender, ein Tourist, oder wirst du auch die Freundlichkeit besitzen und uns helfen?«

»Was soll denn das für eine saublöde Quatschfrage sein?« Jetzt wurde ich laut. »Natürlich packe ich mit an. So ein Unsinn!« Irgendwas musste ich ja sagen.

Wieder verstummten wir alle einen Moment. Nur ich trat unruhig auf der Stelle herum. Ich setzte meinen Korb auf. »Die beiden werden zurückgehen nach Kibuti. Wir besorgen uns aus Oben alles, was wir brauchen. Und gut ist!«

Ganz ernst antwortete Georg: »Nein, die Strafe ist klar: Wir werden dich hier an den Fels binden, und sofern wir rechtzeitig zurück sind, hast du eine Chance, zu überleben.«

Ich starrte ihn an. Das konnte er ja wohl nicht ernst meinen. Aber sagen konnte ich darauf nichts. Wir alle schwiegen. Ich sah Georg an. Sein Gesicht war wie versteinert. Plötzlich sagte er grinsend: »Jetzt ist aber doch Angst in dich gefahren, hm?«

Die anderen lachten. Reichlich erleichtert, atmete ich tief aus.

»Also vorwärts«, sagte Ayşe. »Ich bin erledigt und will bald mal wieder in Ruhe schlafen können.«

Wilhelm drehte sich herum und leuchtete mit seinem Stein vor sich. »Da geht es weiter.«

Wir mussten uns durch eine enge Spalte zwängen, die sich ziemlich hinzog, dann standen wir erneut in einem Gewölbe. »Hier schlafen wir jetzt erst mal«, meinte Wilhelm. Zu Chris und mir gewandt, fügte er hinzu: »Das ist die Stelle, an der wir damals aufeinanderstießen.« Ich blickte mich um, so gut es ging, ich selbst hatte die Stelle nicht wiedererkannt.

Hier nun deponierten wir unsere Körbe und damit auch eine erste Essensration für den Rückweg. Wilhelm schleppte drei Schippen, zwei

Spitzhacken und sogar ein Stemmeisen aus einer Nische an. »Die werden wir vermutlich gebrauchen können«, murmelte er.

Wir schliefen lange, lagen dann noch faul herum und sprachen schon über alles Mögliche, das uns oben begegnen könnte und worauf wir vermutlich gefasst sein mussten. Georg ging einmal durch eine Spalte weiter, um sich umzusehen. »Und?«, fragten wir, als er sich wieder blicken ließ.

»Ich erkenne nicht viel wieder. Aber eins habe ich festgestellt: Es ist sehr trocken hier unten. Weiter vorne gibt es eine Stelle, an der es leicht tropft, da sollten wir unbedingt alle unsere Flaschen volltropfen lassen.«

»Mhm«, machte Wilhelm.

»Das wird dauern. Wir können uns hier also genug ausruhen, bevor es dann losgeht.«

So machten wir uns durch ein paar Spalten, Risse und kurze Gänge auf, um einen anderen Platz zu suchen, an dem wir auf das Vollwerden der Beutelflaschen warten konnten. Nachdem wir uns dort niedergelassen hatten, gab Chris plötzlich einen hohen Laut von sich. »Ha«, deutete sie und blickte zu mir, »da auf dem Steinbrocken haben wir gesessen und den Apfel gegessen und das Licht ausgemacht. Weißt du noch?«

Ich nickte stumm. An die Situation konnte ich mich erinnern, an den Ort hier nicht.

»Doch, hier war das, ich bin mir ganz sicher.«

Tja, wie lange mochte das her sein?

Bis wir alle Flaschen gefüllt hatten, dauerte es, aber endlich war es so weit. Noch einmal ging es durch ein paar Gets, geduckt durch niedrige Höhlungen und durch manche erdrückende Enge, doch schließlich standen wir in einem Gewölbe, das offenbar ebenfalls einen Einsturz erlebt hatte. Hier erkannten wir nichts wieder. Und es ging nicht einmal weiter.

»Puh«, machte Ayşe nur.

Kopfschüttelnd und resigniert ausschnaufend, sahen wir uns um. Nichts. Wenn es hier überhaupt eine Chance gab, weiterzukommen, dann nur grabend – aber in welche Richtung, wo anfangen?

»Hast du eine Idee?«, fragte Wilhelm Georg.

»Nein.«

Wir leuchteten alles ab. Georg sah sich die Wände genauer an. »Hier ist auf jeden Fall etwas eingebrochen«, murmelte er.

»Mhm«, pflichtete Ayşe bei. »In dem Geröll da drüben ist sogar Lehm.«

»Ja, ist mir auch aufgefallen.« Wir anderen traten zu den beiden. »Deshalb ist mein Vorschlag«, ergänzte Georg nun, »dass wir hier mal vorsichtig zu graben beginnen.« Er sah uns an. »Wenn wir Glück haben, ist hier etwas von oben nachgesackt wie in einen Trichter und hinter dem Einsturz liegt ein nächster Hohlraum.«

»Na«, machte Chris, »dann fangen wir doch einfach mal an.«

So griffen wir zu unseren Schaufeln und den beiden Spitzhacken. Wir arbeiteten erst einmal nur unten, weil wir den Einsturz nachsacken lassen wollten. Das würde uns viel Anstrengung ersparen, war aber nicht ganz ungefährlich, denn ein größeres Nachrutschen konnte uns auch verschütten. Hin und wieder traten wir deshalb zur Sicherheit zurück und warteten ab. So ging es nur langsam voran. Zweimal legten wir uns zum Schlafen.

Nach einem großen Nachsacken, dem wir hektisch zur Seite springend entkamen, sagte Georg, indem er eine Schaufel griff: »Wartet, ich steige mal rauf.« Mit kräftigen Stößen arbeitend, legte er den unteren Rand eines Felsbogens frei. Doch als er noch einmal mit Schwung ins Geröll stieß, sackte erneut der Grund unter ihm ab und warf ihn die Schräge herunter. Seine Schippe flog durch die Luft. Sofort rannten wir zu ihm.

»Alles in Ordnung?«, fragte Ayşe ängstlich, die sich neben ihn kniete.

Aber Georg setzte sich bereits wieder auf. »Ja, ja«, antwortete er und wischte sich den Staub von den Augen. Wir leuchteten nach oben. »Na, also!«, machte er. Über uns war eine Öffnung zu erkennen. Wir stiegen aufs Geröll und sahen auf der anderen Seite einen eigenartigen Hohlraum, in dem alles voller Baumwurzeln war. Wir warteten gar nicht erst, sondern rannten auch schon hinab. Riesige Bäume hatten hier ihre Wurzeln ausgestreckt. Zwischen ihnen war vielleicht durch ablaufendes Wasser dieser Hohlraum entstanden.

»Wow«, machte ich. Wir gingen umher und leuchteten alles ab. Dabei fanden wir das Skelett eines Hasen. Fledermäuse schossen um uns herum.

»Wenn die hier drinnen sind, müssen sie irgendwo hinauskönnen«, bemerkte Georg.

Wir suchten und fanden in der Mitte des Raumes schwache Lichtpunkte auf dem lehmigen Boden, sodass wir die Köpfe hoben. Irgendwo da oben zwischen all den Wurzeln und dem Boden musste Licht durchdringen.

»Solange es hell ist, gehen wir auf gar keinen Fall raus«, mahnte Wilhelm.

Wir traten näher an ein kräftiges, verknotetes Wurzelgebilde, kletterten auf einen Steinvorsprung und stiegen von dort höher in die Wurzel. Ich berührte das feste Holz und fuhr mit den Händen darüber. Wir kletterten weiter. Ein paar Fledermäuse flatterten aus Felsrissen vor uns davon. Ich sah eine Ratte in ihre Höhle huschen. Alle standen wir jetzt irgendwo in diesem Wurzelwerk. Wir suchten die Stelle, an der das Licht eindrang.

Ayşe entdeckte sie als Erste, und so kletterten wir in den Windungen weiter dort hinauf. Überall zwischen den Wurzeln hingen dicke schwarze Spinnen in ihren Netzen. Tatsächlich, ein famoses Wurzeldach über uns ließ ein paar Sonnenstrahlen herein. Wenn wir etwas Erde rauskratzen würden, konnten wir hinauskrabbeln.

»Lasst mich mal«, sagte Chris. Sie stieg ganz nah ans Licht und blinzelte nach draußen. »Ich kann den Himmel sehen«, flüsterte sie und lächelte mir zu.

Hier oben, so nah am Licht, setzte auch die Blätterbildung ein und ließ alles noch geheimnisvoller und märchenhafter erscheinen. Da wir leise sein wollten, sprachen wir kein Wort mehr. Die Wurzeln waren mit massivem Felsgestein verwachsen. Chris vergrößerte das Loch vor ihr etwas. Der Lehm um uns rum roch erdig. Das dichte Blattwerk schien das Loch draußen zu überwuchern. Schließlich konnte Chris den Kopf hinausschieben. Einen Moment lang sah sie sich um, dann verharrte sie und blieb ganz still. Als sie den Kopf wieder einzog, meinte sie: »Ich kann leise Motorengeräusche hören, jemand hat irgendwas gerufen, aber weit weg, sonst nichts. Ich glaube, es sind nur Bäume und Sträucher um uns herum.«

»Kommt erst mal wieder runter«, sagte Georg.

Unten setzten wir uns in einen Kreis. »Das hätten wir also schon mal geschafft«, nickte Wilhelm.

»Ja«, grinste Georg, »wieder einmal.« Er blickte Chris an: »Sonst nichts zu sehen gewesen?«

»Nein, nur Grün. Es müssen ziemlich große Bäume um uns rum stehen.«

Wir sprachen ab, dass wir zuerst bis zur Dämmerung warten würden, um uns dann bei noch schwachem Licht in der unmittelbaren Umgebung umzusehen. Erst danach, wenn es richtig dunkel sein würde, wollten wir uns weiter vorwagen, vielleicht gleich auch bis in die Stadt. So lagen wir faul herum und alle schliefen irgendwann noch einmal ein. Nur ich wurde immer wieder wach, so aufgeregt war ich. Ich konnte es kaum erwarten und hatte doch Angst.

Nachdem unten bei uns kein Licht mehr ankam, stieg Wilhelm hinauf und winkte uns zu sich. Offenbar konnte es losgehen.

So vergrößerten wir noch einmal das Loch und stiegen nacheinander hinaus, uns oben durchs Grün schiebend. Schließlich standen wir alle nebeneinander auf einem Hang. Etwas weiter abwärts erkannten wir eine völlig ebene Grünfläche. Hier auf unserer Höhe aber standen riesige Bäume, der Rand eines bewaldeten Hügels.

»Wo könnten wir sein?«, fragte mich Chris.

»Keine Ahnung.«

Vorsichtig um uns sehend, stiegen wir etwas tiefer und schlichen uns, geduckt gehend, auf die begrünte Fläche, die weiter vor uns einfach zu Ende zu sein schien. Als wir an den Rand kamen, erkannten wir, dass es sich um eine große Lagerhalle handeln musste, deren Dach mit Gras bewachsen war.

»Gut, zurück«, sagte Georg, »zu gefährlich.«

Immerhin konnten wir von hier aus erkennen, dass der Ort links von uns lag. Wir verkrochen uns am Waldrand im Unterholz. Ayşe blickte von Chris zu mir: »Und ihr habt keine Vorstellung, wo wir sind?«

Wir schüttelten beide den Kopf. Aber dann sagte ich: »Na ja, da wir ja mehr oder weniger am alten Einstieg sind, muss das hier das Gelände vor dem Kinderschuh sein. Vermutlich ist es bebaut worden.«

»Kinderschuh?«, fragte Wilhelm.

Chris und ich mussten lachen. »Stimmt«, sagte Chris und blickte mich an, »warum heißt das hier eigentlich so?«

»Ach«, machte ich und musste schmunzeln, »die Geschichte erzähle ich euch ein anderes Mal.«

»Also«, ging Georg ernst dazwischen, »lasst uns mal zur Sache kommen. Ich schlage vor, dass wir dort drüben bei den Bäumen nach unten steigen. Dabei wird uns der Nebel schützen, der aus dem Wald dringt. Es ist Spätsommer oder früher Herbst, denke ich. Wenn wir an die ersten Häuser kommen, sollten wir die Augen offen halten nach Kleidung, denn wir sind natürlich schon aufgrund unserer Fellbekleidung auffällig.«

»Verdammt auffällig«, meinte Claudio und grinste.

»Und wie sollen wir das machen?«, lachte Chris. »Menschen überfallen, nackt ausziehen und uns dann ihre Klamotten anziehen?«

»Wäsche auf Leinen zum Beispiel«, antwortete Georg. Er lachte nicht.

»Vielleicht ist ja zufällig Karneval«, schob Chris nach und wir alle mussten laut auflachen, verstummten aber sofort, weil Georg ganz ernst blieb.

»Außerdem sollten wir uns zuerst einmal irgendwo waschen«, lächelte nun Ayşe und sah an uns herunter. Natürlich waren wir alle völlig verdreckt.

Georg begann von Neuem: »Und wir sollten auf gar keinen Fall immer zusammenbleiben, das ist viel zu auffällig. Wir gehen zu zweit, maximal zu dritt, aber nie allein. Was wir zu besorgen haben, ist klar. Wir treffen uns hier jeweils am Ende der Nacht, bevor es hell wird, und zwar verbindlich für alle, egal, was passiert! Wir werden zwei, drei Nächte brauchen, bis wir uns einigermaßen orientiert haben. Wie lange wir insgesamt benötigen, um alles zu organisieren, wird sich zeigen. Zu lange dürfen wir uns hier nicht aufhalten, das steigert nur die Gefahr, aufgegriffen zu werden. Wir hatten früher schon einmal die Polizei am Hals.« Er sah uns alle an. »Und noch eins: Ihr wisst, Kibuti gibt es nicht, hat niemals existiert, was auch immer passieren mag.«

Wir nickten. Jetzt befiel auch mich eine leichte Beklemmung.

»Lasst Jan und mich vorgehen«, schlug Chris vor. »An der ersten Straße werden wir sicher etwas wiedererkennen. Wir geben euch Zeichen, wenn die Luft rein ist. Wenn wir mit den Steinen hin und her schwenken, könnt ihr weitergehen und uns folgen.«

»In Ordnung.«

Georg blickte jeden von uns einzeln an: »Kann es losgehen?«

Puh, jetzt wurde ich doch aufgeregt. Chris und ich erhoben uns. Wir alle drückten uns fest die Schultern. Wilhelm und Chris gaben sich einen Kuss. Dann gingen wir im Schutz der Bäume am Waldrand tiefer hinunter. Wir schreckten zwei Rehe auf, die mit ihren weißen Blumen davonsprangen und irgendwo im feuchten Nebel verschwanden.

»Rehe …«, murmelte Chris.

Ich blickte ihnen nach, aber schon verschwanden sie im Dämmerlicht. Märchenhaft lag der Wald im grauweißen Nebel, der feuchte Erdboden duftete, vereinzelt waren Vogelrufe zu hören. Vor uns fiel der Hang ab. Rechts lag ein Gewerbegebiet mit großen Hallen und Bürogebäuden. Zweimal fuhren Lieferwagen davon. Sie summten nur ganz leise.

Wir stießen auf eine erste Zufahrt, die über eine Holzbrücke führte. Unter der Brücke wuschen wir uns erst einmal in einem Bach, dann gaben wir den anderen ein Zeichen mit den Leuchtsteinen.

Vorsichtig schlichen wir weiter. An einer Straßenecke war ein großer Baum von vier Seiten mit einer Bank umgeben. Wir setzten uns. Schräg gegenüber standen drei- und vierstöckige Wohnhäuser.

»Das ist alles neu hier, oder?«, fragte Chris.

»Glaube schon, aber an der nächsten Seitenstraße drüben wird sicher ein Straßenschild stehen. Vielleicht kennen wir die Straße ja ...« Doch plötzlich kam mir ein Gedanken und ich wandte mich um. »Dreh dich mal«, sagte ich. »Ist das nicht unsere Kastanie?«

»Wow, stimmt«, flüsterte sie, »das muss sie sein. Hier also sind wir.«

»Kastanienallee«, sagte ich.

Chris gab Lichtzeichen nach hinten. »Okay«, grinste sie mich an, »dann mal ran an die Bouletten.«

XVIII

Während es schon dämmerte, näherten wir uns an Lagerhallen vorbei den ersten Wohnhäusern. Aber was waren das für Häuser da vor uns? Hinter den Scheiben brannten die Lichter, aber die Fassaden ... In der Dunkelheit war vieles nicht zu erkennen. Wir kamen an die nächste Kreuzung, ab hier war die Straßenbeleuchtung heller. Jetzt sahen wir, dass alle Häuserfassaden von dichtem Grün bewachsen waren, nur die Fenster waren aus den Rankenpflanzen herausgeschnitten.

»Wow«, machte Chris.

Alle Dächer waren bepflanzt. Auf ihnen befanden sich hohes Gras, Pflanzenstauden, Büsche. Und es gab zusätzliche Balkone auf unterschiedlichen Höhen, in denen Sträucher und sogar Bäume wuchsen. Keine einzige Mauer war mehr zu sehen. Auch in den Gärten wuchs überall üppiges Grün mit schon gelb und rot gefärbten Blättern und mit hohen immergrünen Nadelbäumen.

Es war das Quietschen einer Balkontür, das uns stehen bleiben und hinüber auf die andere Straßenseite blicken ließ. Eine junge Frau mit einer auffällig großen Brille hängte einen Bügel mit einem Kleid an einen Haken zwischen Balkontür und dem großen Fenster. Sie sprach leise mit jemandem, während sie das Kleid noch einmal schüttelte. Dann trat sie wieder nach innen und schloss die Tür. Wir gingen hinüber und stellten uns unter den Balkon. Drinnen sprach die Frau immer noch.

»Sie telefoniert nur, oder?«, fragte Chris.

»Klingt so. Jedenfalls sehe ich sonst niemanden.« So gut es ging, blickten wir über die von Efeu bewachsene Brüstung zum Kleid. »Scheint doch ganz nett auszusehen«, grinste ich.

»Ja, geht so. Könnte auch passen. Vielleicht ein bisschen zu groß.«

»Macht nichts«, sagte ich und hielt Chris auch schon die Hände zur Räuberleiter hin.

Sie hob den Fuß, griff ins Grün, blickte noch einmal um sich und nach vorne in das erleuchtete Zimmer, dann schwang sie das erste Bein über die Brüstung. Schwungvoll zog sie das zweite nach. Sie drückte sich an die Wand und lauschte. Mit einer blitzschnellen Bewegung griff sie zum Kleid und warf es samt Bügel über die Brüstung zu mir. Statt runterzuspringen, lief sie nun quer über den Balkon, hatte plötzlich irgendwelche weitere Kleidung in der Hand und hüpfte auch schon zurück. »Schnell!«, sagte sie.

Wir duckten uns hinter eine niedrige Mauer, hinter der die Mülltonnen standen. Unbewegt lauschten wir. Nichts geschah. »Da stand noch ein Wäschekorb«, sagte Chris. Sie hielt mir einen rosafarbenen Pullover und eine hellblaue Frauenhose hin, die so weit geschnitten war, dass sie auch wie ein langer Rock wirken konnte. »Zieh an«, flüsterte sie.

»Für mich?«

»Ja, viel Auswahl wird man uns nicht lassen.«

Also zwängte ich mich in die Hose, die so eng war, dass ich den Knopf nicht schließen konnte. Zum Glück war der Pullover lang genug, um den offenen Hosenbund verbergen zu können. Chris hatte bereits das Kleid angezogen, das mit großen Blüten bedruckt war. Ihre Felljacke zog sie gleich wieder darüber. Für unsere Fellschuhe gab es natürlich keinen Ersatz. Unsere Hosen und meine Fellweste versteckten wir in einem Strauch.

Kurz nacheinander fuhren auf der Straße zwei kleine Autos vorbei. Wir duckten uns hastig. Die Autos waren oval und sahen aus wie liegende Eier. Es war eigenartig: Im ersten Wagen saßen zwar zwei Personen, aber beide befanden sich hinten im Auto. »Hm«, machte ich nur. Als der zweite Wagen vorbeifuhr, war er sogar leer. Wir sahen uns an.

»Die Autos brauchen keinen Fahrer?«, fragte Chris.

Ich zuckte mit den Schultern.

Es blieb nun ruhig, und so stapften wir los. Hoch über uns surrte manchmal etwas vorbei, das blinkende Lichter hatte. Nur einige Straßenecken weiter stießen wir auf meine frühere Straße, aber sie sah völlig verändert aus. Mehrere drei- und vierstöckige Häuser standen nun dort, auch sie bewachsen und von spätsommerlichen Gärten umgeben. In einem davon schimmerte sogar die graue Oberfläche eines Teichs. Ich hätte die Straße nicht wiedererkannt. Trotzdem konnte ich nicht anders, als zu dem Gebäude zu gehen, das sich dort befand, wo früher unser Haus gestanden hatte. Vielleicht war es ja nur umgebaut worden. Wir schlichen darauf zu. Das Eingangstor zum Grundstück war verschlossen, aber wir stiegen darüber. Als wir näher zur Haustür kamen, sprang ein Licht an. Kurz erschraken wir, doch es war nur ein automatischer Bewegungsmelder. Dann traten wir vor an die Klingeln. Ich las die beleuchteten Schilder, kannte aber keinen einzigen der Namen. Ich schüttelte den Kopf.

»Na ja«, meinte Chris, »war auch ziemlich unwahrscheinlich.«

»Welches Jahr wir wohl haben werden?«, murmelte ich.

Gerade als wir wieder verschwinden wollten, öffnete ein Mann vom Gehsteig das Gartentor. Auch er trug so eine große Brille und hatte einen kleinen Apparat hinter dem Ohr klemmen. »'n Abend«, sagte er halblaut und hielt uns das Tor auf.

»Danke«, sagte ich, und wir ruckten das Tor hinter uns ins Schloss. Er sah uns nicht nach. Mit eiligen Schritten machten wir uns davon und zogen nun erst einmal durch die Straßen. Aber schon bald spürten wir, dass wir eines völlig vergessen hatten: Wie würden wir überhaupt an Essbares kommen?

»Na ja, wir müssen erst mal Geld zusammenschnorren.«

»Und wo essen wir dann?«, fragte ich. Nicht einmal einen Kiosk hatten wir bisher gesehen.

»Es wird ja wohl irgendwo Läden geben.«

»So spät noch?«

Wir kamen weiter in die Innenstadt. Die Gehsteige bestanden an ihren Rändern aus Grasstreifen. Auch die beiden Fahrbahnen waren durch einen begrünten Streifen getrennt. Wir sahen ein paar Kneipen und Restaurants, aber konnten wir uns da hineintrauen? In eins der Restaurants blickten wir durch die Scheibe. An fast allen Tischen saß nur eine Person, hier und da waren es mal zwei. Ausnahmslos trugen sie alle diese großen Brillen.

Endlich sahen wir von ferne eine Frau auf uns zukommen, auch sie mit einer Brille. All unseren Mut zusammennehmend, sprachen wir sie an, als wir nur noch wenige Meter voneinander getrennt waren. »Guten Abend«, meinte Chris, »sagen Sie, hätten Sie wohl etwas Kleingeld für uns?«

Die Frau erstarrte auf der Stelle und sah uns prüfend an. Ohne ein Wort zu antworten, machte sie ein paar Schritte seitlich an uns vorbei und sagte schließlich: »Sehr humoresk, sehr humoresk.« Sie drehte uns den Rücken zu, sah nach ein paar Schritten noch einmal zurück und ging davon.

Chris und ich blickten uns ratlos an. »Humoresk«, wiederholte Chris, »wirklich, alles sehr humoresk«, grunzte sie.

Auch bei dem Nächsten hatten wir kein Glück. Alle verhielten sich irgendwie eigenartig, wenn wir sie um etwas Geld ansprachen. Jeder trug eine dieser großen Brillen und einen Apparat am Ohr. Dann stießen wir auf einen Jugendlichen, der vor sich hin quasselte und auf dessen Brillengläsern ein kleines Gesicht zu sehen war. »Hallo«, sprach ich ihn an.

»Warte mal«, sagte er vor sich hin, »da will jemand etwas von mir.« Er griff an die Brille, sodass das Gesicht verschwand, und blickte nun mich an. »Ja?«

»Könntest du uns wohl etwas Kleingeld geben? Wir haben kein Geld mehr und haben echt Hunger.«

»Echt Hunger«, schmunzelte er. Einen Moment lang blickte er von mir zu Chris und wieder zu mir, dann begann er laut loszulachen. Er schüttelte sich und wieherte, bis er mir gegen die Schulter schlug und meinte: »Eiskalt, Zauselbart, eiskalt!« Er schüttelte den Kopf und ging weiter. »Eiskalt!«

Er griff wieder an den Brillenrand und das Gesicht erschien erneut. »Hier laufen zwei Gestalten rum, die Geld von mir wollten. Very crazy angezogen. No idea, was die treiben.« Er sah noch einmal zurück zu uns und hob den Arm zum Gruß. »Eiskalt«, lachte er und sprach weiter mit dem Gesicht auf den Brillengläsern.

»Hm«, machte Chris, »irgendwas machen wir falsch.«

»Wir hätten auch wirklich vorher noch mal essen sollen. Aber ich war viel zu aufgeregt.«

Etwas verloren und ziemlich unsicher liefen wir jetzt durch die Straßen. Längst war es völlig dunkel. Dann sahen wir tatsächlich einen Imbiss. Drinnen lief Musik und wir erkannten durch die große Scheibe, dass einzelne Personen an Stehtischen auf Hockern saßen, die Blicke auf einen großen Bildschirm an der Wand gerichtet.

»Versuchen wir es?«, meinte Chris.

»Wenn wir nicht abbrechen und zurückgehen wollen, bleibt uns ja nichts anderes übrig.« Wir schoben die Tür auf. Alle blickten uns an, als wir eintraten, verstohlen, aber von oben bis unten. Ein junger Mann hörte kurz sogar auf zu kauen. Auf dem Bildschirm lief eine Spieleshow. Mehrere Glücksspielgeräte hingen an den Wänden, an einem spielte eine Frau. Ein Mann bezahlte soeben. Er reichte der Frau hinter der Theke eine Kreditkarte, kurz darauf drückte er seinen Daumen auf ein Display. Danach schob ihm die Frau sein Essen hinüber und er stellte sich an einen der freien Tische. Als die Frau uns ansprach, log Chris, wir hätten unsere Karten verloren und ob sie uns nicht trotzdem etwas zu essen geben könne.

Die Frau sah uns ernst an: »Verloren?« Dann blickte sie in die Runde. Die anderen grinsten. »Ihr bettelt euch durchs Leben, hm?« Sie sah uns dabei nicht an, sondern sprach in Richtung der Stehtische, wo einige Leute lachten. Laut sagte sie: »Ist jemand bereit, für die beiden einen Cake zu carden?«

Tatsächlich meldete sich ein gut gekleideter Mann, der uns wortlos zunickte, die Karte über die Theke reichte und dann seinen Daumen auf das Display drückte.

»Danke«, sagte Chris.

»Schon gut.«

Während die Frau die Cakes zubereitete, deutete Chris mit einem leichten Nicken hinter mich. »Kalender«, flüsterte sie.

Ich drehte mich herum und sah einen Werbekalender an der Wand neben einem Kühlregal. Zuerst begriff ich nicht, aber plötzlich fiel mein Blick auf die Jahreszahl ... Mit etwas verkniffenem Gesicht wandte ich mich wieder zu Chris: »Au, Mann«, brummelte ich. So viel Zeit war vergangen? Konnte das denn wirklich sein?

Wir bekamen zwei gut gefüllte Teigtaschen, bedankten uns noch einmal und verschwanden schleunigst aus dem Imbiss, während vor der Tür ein Auto hielt. Eine breite Schiebetür öffnete sich und zeigte einen Sitzraum mit zwei einander gegenüberliegenden, bequem gepolsterten Sitzbänken. Eine Frau stieg aus. Die Tür schloss sich wieder und der Wagen fuhr ab. Wir blickten ihm nach. »Sag ich doch«, flüsterte Chris, »kein Fahrer.«

Auf einer niedrigen Gartenmauer sitzend, mampften wir unsere Teigtaschen. Die Füllung bestand aus scharf gewürztem, fein gehacktem Gemüse. »Schade, wir hätten um ein Bier dazu bitten sollen«, lachte Chris, »würde gut passen.«

Ich musste aufstoßen. »Schmeckt nicht nur, macht auch noch satt«, kommentierte ich.

Dann ließen wir uns durch die Straßen treiben, neugierig auf all das Fremde um uns herum. Dass es eigentlich darum ging, die nötigen Gegenstände aufzutreiben, vergaßen wir völlig. Wir suchten die uns bekannten Straßenecken, auch wenn sich vieles gewandelt haben mochte. Schließlich fanden wir sogar die alte Straße von Chris, aber hier war die Straßenführung verändert worden und alles war neu bebaut, nichts war mehr wiederzuerkennen.

»Ohne Hilfe werden wir nichts mehr herausfinden«, plapperte ich vor mich hin.

»Was meinst du?«

»Na ja ... bist du nicht neugierig?«

»Worauf?«

»Ich meine ja bloß«, wich ich aus.

Da wir inzwischen hundemüde waren, machten wir uns auf den Rückweg zu unserem Unterschlupf. Nachdem wir unsere Fellkleidung aus dem Gestrüpp geholt hatten, kamen wir an einer Baustelle mit einem hohen Gerüst vorbei. Es war mit einem feinmaschigen Netz abgehängt. »Das nehmen wir mit«, sagte ich und blickte umher. Keine Menschenseele war zu sehen. Sofort stiegen wir hinauf und lösten das Netz von Etage zu Etage von seiner Aufhängung. Unten legten wir es zügig zusammen.

»Jetzt aber schnell«, meinte Chris.

»Warte!« Ich sah noch einen langen Kunststoffschlauch, der in Schlaufen gelegt und zusammengebunden war. Ihn hängte ich mir über die andere Schulter und dann schlichen wir durch dunkle Nebenstraßen davon.

Am Versteck war von den anderen niemand da, aber wir fanden bereits einige Gegenstände.

»Die sind schon zum zweiten Mal losgezogen«, meinte Chris. »Dagegen waren wir ja richtig faul.«

Erst im Morgengrauen tauchten die anderen wieder auf. Grinsend bewunderten sie unsere Kleidung, aber auch sie hatten das eine und andere Kleidungsstück aus einem Container für Altkleider gefischt. Sie hatten die ganze Zeit nichts gegessen, sodass wir nun erst einmal über unsere Vorräte herfielen. Den größten Teil des Tages verschliefen wir unter der Erde. Am von oben hereinfallenden Lichtstrahl schätzten wir die Tageszeit ein.

Den ersten gemeinsamen großen Raubzug starteten wir in der folgenden Nacht. Wir zogen quer durch die Stadt zu einem Industriegebiet, auf dem sich früher auch das Wertstoffgelände befunden hatte. Mit den gewaltigen Mauern rundherum sah zwar alles völlig anders aus als damals, aber das Gelände existierte noch. Es war mit »Rohstoffe« bezeichnet. Riesige hohe Straßenlaternen beleuchteten die breiten Straßen, die aus der Stadt dorthin und weiter hinausführten, und manchmal surrten große Lastwagen auf der Straße an uns vorbei. Menschen sahen wir hier keine.

Weil die Mauer viel zu hoch für uns war, stiegen wir über den Zaun des Nachbargeländes, einem Baustofflager, um von dort über die Mauer zum Rohstoffhof zu gelangen. An einer Stelle war ein riesiger Haufen großer Steine abgekippt worden, auf den wir uns mühsam und auf allen vieren hochbewegten, um auf die Mauer klettern zu können. Oben setzten wir uns erst einmal. In der Ferne, jenseits der Bahnschienen, die hinter dem Gelände verliefen, sahen wir etwas Eigenartiges: Kleine schwarze Häuschen standen dort wild verteilt auf einer beleuchteten Fläche ohne Wege. Menschen liefen hin und her, ohne Ziel und ohne jede Hektik, so, als spazierten sie nur herum. Eine Gruppe Kinder schien Fangen zu spielen.

»Was ist das?«, fragte Ayşe, aber auch Chris und ich zuckten nur mit den Schultern.

»Eigenartig, hier hinten in dieser Verlassenheit noch eine Wohnsiedlung ...«

»Ja, und das, wo man doch sonst keine Menschenseele sieht.«

»Und mitten in der Nacht.«

Jetzt lief eine Gruppe von Jugendlichen über das Gelände und verschwand im Dunkeln hinter einem der Häuschen.

Wir sprangen auf der anderen Seite von der Mauer. Es war unheimlich zwischen all den Bergen von rostendem Metall und Blech und Stahl. Dunkle Gestalten waren wir, die mal hier, mal dort auftauchten und wieder verschwanden. Nur an einem der Gebäude brannten zwei schwache Lampen. Immer, wenn einer von uns irgendwo ein Geräusch verursachte und es laut schepperte, zuckte ich zusammen. Wohl war mir nicht. Ich hatte Angst davor, ertappt zu werden oder dass doch noch bissige Hunde auf uns aufmerksam wurden und uns anfielen.

Wir suchten alles ab und sammelten nach und nach Dinge zusammen, die wir gebrauchen konnten. Chris fand eine Rolle Draht. Claudio kam mit einem netzartigen Zaungeflecht aus irgendeinem Winkel des Geländes zurück. Auch eine ganze Reihe scharfkantiger Bleche sammelten wir ein. Außerdem fanden wir einige Ketten, die wir rasselnd und klirrend in den Händen hielten, außerdem Hammerköpfe und Sägeblätter. Aus lauter Übermut lösten wir mit schweren Stangen ein paar alte Autoreifen von den Felgen und nahmen die Schläuche daraus mit.

So gab es noch vieles, das wir schließlich nicht nur über die Mauer hieven mussten, sondern an der Bahnschiene versteckten, um es in den nächsten Nächten nach und nach abzuholen, denn alles auf einmal konnten wir gar nicht tragen.

Wieder außerhalb der Mauern, hielten wir uns verborgen, denn wir wollten nicht riskieren, dass uns die Menschen aus der eigenartigen Siedlung drüben sahen. Immer wieder musste ich stehen bleiben und hinüberblicken. Was mochte das sein? Nach meiner Erinnerung war es damals ein unbebautes Feuchtgebiet gewesen.

Auf unserem Berghang wieder angekommen, versteckten wir all das Zeug, das wir mitgebracht hatten. Unten in der Erde trugen wir alles noch hinter den Einsturz, denn für den Fall, dass wir überrascht würden, musste wenigstens nicht alles schon Erbeutete zurückgelassen werden.

Am Ende der übernächsten Nacht, als wir all das Zeug vom Bahndamm geholt hatten, saßen wir noch etwas zusammen, als Wilhelm meinte: »Leute, ehrlich gesagt, viel können wir mit dem, was wir bisher angeschleppt haben, nicht anfangen. Das meiste ist Schrott. Das wird alles nicht lange halten. Wir brauchen neuere Messer und Sägen und Nägel und ...«

»Dann müssen wir in Geschäfte«, unterbrach ich ihn. »Wie sonst sollen wir an so etwas herankommen?«

Georg wiegte den Kopf. »Das ist viel zu gefährlich.«

»Zumal«, stimmte Chris zu, »die Sicherungssysteme in den Läden bestimmt inzwischen sehr ausgetüftelt sind. Wir können nicht einfach etwas einstecken und aus dem Laden spazieren.«

»Wir fallen auch viel zu sehr auf«, fügte Ayşe hinzu.

Wir nickten alle stumm.

»Wie funktioniert das mit den Sicherungen?«, wollte Georg wissen.

Chris antwortete: »Jedes einzelne Produkt hat etwas Elektronisches an sich, das ein Signal auslöst, wenn das Produkt unbezahlt durch die Tür gebracht wird.«

»Ist ja verrückt«, schüttelte Wilhelm den Kopf.

»Jedenfalls«, sagte ich, »wenn sie uns am Arsch haben, sind wir erledigt. Die holen sofort die Polizei.«

»Die Regel ist klar«, antwortete Wilhelm kurz und bündig. Dann wandte er sich zu mir: »Oder?«

»Ja, ja«, blaffte ich. »Nichts riskieren und wir ziehen uns zurück.«

»Wir dürfen nichts tun, was uns ernsthaft in Gefahr bringt – das muss klar sein«, mahnte Georg. »Wir wollen hier oben niemanden verlieren!«

»Na ja«, sagte ich, »wir müssten uns das alle zuerst in einem Kaufhaus genauer ansehen und nach den Möglichkeiten suchen, wie es doch funktionieren könnte.«

So machten wir schließlich aus, nicht allzu lange zu schlafen, um uns den Tag über in die Stadt zu trauen.

Als wir aufbrachen, hatte ich irrsinniges Herzklopfen. Wir hatten beschlossen, nicht zusammen zu gehen, sondern einzeln. Wir wollten nicht als Gruppe auffallen. Obwohl: Als ich mich einmal umsah und die anderen hinter mir auf beiden Straßenseiten betrachtete, sorgte allein der Anblick unserer völlig wahllosen Bekleidung schon für ein Gefühl, dass wir zusammengehören mussten. Allein unser inzwischen ziemlich verfilztes Haar! Außer mir und Chris trugen zudem alle die Fellwesten. Und erst unsere Fellschuhe! Das war nur schwer zu übersehen. Trotzdem beachteten uns die anderen Menschen kaum, nur manchmal traf mich ein seltsamer Blick. Ohnehin schienen die meisten Menschen in diesen Autos zu fahren, die offenbar einfach überall hielten, wo jemand aussteigen oder zusteigen wollte. Nach welchem System sie fuhren, konnte ich nicht erkennen.

Mit etwas Abstand gingen wir alle in ein riesiges Einkaufszentrum, das mit »Dienstleistungscenter« benannt war. Alle Produkte standen zur Verfügung, um sie ausprobieren zu können. Wollte man etwas kaufen, musste man auf einem Display am Regal einen Code eingeben und anschließend zu einer Theke gehen, um dort zu bezahlen. Irgendwo konnte man es dann abholen und mitnehmen oder es sich nach Hause bringen lassen.

Chris erschien auf der anderen Seite des Regals, an dem ich gerade stand, und flüsterte, während sie an einem Gerät herumprobierte, von dem ich nicht wusste, wozu es gut sein konnte: »Wir müssen es wie bei einem Überfall mit Ablenkungsmanövern machen. Ich wette, dass die drei mit ihren Fellklamotten ohnehin bereits von den Detektiven auf den Bildschirmen beobachtet werden. Das ist vielleicht eine gute Ablenkung. Je mehr Verwirrung die drei anstellen, desto weniger beobachtet man uns beide.«

»Gut«, machte ich, ohne die Lippen zu bewegen, und hob unauffällig den Kopf. Ich sah um mich und prüfte, wo sich die Überwachungskameras befanden.

»Ich gehe zu ihnen«, flüsterte Chris wieder, »und sage ihnen, dass sie gleichzeitig unsinnige Sachen machen sollen, um alle hier im Laden zu beschäftigen.«

»Lass uns danach in der Freizeitabteilung treffen. Da habe ich zumindest schon mal Taschenmesser gesehen.«

Ich spazierte durch die Abteilung »Haushaltshygiene«. Hier gab es eine große mit Schmutz bestreute Fläche aus unterschiedlichen Bodenbelägen, auf denen selbststeuernde Staubsauger ausprobiert werden konnten. Fernbedienungen lagen für sie bereit. Ich griff zur ersten und drückte auf »Go«. Eins der Geräte surrte vor sich hin und schlürfte den Schmutz ein. »Famos«, sagte ich grinsend halblaut und setzte den nächsten Staubsauger in Bewegung. Dann auch alle anderen. Nun fuhr ein halbes Dutzend Sauger über die Fläche, und schon wichen sie sich in schnittigen Manövern gegenseitig aus.

Ich blickte zu einer Theke, die mit »Kundenberatung« bezeichnet war, aber der Mann dahinter starrte nur auf einen Bildschirm. Er schien völlig versunken. Irgendwann allerdings wurde er aufmerksam und hob den Kopf. »Waren Sie das?«, fragte er herüber und deutete zu den Staubsaugern. »Was haben Sie vor?« Er kam um die Theke herum und auf mich zu. Dann erklang ein Signal wie eine Sirene. Sofort blieb er stehen und sah sich um, kam dann aber weiter auf mich zu.

»Ich wollte sie mal im Vergleich sehen«, antwortete ich, »darf man das nicht?«

»Na ja«, meinte er mit aller Freundlichkeit, »besser ist es nacheinander, sonst ...« Er griff zur ersten Fernbedienung.

»Danke«, rief ich, bereits weggehend, »ich werde wohl den roten nehmen.«

Die Sirene wurde abgeschaltet, sprang aber erneut an. Ich musste mich beeilen. Offenbar stellten die anderen schon Unsinn an. In der Freizeitabteilung riss ich alle Taschenmesser von den Ketten, an denen sie festgemacht waren. Chris war nicht zu sehen. Im Weggehen nahm ich noch ein Set mit Campingtöpfen mit. Und schließlich griff ich nach einer Taucherbrille. »Hallo!«, sprach mich eine Frau von der Beratungstheke an, aber ich tat so, als hätte ich sie nicht gehört. Mit zügigen Schritten marschierte ich durch die anderen Abteilungen und stracks weiter auf den Ausgang im Erdgeschoss zu. An dem breiten Eingang mit den automatischen Glastüren wurden bereits zwei Frauen kontrolliert. Ein Mann kam aus einer Seitentür heraus und rief hektisch: »Nein, die können es nicht gewesen sein, es war mindestens eine junge Frau mit langen Haaren dabei. Es sind mehrere gewesen, denn aus unterschiedlichen Abteilungen sind Diebstahlsignale gekommen. Und unser System hat alle Personen auch als nicht registriert erkannt.« Er entschuldigte sich bei den beiden Frauen.

Alle sahen etwas hilflos um sich. Ich musste meine Chance nutzen. Ich setzte die Taucherbrille auf, ging an ihnen vorbei und begann sofort loszuspurten.

»Da«, riefen sie hinter mir. Schon sprang erneut die Sirene an der Tür an, der Detektiv stürzte auf mich zu. Ich rannte durch die sich öffnenden Türen und riss hinter mir einen Werbeständer um, der im Eingangsbereich stand, sodass der Mann strauchelte. Ich schoss hinaus auf die

Straße, überquerte die Fahrbahn und rannte auf die nächste Seitenstraße zu, in der ich noch Ayşe in eine Grünanlage abbiegen sah. Zwei Männer in Anzügen kamen inzwischen hinter mir her, aber ich lief bereits weiter und merkte schnell, dass sie nicht mithalten konnten. Einer der Männer griff an seine Brille und begann zu sprechen. Ich spurtete in die Grünanlage, die sich zwischen zwei großen Gebäudekomplexen befand, an denen die Blätter rauschten. Hier irgendwo musste sich doch Ayşe versteckt haben. Tatsächlich hörte ich plötzlich einen leisen Pfiff. Ich fand sie hinter einer Gruppe von Nadelbäumen und Büschen. Hier hockte auch Chris.

Ich verschnaufte erst einmal. Ayşe beobachtete die Straße. Immerhin hatten wir jetzt ein paar gute Messer, neue Töpfe und sogar eine Taucherbrille. »Na ja, viele Chancen, um an neue Waren heranzukommen, werden wir nicht mehr haben«, meinte Chris resigniert. »In diesem Einkaufszentrum jedenfalls werden wir uns nicht wieder blicken lassen können.«

»Still«, zischte Ayşe. Von der Straße bog ein Polizeiwagen auf den breiten Weg, der in die Grünanlage führte. »Vielleicht hat uns jemand hier aus den Fenstern gesehen.« Der Wagen hielt. Die Polizisten stiegen aber nicht aus, sondern warteten und suchten alles mit den Blicken ab. Nun surrte auch eine blau-weiße Drohne über der Anlage, schwenkte aber schon bald wieder ab. Dann setzte der Wagen zurück und rollte langsam wieder Richtung Straße. »Puh«, machte Ayşe.

»Hier ist es ab jetzt zu heiß für uns«, sagte Chris. »Man kann eben nicht mehr einfach klauen. Man kann ja nicht einmal mehr mit Geld einkaufen. Alles ist überwacht. Alles.«

Ja, allzu viel würde für uns nicht mehr zu holen sein. Doch dann musste ich trotzdem schmunzeln und sah Ayşe und Chris an. »Ganz einfach: Ihr beide lasst euch abends von einem Mann abschleppen, geht mit zu ihm und …«

»›Abschleppen‹?«, lachte Ayşe. »Nee, so etwas würde ich nie tun.«

Chris grinste: »Käme auf den Mann an.«

Lange blieben wir inmitten der Nadelbäume sitzen, immer wieder suchten wir aufmerksam die Fenster in den grünen Mauern ab. Irgendwann trauten wir uns hinaus, an der Straße aber zur Vorsicht stehen bleibend, um in keine Falle zu geraten. An der Gebäudeecke lugten wir ängstlich rechts und links die Straße hinunter. Wir mussten weiterhin aufmerksam nach Polizeiwagen Ausschau halten. Und schon gar nicht durften wir uns am helllichten Tag aufmachen zum Berg, selbst wenn dort hinten ausschließlich Lastwagen fuhren. Wir trennten uns wieder. Die Taschenmesser gab ich den beiden schon mit; die Töpfe und die Taucherbrille hatte ich hinter den Bäumen versteckt, die würde ich später holen.

Ich spazierte in die dem Einkaufszentrum entgegengesetzte Richtung, als plötzlich ein Wagen neben mir auf dem Gehsteig hielt. Ich bekam Herzklopfen. Die Tür öffnete sich und ich sah in das Gesicht eines alten Mannes. Unsere Blicke trafen sich. Ich stockte im Gehen – irgendwie irritiert.

Mühsam stieg er aus, stützte sich dabei auf einen Stock und wandte sich noch einmal nach innen, um eine Reisetasche herauszunehmen. Als er sich mit der Tasche in der einen und dem Stock in der anderen Hand vom Auto wegdrehte, sagte er: »Junger Mann, wenn Sie es nicht allzu eilig haben, wäre ich Ihnen dankbar, wenn Sie mir die Tasche hochtragen würden. Mit meinen Kräften ist es nicht mehr so ganz weit her.«

Ich nickte: »Ja, klar«, und bemerkte, dass er keine Brille trug.

»Das ist nett.« Dem alten Mann fiel das Gehen sehr schwer, mit nur kleinen, schlurfenden Schritten quälte er sich voran. Es war zu sehen, dass er Schmerzen hatte. Als er endlich vor der Haustür stand und mit Schlüssel und Daumenabdruck auf einem Display die Tür öffnete, lächelte er mich an. »Ich muss in den dritten Stock, drücken Sie doch schon mal auf den Aufzugknopf.«

Ich tat es. Der Lift war schneller als der Mann. Ich hielt die Tür geöffnet und wartete, dass er seine letzten mühsamen Schritte machte. Dann ging es hinauf. »Haben Sie etwas am Bein?«, fragte ich.

»Nein, ich hatte eine schwere Operation und habe rechts im Bauch solche Schmerzen, dass ich kaum noch gehen kann.« Dann fügte er hinzu: »Ich habe Krebs.«

»Oh.« Mir wurde heiß. Ich wusste nicht, was ich sagen sollte. Krebs, verdammt! Ich war verlegen. Zum Glück kam der Aufzug in diesem Moment oben an.

Ich trug die Tasche in die kleine Wohnung, wo in der Diele sofort ein Bildschirm ansprang und eine Stimme ertönte. »Zwei Nachrichten. Ilona und Herr Meier vom Siemens-Krankenhaus.« Dann erschien auch schon das Gesicht einer grauhaarigen Frau auf dem Bildschirm. Sie lächelte: »Hallo, Papa, herzlich willkommen zu Hause. Ich hoffe, es geht dir einigermaßen gut. Mach's dir bequem. Das Essen kommt um 18 Uhr. Die Krankenschwester kommt morgen früh zwischen sieben und halb acht; ich habe das alles bereits organisiert, alles ist geregelt. Ich rufe heute Abend noch mal an. Bis dahin!« Das Gesicht verschwand und als Nächstes erschien ein junger Mann: »Guten Tag, Meier, von der Siemens-Krankenkasse«, nickte er vertraulich. »Schicken Sie mir doch bitte einen Fingerprint, den haben Sie nämlich neulich, als Sie den Antrag geschickt haben, vergessen. Na ja, kann passieren. Sie haben jetzt sicherlich anderes im Kopf. Danke jedenfalls und gute Erholung erst einmal. Wiedersehen!« Der Bildschirm erlosch.

Ich stand immer noch da mit der Tasche in der Hand und sah jetzt dem alten Mann nach, der in der Tür zu einem kleinen Wohnzimmer stand und hineinwies. »Stellen Sie sie hier ab, bitte!«

Ich trat hinter ihm in das Zimmer, auch hier war ein großer Bildschirm an die Wand montiert. Darunter stand ein kleiner Computer, an dem ein grünes Licht leuchtete. Ich stellte die Tasche ab.

»Ich danke dir herzlich.« Er wechselte zum Du. »Möchtest du Obst?« Er deutete auf eine Porzellanschale, neben der ein Headset lag, das sogar über eine Brille verfügte. »Viel zum Essen ist nicht da. Ich esse nicht mehr. Aber Dapfs habe ich ein paar. Iss!«

»Danke, gerne.« Ich nahm eine der Bananen, die bereits schwarze Flecken hatte. »Hm«, machte ich, »Bananen!«

Jetzt sah er an mir herunter und auf meine Fellschuhe. »Sind die bequem?«, deutete er auf meine Füße.

»Ähm ... ja, klar, sehr.«

Er nickte, zog seine Jacke aus und sank in einen der Sessel. »Aaah«, machte er. Er blickte sich um. Dann sah er mich ganz ernst an: »Weißt du«, begann er und schnaufte dabei schwer, »welche Frage mich im Krankenhaus beschäftigt hat?«

»Hm?«

»In unserer Welt heutzutage ist so gut wie alles möglich, aber ist denn eigentlich noch etwas *nur* möglich?«

Ich sah ihn ratlos an und mampfte die letzten Bissen der Banane; die Schale hielt ich in der Hand. »Hm«, machte ich erneut, dann nickte ich: »Schwierige Frage.«

»Ich komme gerade darauf, weil ich dich so sehe. Ich meine, ich habe noch nie jemanden so rumrennen sehen. Entschuldigung, das soll nicht verletzend klingen, aber ... Was willst du damit ausdrücken? Mit dieser Kleidung und den Fellschuhen, meine ich. Wozu gehörst du?«

»Wozu ich gehöre?« Ich hatte zwar keine Ahnung, wovon er sprach, vermutete aber, dass er eine Art Jugendszene meinte. »Also, ich ... ich ... Kibutis nennen wir uns.« Mir wurde warm. Hätte ich das Wort vielleicht besser nicht sagen sollen?

»Noch nie gehört.« Er schüttelte den Kopf. »Seit meine Tochter weggezogen ist und ich meinen Enkel kaum noch treffe, habe ich überhaupt keine Verbindung mehr zur Jugend. Ich meine, im Internet, da findet man alles Mögliche, sicher.« Wieder schüttelte er den Kopf. »Also«, sah er auf, »was sagst du zu meiner Frage?«

»Hm. Wenn alles Mögliche möglich ist, ist es ja nicht mehr nur möglich – oder so ...«

»Ja, genau. Mit jeder realen Wahl machen wir eine Möglichkeit als Möglichkeit zunichte. Aus Möglichkeit wird Wirklichkeit. Je mehr wir ermöglichen, desto mehr lassen wir nicht mehr nur möglich sein. Aber nicht realisierte Möglichkeiten sind enorm wichtig. Möglichkeiten stellen immer die Machtverhältnisse infrage. Na ja, allerdings: Nach jeder Entscheidung haust eine neue Möglichkeit hinter der Wirklichkeit. In diesem Sinne wäre jede Möglichkeit auch eine potenzielle Wirklichkeit. Dann *ist* Möglichkeit immer und Wirklichkeit bleibt stets näher an der Vergänglichkeit, weil die potenzielle Möglichkeit sie unterhöhlt. Ist damit nicht die Möglichkeit das eigentliche Sein? Das Sein an sich. Das Sein *ist* nur so lange, solange es die Möglichkeit gibt. Was hältst du von diesen Gedanken?«

»Ja. Die mögliche Möglichkeit ist das wirklich Mögliche und das möglich Wirkliche, aber was ist dann mit der unmöglichen Möglichkeit?«

»Das ist gut gefragt. Sie ist *wirklich* nur als Mögliches. – Übrigens, wenn du noch Hunger hast, dann iss nur weiter.«

»Danke!« Ich legte die Bananenschale auf den Tisch und griff sofort nach einem großen Apfel.

»Inmitten alles Möglichen muss die Möglichkeit unmöglich bleiben. Ich sage dir eins: Die an Möglichkeiten übersättigte Realität führt direkt in ein schwarzes Loch. Wie also schaffen wir es, die Möglichkeit als Möglichkeit zu behalten? Ich jedenfalls bin ein Möglichkeitsanhänger. Nachts, wenn ich wach liege, male ich mir ein Leben in einem Fesselballon aus, wie ich über die Landschaft fliege, alles von oben sehe. Und weißt du, was mir dabei bewusst geworden ist? Dass europäische Häuser nach dem Muster von Festungen gebaut sind. Wir müssen unseren Besitz verteidigen.«

»Hm ...« Vielleicht war der alte Mann doch ein bisschen durcheinander. Trotzdem hatte ich das Gefühl, dass er recht hatte. Irgendwie mochte ich ihn.

»Warte nicht auf meine Aufforderung, iss einfach weiter. – Bist du aus den Häuschen?«

Hm, was wollte er jetzt wieder wissen? Um Zeit zu gewinnen, biss ich schnell in meinen Apfel. »Nee«, murmelte ich und mampfte.

Er nickte. »Und ... was macht ihr so, ihr Kibutis, ich meine, was sind so eure Ideen?«

»Ideen?« Schnell biss ich wieder zu. »Tja ...« Ich kaute heftig. »Wir führen ein einfaches Leben.«

»So. In Fellschuhen?«

Ich äugte an mir hinunter: ein rosa Pullover, eine weite hellblaue Frauenhose und völlig verdreckte Fellschuhe, die auf dem dicken, fein gearbeiteten Teppich schon verdammt eigenartig wirkten. »Ja«, antwortete ich und versuchte, es selbstbewusst klingen zu lassen.

»Und ohne Essen«, grinste er, wurde aber sofort wieder ernst: »Nein, nein, iss nur.«

Ich nahm noch eine Banane. »Hatte heute keine Zeit zum Frühstücken.«

»›Frühstücken‹«, wiederholte er.

Ich nickte.

»Ihr jungen Leute ... Natürlich stimmt der Satz: Lebe immer so, dass sich deine Möglichkeiten erhöhen. Doch«, sagte er, »ich füge hinzu: Aber vergiss nie zu entscheiden.« Er erhob sich mühsam und tapste in die kleine Küche.

Ich war froh, ein paar Minuten allein zu bleiben, ohne diesen bohrenden Fragen ausgesetzt zu sein. Der alte Mann hantierte an irgendetwas herum, dann lief der Wasserhahn. Es war wohl besser für mich, schleunigst wieder zu verschwinden. Seine Neugierde war mir ein bisschen unheimlich. Wieso interessierte er sich für mich? Ich musste ihm reichlich verrückt erscheinen. Plötzlich schlurfte er mit einem Glas in der Hand herein und stellte es mir hin. Die Flüssigkeit darin war orangefarben.

»Was ist das?«, fragte ich.

»Was das ist? Na, Dapf.«

»Ah! Danke.« Ich nahm das Glas und roch und hielt es hoch und nippte daran. Er beobachtete mich aufmerksam. Die Masse im Glas war dickflüssig, aber gut zu trinken. Es schmeckte wie ein Gemisch aus Karotten und Apfel. »Schmeckt gut.«

»Tut es«, nickte er, wieder in seinen Sessel sinkend.

»Ich muss los«, sagte ich und trank den Rest in einem Zug aus.

»Ja. Ich danke dir noch mal für die Hilfe!«

»Ach ...«, winkte ich ab. In der Zimmertür drehte ich mich noch einmal um: »Sind Sie ein Philosoph?«

Er lachte laut und herzhaft. »Nein. Aber wer am Ende seines Lebens angelangt ist, der stellt sich schon mal eigenartige Fragen. Ungefähr so wie kleine Kinder.«

Ich nickte. »Müssen Sie bald sterben?« Ich wurde rot.

»Schon möglich.«

»Wissen Sie, was ich glaube«, begann nun ich, weil ich einfach etwas sagen musste, »unsere Seele lebt nach dem Tod zuerst im Wasser weiter, sie fließt durch die Erde, mal hier, mal da. Manchmal ist sie irgendwo im Boden, dann lange in einem See und irgendwann einmal auch im Meer«, so sprach ich vor mich hin. »Sie wechselt auch die Aggregatzustände. Warum nicht? Sie ist immer in Bewegung. Aber später wird sie zu Stein.«

Er lachte leise auf. »Na, eine beruhigende Vorstellung.«

»Also«, sagte ich etwas unsicher, »Wiedersehen!«

»Wiedersehen!«

Ich verschwand. Wiedersehen? Na ja ...

Auf der Straße musste ich schmunzeln und schüttelte gleichzeitig den Kopf. Obwohl ich keine Lust mehr hatte, in der Stadt zu bleiben, wartete ich zur Sicherheit, bis es dämmerte, dann holte ich die Töpfe und die Taucherbrille und verzog mich zum Berg. Dort war viel los, weil alle anderen schon angekommen waren und faul herumlagen. Obwohl uns klar war, dass es ab jetzt noch riskanter sein würde, uns bei Tag zu zeigen, lachten wir auch viel über unseren Raubzug. Auf einen Bandenüberfall waren sie doch nicht vorbereitet gewesen.

»Wir werden wohl zukünftig in Wohnungen einbrechen müssen«, sagte Wilhelm.

Ich schlief dann lange, obwohl ich mehrmals aufwachte, weil die anderen schon auf den Beinen waren und durcheinanderquatschten. Manche stiegen auch nach oben und verschwanden. Als ich schließlich länger wach herumlag, kam mir der alte Mann wieder in den Sinn. Ich wollte noch einmal zu ihm gehen. Vielleicht würde er mir ein paar brauchbare Dinge geben können. Er würde sie ja doch nicht mehr benötigen. Außerdem konnte ich vielleicht seinen Computer nutzen, ohne mich zu verraten, um etwas herauszufinden über meine Eltern und meine Schwester. Ich dämmerte abermals ein und schlief weiter, als plötzlich Chris ganz aufgeregt vor mir kniete und an meiner Schulter rüttelte: »Jan?!«

»Hm?«

»Jetzt werd wach!«

»Was ist denn?« Langsam setzte ich mich aufrecht und gähnte.

»Ich habe meine Mutter gefunden!«

»Was?«

»Sie lebt noch. Sie wohnt in einem Pflegeheim. Stell dir vor, sie ist fast neunundneunzig.«

»Das gibt's doch nicht!«

»Ich bin nicht zu ihr gegangen, aber ich habe sie sogar von Weitem erkannt. Die Gesichtszüge sind noch wie damals, nur eben sehr faltig. Und hart und verhärmt, na ja, wie sie eben immer war. Sie sitzt im Rollstuhl und wird nachmittags für einige Zeit auf eine Terrasse geschoben.«

Ich starrte sie an.

Chris blickte hoch ins helle Grün über uns, von wo das Licht hereinfiel, dann sah sie wieder mich an: »Jan, ich ... Ich möchte, dass du mit mir zu ihr gehst. Ich möchte ... verstehst du ... ich möchte mich verabschieden, irgendwie.«

»Muss das sein?«, verzog ich das Gesicht. »Ich meine, dass ich mitgehe?«

»Komm, bitte, mir zuliebe. Allein traue ich mich nicht.«

Ich stand auf und machte ein paar Schritte. Ihre Mutter wiedersehen?

»Bütte ...«, machte Chris und spitzte dabei die Lippen.

Ich schnaufte tief durch. »Also gut, von mir aus. Wann?«

»Sofort.«

Innerlich zauderte ich, doch dann sagte ich: »Okay.« Ich aß und trank noch von unseren zusammengeklauten Vorräten – irgendjemand hatte sogar Dapfs aufgetrieben. Dann machten wir uns auf in die Stadt.

Noch etwas hatte Chris herausgefunden, dass es nämlich keine Friedhöfe mehr gab. Stattdessen wurde im Internet an Verstorbene erinnert, das hatte ihr jemand im Altenwohnheim erklärt.

Das Wohnheim »Vitalife« war ein großes offenes Gelände mit ganz verschiedenen Häusern und Gebäuden. Wir gingen auf gepflasterten

Wegen durch Grünflächen. Überall spazierten alte Menschen herum oder saßen in windgeschützten Rondellen beisammen und lachten miteinander. Manche schimpften allerdings auch lauthals vor sich hin.

»Das Gebäude dahinten«, zeigte Chris mit ausgestrecktem Arm, »das ist es. Auf der anderen Seite ist die Terrasse.«

»Wie hast du sie denn gefunden?«

»Es war eine Intuition – oder Zufall. Ayşe und ich kamen hier vorbei und plötzlich dachte ich, ich frage einfach mal nach den Namen meiner Eltern, also, ob sie hier wohnen oder so. Tja, und tatsächlich ...«

Als wir um das Gebäude herumkamen, blieben wir an einer Sträuchergruppe stehen und blickten zur Terrasse. Dort saßen einige Menschen an Tischen, mehrere auch in Rollstühlen, Besteck und Geschirr klapperte. Kaffee wurde eingeschenkt, der Duft lag in der Luft.

»Hm, Mist, da ist sie jetzt nicht dabei. Lass uns warten.«

Wir setzten uns auf die Einfassung eines großen Blumenbeetes, das mit dunkelroten Eisbegonien und Geranien bepflanzt war. Es herrschte eine sehr angenehme Atmosphäre. Vögel hüpften in den Sträuchern. Kaninchen hoppelten auf den Wiesen. Schmetterlinge zogen von Blüte zu Blüte und Insekten surrten durch die Luft. Zwar drangen von überall Menschenstimmen heran, aber sie waren gedämpft. Es war wirklich, als würde man in einem Park leben. So viele Menschen wie hier auf einem Haufen hatten wir bisher nirgends sonst gesehen. In der Stadt waren fast alle Menschen allein oder höchstens zu zweit unterwegs.

»Da ist sie«, schoss es aus Chris heraus und gleichzeitig griff sie an meinen Oberschenkel. Dann presste sie die Handflächen zusammen und hielt sie wie zum Gebet gegen den Mund.

»Bist du sicher?«

»Absolut.« Sie atmete tief ein und wieder aus.

Wir schwiegen beide und beobachteten, wie ein Mann den Rollstuhl mit der alten Frau an einen kleinen Tisch am Terrassenrand schob, dabei lächelnd mit ihr sprechend.

»Soll ich hingehen?«, fragte Chris.

»Ich dachte, deshalb wären wir hier ...«

»Ja ... klar ... aber ...«

Der Mann stellte den Rollstuhl ab, indem er die Bremse trat, nahm sich einen Stuhl und setzte sich neben die alte Frau. Wir hörten ihn sprechen, ohne ihn verstehen zu können.

»Komm«, meinte Chris und nahm meine Hand, »geh noch ein Stück näher mit heran, bis zu dem Rhododendron dort.« So gingen wir langsam auf die Terrasse zu. Wir näherten uns dem Rollstuhl von der Seite. Chris löste sich von meiner Hand und machte ein paar weitere Schritte. Dann bemerkte sie der Mann und blickte zu ihr auf. Er lächelte: »Guten Tag! Suchen Sie jemanden?«

Chris winkte ihn stumm zu sich. Er erhob sich und machte drei Schritte zu ihr.

»Ich würde gerne mit ihr sprechen. Ich bin ihre Tochter.«

Das Lächeln verschwand aus seinem Gesicht. »Ihre Tochter?«

»Ja ... ähm ...«

»Aha ...« Er nickte leicht und sah zu ihrer Mutter, dann blickte er wieder Chris an. »So, ihre Tochter ... Sie waren lange nicht hier ...«

»Ja, stimmt, deshalb wollte ich sie mal wieder besuchen. Ich war weg.«

»Ah ja ...«, machte er, aber plötzlich warf er die Arme auseinander und sagte freudig: »Na, dann setzen sie sich doch auf meinen Stuhl, bitte schön.« Er blieb in der Nähe stehen und beobachtete sie aufmerksam.

»Danke.« Chris machte die Schritte um den Stuhl herum, lächelte ihre Mutter an und begann: »Ma ...«, da wandte ihr ihre Mutter das Gesicht zu.

»Na also, das wurde aber auch Zeit«, sie warf den Kopf in den Nacken, »was bildest du dir eigentlich ein? Wo warst du wieder die ganze Zeit? Wo hast du dich denn diesmal herumgetrieben?«

»Hallo, Mama!« Chris schluckte. Sie schien einen ganz trockenen Mund zu haben. Dann liefen Tränen. Ich stand unsicher herum.

»Du brauchst jetzt gar nicht zu weinen. Ich habe mir doch Sorgen gemacht! Für diese Woche ist Schluss. Morgen hilfst du mir im Garten und beim Bügeln. Und kümmere dich mal mehr um den Kleinen. Ich bin es leid mit dir!«

Der Mann sah von Chris zu ihrer Mutter und wieder zurück. Sein Gesichtsausdruck wirkte etwas blödsinnig, mit den aufgerissenen Augen und dem leicht offen stehenden Mund. Er bemerkte gar nicht, dass jemand an ihm vorbeigehen wollte.

»Und ich will auch abends nicht allein sein, wenn dein Vater nach Hause kommt. Du lässt mich immer allein mit den Kerlen! Wir Frauen haben es nun mal nicht leicht, da müssen wir doch zusammenhalten.«

Mit einem Mal heulte Chris los und schluchzte. Sie zog die Nase hoch und sah mit wässrigen Augen zu mir. Ich wusste gar nicht, was ich tun sollte. Eigentlich wollte ich nur noch weg hier. Ich gab ihr ein Zeichen, aber sie blieb sitzen und wandte sich wieder ihrer Mutter zu.

Auch der Mann sah jetzt kurz zu mir herüber, völlig verwirrt.

»Mama, ich wollte dir was sagen.« Chris holte Luft und fuhr sich mit den Handflächen über die Augen und zog den Rotz hoch.

Ihre Mutter schwieg.

»Be ino rus.«

»Papperlapapp!«

Chris nahm ihre Hand. »Schön, dass ich dich wiedergesehen habe. Ich muss jetzt aber wieder gehen.«

»Jaaa, natürlich. Und treibst dich wieder den halben Tag mit diesem Taugenichts herum!«

»Tschüss, Mama«, sagte sie in einem warmen Ton und küsste ihrer Mutter auf die Stirn. »Ich wünsche dir alles Gute. Der Tod ist nur eine Bewegung, du brauchst keine Angst zu haben.«

»Ach!«, machte ihre Mutter abfällig.

Jetzt kullerten auch mir die Tränen über die Wangen. Und Chris heulte noch einmal richtig los, während sie ganz langsam, als hätte sie weiche Knie, auf mich zukam.

Sie fiel mir um den Hals und heulte einfach hemmungslos heraus. »Wir können gehen«, presste sie hervor.

In diesem Moment rief der Mann uns zu: »Wir haben drinnen auch eine psychologische Beratung. Vielleicht wollen sie mal einen Termin bei unserer Psychologin für sich selbst machen.«

Ich nickte dem Mann zu, legte einen Arm um Chris' Schultern und so gingen wir langsam davon. Ich sah, wie der Mann, uns dabei fest im Blick behaltend, um den Rollstuhl herumtrat und tastend an die Rückenlehne griff.

Chris sah kein einziges Mal mehr zurück. Als ich mich noch einmal umwandte, sank der Mann gerade auf den Stuhl und begann Chris' Mutter anzusprechen, vorgebeugt und ganz nah an ihrem Gesicht. Noch einmal sah er zu uns, dann verschwanden wir um die Hausecke.

Als wir zurück im Versteck ankamen, sagte Chris zu den anderen, sie wolle wieder nach Kibuti, und wollte wissen, was wir noch alles aufzutreiben hätten. Die anderen begannen aufzuzählen, was unbedingt noch gebraucht wurde.

»Ich möchte noch etwas bleiben«, sagte ich in die Aufzählung hinein. Sollten sie sich doch allein um die Reste kümmern. Ich brauchte noch Zeit. Laut sagte ich: »Ich habe einen alten Mann kennengelernt, der mir vielleicht ein paar nützliche Dinge schenkt.«

»Was für einen Mann«, fragte Georg sofort.

»Einen Mann eben. Ich habe ihm auf der Straße geholfen. Er kann kaum gehen. Er stirbt bald.«

Chris insistierte: »Okay, wie lange noch? Zwei Tage? Lasst uns das festlegen.«

»Festlegen, festlegen«, protestierte ich. »Wieso brauchen wir denn eine Festlegung?«

»Aber sie hat doch recht«, sagte Wilhelm, »wir brauchen für den Rest nicht mehr als zwei Tage. Es wird jetzt sowieso zu heiß, die Polizei hat inzwischen sicher Beschreibungen von uns.«

»Gut, also zwei Tage, zwei Nächte«, sagte Georg und sah mich dabei sehr ernst an.

Also antwortete ich: »Von mir aus.« Ich war sauer, wollte keinen Zeitdruck. Alles hatte doch bisher funktioniert, auch wenn es einiges gab, was wir in dieser Welt nicht mehr würden auftreiben können. Mit dem alten Mann hatte ich jetzt auch noch eine gute Tarnung. Abschied. Ich erhob mich und wandte mich zu den Baumwurzeln. Ohne noch etwas zu sagen, stieg ich hinein in das Wurzelgeflecht und kletterte höher.

»Jetzt schmoll doch nicht gleich wieder«, rief Chris.

Aber ich reagierte schon gar nicht mehr. Oben schob ich den Kopf durch das Grün und suchte die Umgebung ab, alles war still. Ich stieg hinaus und verschwand in die Stadt.

Vor der Tür des Hauses drückte ich gegen den Griff, aber sie war natürlich geschlossen. Daneben gab es eine Sprechanlage mit unzähligen Namen. So wartete ich, bis endlich eine Frau herauskam und ich hineingehen konnte. Ich stieg die Treppe hinauf in die dritte Etage. Ich konnte mich daran erinnern, dass es die zweite Tür rechts neben dem Aufzug gewesen war. Leise trat ich heran und lauschte nach innen, aber es war mucksmäuschenstill. Hoffentlich ging es ihm gut. Vielleicht würde ich ihn jetzt aus dem Schlaf reißen. Ich hatte Herzklopfen. Wenn er im Bett lag, würde er lange bis zur Tür brauchen. Würde nur unter Schmerzen gehen können. Was sollte ich sagen? Warum stand ich plötzlich vor seiner Tür? Aber Blödsinn, ich wollte ihn einfach nur noch mal besuchen, was war denn daran so ungewöhnlich? Ich streckte die Hand zur Klingel aus und blickte dabei auf das Namensschild – und erstarrte.

XIX

Mir schlug das Herz bis zum Hals. Aber drinnen blieb es ruhig. Dann hörte ich es aus der Klingelanlage: »Na, das ist ja eine echte Überraschung.« Er konnte mich also sehen. »Einen Moment, es dauert etwas.«

»Ja«, brummelte ich unsicher und hatte den Impuls, wegzulaufen, aber ich blieb.

Nachdem die Entriegelung zu hören gewesen war und er die Tür geöffnet hatte, lächelte er: »Was verschafft mir die Ehre?« Im Schlafanzug stand er da. »Na, komm rein!« Er schien sich wirklich zu freuen, mich zu sehen, obwohl es ihm schwergefallen war, aufzustehen. An ihm vorbei trat ich in die Wohnung. Von der Seite sah ich heimlich in sein abgemagertes Gesicht, das von weißen Bartstoppeln bedeckt war. Ja, die Augen und die dichten Brauen ließen mich ihn nun erkennen. Ich konnte es kaum glauben. Obwohl nur verstohlen, so konnte ich doch nicht wegsehen von seinem Gesicht, während er die Tür wieder verschloss.

Im Wohnzimmer blieb er kurz stehen und blickte mich erneut an. »Das freut mich, aber ich bin sehr schwach. Setz dich bitte mit ans Bett. Wenn du etwas brauchst, nimm es dir. Hast du Hunger? Ein paar Dapfs findest du noch im Küchenschrank, unten im Fach«, sagte er, mühte sich zurück zum Bett und nahm dann Medikamente ein. Ich setzte mich zu ihm, aber schon bald dämmerte er, tief ins Kopfkissen gesunken, vor sich hin. Während ich jetzt aufmerksam sein faltiges Gesicht betrachtete, erkannte ich, dass er rechts an der Schläfe eine alte Narbe hatte. Er schlief ein.

Leise schlich ich mich ins Wohnzimmer, die Schlafzimmertür lehnte ich nur an. Ich sah mich ein wenig um, legte mich dann aber auf die Couch und schlummerte tatsächlich ebenfalls ein.

Ein brutaler Traum hetzte mich durch den Schlaf. Ich war ein kleiner Junge, der in der Wohnung von einem Untier bedroht wurde. Ich selbst hatte es in die Wohnung gelassen, während meine Eltern nicht zu Hause waren. Zwar passte es nicht durch die Tür zu meinem Zimmer, aber es schob die riesige Schnauze hinein und kratzte mit den massigen Tatzen gegen das splitternde Holz des Türrahmens, erste Steine lösten sich aus der Wand. Gewaltige Zähne zeigten sich, Speichelfäden zogen sich in den Winkeln des Mauls und die Zunge war ein dunkelrotes Monstrum, das wie ein Stößel im Mundraum arbeitete. Tief hinten pulsierte der dunkle, Speichel schluckende Rachen. Ich schrie aus vollem Leib. Und während ich schrie, war ich plötzlich ein Mann, der im Treppenhaus an der Wohnungstür vorbeikam, hinter der das Geschrei zu hören war. Aber ich hatte es eilig und kümmerte mich nicht weiter darum. In dem Augenblick allerdings, als ich gerade zur Haustür hinausgehen wollte, verwandelte ich selbst mich in eben jenes Untier, das sich in der Wohnung nebenan mit greifenden Klauen am berstenden Türrahmen einem kleinen Baby näherte, um es zu töten, zu zerfleischen, zu fressen. Ich! Das Kleine lag in seinem Kinderbettchen und schrie erbärmlich. Mit völlig verweinten Augen starrte es mich in Todespanik an. Dann brach der Türrahmen aus der Wand.

Ich schrak auf, wusste kurz nicht, wo ich war, und hörte dann vom Schlafzimmer eine Mischung aus Rufen und Röcheln. Ich lief hinüber und schob vorsichtig die Tür auf. »Ja?«, murmelte ich und kniff die Augen zusammen, denn er hatte die Nachttischlampe angeknipst.

»Man könnte meinen, die träumst so laut, um mein Rufen zu übertönen. Würdest du mir bitte aufhelfen? Ich schaffe es einfach nicht allein.«

»Na klar.«

»Tut mir leid, dass ich vorhin eingeschlafen bin. Ich bin ein schlechter Gastgeber geworden. Kann ich denn etwas für dich tun? Oder kommst auch du nur zum Schlafen hierher?« Er lachte und klang beinahe amüsiert wie ein kleiner Junge.

Ich stützte ihn, bis er aufrecht stand und wir uns vorwärtsbewegen konnten. Langsam tapsten wir zum Badezimmer. Die Schritte bis zur Tür ging ich neben ihm und hielt leicht seinen Ellenbogen. »Schön, dass du trotzdem dageblieben bist.« Er lächelte und zog die Tür hinter sich zu.

Anschließend setzten wir uns im Wohnzimmer zusammen. Er nippte ein paar Mal an einem Dapf in knallblauer Farbe, ließ ihn dann aber stehen. »Ein Albtraum, vorhin?«, wollte er wissen.

»Ja.«

»Worüber?«

Ich sah ihn kurz an, dann aber schnell wieder weg. »Ich war ein kleines Kind, das von einem Monster bedroht wurde, aber ich war auch das Monster selbst. Und ich war auch noch der Einzige, der dem Baby hätte helfen können. Ich ... Komischer Traum.«

»Ach, sind wir nicht letztlich immer Opfer und Täter zugleich? Wir tun nur gerne so, als wären *wir* selbstverständlich immer das Opfer.«

In sein Sprechen erklang ein Klingelton. Er wandte sich Richtung Bildschirm, sagte deutlich das Wort »Bildschirm« und sofort erschien das Gesicht seiner Tochter.

»Hallo, Papa! Nanu, wer ist denn das? Ist ein Krankenpfleger bei dir? Geht es dir schlechter?«

»Ach, diesen jungen Mann habe ich vorgestern auf der Straße kennengelernt. Er hat mir beim Tragen geholfen. Und gerade besucht er mich.«

»Aha ...«, machte sie.

Ich sah weg vom Bildschirm, erkannte aus den Augenwinkeln aber, dass ihr Blick kurz noch auf mich geheftet blieb.

»Und, wie geht es dir?«

»Gut. Erstaunlich gut. Wirklich, mach dir keine Sorgen. Es geht mir sehr, sehr gut.«

›Was?‹, dachte ich. Warum sagte er das?

Sie erkundigte sich nach ein paar Dingen, dann meinte sie, er solle sich sofort melden, wenn es ihm schlechter gehe. Im Klinischen Wohnen sei er zwar eigentlich besser aufgehoben, aber wenn er nicht wolle ... Es war ein freundliches, aber doch distanziertes Gespräch. Sie beendeten es kurz darauf. Auf dem Bildschirm erschien eine Figur, die auf ein Begriffsregister zeigte und den Betrachter anlächelte.

Er sagte »Aus« und die Figur verschwand. Der Bildschirm wurde wieder dunkel. Er blickte mich an. Seine Kraft verließ ihn, das war deutlich zu merken: »Hast du es eilig?«, fragte er.

»Ähm ... eigentlich ... nicht.«

»Du wirst gesucht, stimmt's?« Mein Herzschlag nahm zu, und er musste an meinen Augen sehen, dass ich Angst bekam. »Macht nichts, ist mir egal«, sagte er beruhigend. Ganz ernst blickte er mich an. »Vielleicht könntest du mir behilflich sein ... also, nur wenn du es dir zutraust natürlich.«

»Was denn?«

»Wie du siehst, geht es mir sehr schlecht, ich werde immer schwächer. Meine Tochter will mich unbedingt ins Klinische Wohnen bringen, aber ich will hier sterben, hier zu Hause. Verstehst du? Hier, in meiner kleinen Wohnung, in meinem Bett und in meiner Bettwäsche, die nach mir riecht.«

»Hm ...«

»Ich kann nicht mehr. Ich muss mich wieder hinlegen. Vielleicht lebe ich noch ein paar Tage, vielleicht nur noch ein paar Stunden. Sorg bitte dafür, sollte ich den Medizinischen Dienst brauchen, dass sie mich nicht wegbringen. Traust du dir das zu? Kannst du hier schlafen? Würdest du das für einen Menschen tun, der sich nicht mehr wehren kann?«

»Ich weiß nicht.« Ich sah ihm in die müden Augen. ›Was soll ich ... ‹, wollte ich erwidern, aber ich sprach es nicht aus, sondern sah für einen Moment aufs Teppichmuster hinunter. ›Ich kann ihn doch nicht ...‹, dann sagte ich laut: »Ja.«

Über sein schmerzverzerrtes Gesicht strich ein Lächeln. Er nickte leicht. »Das freut mich sehr. Komm, hilf mir ins Bett.«

Ich stützte ihn, und in Zentimeterschrittchen bewegten wir uns vorwärts, bis wir endlich vor dem Bett ankamen. Langsam sank er hinunter auf die Matratze, dann deckte ich ihn zu und setzte mich auf den Stuhl neben dem Nachttisch, auf dem eine Fernbedienung mit einem kleinen Display lag. Er nickte und atmete ein paar Mal tief durch. Er entspannte sich.

Ich saß einfach nur da, unsicher, was ich jetzt tun sollte. Dann platzte die Frage aus mir heraus: »Was macht eigentlich der Kinderschuh?« Ich wusste selbst nicht, warum mir ausgerechnet diese Frage über die Lippen kam.

Ganz langsam drehte er den Kopf zu mir und sah mir in die Augen. »Der Kinderschuh? Was weißt denn du vom Kinderschuh?«

»Na ja, von gehört.«

»Von gehört ... Spricht noch jemand vom Kinderschuh? Wo?«

Ich gab keine Antwort.

Er wandte das Gesicht nicht von mir ab. »Er bringt Unglück. Besonders jungen Paaren. Schon vor mehr als ... hundert Jahren sind dort dreißig Kinder in einer Nacht spurlos verschwunden – für immer.«

»Sechs.«

»Was?«

»Es waren sechs.«

»Was weißt denn du? Es ist ein Unglücksort.«

»Sagen Sie«, wechselte ich das Thema, »Sie haben nicht vielleicht zufällig altes Werkzeug übrig für mich?«

»Werkzeug? Doch. Im Keller. Jede Menge. Was brauchst du denn?«

»Ach, eigentlich alles Mögliche.«

»Ich brauche kein Werkzeug mehr«, stöhnte er. »Es gibt einen Zeitpunkt im Leben, da braucht man gar nichts mehr außer einem Bett, in dem man in Ruhe sterben kann. Mein Enkel soll einiges von dem Zeug unten bekommen. Aber geh runter und sieh nach, was du gebrauchen kannst. Bring alles hoch. Kellerraum 19. Schlüssel hängt am Brett.«

Als er wieder eingeschlafen war, machte ich mich auf in den Keller. Ich klemmte die Fußmatte zwischen Tür und Türrahmen, fuhr hinunter und stöberte wie ein Leichenfledderer in seinen Sachen herum. Zangen, zwei Sägen, Schraubenzieher, Nagelpäckchen, sogar ein Putzerbeil fand ich. Dann sah ich zwei mittelgroße Schaufeln und ein großes Grillgitter. »Wow!«, machte ich und zog das staubige Gitter, das von Spinnweben überzogen war, aus der Ecke. Während ich so dastand in diesem Raum mit seinem schweren kühlen Geruch, sank ich plötzlich auf den Boden und starrte all den alten Kram in den Regalen ringsherum an. Weihnachtsdekoration, ein altes Radio, ein Telefon, altes Holzspielzeug, das wie eine Sammlung auf mehreren Regalbrettern aufgereiht stand. Hier lag die geronnene Zeit seines Lebens. ›Was mag er alles erlebt haben?‹, schoss es mir durch den Kopf. ›Welche Höhen, welche Tiefen? Welche Trauer, welche Lieben?‹ Eine Weile lang saß ich völlig bewegungslos da. Ich fühlte mich plötzlich so schwer, so elend, so schäbig.

Ich schnaufte aus, erhob mich und nahm einen herumstehenden Korb und zwei verstaubte Stoffbeutel, die ich erst einmal kräftig ausschüttelte, um dann all die Gegenstände zu verstauen und vor die Tür zu tragen. Als ich das Licht löschen wollte, fiel mein Blick auf eine kleine Taschenlampe, die gleich neben dem Lichtschalter im Regal stand. Sie funktionierte. An einem Brett darüber hingen an Nagelbrettern Reste von Seilen und Drähten, zu Schlingen gewunden. Ich nahm auch eines der Seile und wickelte es mehrfach um meine Hüften. Die Taschenlampe steckte ich in meine Hosentasche. Dann fuhr ich mit dem Korb und den Beuteln in der einen und dem Grillgitter in der anderen Hand wieder nach oben. Ich ließ den ganzen Krempel in der Diele liegen und tapste leise weiter in die Wohnung. Durch den Türspalt sah ich ins Schlafzimmer: Er schlief noch.

Ich zog die Schuhe aus und legte mich mit meinen völlig verdreckten Füßen auf die Couch. Irgendwie war das alles um mich herum so unwirklich. Was für eine Welt! Gab es das alles hier überhaupt? Ich döste ein und versank wieder in eigenartige Fantasmen. Wie lange ich geschlafen hatte, wusste ich zunächst nicht, als ich erwachte. Draußen war es dunkler geworden.

Zuerst tappte ich in die Küche und nahm mir zu trinken. Der Raum wirkte kalt und steril, gekocht hatte hier schon lange niemand mehr. Dann ging ich ins Badezimmer, wo ich mich entschloss, zu duschen und meine Füße zu schrubben. Nach dem Duschen hatten meine Haare eine viel hellere Farbe. Während ich schließlich vor dem Spiegel stand und mich kämmte, kam ich auf die Idee, mich zu rasieren. In der Küche fand ich eine Schere, sodass ich erst einmal den Bart so kurz schnitt, wie es ging, um mich danach einzuseifen und die Stoppeln abzurasieren. Gerade war ich bei der zweiten Wange, als ich im Spiegel sah, wie sich ganz langsam die Tür hinter mir öffnete. »Hier steckst du ...«, murmelte er. Er schob die Tür ganz auf und blieb hinter mir stehen. Ganz blass war er.

Ich zog mit dem Rasierer die letzten Bahnen über die Wangen und wusch vorgebeugt unter dem Wasserstrahl die Seifenreste ab. Dann richtete ich mich wieder auf und blickte in den Spiegel. Ich bemerkte, wie mich das Augenpaar hinter mir genau musterte. Mit einem völlig klaren Blick unter den hängenden Lidern fuhr er meine Gesichtszüge ab. Mein Herz galoppierte.

»Nimm mein Rasierwasser. Dort.« Ich nahm ein schweres Glasfläschchen und schraubte es auf, dabei fiel mir der tiefblaue, schwere und runde Glasverschluss auf den Boden. Er sprang mehrmals vom gefliesten Boden auf und rollte dann langsam unter ein kleines Schränkchen. Das Rollen war auf dem Fliesenboden zu hören.

Ich sah ihn im Spiegel an: »Klingt wie eine blaue Murmel auf Betonboden.«

Er blickte mir in die Augen, nickte.

Ich suchte den Verschluss, schraubte ihn wieder auf und verließ das Badezimmer, während er hineinging. Mein Herz raste immer noch. Würde er mir jetzt Fragen stellen? Unsicher stand ich einfach da. Vor dem Fenster war es inzwischen völlig dunkel geworden. Es war weit nach dreiundzwanzig Uhr.

Ich hörte die Toilettenspülung, aber es dauerte eine Zeit lang, bis sich die Tür wieder öffnete. Wir sprachen kein Wort. Dann deutete ich auf all die Werkzeuge. Nur kurz sah er hin und nickte.

»Ich muss es dann wegbringen, aber ich komme wieder.«

»Nimm den Schlüssel.« Er zeigte mit dem Finger aufs Schlüsselbund, das in einer Schale auf dem niedrigen Schränkchen unter dem Schlüsselbrett lag. Dann sah er wieder zu mir: »Verlier ihn nicht.« Er starrte mich an und ich meinte, ein leichtes Grinsen um seine Mundwinkel zu sehen.

Auch ich grinste: »Nein, keine Sorge.«

»Ich muss wieder ins Bett.«

»Ja.« Ich stützte ihn und so tappten wir zurück ins Schlafzimmer.

»Mach das Licht aus«, meinte er, als er wieder unter der Decke lag. Schweiß stand ihm auf der Stirn.

»Ja«, antwortete ich. »Gute Nacht!«

Er nickte kaum merklich und schloss die Augen.

Ich löschte das Licht, aber … ich ging nicht hinaus, sondern setzte mich wieder auf den Stuhl neben dem Bett. Schon bald war er erneut weggedämmert. Durch den Türspalt fiel etwas Licht auf sein Gesicht, das ich abermals betrachtete. »Es tut mir leid«, begann ich ganz leise zu flüstern, »aber diesmal lasse ich dich nicht allein. Versprochen! Ganz bestimmt.« Mir stiegen Tränen in die Augen. »Auch wenn ich schon wieder zu spät bin ...«

Plötzlich zuckte ganz kurz der rechte Arm und sank wieder auf die Bettdecke. Ich nahm seine Hand und hielt sie fest. So saß ich lange da. Schließlich aber fielen auch mir die Augen zu und ich verschwand ins Wohnzimmer, streckte mich auf der Couch aus, zog mir die dort liegende Decke über die Schultern, löschte das Licht und starrte noch eine Weile ins tiefe Blau des Himmels hinter dem Fenster. Mir fiel auf, dass eines der Bücher, die in einem Schrank standen, hell erstrahlte, als sei der Umschlag aus Phosphor.

Tief in der Nacht hörte ich Geräusche aus dem Schlafzimmer. Ich machte Licht und ging hinein. »Was ist?«

»Die Schmerztabletten ...«

Ich trat ums Bett herum und sah die Schachtel auf dem Boden liegen. »Hier sind sie, sie sind runtergefallen.« Aber er hörte mich wohl kaum noch. Sein Gesicht war völlig blutleer. Ich gab ihm die Tablette in den Mund und hielt ihm das Wasser an die Lippen. »Meine Tochter ... nicht ...«, so meinte ich ihn murmeln zu hören und antwortete nur: »Ja.«

Schon bald schlief er wieder.

Zurück im Wohnzimmer, machte ich mich daran, herauszufinden, ob meine Eltern noch lebten. Ich stellte mich vor den Bildschirm und sagte: »Bildschirm.« Er sprang an. Es erschien die Figur, die mir das Begriffsregister zeigte. »Wohin?«, fragte sie. »Internet«, antwortete ich, und das Programm aktivierte sich. Dann entrollte die Figur wieder eine Unzahl von Begriffen. »Personenlink«, sagte ich, landete aber falsch, auch »Kontakte« war nicht richtig – jeden Abbruch kommentierte die Figur mit einem »Tja ...« –, aber »Hausbuch« war richtig. Es handelte sich um ein Haus- und Wohnungsverzeichnis, das nach dem Stadtplan strukturiert war. Es gab verschiedenste Möglichkeiten, nach Personen zu suchen. Hatte man erst einmal die Namenliste, konnte man zu den Adressen gehen, denn für jedes Haus gab es Kurzvorstellungen der gegenwärtigen Bewohner. Leider fand ich meine Eltern trotzdem nirgendwo. Auch meine Schwester ließ sich nicht ermitteln. Ich ging in die erweiterte Suche, aber dann erschienen ihre Namen gleich dutzendweise. Das hatte keinen Sinn. Mir wurde ein »Ewigkeitsverzeichnis« angeboten und ich wählte es, ohne eine Vorstellung zu haben, worum es sich handeln konnte.

Nach einer kurzen Irritation war es mir klar. Es war ein Verzeichnis verstorbener Menschen. Und, ja, ich fand sowohl meine Mutter als auch meinen Vater. Ich starrte auf die Fotos von ihnen aus den letzten Lebensjahren. Beide erkannte ich sofort wieder. Sie lächelten. Die Fotos schienen in vergnügten Momenten gemacht worden zu sein. Ich sah in ihre Augen und mir liefen Tränen über die Wangen. Sie hatten nie erfahren, was mit mir geschehen war. Bestimmt hatte sie das ihr Leben lang gequält. Ich las in ihren Biografien: Meine Mutter hatte noch einmal geheiratet und spät eine weitere Tochter bekommen. Mit zweiundsechzig war sie an Krebs gestorben. Auch mein Vater hatte noch einmal geheiratet, und zwar eine deutlich jüngere Frau, mit der er zwei Kinder gehabt hatte, ebenfalls beides Mädchen. Er war an einem Herzinfarkt gestorben. Man hatte ihn tot in seinem Auto sitzend auf einem Parkplatz gefunden. Über meine Schwester fand ich nichts heraus.

»Hm ...«, machte ich halblaut und starrte eine Weile vor mich hin. Sie waren nun tot, nie wieder würde ich mit ihnen sprechen können, nie wieder. Was für ein beklemmendes Gefühl das war! Die Brust wurde mir eng, und ich stand auf, um das Fenster zu öffnen und tief durchatmen zu können: Ich wollte die frische Luft spüren. Das Grün an den Hausfassaden raschelte im leichten Wind. Ich schreckte neben dem Fenster einen Vogel auf, der hastig aus den Blättern davonflog. Aus der Krone eines Baumes sang ein Vogel ganz klar und laut.

Nachdem ich das Fenster wieder geschlossen hatte, setzte ich mich noch einmal an den Computer und stieß aufs Fernsehen mit seinen laufenden Programmen. Bei einem Nachrichtensender blieb ich hängen. Viele der Meldungen und Berichte verstand ich nicht, aber so nach und nach bekam ich doch einen Eindruck von der Welt. Kriege schienen keine zu herrschen. Hier und da hatten die Menschen mit Naturkatastrophen oder Unfällen zu kämpfen. Weltweite politische Gremien sorgten für die Kooperation aller Länder und Kulturkreise. Der »Weltgesprächsrat für Landwirtschaft und Handel« tagte in Timbuktu, worüber ausführlich berichtet wurde. Dann gab es das »Internationale Ethikforum«, in dem alle Religionen vereint waren und das von fünf Philosophen moderiert wurde. Um einer extremen Kältephase in Sibirien zu beggnen, hatte der »Internationale Hilfedienst« ein Sofortprogramm aufgestellt. Es waren aber nicht Politiker, die dazu interviewt wurden, sondern Experten, die die Programme konzipiert hatten, und Manager großer Konzerne, die die Hilfeprogramme finanzierten. In Deutschland, so lautete die nächste Meldung, verkündete der Holtzbrink-Konzern eine weitere Reform seiner Videoschulen. Politiker und Wissenschaftler hatten dazu Pläne erarbeitet. Politische Parteien gab es nicht mehr, dafür leiteten Expertenräte die politischen Ressorts. In Brüssel stellte eine europäische Kommission ihre Ergebnisse zu dem Arbeitsauftrag »Hierarchisierung des Wissens« vor. Es ging wohl darum, dass besonders Kinder zu viel unnützes Wissen aus dem Internet aufnahmen und zu selten aus der Fülle der qualifizierten Angebote, wozu auch die Fernsehangebote zählten, auswählten. »Nach der Überwindung der Existenzarbeit«, so sagte der Vorsitzende der Kommission, »ist die Bildung der Persönlichkeit nicht mehr im Überleben verwurzelt. Die Masse an Informationen und die Schnelligkeit ihrer Ergänzungen in der jedem nun mal zur Verfügung stehenden Zeit führt damit für viele Menschen zu dem Problem der Irrelevanz. Ab heute Nacht zwei Uhr wird das Programm der Kommission im Internet kostenlos abrufbar sein. Damit wird zukünftig Wissen bewertbar, und zwar *vor* der Rezeption.«

Ich schaltete weiter und stieß auf einen Spielfilm. Bösewichte kämpften gegen Bösewichte und es wurde brutal gemetzelt. Leichen überall. Ich ging ins nächste laufende Programm. Auch hier schlachteten sich Menschen gegenseitig ab. Mit bloßen Händen riss man sich Gliedmaßen ab oder tötete sich durch blutrünstiges Beißen. Ich drückte den nächsten Knopf: ein Reisebericht, aber der interessierte mich nicht. Auch der nächste Spielfilm war ein einziges Hauen und Morden. Ich mochte nicht mehr. Jetzt wurden mir gewaltige Archive angeboten. Ein anderes Stichwort machte mich neugierig: »Aliuversum«. Ich bestätigte, da sprang das Headset auf dem Tisch an und ich hörte Geräusche daraus. Der Bildschirm wurde unscharf. Ich setzte das Set auf und befand mich auf einen Schlag in einer 3D-Landschaft auf dem Bildschirm. »Richtung?«, fragte mich eine Stimme. Ich hörte Vogelrufe und Insektensummen, ganz entfernt klang klassische Musik heran. Ich griff nach der Fernbedienung, die ebenfalls auf dem Tisch lag. So ging ich los, und mir begegneten Figuren, die menschenecht wirkten. Ich kam über eine Wiese, auf der ein riesig langer Tisch wie bei einem Gartenfest stand. Er war voller Essen und Getränke. »Für Bestellungen gib deinen Code ein«, hörte ich es jetzt, »Lieferung in zehn Minuten.« Hier und da spazierten Leute herum, Kinder spielten. Ich legte mich in einen der Liegestühle auf der Wiese und blickte in ein weites Feld von Sonnenblumen. Ich entspannte völlig, lehnte mich zurück und schlief prompt ein, bis eine Stimme in meinem Kopfhörer ertönte: »Hallo, Mike! Oh, sorry, du warst eingeschlafen, das hatte ich nicht bemerkt.« Ein Mensch ging an mir vorbei und lächelte mich an. »Ich gehe etwas spielen, komm doch nach.«

»Ja, vielleicht später«, antwortete ich intuitiv.

Schnell setzte ich das Headset ab und legte die Fernbedienung weg. Was war denn das? »Aus!«, sagte ich schnell. Der Bildschirm wurde dunkel.

Aus dem Schlafzimmer hörte ich ein Röcheln und sah durch den Türspalt hinein, aber er schlief.

Als das tiefe Blau des Himmels aufhellte, bereitete ich mich darauf vor, mit all dem Handwerkerzeug aufzubrechen, noch bevor es ganz hell wurde. Zuvor trank ich noch einen Dapf. Ich wollte mich beeilen, denn vielleicht traf ich noch auf die anderen, um ihnen alles zu übergeben, bevor sie sich wieder zum Schlafen verkrochen. Außerdem wollte ich schnell zurück sein hier in der Wohnung, damit ich ihn nicht allzu lange allein ließ. Ich hatte es versprochen.

Ich verschwand aus der Wohnung und hetzte bis zur ersten Straßenecke und weiter links in die nächste Straße. Immer wieder sah ich mich um, denn ich wollte niemandem begegnen. Außerdem musste ich alles den Berg hochgebracht haben, bevor die Arbeiter zu den Lagerhallen kamen. So eilte ich strammen Schrittes, musste aber schon bald eine erste Pause einlegen. Obwohl die Luft noch kühl und frisch war, liefen mir die Schweißtropfen übers Gesicht. Ich war so aufgeregt und ganz konfus. Meine Schritte wurden langsamer, noch mehrmals legte ich Verschnaufpausen ein. Es war so mühsam, all das Zeug zu tragen.

Hin und wieder fuhr ein Auto an mir vorbei. Hörte ich Drohnen über mir, trat ich in einen Hauseingang. Fußgänger traf ich keine. Wären die Autos nicht gewesen, hätte ich das Gefühl gehabt, allein auf der Welt zu sein.

Langsam näherte ich mich der Straße, die hinausführte zu den Lagerhallen und zum Berg. ›Hoffentlich stirbt er nicht‹, ging es mir durch den Kopf. ›Ich werde ihn schützen. Ich werde da sein.‹ An einer Bushaltestelle vor der Abzweigung zu den Hallen musste ich eine lange Pause einlegen. Die Oberarme taten mir weh. Ich war völlig nass geschwitzt. Ich konnte einfach nicht mehr. ›Er wird sterben. Und eines Tages wird seine Seele durch Kibuti fließen. Wie alle Seelen.‹

Ich musste weiter, ich durfte nicht so viel Zeit verlieren. Vielleicht reichte es erst einmal, Korb, Beutel und das Gitter am Fuß des Berges zu verstecken. Aber nein, ich musste zu den anderen. Also machte ich mich wieder auf. Den Korb und das große Gitter versteckte ich dennoch erst einmal hinter einem Strauch.

Als ich mich unserem Versteck näherte, herrschte eine eigenartige Stille. Kein Mucks war von unten zu hören, als ich in den Abstieg horchte. Vielleicht stimmte irgendetwas nicht. Ich musste vorsichtig sein. Zur Sicherheit ging ich weiter ins dichtere Grün und setzte mich auf einen Baumstumpf, um die Umgebung abzusuchen und zu lauschen, mich unauffällig umzusehen, aber alles blieb still und unbewegt. Hier schien sich niemand herumzutreiben. Sollten sie wirklich alle noch in der Stadt sein? Längst wurde es hell. Ich erhob mich, setzte mich an den Einstieg und lauschte abermals aufmerksam nach unten. Nichts war zu hören. Ich bekam es mit der Angst, rührte mich aber nicht.

Mit einem Mal fielen vor mir ein paar Zweige zur Seite und raschelten. Ich erschrak und fuhr auf, doch dann sah ich zum Glück Chris' Gesicht.

»Du bist es! Wie siehst du denn aus? Wieso hast du dich rasiert? Ich hab dich überhaupt nicht erkannt.«

Sie stieg aus dem Loch und sah mich ernst an. »Warum bist du einfach abgehauen?! Was soll das? Wo warst du?«

»Erzähle ich dir gleich. Komm, ich habe da vorne an dem Baumstumpf zwei Beutel mit allerlei Werkzeug. Und weiter unten habe ich noch mehr versteckt. Sind die anderen auch da?«

»Ja.« Sie nahm mich in die Arme. »Jan, was soll der Quatsch? Du kannst nicht einfach so lange wegbleiben, ohne dass wir etwas wissen. Du hast uns nicht mal die Adresse gesagt, wo dieser Mann wohnt. Wir haben Regeln. Was ist mit dir? Wir wollen wieder los. Uns reicht's jetzt! Wir verschwinden, klar? Es wird hier zu heiß, wir müssen weg.«

»Jetzt komm!« Ich zog sie mit, denn ich wollte nicht antworten. »Hier, kannst du die Beutel nehmen?«

»Gib her.« Sie sah hinein: »Wow! So viele Sachen, die wir gebrauchen können.«

»Weiter unten habe ich noch einen Korb und ein großes Grillgitter«, plapperte ich. »Ich kann noch mehr Zeug besorgen in den nächsten Tagen«, log ich, »alles Dinge, die wir gebrauchen können.«

Ich spürte, wie sie starr neben mir stand und mich ansah. »Jan?«

»Hm?« Ich wandte mich um.

»Wir gehen jetzt zurück. Niemand geht mehr in die Stadt.«

Ich bekam Herzklopfen und sah weg von ihr. »Nein, das geht noch nicht.«

»Ein Mädchen, stimmt's?«

»Quatsch!«

»Warum denn sonst? Was soll das? Was ist los?«

»Chris, ich ... ich habe Micki getroffen.«

»Was für 'n Micki?«

»Weißt du nicht mehr, der Junge, der über uns wohnte.«

»Ja, und?«

»Er ist ein alter Mann. Er stirbt bald. Ich war die ganze Nacht bei ihm. Ich kann jetzt nicht so einfach weggehen. Sie wollen ihn in ein Krankenhaus oder so was bringen, aber er will nicht. Er will zu Hause sterben, das ist der einzige Wunsch, den er noch hat. Ich soll ihm helfen. Verstehst du? Chris ... ich kann ihn jetzt nicht einfach allein zurücklassen! Er hat doch nur noch diesen einen Wunsch.«

»Hast du ...«

»Quatsch, ich habe kein Wort gesagt. Er würde es ja auch gar nicht begreifen. Aber ich habe versprochen, ihm zu helfen, dass er nicht ins Krankenhaus muss. Ich hab's versprochen. Und, verdammt, ich habe jetzt keine Zeit, um hier lange rumzudiskutieren. Ich muss zurück. Du verstehst das sowieso nicht!«

»Wir müssen das unten besprechen.« Wir trugen die Beutel zum Einstieg, wo jetzt Ayşe und Georg auftauchten und uns alles abnahmen, danach gingen Chris und ich runter zum Strauch und ich zeigte auf das Gitter und den Korb.

Sie lächelte: »Toll, das Gitter können wir gut gebrauchen.« Sie sah sich die Sachen im Korb an. Ich nahm das Gitter auf, und wir gingen ein paar Schritte, als Chris fragte: »Wie lange noch?«

Ich sprach vor mich hin. »Ich kann es noch nicht sagen. Stunden, vielleicht ein paar Tage.«

»Ein paar Tage?!« Sie blickte mich fassungslos an: »Jan, spinnst du jetzt? Wir können nicht mehr so lange bleiben. Und was ist, wenn du dort Schwierigkeiten bekommst? Wir müssen zurück!«

»Dann komme ich nicht mit.« Mich selbst schauderte bei diesem Satz, den ich doch eigentlich nur vor mich hingeplappert hatte. Ich sah auf den Boden.

Chris blieb stehen und setzte den Korb ab. »Ist das dein Ernst? Sag mal, hast du sie noch alle? Jan, jetzt werd bitte wieder vernünftig!«

»Ich kann jetzt nicht weggehen, verdammt noch mal!«, schrie ich. »Haben wir Theo allein gelassen?!«

Sie fror völlig ein und sah mich starr an. Ich bekam ein irrsinniges Herzrasen. Was sollte ich denn noch erklären?

»Komm bitte mit runter, wir müssen das besprechen.«

In diesem Augenblick warf ich ihr das Gitter vor die Füße, drehte mich und rannte wie ein Wahnsinniger den Hang hinunter Richtung Straße.

»Jan! Jan!! Du bist doch verrückt geworden!!«

»Geht!«, rief ich zurück, ohne in dem Augenblick zu begreifen, was ich da wirklich sagte.

Jetzt begann Chris, mir nachzurennen. »Jan, bleib bitte stehen, bitte!«, rief sie. »Jan!« Sie war eine gute Läuferin, und ich weiß gar nicht, warum, aber sie holte mich nicht mehr ein. Ich hastete wie ein Verfolgter. »Jan!«, rief sie noch einmal. »Das ist doch Wahnsinn!« Über die Schulter sah ich, dass sie jetzt auslief und dann stehen blieb.

Ich rannte einfach immer weiter. Ich rannte und rannte, ohne eine Pause zu machen. Ich musste jetzt zu ihm. Er würde bald sterben, aber er durfte nicht allein sein. Allein zu sterben, war das nicht eine grausame Vorstellung, der pure Horror?

Als ich mich endlich völlig außer Atem und schwer nach Luft schnappend seiner Straße näherte, stoppte ich und ging langsamer weiter. Mein Brustkorb hob und senkte sich. Jedes Einatmen schmerzte in den Lungen. Ich musste ruhiger sein, wenn ich zu ihm in die Wohnung kam. Es war nicht mehr weit. Auf den Straßen war kaum jemand, nur hier und da sah ich jemanden gehen. Ansonsten nur die summenden Autos. Völlig durchgeschwitzt war ich und der Schweiß strömte mir immer noch aus allen Poren, aber langsam beruhigte sich meine Lunge. Mit den Ärmeln wischte ich mir immer wieder übers Gesicht.

Ich trat um die nächste Straßenecke herum, aber was sah ich: Vor dem Haus stand ein ärztlicher Notdienst. »Nein, Scheiße!!«, schrie ich, dass es von überall in der Straßenflucht widerhallte. Ich stürzte auf die Haustür zu und griff in meine Hosentasche, um den Schlüssel herauszuholen, dann rannte ich auch schon die Treppe hinauf, denn auf den Lift warten konnte ich jetzt nicht.

Oben schloss ich die Wohnungstür auf und trat mit ein paar hastigen Schritten in die Diele. Erneut lief mir der Schweiß über das ganze Gesicht und die Haare klebten mir auf der Stirn. »Halt!«, rief ich auch schon. Auf dem Bildschirm im Wohnzimmer war seine Tochter zu sehen. Aus dem Schlafzimmer kamen leise Stimmen. Dort standen zwei Männer in weißer Kleidung. »Was wollen Sie denn?«, fragte seine Tochter völlig entrüstet vom Bildschirm herab. »Wie sind Sie hereingekommen?«

Ohne zu antworten, betrat ich das Schlafzimmer. Die beiden Notärzte hatten soeben eine Trage neben das Bett gestellt. »Halt, bitte«, sagte ich noch einmal. Sie sahen mich an.

»Wer sind Sie«, fragte einer.

»Ein guter Freund.«

»Glauben Sie ihm kein Wort«, kam es laut vom Bildschirm. »Ich habe keine Ahnung, wer er ist. Mein Vater scheint ihn zu kennen, aber er gehört nicht zur Familie.« Jetzt wandte sie sich an mich: »Würden Sie sich bitte mal erklären, sonst lasse ich Sie rauswerfen!«, hörte ich es hinter mir.

»Ich habe ihm etwas versprochen«, antwortete ich nur.

»Was?«

»Lassen Sie mich mit ihm allein, bitte! Es ist sein eigener Wunsch.«

»Hören Sie«, sagte einer der Ärzte, »wenn wir noch etwas für ihn tun wollen, dann müssen wir uns beeilen.«

»Was können Sie schon noch tun?« Ich trat zur Tür und blickte zum Bildschirm: »Bitte, es war sein Wunsch, wirklich«, flehte ich die Tochter an.

»Was war sein Wunsch?«, insistierte sie.

»Dass ich noch mal bei ihm bin.«

Sie fuhr sich mit einer Hand übers Gesicht und schnaufte tief aus. »Zwei Minuten«, sagte sie. Sie schien irritiert und wusste nicht so recht, was sie tun sollte, nickte aber den Männern zu, die wie ich zu ihr sahen. Sie verließen das Zimmer. Ich lehnte die Tür an.

Mir den Stuhl nah ans Bett ziehend, beugte ich mich vor und hielt ein Ohr nah an seinen Mund. Ich hörte seinen Atem, schwach, sehr schwach. Ich sah in sein Gesicht. »Micki, ich konnte nicht schneller. Ich ... Scheiße, Micki! Ich werde es rauszögern. Mach dir keine Sorgen. Du kannst ganz ruhig bleiben, ich bin hier. Ich bin bei dir.« Ich sah zurück zur Tür. »Micki, ich hoffe ... du hattest ein schönes Leben. Ein paar Mal habe ich an dich gedacht, wirklich. Öfter sogar. Es tut mir leid. Schade, dass wir nicht ...« Mir stieg das Wasser in die Augen.

»Machen Sie die Tür wieder weiter auf, wir wollen Sie sehen«, befahl die Tochter, und einer der Ärzte schob die Tür auf.

Ich sprach einfach weiter: »Damals, weißt du ... ich ... ich weiß doch, dass du niemanden außer mir hattest ... Ich wollte dich wirklich nicht hängen lassen. Aber alles ging so schnell. Und, stimmt, ich habe irgendwann nicht mehr an dich gedacht. Es tut mir leid, wirklich. Ich hatte dich vergessen, ja. Erst später bist du mir wieder eingefallen. Aber da war es zu spät. In Kibuti habe ich oft an dich gedacht. Vielleicht hätte ich dich holen sollen ... Ich hoffe wirklich, dass du ein schönes Leben hattest und dass dich deine Eltern doch geliebt haben. Bestimmt, Micki, sie haben dich geliebt. Ich kann's mir nicht anders vorstellen. Und weißt du ... das mit der Seele ... das ist irgendwie anders.« Jetzt liefen mir Tränen die Wangen hinunter. »Irgendwann werde ich an einer Felswand sitzen, an der ein kleines Rinnsal herunterläuft, und in diesem kleinen Bächlein lebt deine Seele. Ich weiß es nicht und du weißt es nicht, aber wir werden uns ganz nah sein. Und irgendwann, da wird auch meine Seele im Wasser leben und unsere Seelen werden eine Weile gemeinsam schwimmen, vielleicht ohne dass wir es wissen, hierhin und dorthin, bis uns der Weg wieder trennt, bis ...« Ich musste die Augen schließen, die Tränen liefen. Ich bemerkte, wie sich sein Zeigefinger ganz leicht bewegte, ein Zucken nur. »Micki, ich hab dich wirklich sehr gemocht ...« Ich nahm seine Hand, sie fühlte sich kalt an und lag schwer in meiner Handfläche.

»Aus jetzt!«, kam es vom Bildschirm. Ich wusste nicht, ob sie mich hatte hören können. »Sag mal, was bist du eigentlich für ein merkwürdiger Kauz? Ich möchte, dass du jetzt gehst! Verschwinde!« Die Ärzte kamen zurück ins Zimmer. »Setzt sich dahin und faselt auf einen Sterbenden ein, statt dass man ihm hilft ...«, kam es vom Bildschirm.

Einer der Ärzte beugte sich auf der anderen Seite über Micki, dann wandte er sich in der Tür zur Tochter und schüttelte leicht den Kopf. Ich hörte, wie sie losschluchzte.

Der andere Arzt zog die Decke über Mickis Körper glatt und legte die Arme darauf. Sein Kollege setzte seine große Brille auf und ging hinüber ins Wohnzimmer, wo er mit jemandem Kontakt aufnahm.

»Micki«, murmelte ich tonlos und noch einmal liefen mir die Tränen über die Wangen. »Mach's gut. Bis dann einmal.«

»Wie ist dein Name?«

Ich stand auf. Mir platzte der Kopf. Ich hatte plötzlich irrsinnige Kopfschmerzen. Ich musste hier raus. Raus aus diesem Raum mit den Ärzten und dem riesigen Gesicht auf dem Bildschirm. Ohne noch ein einziges Wort zu sagen, ging ich Richtung Wohnungstür. Auf dem Weg öffnete ich die Badezimmertür, suchte das Rasierwasser, schraubte den blauen Glasverschluss ab und ließ ihn in meiner Tasche verschwinden. Mit dem Arm stieß ich irgendetwas im Regal um, aber ich kümmerte mich nicht darum. Ich wollte jetzt nur noch raus und weg hier.

Ich rannte die Treppe hinunter und riss die Haustür auf. Tief atmete ich durch. Es nieselte leicht. Ich rannte los – wohin, wusste ich selbst nicht. Irgendetwas kroch in mein Inneres, vor dem ich davonlief. Irgendetwas. Ich wusste nicht, was es war. Es war schwer und erdrückend. Nein, es blähte sich auf und war leer.

Während ich weiterrannte, wurde mir schwindlig, immer schwindliger. Ich taumelte, mein Blick verschwamm und ich stützte mich gegen eine Hauswand. Schweiß brach mir aus allen Poren und ich hatte weiche Knie. Ich sah in den Himmel und versuchte ruhig durchzuatmen. Die Leere wuchs wie eine Luftblase in mir an. Ich war kraftlos, hätte auf der Stelle umfallen können, um in einen ewigen Schlaf zu sinken. Angstvoll sah ich um mich, auch da war dieses Gefühl, überall. Dieses Gefühl kroch durch die Straßen. Ich konnte es spüren, es war mit den Sinnen zu fassen. Es lag in der Luft, es kroch über die Hauswände, es waberte über den Asphalt, es klang aus den harten Tritten eines Mannes, der auf dem Gehsteig vorüberging. Ich sah, wie er an seine Brille griff und dann sprach: »Hier steht ein junger Mann an eine Hauswand gelehnt. Es scheint ihm nicht gut zu gehen. Vielleicht schicken Sie mal jemanden vorbei. Inuitstraße. Auf Höhe der Nummer 91.«

Bloß weg hier! Ich begann wieder zu rennen, bog von einer Straße in die nächste. Nur ab und zu begegnete ich jemandem.

Das Nieseln war jetzt in einen feinen Regen übergegangen. Ich roch den Asphalt. An der nächsten Abbiegung stieß ich auf eine Straßenbaustelle. Hinter der Absperrung auf dem Gehsteig lag eine endlos lange Reihe riesiger Rohre parallel zu einer langen Ausschachtung. Mich vorbeugend, kroch ich schnell in die Rohre hinein. Ich war erschöpft, so unglaublich erschöpft. Und dann dieses Gefühl, das überall lauerte! Es war mir in den Nacken gesprungen. Es machte meinen Körper schwer, das Herz pumpte wie verrückt. Ich kroch tiefer in die Reihe der Rohre hinein. Ungefähr in der Mitte legte ich mich flach auf den Bauch. Sollten sie mich doch samt dem Rohr in die Erde legen. Ich konnte nicht mehr! »Micki, glaub mir, deine Eltern haben dich geliebt. Woher war die Narbe? Stimmt's, ich war nicht zu spät? Du hast mich gehört. Micki ...« Ich sprach laut und es hallte, während ich mich immer schwächer fühlte und die Stirn auf die Hände sinken ließ. Hier, in der Mitte der langen Reihe, war es dunkel. Die Geräusche von draußen klangen nur dumpf herein. Weit weg. Ich konnte nicht mehr.

Als ich wieder erwachte, spürte ich jeden Knochen einzeln. Ein Motorensummen drang von draußen an meine Ohren. Manchmal hörte ich ein metallenes Quietschen. Ich lehnte mich gegen die Rundung des Rohrs und erkannte am Ende der Reihe, dass es draußen diesig geworden war. Ich starrte an die graue Rohrwandung. Herrmann. Ich musste an Herrmann denken. Ich sah ihn dastehen mit einem winzigen Säugling auf dem Arm. Und natürlich dachte ich an Magdalena – ob sie nach jedem Wachwerden auf den Eingang hinuntersah und prüfte, ob ich schon zurück war? Und die Idee mit unserem Baby? Tobias würde jetzt einen langen Schlauch und eine Taucherbrille haben. Und die anderen würden ihm erzählen, dass ich mit der Brille vor den Augen aus dem Einkaufszentrum marschiert war. Und Chris ... Scheiße! Ich sah sie alle am Lipata sitzen. Mir fiel Isabelle ein, die immer noch in Wolko war und half, die Baumbären und Wasserkatzen zu schützen. Wie ging es ihr wohl in dieser anderen Welt? Und dann sah ich Knuth vor mir, wie er im Baum gesessen hatte, um sich immer in Isabelles Nähe aufzuhalten. Ich musste lachen bei der Erinnerung, wie er im Geäst sitzend vor sich hin gemampft hatte. Ich drückte Daumen und Mittelfinger in die Augenwinkel. Kibuti ...

Es war doch klar, dass die anderen längst hinabgestiegen waren.

Doch dann dröhnte es plötzlich ›Nein!‹ in meinem Kopf. ›Nein! Nein, ich werde nicht zurückbleiben.‹ Hastig richtete ich mich auf, stieß mit dem Rücken gegen die Wandung und krabbelte die Rohre hinunter. Am Ende sah ich vorsichtig hinaus. Immer noch fiel dieser feiner Regen. Als ich mich aufrecht stellte, sah ich zwei Minibagger: Der erste hob mit seinem kleinen Greifarm die Erde weiter aus dem

Schacht; der zweite warf nach ihm Sand aus einem Container in den Schacht. In den ganz aus Glas bestehenden Kabinen saß jeweils ein Mann. Ich ging auf den ersten Bagger zu und sah, dass der Mann darin einen Kopfhörer aufhatte. Als ich an seine Scheibe klopfte, blickte er erstaunt heraus. Zuerst reagierte er gar nicht. »Können Sie mir sagen, wie ich zum ›Kinderschuh‹ komme?«, schrie ich gegen die Scheibe.

Er nahm den Kopfhörer ab und schob ein kleines Fenster auf. Ich hörte, dass in dem Kopfhörer Orchestermusik spielte. »Bitte?«

»Können Sie mir sagen, wie ich zum ›Kinderschuh‹ komme?«

»Kinderschuh? Kenne ich nicht. Was soll das sein? Eine Straße?«

»Das ist so ein kleiner Berg am Stadtrand, wo viele Lagerhallen stehen.«

Er drückte einen Knopf. »Marco?« Er wandte das Gesicht in Richtung des anderen Baggers.

Es knisterte, dann kam: »Ja.«

»Weißt du, wo der ›Kinderschuh‹ ist. Hast du das schon mal gehört?«

»Ja, das hat man früher zum ›Industriegelände Kastanienhof‹ gesagt.«

»Aha. Wusste ich gar nicht. Danke.« Der Mann sah mich an und erklärte mir grob den Weg. »Das ist weit von hier. Rufen Sie sich besser ein Mobil.«

»Danke«, antwortete ich und lief auch schon los. Nur weg hier! Wieder war da plötzlich dieses Gefühl, es war aus dem Kopfhörer gekommen und aus dem Mikrofon. An einer Kreuzung musste ich in einen Hauseingang springen, weil plötzlich ein Polizeiauto vorbeifuhr. Schon rannte ich weiter, aber ich wurde immer nasser und stellte mich erst einmal in dem kleinen Pavillon einer Grünanlage unter. Der Stamm der massigen Linde davor glänzte schwarz vom Regen. Ich sah Eliane in den Ästen klettern und dann hörte ich das Platschen von Wasser und sah menschenähnliche Wesen mit Glatzen auftauchen. ›Weiter. Bloß weiter‹, sagte ich mir. Ich kam jetzt an Häusern vorbei, an deren grünen Fassaden und vom Dach ausgehend sich kleine Wasserfälle von einem

Bassin zum nächst tiefer liegenden ergossen und dann in den Gärten in Teiche flossen und von dort aus kleine Rinnsale bildeten, die über die Grundstücke abflossen.

Endlich stieß ich auf die Straße, die rausführte aus der Stadt und weiter zum Kinderschuh. Schweiß- und Regentropfen liefen mir an den Schläfen herab.

Ich war gerade in den Weg zum Berg eingebogen, als hinter mir noch einmal zwei Autos kamen, aber sie verschwanden bei den Lagerhallen. Ich hastete den Anstieg hinauf, mich immer wieder umsehend. »Chris«, sprach ich atem- und tonlos vor mich hin. Ich war so völlig erschöpft. »Chris.«

Dann kam ich zum Einstieg. Die anderen hatten Erde aufgeschüttet und Äste davorgestellt. Nur ein kleines Loch für die Fledermäuse hatten sie gelassen. Noch einmal blickte ich mich um, erst dann ging ich in die Hocke und lauschte nach unten. Drinnen war es völlig still. Ich presste die Handkanten gegen meine Schläfen und starrte in den finsteren Abgrund. Sie waren weg. Ja. Was auch sonst? Unten am Fuß des Berges hörte ich einen Lkw fahren. Ich erhob mich und suchte hektisch zwei große Farne, die ich mit den Händen ausgrub und zum Einstieg trug. Ich legte das Loch frei und stieg rückwärts hinein, abermals um mich schauend: Im Wurzelgeschling unter meinen Füßen suchte ich Halt. Mit dem Oberkörper noch draußen, grub ich zwei Löcher in die Erde, setzte die Farne hinein und klopfte die Erde rundherum fest. Von beiden Farnen fasste ich jeweils an ein Blatt und küsste sie: »Bitte, beschützt uns.« Dann verschwand ich nach innen.

Ich zog die Taschenlampe hervor und leuchtete nach unten. So weit oben durfte ich mir keinen Fehltritt leisten. Die Wurzeln waren feucht und glänzten jetzt im Lampenlicht. Aber manche ihrer Windungen waren so geformt, als wollten sie mich beim Abstieg festhalten und stützen.

Als ich dem Boden nahe war, sprang ich die letzten zwei Meter hinunter und sah noch einmal nach oben. Kaum drang Licht durch das Loch herein.

Je tiefer ich in die Höhle kam, desto stärker wurde die Finsternis um mich herum, die ich mit der kleinen Taschenlampe nur spärlich erhellen konnte. Mit langsamen Schritten tastete ich mich vor. Unheimlich war mir. Ich hörte nur das Knirschen unter meinen Schuhen. Und dann sah ich es: Natürlich hatten die anderen hinter sich zugemacht und einen Einsturz ausgelöst. Jetzt stand ich hier, hier auf dieser Seite des Einsturzes, allein, ohne ein einziges Werkzeug. Warum hatte ich mir nicht wenigstens noch irgendwo eine Schaufel geklaut? Warum ...

Dann stürzte ich mich wild entschlossen auf das Geröll. Etwa an der Stelle, an der wir uns von der anderen Seite her durchgearbeitet haben mussten, nah an der Felswand, begann ich mit bloßen Händen zu graben. Ich wühlte und wühlte, während ich die Lampe neben mir liegen hatte und sie einen schmalen Lichtkegel auf die Geröllmasse warf. Ohne Unterbrechung grub ich mit beiden Händen, die mir schon bald wehtaten und trocken wurden. Irgendwann wurden sie auch rissig.

So ging es eine geraume Weile. Ich grub und verschnaufte und grub und grub wieder. Nur mühsam wuchs der Einschnitt im Geröll vor mir. Hin und wieder legte ich mich unter den Baumwurzeln schlafen, am Ende aber sackte ich nur noch erschöpft auf dem Steinhaufen zusammen und schlief gleich dort. Nur einmal machte ich eine größere Pause und ging im schwächer werdenden Schein der Lampe zurück, um zum Einstieg hinaufzusehen, von wo nun gar kein Licht mehr herunterfiel. Es war Nacht. An einer feuchten Stelle an der Felswand leckte ich die Flüssigkeit auf. Dann grub ich weiter. Ich hatte keine Wahl. Entweder schaffte ich es oder ich würde hier verrecken im Dreck und im Staub des offenbar undurchdringlichen Gerölls vor mir. Irgendwann viel, viel später würden mich dann die anderen beim neuerlichen Aufstieg finden: mit hohlen Augenlöchern und abgenagten Knochen zwischen Hasenskeletten. Ob sie meine Gebeine in Kibuti bestatten würden?

Ich grub und grub, doch allmählich nahm meine Erschöpfung zu, lange würde ich nicht mehr durchhalten, ohne zu essen, ohne zu trinken. Aber ich wollte nicht mehr zurück, zurück in dieses Gefühl. Dann lieber sterben. Verzweifelt stand ich da, verklebt vom Schweiß und vom Dreck. Ich konnte nicht mehr, ich war am Ende. Kraftlos ließ ich mich nach vorne auf das Gemisch aus Steinen und Erde fallen, so ausgelaugt, dass ich mir nicht einmal mehr vorstellen konnte, jemals wieder die Kraft zu finden, mich überhaupt nur aufzurichten. Doch plötzlich spürte ich, wie sich unter meinen Händen und Armen das Geröll bewegte. Ganz leicht zuerst nur, kaum spürbar, aber die Erde schien nachzugeben, wegzurutschen. Ich öffnete die Augen, bewegte mich aber nicht. Ja, hier gab der Einsturz nach. Es geschah unter der Oberfläche, es musste auf der anderen Seite wie ein Rieseln sein. Ich richtete mich auf und drückte mit ganzer Kraft dagegen und dann rutschte ich samt Geröll zur anderen Seite. Ich stürzte hinab und verlor die Taschenlampe. Panik ergriff mich, jetzt beim Nachrutschen unter den Erdmassen begraben zu werden. Nur mit letzter Kraft konnte ich einer gewaltigen Geröllawine ausweichen, indem ich mich zur anderen Seite warf und noch ein paar Meter davonrobbte. Dann blieb ich flach und bewegungslos auf dem Bauch liegen, ich konnte mich nicht mehr rühren. Als es still blieb und ich die Augen wieder öffnete, war es außer von einem schwachen Lichtschein dunkel um mich herum. Ich musste husten vom Staub. Das Licht konnte nicht von meiner Taschenlampe kommen, denn die war verschüttet, aber von irgendwo vor mir kam ein schwaches Licht. Ich war ganz sicher.

Meine Kehle war trocken, der Gaumen klebte beim Schlucken. Ich war von Staub überzogen. Immer wieder musste ich husten. Trotzdem raffte ich mich auf, irgendwo vor mir musste dieses Licht sein. Ich konnte es doch deutlich erkennen. War ihnen etwas zugestoßen? Hatten sie Verletzte gehabt, die sie hatten zurücklassen müssen? »Chris!?!«, brüllte ich. Aber es blieb still. »Georg?!« Niemand antwortete. Waren Sie alle tot? Von Steinen erschlagen? Ich musste ihnen nach, aber zuerst musste ich den Einsturz hinter mir verschließen. Und das wollte ich gründlich tun, das stand fest, so viel Kraft es mich auch kosten mochte.

Zunächst versuchte ich inmitten der Finsternis und mit bloßen Händen, ein Nachrutschen des Gerölls zu verursachen, aber das reichte nicht aus. Weiter oben im Einsturz steckte ein größerer Steinbrocken, den ich zu lösen versuchte, aber das gelang mir ebenfalls nicht. Mir fiel das Seil ein, das ich noch um die Hüften gewickelt hatte. So gut es ging, band ich es um einen Teil des Brockens und zog mit meinem ganzen Körpergewicht daran. Und dann, dann löste er sich und setzte sich in Bewegung. Hektisch band ich das Seil von mir los. Schon stürzte der Brocken in die Tiefe und große Geröllmassen vom Gewölbe über mir sackten nach. Ich sprang zur Seite und geriet doch bis zu den Knöcheln ins nachrutschende Gestein, sofort aber meine Füße herauszuziehend und dann weiterstolpernd. Ich entkam dem Geröll und stieg tiefer, dann sank ich völlig entkräftet auf den Boden, reflexhaft die Arme zum Schutz über den Kopf legend. Eine gewaltige Staubmasse bildete sich und waberte über mich hinweg. Ich konnte die Luft nicht mehr einatmen und krabbelte auf allen vieren weiter. Ich musste tiefer kommen, um nicht zu ersticken. Und Wasser, ich brauchte Wasser.

Noch einmal tat es hinter mir einen gewaltigen Schlag, als hätte ich den ganzen Berg zum Einsturz gebracht. Es donnerte um mich herum und krachte, ein paar großen Brocken mussten dabei gewesen sein, denn der Boden bebte. Ich musste raus aus der Gefahrenzone.

Vor mir fand ich einen Durchbruch im Gestein, der tiefer nach unten führte. Mit letzter Energie klammerte ich mich an den Rand, um mich vorsichtig nach unten hängen zu lassen, aber meine Finger glitten auch schon ab und so ließ ich mich einfach nur noch fallen. Mit dem rechten Knie stieß ich auf den Steinboden. Es war ein irrsinniger Schmerz. Dann saß ich da, eine graue Gestalt, schwer atmend, restlos entkräftet. Weiter vor mir musste das Licht liegen, ich erkannte es deutlich, da, da, wo der Staub nicht mehr die Luft undurchsichtig machte.

Ich hustete und holte ein paarmal Luft, spuckte aus. Über mir waberte zäh und grau der dichte Staub und drang langsam durch das Loch herunter. Lange konnte ich hier nicht bleiben, dann würde er auch diesen schmalen Spalt ausfüllen und mir das Atmen unmöglich machen. Aber ich saß bloß da, mit dem Rücken an die Wand gelehnt, und konnte mich nicht mehr rühren. Alles tat mir weh. Das Knie blutete. Aber: Ich hatte es geschafft!

Ich kroch weiter wie ein Käfer, um herauszufinden, was für ein Licht dort sein mochte. Dann sah ich die Lichtquelle und krabbelte zu ihr. Es war ein Leuchtstein. Die anderen mussten ihn verloren haben. Vielleicht hatten auch sie sich hastig vor dem Einsturz in Sicherheit bringen müssen. Ich nahm den Stein und hängte ihn mir um den Hals. Ich war so unglaublich erleichtert. Ich starrte an das nackte Gestein gegenüber, an dem ein schmales Rinnsal hinunterlief. Ich leckte das Wasser auf. Erst jetzt bemerkte ich, dass unter dem Leuchtstein ein Fetzen Papier gelegen hatte. Ich griff danach. In Chris' Handschrift stand darauf geschrieben:

An inu be ome

Kibuti-Wörterbuch

A

A!	Ausruf für »Vorsicht« etc.
ada	leben
age	meinen
an	ich, wir
anu	klettern
apfel	Apfel
asa	See, Teich
ata	essen
atu	haben

B

be	du, ihr
bi	ja (und alle Formen der bestätigenden Betonung wie »natürlich« etc.)
bi, bi	ja, toll!
bin	Hafen, Liebe
bit	»im Fels sein«
bu	schön

C

ci	noch mal, erneut
co	krank, schlecht
cor	Herz

D

de	und
di	sehr (zur Bestärkung von Aussagen)
dik	unser
dus	Fels

E

E!	ärgerlicher Ausruf
ebe	sein
eku	können
eni	müssen
etu	aufhören, beenden
exo	umkehren

F

fen	immer
fi	(bestehend) aus, mit

G

Gatsche	abfällige Bezeichnung der Roma für Personen, die nicht zu ihrem Volk gehören
go	Name des Wasserfalls
get	Gang, Weg, Ausweg
gu	im, unter, auf, über u.Ä.

H
han	Dank, danke!
hi	auch

I
ibu	bringen
igo	arbeiten, bauen
ime	schwimmen, baden
inu	laufen, *auch*: sich ergießen
ino	lieben
ipi	trauen
ipu	denken,
it	zusammen, gemeinsam
ito	leben
itu	gehen

K
Kádá!	Ausruf der (Selbst-)Bestärkung
kan	Wurzel
ke	er, sie (*und*: sie alle)
kem	Gefühle
ki	wahr, wirklich
kib	Wachheit, Helligkeit, Dasein, »Guten Tag!«
ko	braun
kuko	Getränk

L
lag	Vorratsnische
lif	Schilf
lip	Ort, Platz, Heim
lipata	Essensplatz
lipititu	Beerdigungsplatz
lipu	der eigene Raum im Fels, Zusammenziehung (Ausnahmeform)
lok	Grab
lun	Lehm- und Waldgebiet

M
ma	von, aus (örtlich?)
mag	Algen, Algensalat
mata	Fledermaus
megu	Wasserwürmer
mum	Festung, Burg, aber auch Flucht

N
na	faul
nin	zurück
nu	tief, *auch*: hoch
no	blau

O
obenski	*abwertend* »einer aus Oben«
ogu	flechten, nähen, verbinden
ohe	verfolgen
ole	wollen
omo	kommen
ono	verbrennen
ote	tauchen
oti	sitzen

P

pa	aber
pu	rot
pupi	Kinder, Nachwuchs

R

rek	Lust zu etwas, Spaß an etwas haben
rin	Wasser
rus	Wahl, Möglichkeit

S

sa	Flüssigkeit
sim	Stelle am ersten Teich
skribo	Name für den Riesenwurm
sonne	Sonne
sor	Befürchtungen, Angst
su	Licht, Sichtbare
sut	Leben, Weiterleben
sutim	Name des Lichtfelses

T

ta(m)	nicht (nichts, niemand), nein, kein, un- (das m fungiert als Trennungskonsonant zwischen zwei Vokalen)
te	oder
ti	gut
tim	Wärme
tohe	Verfolgte
tscha	Tschüss
tugu	Pelztier

U

Uh!	(ratloser oder überraschter Ausruf)
uda	brauchen
uhe	sitzen, liegen
uko	trinken
uku	finden
ume	schlafen, schweigen, ruhig sein
usa	erobern
usu	sehen
uti	sich treffen, Umschreibung für Sex

W

wagu	Seegurke
wen	Decke, Schutz, Hülle
wol	Himmel
wu	dunkel, Dunkelheit
wun	»Stelle der Ruhe«, Ruhe

X

xis	gegorenes Getränk
xu	nach

Z

zo	wer, was, wo, warum etc. (Fragepronomen)
zi	es, das, etwas, Sache
zit	Angst

Grammatik

Wortbildung
Es gibt drei Hauptformen der Wortbildung: 1.: Konsonant-Vokal; 2.: Konsonant-Vokal-Konsonant; 3.: Vokal-Konsonant-Vokal (dies nur für Verben). Eine vierte Form entsteht durch die Zusammensetzung von Wörtern, etwa zwei Substantive (Sutim = Licht + Wärme, aber eben auch Name des Lichtfelsens) oder durch das Zusammenziehen eines ganzen Satzes (Tamumube = Ta mum ube). Die Namensbildungen sind Ausnahmen. Der Plural wird außer bei i-Endung (da bleibt er unverändert) mit s gebildet. Substantivische Verben werden mit Konsonant-Vokal-Konsonant-Vokal gebildet. Es gibt keine Artikel.
Die Kibuti unterscheiden nicht zwischen ich/wir und auch nicht zwischen du/ihr.

Satzbau
Der Kern des Satzes besteht aus der immer gleichen Stellung von Subjekt und Prädikat. Der Modus des Satzes (Verneinung, Frage etc.) steht immer davor. Kommt ein Objekt hinzu, so steht es vor dem Subjekt, also ggf. zwischen Modus und Subjekt.
Als Satzzeichen gibt es nur den Punkt (neben dem Fragezeichen und dem Rufzeichen), nach dem groß begonnen wird, sonst wird fast alles klein geschrieben.

Verneinung und Verstärkung
Jede Verneinung wird durch das vorgestellt ta(m) ausgedrückt.
Jede Verstärkung wird durch eine Doppelung des zu Bestärkenden ausgedrückt.

Fragen
Das Fragepronomen ist zo für alles.

Uwe Britten wurde 1961 in Werl geboren und studierte in Bamberg und Siegen Germanistik und Philosophie. Zehn Jahre lang arbeitete er danach in einem Fachverlag in Bonn. Heute lebt er als freier Lektor und Autor in Eisenach.

Im Jahr 1995 erschien seine Berlin-Reportage *Abgehauen. Wie Deutschlands Straßenkinder leben*. Seither folgten zahlreiche Bücher als Autor und Herausgeber. Einem jungen Publikum wurden die Romane *Straßenkid, Ab in den Knast* und *Pille – ein schwieriger Weg zurück* bekannt.

Foto: Karin Fiesinger